百年广西多民族文学大系

BAINIAN GUANGXI DUOMINZU WENXUE DAXI

（1919—2019）

短篇小说卷

（1919—1949）

总 主 编 ◎ 黄伟林　刘铁群

本卷主编 ◎ 黄伟林　李北京

⑥

广西师范大学出版社

GUANGXI NORMAL UNIVERSITY PRESS

·桂林·

出版统筹：罗财勇
项目总监：余慧敏
责任编辑：蒋剑瑛
助理编辑：朱筱婷
责任技编：李春林
整体设计：智悦文化

图书在版编目（CIP）数据

百年广西多民族文学大系：1919—2019：全 18 册 / 黄伟林，刘铁群总主编 . —桂林：广西师范大学出版社，2019.12
ISBN 978-7-5598-2282-6

Ⅰ．①百… Ⅱ．①黄…②刘… Ⅲ．①中国文学－当代文学－作品综合集－广西②中国文学－现代文学－作品综合集－广西 Ⅳ．①I218.67

中国版本图书馆 CIP 数据核字（2019）第 217639 号

广西师范大学出版社出版发行

（广西桂林市五里店路 9 号　邮政编码：541004）

网址：http://www.bbtpress.com
出版人：张艺兵
全国新华书店经销
广西广大印务有限责任公司印刷
（桂林市临桂区秧塘工业园西城大道北侧广西师范大学出版社
集团有限公司创意产业园内　邮政编码：541199）
开本：720 mm×970 mm　1/16
印张：591.5　　字数：9420 千字
2019 年 12 月第 1 版　　2019 年 12 月第 1 次印刷
定价：2800.00 元（全 18 册）

如发现印装质量问题，影响阅读，请与出版社发行部门联系调换。

目 录

导 言

·**1920 年代**·

韦杰三《逃》······················2

韦杰三《海上生涯》·················12

·**1930 年代**·

胡明树《民间针灸法》···············22

刘雯卿《父与女》·················37

胡明树《甘薯皮》·················46

哈庸凡《他们这一伙》···············56

刘雯卿《望江花》·················64

哈庸凡《青面兽杨志》···············76

陈迩冬《南华梦》·················82

陈迩冬《枕中续记》················89

王鲁彦《我们的喇叭》···············94

司马文森《大时代中的小人物——散记篇之一》······108

·**1940 年代**·

艾芜《苦闷》·············118

王鲁彦《杨连副》·············133

艾芜《秋收》·············146

韩北屏《锤炼》·············172

艾芜《信——蒲隆兴老爷家一家的纪事》·············182

陈迩冬《贡阿勾》·············197

司马文森《花开时节》·············205

悲尔哀《红的蔷薇》·············225

陆地《落伍者》·············231

韩北屏《花素琴》·············244

严杰人《姐姐》·············257

严杰人《油瓶仔》·············262

陆地《参加"八路"来了——军中记事》·············268

陆地《乡间》·············277

曾敏之《盐船》·············284

韩北屏《邻家》·············296

凤子《金银世界》·············306

司马文森《渣——一个青年的手记》·············318

凤子《构树夜话》·············339

陆地《钱》·············351

悲尔哀《荒村奇遇》·············370

苗延秀《离婚》·············375

黄谷柳《孤燕》 …………………………………… 388

陆地《叶红》 ……………………………………… 414

黄勇刹《在 K 城车站》 …………………………… 426

凤子《画像》 ……………………………………… 429

黄谷柳《王长林》 ………………………………… 444

苗延秀《共产党又要来了》 ……………………… 458

导　言

一

文学革命早在1917年就已发轫，其借"五四"之风席卷大江南北之时，地处西南边陲的广西似乎并无风吹草动；当北京、上海把文学革命进行得热火朝天、轰轰烈烈之际，广西似乎亦不为之所动。但当"三一八"惨案和"四一二"事变之后，新文学作家纷纷转向革命阵营或投身于北伐战争之时，广西文人恐怕早已在战火洗礼中淬炼成钢。1920年代的广西可以说始终处在战争和备战中①。处在战争和备战中的广西自然很难顾及新文学发生所需要的条件，尤其是教育、新闻出版等方面的发展和建设。对此，1946年由广西省政府十年建设编纂委员会编印的《桂政纪实》曾这样记载道："广西僻处边陲，文化落后；出版事业向不发达。二十年以前，言印刷，仅一官营印刷局，规模简陋；言编辑，间或各机关编刊公报，至于编刊学术研究性之书刊，为数殊少，其著者，仅教育厅出版之《广西教育》旬刊一种，及教育丛刊

---

① 如1921年5月，粤军挺进广西，讨伐以陆荣廷为首的旧桂系。陆荣廷溃败后，广西各地"自治军"风发泉涌，以李宗仁、黄绍竑、白崇禧为首的新桂系趁势崛起。1924年6月，新桂系兴兵讨伐陆荣廷，继之驱逐滇军，至1925年7月主政广西。之后东征西讨，先是出兵支援广东，随后北伐（1926年—1927年），北伐胜利后不久蒋桂之战爆发（1929年），蒋桂之战新桂系败北后，广西陷入新的混乱，新桂系重新主政广西已至1930年冬。

十余种而已。"① 因而，1920年代的广西新文学发生在省外也就不难理解了。

韦杰三可谓是桂籍作家在省外的代表，其为壮族，生于1903年，广西蒙山人。1926年3月，因参加"三一八"反帝爱国运动，被段祺瑞政府镇压，不幸中弹，壮烈牺牲。韦杰三牺牲后，清华学校为其举行了追悼大会，《清华周刊》第26卷第4号出版了由梁启超题词的《韦烈士纪念集》专号，内收《私逃》（初刊时名为《逃》）、《父亲的失望》、《从圈里跳出来的一个》、《海上生涯》四篇短篇小说。入选本卷的小说《海上生涯》由四封信组成，四封信虽时间不同，倾诉的却是同一个主题：经济窘迫带给青年的压抑和失意。主题虽同，但写信人的心情却一直在变化，而这个变化则是由落款暗示的，四封信的落款分别为：残云在凄风苦雨中的死琴上写给你的、残云在寂寞的寒窗下写给你的、残云微醉后写给你的、残云在烦闷的黄昏后写给你的。更有意思的是，如果把四条落款连起来倒不失为一首诗，而且这首诗与韦杰三之前格调高昂的诗迥然不同，从某种意义上可以说，它为探求韦杰三诗歌的另一种精神向度提供了可能。小说《逃》采用的是倒叙的叙述方式，与《海上生涯》倾诉穷困潦倒带给青年的压抑和失意不同，《逃》写的是"升学"对青年的影响。除小说外，韦杰三创作的长篇自传体散文和童话也值得肯定，虽然在艺术上还欠成熟，但无论就体裁还是形式都对新文学做出了可贵的探索。正如论者所言："作为现代文学初建时期的作家的韦杰三，他与他的同时代的不少作家一样，不是以其艺术的精湛而流芳于现代文坛，韦杰三的历史贡献，在于他以自己的创作参加了'五四'反帝反封建的伟大斗争，并以其对新文学的多种形式的尝试、实践，尤其是以长篇自传体散文和儿童文学的创作，丰富和开扩了拓荒时期的新文学的创作领域。韦杰三在现代文学初建时期的贡献，应当得到人们的承认。"②

---

① 广西省政府十年建设编纂委员会编印《桂政纪实》（民国二十一年至民国三十年）（下）乙，1946，第326页。

② 王保林主编《中国少数民族现代文学》，广西人民出版社，1989，第422—423页。

二

与1920年代相比，1930年代的广西时局相对比较稳定，时局的相对稳定为广西的发展提供了机遇。如1932年新桂系提出"建设广西、复兴中国"的口号，倡导"三自""三寓"的政策以及《广西施政方针及进行计划》（后形成《广西建设纲领》，于1935年8月通过）的实施，使得广西的政治、经济、军事、文化等方面迅速发展。在此发展的形势下，广西的出版事业呈现出欣欣向荣的态势。正如当时官方所载："二十年以后，省局底定，当轴为求积极推进文化建设，需要出版事业甚殷，出版事业乃随之发展。十年来，广西之文化建设，已有长足进步；出版事业亦殊发达，以较前期，判若霄壤矣。"[①]广西出版事业的繁荣无疑为报刊业的发展提供了良好条件。这为小说的登场提供了平台。

1930年代尤其是省会迁回桂林（1936年10月）之前的广西短篇小说，概括而言，有两大来源：一是期刊；二是报纸副刊。期刊又可细分为综合性期刊和文艺性期刊。综合性期刊如《柳州教育月刊》（创刊于1931年4月）、《广西大学周刊》（创刊于1931年10月23日）、《南方杂志》（创刊于1932年6月1日，广西省整委会、编译委员会编）、《广西青年》（创刊于1932年10月）等；文艺性期刊有《春雷旬刊》（创刊于1931年10月31日，春雷文艺生编，通讯处由广西大学号房转）、《黎明》（创刊于1938年7月1日，黎明旬刊社编，通讯处为桂林中山公园美术学院）等。需要指出的是，尽管综合性期刊、文艺性期刊都刊有短篇小说，但由于种种原因，能够按周期出版的期刊并不多，这与报纸形成了鲜明对比。

在广西省会迁回桂林之前，能够按时刊载文艺作品的报纸有《南宁民国日报》《桂林民国日报》《梧州民国日报》《柳州民国日报》《桂林日报》《梧州日报》《柳州日报》《田南日报》《镇南日报》《湘漓周报》等。由于是"日报"，因此在报纸刊载的

---

① 广西省政府十年建设编纂委员会编印《桂政纪实》(民国二十一年至民国三十年)(下)乙，1946，第326页。

小说从数量上远胜于期刊。从影响力上来说，又以《南宁民国日报》为最。"《南宁民国日报》为广西历史较久之报纸；在省会迁回桂林以前，该报实居全省各报之领导地位。二十四、五年（1935年、1936年）间，行销范围及于港、粤、南洋各地，销数最多时达万份以上。"① "当时所谓《南宁民国日报》，在香港上海南京各地，每份价值增至大洋四角或五角不等，菲律滨、星加坡、苏门答腊以及欧美华侨，均出重价购买，于此可见该报价值之一斑。斯时该社报份由八千份突增至万余份，其大众所欢迎，已□昭然。"② 因此，《南宁民国日报》副刊所刊载的小说某种程度上显现出省会迁回桂林之前的广西短篇小说发展。省会迁回桂林之前的《南宁民国日报》副刊经历了四个时期，分别是《副镌》《新地》时期、《南中国》《青山塔》时期、《出路》《浪花》时期和《铜鼓》时期。其中《出路》《浪花》时期刊载的短篇小说尤多，且举其中的一部分，如黎端的《妈妈，告诉我呵！》、落生的《四个大学生》、胡兰成的《宝林》、野僧的《恐怖之夜》《田租》、头陀的《窃贼》、耘砂的《喝酒精的人》、阿龙《饥饿线上》、闲道的《周家大嫂》、禅背的《归舟》、国魂的《美姑》、阮亢的《卖糖糕者》、若雪的《一块黄金变了铁》、吴宗周的《三房东》、紫萍的《妖僧》、琪子的《阿大》、鸣的《出路》、超的《武大郎》、笑媚女士的《老婢》、蒋宗鲁的《坏酒饼》《牧牛者》《家》《被围困的连村》、慧姑的《械斗》《赌徒》、家珍的《上镇的火》、苏善《汪村长的威风》、炳森《细罗仔》《二奶》、小刘的《寰叔的死》、升俊的《六老爷》、极天的《连长》《阿根的死》、白天的《巡哨》等。这些小说虽然在质量上参差不齐，但它们的出现无疑为广西短篇小说的发展奠定了坚实基础。

1936年10月，广西省会由南宁迁至桂林，常为《南宁民国日报》副刊撰稿的作者随之逐渐转移至《桂林日报》副刊《突击》，文学重心也由南宁逐渐转移至桂林。而在文学重心转移至桂林之前，桂林已有文学基础。桂林的文学基础有两股力量贡

---

① 广西省政府十年建设编纂委员会编印《桂政纪实》（民国二十一年至民国三十年）（下）乙，1946，第353页。

② 《广西新闻事业概况》，《桂林日报》1937年2月15日。

献颇多：一是广西省立师范专科学校；二是《桂林日报》副刊。广西省立师范专科学校（今广西师范大学，以下简称广西师专）于1932年创办不久就诞生了"师专剧团"（后称"西大剧团"），师专剧团曾先后公演过由沈起予和宫亦民导演的《SOS》和《嫩江》、学生自编自导的《征兵》等。到了1935年初，陈此生任广西师专教务长之后，陈望道、陈致道、夏征农、杨潮、祝秀侠、马宗融、胡伊默、沈西苓等人先后到校受聘。在以陈望道为代表的文人的支持和参与下，师专剧团在原有基础上，又先后公演了由祝秀侠导演的《父归》《屏风后》《父子兄弟》和由陈望道、沈西苓、祝秀侠导演的《巡按》（又译《钦差大臣》）、《怒吼吧，中国！》等名剧。在师专剧团的影响下，校外的知识青年组织了"风雨剧团"，创办了《风雨月刊》，演出了《压迫》《梁上君子》等剧，与师专剧团遥相呼应。此外，广西师专先后组织的"文学研究会"、创办可刊发文艺作品的校刊《月牙》和由陈望道发起的反文言运动[①]也为桂林的文学发展奠定了基础。《桂林日报》创刊于1934年9月[②]，其前身为《桂林民国日报》（创刊于1925年）。在广西省会迁至桂林之时，《桂林日报》的副刊为《突击》，《突击》之前的副刊为《迈进》。在省会迁至桂林之前的《迈进》和《突击》时期，《桂林日报》已刊发了不少文学作品，仅短篇小说而言就有冰玲的《反抗》、万友愉的《晌午》、红白的《老鬼》、铁流的《大髻媳妇》、剑锋的《当》、嘤歌的《出发的前夕》《龙大哥之死》、夏日的《起来了》、赵醒寰的《大门外》、哈庸凡的《他们这一伙》《青面兽杨志》《卖刀》、仲海的《铁血的胜利》、陈迩冬的《南华梦》（收录于《九纹龙》时已改名《南华拟梦》）等。1936年11月12日，即省会迁至桂林约一个月后，《桂林日报》副刊由《突击》改为《桂林》。虽然当日《桂林》副刊的《征稿条例》写有"创作如：小说，戏剧等皆所欢迎"，但事实上，副刊《桂林》并没有刊登多少小说、戏剧等作品，而是登载了大量用于救亡宣传的戏剧公演、戏剧运动、木刻运动、漫

---

① 见1936年5月16日《月牙》第8期"反文言文专号"。

② 广西省政府十年建设编纂委员会编印《桂政纪实》（民国二十一年至民国三十年）（下）乙，1946，第354页。

画展等方面的介绍及其讨论。其后，副刊《桂林》的版面不断被诸如《国际周刊》《教育周刊》《统计周刊》《妇女周刊》《经济周刊》《政治周刊》等周刊挤压，以至于《桂林》几无适合篇幅的文稿可载。这种状况一直持续到1937年3月底。1937年4月1日，《桂林日报》更名为《广西日报》，其副刊名称不变。5月16日，《广西日报》在副刊《桂林》的基础上另辟版面，增设由时为广西大学教授的祝秀侠任主编的《文艺周刊》。从此，《广西日报》开启了"一报两副刊并存"的格局。"一报两副刊并存"的格局为文艺带来的是版面的扩大，文艺版面的扩大为小说的登场提供了机遇，于是超白的《洗衣婆》、陈国琼的《赵老二的苦闷》、广略的《生之烦扰》、张天授的《征兵》、苏炳光的《学费与屋租》、吴成木的《出发之前》等纷纷亮相。然而机遇不久便被"七七事变"中止，全面抗战使得"抗战高于一切"，文艺副刊自然也不例外。《广西日报》的"一报两副刊并存"的格局虽然得以继续，但刊载内容已全面让位给对抗战救国宣传更直接、更有效的戏剧、诗歌、木刻、漫画及对响应抗战救国的剧社公演、木刻展览、漫画展等的评介。小说由副刊的"正课"转为"副课"。小说重获副刊的"正课"则是在桂林文化城之后。1938年10月，广州、武汉相继沦陷，《救亡日报》《扫荡报》《中央日报》等报相继迁桂。夏衍、巴金、周钢鸣、林林、林憾庐、谷斯范、艾青、白薇、丽尼、舒群、欧阳凡海、司马文森、宋云彬、艾芜、王鲁彦等文化名人纷纷抵桂。桂林因天时、地利、人和[①]等因素一跃而成为大后方名噪一时的"文化城"[②]。但桂林文化城的形成并没有马上使广西短篇小说百花竞放。正如田汉所言："一般社会科学书籍的销量是很广泛的，而文艺书籍却不怎样好。"[③]事实上，桂林文化城初期的报刊也一样，"多为综合性刊物，以宣传抗战、唤起民众为主，对抗日救亡文化运动的发展起到了舆论的导向作用。当时党的报纸《新华日

---

① 黄伟林主编《抗战桂林文化城史料汇编·文学卷》，广西师范大学出版社，2015，第7页。

② 关于桂林文化城形成的具体原因可参看魏华龄的《抗战时期桂林文化城的形成》（原载《学术论坛》1982年第2期，后收入1987年版《桂林文化城史话》）和李建平的《桂林文化城成因初探》（原载《社会科学家》1988年第3期，后收入1995年版《桂林抗战文化研究文集（三）》）。

③ 《一九四一年文艺运动的检讨》，《文艺生活》第1卷第5期。

报》和《救亡日报》以相当篇幅刊载时事和理论文章,它们与党的理论刊物《群众》杂志在桂林都拥有较多的读者,起到了'抗战的号角''人民的喉舌'作用"①。但尽管如此,桂林文化城初期还是产生了一批短篇小说,如舒群的《海的彼岸》《祖国的伤痕》《一位工程师的第一次工程》、谷斯范的《株州之夜》、尼塞的《四月的乡村》、雷焚的《克罗米》、艾芜的《夜》《受难者》、王鲁彦的《我们的喇叭》、黄遗的《她的际遇》、朱雯的《逾越节》《鉏麛》《谜》、罗洪的《还站在边缘上的小刘》《活教育》、司马文森的《大时代中的小人物——散记篇之一》等。

三

广西短篇小说真正迎来百花竞放的繁荣时期是在1940年代桂林文化城的两次高潮期②。说它繁荣不仅因其数量多,更因其质量高。不妨试举其中的一部分。如巴金的《某夫妇》、茅盾的《列那和吉地》、孟超的《查伊璜与吴六奇》、邵荃麟的《多余的人》《一个女人和一条牛》、葛琴的《吕克宁》、骆宾基的《北望园的春天》《一个唯美派画家的日记》、端木蕻良的《初吻》《早春》、王鲁彦的《陈老奶》、黄药眠的《一个老人》、方敬的《秦老先生》、彭慧的《四姑娘的喜事》、艾芜的《秋收》、司马文森的《花开时节》等。只是由于篇幅所限,本卷难以一一囊括,只好忍痛割爱,选在桂时间相对较长,艺术相对圆熟的代表性作家。如王鲁彦、艾芜、司马文森等。

王鲁彦,生于1901年,浙江镇海人,是桂林文化城时期较早到达桂林的作家之一,其于1938年12月从武汉抵达桂林,1944年8月病逝于桂林。入选本卷的《我们的喇叭》刊载于《国民公论》第2卷第1期(1939年7月1日),该期是纪念抗战的

---

① 魏华龄:《桂林抗战文化综论》,广西人民出版社,2014,第39页。
② 桂林文化城第一次高潮形成于皖南事变(1941年1月)之前,其中以1940年尤盛;第二次高潮形成于香港沦陷(1941年12月),大批文化人纷纷从香港逃难至桂林之后,其中以1942年、1943年尤盛。

专号，有编者按语，按语对《我们的喇叭》如是写道："负唤起民众之责的文艺工作者，特别需要加紧努力。因此我们在这一期里，特别向读者介绍了鲁彦先生的最新力作《我们的喇叭》。"《我们的喇叭》写的是一个安分守己、听天由命、退让忍耐、绰号为"小喇叭"的小贩如何成长为抗日战士的故事。从这一角度看，小说的确起到了"唤起民众"的作用，而从小说的艺术层面来说，更重要的是通过人物由吹小喇叭到吹大喇叭的转变暗示其内心世界的悄然变化。《杨连副》写的是良好的军民关系，但小说却选择从一场军民的谩骂和对峙写起，等误会解除，军民关系趋向融洽时，小说又安排了一场童子军的对峙，童子军弱小的一方因受过杨连副的训练，在对峙时有组织、有谋略地完成了对另一方的包围，双方最后在杨连副的调解和教育下明白了中国人不打中国人的道理。小说故事一波三折，趣味横生，童子军的描写仿佛回到了《柚子》时期孩子气的天真，但韵味已随时代的不同而迥异。《陈老奶》是鲁彦桂林时期的一篇力作。陈老奶原本有一个幸福的家庭，可是抗战爆发后，二儿子出去当兵的生死未卜、大儿子的病逝、官商勾结的欺诈等一系列打击相继而至，陈老奶的内心受到的震动一次比一次强烈，尽管如此，陈老奶在面对生活时，尤其是在儿媳和孙子面前，极力保持平静祥和，直至生命的最后一刻。小说塑造了一个充满苦难却无比坚毅的母亲形象，这在战争时期的象征意义是不言而喻的。

艾芜，四川新都人，1939年春抵达桂林，1944年夏离桂。据不完全统计，艾芜在桂林五年多的时间里创作了六十余篇小说，这些小说无论从数量上还是质量上都堪称艾芜创作上的大丰收，艾芜也因此成了桂林文化城时期小说创作成绩最为显著的作家之一。入选本卷的《秋收》1939年12月作于桂林，刊载于《抗战文艺》第6卷第1期（1940年3月30日），写的是姜家婆媳对旧军队的态度的转变，且不说小说心理刻画的精确、语言的贴切和叙述的老道，只这一题材恐怕在整个中国现代文学史上都不多见。《苦闷》刊载于《新军》第2卷第1期（1940年1月1日），后收入小说集《秋收》，写的是一个名叫七保的兵开小差逃回村后苦闷的故事。以逃兵为题材，除了《苦闷》，艾芜还创作了《两个逃兵》《意外》。与《苦闷》写逃兵逃到家后的境遇不同，《两个逃兵》写的是逃兵逃回家前路上的遭遇，而《意外》写的则是老张和老李误打误撞当了兵后如何出逃的故事，在这一点上，《意外》中的老张和老李出逃远不如黄谷柳《王长林》中的王长林高明。《信——蒲隆兴老爷家一家的纪事》刊载于《抗战文艺》第7卷第2、3期合刊（1941年3月20日），后收入小说集《荒地》。小说把讽刺的笔法用得甚妙，文字节制，但节制中又暗含嘲讽。寥寥几笔就让人物现出原形，如田主蒲隆兴老爷的吝啬和贪婪、大太太的爱管闲事、二姨太的护犊心切、三姨太的精明、儿子的不学无术、女工张嫂婆的察言观色等。

司马文森，生于1916年，福建泉州人。1939年5月，由广东韶关抵达桂林，1944年秋湘桂大撤退时，撤往桂北开辟敌后游击根据地，抗战胜利后不久离桂赴粤。司马文森旅居广西六年多，其中有五年多的时间都在桂林，可以说见证了桂林文化城的兴起、发展和衰亡。桂林文化城时期是司马文森创作的鼎盛期。短篇小说结集出版的有《奇遇》（桂林白虹书店1942年3月初版）、《蠢货》（桂林文化供应社1943年1月初版）、《人间》（桂林白虹书店1943年3月初版）、《孤独》（桂林今日文艺社1943年5月初版）等。入选本卷的《大时代中的小人物——散记篇之一》原载于1939年9月16日的《国民公论》第2卷第6号。小说通过描述准尉章司书的几件"散事"，如对他人由前线负伤得到快速晋升的不满、工作由兢兢业业到怠工迟到、被炸弹吓破了胆从而听到初次警报就逃跑、本想通过到前线抗战尽快得到晋升却因那可笑的躲警报方式（到树洞中躲警报）而终没有躲过轰炸这一关等勾勒出抗战时代下小人物的可笑、可怜和可悲。《渣——一个青年的手记》原载于1944年2月1日的《当代文艺》第1卷第2期，小说写的是失意的抗战青年流落到大后方偶遇曾经的爱人的故事。单独来看，小说似乎并无特别之处，但和司马文森之前写爱情的小说如《路》《雨季》《希望》等篇连起来看，就显现出《渣——一个青年的手记》的意义。《花开时节》初收入司马文森、骆宾基等著的作品集《寂寞》[①]，后收入短篇小说集《蠢货》。小说写一支战地工作队到几乎与世隔绝的桃花村所做的抗战宣传给世家独子

---

① 《寂寞》是司马文森主编的"现实文丛"之一，桂林文献出版社1941年8月初版，内收小说、诗歌、散文、剧本、翻译等。

方光寿带来的影响。小说可贵之处在于提出了个人"入伍"后带来的伦理问题，这在抗战救亡压倒一切、个人入伍抗战早已成为义不容辞的责任和义务的彼时，实属难得。桂林文化城时期，除王鲁彦、艾芜、司马文森、韩北屏等旅桂的作家外，桂籍作家如陈迩冬、胡明树、曾敏之、严杰人等人也活跃于桂林文坛，他们虽整体比不上旅桂作家的创作成绩，但也和旅桂作家一起推动了文化城的繁荣。

1944年秋，湘桂大撤退，紧接着桂林沦陷，桂林文化城随之烟消云散。桂林文化城消散后，广西1940年代中后期的短篇小说发展如果从地域上桂籍作家的集中程度来看，大致有三股力量不容小觑：一股是以陆地、苗延秀、华山等人为代表的学艺于延安，尔后转至东北的文学力量；一股是由广西本土培养出的如黄勇刹、莎红等文学新生力量；一股是散布于各地的游勇老将们的文学力量，如在上海的凤子和在香港的黄谷柳等。三股力量如果从小说技艺上来看，文学新军自然敌不过老将，如黄勇刹的《王副乡长亏本了》《在K城车站》、莎红的《夜半哭声》《难忘的叮咛》等诸篇多是习作，但新生毕竟孕育着生机，还是值得肯定的。老将中的凤子早在桂林文化城时期就已到过桂林，但那时主要以演剧和办刊为主，如演出《曙光》《前夜》《北京人》《天国春秋》等剧和主编《人世间》月刊。桂林文化城时期凤子创作的小说并不多，凤子真正以小说名世还是在40年代中后期。如1945年12月，散文小说集《八年》(内收《构树夜话》《披风》《过路木匠》《金银世界》《银妞》《渡》《雾夜图》七篇小说)由万叶书店出版；1946年5月，长篇小说《无声的歌女》由正言出版社出版；1947年5月，中篇小说集《鹦鹉之恋》由文化生活出版社出版；1948年9月，中篇小说《沉渣》由太平洋出版社出版等。这些小说的出版使得凤子作为小说家的面目逐渐清晰。入选本卷的《金银世界》原载于1943年11月20日的《文艺先锋》第3卷第5期，写的是抗战时期艺人经济拮据下的艰难生活及对只顾做发财梦之人的讽刺。《构树夜话》初稿写于1943年10月，1944年6月改作，小说以"夜话"的形式讲述了抗战时期一个中年音乐家爱而不得意欲出家遁世的故事。如果说《构树夜话》是对抗战时期知识分子精神遁世批判的话，那么《画像》则是对抗战时期知识分子过分沉溺于自我情感世界的批判。黄谷柳是分散在异地的另一位老将。提起黄谷柳，首先使人想起的是其长篇小说《虾球传》。或许《虾球传》的名气太大，以至于此后无论香港还是内地都对《虾球传》一版再版，然而黄谷柳几乎写于同时期的短篇小说却无人问津，直到1990年花城出版社出版黄谷柳的作品集《干妈》。《干妈》收入了黄谷柳写于40年代后期的一批短篇小说，如《孤燕》《难友》《爱情的惩罚》《深渊——炼狱的片段》《饶恕——炼狱的片段》《一直落》《王长林》《七十五根扁担》等。其中，《孤燕》和《王长林》以内容的相对丰满和艺术的相对圆熟而突出。与老将和新军相比，以陆地、苗延秀、华山等人为代表的文学力量可谓是中坚，其中尤以陆地最为突出。

陆地，1918年生于广西绥禄县（今扶绥县），50年代末60年代初因一部《美丽的南方》被誉为广西现代长篇小说的奠基人，同时也开启了壮族文学的新篇章[1]。这当然是新中国成立之后的事。新中国成立之前，陆地的文学创作可以说起步于延安，成熟于东北[2]。1938年10月，陆地抵达延安，次年初，考取鲁迅艺术文学院文学系，从此正式开启了文学生涯[3]。延安时期，陆地虽随形势数易其地（如由"鲁艺"文学系到"鲁艺"文研室到部队艺术学校再到陕甘宁晋绥联合军区政治部等），但写作却从未间断（审查期间[4]除外）。延安时期，陆地创作的短篇小说有《重逢》《落伍者》《参加"八路"来了——军中记事》《乡间》等。虽数量不多，却为以后的创作积累了宝贵经验。入选本卷的《落伍者》刊发于《谷雨》第1卷第4期（1942年2月17日），是作家首次以"陆地"为笔名发表的小说。小说写的是"百团大战"的火线下，一位不合群、冷漠、倔强，甚至有些顽固的老张头炊事员在一次紧急转移行

---

① 李建平、王敏之、王绍辉等：《广西文学50年》，漓江出版社，2005，第40页。

② 陆地在自传中曾这样说道："我的文学生涯，春华，是在革命圣地延安绽放的蓓蕾；秋实，则在北国冰城便成了收成的佳果啊！"载陆地：《直言真情话平生——陆地自传》，广西美术出版社，2004，第55页。

③ 陆地在《创作余谈》中说："我的文学生涯是从1939年初，进了延安鲁迅艺术文学院文学系后起步的。"载蒙书翰编《陆地研究专集》，漓江出版社，1985，第40页。

④ 1943年7月在延安"抢救运动"中，陆地因被指"特嫌"而遭审查。载陆地：《直言真情话平生——陆地自传》，广西美术出版社，2004，第43—46页。

军中掉了队的故事。小说发表后，老作家吴奚如、罗烽齐声赞赏[①]，同辈作家孔厥则誉之为"鲁迅《孤独者》的姐妹"[②]。陆地也因此受到了文学圈的注目，成为文坛新秀。《乡间》刊载于1942年11月6日的《大公报》（桂林版），虽发表时间晚于《落伍者》《参加"八路"来了——军中记事》，但《乡间》却是陆地到达延安后的第一篇作品[③]，目的在于暴露抗战期间"老家广西农村的反动统治鱼肉人民的阴暗角落，也是我个人对旧社会不堪回首的诀别"[④]。1945年6月，陆地随军南下，途中因抗战胜利转道东北，于10月抵达沈阳，从此开始近四年的东北生活。东北时期，陆地一边编《东北日报》副刊，一边从事创作。创作的小说有《在抚顺炭矿的日子》《最后的夜晚》《叶红》《黄昏时候》《钱》《大家庭》《好样的人》《生死斗争》（又名《钢铁的心》）等，出版了短篇小说集《北方》（光华书店1947年12月初版）。与延安时期的起步不同，东北时期的创作显得更为成熟。其中以《叶红》《钱》尤甚。《叶红》连载于1946年9月25日、26日的《东北日报》，原题《新女性》，誉清时改名为《叶红》[⑤]。《叶红》发表之初可谓好评如潮[⑥]，以至于作者很有底气地在日记中这样写道："我不曾为自己的作品欣幸过，但今天，我却深深地自慰：叶红应当不朽！有眼力的批评家，他应该认同这是文坛上的收获。其实，这不是我自己的私见：好些人已经为我祝贺来了，还打听叶红的模特是谁。谁呢？我自己也难说清。"[⑦] 文中欣慰之情溢于言表，然而颇具戏剧性的是，备受好评的《叶红》到了1947年秋随着苏联日丹诺夫批判左琴科和阿赫玛托娃的旋风从西伯利亚吹到哈尔滨之时，便被当作同左琴科鼓吹"小资情调"一路的货色，列为东北首届文代会的批判中心，在文学小组

---

① 陆地：《七十回首话当年》，《新文学史料》1989年第4期。

② 陆地：《直言真情话平生——陆地自传》，广西美术出版社，2004，第40页。

③ 陆地：《故人·题记》，广西人民出版社，1979，第1页。

④ 陆地：《故人·题记》，广西人民出版社，1979，第1页。

⑤ 陈南南、陈田田整理《陆地文集·第七卷》，广西师范大学出版社，2018，第54页。

⑥ 陈南南、陈田田整理《陆地文集·第七卷》，广西师范大学出版社，2018，第59页；陆地：《直言真情话平生——陆地自传》，广西美术出版社，2004，第53—54页。

⑦ 陈南南、陈田田整理《陆地文集·第七卷》，广西师范大学出版社，2018，第59页。

连续批了三天①。而这一批判直接导致了陆地未能出席全国第一次文代会②，这在陆地或许是无论如何也想不到的。或许是受批判的影响亦或其他原因，陆地在《叶红》收入短篇小说集《北方》时做了修改③，尤其以小说的最后一部分即第五节改动最大。陆地的《钱》刊载于1947年《东北文艺》第2期，写八路军老战士王励本勤俭节约，在随军路上由一开始"钱不到该花的时候，他绝不轻易浪费的，不管是公家的开支或私人的使用"到行军途中（经解放区、敌占区、国统区）因百姓一路的慰劳接待、公家的供给而感到钱的无用、累赘，再到主动把残废金、保健费等存款上交公家（修改版改为充当党费上交组织④）。王励本对钱态度的转变可谓自然而然、水到渠成。只不过与《叶红》相比，《钱》写得有点理想主义而已。理想主义当然不只属于小说《钱》，更属于小说背后的陆地。事实上，同样学艺于延安，后来分散至各地的万里云、华山等人同样具有理想主义，只不过这批怀有理想主义的桂籍作家到新中国成立后纷纷被现实主义所苦恼，这当然是后话了。

李北京

2019年5月28日于南宁

2019年8月29日改定

---

① 陆地：《七十回首话当年》，《新文学史料》1989年第4期；陆地：《直言真情话平生——陆地自传》，广西美术出版社，2004，第55页。

② 陆地：《直言真情话平生——陆地自传》，广西美术出版社，2004，第56页。

③ 此后《故人》（广西人民出版社1979年10月版）、《陆地作品选》（漓江出版社1986年10月版）、《陆地文集》（广西师范大学出版社2018年12月版）中收入的《叶红》均以1947年的修改版为准。

④ 参见《故人》（广西人民出版社1979年10月版）、《陆地作品选》（漓江出版社1986年10月版）、《陆地文集》（广西师范大学出版社2018年12月版）中收入的《钱》。

1920年代

- 韦杰三《逃》
- 韦杰三《海上生涯》

逃

韦杰三

"要是，我们那里的交通，也和此地一样，那么，这一回事又算得什么呢，何消如此费神地去向他们上陈情表！你说是不是？"瘦芝把握起了的钢笔重新放下，一手搁在粗笨而满染着油斑的方桌上，一手支着倦意欲滴的颊儿，很轻滞地转眼望望杰桑。茶房把冷水倒来，杰桑刚在门背后拿毛巾要揩脸，从他微现油灰色的面孔和那一副懒洋洋的神态里，都可以看得出他是征尘甫卸的旅客。毛巾已经浴水，可是，瘦芝这几句话，却正射中他久蕴未宣的一点言论，此刻，他怎能依旧默然呢？他起劲地把毛巾一弃，湿着手贴近桌子来："那自然！从故乡到此地，不过千余里路，要是交通便利的，朝发夕至——你看，我们昨晚坐的一点多钟的火车，是多么快当呀！——那么恐怕很容易博得他老的允许，用不着再演这么一出把戏咧。即许这么，也算不得什么一回事。"

"所以我常常要说：住在穷乡僻壤人的生命，比通都大邑人的生命至少减短了几分之一——这就

作者简介

韦杰三（1903—1926），壮族，广西蒙山人。岁余失母，由祖父母抚育成人。1914年入县立高小。1917年秋，考入梧州道立师范，1918年冬卒业。1919年春，就读于广州慕蔟英文专修学校，同年考入广州培英中学，培英中学时期，曾任《培英杂志》编辑、同乡会《独刊》编辑、《友声报》撰述员。1921年夏转入南京东南大学附中，后入吴淞中国公学。1923年夏，回乡任县立中学英语、音乐教员。1924秋，考入上海大学英文文学系。1925年，上海大学因"五卅"运动被迫解散后，于同年秋考入北京清华学校。1926年3月，参加"三·一八"反帝爱国运动，被段祺瑞政府镇压，不幸中弹，壮烈牺牲。时年23岁。

作品信息

原载《道路月刊》1924年6月15日第10卷第1号，收入《韦杰三集》（广西人民出版社2006年10月出版）。

是耗费在交通的梗塞里！而且我常怀着'将来不再家于濛，只是三五年回来走一趟'的念头：这不是我对故乡无情，实在是故乡对于我的生命，消磨得太不经济了！一来有子女而无接受良好教育的机会；道途艰险，想出外求学也是难；即使能够冒险出来，然路费得多耗几许？汇费得多耗几许？况且还有好些时竟没有汇路。二来终无享受一切物质文明的机会——即如杂志报章的延滞难达；有重病而没有良好的医师……也够急死人了。"

他说到这里，阳光正从东窗偷进笑脸来，室内顿时充满着春意，身躯微微着了热；况是刚把长期的旅衣脱下，面目都觉得不舒服，非和冷水周旋不可。他一边揩脸，瘦芝一边笑嘻嘻地回答他："不知道怎的，出门久一点的人，和故乡牵着的情丝，总好像会日就枯萎的一模样！我虽则怨恨故乡的交通不便，但终没有抛弃彼的心情。如照你的心理而推广之，则穷乡僻壤，甚至于交通不便的城市，岂不是要人烟渐渐地绝迹了吗？"

杰桑手扭着面巾，禁不住哈哈大笑起来了："话虽如此，事实却做不到的。从这一次回去的感觉，故乡虽则似觉对我无情，但它终是一个灵魂归宿所；苦于风尘的仆仆，倦于湖海的飘零，和那些颓唐老倒于他乡，失败呻吟于世路的人儿，有谁不频进故乡梦境呢！人们感情上既不愿离弃故乡，论理也不该离弃故乡而趋享现成之福；那么，我们只有希望着故乡的文明——物质与精神——也一天天地进步而渐趋于理想之国罢了。"

起初，他不过是因为上"陈情表"而发出的一点感想，怪不料会惹出杰桑这一大段的谈资来；于是他的下意识又把他的视线回复到白纸上来了。

三年前的春天，他才十四岁，便进了县立高等小学，濛三全县只此一间高小，天真烂漫的他，上学便有活泼泼的小友们开玩笑，回家又感受着慈祥的母亲的爱慈，星期日尤能够痛快地饱玩一整天。况且此刻正是春姑娘担着簇新而耀眼的花篮回到人间的时候；蜂蝶们一群群地忙命随着花篮，作翩翩的狂舞，柔长而微妙的嗡嗡之曲，由空气的波浪振荡开来，布满得各处都是；莺哥儿提起娇嫩的嗓喉，在新黄的柳絮中迎风唱她最媚人的歌调；村旁的小溪，不知由谁斟满了酒一般的澄波，两岸腿苗的嫩草，倒影溪中，与柔波互相荡漾，看了真要令人陶醉呀！还有四野的一片新绿色，远看去涓涓欲滴无尽头，和春姑娘鲜红的花篮陪衬起来，仿佛是一双神秘的恋人，春姑娘就是他俩的证婚者。他酣睡在春姑娘的香怀里，做他甜蜜的童年之梦，哪里会知道光阴去得这样迅速呢？

现在他是三年级的学生了。

杰桑这次和云影回到故乡，一来因为要解决他的婚姻问题，二来是和故乡阔别得太久了，想借此与乡人重新接个吻。问题解决后，杰桑原拟马上赶回学校的，只是云影还有事未能成行，要叫他等着一伙儿才起程。这是什么缘故呢，难道云影的年龄过小，不能够后他独行吗？或者他俩有特别的关系，非同行不可？不——不是，原来这一条不易走的长途想象到都能够令他们生畏！正值"不去呢，学程将间断；去呢，一来难却朋友的情，二来这一条路又不是好走的"，在他心中交战而不分胜负的时候，于是凑巧先生跑来给他们做议和了。县立高小开学后的一个月后，去了一个教员，校长先生知道杰桑的回校问题还在迟疑没有解决，便中和他的同事教员程妮约同云影，正式地叫杰桑暂到高小来担任其余的三个半月的功课，借以等候云影的事情。

他认定这是一个凑巧先生，堪做他心战的议和者，于是他心中才罢了战。这么一来，他可以转换转换他的生活，借以得些做人的经验；并可以和多数神圣的儿童们做朋友，借以行国语文的运动，鼓吹他们到省外去读书。

杰桑的行李，就在十月一日这一天搬到高小来。他第一篇演说辞，便是："我亲爱的弟兄们，很不料今天有机会忽来和你们做做短期的研究学问的朋友，这是多么欣幸呀！兄弟与母校握别以来，相思经五载，所以前两三个月，身躯虽则还在上海和归途上，然而母校的轮廓和各位天真烂漫的抽象，早已制成活动的影片，频频地在我梦乡里摇晃了。……我现在暂在此地居留，也是读书，读的教育实验学，并不是教书，各位不要当我是教师，我实在是与各位研究学问的同学。……兄弟到底是因为想和各位做好朋友而来的，始终希望各位不要以为我是教师，我是最怕被人称做教师的，因为有了师生的界限，那么，你我间便容易于无形中生出一层隔膜来，好朋友也就不容易做了！……所以晚饭后的散步蓝江坝，或玩足球时，请不要忘掉邀我一声啊，……"这些话，不明明白白地告诉了我们，杰桑以后对于小友们的态度怎样，与他和小友们的感情如何吗？

三年班里新添的国语文和旧有的英文，现在由杰桑来担任了；瘦芝便是班中的一个。杰桑正想乘着时机，把几年来做学生所感着不满时而发出的理想的主张，按能实现的就来试行。校长和那同事的程妮，都是和杰桑思想一样的旧同学，云影虽则每星期五到星期日要回家走一趟，但他仍能替杰桑分任一半的功课。他们四人，既幸能在一间学校里，同心同志地办事，简直没有一点儿障碍；所以校中的设备，学生的生活，时擘丰富起来了。尤其是向小友们常述外地的风光，以及著名学校的内容；所选国语文教材，又多是《一个自决的儿子》《母亲的失望》……这一类促人猛悟和奋斗的有力的文字，因此激成了他们勃勃欲动的势子。

瘦芝年纪只小杰桑五岁，加以他是一个恬静沉默而不喜滥交的少年，所以他和这位年轻的教者，莫明其妙地做成了绝好的朋友了。他欢迎杰桑的教授，他信仰新思潮的论调，他于无形中走进了同化之圈。

自从"我非读书不可，我非到广州或上海去读不可"这两句话潜进他心板上来之后，他更留心到父母对于他的"升学"的态度。他想："到好学校里去读书多快活呀！……读到学问成功之后，又多快活呀！……那时，真是说不尽的快活！……"他一想象到这里，就仿佛有无穷的希望，展现在他前头。然而一转念："我父亲为甚总不表示态度呢？做生意经已有我两个哥哥了。……但是，还有两个月便快毕业的，为什么到现在他这态度不明呢？……省内中学，我是不愿意去——难道他想令我就近进这新挂招牌的县立中学吗？那我更不愿意！……"每当这些不适意的空思，弥漫在他稚弱的心灵里，那时候，他更想："倘若我真的不能够和他们一齐去啊，那我真要苦死了！"于是在他活泼光洁的小脸上，无端地加上了一层烦恼的网膜；在他流动而闪烁的瞳仁里，也展现着渺渺茫茫不可捉摸的前程之失望。

今天是旧历元宵节后的第二日，瘦芝早上接到一张明信片，上面署名程妮，内容说："……不久我便要到桂林去了，有暇深望能到舍下小住两天，借以痛叙离怀！……"他很从容地向母亲禀明这件事，母亲还给他一包年饼做礼物，并于无意中流露着这些话："此行恐怕那位先生会有什么好栽培？可惜我目下没有钱！……"

他去了，他声明是去程妮的家里——他穿着棉袍步行去，手中除了一包年饼外，别无他物。他走到东门外的东安桥上，父亲刚从柴厂去来，迎头就问："梦麟你到哪里去？""到西晚去给程妮先生拜年。""去西晚为什么由此地来？""还要到东平顶去邀一个朋友同路。""看啊，不能够到广东去呵！""是的！"但是谁会想到这一天就是瘦芝犯了大不韪——逆父命而私逃的纪念日吗，也就是濛三县少年，为出省外求学而开私逃之禁的破天荒第一次吗？

披着金发的太阳哥，忽从云幕里闪出身来，明亮晶晶很亲热地尽着向瘦芝微笑，这分明是他欢迎和庆祝的表示呢，瘦芝半路遇着了杰桑，今天便回到海鸥家里去借宿。搭船本来是到城南十五里的水秀去的，只恐怕有追兵会来，所以特绕道先到城东南十二里的海鸥家里去暂避其锋。至于行李呢，瘦芝只有一个"狗颈包袱"，是昨晚二更时分偷运出来的，现在已由杰桑随身给他带来。杰桑云影的，昨天已用粗板或旧布封好，伪写着"烦转梧州泗源号收"，由一间相熟的铺头老早搭到船里去。

第二天破晓，他俩由海鸥家里赶赴水秀去下船。天宫还罩着沉默的网，晨雾四笼，晶莹而皎洁的露珠，一串串地偎恋着嫩绿的野草；人声寂然，只看见疏疏的小村落，错杂在迷蒙空气里的岭脚田边。半路上，在一条山腰里，他俩忽然停了步，为的什么呢？原来这是化装的佳所了。他俩把身上所穿着新缝的斜纹布棉袍，蓝布长衫，毛布军绒帽，布鞋等，统统褪了下来。杰桑换上一顶老祖父遗下的破毡帽，一件袖底已经披棉的黑绣衫，一条过长的湖北灰布裤，一双套着烂袜子的草鞋：看来仿佛一个家道中落的书香子弟。瘦芝呢，他换上的是一套很窄很窄不称体的、两年前的旧衣裤，头戴的是本地学徒盛兴的黑网帽，脚踏的仍是草履：据他这样的装束，看来有八分带"丑角"的色彩，只可惜面目还过于漂亮一点儿。他俩互相瞧，再也耐不住抱头憨笑了。

行抵水秀，他俩仍暂潜伏于友人家，直到船家报告开船时，他俩才跳进那狭的笼去，度他们的水上生涯。云影忽的害了病，不能如约赶来，仍想再叫杰桑等他，怎奈同行私逃者的心如火急，恨不能身生两翼，可以应声飞脱樊笼！

上午九点钟的时分，瓜皮似的民船移动了。此地的民船，俱是商家的货船，没有一个是专备以载客的。船身长约丈五，阔只六尺，篷高仅四尺；近船头处，便是厨房，每当烧饭烧菜的当儿，烟气腾腾地熏到船里来；篷是用最大的竹叶缀成的，覆瓦般覆盖着，在夏天烈日之下，船里的空气，真是火一般烧着；两头没有门槛，俨如无节的竹筒，在冬天，寒风可以虎虎地贯通——这些民船的粗简，我可以告诉你：委实就像小孩子所折玩的纸船。

本民船这一次所运载的是五千斤的茶麸（茶籽榨余渣滓做成脸盆大的圆块），在船的中部铺叠起来，距离篷顶，不过只差两尺；茶麸叠得不大平整，但是，麸面而外，再没有方法可以找到他俩安枕的地位！他俩把席子铺好，便暂行睡下——半欲沉静一下，半为矮篷所压迫，使他们不能不如此——覆上一条历久而故意不洗的粗布被窝。自从昨天早上，由家里出奔到现在，无刻不在提心吊胆，诚恐追兵一到，那岂不是白白地如做一场春梦，把垂成的计划，付诸东流吗？所以真是风吹草动，都足以使他添上一番惊悸。现在已由他的视觉，明明地证实船在撑离苦岸了！只这一秒的时间，他的心顿从迷茫而紧张的"惊园"里，复活到自由的国土来。他的肉体虽然关锁在名为货船实则狭小的囚笼里，然而他的灵魂，却已飘飘浮浮地踏进Paradise 之门了！

船主是一个三十来岁的男子，中样身材，脸色黑紫而微有反光，不露笑容，眼眶特别的突大，转动得黑白闪闪分明，和他对视时未免令人生怕。他是公婆人，并有一个十多岁的瞎眼兄弟，一个两三岁的女孩，还有一个约莫四十岁的姊子，也带着四五岁的女儿来帮忙他。你看：不满方丈之地，竟挤着八口人！

"你们两位是源合书铺的伙计吗？"船主向着杰桑这样问。"正是哩，船主老板。""发财了吧，现在到哪里去？""发财还穿这套衣服吗？现在想到梧州去找工夫做。""……"

瘦芝第一重的难关，经已走险，此后又须为"道路"而担心了！滩多水浅，常遇搁着，船家必跳下水去，用木条挣扎，然后才能移动——这样的每天总有几十次，到下游才逐渐减少。他们又不能够走出船头船尾或船边来，恐怕岸上有人会看见；所以唯一的工作，便是"躺着"，光线不充足，书也不能够常看——且看时还是偷着看，因为怕给船家见。船在摇动，睡神又不降临，他俩只限白白地躺着，耳听风声，水声桨声交作，如堕五里雾中，真是莫名其妙。

第四天，舟由陈村开行时，包船的匪徒一人，经已混在邻船里，但他俩还在梦中呢。船主正式地对他们警告："此后的程途不是太平了，请你们静伏着不要出来！"他们于是赶快把零物收拾，随身带着的路费，也匿到竹篷里去，屏息胆怯地期待着看有什么动静没有。这几天，总是度那"躺着"的生活：日也躺夜也躺，即许躺的是"沙发"，恐怕骨肉也要麻痛了，何况卧的是薪？寒风砭骨，夜凉如水，他们还是一张草席，不敢把毛毡拿出来做垫底。吃饭的时候，仍是坐在这两尺高的囚床上，低着头，弯着背，屈着脚：我们在什么国家里，可以找得出和这个一样的囚笼呢？

第六天，约莫中午的时候，船主贴近来对他们低声说："他现在要收'行水'了，每客一块钱，还算少！……我本替你们要求减一点的……只是，他不肯……我们每号船收八块，……你们快把两块来！"该匪得钱后，旋向岸林遁去；因为这条水的两岸，一带山径崎岖，荆棘丛塞，行人视为畏途，多为匪徒所出入。

邻船的音波，这样地传到他耳鼓里来了："咦，你好险！要是不是这样殷勤地款待他，你一定会跟他去了！你看他临去还重复地问我——问你是否有钱人。……金生想替他那两个客人要求减轻收一点，他便怒气地话，你叫那两个亲身来见我，我或者一个钱不要他们的。"原来金生就是瘦芝的船主老板啦！

感谢上帝的赐福，第七天下午一点钟，舟已平安地脱险到蒙江了！统计由水秀到蒙江，路程不过三百余里，倘若道路修成，行驶汽车，不过五个钟头，就可以到；但现在怎样呀！于此，便足以证明建设道路的重要了！瘦芝出船后，竟因久已屈服在矮篷的严威下，一朝解放，实在立足不稳。

由这里到梧州到广州，已通轮船，再不像前此听着有歌《行路难》——歌着"行不得也哥哥，十八滩头乱石多！"的了。

┃ **文学史评论** ┃

韦杰三创作时间虽不长，但已形成了自己的特色。他在创作上最为突出的一点，是贯穿于他的全部作品中的强烈的时代精神。他的作品绝大部分写于"五四"的高潮期，因此，有不少作品就直接表达了反对封建礼教，反对封建婚姻制，鼓吹个性解放的"五四"时代精神。他还有一些披露心胸的作品，主要抒发了作者在个性解放思想的影响下，乐观向上，奋发有为的情怀，这部分作品，更是"五四"时代精神的具体体现。而另一部分作品，如反映求学生活的小说，虽不是直接地表现了"五四"的时代精神，但作品描写的是为新思潮所冲击的青年，为获得新的知识以造福社会而争取外出求学的故事，因此，也是"五四"时代精神的折射。

　　——王保林主编《中国少数民族现代文学》，广西人民出版社，1989，第420—
　　　　421页

韦杰三作为反帝反封建的诗人和斗士在中国新民主主义革命史和中国现代文学史上占有独特的地位和深远的影响。

韦杰三的文学创作，以诗歌为最显著。

……

他曾"立志要在儿童文学上做工夫"，故撰写过专门研究儿童文学创作规律的专著《儿童文学分类法》，并身体力行，创作、改编了许多童话、童话体小说、寓言、幽默故事，翻译过童话、儿童剧、儿童诗等作品。他以"娱乐"和"教育"为原则和出发点警醒儿童文学创作，注意儿童的心理特征，从题材内容的选择到表现形式的运用，都为儿童所喜闻乐见。……

韦杰三还创作了《私逃》《海上通信》《父亲的失望》《苦儿脱盗》等短篇小说，多以学生生活为题材，描绘了一些颇有个性的人物形象。这些作品的艺术技巧，尽管还不怎么成熟，但在这之前，壮族作家还没有从事儿童文学创作，因此，在壮族文学史上，他的儿童文学特别引人注目，它为壮族现代文学留下值得肯定的一页。

　　——周作秋、黄绍清、欧阳若修、覃德清：《壮族文学发展史（下）》，广西人民
　　出版社，2007，第1272—1278页

▮ 创作评论 ▮

　　韦杰三的小说创作是二十年代社会生活的一种产物，"五四"时代精神的一种反映。但由于种种原因，他还未能或来不及直接在党的领导下完全与新的群众的时代结合，"在总的方向上是一致的，但在实际工作上却没有互相结合起来"。因此，他只能以自己熟悉的、了解的小资产阶级知识分子为描写对象，描写如毛泽东同志所说的"上海亭子间"的那种生活内容。当然，他的这种描写，完成了他自身所能完成的一种时代任务。他的生活环境和生活经历决定了他只能做到这一步。

　　——欧阳若修：《试论陆地四十年代的小说创作》，载蒙书翰编《陆地研究专集》，
　　漓江出版社，1985，第121页

　　通过韦杰三的全部作品，也比较真实地展现了五四时期一个奋发有为的青年的精神风貌，其进步作用是极其明显的。但作者当时还太年轻，对生活的思考既有待深化，其经历、视野亦有限，因此，他的作品反映的社会面还嫌狭窄，题材不够多样化，也无法表现出更为深广的社会生活内容。

　　——钟军红：《韦杰三及其创作》，《广西民族学院学报（哲学社会科学版）》
　　1986年第2期

　　他在小说创作方面虽然数量不多，但在小说体式上却做了可贵的探索。他创作的小说有现实体小说，如《私逃》《父亲的失望》；也有童话体小说，如《从圈里跳出来的一个》；书信体小说，如《海上生涯》等等。他的小说有第一人称叙述的，也有第三人称叙述的。他的小说创作，不仅丰富了我国现代文学的体式，而且为壮族文学的发展开拓了新的领域。

　　……

韦杰三是壮族文学史上第一个用白话文创作而获得成功的作家。他创作的诗歌、散文、小说和儿童文学等作品，几乎都运用白话文进行创作。通俗浅白的语言，真实自然的感情流露方式，给壮族文坛带来一股清新的空气，也给壮族文学的发展指明了前进的方向，促进了壮族文学的发展。

韦杰三的作品感情真实，富于激情，在感情的抒发方式上突现抒情主人公的自我形象，为壮族文坛带来清新的气息。

——黄可兴：《论韦杰三文学创作对壮族文学现代化的贡献》，《广西民族学院学报（哲学社会科学版）》2004年第6期

海上生涯

韦杰三

一

春树：

你现在当然平平安安地到了慈母的爱怀中了，但你哪里会知道海上故人，今天却被人家像狗一样地赶出门来呢？

记得吧？当你临去的那一天，大家忙着烧早饭，你也忙着捡东西；一场别去，我们本来是有好些话要说的，但是，我们想得起什么说来话吗？我们除了"这一本《代数》和那一本《英文法》怕要带回去看吧？"一类的商量语外所有要说的话，竟不知躲到哪里去了。天公不解人意，又偏偏板起一块阴翳而怅惘的面孔，对着将分手的我们；我本知道这不过是小别，怎奈这迢迢数千里的小别啊！

当我蜷缩在载行李的车上时，天色越发暗淡得可怕，全宇宙像已蒙盖着一层很浓厚的殓衣，加以紧张的雨点，把我压迫在麻乱而烦愁的空气里，压迫得不能喘气。

无情的汽笛，下逐客令了，这是何等的严酷呀？你在船上尽管扬手帕，我的帽子几乎举不起来，摇晃得不动了。"秀蓬，我们还是早一点回去好。"我低低地说了这一句，便同他走了。在上码

作品信息

原载《良友》1927年3月30日第13期。收入《韦杰三集》（广西人民出版社2006年10月出版），入选《1926—1945良友小说（下册）》（上海社会科学院出版社2004年1月出版）。

头后回首遥望着你时，见你痴痴地不动，眼眶中似乎有闪光的样子——不，我不应该这样说，我不应该发出这样没有证实的说话。你那时正是归心如箭，在预想着到家后的快乐，怕不会有什么惜别之念吧。我的喉头，早已被一种逆气所哽塞，鼻腔也不好过，胸膛上仿佛有一块大石在按着，但直到转角最后一次的回顾，我还能驾驭得我自己的眼泉。

上了电车，可恨那泰顺，却偏要与我们遥遥地相对着平行，不由得我的视线不移到它身上去，然而人影模糊，憧憧群中，哪里辨得出我所属望的人。我如化身为落红几瓣，躺在急流波中，一任其漂泊何处。泰顺还在眼前，终不免惹得我的心思缭乱。我想起云山万里的家乡，我想起我二十年前死去的母亲，我想起一个失了母亲的孤儿的苦处，我想起眼前漂泊的生涯，我更想起，我更想起你和我握别的时候的说话：

"你身上还有多少钱？唉，恨我没得来安家了？"

"不要紧的，我身上还有几个角子。"

我的泪流呵，尽着向腹中流呵，终于忍不住而冒出眼眶外，我偷偷地把手帕送到眼镜下，因为我怕给别人看见——我何必呢，这是我自己的事。

归途全是静悄悄的。

回到寓中，一个零星散乱的房间，越显得异样的凄冷，置身其间，有令人顿起寒噤之势。一张灰白的帐子，好像长寿桥上所晾晒的渔网，风来冷冷地动了几下。没有垫席的棕床上，乱抛着几个红的白的空信壳，全表示着没有主人的样子。你从前爱吹的竹笛，现在也悄然无声地哽咽着横卧在尘埃满面的楼上。最难堪的是那张泪痕模糊的桌子，上面摆着光绪年间遗下来的风炉，一股颓唐衰老的气色，令人作败家之惧。菜碗酱碟，无规则地胡乱撒着，仿佛有不可收拾的情景。楼板上的垃圾，没有人扫，一走一勾脚，惹人心事乱如麻。

房东不知道明天有些什么酒事，竟把厨房弄得不闲空起来了。我们不好意思搬出几根青菜去和伊相形见劣，"我们索性晚饭吃晚一点，我们来喝醉去算了。"酒，本来是不宜饮的。但是，春树，我怎能不喝醉去呢？

　　房东竟拉拢她丈夫叫我们明天要在她家里喝酒。这在伊看来以为不能不如此做一点门面人情，却并不料到这便足以把我们像狗一样地赶出门外去了。我们——没有知道伊家有什么喜事的我们，更没有一块余钱来做礼物给伊的我们，当然不敢轻易地领受别人的恩惠。

　　我们早上起来，赶早买几个油煎糕当作早餐后，便托事跑了出来。谁料雨丝风片，洒人好不心烦。"唉，缩头缩颈的，没有伞子，尽管这样在雨中跑，你说不像一个丧家狗吗？茫茫宇宙，何处可容吾辈狂人？""到学校又去哪里住脚呢？""可以到图书馆去。""唔，你这个样子，人家还以为你是偷书来的，怕会拿扫帚把你赶了出去。""那就死了。""吓吓吓……？"

　　蓬和粮现在已经去用午饭了，我叫他们带回两块面包来给我。我现在是靠在阅报室的风琴上写这封信给你。今天天气冷得像要下雪，我的脚早已冷僵了，所不僵的只有这只写着信给你的右手。千里远人，你也愿意闭着眼睛想一想你故人这样狼狈的情形吗？独清回家了吧？家人团聚，胜封万户侯，享尽人生幸福。世人你许忙，忙个什么，所为何来？归去吧，归去吧。

　　昨夜闪闪的灯光，

　　　欲隐欲藏，

　　打动了我的归心，

　　　怎奈云山空望！

　　雨丝还在飘飘的，风片还在嘶嘶的，琴声还是寂寂的，他们还没有回来。不识故之红炉谈欢，肥肉钵边，亦引海上故居之生涯为笑柄否？两手已失知觉，不能多写，就此搁笔吧。

　　　　　　　　十二月十九日　残云在凄风苦雨中的死琴上写给你的

二

春树：

从你去后到现在，这六天中，我总共写了三次信给你，你统统收到了吗？我屈指料想着你是昨天到家的，还可以想见你和兄弟姐妹们握手寒暄的快乐，更可以想见你母亲笑得口也合不拢来，用手抚摩着你的头："呵，回来了！怎么去的半年，便长成许多了！"昨天又刚巧是小年夜，你的食福真好。肥黄的鸡，大块的红烧五花肉或是扣肉……呵，我的肚子现在叫得真厉害，我不愿再说了。

自从你去了之后，包饭老板也来过三次了。头一次他来问："韩先生，你到底到什么时候才能够把钱给我？"我说："已经告诉你要等到春先生回到广东去才马上汇来给你。"这是对他的一个缓兵计。"他去了？""去了。""要几天才可以到？""大约五六天。""唔，好……真是不得了。"这还算是没有什么。第二次他又来了，"韩先生，你今天一定要弄一点钱给我。""怎么前天刚来过的，今天又来了？""不是，我今天要付给别人一百块洋钱为猪肉账。""没有法子么，你看，我们自己的小菜，还是吃得这样坏。"我一面把锅盖揭示他，他看见我们吃了多餐肥肉蒸残咸鱼，又看见那碟没有油色的白菜，他便戴着一副皱涩苦笑的面孔，两手交叉地笼在油腻的衫袖子里懒洋洋地走了。出了房门，把门带上，他才再说这一句："那么，请你到小年夜再给我想法子就是了。嘿……"

昨天是小年夜，老板自然是来的。他那皱涩的苦笑，越发皱涩得可怕，皱涩得使我再不敢拒绝他。我于是说："老板，实在没有法子呢，我的东西早就当完了！""……""你十分是要，我只得借朋友的东西当给你；那么，请你到吃过中饭再来。""嘿……"

朋友，我——我现在算是对你不起了，我没有得到你的允许以前，便径自借了你的东西去当！但我一在什么地方得到钱的时候，便赶快给你赎回来的，我知道你能原谅我。

春树，你知道我是素不爱同人借钱的，现在蓬和粮固然是"泥菩萨过江，自身难保"，纵许还有旁的借路，也是不利于我，因为我是一个有名穷酸鬼，谁不知道，我早就受过多次的白眼了，我还能再去自讨没趣吗。所以我从前到了极不得已非向人求借不可的时候，我多是请蓬代我出名去借。那一次，连蓬代我名去借两块买书钱也不生效力的时候，他便借他那个手表给我。那手表明明是经他当过四块钱来的，而我拿到四马路的大当铺里去，受了许多傲慢的轻视与奚落，最后仍迫得作一块钱当去。这是我不能忘记的一回事呵！

昨天我从当铺里拿回十块钱来给了老板之后，虽则付他的不及全数之半，然而我已觉得不比从前对他那样难过；自然，他那皱涩的苦笑，比较也要来得宽容一点了。

因为年关近了，只还有五天，听说过年一直有五六天的罢市，我们在几天里还要当东西买米的，所以粮不能不去探一探行情了。"喂，贵当哪几天不能够来当东西？""除离正月初一，还有天天可以来当。"那几个跷起八字脚的人这样答。"这还不打紧，最怕是连当铺也不开门，那便死得成了。"粮笑眯眯地回来这样说。

不晓事的老鼠，昨晚上竟把我那顶暑天唯一的白通草帽子，咬穿了一个大洞眼。这因为它已饿得发慌，原不足怪；不过我这顶帽子，是从前在一个西教员的垃圾箱里捡回来的，到将来烈日当空的时候，便又有一番的不方便了。这真所谓：

屋漏更遭连夜雨，
行船偏遇打头风。

隔壁钟声在打四下了，这餐晚饭，是轮到我去煮的，不能多写，下次再谈。

十二月廿四日 残云在寂寞的寒窗下写给你的

三

春树：

我们的新年，总算是过了，不过，我们所过的，是一个甜酸苦辣四味兼全的新年，容我慢慢地报告给你听。

二十七那天，外面忙着买东西过年的人，已经吵得不可开交了。我因为一路来穿着这双烂树胶鞋过冬的缘故，已经害了两只脚跟的冻疮的我几乎走行不动；我不得不找出那双开了大口的烂布鞋来，思量把它补好，免得双脚受罪。怪不料锥子不知躲到什么地方去，死也不肯出来；不得已只好走出巷口去见补鞋匠。俗语说："越穷越见鬼，越冷越吹风。"真是一丝不错。你哪里会知道补鞋匠也奚落起我来了。我的烂鞋是用报纸包好静悄悄地拿出去了；当我轻轻地从纸包中把鞋子拿出来的时候，鞋匠"噗"地冷笑了一声，起劲地说："不补！"他复努着嘴歪着眼好像要骂我："你来这里倒坏我的招牌！"他身旁那两个伙计，也在露出十二分傲慢的神情，四眼瞪瞪盯着。我的脸皮烧得绯红，诚恐有旁人来看见，便三步作两步溜回来了。"唉，岂有此理，你补鞋匠只要钱而已，你管得别人要补的鞋，是坏到什么一个田地！"我回到家里才偷偷地这样埋怨，自己发气。

因此我过年也是拖着这双烂树胶的鞋子，冻疮越发糟糕了。

本来，过旧历年这个旧习俗，是应该提倡革除的；只无奈对于我们这些离乡背井万里外，终年不得一饱的人儿，眼巴巴地看见异乡人过年团聚的快乐，梦中也还可以幻见家园的热闹，因此便不能不也找一点忘怀的机会；原来我们的目的，并不是重在这小孩子狂喜着得压岁钱的新年呀。

我们从当铺里借来了四块半钱，便买两块钱的米，一块钱的猪肉——这完全是炖红烧肉用的。本来还想买一个小鸡，可恨年底小鸡，也竟贵到几块钱一个，我们只好买半边的腊鸭，这只去了四角半钱大洋，还算经济。我们又买两角钱的黑芝麻糖果和五香小饼子。此外还有一件最重要的——便是酒。我的朋友呵，你要原谅我，这酒并不是买来喝的，是买来疗病的呀！

二十九夜，我们请来了一个客——那便是老鹤。我们很滑稽地对他说："唉，自家人，没有菜，只不过像在家里般聚谈一夜吧。"这一天，我尽在暗算着一定会接到你的一封信，但谁料那可怕的绿衣人，我亲眼看见他经过后门三次，然而他终不招呼我一声呵！

好得年尾年头这两天，我都喝得有点醉意，于是乎不知道人世间有所谓烦恼事了。

树，我所谓过的是一个甜酸苦辣四味兼全的新年，你可以知道个中的滋味了吧？

夜深了，不能多写，渴望你的来信！

正月初一夜 残云微醉后写给你的

四

春树：

自从初二那天早上收到你薄薄的一张信纸外，一直到了今天，已经是九个整天了。这九天中，我也记不起写过几次信去给你，你到底发了什么事，或者快乐得把我忘记了？但是，你总该知道吧，这长长的九天，对于我是如何的难过啊。

前两天我便没有心肝读书了，我把精神寄到制作一本画册上面去。

蓬和粮觉得自己烧吃要糟蹋时候，便在初三那天依旧回饭馆去包饭了，而我呢，自己还想给人家做工夫的，哪里会有余钱去给别人赚。我现在每一次买上四个铜版太哥菜，最少可以吃到两天。饭，每天只烧一次，晚上把冷饭暖热便行了。昨晚上当我下厨房去的时候，房东婆不知道怎的好像格外来得慈和一点点，伊给我引火，又告诉我把小炉挪进些，免得受北风的恶气。一会儿，伊和肥婆更做下面的谈话。

"一个男人，出门要这样地劳神来烧饭。……"

"嘿，难道他们在家里没有娘姨烧饭吗？"

"娘姨不娘姨，终归是女人烧饭的啦。"

"一个男人——嘿——实在是……"

这在伊们看来，大约是觉得一个读书人，一个离家数千里的青年学生，要这样地餐餐自己动手去劳神，是一桩怪可怜的事了。然而这算得什么，只要天天有东西煮。我最怕的是再过一些时，家里还没有救兵到，那便连煮也没有来煮了。更将如何呢。

蓬常爱这样说："当东西得来的钱，总是用得不爽快，而且东西当得多了，便没有兴趣读书了。"这确是有经验的说话。然而这都是我们所处惯的生活。我这几天所恃以为度活的，是我的麻帐子和那件短棉衣。帐子当两块，棉衣只能当六角，他死不肯统其当三块。你知道吗？我现在得了一件新发明，便是当到三块以上的，每月利息是二分，但不满三块钱的，每十天便要利息二分了。这是怎么一个苛刻的交易呵！而且在我们乡下可以当得三四块钱的东西，此地只能当一块！

春树我除钱债而外，还拖欠着许多的信债，这在知我的人，还能够原谅我；便以为我是不理睬他或更以为带有一点慢意，我将何以自赎呢！

这几天老板差不多天天都借口到来追一次，我只好拿这两句话周旋他："春先生到广东竟借不到钱，且等他回到广西那一定是有的了。唉，就算我对你不起。"

夜幕渐渐地罩下来了，大地死一般的阴黑得可怕，寒风猛击窗棂，沙沙作响。我的晚饭还没有煮。明天才再想法子找一件当得四角大洋的衣服，去换过那张两块六角的当票，免得受这一个该死的利息。我不堪医得眼前疮，却剜去了心头之肉呵！

朋友，我渴望着得见你写来的几个字！

正月一十日 残云在烦闷的黄昏后写给你的

一九二五年四月作成

| 作品点评 |

在《海上生涯》中，则采用书信的形式，把残云写给春树的四封信作为小说的

· 19 ·

结构，使残云零星的生活片段得以联结起来，表现了主人公在外求学的艰辛以及在艰苦环境下积极向上的精神风貌。这样的结构模式，在壮族现代文学史上是第一次出现的。

  ——黄可兴：《论韦杰三文学创作对壮族文学现代化的贡献》，《广西民族学院

    学报（哲学社会科学版）》2004年第6期

1930 年代

· 胡明树《民间针灸法》

· 刘雯卿《父与女》

· 胡明树《甘薯皮》

· 哈庸凡《他们这一伙》

· 刘雯卿《望江花》

· 哈庸凡《青面兽杨志》

· 陈迩冬《南华梦》

· 陈迩冬《枕中续记》

· 王鲁彦《我们的喇叭》

· 司马文森《大时代中的小人物——散记篇之一》

民间针灸法

胡明树

一

在副市的郊外，草绿的大坪上，几十人在聚集着，等教练官来编练。然而教练官没有到。

何教练官昨天到寻城，住在桂江酒店。他立刻通知各人，今日就要编练。所以各人在草绿的大坪上等着。

每人都在说话，几十个声音喧腾着，听不出谁在说什么。

"已经八点钟了，还没有来！"

"大约他昨天晚上'叫货'！"

副市接到寻城来的电话，说教练官坐着自由车就来。几十个声音仍然喧腾着。在说大话。

"你看，太野心！他们预算广西可以训练得

作者简介

胡明树（1914—1977），原名徐善源，笔名徐力衡、陈姆生、平行、明士等。汉族。广西桂平人。1929年就读于中山大学附中，1934年赴日留学，1937年归国。抗战时期，先后编有《诗》《文艺科学》《诗月刊》等。1946年至1949年参加民主运动，并在香港先后主编《儿童周刊》《学生文丛》《少年时代》等。1950年至1953年任广西文联筹委会副秘书长、《广西文艺》编辑。1954年至1957年任广西文联副主席，兼任中国民主促进会广西委员会副主任委员、广西政协委员、民进中央候补委员。1974年调入广西第二图书馆（今广西壮族自治区图书馆）工作。1977年病逝。著有长篇小说《冯云山》，中篇小说《江文清的口袋》、《初恨》（原名《娜娜珂》），短篇小说集《失意的洋服》《甘薯皮》，长篇童话《小黑子失牛记》《小黑子流浪记》《海滩上的装甲部队》等，诗集《朝鲜妇》《难民船》《良心的存在》等；翻译《海涅政治诗集》《三只红蛋》等。

作品信息

原载《春光》1934年3月1日第1卷第1号。收入《甘薯皮》（文化供应社1943年出版）、《胡明树作品选》（漓江出版社1985年7月出版）。《民间针灸法》曾改名为《遵扁鹊先师遗教》，在《文学创作》1943年12月1日第2卷第5期上发表，但内容已做修改。《遵扁鹊先师遗教》曾入选《中国新文学大系 1937—1949 第四集·短篇小说卷二》（上海文艺出版社1990年12月出版）等。

一百万民团，因为广西有几百万壮丁。那还是最低限度呢！他们想利用民众替他们打仗！太野心！"

"也未见得民众就一定替他们打。你肯吗？"

"自然不！"

"所以，假若强迫得太厉害，说不定还要掉转枪尾来啦！"

寻城离副市只二里多，由水由陆都可以，教练官坐着军车威风凛凛地飞驰着，屹立于民众跟前，很有英雄气概。屁股挂着手枪，藏在皮套里。他骄傲地在民众前面显威风。他挺着胸，要表现出自己是个大个子。

昨天整夜没有睡，还跟月兰在桂江酒店打了八圈牌。（将要关门的妓女馆又有了一点生气似的。）他虽然整夜没有睡，但在着民众前面显威风的时候，他一些疲倦也不觉得。他必须努力着，桂州全县的民团司令终于会属于他的。桂州县长是自己兄弟，省主席是自己亲戚。妈妈的，怕你什么来！

他在裤袋拿出一个名册。他开口说：

"你们听着，现在训练的是第一届，五十人，训练时间二十天，以后继续训练第二届，第三届……现在，我把第一届的人名读一读，你们自己都知道了吧。听着——"

他把人名读了一遍，其实民众自己早已知道。

他接着叫各人排队。于是各人争先恐后地挤着，似是在抢东西。这时一个老人和一个少妇走了上前，向教练官一鞠躬。他皱着眉头，似乎说：真讨厌！

"先生，教官！我的丈夫，他不能来，伤寒病……"少妇终于吞吞吐吐地说。教官瞟她一眼。又听得那老人继着说：

"请求先生，会文不能来，我的儿，他成伤寒病！"

"咄！都是规避！不能够！明天一定得来！否则……"

老人和少妇继续地哀求着，但他不睬。于是那少妇指着他的鼻尖，咒他：

"你这死屍！死教官，人家好好要求你，你连睬也不睬！人家有病也不准！一定得替你打仗！你这死发瘟！你家里的妻子和人困！养子活女也不成……"

那老人一把拉她走，以为来了天大的事：

"泼妇！说什么，还不走！"于是离开了丈多远。

教官怒着眼，喝她：

"你这恶毒妇！明天就要炮制你！"

"我怕？！我怕你的兄弟是县长！你这断子绝孙的死屍！我怕你？我没有见过你的手枪！有了几两臭钱就要怕你！放一枪吧！……"

"泼妇！闭着口！你只会惹祸！"

但那少妇仍然吵着："你这吃屎的教官！……"老人按着她的口，拖着她走。

教官的脸涨红了，很倒霉！若是男人，他可以显点手段！女人是只好屈服的，难道打她不成？和她吵，吵不过！真倒霉！他很难过，只装听不见。他又开口说：

"稍息！——懂不懂，把左脚举出来。现在，点名，说到自己的名字就应一应'到'懂不懂？"

"懂！"

"谁说？用不着你们回答！！！"他怒目而视。觉得第一次给他的印象就很坏。他觉得他的威风实在没有法子在民众跟前显现了。无论他的兄弟是县长，亲戚是省主席！

他点名。一个一个地叫着。"余十六！"

"到！"他一看，原来是五十多岁的人。他走上前。

"喂，你是余十六？不像！你不是壮丁！"

"我是余十六、余十六的父亲！十六有疯癫病，不能来，我顶着他！"剃头十一，一个新兴富翁，哭丧着脸。

都是假！教官摇摇头说："明天一定得来！不能规避！"教官把十一拉了出来，"用不着你老人家辛苦。"

"先生，呵，呵，教官，呵，呵，长官……十六不能来，他有疯癫病……呵呵……"他哀求着。

教官不睬。教官要民众自己举一个能干的，而且当过兵的，做自己的队长；有什么话，只可由队长向他报告，每人不能直接向他问。于是各人嘈杂着，举出覃十五为自己的队长。

"现在！立——正！！！把左脚用力地拉回去！懂不懂？"

"懂！"

"谁！！！用不着你们应！"他怒目而视。无论他怎样注意各人，但他不知道声音是在哪个人口中出。

他终于有点不耐烦。威风无形中消失，疲倦无形中走来。他于是对各人说：

"你们懂得！军人第一个信条就是'服从'！不服从就是反！反！反！……好了，今天是第一次……明天操练时间由上午十时至下午二时。听着：休息，立——正！！！散队。"

"长官，"覃十五说，"太阳太热，晒人头痛，我以为改为早上好一点。"但教官不睬，假装不听见。骑着军车飞驰地去了。"讨你娘！"的声音在他后面追来。

二

各人都怨恨，天天饿着肚子，去训练他妈的什么民团。做码头苦力的永德，假若停止一天的工作，就得饿肚子。每天除去了四点钟的过劳的操练，还有什么时候去做工？妈妈的，无论如何，不管它！

是八月天，田中的稻多变了黄色了，但多数是"白眉"的。谷内多是空空如也，只是壳，没有米呢。最多，是五成世界。失败的原因，是有禾虫。禾虫的发生，是正在当胎时连日的"东风雨"的缘故：一边出太阳，一边下着雨，于是就产生了可恶的禾虫。"白花""牙占""石山占""撒儿"(几种都是谷名)都还很青，只有"八月白"黄得可爱，没有金的人把它当金看。看哪，在田野间的金色的"八月白"。有米无米都不管，是须收割的时候了。难道没有米就不收割吗？

覃十五在吃着早饭，吃过了饭他要到草绿的大坪去。他是队长，但他不高兴。他看着自己的老婆。他开口说："无论如何，'八月白'得割了，你独自做不来，我又没工夫帮，要操练。真……"

"我担忧的还不是这，我怕你会去打仗呢？"

"不！大家都说，若要打仗，都不去。"

"我昨天，昨天——"他妻子吞吞吐吐地说，"我替你算支命，盲珠先生说：你'明年春'（指自明年春天起直至冬天一整年）要行好运……"

他只是听，不开口。

他吃过了饭，穿起他去年当护兵时的军服。他也穿起去年逃回来的皮鞋。他用"鞋抽"抽皮鞋，给他的刚三岁的儿子看见了：

"爸的铁汤匙！铁的！"孩子惊怪着说。

"生！不是汤匙，是鞋抽。懂么？"他吃吃地笑着，挺了挺胸，很高傲地走出去。（向草绿的大坪）

"迫热"的太阳，晒得人发痛。多数还没有军帽和脚带。教官发怒着，不能够一律。每天吃了两碗粥，饿着肚子替他奔走，满肚子都是水，小便是那么多。但是，真岂有此理，连小便也不许！难道撒在裤囊不成？妈的，妈妈的！

太阳晒得人们的头发痛。余十六戴着瓜皮帽。也不准！不准？是的。教官用拐杖将他的帽一拨，掉在地上。他弯着腰拾起来，插进口袋里。好犀利的阳光，你刺得十六的头发痛，他的父亲在恨你哟！

"长官，"李四上前一步，一个立正姿势，"小便！"

"总是拉屎拉尿！快点！"教官板起了狰狞的脸说。

"难道小便也不准？"

噼啪噼啪，拐杖落在他的腿上。

"当兵当得多，没有见过你这样的死人头！"

李四反抗着。但是又是重重地打在他身上。他捻着拳头。这时教官已经抽出了皮套里的手枪。李四也猛地举起了石子：

"不放枪是'孱头'！谅你的枪响不得，就要了你的脑袋！有你没有我，有我没有你！手枪也见得多！"

覃十五走上前调解。教官猛地一想，猛虎是敌不过地头蛇的，猛虎到了平地只得忍耐一点。明天再来炮制他。

"老祖不操，回家去。"李四说。掉了手中的石头。

教官回转头来。向各人说话。他大骂起来。

"你们太野蛮，如李四，不服从命令，反对长官，就是反，反……"反什么呢？他没有说。

骂之后，又是操练。脚步很凌乱，跑起路来很生硬，有的竟然出左脚同时也出左手的，手脚同时伸出去。无论怎样教，也一样，他于是又迁怒于十六的手。一鞭打下去。忍着，忍着，不敢作声。开步走的时候，只是乱行，无论怎样地发怒，也不能齐整。他觉得自己的威风已经全失。他有点失望，治这一班小鬼也不行，何况做民团司令？训练民团比训练士兵还要难。因为是实实在在的民众，不是军队。他觉得自己的手段太软弱。他于是暴躁起来，非打不可。

"喂，听着，开步走的时候，是先出左脚。懂不懂？"他无论怎样留心着，但他终不能改去了他的"懂不懂？"。

"懂！"教官四处地看，但不知是谁在应他。他的心狠极了。他抓着张金可，拉了出来一鞭下去。

"跪着！"又一鞭在腰间。

"不是我说！"张金可辩护着。但他不管，只是打，金可想学李四，但不敢，终于软服于拐杖下，跪着。几十人都是他的仇人，他怒目而视，他要征服这班人，征服张金可。他的眼凸得像灯笼。几十对眼似是射着他，要吃他似的。但是，他想：

自己的兄弟是县长，亲戚是省主席，怕你什么来？

余十六的手红肿了，痛得要命。他将唾沫涂着痛处。好犀利的太阳射着他的脑袋，针似的刺着。他决定要哭，而且装得似一点。他猛地、哇啦哇啦地喊着，蹲下去了。他抹着眼泪。他在地上躺着。他故意闭着眼睛。

"余十六，余十六，什么事？"教官喊。他不应，偷笑着。于是一件衫盖着他，扛他回家去了。

三

月亭老板走出副市，回家一行。一个消息在他脑里旋回着。寻城远昌的伙伴金生，这次载牲口到广州去，在维新路看见几个"西装友"追着一个女子，近前一看，原来就是三卿。金生把这个消息告诉了月亭，月亭于是惊怪起来。但是这消息，总是在他的脑袋旋回着，旋回着。自己姘上了三卿，给自己的夫人知道，害她白挨一场痛打，又因为妓女馆的生意清淡，她逃走了。这思想使他很难过，他痛苦极了，烦闷极了。

他不觉经过了草草绿大坪，大坪的绿草，早已残踏清光了，变成了一片的沙土。

一群人向他点头。几十个声音喧哗着。有的唱着山歌，有的唱着小调，有的戏弄着社水，有的激昂地谈话。因为社水的痴呆，教官不要他操练，但要他在旁边看各人的动作。他非常高兴，手里拿着一杆枪，天天玩弄着"枪头"，装着要放枪的姿势。他一眼看见月亭，就毕恭毕敬地点点头。

月亭一见了社水，又起了戏弄的心：

"社水，'报鸡酒'啦，哈哈哈！"

月亭没有行多远，又是覃十五的点头。

"回家吗？"

"是。……教官还没有来？"

"没有来。"

"喂，月亭！"他一看，是张金可叫他："你今天会知道一件事，我们都商议好了。"

"假若你们有本事，我出一副棺材！"戏弄又动了青年老板的心。

"弄到要棺材的时候，那不行！"

月亭没有许多工夫谈话，他要回家，也就走开了。

宣嚷着，宣嚷着。有的唱山歌，有的唱小调，有的戏弄着社水，有的激昂地谈话。几十种声音合奏着，似许多蜜蜂在嗡嗡地叫。几十颗心合成一颗的心在跳动。

何教官骑着军车，飞驰地到了。

各种各色的眼光注射着他，全都是敌意。平原的猛虎真有点胆怯。各种各色的眼光似乎要吃他似的，各人都是狡猾的脸，似乎在笑他，忍着笑地笑着。事情有点不祥，为什么各人都咬着下唇，极力在忍着笑？太狡猾，太野蛮！

在横边站着的社水，终于忍不住，嘻地笑了起来。经社水的一笑，无论怎样忍住，笑声终由各人的唇边喷出。

他不懂各人在玩什么把戏。事情有点不妙，民众大放肆，竟敢戏弄他！但思想猛地在他脑袋一走，他觉得他的幻梦必然破灭。无论如何，明天决意多请两个助手。

他走到社水跟前，"笑什么！跪着！太野蛮！"一鞭着了社水的腿。跪下去。又一鞭在腰间。但社水仍笑着，软倒在地上。他一脚踢着他。各人划然地肃静了。无论如何，明天一定得加两个助手。

休息，立正，开步走，报数，变双行，变单行。但一切举动比往天还要乱，他觉得农民们有点故意。他就更加暴躁起来：

"你们假若有不服从命令，故意反抗长官，我一定得捉他到桂州县坐监！如李四，就每天只给一餐饭，还要做苦工。你们都是安分守己的农民。为什么要学那种野蛮的举动？！"

他怒着眼睛，板着狰狞的面孔。似乎说，我的兄弟是县长，我的亲戚是省主席！但他又似乎说，我是县长，我是省主席！

"现在，我先向你们报告，今天晚上七时在这里集合。不准带枪来，也不准带灯火来。今天，夜操！懂不懂？"

"懂！"

他不知是谁说，只装作不听见。

不许带"枪"来，也不许带"灯火"，为什么呢？难道要押我们当兵去？押我们到火船去？各人向覃十五使眼色。覃十五于是上前两步，立正姿势：

"长官，不带枪不行，不带火也不……"

"归队！！！"教官截断了覃十五的话说，"归队！现在不是说话的时候！"十五于是走回队里去。

休息，立正，报数，变双行，变单行，开步走。比先前齐整得多。所以民众是狡猾！是野蛮！不肯好好地服从。他又宣布说：

"现在，休息五分钟，小便就快去！听口令：解散！"

各人都散开了。喧腾着，吃吃地笑着。各种各色的眼光仇视着他。

就在这个时候，一个人紧搂着他的两手，几个人七手八脚地，捶着他，他昏倒在地上。各人于是燃着火，用"艾"在他的头顶中烧起来。剃得光滑的头烧成了黑色。他痛楚得难耐。他昏绝过去，又苏醒回来，又昏过去。痛楚得难耐，他呻吟着。在他的耳边闻得吃吃地有人笑着。

队长覃十五很快地走到了副市，打电话到县里去。

"是县政府吗？好！何教官得了'急惊风'病，生死难料。请即派医生到来诊治！"

"来不及，来不及，路很远！你们就地急救吧，医药费由本县里负担！"

"那么，好了，我们就去请医生！"

何教官的头烧成了黑色。痛楚极了，烦闷极了，他呻吟着。他的身体很沉重，站不起来。遂即又昏过去。

他醒了来，睁着眼，没有一个人在身边。是黄昏时分，阴沉沉的天气。绕着他，绕着他，阴气绕着他，痛苦绕着他，恐怖绕着他，失望绕着他，一条毒蛇似的绕着他。四处地看，没有人，连鬼影也没有。

他很困苦地才站起来。

他站着，倚着军车。

他用手摸着头。痛得要命，似乎还带点痒痒的。周身也沉重。

他想哭，但他知道在这儿悲哭是不行的，没有怜悯的。他于是想到他的兄弟县长，他预备在哥哥前面哭一场。

没有人，只有青黄色的禾稻在灰色的天气中闪闪，没有人，只有土黄色的大坪在他的眼前闪，闪。他的头又痛又痒。他轻轻地摸着。

他头昏昏的，在叹着气。他跨上了军车，慢慢地走着，他的手脚很沉重，气力不知在那儿消失了。慢慢地，他到了寻城桂江酒店的前面。

四

离副市约七十里的（桂州）县城内，何教官走进了县政府。他的哥哥在抽大烟。他垂头丧气，猛地睡在哥哥的躺床。县长急忙一看，原来是自己兄弟。

"你回来了？很好吧？"县长停止了抽烟，狂喜得跳起来。

弟弟不作声，只是摇头。他悽然淌下泪来。他闭上眼。青黄色的脸，似将要收获时的禾稻。他叹气，他战抖。

"你的病又发了？那真糟！叫医生……"哥哥手忙脚乱地，不知所措。但他的弟弟只是摇头摇手。停止着哭向他问：

"你说什么病？"

"你昨天不是得了'急惊风'？他们不是打电话来说你得了'急惊风'？"

弟弟不作声，只是摇头，摇手。鼻腔一阵阵酸着，流眼泪，流鼻涕。他似个孩子，在妈妈的怀里撒娇地哭着。他从哥哥处换得了怜悯。凄惨使他说不出话来。"太，太，太野蛮！……"

"什么事？你遇着了什么事？你昨天没有病？"

他想说话，但悲哀使他说不出话来。他的心酸溜溜的，他慢慢地，在他哥哥的跟前，吐出他的悲哀，吐出他的愤怒：

"你看，"他摸着头，给他的哥哥看，"他们，他们太，太野蛮；烧得我，我的头这，这样！……非传他们，传他们来审一审不可！非，非杀……杀他们几个不可！我心就不息！"

哥哥似妈妈一样地怜悯着他，料理着他。

"你放心，你的仇我一定得替你报！你安静一点。我一定替你杀他几个。"他于是又躺回烟床上，打好了烟泡。"戈戈戈——"地抽着，唱着"烟调"。

一班人被传到县里来问审——

月亭、文甫——乡长。

瑞明——医生。

几十个被告，覃十五、张金可等——民团。

因为事情的严重，组织特别法庭。由法庭和县府联合审判。县长是审判官。县长板着庄严的脸，似乎要吓倒别人似的。

一群人坐在审判台下面。轻轻儿谈话。最先传民众代表覃十五问话。各人都议论着，假若是于我们之中无论哪一人有害的时候，大家就向县长冲去拼个你死我活。

啪的一声，县长在桌子上示威。喝着覃十五：

"你们犯'国法'，知道吗？照法律上说，应处无期徒刑！"

"不知道。——不过，县长，有理慢慢讲，不应该用恐吓手段。"覃十五挺着胸，很镇静。

"恐吓？你们做了什么事？"

"不知道。"

"反抗长官，侮辱长官，就是犯法！"

"不知道。——但是，我们并没有反抗，也没有侮辱过任何人。"

"你们是不是故意烧何教官的头顶？"

"是的。但并不故意。"

"你们有意要烧他！你们好狡猾。"

"一切都是事实。当时我们不是打电话来请示吗？但你既叫我们就地请医，一切医药费由你负担，于是我们就请了瑞明先生来诊治，瑞明先生是天字第一号的名医，侥幸找到他，把令弟救活了来。我们也替何教官非常地欣喜。"

原告席上的教官，大声地喊了起来：

"那都是说谎，你们七手八脚地打昏了我，就用火烧我的头顶！"

"都是事实——我们用火烧他。但他成了'急惊风'病，我们只知道用这个法子，没有别的法！这是民间的针灸法，这是瑞明先生一手经理的，问他就知。但是，我想，教官的病还没有好完，我们为他的病担忧。现在他反诬我们打他，害他。那真是'好心没好报，好头反戴烂帽'了！"

"清清楚楚的，你们打我！"教官又狂躁喊起来。

啪的一声，县长又在桌上示威：

"你们的举动，照军法上说，是要枪决的！"

"假若不讲理，就不必开审，随便拉我们去枪决好了！但我想，若不是教官的病没有好，就是忘恩负义！"接着民众们为要响应十五的话，于是喧嚷起来。县长有点慌，于是叫警兵禁止各人说话。勿哗啦哗啦！

各人都暗自佩服罩十五的会说话。自然，他能干，而且经验多，当过了两年护兵，当过了两年班长。

县长又传瑞明来问话：

"你是医生？"

"是的。我是研究医学的，'积四十年之经验'，自问不凡。嘿，令弟的病，已经好了八成，用不着再食药，只要他安静一点，就会渐渐……"

"你烧错了他！"

"并不错，是头顶。这法子是由扁鹊先师传下来的，遗留在民间所以又叫民间的针灸法。"

"你并没有烧我，是他们烧我的！"弟弟又暴躁想来大声喊着。

"是的，我固然烧你，他们也帮手。喂，教官先生，我用医生的名义告诉你，请你不要暴躁，于你的病有妨害！"

"丢你妈！丢你妈的！"教官更加暴躁起来，"你们都是一伙，你们合伙来害我！非请省主席查办你们不可！"何教官于是退了席。

"咄！县长，令弟的病又将发作了，小心点！"

县长知道有点不妙，事情恐怕会失败。但没有法子，又只得传文甫问话：

"你是乡董事？"

"是的。"

"你在不在场？"

"不在场。"

接着又问月亭：

"你是乡董事？在不在场？"

"是的，在场。我曾跟瑞明一道赶去救护令弟。"

"你说谎，是不是？"

"不，一点也不，一个字也不。"

县长看见情形不对，难以取胜。于是宣布今天审判无结果。各人喧哗着，要挟县长下判词。

"现在不能够宣布，明天有布告，你们就知道。"县长垂头丧气地回到房里去。弟弟在埋怨，假若省主席也没有办法的时候，他就非辞职不可！哥哥没有话，在烟床躺着。

各人拍着覃十五和瑞明的肩，多谢他俩的雄辩，尤其瑞明先生的帮助。回到副市一定得请他痛饮一场。一班人拥着他俩出了县政府。他们欢呼着喧嚷着。全个县政府失了威风。

五

几十个人坐着火轮船，在喧哗，在狂叫。

括的一长声，离开了县城。

"再会，亲爱的县城！"

县城遥遥地看着他们，祝他们的胜利。遥遥地目送着。

在喧哗，在狂呼。激昂的谈话，滑稽的嬉笑。拍着拍子，唱着最流行的曲调。地板上的脚步声，船的拨水声，机械的发动声。一切的声音合奏着，唱着凯旋之歌。

| 创作评论 |

本选集收短篇小说十篇，共同的特色是：

①在内容上，几乎全是描写与抗日战争有关的生活，其中有两篇（《百合子想哭》和《二十世纪的野蛮痕迹——摩登占》）是描写日本人民的厌战和反战思想的。

②在艺术上有两点显著特色：一是短。十篇中大多数是二千多字到五千字左右，只有两篇约为一万字。因为短，像《鹦鹉的供状》《借光》，有点像散文;《百合子想哭》，描写日寇侵华，母女送出征，甚至像散文诗了。几十年来，我们经常说短篇小说要短些，再短些，而短篇小说却往往越写越长。在这一点上，明树同志有他的可贵成就。二为文字清新流畅，简洁明快，通俗易懂，结构完整。固然有的也有瑕疵，如《甘薯皮》，前后衔接就略有不密之嫌。《文贵叔和文贵婶》则有些乱。有的地方写得也略嫌粗略。而有几篇，当会引起读者很大的兴趣。

——林焕平：《胡明树作品选·序言》，载《胡明树作品选》，漓江出版社，

1985，第7页

（胡明树）小说的文字，多属口语的提炼，比较朴素隽永、明白干净；行文亦自然流畅，无矫饰沾滞的毛病。由于作者生长于桂南，这些小说多以桂南为生活基地，因而所写生活习俗和所用语言带有着桂南的地方色彩，显出与其他作家明显不同的特色，很值得注意。

不过，这些小说创作也存在不足处，总的来说，题材范围较窄（当然，取材于日本人民对侵华战争的反应，是其可贵的拓展），多局限于乡镇生活，缺乏对炽烈的抗日战争在前方、在后方城市的多方面描写。其次，作者似乎热衷于故事情节的编织，没有悉心对人物性格形象做较完整突出的塑造。

——雷锐主编《桂林文化城大全文学卷·小说分卷（第三册）》，广西师范大学

出版社，1992，第474页

在整个抗日战争时期，胡明树始终积极参与抗日救亡的文化运动。可以说，他这个时期所创作的各类作品，几乎都贯串着一个总的主题，那就是揭露日本军国主义侵略罪行，唤起民众，实行抗日救亡，夺取抗日战争的胜利。这是时代的强音，民族的呐喊，祖国解放的颂歌。

——魏华龄、李建平主编《抗战时期文化名人在桂林》，漓江出版社，2000，第538页

| 作品点评 |

《民间针灸法》也是较长的一篇，达九千多字。这一篇，表现了群众的高度智慧。内容是描写何伪县长任命他的弟弟为教练官，抓壮丁来训练作"自卫队"，被群众打昏了，用电话向伪县长谎报他患急惊风病，用艾火烧他的头，称为民间针灸法。五位群众被捕了，审讯时，请医生李瑞明做证，李亦称这确是民间针灸法，是扁鹊先师的遗教。这是极有风趣的讽刺。

——林焕平：《胡明树作品选·序言》，载《胡明树作品选》，漓江出版社，1985，第8页

父与女

刘雯卿

一

到底是春天的时节了。杨柳的枝头，发出了嫩绿的新茅。田园的野花蔓草，也在欣欣向荣。连着罪了几天的春雨，大地上一切的生物，都完全改变了颜色。在山坡平原间，寻苦菜当白米充饥的人们，也越发加多了；那些男女老幼，都提篮握铲，弯着腰儿散在田野中，好像一块糖片上的蚂蚁一般。在他们每个人的面上，都显出被饥饿摧残的伤痕，尤其是桃姑娘的面上，更是消瘦得可怕；她除了一对灯盏大的眼睛和高耸的两块骸骨外，只有一张黄纸般的皮色，遮盖着她心灵深处的悲哀。她一副憔悴的小面孔，已经表示她是人间一个最可怜的女郎了。

她的家在桃李村，当她的母亲生她的那一年，正是桃花盛开的时节，所以她的祖母给她取名叫桃儿。后来，她渐渐长大，桃姑娘就成了她专有的名字了。

作者简介

刘雯卿，生于1908年，卒年不详，湖北公安人。抗战前夕赴南宁任初中教员，在《南宁民国日报》副刊发表有小说、散文、诗歌、杂文等。1936年10月，广西省会由南宁迁至桂林后不久刘雯卿到达桂林，直至桂林沦陷前夕离桂。抗战时期，刘雯卿在桂林积极从事抗战文化运动，先后随广西学生军、战地服务团奔赴前线，写下了《广西学生军在广西》《高峰坳之战》等风靡一时的作品，柳亚子曾题诗盛赞："北伐东征要女兵，冰莹而后见雯卿。"著有诗集《血潮》《战地诗歌》《火光中的影子》等。

作品信息

原载《南宁民国日报》1936年5月8日、9日、10日、11日、13日。

现在她还没有满十四岁，因为受了穷困的压迫与命运的摧残，一个天真活泼的女郎，差不多像一个没有生气的老妇人了。她的身上所穿的衣服，还是她的祖母当年陪嫁的一件蓝色羽毛棉袄。她的头上绾着一个小小的螺蛳结。因此，邻近一些顽皮的小孩，都叫她作"矮老妈""小妇人"。这些对于她的年龄很不相称的绰号，自然使她伤心难过。当别人嘲笑她的时候，她总是暗暗地落眼泪，但她并不怨恨人家，只是咒诅她自己的命运！

以前桃姑娘在桃李村中，算是首届一指的有产家庭。因了连年遭兵匪蹂躏和水灾旱荒，她所有的家产，也就渐渐地残败了。她的父亲吃鸦片，自然也是败家丧产的原因之一。自去年受了一次洪水的浩劫，简直弄得食不能入口，衣不能遮身了。那时，她的母亲和弟妹们，因为经不起饥寒的摧残，也就安然地脱离了人间的苦海！

去年冬天，是水灾以后最难过的一个关键。差不多有三分之二的饥民，都被饥寒埋葬在冷酷的坟墓里了。在这些痛苦的时日中，谁也不知道桃姑娘是怎样在和死神斗争。

桃姑娘的父亲，不但受饥饿，而且，还受着鸦片鬼的压迫。他把家具衣物，都典尽卖绝了。他想到无法可设的时候，竟把桃姑娘卖给五十多岁的一个富翁王任远做第七房小老婆。他把一个十三四岁的女孩子，仅仅地换了九十多元的代价。他整天整夜地睡在鸦片馆里，他整个的生命，算是完全葬在鸦片罐里了。吃鸦片这件事，好像是他对于社会应尽的义务，因为国家多半的军饷和文武官员的薪俸，多是从烟税榨取得来的！不但是桃姑娘的父亲，差不多全□省有不少的男女老幼，都被鸦片害够了。也许全国的民众，多受了同样的遭遇，若是进了城市，在街头巷尾都充满了鸦片的臭气，在随处都可以发现一些像活尸般的鸦片鬼。在鸦片罐里，也不知葬埋了多少青年的灵魂呵！

金钱的势力真大呵！九十多元就处决了桃姑娘的生命。还差三天，桃姑娘就要到王富翁家里去吃白米饭了。不过，在这两三天中，饿鬼还是催促着她到郊外去寻苦菜，有些寻菜的同伴们，都嘲笑她快要做新娘子了，快要做王富翁的贵夫人了。她听了如钢刀割心般的难过！一个人爱嘲笑痛苦的灵魂，那算是人性中最残忍的事呵！

二

在黄昏的时候，桃姑娘提了菜篮回家，她把菜篮放在廊檐下，面上显出疲倦的、忧愁的神色。她静静默默地坐在门槛上沉思了一会，又长长地叹了一口气，泪水毫不自主地从她的眼眶中滚出来！她想到已死的慈母，想到毒恶的父亲，想到那可怕的王老头子，想到苦命的自己，更想到万恶的社会。她越想越难过，她恨不得即刻脱离这片肮脏的尘土，使那缕痛苦的灵魂，早些去享受永生的快乐。

桃姑娘含着一包热泪，跑到她的屋后一株绿荫蔽空的梧桐树下。那里是她母亲的一座坟墓，坟上已经生长了一些杂草野藤，把黄土紧紧地遮着了。这似乎是她母亲与尘世隔绝了很远的一个表记，她伏在坟上尽情地痛哭，不知什么时候，竟自哭得昏过去了。她昏昏冥冥地已经看见了她的母亲，似乎是和她生前一样消瘦得可怜的模样。她的母亲紧紧地握着她的手，又把她拥抱在怀里。她正哭得伤心欲绝的时候，忽然梧桐树梢一阵乌鸦归巢的哑哑之声将她惊醒了！

一天惨淡愁云，渐渐地被冷风吹散了。东边的树梢，已挂上了半轮皎洁的新月，发出了凄清的光芒；宇宙的一切，都躲在这种朦胧的月色之下，好像是在探讨夜神的秘密。桃姑娘断断续续的哭声，充满了这幅凄愁的夜景。夜色渐渐的深沉，春寒渐渐的浓厚，桃姑娘的衣衫，都被露水沾湿了！她立起身来，在四周望了一望，好像是寻什么目的地似的。她走了几步，又侧转身来，在坟墓上拉了一把青草，直向西边走去。她走到桃林深处，那株桃树下有一带碧绿的池水，冷风吹过，素波荡漾，月映水面，银片破碎，桃影落水，形迹模糊。这好像是一个梦境，又好像是一个死城，桃姑娘想把这池水做她永远的归宿。自她的父亲把她定给王富翁的时候起，她就有了自杀的念头；她深深地感到人生无味，感到社会不平。她想，在三天之后，就要受那可怕的老头子蹂躏了。因此，她很悲哀，她实在没有生的勇气了。

· 39 ·

这正是夜深人静的时候了，桃姑娘在一株高大的桃树下呆呆地立着，她凝视着虚幻的天空，又凝视着黑暗的大地，她感到人生缥缈，前途无路，她把满腔的凄楚一齐化成热泪倾倒出来！

桃林中泼出一种悲悲切切的哭声，引动了附近的村犬狂吠。犬吠声又惊醒了管理桃源的张胡子，他是桃源里的一个忠实的栽培者，他把桃树当着自己的生命的，他怕有人来偷他的桃树。于是他爬起来，燃起灯笼，跟跟跄跄地踱到后园，不料灯笼被风吹熄了。好在还有一缕月光。他睁着模糊的眼睛，在桃源的四周打量了一下，见池畔有一个清瘦的小影。张胡子本来迷信鬼神，他以为是桃花的灵魂，又以为是桃花女神下凡来散花的。他远远地向着池边的小影，恭恭敬敬地叩了四个头，暗自祝祷花神在他的桃林中早些散播美丽的桃花，早结成甜蜜的佳果。

他起身向前走了几步，又隐隐约约听见是女子的哭声。他更觉得有些惊奇了！便一直向池边走，很快地走，走到一个系牛桩上，绊脚跌了一跤！即刻爬起来又走。他感觉到有些头晕眼花，于是又在树下站了一刻儿，才鼓着勇气跑到池边，定眼一看，是他所认识的桃姑娘。他一面喘气，一面问道：

"桃姑娘！你怎么更深夜静在这里哭泣呢？"

"唉！张老爹，我是一个被世界遗弃的人。上帝似乎不许我生存了，我要借你的桃林下的这池皎洁的清水，做我永远的归宿！"

三

"你年轻轻的，正如一朵含包的桃花，向春风招展时候，你怎样又要死呢？"

"一枝美丽的桃花，它自己没有力量去禁止别人不任意采摘，甚至要被遗弃在道上，被牛马任情地践踏呵！……"

"你所说的话，我有些不懂得。总而言之，我们是自然地生，也要让它自然地死。我们是灵性的动物，应该在宇宙间争生存。你看，我以前在池畔东边栽种的一些桃树，去年春天，不幸被南村里的郭老爷，遣人来斫伐了二十多株，那时，我自然没有权利禁止他们的暴行……我非常懊丧，我几乎没有栽种桃树的勇气了。现在这些树根，又发出了新芽，并且，有些已经长成了小桃树。因此，我快乐极了！我觉得世界上没有绝望的事情，所以我仍是劳而不倦地栽种培养我的桃树。现在我已经有七十多岁了，我还不愿意离开世界，因为我舍不得艳红可爱的桃花呵！它每年春来的时候，带了无限的春光，大地上一切被凄风惨雨所摧残的植物，都跟着温柔的春光复苏了！它是春的引导者，是光明的象征。我最爱桃花，也怜爱你如花的生命。我希望你努力挣扎。如同被强者摧残的桃树，在自然界中挣扎一般！"

桃姑娘听了张胡子一番劝解，便深受感动，正如大梦初醒！她始知道人生的道上，是生满着荆棘毒刺，要勇敢的人去开辟整拔的。即刻就打消了自杀的念头，她决定要在生之国度里去奋斗了！

老人的心毕竟是慈爱的，他把桃姑娘送到那间破壁通风的屋子里去了，才独自回转身去。桃姑娘慢慢摸索了一会，燃起一盏豆灯，那暗淡的光芒，直射在她那凄愁的面上。她孤影独悼，自忧自解。她目不转睛地注视着由破壁缝钻入落在地上暗灰色的月光。她静静地坐住一条矮凳上，无声无息的，好像是在静听她自己。心琴在微微地弹动着兴奋的调子一般。她沉默良久，但无论如何不愿意去做那可怕的老头儿第七房小老婆。她已打定了主意，决意逃婚，这个问题，像电流般在她的脑海中奔流着，如同婚期在它的目前一般的急切！她即刻站起身来，透了一口长气，屋子里寂寞的空气波动了一下，又沉静下去了。她急步走到一张脱了一条腿的方桌边，把一只烂木箱打开了。在内面翻了一会，找出了一件褴褛不堪的短衣，用黄草纸包好，紧紧地扶着，悄悄地吹熄了豆灯，轻轻地走出去。她生怕隔壁的王大嫂听见，发觉了她的秘密。她一跨出门槛，便一溜烟地沿着桃林夹道的小路上走了。她决定去找她那久不通音闻的姨母，她想在那里暂过一些日子。

她越过了几方田径，又走过了一些小路，那半轮朦胧的月儿，已做了她指路的明灯。道旁高大的树木，像恶鬼般地立着，她并不觉得可怕，只是一味地奔走那她渺茫的前途。

漫漫的长夜，在她辛苦的旅程中悄悄地爬过了，东方已现出一缕惨淡的光芒，渐渐地变成粉红色了。远远地望去，见一带城墙，像死蛇般地睡在灰色的天幕之下。宇宙的一切，都从夜神的怀抱里逃出来了。一些劳苦的农工们，正在开始他们的工作。城内的号兵，吹嗒嗒的号声，也隐隐约约传出城外。但城门还是紧紧地闭着。桃姑娘躲在城脚下的一块青石上坐看，显出很疲倦的神情。她又生怕有人追来了，不时东张西望，别人见她这种狼狈不堪的神情，还以为她是一个小偷。

四

好容易把城门等开了，她才进了东门，一直向西城走去。她穿过了几条长街短巷，也见了一些时髦的男女学生，她在女学校经过时，学校里面有高声琅琅的读书声，有清脆悦耳的音乐声，她站在墙外听了许久，几乎听得呆着了。她忘却了自己的痛苦，忘却了自己所处的境地，忘却了一切，她仿佛自己已经和那些幸福的女郎们聚在一处了。忽然跑来了一只可恶的黄犬，夹着尾巴乱吠，几乎咬了她的脚跟，要不是她躲得很快的时候，她才想到自己是叫花儿一般的模样，和那些快乐的女学生们是隔了一层厚厚的高墙呵！

她感觉十分疲倦了，但还拖着无力的两腿向前走着。她走到西城一看，以前的那些古老的房屋与新筑的亭台楼阁，都消灭无痕了，只留下了一些断墙零瓦，破砖朽梁。有些屋基已被农人栽种了豆麦。这都是军人留下的功迹呵！桃姑娘在这片荒凉的焦土上，自然是无从寻找她姨母的家。她完全变成失望了。她木偶似的立着，呆呆地望着这片焦土放声大哭起来！

一些过路的行人见了，都以为她是一个疯子，所以一时集了许多男女老幼来围着她看。她还是旁若无人地呜呜咽咽地哀哭。有一个温柔的老妇人，带着慈蔼的心情走拢去轻言细语地问她：

"小姑娘，你为什么事哭得这样伤心呢？"

"老太太，我找我的姨母，现在这些屋基都成了一片焦土，我也不知道她的生死存亡呵"！

"你的姨母姓什么？是什么地儿的人呢?"

"她姓汪，是一个中年妇人，她的丈夫是个鱼贩子。"

"呵！你问的是汪大嫂吗？她还活着，现在已经迁到煤炭山附近一间矮小的屋子里去了。那就是你的姨母汪大嫂的家。你可以去找吧，隔这里不远哩。"

"谢谢您，老太太!"

当时她擦干了眼泪，一直往煤炭山走去，她找了半天，才找到她姨母的家。桃姑娘跨进门槛，她姨母见她面色苍白若纸，身肢憔悴难堪，浑身都被露水浸湿了，湿得像水中的野鸭般的！姨母见她这种模样，不禁一阵心酸。姨母含着一包眼泪，抚摸着她零乱的短发。桃姑娘得了这种温柔抚慰，又想到了她的母亲，不禁又失声哭了！姨母见了桃姑娘，如同见了她的胞姊一般的伤心难过。她含着一包眼泪问桃姑娘:

"桃儿，你怎么一个人逃出，弄到这种狼狈的样子呀!"

"……"

"不要哭，你说给我听呀!"

"爸爸……"

"怎么样，爸爸死了吗?"

"不，爸爸把我卖给一个富有黄金白银的老头儿做第七房小老婆。我不……"眼泪塞着了她的咽喉了!

她姨母听见了她的话，感觉一阵心酸胆寒!

姨母本来是一个贤德慈爱的妇人，她把桃姑娘留在家中抚养，如同自己亲生的女儿一样。她把桃姑娘像藏珍宝般地藏在家里。因了这种婚姻重大的关系，她恐怕惹出滔天大祸来。本来，穷人是很害怕有钱有势的人们，正如小动物畏惧老虎一般!

三月二十四日的早上，天色非常阴霾。几片乌云带着雨丝，在空中飘荡，这种欲雨不雨的天气，使王老爷非常烦闷。这是他老早择定去接桃姑娘的良辰吉日。不料上天给这么一个扫兴。他叫了几个仆人，把后面屋子里放着的一乘绿衣棚子轿扫刷了，他们一直抬桃去了。

五十多里陆路，在他们粗野之夫走起来，直不算什么，差不多三点多钟的时候，他们就到桃李村了。他们把轿子放在一株桃树下的草坪上。他们走到桃姑娘的大门口，但见大门是紧紧地闭着，大家不禁有些诧异起来，于是大叫了一会，可是内面总没有回音。一个大胖子很性急地用脚把门踢开了，里面空空洞洞的。连新娘子的影子也没有。轿夫们都高声嚷着，一时惊动了邻近的一些男男女女，他们都带着好奇的心情跑去观看。她的屋子好像出了丧以后的凄凉！几个轿夫嚷了一会，也垂头丧气地抬着空轿回去了。

在傍晚的时候，王老头很急切地等待着娇小的爱妾临到，不时亲自跑到门前去望望，但总不见轿子的影儿。他似乎很着急的，急得在屋子里前后徘徊，差不多鸦片也没有心绪抽了。他又走到堂屋里对着一副穿衣镜瞧瞧，又摸自己的胡须。他自己似乎很得意地庆贺自己做老新郎，又回想到四十多年前做第一次新郎的事，他又觉得有些感伤起来了。

当日落西山的时候，仆人扛着一顶空轿回来了。老头儿听了他们的回报，愤然大怒！他一嘴黑黝黝的胡子，都气得竖起来了。他痛骂桃姑娘的父亲欺骗了他。他气昏了，他即刻要到城里去告状。因为天色已暮，却被他一些来吃喜酒的朋友劝止了。

那晚老头儿被失意的痛苦压迫得他通夜不能安眠。他时而倒在床上吸鸦片，时而在房子里徘徊，时而叹声恶气，时而拍案大骂，简直闹大家不安。不说是他的妻妾们在深深地抱怨，就是一些儿孙们也在暗暗地诅咒他。老头儿好容易把这漫漫的长夜消磨哩！

大清早上，王老头坐了先前去接桃姑娘的那顶棚子轿，一直到城里去告状。有些亲戚朋友苦苦相劝，他无论如何不肯听从，他像神经病般地坐在轿里乱跳大骂。道旁的农夫牧子，都带着莫名其妙的眼光向他望了一望，又毫不关心地走过了。

红日当空，炊烟四起，缭绕屋角的时候，王老头已到城内一家大旅馆住着了。他倒在床上饱饱地抽了一顿鸦片，吃过午饭之后，他就请王律师做了一张东西递到法院里去，告桃姑娘的父亲李祖汉意图骗婚。同时，他仗着金钱的势力，向法院里活动了一下，所以法院也就很迅速地，第二天发票下差到桃李村去捉拿桃姑娘的父亲了。那些差使威风凛凛地跑到那里去，并且，还带了两支枪。他们先派两个把前后门紧紧地守着，让两个有武器的差使进他屋子里去捉，可是，他们连人影也没有看见，如同先前接亲的人们不见桃姑娘的影子儿一样。王老头得了这个消息，又是气得捶胸跌足，愤然大骂！

他连追了两张纸进去，法院里派了两个出去调查桃姑娘父亲的行踪。但他们查了两天，还是毫无着落。

后来法院派了一个小探头儿，到鸦片馆里去暗自探查他的消息，人口纷纷，其说不一：有的人说他逃了，有的人说他病了，有的人说他死了，有的人说他躲在戏楼脚下。那两个武装差使，荷枪实弹跑到关公庙前一个戏楼脚下去捉人，但什么人也没有看见，只见一具男尸，臭气冲天地倒在一块青石板上。虽然面貌不容易辨白，据附近鸦片馆里的人说，这具男尸，就是桃姑娘的父亲。

甘薯皮

胡明树

阳光由玻璃窗射了进来。李楠睡在床上，不愿起。他张开了眼，举起头，看一看桌上的表。光线太强烈，很刺眼，于是又只得闭了眼睡。

但是无论如何也睡不着了。跟往时一样，只在胡思乱想，这已经成为习惯的了，睡到了十时无论如何也睡不着的。睡不着，又不愿起，所以只有想。

学校并不是没有功课，可是——听它干吗呢？——若照大坤的话说——去上课的才是十足的蠢材！

李楠不去上课已经有半年了。一来，因为太忙，天天都是比赛，不是和本市的比就是和本校的比，而且常常要和外省的比。对啦，你不知道吗？李楠仁兄已经是候补选手了哪。二来，上课是再枯燥也没有，教授说了些什么，恐怕就没有一个人知道。并且，枯燥得连一个女同学也没有的。

房子并不大，玻璃窗只有一个。伙计是一个礼拜也不扫一次地的。每扫一次地，必须花了他许多唇舌，或者甚至于动武。总之，他住的是最不体面的旅馆——专住学生的旅馆。门额的招牌，还是前任校长的笔迹呢。错了！错了！——他想——招牌是前天换了的，听说老板特意请新校长吃了一餐，招牌就是在席中写的。哈哈，一年中换了三个校

作品信息

　　原载《东流》1936年7月10日第3卷第1期。收入《甘薯皮》(文化供应社1943年出版)、《胡明树作品选》(漓江出版社1985年7月出版)。

长，这大学，还说是最高的学府呢！唔，管他娘的去，换什么也好，我们的"球员"是不会换的吧！

他曾足足花了两半天，把房子布置了一番，还用白纸把全室都裱过了——天花板也不会例外。在桌上还有一个小花瓶，插着两朵玉兰花。他一切话都预备好，只要女的一到，他自有办法应付。特别有几句话，他天天都在念着——兰贞，我最爱兰花，我一生最爱兰花，你的名字叫兰贞，真合我的意……我想，你也一定很爱兰花的吧？

但是，女的没有来。花瓶里的玉兰花枯谢了。而且奇怪得很，墙上的白纸还不到一个月也渐渐变了黄色了。

但他希望着，兰贞忽然来找他，在一个他还未起床的上午，兰贞推开了门走进来。啊，若是那样！我真要发狂了！他想。

他忽然坐了起来，又忽然开了眼了，这是连他自己也不明白的，他为什么忽然坐了起来呢？他在追想他所以坐起的原因。原来他在睡眼蒙眬中，左思右想着，好似忽然听见了女人的鞋声——那声音又分明是兰贞的，所以坐了起来。但他究竟还有点睡意，一坐了起来，开了眼，就连兰贞的事也忘记了，所以在追想。横竖睡不着，索性起来吧，肚子不是有点饿了吗？

穿了衣，洗了脸，小伙计就开了饭来。他最先看了看菜色，眉头立刻就打起结来。他妈的，总是这一套，两块牛肉之外就是萝卜！

他发了怒，他拍着桌子在骂。他要换菜，他要换猪肉，但是小伙计决不肯换。他就更怒，打了小伙计两拳；小伙计也摩拳擦掌，想对抗，但终于喃喃着走开了。

"你自己睡到日头几十丈高还不愿起，人家好心留给你，可是这要换那也要换！猪肉，人家早就吃完了啦！……"

唉唉——他一边吃着一边叹气——天天吃这样的东西，实在不知瘦了多少哪……不买几条甘薯来吃，总揿不下去的吧！但是若给人家看见，总有点难为情的——因为那是穷人的粮食。不过，好吃是好吃的，只是甘薯皮难以处置。

牛肉是冷冰冰的，而且还嗅到一种什么气味。所以只吃了一个半饱，就把碗抛开了。

又洗过了脸，心里想着的只有甘薯。不吃两条甘薯，是不能够满足的。他于是又照例地到街上去，四面看看，没有熟人，快快交了钱又快快拿了甘薯塞进口袋里去了。

他一回来，看见桌上的碗、碟、筷子，乱糟糟地排列着，小伙计还没有来收拾。他于是又是叫，但是没有人理他。他只有发怒，把它们一起抛出房门外去了。于是扣上了门，轻轻地吃甘薯，连一点声音也不敢发出，嘴在轻轻地转动，深恐隔壁的人会知道他在吃着不体面的甘薯。

当他正在吃得津津有味的当儿，忽然有人拍门。这一惊并不小。谁呢，兰贞吗？他忙把甘薯塞到箱里去，却问："谁呀？"

"扫地。"

这分明是小伙计的声音。

"扫你妈的！平时不来扫，现在扫什么呢？滚你的蛋吧！"

小伙计于是走开了。直到听不见了小伙计的脚步声，这才敢继续他的工作，吃。

剥下的甘薯皮，是照例地用新闻纸包好，塞进口袋里去，待到夜里人稀，就抛到街头的角落去的。

这之后，就是出门的时候。或回学校去打打球，或找大坤玩玩去。他穿好了洋服，照照镜子。洋服，是他去年考进大学时做的——都旧了，胸前还有几点油迹。前几天拿去洗，因为洗过了，所以刷然一新，连他自己也舍不得放下镜子来。正想走出，又走回来，对着镜子整理了一番。于是又坐下，用两个铜板拔着不够一分长的胡须。这样一根一根地拔，大约又过了三十分钟，这才真的出了门。他的这一套洋服，是去年考进大学时做的。他能够考进这大学，也全靠他那"并不坏"的成绩的。在中学时代，他倒是一个相当勤力的学生；不似现在变成了候补选手，连课也不去上了。在中学的时候，他也和同学们组织过文学社，出过文学刊物的。但是因为大家反对他，不发表他的肉麻诗的缘故，起了很大的冲突，他终于退出了，和那些朋友也疏远了。待到他一考进大学，就立刻写信回家，得了父亲的同意，汇来了一百块钱。首先就做了一套"应酬服"——就是现在穿的洋服——只这一套"应酬服"之后，就是印名片，加上了某某大学的字样的。但是，印刷局偏偏阻迟了他两天，真气得他要死，他于是大发雷霆，几乎要放起枪来似的——假若他真有枪的话。

进了大学不久，他就认识了一位球员——运动大家余大坤氏。他自认识了大坤之后，运气就一直好起来，到现在没有止。但是，他和大坤的相识，第一句就是：

"你是考进来的呢？还是用'人事'的？"

第一句，余大坤这样问。

"我？我是考进来的，我没有那样的人事。"他自负起来了，觉得自己的话很有力，扬扬得意高举了头。但是——

"咄！那算得什么回事！老实说，老子就是用人事进来的，没出息的东西才要考！"

他受了一惊，这一惊并不小。他几乎晕了过去。他失望地看着余大坤的后影。他伤心，他伤心得流泪。他想自杀，真的几乎想自杀。但是，他想：李楠你想自杀吗？还没有到自杀的程度啊！若不是他这样的回头一想，我真不敢担保他还在人间。

他和大坤的第二次见面是在一个礼拜日。因为是礼拜日，他很有工夫练习打领结。结果呢，领结打得非常之好，他不愿拆开于是索性穿了洋服，跑回学校去了，这是他最得意的日子。

他在操场徘徊着，无聊得吸起了香烟。香烟灰飞舞着，贴在他的洋服上。他急得忙抛了香烟，用指头弹去烟灰。于是又无聊得把两手插进裤袋里。

忽然有人拍一拍他的肩。他回头一看，是大坤。他出了意料之外地狂笑了。

"今天为什么打扮得如此漂亮呢？"大坤说。"哦，你袋里的是什么书？"大坤一边说着一边伸手去拿了李楠的书。一看，是《情书一束》。

"哈？你也喜欢这些东西吗？你是一个诗人吧？不然，就是一个文学家？对不对？"

"只不过在无聊的时候看看……"

"你没有什么事吧？我和你到一个地方去跑跑。"大坤说。"好吧。"他于是跟在球员的尾后，在街上跑。

球员把他带进了一间"茶室"里。

茶室里的伙计殷勤地走近来。一不小心，踏了一下球员的皮鞋。球员咆哮起来飞了伙计两脚，好似踢了两脚足球一般。伙计忍气吞声走开了，因为早已知道他是鼎鼎大名的运动家，不好惹的。

球员在翻着《情书一束》。他忽然向李楠问：

"喂你会写情书吗？"

"说到情书我最拿手！"

从这一次之后，李楠就无形中成了大坤的私人秘书。如此这般他和大坤相识已经差不多一年，他曾屡次要求大坤要大坤介绍一个女人给他。于是大坤无可如何只得介绍了陶兰贞和他相识，可是兰贞从来没有找过他。这是他最伤心的，最苦闷的。

为了大坤的提拔把他编在B组队里，算是一个候补选手。但吸引一班摩登女子的魔力，在他还是缺乏的吧。所以他不得不拼命努力。在夜间，他常发着梦：他巧妙地把球抛进篮圈里去了。

* * *

他又在操场遇见了大坤。他和大坤热烈地握着手。大坤发狂地捏着他的手，几乎把他的手捏小了一半。

他正想除去了衣服，运动运动去的。但是忽然钟声响了。依经验，那是开会的钟声。在学生会，他们的势力可并不小的。课可以不上，但是会不可不开。所以他们停止了"运动"，开会去了。

主席还没有宣布开会理由，大坤就站在椅子上，放开了牛一般的声音：

"各位同学，今天的会是临时大会，当然应该有临时主席，学生会的主席不得做临时主席的，各位以为怎样？"

于是各人议论纷纷，以为大坤不得做主席，是势不罢休的了。他一定又要搅乱会场的了。

大坤一说完，李楠跟着就站了起来说话：

"我赞成这个提议，我们就举临时主席吧？"

在李楠的后面，有人骂起"狗！"来。

"谁！"大坤回转了头，扮起了狰狞的脸，问。

"是他！"李楠指着他后面的江芝生说。江芝生是他中学时的同学，也同一起弄过小刊物的。

大坤跳了过去。一拳打中了江芝生的脑袋，一脚又飞在江芝生身上……

会场乱了。大家都说着："打人！打人！"大家都散开了，有的被踏伤了手，有的跌跛了腿。主席没有宣布开会理由，也没有宣布散会，自己也逃走了，带着铁青的脸色。

李楠和大坤又昂然地踏着大步，走进"茶室"里去了。

＊＊＊

两个人在街上跑。李楠跟在大坤的尾后。他懂得礼：不敢争先恐后。大坤说要到一间洋服店去，看着有没有新货色。李楠自然不会反对，和大坤在一起，夜间不睡觉也做得到的。

于是到了洋服店。他们在看货色，并不少，大坤看中了一种红点蓝间的。至于样式呢，自然是愈新愈好。于是伙计拿出了一本《服装杂志》来，指着给他们看。

"这是最新式的。一九三六年式，新不新？"

大坤定做了一套。要李楠也做一套。可是李楠说：

"要我做我哪里有钱？"

"我叫你做，你就做！何必多说！快量身吧！"大坤说。忽又向伙计："和他量一量身看吧！"

李楠明白了。大坤是一定和他出钱的。他做大坤的秘书差不多一年了，大约只用了大坤五十块钱；现在这一套洋服自然也是薪金。对于钱，大坤是不大介怀地大粗大用，至于女人，那就两样了：直到现在，才只介绍了一个陶兰贞给李楠。大坤不是说过吗：

"李楠，你信不信，我有两打以上的爱人。"

* * *

和大坤分了手，李楠一个人在街上跑着。真是无聊得很，全个世界都空虚了。他不愿回去。一回去，看见了房里的东西，他就悲观的。兰贞永不来！为什么呢？她不爱我，她爱大坤。

他看看自己的衣服，真是刷新得很。他不知不觉地，向着兰贞的住处走去。兰贞的住所是在市外的，商店很少，四面都是住家。

待他看见了兰贞的住处，所有的勇气都失掉了。他的脚步缓和了。他没有勇气去按那个电铃。他看着门牌的号码：

一二二〇——一二二〇——一二二〇……

——她大约不在家吧？——他这样安慰着自己。

他没有勇气按那个电铃。他颓败地走开了。

——呵，第三次了！第三次了！——他想。

走了不久，就到了市立医院的前面。市立医院周围都是树林，树林下面还有"先施汽水"字样的石凳。风景甚佳。他坐下了。

——到我成了相思病的时候，搬到这里来住吧？在这里住，是多舒服！我的房子真要闷死人啦！

天色渐渐黑了，电灯都燃着了，是喧嚣的都市的景色。饿狼似的侦缉，又出现在街头巷尾了。

他失望地走着。他两手插在口袋里。这才又想起了口袋里的甘薯皮。走到一个淡静的角落里，他敏捷地扔下了甘薯皮，却忘了抛去裤袋里的一团。

在街头角落里，原本就有着饿狼似的侦缉的。待李楠走过了，侦缉就把他的纸包拾起了，如得了宝贝一般，打开来一看是甘薯皮。愕然地又看，擦了擦眼睛再看，莫名其妙地又看。同时李楠也就在夕暮下溜进一片书店里。

* * *

他醒了来，是在医院。他并不是成了"相思病"，可是头有点痛。他四边看，奇怪得很，谁把他招到医院来呢？这分明是市立医院哪。在他的旁边，又站着大坤和兰贞，这更莫名其妙。

兰贞看见他开了眼这才得了安慰地问：

"啊，李楠，你好吗？……"

他点头，感动得垂下了泪珠，说："多谢你！"

"你觉得怎么样？"大坤在他的床边坐下了。

他点头，感动得垂下了泪珠说："我，我什么也……"

兰贞抿着嘴笑了笑，于是说："你到底干了什么来的？我本来到街上去买点东西，由一间书局经过，看见几个人打着一个学生，我走近去看，才知道是你。你为什么会被打呢？他们说，你偷书。书呢，是有一本，就是那本《为了爱》。那时你已经昏倒了。我在研究你是否真的偷了书，但是在书末发现了你的签字，英文字母ＬＮ，这证明书是你的。你不会偷，我于是打电话给大坤。大坤一来，就和书局交涉，结果呢，书局愿赔一百块钱的医药费……"

医生知道李楠已经醒了转来，于是再看了看病人，同时也禁止客人和病人谈话，于是大坤和兰贞就退出去了。临走的时候，兰贞说：

"晚上我再来。"

他恨医生为什么把兰贞赶走了呢？他只觉得有点头痛，但刚才得以和兰贞会面却是幸福的，于是他回想着——今天没有勇气进兰贞的家，他于是到了片书局。他的西装的口袋，正插着一本新书《为了爱》。他用手遮着口袋里的书，不要给人家

· 53 ·

看见。一边的手呢，却在翻看着架上的书。大约一个伙计正在注意着他，看见他用手遮口袋，口袋里插着一本书，形式可疑，于是大叫起来："偷书呀，偷书呀！"七手八脚，不由他分说，已经把他打昏了。但是一醒来就是医院，刚才他才会来过的，他叹服这里的风景，他还预备一成了相思病就搬进来住的。

他在等着天黑，天一黑兰贞就要来见他的。兰贞不失约，真的来了。她并且带来了消息，说大坤今天打胜了球，喝酒去了。他听了，就非常发急，恨不能亲眼见。

"你到底是为了什么被打的呢？他们为什么会说你偷书的呢？"兰贞忍不住问了。

"为什么？谁知道呢？不过，于我是好的……"

"那么，你是真的偷书了？"

"不，可是，我若不被打，你是不会来见我的吧？"

"什么？"

女的万料不到会听见这样古怪的答话，所以不自觉地说了句"什么"。但是她静了下来，吟味着那古怪的话。终于一个人笑了。这笑，在他还是摸不着头脑的。是冷笑呢？是同情的笑呢？是冷淡的笑呢？他的话难道就只换得这一个"笑"和一句"什么"么？他感到无限的难过。但是女的忽然又说：

"你口袋里的是什么？"

"什么？"

他探手进袋里什么也没有。他一时想不到她话里的意思，所以只得说了句"什么"。但是，他明白，这绝不是一句"什么"可以了结的事情，所以又问：

"你的话是什么意思？"

"在我这里呀！"女的"所问非所答"地伸出了手，拿着一个纸包，不用说，纸包里就是甘薯皮。他全面都通红了，红到了耳根，红了眼眉，红到了头发。女的吃吃地大笑了，那笑声针似的刺他的心。"你静养吧。"女的好似阴天中的仙女一般，忽然消灭了。

这时，对面床的病人，问着探病的人说：

"听说你的哥哥在汤山养病是不是？我去年碰见他的时候，不是还很好吗？"

"对的，汤山。"

一九三六年三月改稿

| 作品点评 |

　　在《甘薯皮》中，胡明树将视线投向知识分子的生活，把一个平凡大学生为解决饮食问题而引发的生活趣事，写得颇富喜剧色彩。

　　——高蔚、史树楠:《在新文学传统中成熟的广西作家——胡明树叙事文学作品论》,《广西民族师范学院学报》2011年第2期

他们这一伙

哈庸凡

一

刚打罢开台，那几位锣鼓朋友又钻进后台或溜到下面谈板路（聊天）去了。场面上就只剩得打小镲的癞子，伏在椅子背上打瞌睡。

内台里，三个两个一堆，坐着，蹲着，躺着，含着烟，摇着扇，在交谈着一些嘈杂的话语。几个当手下的小孩子，穿上了红背心，在一角舞弄着刀枪，或是在默念着本子，也有些在闹，在喊。预备唱头出《二困潼台》的小生苏元龙和花脸左葆生，正在化妆桌边拿着镜子扮相。在那旁，大衣箱面前的一张单桌上，是刚结束的一场纸牌，乳名叫作老招的武陵春，还倚在桌边，拿着牌在折八卦。

忽地，靠在马门口扯着门帘向外张望的临江仙，扭转面来，尖着嗓子叫：

"老招，来看。"

武陵春歇了手，睁着眼睛问：

"看什么？"

作者简介

哈庸凡（1914—2003），广西桂林人。高中时代曾以写稿维持学费，在当时广西文坛颇负时誉。1936年组织发起桂林风雨社、风雨剧团，创办并主编《风雨》月刊。1937年初起任《桂林日报》（后易名《广西日报》）外勤记者、采访主任。1938年奔赴抗日前线。抗战时期曾任皖干团团刊《干训》主编，《阵中日报》副刊《台儿庄》主编，《阵中日报》总编辑、社长等，抗战胜利后曾任《群力报》总编辑、社长等。新中国成立后曾任安徽省政协委员、安徽文史资料委员会委员等。主编《江淮英烈传》丛书、《安徽民政志》等。

作品信息

原载《桂林日报》1936年8月1日、4日、5日、6日。

"老周，捧你的。"临江仙来了一个比较低声而近于戏谑的回答。

"嚼你的舌根！"武陵春笑着骂。顺手把牌丢在桌上，跑过来攀在临江仙的肩上，掀起门帘，眼珠滴溜溜地在台前第二排对号位内一个头发很光的青年身上转。

"放开我，人家望你了，免得我做电灯胆①。"临江仙嘻嘻地笑，正要挣脱武陵春的手。

"我撕烂你的嘴！"武陵春咬着上唇骂了一声。伸手来打临江仙，临江仙趁着松弛的这一会，一转身便溜开了。武陵春不服气，放下门帘跟着追上去，嘴里喊着：

"我看你跑到哪里去！"

两个人边跑边笑，一下子不留神，武陵春一脚就踩在坐在地上和扮好相的生角杨仲芳谈着味道的小丑余世珍的脚上。

"嗨，好生些，怎么只顾上面就不顾下面，你这么样子来，我不是吃了亏？！"余世珍故作正经地仰起脸说，煞尾一句声调来得特别沉重，而且还咳了一声干嗽，正好像一般小丑登场时发的叫口一样。

见了这惯会逗人作恼同时又使人喜笑的"癞蛤蟆"余世珍，武陵春便丢下临江仙不追了。现在听了这几句话里有话的言辞，更勾引起她自己的那种得天独厚的风骚性，所以她马上便故意沉下脸，鼓起两片红腮，用手撑着腰，迎着面娇声地问：

"你吃什么亏？"

"你尽在下面用工夫，我怎么不吃亏？！"

余世珍把眉头皱起，用下巴向左右摆动了两下，手指中夹着吃剩的一小截烟也丢掉了。

"放你狗屁！你的嘴巴放干净点，我讲你听！"武陵春翘起嘴巴，把胸脯更挺起些。

"我为什么不干净？我不干净你来找我？"余世珍微张着一张嘴，用食指指着自

---

① 市井上通行的用语，意思是见着和自己不相干的事，偏偏不走开，而要在场阻碍着别人——因为电灯胆是不通气的。

己的鼻尖，那样子居然把旁边坐着的杨仲芳逗笑了。

"操你妈!"

武陵春领略到了余世珍话中的含意，马上半羞半怒同时又半笑地骂了一声，顺手在壁上拿起一扎马鞭，在余世珍身上乱抽。

"哎哟，哎哟，莫乱来。"余世珍一面笑，一面侧身躲避。

"操你的娘，你吃老子的空子!"武陵春又是几家私。

余世珍身上着实挨了几下，他看见没有法子再躲，只好站起路来，两步一跳，走出外台。

武陵春赶到马门边，不便走出去，只身掀开半边门帘，指着余世珍骂：

"我看你一世莫进来。"

"老子夜晚才进来。"余世珍依然不肯示弱地笑着投下一句轻薄的话。

武陵春没有答，放下门帘，退了进去。

这里，场面上的人又陆续来了。余世珍顺便到左场后面靠板壁的一张长凳上，拿起月琴来弹。扯二弦的胖子胡老八很自然地拿起唢呐来吹了两下，表示离开戏的时间不久了。歇了一会，余世珍停下手，向打上手的老陈问：

"四麻子这时还没有来?"

老陈停止了手中的烟卷，微睁开一对枯涩的小眼睛，慢条斯理地回答：

"四麻子今天请假，他儿子死了。"

二

听了这话，余世珍就陡地一惊。四麻子，那爽直的家伙，余世珍就只和他谈得来。往天下了台，到黄桂记店中吃狗肉，这两个就常在一起。他的儿子火保，余世珍也常常看见，那是一个灵活听话的孩子，前天还只听说是病了，现在居然会死去!栽下了这么一个可惊可怖而又令人可怜的消息在余世珍的脑上，方才间和武陵春开心的那一股劲便立刻消失了。不可名状的烦恼逼着他，又向老陈问：

"怎么死的呢?"

"还不是为着钱。"

老陈又闭上眼睛了,嘴里含着烟,答话似乎有点不清楚。可是常在烟榻上听惯了他的话的余世珍,也很容易地从那几个含混的声音中去了解他的意思。

钱,这简单的字眼,马上唤起了余世珍一些过去的悲哀。他自己的妻子,就是这样简捷了当地被钱的巨手攫去,一幅产妇临蓐而绝粮饿死的惨景,蓦地涌上心头。他默了一会,抬起头来,正想向老陈详细询问四麻子的儿子怎么为钱死去,可是恰在这时,打小镲的癞子从后台走上来说:

"扮好相了,起戏。"

余世珍又沉入默思中,虽然那嘹亮的锣鼓,尽着在他耳边荡动,但终不能阻断他胸中的不安。他想了又想,总觉得自己似乎正走在一条相当危险的路上,可怖的结局,顷刻即来,他不敢想象将来的窘状。睁开眼,只看见潼台马头军刘高和梁王驾前的八虎大将郭崇周在面前对战,那宏大的呐喊和飞舞的刀枪,使他感到有几分不自在,便挂上月琴,站起身来,踱进后台。坐在皮箱上正和临江仙在唧唧私语着的武陵春,一眼瞥见了他,便站了起来,用手在他背上打了一槌。

"莫来!莫来!空了再调,好不好?"余世珍如果不是有事在心,一定又会来一番调笑。不过此刻他正是忧在心头,只好边说边让开。

"今天你也怕老子了!"武陵春带着胜利的笑容望着他。

余世珍没有答,走过来化妆桌边,拿起一个茶杯,在桶内舀起茶来喝了一口。又向盔头箱六爷要了点熟烟,裁了一条纸,卷起一支烟吸着,走过来,倒在箱上躺起。

一闭上眼睛,王昌顺的棺材三十二块,小洞天的烟钱四十七块三,黄桂记七块六,泰隆九块五,罗伯娘十二块……这一串为数不小的债务,便猛地兜上心来。对于这些债务的不能偿清,他第一就恨他自己,他自幼抛别父母,跟师父跑江湖受尽辛苦,才挣得今天唱头场拿一块五钱一天的身价,谁知园里生意冷淡,老板要把身价打八折,一块五打八折,也还有一块二。要不是有这两口烟,这些账不早就还清了么？想到这里，悔恨是紧紧地刺着他。丢掉了吸剩的烟尾，捏起拳头，几乎要在自己身上打两下以示薄惩。

可是这时他又突然想起师父或是班中老前辈们常说的一句：

"我们这种人的钱是不能积蓄着的，我们的钱是江湖钱，江湖钱，江湖用，有钱积蓄没有后。"

三

他正在体味着这句前辈遗留下来给不长进的后辈聊以自慰的名言，忽然听得内台里有孩子在哭。他睁眼一看，只见刚下场的苏元龙拿着竹板，死命地在手下小狗的身上打。

"你来学什么的？操你妈！下场也不懂，朝哪边转？"

"哎……哟，哎哟……哟……"小狗边躲边哭。

扮岳崇信的二场小生一枝梅站在马门口，高声喊：

"元龙师父！登场了。"

"操你妈！老子转来收拾你。"苏元龙赶着要上场，骂了一声，提起枪便走了。

余世珍感到有点燥热，便伸手向正要去解手的桃艳芳要了一把蒲扇，袒开衣服在扇。

忽然，一阵急促的脚步走上台来，冲着余世珍便喊了一声：

"今天又挨了，癞蛤蟆！"说话的就是本班的当红须生杨瑞卿。

"怎么样？"余世珍坐起来问。

"在定桂门牌九上又挨了七十多吊，后尾追一庄，我讲你听，起□宝杀不到钱，操他的娘！你讲背不背？这两天接连去了两百钱，操！"杨瑞卿一面说，一面用手挥着额上的汗珠，青起一张脸，瞪起一对眼球，那副神情就好像他唱《空城计》站在城楼上望着司马懿的那时候的孔明。

"这个东西我是不敢沾场了，出年来是每赌必输。"余世珍也表示同样的感慨。

"操他妈！如果不是要赶着来唱这出打井，老子一定要在那里吃两注。"杨瑞卿说着，把衣服脱下来挂在壁上。

余世珍没有讲话，只伸手到杨瑞卿的手中接过那吸剩的半截烟来。

杨瑞卿运用他那纯熟的技能，很快地便把一位柳刚员外扮好了。回头看见余世珍还在坐着，他便喊了一声，余世珍像是想起什么事一样，马上丢掉烟尾，也走过来，拿起镜子在开脸。扮好相，穿上衣服，一眼看见演老旦的唐桂松蹲在地上吃（酸）萝卜，余世珍立刻又想起四麻子，便走上前来问：

"喂，老唐！四麻子的儿子怎样死的？"

唐桂松仰起脸来望了一望，丢下筷子，站起来，抹一抹嘴巴，用不纯粹的湖南声腔说：

"讲起来又惨，我和他同房住，这事情我最清楚。四麻子早上要出去卖牛肉，下午和夜晚才过这边来弹月琴，火保天天也要出去卖油炸粽子……"

"这些我晓得，你说讲他怎样死。"余世珍不耐烦去听那些琐碎空话，所以从半中腰插进来阻止。

唐桂松见余世珍在打岔，就停住了嘴。现在余世珍不说了，他才咳了一声嗽，吐了一口痰，继续说下去：

"你就是这个毛包脾气，少不了我要讲哪。火保天天去卖油炸粽子，那天因给人家结婚的汽车撞跌了，虽然没有伤，但是粽子都被碾烂了，他怕挨打不敢回家，在菜厂睡了一夜。"

四

"第二天，四麻子找着了，带了回来。哪晓得在外面饿了一天，那晚夜又挨了一场雨，受了风寒，回来就病了。发烧发热，又讲胡话，请医生是没有钱，后来到医院去诊，吃了两包药，病倒反加重些。有人讲要去给那个大医院诊才行，但是四麻子没有钱。一直到今天早起就死了，吃夜饭那时才凑起钱去买火板。唉，真真可怜，那娃仔病着想要吃鱼都没有钱买哪！"

"唉……"余世珍深深地叹了一口气，正要想讲两句什么可怜的话，猛听得前台杨瑞卿唱了一句"一步来在庄门外，叫声小子快走来"，他便赶紧咳了一下，喊声"来了！"打着哈哈，走出台去。

这里，桃艳芳和苏元龙伏在桌上，一面笑着，一面在吃米粉。

化妆桌旁，正在开着搬兵里孟良的脸的艾高奎，看见他们放荡的举动，便回过头来笑着说：

"莫太亲热了，怎么尽缠着小生？"

"放你妈的屁！烂你的牙巴！"桃艳芳笑着骂，用脚踢了艾高奎一下。

武陵春换了装，穿着贴肉的红色的汗衣和一条滚狗牙边的短裤，忽忽地走过来，把倚在化妆桌边的左葆生推了一掌，娇滴滴地喊：

"走开！老子要扮相。"

"好骁！"左葆生答了一句，便闷闷地走开了。

余世珍今夜总是提不起神，马马虎虎地随便呱了两句便进来了。下了脸，打起个赤膊，拿把蒲扇，睡在地上的席子上扇着。

第三出刚开始，杨仲芳跑上台来，蹬着脚喊道：

"这怎么得了！"

"什么事？"余世珍爬起来问。

"齐老板又要减身价了，又是一个八折。"杨仲芳急促地说。

大家都呆住了，焦急的颜色浮上了个个的脸，八折上又打个八折，这怎么活下去？

"我操他的娘，老子的赌账又还不成。"正在下脸的杨瑞卿暴躁地骂。

"我八毫子一天，现在只有六毫四了。"杨仲芳的声音凄凉得像是在哭。

一会，癞子进来采得信，场面上的锣鼓也顿时变得惨淡了一些。

大家散开了。余世珍和杨仲芳退坐到盔头箱，四只眼睛对望着。

"现在的班子更难做了。"余世珍叹了口气。

"这样一来，我们大家都苦了，快活的就只有她们坤角。"杨仲芳愤慨地说。

"自然是她们快活哪，她们除了这里的身价，还有一笔小身价^①。"余世珍用手拍着大腿，表示同情。

突然，台下一阵大声喊"好"，跟着掌声便哗啦啦地响起来。杨仲芳走到马门口望了一下，仍旧过来坐着。余世珍仰起脸问：

"什么？"

"老招的眼角摆得好，台口那几个，身都是酥透了。"杨仲芳扁着嘴巴，带几分讽刺的意味。

"老实讲，老招不靠她的头脸，她也红不起。"

"老招靠她的头脸，看戏的人也只是看她的头脸。"

"对。"余世珍点了点头。

暂时的沉默。杨仲芳站起身来，踱出外台去代替老陈打上手去了。

余世珍打了一个呵欠，伸了伸腰，便走过去换了靴子，披上衣服，对站在马门口准备登场的艾高奎说：

"高奎，我在小洞天烟馆里等你。"

艾高奎答应了一声，余世珍便拖着缓慢的脚步，向着黯淡的黑路走下台去。

---

① 桂班中流行的俗语，指女伶暗营丑业所获的报酬。

望江花

刘雯卿

一

棉花的嫩苗，已经长到六七寸高了，这正需要雨水来滋润的时候，就下了一阵大雨。过了一夜，田里的棉花苗绿油油地特别有生气，王家村的农民们都非常欢喜，每个人的脸上，堆着愉快的笑容。佃农老翁王和权，头上披着线麻似的不长不短的头发，眼珠深深地陷落在眶子里，口里衔着一根两尺多长的旱烟袋，因为脱落了几个牙齿，下脖骨像小丘岭似的凸出来，唇下凹进去像一个深水坑。有一种快乐的微笑，把他脸颊上的皱纹，划得更深了。他站在田塍边，一面抽旱烟，一面对着田中正在锄草的妊妇阿桂娘说：

"阿桂娘，昨天的雨下得真好啊，比喝心肺汤还要舒服呢！"

"是呀，前几天不下雨，我们多么担心！像去年的棉花苗，刚刚长得七八寸高，就干得像火烧了一样。"

"若是今年的收成好，也可以填补去年的亏空。"

"棉花苗还只这样高，谁也料不到。"

"这完全要天老爷保护的。"王胡子即刻收敛了笑容，说话很郑重的神情。

"唉！就是天地菩萨保护不干不淹，也得要本

作品信息

原载《南宁民国日报》1936年8月31日，9月2日、3日、4日、5日。

钱呀，草长得这样长了，要锄除，田里这样瘦，要施肥。想起来真是焦愁极了。要是年儿的爸爸不要死，多一双手做事，也可以减少许多困难呢。"

"办法总是要想的，去卖两担望江花，就可以把田弄好了。"

"不要说吧。今年卖望江花，比挖心还要痛。大前天，我的公公到城里苏万盛花庄里去问过了，他规定收买干花，每担只肯出七块钱。"她很丧气地说。

"我们去年这时候卖望江花，是九块五角钱一担，怎么今年少了这样多呢？"

"他们大花庄里的主人，伸出魔鬼一样的手来，捏紧我们小佃农的喉咙；他们明明白白知道，棉苗长在田里，不拉他们的钱，棉花是没有方法能收回来的。"

"是呀，就是望江花的价格还得再低廉些，我们也得要含泪忍痛去卖咧。"

"可不是么，"阿桂娘因为胎儿衬在腹内不大舒服，她说了话似乎很吃力的，她张着口喘气，举起手背擦额上的汗水，把头上戴的草帽拉正了一下，又握着锄头杆，弯着不容易弯下去的腰儿锄草了。王胡子叹了一口气，拖着旱烟袋，跟跟跄跄地沿着大塘口那边走去了。

鲜艳的太阳，爬上了蔚蓝的天顶，热烈的光辉，普照着不平的大地。驻扎在关岳庙里的步兵营，已经啼啼嗒嗒地吹过了午号，阿桂娘的肚皮感觉得很饿了。她伸起腰来，望着她望惯了的那一条长有蒲公英的小路，远远地望见年儿提着篾篮送午餐来了。她丢了锄头，跑到树荫下坐在地上，用双手拉着衣服两边的大襟角，一上一下地摇动着当风扇扇风，年儿渐渐儿走近了，在大塘口那边就叫起来：

"妈妈，我送中餐来了。"

"乖乖，从小路上走来，不要踏坏了人家田里的豆啊！"

"是，是。"他连走带跑地从豆田里上了小路。等他到树下的时候，汗水从鼻尖流到脚跟了。他裸着上体，裤带系在肚脐下，肚子扁扁地露在外面，一看就知道是没有吃饱的样子。阿桂娘问：

"年儿你吃了没有？"

"吃了，但没有吃饱。"

"来，陪我吃一点。"

　　她把篮子上盖的一块旧白布揭开一看，见一个小黄釉钵内装的大麦粉末，她拿了碗筷，装了麦粉，把茶倒在碗里，像拌泥浆似的，拌匀了，一团一团塞在自己的嘴里，又挑一箸给年儿吃。年儿摇摇头，嘴巴一歪，眼泪水就流出来了。阿桂娘停了筷子说：

　　"伢儿，你还选择饮食么？只要肚子饱就够满足了，你看邻家的三狗，小英，他们饿得哭叫，连麦粉米也没有吃的呢。生在我们这样穷佃农家里，不吃麦粉与草头木根，就是一条死路。"

　　"怎么有些人家都有钱用有饭吃呢？"

　　"因为那些人太有钱、太有饭吃了我们才挨饿啊。"

　　"他们的钱是从哪儿来的？"

　　"都是从我们的身上削剥下来的！"

　　"我们为什么要让他们剥削呢？"

　　"孩子，你长大了才晓得的……"

　　她很快地吃完了两大碗麦粉，还有一些粉末糊在碗底里，因为用筷子刮来不大方便，就用食指扭在碗底里刮了送在嘴里吮着，好像深怕糟蹋了粮食似的。她把碗筷放在篮子里了，又吻着瓦茶壶长嘴巴，喝了几口茶，透了一口气，她说：

　　"年儿，把篮子提回去。"

　　"我休息一下吧？"

　　"今天的牛放饱了没有？不要忘记牵它喝水哪。"

　　"我牵到后面山上去放的，怎么没有吃饱呢，水也喝了。"

　　"我的乖乖，真听话。今年收了棉花，做一件新棉袄给你过年做八岁的生日。"

　　"你骗我的，去年就说为我做新棉袄，今年又说为我做新棉袄。"

　　"去年天干了，今年无论如何，都要为你做一件的，听话些，好乖乖！"

二

年儿听了母亲的话，几乎要欢喜得跳起来，跟着他的母亲跑到田里去，他天真烂漫地用小手抚摸那嫩弱的棉苗说：

"棉花苗，你快快长大，为我长出新棉袄来呀！"

"新棉袄，好容易的新棉袄，不知道还要费多少气力呢？"

"妈妈，我来帮你锄草吧。"

"你再长几岁，就能够做我的帮手了。"

"我试试看。"他很高兴地用小手搬起锄头，用力一下锄去，斩断了几根棉苗，母亲横眼带气地把锄头夺过来说：

"疯了吗？你会锄什么草，把棉苗也斩断了，拿篮子替我滚回去！"

母亲严厉的骂声，打断了他的兴趣，他睁着圆圆的小眼睛，望着母亲恶狠狠的脸色，又怕挨打。便一溜烟地跑到树下去了。母亲也没有怎样追究，仍然弯着腰儿继续不断地铲草。

晴明的天空忽然堆上了一叠一叠的黑云，把一轮光明的太阳，紧紧地遮着了，大地立即变得阴沉□色。在北面天沿边的黑云缝里，垂着瀑布似的一条两三尺宽的白色幻影。在田的左右一些男男女女正在工作的农人们，都停紧了锄头，指手画脚地望着，谈着。

"呀，这是白龙卷水，你们看，龙的尾巴在摇动呢。"一个中年妇人说。

"真不得了哪。见白龙卷水，今年一定是大水之年。"矮胖的老农夫说。

"去年天干，若是今年水淹，那我们就只有死路一条了。"

阿桂娘听见他们的议论，心中紧张了一下，把视线死死地盯在那一带白色的幻影上，谁也不知道她在想一些什么事。

忽然暴风大作，豆大的雨点洒下来。田中的农夫农妇们，都背起锄头，飞也似的跑到大树底去避雨。接着又噼噼几声雷轰，树梢头闪出淡红的火花。他们都说这是雷公菩萨发怒了，于是都离开了树下，冒着风雨，一直奔回家里去，阿桂娘大圈盘的草帽子，也被大风吹得在空中打旋转。等她跑到屋时，浑身上下湿透得一根干线纱都没有了。

连日下了两天大雨，田中的杂草，长得比棉苗还要高了，草不铲除尽，棉苗的营养被它夺去了，这是没有方法可以长大的。因此，阿桂娘的心中很着急，几乎睡眠都不安呢。

晚上，阿桂娘坐在鸡笼旁边纺线纱，小花猫儿柔顺地蹲在纺车头边，不时摇动耳朵，不时摆着尾巴，它听见壁缝里若有一点响动，就精眉精眼地向着四周探望。公公端着一盏泥烧成的鱼尾绵油灯，从他自己的房子里走出来，一面叹气，一面寻找东西接露。阿桂娘说：

"公公，这时候怎么还不睡呢？你端灯出来找什么？"

"睡？我的床上露湿了大半边！"

"咪喵……咪喵……"小花猫见了常常煨鱼肠子给它吃的老公公，便跳到他的脚前去喊叫。

"这两天下雨，你的床上不是没有露湿么？恐怕是小花猫去抓了屋上的茅草。"

"咪喵……咪喵……"仍然叫着。

"讨厌的东西！你抓坏了屋上的草，露湿坏了我的床，还跟着叫什么？"公公很生气地，一把抓着它头上的毛，向鸡笼那边死力摔去，它叫了一声，轻脚如飞地逃跑了。

公公找着了阿桂娘当日陪嫁的一个木洗脸盆，放在帐顶上了，雨点滴滴……掉在盆子里，发出似有节奏的声响，与纺车唔呜……唔呜……的声音相应和，静夜听来，有一种特别凄清穷酸的情调。

公公睡了一觉醒来，雨已止了，但纺车还在唔呜……唔呜地哼着。他听见雄鸡叫了几声，又听见媳妇发出愁怨的吁嘘，他咳嗽了几声叫着：

"桂娘，你怎么还不去睡？这时候蚊子很多，鸡已经叫了呢。"

"只差一根棉条，这个纱绪就可以成功了。"

"明天纺好了。"

"我想明天早上，公公把这几个纱绪拿到城里去卖了，买一点盐回来的。"

"反正是要卖望江花的。"

"我仔细想了一下，再吃亏些，也是要在苏万盛花庄去卖两担的。要不然，田里就会要荒成蛇的老家！"

"新花上市，至少是二十块钱一担，花庄里的老板，真比阎王老子还要枯心！他们一点力不费，一担花要赚两倍钱，这实在不合算啊！"

三

"我们穷佃农，总是逃不脱这鬼门关的！"

"你老人家明天去卖两担花好了。"

"还要找保人呢。"

"找陈三爹吧？"

"也不知道他肯不肯担保。"

"我们田里有绿油油的棉花苗，还差两个月就有雪白的棉花了。这是很显明的东西排在田里，还有什么不放心呢？况且我们往年卖望江花给他，都是实足送去，没有差欠过四两半斤。"

公媳隔着一层芦柴壁谈着，她不知不觉地把一根绵条抽完了。她已感觉□十分疲倦，于是端了绵油将尽的鱼尾灯盏，走到自己的房里，和衣儿倒在床上睡觉了。

第二天早晨，天朗气清，公公起来，放了笼里的鸡。又把牛拉出去了。回头来坐在门槛上穿草鞋，预备到城里去，年儿用冷水调了一碗麦粉吃了，提着篮子寻猪菜去了。阿桂娘因为睡得太晚的缘故，等她起来时，东边的初阳，已现出了血色可爱的圆脸。公公和年儿已经出去了，她洗了脸，把手指当作梳子，在头发上掠了几下，就直向田里走去。田中的低处，已经有了两三寸深的水，杂草长得比棉苗还要茂盛。她的心中有些忧虑天再降雨，就是不下雨，也得要连晴三四天，让水干土硬之后，才可以动锄头。租来的这方小小的田土，在她的眼中，真如珍贵的金玉一般的贵重。

床头下放着紧口绿釉罐内装的大麦粉子，大概不够三人吃两天了。她坐在磨架上，在计划着自己的工作。

阿桂娘真是一个会理家政的贤惠的妇人，她从来没有让一点时间白费过，田里不能做活的时候，就在家中操作；她把黄油木桶内装的大麦弄出来，用沙把麦粒炒得松松的。裂缝里露出白米来，像小山似的堆积在磨盖上。两手握着用麻绳悬在屋梁上的三丁形的木磨转，用右手的食中两个指头夹着一根与磨心相距不差分寸的细竹竿，她一面推动，一面辗动自己的指头，使竹竿把麦粒弄在磨心孔里去。磨子转动的时候，发出"咯咕……咯咕……"的响声。细白的粉末，就像雪粉似的落在簸箕里。有一鼓香味钻进她的鼻官。

年儿提了一篮猪菜回来，浑身汗水直流，一声也不响，只是张着口喘气。他摸了一把木水瓢，在水缸里舀了一瓢水，把焦渴的嘴唇含着瓢沿，"咕噜……咕噜……"地喝着，阿桂娘说：

"年儿，少喝一点冷水。肚子痛起来了，我是没有钱买药给你吃的。"

"我的口干了，肚子也饿啊！"

"来，吃一腕新鲜麦粉，我来替你筛。"

她放了三丁形的木磨转，取下了挂在壁上的罗筛。把麦粉装在筛子里，双手端着筛子转动，浑身都随之转动起来，好像胎儿也在肚内转劲起来，她的头有些发昏，闭着眼睛，像有萤火虫飞过似的，一连吐了几口清水，她才感觉着是肚子饿了。她吃了一碗麦粉下去，比神丹妙药还要灵验，一切不舒服的现象，都完全好了。不过，胎儿仍然在腹中轻轻蠕动。

四

公公背了一袋米，拿了一包盐回来了。他把米袋向地下一丢，叹了一口长气，一声也不响。年儿见了米，欢喜得跳着叫着。

"我们有饭吃了，这么多的米呀，公公弄回来的，妈妈，快些来看呀!"

阿桂娘正在后面屋檐边一株杨树下切猪菜，忽听得年儿的喊叫声，就知道是公公回来了。她即刻把菜刀丢在盆里了，很快地跑进去，见公公的脸色很阴沉，倒了一杯茶给他，问着：

"公公，望江花到底是什么价钱?"

"唉，说起来真气死人! 前几天去问，是七块钱一担，今天他只肯出五块五角了。我向他说了一会好话，请求他出六块钱一担，他理也不理，我气得跑出来了。但我路上一面走一面想，若是不吃亏忍痛卖两担，田里的棉花是没有方法可以收回来的。于是仍然回头去，把这笔生意做成了，十一块钱，买了两块钱米，五角钱盐，这是剩下来的。"他从袋子里摸出银圆与铜板，数来数去，数好了交给阿桂娘。

有了钱，办什么事都顺利，田里铲草施肥之后，棉苗也青枝绿叶的茂盛起来了。过了些时候，绿叶丛中，又点缀了一片黄金似的花朵，蜜蜂嗡嗡地绕着花儿飞旋，恋恋不忍舍去。

正是花谢果圆的时候。吹了一次西北风，把最后开放的花朵都吹落了。这对于农人的收成上，是一种很大的损失。棉桃稀稀疏疏地挂在枝杆上，谁也不能估计收获的数量。这村子里的农人，个个都板起一副愁苦的脸子焦愁着。尤其是阿桂娘，比任何人都焦急得厉害：无论在什么地方，无论什么事，总是长吁短叹的。有些说她的心太窄狭了。她并不因别人的批评，减轻自己心中的苦闷。她想起已死的丈夫和腹中将要出世的胎儿，总非常难过! 更使她不安的，就是苏万盛的望江花，与何地主的佃租花，这好像一块石头压在她的心上似的沉重。

阴历七月半，是中国尊崇死鬼的一个重要的节日。无论怎样穷苦的人家，都要设法买几斤钱纸，办一点荤菜来祭家鬼的。若是在本年死的人，就称"新亡人"，阿桂娘的丈夫是新亡人，她老早就在打算买纸弄菜祭祀他。乡下还有一句俗话说，"新亡人看花"，就是说七月半接亡人的时候，田中的棉花，应该初始成熟见白了。

这村子里都在放鞭炮烧钱纸祭祖宗了，阿桂娘也端了两碗荤菜，年儿挟了一沓钱纸，走到田边去，她把碗放在地上，筷子搁在碗上，一面祭奠，一面烧纸，她哀哀地哭得非常悲惨，年儿也跟着娘哭起来了。钱纸灰像雪片似的在空中飘荡，又降落在尚未见白的棉花田里，她仿佛感觉得自己的生命如纸灰一样的缥缈，如棉花一样没有什么希望。

夕阳躲在西山的背后了，黄昏统治了整个的宇宙，一切都在暗色的阴影中沉寂着。这时候，阿桂娘仍然不肯停止她的哭声，邻居的春嫂子来劝解了她一会，才把她拉回家去了。

阴雨的亡人天过后，又连晒了几个大太阳，棉花都开奋了。深绿带黄的棉叶中，参差了银白的棉花，农人们见了，都心开意爽，差不多每家的大小男女都埋着头儿在田里捡棉花。快要临盆落月的阿桂娘，因为胎儿衬在腹内弯不下腰去，便搬了一条不高不矮的木凳，坐在田边，慢慢移动着捡棉花。年儿每天也可以帮助她捡七八斤，能做她母亲一半工作，乡下的小孩子，也可以当大人用。年儿很懂事，被他的公公与母亲看得性命根一样重要。

母子两人在田里辛苦了十几天，一共捡了二百多斤花。有一天大清早上，阿桂娘与年儿刚刚出门上田里去之后，何地主派了三个人来，逼迫她的公公，把棉花一齐收去做分租花了。傍晚他们从田里回来，公公告诉了她，她惊异地跑在神位下一看，只剩两个空篾篓了，她冷了半截腰。

今年新棉花上市，就是二十三块钱一担。听说外国人来收买中国棉花去制造火药的，销路一畅顺，棉花价钱又渐渐地腾贵起来。所以佃东与花庄连二连三地催逼花得非常厉害。苏万盛的来催了三四次，弄了一百多斤去了。大肚便便的阿桂娘，带着幼弱的年儿，成天地忙了半个多月，家里没有一朵棉花存着过夜，虽然田中枯黄的棉梗上还有稀稀的几个秋桃子，也没多大的希望了。

大家都希望着捡一点秋花的时候，又落了几天阴雨，最后开放的几朵迟晚的棉花，也被西北风吹落在泥水里腐烂了。阿桂娘每天鼓着一对失望的眼睛，望着残酷不张眼睛的老天，急得揉脚，因为还差苏万盛的几十斤花，天天来像逼命似的。在傍晚刚燃灯的时候，苏万盛的舅子李保山又来了，他带了一个高汉子伙计。他是讨债有名的活阎王。

五

阿桂娘见他走进门来，就连忙殷勤地倒茶拿烟。他那一双凶恶的眼睛，好像□了横闩似的。把头扭在一边，带气的口吻说：

"我不吃茶，不抽烟，快点把花搬出来称吧！"

"李大爷，我已经向曾先生说过了，现在家里一朵花也没有，请等天晴了，再捡了花送去。"

"难道捡了这些日子，只有一百多斤花么？我实在不相信。"

"不，一齐有四百多斤。何佃东家里要了两百多斤分租花去了呢！"

"为什么不把我们的花先送去呢？"

"本来是要先跟你们送去的，因为他们逼得太厉害了，所以就打算把这你们的花等几天交清，谁知道老天爷这样害人？天天下雨，天天下雨呢！"她说话的时候，几乎要哭出来了。

"谁听你这套鬼话，明白一点，把花拿出来！"

"真的没有棉花了。"

"我要，我要！朱大，在屋里找。"

"这一屁股大点窝，她把花藏在什么地方呢？"

"你要违抗我的吩咐吗？混蛋东西！"

"是，我找就是了，叫我找一下是很容易的事……"

朱大放了秤杆与布袋，在满屋里找，连马桶角里都找了，并没有找出一朵棉花来。李保山更是生气。他用拳头击着桌子，把一个茶杯都震在地上打碎了！他的口里不住地谩骂：

"你这个娼妇，你这个骗子。世界上有这样便宜的事？钱给你用了两个多月，现在还不肯还清棉花么？"

"你这个强盗，这样粗野毒恶地骂人，虽没有还棉花给你，那里卖了十一块的望江花给你们，现在已送还了三十几块钱的棉花。照你们要的数算来。还差六十斤，就像逼命似的。你这狗肺狼心的强盗！"

"啪叭，啪叭"李保山举起手来用死力打了她两个耳光。

"强盗杂种，畜生，你打老娘，老娘要和你拼命！"她哭着，年儿也跟着起来哭了。她又突着肚子，向李保山的面前迎去，想回手打他，但又不可能。可是公公听见她的哭声，躲在后面林子里不敢出来。

"你寻死放骗我不怕，打的利钱！"

屋子里的闹声哭声，惊动了邻居的周二、王大，他们很关心地即刻跑过来和解。周二代她许三日内交棉花，王大代许五日内交棉花。拉拉扯扯，谈谈说说弄了半天，这场纠纷才平静了。

李保山走出门之后，公公红着一双流了眼泪的眼睛，从后面林子里走进来的时候，一只乌鸦站在屋脊上乱叫，他拿一根竹竿把它赶走了。公公见阿桂娘坐在矮凳，流眼泪。但也想不出方法来安慰她，只是不住地叹长气。

鸡上笼的时候，又是一阵大雨。风在林中发生忧虑的呼嘘，雨像泪水似的滴滴……真是"秋风秋雨愁煞人"的情景。阿桂娘的心中非常难受，她想到田中的果烂花落，想到一身债务，更想到一家人以后的生活和腹中快要出世的胎儿，人生的痛苦，都紧紧地压着她的心灵。她饮泣吞声，泪水浸透了她的眠枕。

早上虽然没有下雨，天空有黑云密布着，公公起来观了一下天色就坐在门口搓麻绳。年儿起来就叫肚子痛，但也没有谁理他，最后公公说：

"叫你不要喝冷水，你总不听话。去，喊妈妈起来替你刮痧！"

他捧着肚子，跑到房里去叫了几声，没有回音，他抬头一看，见一根绳子束着他母亲颈子，绳子挂在床架上。她伸长舌子，一双眼睛睁着像油灯。年儿骇得退出来乱叫乱喊！

"哎呀，哎呀！妈……妈妈吊颈呀！……"公公听见了如失了魂似的奔进房去，把她从绳上解下来，一点气也没有了，他放声大哭起来：

"桂娘，我贤惠的媳妇！你舍得把我们老小丢掉么？哎哟！你活活是魔鬼把你逼死的呀！连胎儿死了两个啊！……"

"妈，妈妈，我的妈妈！……魔鬼把你逼死了，我长大了要替你报仇的！……"

阿桂娘紧紧地闭了永不再张的眼睛，她突起□山似的肚子睡在床上，屋子里充满了悲惨的哭声。

青面兽杨志

哈庸凡

青面兽杨志怀着一肚皮的闷气，迎着禁军们的轻蔑的眼光，蹒跚地步出殿帅府来。走了几步，他下意识地回头一看，只见那声势赫耀的庞大的府门，兀自像一匹巨兽似的张牙舞爪地蹲在一角，张着口要吞噬人。他紧咬着牙关，哼了一声，沉着头，又向前走去。

他，这耿直的汉子，自从听到朝廷赦免了他们的罪过以后，就怀着一腔热烈的、鲜红的希望，专诚到来京师。数日来在枢密院殿帅府这些地方奔走钻营，上下打点，把在江湖上向朋友们辛辛苦苦借来的财物使尽。原指望复起殿前制使这个差役，将来在边廷上"一枪一刀"，博得个"封妻荫子"，也不辜负杨门的声名和自己生平的熬练。怎奈高俅那厮只一味把正直的好人当作眼中钉，一见了杨志，并不容他分辩，便把文书一笔抹倒，而且还气冲冲地把他斥责了一顿，赶出殿帅府来。如今，他那孕育着无限美满的幸福的前程，是被那无情的残暴和统治者的铁腕击断了。

想起高俅，更撩拨起杨志胸中的怒火。几多端的了得的朴诚的好汉，为着不肯依附权贵，为着要扬起眉毛挺起胸脯来做人，就毫不如意地坏在他的手里。闻说那厮也只是市井中的泼皮，无非是谄媚的功夫高明，巴结上了主子。另一方面又施展出卑

作品信息

原载《桂林日报》1936 年 9 月 4 日、5 日、6 日。

污的手段，欺骗着人民，才挣到一个太尉的高位。见今掌握着兵权，便把一切朝纲国政，紧握在手里，一任己意地独断独行。一些贤明的人，都给排挤得毫无立足之地；多有做下弥天大罪的，却有位置在朝廷里，让他们高高地坐在那黄金的宝座上，吮吸着老百姓的汗血。什么堂堂廊庙之才，什么钟鸣鼎食之家，剥下了尊严的外衣，须还不是一伙吃人害人的强盗。

暴躁在他的心揉着，紧揉着。他深悔刚才自己是太懦弱了。不，简直是太柔顺了，柔顺得几乎使他不相信自己曾是一条冲州撞府凭勇跑江湖的汉子。刚才在殿帅府，站在阶下，望着高俅那厮的厉色，听着高俅那厮的恶声，为什么往日那种疾恶如仇的杀心总提不起。否则，顺手抢了侍卫们手中的朴刀，跳上公案，只一刀，便把那厮搠翻。可不替天下底劳苦大众除掉一个祸害?!

街头上流荡着的寒风，像尖利的快刀似的迎着他的脸尽力刺。他猛然感到严寒的可怖，赶着缩紧了一下身上的征衫，搓搓手，鼓起胸前未被寒风浇熄的热力，又向前迈进。忽地，前面哗哗地跑来两骑配着锦鞍的骏马。马上坐的是两个肥白的绿衣公子，马前马后簇拥着十来个闲汉，有的牵着几只鹰犬，有的负着弓箭袋，有的背着一串野味。公子们有说有笑地挥动丝鞭向前奔驰，闲汉们则跟在后面跑。

看着那些有闲阶级称心的玩意，杨志心中是感到了像一个饥饿的俘虏，眼睁睁望着他的胜利者在痛饮着丰盛的得胜酒时一样的愤恨。但他并不怎的发作，只略一停步，回转头来，圆睁着一对血红的怒眼，对着他们那些快要消失在马蹄掀起的尘土中的背影，投下一瞥敌视的眼光。又默默地忽忽地往前走去。

踏进店门，店主家顿时堆满一脸笑容，站起身来迎接他。一面招呼小二安排茶水，一面笑吟吟地跟进房来问：

"今天见了高太尉，制使一定是复职了。小人特来恭贺，但不知制使多早晚荣升，小人也好叫他们预备。"

听了这话，杨志的胸间又蓦地涌上一阵怒气来。当自己的抱负已濒于绝望，而又听到别人对这泡影般的希望瞎加恭维时所引起的那种羞耻，也穿插在怒气中浮动着。初听时他还以为是店主故意的揶揄，及至意识到那是一番虔诚的好意后，才慢慢地仰起脸来，放开嘶哑的喉咙，深深地叹了一口气。这，用以替代那难以启齿的回答。

杨志这副尴尬的神情，已给这饱历世故的店主说明了他方才说的话和事实不相符合。但他却并未设想到杨志的希望已是整个地溃灭，所以马上又对这颓丧的汉子来一套暂解眼前苦闷的安慰：

"哦，制使今天敢是见不着高太尉，且休烦恼——明天再去一番。不瞒制使说，小人幼年在江湖上得一位仙长指拨，两眼颇能识别吉凶，观看制使面上气色旺盛，官星主座，明日到殿帅府去，不但复职，而且还要高升。那时制使须看觑小人则个。"

"店家，你这话直如此辱没煞人。今儿洒家便到了殿帅府，高俅那厮只嗔怪洒家失陷了花石纲，不来禀告，如今不能委用，把文书一笔抹倒了。你几曾见复职，又几曾见升官，须不是来打趣洒家！"店主的谄媚的言辞，直使得这坦白正直的青面汉子由羞愧而进于愤怒，按捺不住，站起身，虎起脸，毫不客气地把真正的事实拿出来给予店主一个无情的驳斥。

很快地，店主的脸上便浮起了严肃的、轻蔑的颜色，虽然在这颜色尚未正式出现以前的一段短时间内，曾有几分被人戳穿了狂妄的拍马的面孔时所引起的那样的羞愧在心里蠢动，可是那只是一个极其短促的一刹那，马上他已经认清他此刻应取的态度了。羞愧并不能使他减少内心的歉仄！——实在也已是不需要减少这种歉仄了——而冀求对方给予饶恕，依然可以捉到预期的幸福。他只是这么一想，那种天然的、纯洁的羞愧便收敛起，代替来的便是一切势利的市侩们对付久赊不还的顾客时的那副冷冰冰的而又看不起对方的嘴脸。暂且忍着口，愣着眼睛，盯着这位"面皮上老大一搭青记，腮边微露些少赤须"的精壮的汉子，似乎想凭着自己那一双"能识吉凶"的眼来观察这倒霉的人究竟有什么应为高太尉斥责和永不录用的不妥之处。好一会，才昂起头，用手轻抚着下巴下的微髭，默默无声地踱出房去。

店主家底势利的行为，更使杨志增加无限的愤怒。他拿出自己前番进店来的威势和方才间店家的规劝，来和此刻的淡漠比较一下，他觉得这世界上没有爱，没有同情，所有的只是一片无情的冷酷。当别人对他想要攫取某种利益时，他便暂时被安置在温暖的手心中。一等到他自身消失了别人对他的企图时，他便马上像嚼尽了甜汁的甘蔗渣一样，被丢掷在黑暗的角落里，让他自己腐烂，消灭。想到这里，他禁不住圆睁着眼睛，握着拳头，牙痒痒地恨。

倒在床上，离开梁山泊的前夜，豹子头林冲对他说的话又蓦地兜上心头：

"见今的世界，是这般压迫国内的民众而去向外人献媚的奸贼当道。和他们做一路的，都青云直上了，好人却安身不得。不是小可纠合制使，此番制使上京，高俅那厮如何肯容纳你？不如权在小寨下马，将来聚集起我们这些受苦的老百姓，再去图谋我们的世界！"

在当时，这番话是简直不能在杨志心中引起一点儿同情，甚至他还暗地骂林冲是蔑法罔上的叛逆。如今他亲尝到了呻吟于残暴的统治的铁蹄下的滋味，那番话才像一个破家的浪子在穷途末路时，想起当日严父的教诲来一样地浮上脑海来。他微闭着眼睛，把林冲那几句话深深地、反复地体味着、体味着。他觉得那番话对于他实在是一个光明的启示，他深悔当日自己不该过于执拗，以致落到今天来受那些狗男女的腌臜气。

教坊里的笙歌，融合在冷峭的寒风里，若断若续地流到街头，流到屋背，流进窗棂，流进每一个附近居民的耳中。虽然这一串有闲阶级们用来粉饰太平的乐声，依然是像往日那么熟悉，那么平淡，可是在此刻却能够轻微地有规律地敲击着杨志的心弦，使他暂时抖开现实的烦躁，而依稀地浮现出模糊的故乡的旧影来——是一切落魄的征夫，蜷伏在寂寥的旅邸中，听到异国的情调时所引起的故乡的回忆——那是一片灿烂的乐园，上面有阳光温和的青天，下面有水草肥沃的土地，环抱在四周底是峻拔的山峰和苍翠的茂林。但也有几条澄清的流水贯穿其间，紧吻着水波的是两岸的垂杨。三两个渔夫便在这下面支起了渔网，也有些俊俏的村姑在岸边的石砧上蹲着捣衣。山前的小径上，便有那些挑着秃枝枯叶的樵夫走来，几个活泼的牧童正横跨在牛背上吹着短笛。走过木桥那边去，一望无际的田野里，全都是些皮肤黝黑的农夫，在拼着血汗为人们制造粮食。那些泼皮的小孩，全撸起裤脚，走到浅溪里摸蚌壳，或是伏在草地上捉蟋蟀。几个刚留鬓发或垂着双辫的女孩，则静静地坐在门前用柳条编花篮，或是互相撕扯算命草。每当夕阳西下，和着邻村几个子弟，在打麦场上练习拳棒，或是骑着一匹雄骏的青骢，在碧绿的平原上奔驰——这儿，这儿就是山东础郡的火塘寨呵。

那时候，生长在这自给自足的农村里，除了望着眼前这杯注满青春的美酒而憧憬着美妙的将来以外，是一点也没有想到人世尚有任何险难的。不料自从祖和父相继下世以后，这广大的田庄，是在天灾、兵燹和官家的征伐三条铁鞭的痛击下荒芜了。不事稼穑生产作业又年少大志的他，便一股脑地丢下产业，流寓在关西一带。几年来的征尘仆仆的生活，是使他日益踏进斗争的道途上去。于是，那雍熙的田园，是渐渐地在记忆中黯淡了。如今临到异乡落魄时，却又不期而然地把那褪了色的旧梦唤了回来。一向没有被他想念的故乡，此刻是使他觉得分外的亲热。那儿有悠闲的岁月，那儿有率直的村民，还有青的山、绿的水、葱茏的树林……呵，呵，儿时嬉游的芳草池塘，知否是伴着荒芜的田园一样的残缺了哟？！

他，青面兽杨志，秉承着时代相传的壮健的体质，富有农民的坚强的耐性和朴直的心情。他抱着严肃的态度，来对付现实的生活，不肯怠慢一分儿力气。当日习武的初志，原是想把辛苦打熬得来的一身本事卖予国家，博得个"封妻荫子"，也不玷辱"五侯杨令公"的门楣。果然在弃家后的第二年，他便中了武举，直做到殿前制使的职位。他自己做事的殷殷小心，更使他获得将来在边廷上做一番轰轰烈烈的勋业的预约券。谁料到道君皇帝要盖万寿山，广集天下的古玩珍宝，便差了杨志等十个制使到太湖去搬运花石纲。船行到黄河，不想那般治河的官员平日拿了钱不做事，以致黄河突然决口，打破了船，失陷了花石纲，坏了官职，落到今日这般田地。想来想去，这半生的努力，却为着谁来。

想起运花石纲的时候，他们这一伙率领着一众莽汉和篙工舵师，毫无顾忌地闯进一般人民的家里，见着一些石木便用黄封标识起来。到了搬运的时候，却又凶神恶煞般地横冲直撞，有打坏别人的器具的，有拆毁别人的房屋的，甚至还有乘机攫取人民家的贵重什物、中饱私囊的。结果，惹得一般小民叫苦连天，因此而陷于倾家破产的，则更不在少数。他帮助他的主子压迫了人民，他干下了罪恶的勾当。然而他毕竟得到什么好处呢？到头来还不是给蔡京、朱勔那般腌臜贼多发掘一条加官晋爵的门路。自己这一片耿耿的孤忠，还不是被那些恶魔骗去了，自己的官身、饭碗还不是被那些恶魔榨取去了。

想到这里，他简直捶着床板跳了起来。刚坐稳，手碰着衣袋，猛地又触起他的愤恨。他躁急地伸手进去，掏出一件东西来——那就是殿帅府张虞侯递给他的高太尉的批示。上面是几行黑字混着点点滴滴的朱红。这红色，是那么鲜明的，耀眼的，简直就好像他自己身上的被统治者所吮吸去的一样。如今统治者却用来用做剥削他的工具。他不自主地吼了一声，咬紧牙关，把批示用力扯得粉碎，丢在地下。

胸间冒着火，喉管里干燥得要命。他走到桌前，拿起茶壶来喝了一口。

但茶是冷冰冰的，一进口，便哂得他的牙齿发胀。他没有咽进肚里，马上又一口喷了出来。放下茶壶，朝着门外喊：

"泡壶热茶来，小二。"

"……"

门外静悄悄的没有回答。杨志暴躁起来，又高声喊：

"拿热茶来。"

"还不曾烧呢。"

是店小二懒懒的回答。

南华梦

陈迩冬

上

"寂寞呀，无涯的寂寞呀！"

朋友们都各自出去游说去了。庄周一个人住在这空幽的庭院，望着这苍茫的水云，心弦上弹起了这寂寞的调子。

"寂寞呀，无涯的寂寞呀！"

寂寞！当然寂寞。面前的路有一条，两条，三条……新雨故人，有一个，两个，三个……他不能跟上任何一个走的路，他们的音容近来已渐渐地在他脑膜上模糊，不知是他遗弃了他们，还是他们把他遗弃！总之他是寂寞了。

他常常想把这"寂寞"驱开，有时又想把它抓紧；驱开也罢，抓紧也罢，可是都不由他；于是他只——

寂寞，无涯的寂寞！

他靠着池塘边岸的一株大椿树坐着。一片椿叶落在他的肩上，他拿着，反复地凝视，他神思驰逐于太空，他想到这八千岁为春八千岁为秋的椿树，

作者简介

陈迩冬（1913—1990），原名陈仲瑶，字蕴庵，笔名阳瑞、沈东、冬郎、皇甫鼎等。广西桂林人，作家、出版家、古典文学专家，有"桂林才子"之称。早年就读于广西省立师范专科学校（今广西师范大学）中文系。新中国成立后，先后在山西大学、人民出版社等单位任职。著有《九纹龙》《最初的失败》《战台湾》《李秀成传》《陈迩冬诗文选》《闲话三分》等。

作品信息

原载《桂林日报》1936年9月17日、23日，收入《九纹龙》（独立出版社1947年11月出版）时已改名为《南华拟梦》。

终于是渺小了。彭祖活了一百零七岁，算得什么！

彭祖，他想起就好笑！岁数是一百零七，一些人说话时爱图简老，就说"百七"，后来不知哪一个口齿不清，颠倒说成了"七百"，近来就以讹传讹，大家都说彭祖活了七百岁了，好笑，即许七百又算什么！七千算什么！七万算什么！好笑！

这些好笑的东西，他看来，更是渺小而又渺小，渺小得像野马与尘埃。但他们结合起来，也能蒙蔽光明，使天变色。许多人说什么"苍天苍天"，天的颜色是苍的还是红的，或者是黑的，或者都不是？这些人从来不认真看看，认真想想，只是"苍天苍天"地嚷，一代又一代，一年复一年地嚷了下来。

这些野马与尘埃，几时才扫荡开去呢？或只是这么一弹！

"妥！"——一个轻细的声浪。

他手指夹着的椿叶，弹了出去，落在水面，水面上就起了一个小小的旋纹，杯样大，碗样大，盆样大，大，逐渐地大，又逐渐地消失。只几条小鱼仰头在水面唼喋吐泡。

"周，"在他背后来了一个叫声，"你真有闲，在这里赏鱼么。"

庄周回过头去，"哦，惠施，你来，你看这些鱼，沉浮来往，它们好从容好快乐。"

惠施一面走近，一面笑着说："你不是鱼，你怎么知道鱼的快乐？"

"你不是我，你怎么知道我不懂得鱼的快乐？"

"是呀！"惠施又说，"我不是你，所以我不知道你，你不是鱼，所以你也不知道这鱼。"

"好吧，就这么说吧，你说我不知道鱼，那你已是知道我了，同样的，我当然能够知道鱼。……"

"算了算了，老庄，我说你不过，我们这么说下去也极其无聊，徒增各人的辩才罢了。……"惠施停了停，接着说，"老实说，周，你不是在观赏鱼的乐，恐怕你是在体验鱼的苦呢！"

"不是的，如果我觉得鱼是'苦'，那我就'乐'了……"庄周口弧上拉起了一个笑姿，是笑姿。也正是一颗心被一些东西所蚕食而表现于脸上的哭态。别人也许不明白，惠施却非常明白，明白他这朋友的胸脯里面一样是藏着一颗肉做的心。

"周，你太自苦了，我们都还年轻呀！你看你俨然是未夏先秋的样子！你近来更瘦了，睡眠不足么？营养不良么？"

"也不尽然。但也当然！这种国度、这种年头，有几多的人没地方睡，有几多的人没大麦吃，能使我睡眠足营养良么？惠施，你读过五车的书，你走过五千里路，你难道不清楚？……"

"唔……"惠施忽然一笑，"哈哈，老庄，你到我那儿去玩玩，好么，那儿会使你得到较好的营养、好的睡眠。不过你这人，并不因为睡眠好营养良就会强健如豹子，肥壮如母猪。"

"又是吃鸡么？"

"不是的，鸡没有了，但有两只雁，是前天捕获的。走吧，吃雁去，雁肉炒子姜，最好送酒，走吧！"

他们一同走，四只脚支撑着两个身体，两个头颅；这两个头颅却共同顶着一块天，一个太阳。

中

惠施请来的客不止庄周一人，还有几位，尽都是相识的。大家围坐着，吃着，喝着，谈笑着。

酒一巡——

"来了呀！一品……二红……三星……四喜！"

座中有人发问：

"庄先生，我请教你，昨天我们游山，那山上不是有一株枝多叶密的大树吗？那株树，樵夫不去砍它，说它做不得材科，你记得么，你曾经说过那株树全靠不能做材料而得保全性命，以终天年的话么？"

"是呀！我是那么说。"

"那么今天，惠子杀雁请我们，那被杀的雁是那只不叫的，这却是因为不材而死呀！你……"

"我么，我是处在材与不材之间。"他嘴里是这么的说，心里都另有一种想头：处在材与不材之间，就是跨在鸣与不鸣的界线上，这不是生又不生死又不死的生活么？……

划拳的声浪又嘈嘈地喧起："一品！二红！三星……"

"喝起呀！干杯！……"一块雁骨头丢落在地，狗吃去了。

………………

酒二巡——

"来了呀！四喜……五魁……禄位……七巧七巧"

"喝起呀！干杯！……"

第二个人发问：

"庄先生，听说你同某女郎恋爱，进行到什么程度了？"

"谁说的我同哪一个女郎恋爱？你以为我同哪一个女郎恋爱？"

"何必装痴，不要紧呀。"

"哈哈，什么痴，什么紧，你见过鹓鹐么，鹓鹐是南边产的一种鸟。它吃练宝充饥，它喝醴泉止渴，飞疲倦了，就找着梧桐树栖息，它从南海飞到北海，在路上遇着一只鸱鸟，那鸱鸟，正抓着一只臭烂了的死耗子，那鸱鸟，见鹓鹐飞过，生怕鹓鹐是来夺取它的食粮——那死耗子，它就'吓'的一声叫了起来。什么人说我同什么女郎恋爱，光景也是同样地向我一声'吓'！"他答完了，心头也正在矛盾：醴泉练宝，真个是比臭烂死耗子清洁么？即许清洁，又将……

划拳的声浪又嘈嘈地喧起："四喜！五魁！禄位！……"

"喝起呀！干杯！……"一块雁骨头丢落在地，猫吃去了。

………………

酒三巡——

"来了呀！七巧……八仙……九长……全福！……"

"喝起呀！干杯！……"

第三个人发问：

"庄周，前次楚国方面，有人替你图谋差事，位置很高，真的吗？"

"真的又怎样？假的又怎样？"

"你为什么不去？"

"我去么？我听说楚国有一个神龟……"

"你怕那神龟？……"

"不是呀，那神龟已经死了三千年了，楚王把它用精致的竹盒藏起，着美丽的丝巾盖着，供它在庙堂之上。你说，这龟是愿死了为神，名高骨贵呢，还是愿活着在泥窟里摇尾巴？"

"唔……我看它大概是愿意后面那一个——它愿活！"

"好吧，我也就是愿活在泥涂里摇尾巴！"虽则是这么爽快的回答，巧妙的举喻，可是他——庄周，也正如那池塘里的鱼饮水吐泡，冷暖自知，做楚王的走狗神龟固然"非"在泥涂里摇尾生活也未为"是"，这两者之间应该另有一条路！他知道，他这黑色的灵魂，将会毒害了他自己，埋葬了他自己，那《南华经》将来脱稿出版问世，会不会毒害和埋葬别人？……

划拳的声浪又嘈嘈地喧起："八仙！九长！全福！……"

"喝起呀，干杯！……"一块雁骨头丢落下地，雁吃去了。

下

席终人散。庄周在惠施的书斋里，躺在席子上，手里挥着蝇拂子，带着薄醉，把他的《南华经》原稿摊开在看。这部书，是他精心的著作，虽则现在尚未完成，虽则是这么小小的一捆，他自以为，他这书，在质同量任何一方面看，并不比《道德经》差——那是前代名著。

他往日翻看自己的著作，心头上总并排着一些喜悦与悲哀，那喜悦、那悲哀，就是他"无涯的寂寞"。但也就是他生活的泡沫，著作的源泉。可是，今天——

今天有些脑儿迷迷，肚子空空——虽然他肚子里还不曾消化去那酒、雁肉和大麦。他的意识上只闪着一些北冥的鲲鱼，南冥的鹏鸟。

《南华经》推开了一边，蝇拂子也离开他的掌握，书斋里沉沉地静，静，只他的鼻息出入，呼吸着这席子下面的泥土气。

席子上是这么涧热，这泥土气使他心里起了氍毹。他想居住在这地上多么没出息，他想如果他是一条鱼，那么水，水……

恍惚他的身体就逐渐地幻大，大，泥土没有了，《南华经》没有了，一切没有了，他就被包藏在一片汪洋无涯的大海中，他闭着眼睛游，一击水，就是三千里，可是，他睁开眼睛看，大鱼吃小鱼，小鱼吃虾子，虾子吃泥巴，珊瑚同海带纠缠，大蚌同长鳝争斗。……

"呵！呵！我不能在这儿生活，我不能和这些为伍，我要飞，飞呀……"

他的身体就离开了水面，他是成为一只大鹏了，一展翅，就是九万里！他闭着眼睛飞，飞，耳边只听着一些风号雨啸，可是当他睁开眼睛看时，天空中，一样像地上水里使他的希望落到了虚空，月亮窃了太阳的光在示威，星子和星子各斜起那媚眼吊膀子，白云排挤蓝云，蓝云又勾结黑云……

如此的地上，如此的水里，而又是如此的天空！

他心里一慌，他的黑色的双翼失掉了"扶摇直上"的雄力。他觉得自己的身体渐渐地缩小了。可是还在飞，飞过了一片草原，飞过一片沙漠，一个山，一个城，再飞过一个池塘，那池塘岸边有一株大椿树，那池水清平有如镜子，这镜子就把他的全身照出给他自己看，他才知道，他已不是一只鹏鸟，而是一只蝶儿在栩栩地飞。他惊，这一惊可不小！惊，带来了张皇，不留心，他的身体已被那吻着水颊的树枝丫间的一张网所缚住。他挣扎……

蜘蛛，这结网者，正踞坐在网的中央狞笑望着他！

他挣扎，用全力挣扎。可是这柔丝越粘越紧！他分明看见，这网里的被缚者不止他一个，美的蛾儿，丑的苍蝇，大的蜻蜓，小的蚊子……他又分明看见，网也不止这一张，屋角有一张，檐下有一张，墙头上有，草丛里有……眼面前有千张网万张网！……

他挣扎，仍旧在挣扎。他分明听得，在各个网里有各种的笑声与哭声。可是他笑不出来。他也不哭——他从来不哭，他老婆死的时节他还唱歌，他又分明听得，在各张网里摇曳出各色各样的梦的声息：它们梦见一个鼻子，两个眼睛，三间厕所，四座花盆，五匹斑豹，六只黄莺，七个仇雠，八个爱人，九个魔鬼，十个藐姑仙子……

"莫非我也是在梦中么？"……

一切大大小小美美丑丑不见了，一切笑哭梦语没有了，只听得远处传来一个声音，这声音，不是笑声或哭声，也不是梦语，是一种呼号，一种喊叫！这声音由远到了近，由轻微到宏大，接着同样的呼号，喊叫，一个起了，两个起了，多多地起了。声音连着声音，怕会要叫破了千张网万张网！声音连着声音，像山崩，像洪流，像若干埋在地下的地雷一齐炸吼！

他就被这声音惊晕了去。

他是被这声音惊醒了来。

他张开眼睛，用手揉了揉。这书斋里非常闷热，席子上热热的，湿湿的，一大片的汗迹。席子上仍旧是一股泥土气，泥土气。

他跳了起来，拿起那一束《南华经》的原稿，一片一片地向书斋门外投掷出去。

一九三六年夏

枕中续记

陈迩冬

时：从前的从前的一个黄昏。

地：河北邯郸饭店第 × 号房。

人：卢生。

醒来时，耳边还兀自有哭声。仔细听，是窗外大槐树的枝丫上摇曳出晚蝉的嘶叫。那枝丫连同它的叶子被斜日投影在窗纸上动呀动，是有点儿秋风。

斜日将垂垂的听这点秋风送回去了。代替它的是月亮，可是月亮似乎来得太早。

由窗纸的破隙处望去，可以见到那月的体态：上弦，一钩，像谁把指甲搔破了天的皮肤，又像是刚才梦里的清河崔氏姑娘的眉毛。

他把头伸出床沿，吐口痰。痰吐在鞋子上。他连忙找纸去揩拭，纸，床上没有，身上也没有。他想起先前进房时好像看着床下有一本旧账簿之类的本子。伸手弯进去摸摸，摸着了。看，却不是什么账簿，是一本版本不恶的残缺了的《汉书》。

自幼儿也过过书斋生活的卢生，虽则是所学无成，流落在大行王屋一带厮混，可是一书在手，却不会撕了几页来揩拭鞋子以外，那些就视作无用的。何况这是《汉书》！是班家兄妹的名著呀！

他翻看它。

作品信息

写于1936年冬，选自《九纹龙》（独立出版社1947年11月出版）。

然而看不出什么味道。因为这书里云云跟他的实际生活和目前需要太距离遥远了。

他蒙眬地又睡。蒙眬地，又还翻看着这书卷。

* * *

书页上有一个窈窕身材银灰色的蠹鱼出现了。他下意识地举起了手掌，拍下去，再举起。掌心便添上一些银灰色的残粉，书页上摊着一点白浆，顷刻之间，那白浆就被书页吸干了。

是谁杀死了我的朋友。又是一个蠹鱼，又是那么窈窕，那么银灰，那声音微弱得比幼蚕吃桑芽还甚。

"是我杀死的。"他像一个得胜的英雄带着余威过凯旋门般地喝道。

"你为什么杀死了我的朋友？"

"因为它伤害书！"

"什么是书？你是书？"

"我是人！"

"什么是'人'？"

"人是翻书的。"

"那是风。"

"人是看书的。"

"那是太阳，月亮，流萤，或者灯光。"

"人是著书的。"

"那是历史。"

"……好吧，你为什么蛀食历史？"

"没有，那是我们生的地方，食的地方，住的地方，死的地方。"

"不许这样说。……你们为什么蛀食历史？"

"不许这样说？……历史为什么蛀食你们？"

"怎样？历史蛀食我们——人？"

"历史食人！人造历史！造者且被食，食者复被造。"

"你知道，历史上有些什么人？"

"我也不知道——我知道太多了。但我可以告诉你一些名儿：贤，愚，妍，丑，大圣，神奸，明主，昏君，才子，流氓，修士，酒徒，烈女，奸夫，较人，屠夫，野老，淫婵，静友，贪官，孝子，逆臣，大师，小偷……"

"怎么？你侮辱历史，侮辱人……"

"从前的从前我的祖先曾经听过你这样的声音，那声音便打动了我祖先的心，于是我的祖先便停止了蛀食历史，然而历史却并不停止食人！"

"……你知道，历史上有些什么事？"

"我也不知道——我知道太多了。但我仍然告诉你一些名儿：治，乱，合，分，登基，落草，勤王，造反，烹雁，逐鹿，治水，放火，铸印，卖力，开张，罢市，上表，劫牢，维新，复古，剃发，吐血，失钗，赠剑……"

"怎么？你又抹杀历史，抹杀事实？"

"不久的从前我的同伴也曾听过你这样的声音，那声音也打动了我同伴的心，于是我的同伴便停止了蛀食历史，然而历史从不会停止食人！"

"……"

"……"

蠹鱼随着人沉默。但它的身体却随着沉默加大，大，大如书样，如床样，如房样……

如……书没有了，床，房，没有了。……

一切没有了。只蠹鱼的身体充塞了宇宙。

蠹鱼没有了。宇宙是空空的，广大无涯的，一片。可不是海，也不是戈壁，是蠹鱼所蛀食过书页上的痕迹变成的许多路。

一切又都有了。一切在这些路中：亡故的老父，梦里的爱人，借给他以枕头的吕老头子……当然，还有自己。

莫非又是梦？

梦醒了，还是梦——梦里的梦。

梦里的梦醒了，还有梦里的梦的梦；梦外的梦。

梦连着梦！

什么时候才醒呢！

他怕。

他急得顿脚，顿得"訇訇訇"地响。

响声不在脚下，响声是在门外。

"卢先生，开饭啦！"是店伙计的声音，并又扣了几下门环，"訇訇訇"。

* * *

卢生咀嚼着饭菜，也咀嚼着梦。

他望着枕头。

"这枕头不同于普通的枕头？"

他拿着枕头观摩，同样的布套；同样的桃花装饰；同样的能垫头壳或身体别一部分。

要看个究竟——他撕开了枕头。这枕头正相同于普通的枕头！

同样的木棉，而又同样的轻软。那木棉的外套既被撕破，那木棉便在这房间里飞舞。

卢生嗒然若失。

但又猛然有所悟。

抬头看天，天已不复像先前那么黄爽，灰黑的披纱渐渐地罩下来。月亮高，槐树枝叶影子在窗纸上是一片模糊了。窗外的两只蝙蝠绕着悬铁马的檐角旋飞。

卢生也要飞！

他拿起他的行囊，出房门去，出店门去。背后有人追。

"卢先生，你还没有结账！"店里账房先生的声音。

"姓卢的，你赔我的枕头来！"这分明是那姓吕老人的沙喉嗓。

卢生只疾走。

"姓卢的，短命鬼，我同你无冤无仇，你睡不着觉，我好意借给你枕头，你却撕了我的。"

卢生只疾走。

背后的声音更落到背后了。但依稀还听得：

"你没有枕头，你还是要做梦！……"

卢生打个冷战。

卢生只疾走。……

　　　　　　　　　　＊ ＊ ＊

这时，仍是从前的从前那个黄昏过后不久。地，离邯郸饭店也还未远。人，依旧是卢生一个，恰如来时。但前面，前面有落霞，有炊烟；该不是蜃楼，该是有人群，有投宿的地方吧？

卢生晓得有。没有他也走！

一九三六年冬

我们的喇叭

王鲁彦

一

他究竟姓什么，连他自己也不清楚，因为他从来没有认过字。公安局的户口单上，人家代他填的是姓秦，但在营业捐的收条上，却代他填着姓金，有一家店铺又把他写成了姓郑。据他自己说，他从前是有名字的，但因为从来就不大有人喊他的名字，所以他自己也记不清楚了。

大家都叫他什么呢？叫他小喇叭。

这绰号是祖传的，因为他有一个祖传的铜做的小喇叭。他的祖父和父亲都是挑卖糖果玩具度日的，天天在街头吹着这一个铜做的小喇叭，他十三岁时就承继了这一份财产和职业，一直到最近。

这个铜做的小喇叭，实在说起来，并没有什么了不得，式样很旧很简单，又破了两块，声音很单调，老是嘟嘟嘟地叫着，变化不出别的调子来。只

作者简介

王鲁彦（1901—1944），原名王衡，曾用笔名忘我、鲁彦等，浙江镇海人。1922年和汪静之、潘漠华、应修人、冯雪峰等人成立"明天社"，1924年加入文学研究会。1938年12月抵达桂林，1944年8月病逝于桂林。桂林时期，积极参与抗战文化的建设，如全面主持文协桂林分会工作、开办青年文学讲习班、创办大型文学期刊《文艺杂志》等。著有短篇小说集《柚子》《黄金》《童年的悲哀》《小小的心》《屋顶下》《我们的喇叭》等；中篇小说《乡下》和长篇小说《婴儿日记》、《野火》（后改名《愤怒的乡村》）等；散文集《驴子和骡子》《旅人的心》等。译有《犹太小说集》《世界短篇小说集》《在世界的尽头》《显克微支小说集》等。

作品信息

原载《国民公论》1939年7月1日第2卷第1期。收入《我们的喇叭》（烽火社1942年4月出版），入选《桂林文化城大全文学卷·小说分卷（第一册）》（广西师范大学出版社1991年11月出版）、《中国抗日战争时期大后方文学书系 第三编 小说（第四集）》（重庆出版社1989年6月出版）等。

有颜色，还有点可观，因为祖孙三代天天把它挂在身边，摸了又摸，把它摸成了古铜色，发着紫色的亮光了。

但是尽管它不配陈列在博物院里，也不配摆在洋货铺的橱窗里，它却有着极大极大的魅力。人类的音乐往往引起烦恼、苦痛与悲哀，唯有它却专门使世上最纯洁的灵魂狂欢起来。无论在哪一条巷子里，只要它嘟嘟地叫上几声，那些最纯洁的灵魂就给它唤醒了。

"小喇叭！小喇叭呀！"

孩子们这样叫着，一个个飞奔出来，攀住了糖果玩具担子，一对对灵活的眼珠里充满了无边的希望和快乐。于是小喇叭的主人也就把整个的世界都忘记了，望望那拖着鼻涕的，流着口水的，挂着眼屎的，包着额角的，涂着墨汁的各色各样的孩子，不觉心里轻松起来，轻松得好像到了神仙世界一般。

原来这种性格也是祖传的。他的祖父曾经对他的父亲这样说过，他的父亲也对他说过：

"听我说，小喇叭，我从来没和人家打过架呢！第一是，我能安分守己；第二是，我能听天由命；第三是，什么事情都能退让。这样，天下就太平了！"

小喇叭懂得这话的意义，所以仍是继承着祖传的职业，一天到晚和世界上最和平的孩子们厮混着，享尽了人间的幸福。

二

然而，不幸的是，小喇叭生在这个时代里，无论他怎样安分守己，怎样听天由命，怎样退让忍耐，他那祖传的职业终于动摇起来了。

可怕的警报接连地叫着，日本飞机到来了。小喇叭的根据地不久就变成了死市，他所熟识的喜欢的孩子们纷纷离开了城市，小喇叭也就陷入了苦恼与恐怖的境地。

"不能住了！这地方不能住了！"小喇叭想。他挑着糖果玩具担子，也终于离开了那熟识的城市，开始流浪的生涯。

但乡里也已起了变动，到处闹嚷嚷的，连祠堂牛棚也住满了人，房租和柴米比从前涨了好几倍。一连几天，小喇叭走遍好几个乡村，竟找不到一个立脚点。因为他说着祖传的北方话，乡里人老是心里转着念头，睁着奇怪的眼睛望着他，盘问这样盘问那样。一些宣传队见到了他，就劝他去当兵，说长说短，把他当作了一等的好汉。

小喇叭想，日子的确难了，但当兵，却连做梦不曾想到。这是杀人流血的，白刀进去，红刀出来，惨得可怕！他们祖孙三代从来没和人家打架过，他怎么去当兵呢？他想，还是让别个去当好汉吧，他不干！

但这事情并不能由他自己做主。人家一批一批地入了伍，开到前方去了，他是个二十几岁的壮丁，怎么可以在后方流荡过日子？挑卖糖果玩具，又不是生产事业，于是保长、乡长和公安局局长都对他注意起来了，一次一次问他从前有没有当过兵，想查出是不是散兵游勇。

小喇叭知道事情不妙，心想三十六计走为上着，赶忙又挑着糖果玩具担子，溜着走了。

"到底还是这里好！"他回到原来的城里，吐了一口气说。

然而几天以后，小喇叭几乎送了命。不晓得为了什么原因，空袭警报才放完，日本飞机已经到了头上，丢下来大批的燃烧弹，到处起了火，小喇叭的糖果担子完结了，他只随身带着那个祖传的铜做的小喇叭，从烟火里爬了出来。

现在他不能不改行，又不能不走了。往什么地方去呢？他想起来了，离开这里三百里外的一个小镇上，有几个北方人在那里开饭店，虽然不很熟，到底是同乡，不妨去走一遭的。

小喇叭主意已定，就带着那祖传的喇叭走了，长途跋涉的生涯，原是世代如此，倒也并不觉得苦，只是想起从今以后不能再继承祖传的职业，便禁不住落下眼泪来！

"我怎么对得起祖宗呀！"他哽咽着说。

三

几天后，小喇叭到了那个小镇上。但是他的同乡已经歇了业，当兵去了，只留下女人和孩子在家里。

"小喇叭，你无家无业，为什么不去当兵呀？"那女人问。

小喇叭红了一阵眼圈，吞吞吐吐地回答道："我……我从来没当过兵……不喜欢……"

"由你喜欢不喜欢！大家都到前面去了，你却退到后面来！都像你这样怕死，谁去打仗呀！"

小喇叭赶忙走了出来。这女人好厉害，他竟想不出用什么话回答她。说他怕死，他决不能承认。他只是生成心肠软，连杀鸡鸭也不忍看的。可是别人对他不了解，却对他骂起来了。

小喇叭苦恼得紧皱着眉头，无目的地走到小镇尽头的山边，又不知不觉地走上半山腰，在一块岩石上坐下，不息地想了。从他的祖父想起，一直想到他自己和他自己的后代。

"小喇叭！我和你祖父一样，没有什么财产传给你，只有这一个铜做的小喇叭！别看轻了这个东西，有了它就不会冻饿，不会苦恼了。你务必依照我的话，好好保守它，好好使用它。俗语说，'祖荫孙'，这只小喇叭传到你手里，是应该发迹的！到了相当年纪，你就讨个媳妇，生下孩子，把这个小喇叭传给他！"

小喇叭想起他父亲的遗嘱，不觉流出眼泪来了。自从他父亲死后，没有一天不背诵他父亲的遗嘱，不料现在他竟没法再继承祖传的职业。传种呢，更谈不到！

"怎么对得起祖宗呵！"

小喇叭越想越苦恼，越想越伤心，越想越恐惧，两手不息地摸着身边的喇叭。真的，他太爱这个祖传的小喇叭了，十几年来，他没一刻离开过它，没一天不吹它。而现在，他竟有好几天把它忘记了。

小喇叭一想到这里，便把它凑在嘴边，呜呜咽咽吹了起来，把所有的苦恼悲哀和恐怖全迸发在它身上。

这是这个祖传的小喇叭几百年来第一次变换调子，喜悦和欢乐全飞散了，它的声音变得那样的悲惨可怕，仿佛是一匹受了重伤的狮子的哀鸣，满山满谷都起了同样的回音。小喇叭停下来时，还听得远远近近的回音一次又一次地继续着，看见镇上的人都慌慌张张地携老扶幼往四处散开，躲进了山谷和树林间。

小喇叭惊讶起来了，看这情形很像躲飞机，可是又没听见放警报。也许是来了土匪吗？他想。但又听不见什么枪声。他看见山脚下的人都蹲下了，一会儿沉寂得和深夜一样。他也就不敢动弹，伏在岩石后静听着。

沉寂继续了一刻钟，他听见山脚下有人大声说起话来了：

"叫大家不准动！查清楚了才能回去！一定是汉奸捣乱！"

小喇叭听得奇怪，伸出头去望了一望，只见山脚下满是军队，握着明晃晃的枪刺，在搜查老百姓。

"这种小地方，也会有汉奸吗？真不得了！"小喇叭正在这样想，两个兵已经向他这边上来了。

小喇叭知道轮到他了，却并不慌张，一手摸着那祖传的喇叭，很自然地站了起来，心里还很骄傲，因为他并没做汉奸。

但是那两个兵却偏偏对他特别怀疑，望望他的面孔，望望他的小喇叭，又望望他的衣服，突然用枪刺逼了过来，喊着问道：

"你是第几号？"

小喇叭给问得没头没脑，瞪起眼睛，许久说不出话来。

"臂章呢？"另一个兵又问了。

小喇叭听不懂，回答道："你说什么？"

那两个兵嚯地前进一步，把枪刺逼住他的胸口，竖起了眉毛：

"说出来，谁派你来的！谁给你这个小喇叭？！"

小喇叭心里慌了，枪刺离开他胸口，只有寸把远，只要动一动，他的命就完了！

"老爷！"他叫了起来，"我是来找同乡的！这是祖传的小喇叭！我不是汉奸呀！"

但人家已经不容他分辩了，总之，在这里是只有挂臂章的防空哨，才有资格吹那种小喇叭的。他怎么可以瞎吹呢？要不是他那同乡的女人在保安队里证明他确是刚刚到这镇上，不懂得这里的规矩，小喇叭就够受的了，打几个耳光还是小事。

"人就放了他吧，"队长说了，"但那个小喇叭必须没收充公！"

于是小喇叭放声大哭了。他说给队长听，这的的确确是祖传的喇叭，没有它，他便对不起祖宗和孙子，宁可死在这里！队长听了，觉得又可笑又可怜，想一想，问道：

"你既然为了这个喇叭，宁可死在这里，为什么不能为了国家，死在战场呢？像你这样年纪，正应该当兵上前线！"

"这个我不愿意！"小喇叭回答说，"道理我明白，但我从来没杀过一只鸭的！"

队长笑了。

"你真是个孩子！我看你就留在保安队里吧，逃来逃去也还是要当兵的。我给你当兵不杀人的事做就是了。我们这里正缺少一个号兵，你喜欢你的小喇叭，一定也喜欢大喇叭的吧？"

小喇叭给队长的好意感动了。大喇叭，更是他喜欢的，十几岁时，就常常想得到一个。而现在，机会终于来了！他父亲说他应该发迹，怕就是指的这个吧！

他立刻答应当兵了。

四

一个月以后，小喇叭已经成了一等的号兵。他到底有着遗传的音乐的天才，什么调子一学就会。别的号兵练习起来很觉得艰苦，不是说两颊吹痛了，就说肋骨酸了。小喇叭却像鱼到了水里，一天到晚只是吹着，不但不疲倦，反而快乐得神仙一样。

队长摸摸胡须，自言自语道：

"我的眼光到底不差，这样的号兵是不容易找到的呢！"

小喇叭学会了各种调子以后，不但快乐，而且骄傲了。虽然命令是队长发的，但实际上好像是他在指挥所有的弟兄们。他要他们集合就集合，解散就解散。号音一响，个个服从他，不但他们整个的生活听他指挥，连整个的生命也交给了他一般。

"这比吹小喇叭好得多了。"他想，"从前指挥的是好玩的小孩子，现在是英雄好汉呢！"

但他虽然这样想，却并不忘记他那祖传的小喇叭，他还是把它挂在身边，时刻抚弄着它，有时把它凑在嘴上，低声地哼着。

"你别苦恼，我还是喜欢着你的！"他低声地对那个小喇叭说，"打完了仗，我还是天天吹着你，自由自在地买卖去！"

然而打仗才开始呢！小喇叭要上战场了！上面有命令，调这一支保安队开上前线去。弟兄们是快活的，个个摩拳擦掌地说："杀尽鬼子兵！"只有小喇叭却老是不舒服，好像喉头梗着一块骨头，吃不下饭说不出话来。队长见他变了，不觉发起笑来。

"你怕什么呀，小喇叭！我打了三十几次仗，挂彩过八次呢！勇敢些吧，跟着我就是！"

但是开到前线，小喇叭的心绪一天比一天坏了。两边战壕虽然相距极近，看得见人，却一枪也不放，冷静得厉害。尤其是喇叭。他天天吹惯了的，一到前线竟一次也不准吹了。

"这样没有趣味，"他自言自语着，"不许吹喇叭，要我来做什么的呀？"

小喇叭渐渐瘦了，老是吃不下饭，老是没一句话。队长也渐渐懊悔起来，摇着头想道："新兵真难训练，一到前线就变了样！这里也够安全了，几个星期来没有开过一次枪！没吹过一次号！让他回去吧！小孩子脾气的人，到底成不得大事！"

但是小喇叭却并不愿意回去，他要像喇叭跟着他一样地跟着队长。

"那么你到底为什么不快活呀？"队长问他。

"我要吹喇叭！"

队长跳了起来，叫着道："你这人发疯了！没有命令，不准吹！听见吗？知道这是什么地方吗?"

小喇叭哭丧着脸走了出去,队长慢慢叹了一口气,说道:"真可怜!小喇叭原是个好人呵!"

一天又一天,依然不准放枪,不准吹喇叭。沉寂得没有人一样。小喇叭几乎病倒了。

有一天,队长忽然把他叫了去,笑着说道:

"小喇叭!三天以后你可吹喇叭了,我们都调回去了。"

"真的吗?"小喇叭高兴得流出眼泪来了,"三天以后可以吹喇叭了吗?"

他现在更加吃不下饭,睡不着觉了,等待着,等待着。

第一天,大家开始收拾行李。第二天,卫生排和担架排静静地先退了。第三天,一份份的兵士和辎重队也走了。接防的军队已经到了五十里外,在缓缓地前进,先头部队十一时可以到达,这边的保安队黄昏起大部分陆续后撤,留下队长和二十五个弟兄,准备十二时才撤退,小喇叭也在最后一批里。

弟兄们高兴极了,互相笑着说:"这样的仗还没有打过呢!两个半月来没开过一次枪!只是太便宜了鬼子呵!"

到了晚上八点钟,队长收到了一批礼物,那是一个骑马的人送来的,说是接防的军队派来,因为这边一批人要到十二点才撤退,那么一夜不能睡了,特地送了几瓶酒和一些肉来,给大家提提神。队长笑着接受了,匆忙中没对来人盘问清楚。等到只留下他们二十几个人时,弟兄们就闹着吃酒吃肉。队长答应了,但叮嘱大家不能吃得太多,每一个人只准喝一杯酒,他自己只喝了半杯。小喇叭呢,愈到临走,愈加不安静了,提着两个喇叭只是在山谷间徘徊着,不肯喝酒。

月光很明,已经过了十点钟,小喇叭在计算动身的时间和明天的事情。

突然间,他望见了对面阵地上有些影子在移动!小喇叭凝神望着,仿佛觉得那影子慢慢地向这边爬过来了!

小喇叭心里一怔,立刻跑到队长那里,却又吓了一大跳,原来队长和弟兄们都醉倒了,怎么也推不醒来!

"不好了！"小喇叭想，再跳到原来的地方，对面影子渐渐清楚了。

"鬼子兵来了！队长！鬼子兵来了！弟兄们！"他又跑到队长那里，附着他的耳边喊着。

然而仍没有醒来，只是含含糊糊哼了几声。

这可把小喇叭急死了！那边来的人多，这边全醉了，只剩下他不会放枪的一个！怎么办呢？他忽然看见了地上一盆洗什么东西的水，连忙端起来，向队长和弟兄们头上泼了下去！接着就用小喇叭对着队长的耳朵，嘟嘟嘟吹了起来。

"干什么呀，你这……"队长有点醒了。

小喇叭扯住队长的另一只耳朵叫道：

"鬼子兵来了！队长！鬼子兵来了！吹号吗？吹什么号？快说啊！"

"唔，哦！冲呀！冲……"

小喇叭得到命令，立刻跳到前面，提起大喇叭吹了。这是他两个半月来第一次使用大喇叭，也是他一生中第一次遇到这样紧张的关头。时间不容许他考虑有没有弟兄会起来去冲锋。他吹了，吹起冲锋号了！一遍又一遍！紧张，激烈，急骤！他的心跳得那么厉害，好像要从他胸坎里冲出来一样！他的筋脉一根根粗绽起来了，热血在冲撞着！他的眼珠从他的眼眶里凸出来了！他用着整个的生命，整个的灵魂吹着！吹着！满山满谷，像有千万个喇叭一齐怒吼了起来，月亮失了色，黑云落到了阵地上，树木岩石都从山里冲了出去！狂风卷着飞沙向敌人那边掠了过去！

"冲呀！杀呀！冲呀！杀呀！"有千军万马在满山满谷狂叫着。

敌人倒退了，丢下了枪械、子弹、钢盔，奔着、滚着！

突然间，小喇叭看见两边山峡里闪出血红的电光，呼啦啦，天崩地裂地起了个霹雳！火光像流星似的从他身边窜了过去！

小喇叭失了知觉，倒下了……

五

第二天，小喇叭醒来了，睡在医院里。

"怎么呀？"他问队长。

队长快乐得哭了。

"你立了功了，小喇叭！没有你，我们全完了！你真勇敢！你一个人吹起冲锋号来！我们二十四人中了敌人的计，喝了药酒，一点也爬不起来，只会帮着你叫喊！你的喇叭把鬼子兵吓退了，把我们接防的军队喊醒了！他们一部分飞奔到我们阵地上来，一部分绕到敌人的后面去了！你看，我们没一个挂彩的，打了一次好大的胜仗呵，明天我带你去看俘房！带你去看缴来的枪弹！喔，小喇叭！我们夺回了好几个村庄，好几个山头！我们前进了三十里了呀！"

"那么，我挂了彩吗？"小喇叭不放心地地问。

队长笑了。

"鬼子兵哪里敢放枪！全给你的喇叭声音吓得魂飞魄散了！咳！你吹得好厉害！我们从来没听见过这样激烈的冲锋号！医生说你吹得太累了，所以倒下来的！"

"真的吗？"小喇叭笑着坐了起来了，"我的喇叭呢？"

"都给你缠上红布了，师长赏你的！他亲笔写了五个字：'我们的喇叭'！从今天起，给你两个礼拜假。"

"那么，我就吹上两礼拜喇叭！还有那祖传的小喇叭也要吹的哩！"

队长点了点头。小喇叭这才笑嘻嘻地又安心地睡熟了。

| 文学史评论 |

鲁彦作品的风格是朴素、自然的；语言是优美、朴质的；刻画是细腻、深刻的。

——复旦大学中文系现代文学组学生编《中国现代文学史（上册）》，上海文艺出版社，1959，第211页

103

　　王鲁彦乡土题材小说创作伊始，基本就形成了两个视点：一是具体真实的乡村生活写实，尤其注重地方风物、风俗的描绘。所以，曾有学者认为王鲁彦小说具有民俗学的价值和意义。二是写实和习俗的描摹，都带着浓重的自我生命的体验。有史家指出他的早期创作主观抒情的色彩，幻想、象征的技巧运用，以及文体的散文化，都融汇着一种独特的生命体验。……这两个视点一下子把他与其他乡土写实作家区分开来。同是写实，王鲁彦重在从风俗画下透视社会心理和人们的精神状态，同是对封建宗法制度、封建文化的批判，他更多的是充满自我体验的控诉、呼号、咒诅与讥嘲，虽缺乏力度，却不失真诚的率真。

　　　　——孔范今主编《二十世纪中国文学史（上册）》，山东文艺出版社，1997，
　　　　　第496页

　　鲁彦是以乡土文学代表作家的身份确立他在现代中国文学史上的地位的，他的创作以半殖民地化的中国江南小镇为背景，描摹了浙东农村的人情世态，民风习俗，显示了朴实细密的写实风尚。

　　　　——周晓明、王又平主编《现代中国文学史》，湖北教育出版社，2004，
　　　　　第300页

　　作为乡土小说中坚作家，他的作品不仅以清新自然的地方色彩丰富了新文学的民族特色，而且随着对社会认识的加深，开始抒写民族精神的苦难。遗憾的是，刚刚开了个头，病魔就过早夺走了他的生命。

　　　　——雷达、赵学勇、程金城主编《中国现当代文学通史（上册）》，甘肃人民出
　　　　　版社，2006，第133页

　　他的特长不在浪漫抒情，其作品也缺乏史诗式的艺术魄力。他写过一些悲喜剧，但那些取材故土的作品，文笔却是朴实自然、细密含蓄的，醇厚中带点悲苦，

平实中回荡着几分抒情，落笔略嫌沉闷，缺乏令人啼笑的艺术刺激性，却不乏令人心情沉重的艺术感染力。总而言之，这些小说不像十里洋场上的高楼大厦，而像浙东农村砖墙瓦顶的宅舍；不像一泻千里的长江大河，而像哗哗流淌在稻田菜垄间的沟渠。他的风格属于乡土写实小说的正宗。

——杨义：《中国现代小说史（1）》，中国社会科学出版社，2007，第317页

▎ 创作评论 ▎

王鲁彦小说里最可爱的人物，在我看来，是一些乡村的小资产阶级，例如《黄金》里的主人公和《许是不至于罢》里的王阿虞财主。我总觉得他们和鲁迅作品里的人物有些差别：后者是本色的老中国的儿女，而前者却是多少已经感受着外来工业文明的波动。或者这正是我的偏见，但是我总觉得两者的色味有点不同；一些本色中国人的天经地义的人生观念，曾是强烈地表现在鲁迅的乡村生活描写里的，我们在王鲁彦的作品里就看见已经褪落了。原始的悲哀，和 Humble 生活着而仍又是极泰然自得的鲁迅的人物为我们所热忱地同情而又忍痛地憎恨着的。在王鲁彦的作品里是没有的。他的是成了危疑扰乱的被物质欲支配着的人物（虽然也只是浅淡的痕迹），似乎正是工业文明打碎了乡村经济时应有的人们的心理状况。

这乡村的小资产阶级，很明显的是现代的复杂中国社会内的一层，我以为在王鲁彦的小说里，有着一个两个的代表；作者大概并未自己意识到这一点，所以并未抓住了这一点用力地描写，但是或许因为自身经验的关系，他的作品中时或流露这色彩。

——茅盾：《王鲁彦论》，载曾华鹏、蒋明玳编《王鲁彦研究资料》，江西人民
出版社，1984，第157页

看王鲁彦的一部分的作品的题材和笔致，似乎也是乡土文学的作家，但那心情，和许钦文是极其两样的。许钦文所苦恼的是失去了地上的"父亲的花园"，他所烦冤的却是离开了天上的自由的乐土。

——鲁迅：《且介亭杂文二集·〈中国新文学大系〉小说二集·序》，载曾华鹏、蒋明玳编《王鲁彦研究资料》，江西人民出版社，1984，第171页

鲁彦善于从十分平凡的生活中去发现和提炼它的内在的意义。在鲁彦的笔下所描写的现实并不是十分辽阔的，也很少有什么大波大澜的斗争，相反的，有时候他所写的只是一些看来极平凡的日常生活事件；但是作家却能够从这些日常生活现象中去开掘它的意义，并且通过一些富有表现力的艺术细节的描写比较生动地体现出来。

——范伯群、曾华鹏：《王鲁彦论》，载曾华鹏、蒋明玳编《王鲁彦研究资料》，江西人民出版社，1984，第207—208页

小说创作是王鲁彦的主要创作成果。王鲁彦在桂林六年中所创作的作品，全是反映抗战生活，与抗战斗争有关的。计可分为以下两类：（一）写人民群众和抗日军队的斗争生活，鼓动抗战情绪，号召民众积极投入抗战斗争，支援抗日队伍。这类作品有《我们的喇叭》、《伤兵旅馆》、《杨连副》、《炮火下的孩子》、《胡蒲妙计收伪军》及长篇小说《春草》。……（二）反映中华民族在巨大的战争考验面前，英勇顽强地坚持持久抗战的斗争精神。这类作品有《陈老奶》《千家村》。……以上两类作品，反映了王鲁彦桂林时期的创作在思想和艺术方面都较以往各个时期有了较大的进步。此时的王鲁彦，已突破了早期创作的种种缺陷，成为成熟的现实主义作家了。

——李建平：《桂林抗战文艺概观》，漓江出版社，1991，第32—34页

| 作品点评 |

短篇《我们的喇叭》写一个土气的乡民成长为一个抗敌的勇士。他的祖、父辈传给他糖担，也传给他听天由命、退让忍耐的处世哲学。但是当他当了保安队的号兵，驻防前线时，发现敌人夜袭，这个过去连杀鸡都不敢看的青年，却拼命地吹响杀敌的冲锋号，召友军及时增援，保住阵地。作者对前线生活缺乏真切的体验，却

能以农村生活的经验加以补充，他以现实性和传奇性相结合，热忱地歌颂民众在抗战的烽火中的觉醒，也颇有几分动人之处。

——杨义：《中国现代小说史（1）》，中国社会科学出版社，2007，第316页

| 作者自述 |

在《柚子》时期，我的热情使我咒诅一切，攻击一切，不愿意接近一切坏的恶的生活；在《黄金》时期，这种倾向渐渐淡了，开始对我所厌恶的放松了，而去求另一方面的善的好的；在《童年的悲哀》时期又渐渐改变了，而倾向于体验一切坏的恶的一面，直至现在。这并非单是创作一方面如此，还是因为我对于现实生活所取的态度的缘故。我的年纪虽然还不大，或许还可以说是一个青年，但因为历年的生活经历，现在终于到了像是老年人所取的态度了。这应该是很足惋惜的。但所幸的年纪终于还不大，虽然有时像老了，有时还像是小孩，有时笑有时是要哭的，有时悲观有时是乐观的，有时冷淡有时还是热烈的。这些，在自己的生活中，我最知道得清楚。因此在创作中也常常表现了这一面或那一面，或兼有了两面。这在别人看来也许觉得这是我的作品的毛病。……我的作品倘能够保持着这种的不一致，我倒是喜欢的。就是作风，文体以及结构，我也希望能够这样。我不愿意受任何人为的拘束和限制，正如我对于生活的各方面都想尝味一下一样。

——王鲁彦：《我怎样创作》，载曾华鹏、蒋明玳编《王鲁彦研究资料》，江西人民出版社，1984，第42页

大时代中的小人物

—— 散记篇之一

司马文森

他姓章，当了名准尉司书，所以人家叫他章司书。至于他原来的"大名"，因为大家把这个官名叫惯了，反而没有人知道。

他在我们这个部里称得上是"元老"，有这个部就有他，但是吸引我去注意他的，却是在我进部工作的三个月后。那时有一个同事被派到前线去，受伤回来，被升一级，不到两个月到了成绩考核时期，又以"成绩优良"，主任再下第二次条子。

"又升一级了。"章司书把这个消息带给全部他认为是熟识的职员。一早进办公厅他就对我点过头，并像有什么秘密话要说。但却一直等到休息时间内，我们都从办公厅走到前面的小花园去散

作者简介

司马文森（1916—1968），原名何章平，曾用笔名林娜、林曦、马霖等。福建泉州人。少年时代漂泊南洋，1934年加入中国左翼作家联盟，抗日战争全面爆发后加入上海文化界救亡协会，1936年担任《救亡日报》义务记者。1939年5月抵达桂林，1944年秋从桂林撤往桂北开辟敌后游击根据地，抗战胜利后不久离桂赴粤。司马文森旅居广西六年多，其中有五年多的时间都在桂林。桂林时期，司马文森积极投身抗战文艺事业，连续六次被选为文协桂林分会理事会理事，积极参加和主持文艺活动，如参加"保障作家合法权益"会、"战后中国文艺展望"座谈会，主持"鲁迅诞辰60周年纪念会"、"儿童戏剧座谈会"、"1941年文艺运动的检讨"座谈会等。此外，还创办并主编《文艺生活》月刊，编辑出版《艺术新闻》、《文艺生活》丛书、《现实文丛》等。著有长篇小说《雨季》《人的希望》《南洋掏金记》《风雨桐江》等；中篇小说《南线》《希望》《成长》《转形》《折翼鸟》等；短篇小说集《一个英雄的经历》《粤北散记》《蠢货》《寂寞》《人间》《孤独》《小城生活》《大时代中的小人物》《奇遇》等；散文集《岛上》《过客》《少男少女》等；电影剧本《海外寻夫》《南海渔歌》《火凤凰》《血海仇》《娘惹》，以及儿童文学《菲律宾梦游记》等。

作品信息

原载《国民公论》1939年9月16日第2卷第6号。收入《一个英雄的经历》（生活书店1940年7月出版）、《大时代中的小人物》（增订本）（上海杂志公司1945年2月出版）、《南线：司马文森抗战纪实文学选》（团结出版社2011年9月出版）等。

步的时候，他才在一棵大榕树下故作无意地挨近我，并伸出一只发颤的手在空中晃动着。"刚刚我看见，"他的气息很短促，好像就快透不过来似的，"主任发下的训令。……"

我在他面前站住，看着他那尖瘦而有点浮肿的面。

"你觉得他不该再升一级吗？"我问。

"……仅仅六十几天，"他的老鼠眼朝左右很迅速地观望着，于是又低声地补充道，"只有两个月。"

我微笑着，走开了。

当我在园中散完步重又回转来，并经过这株大榕树下时，还看见他坐在那儿，并频频从短促的喉内发出深长的叹息。

从那天起，我开始认识这位章司书，并知道他和这个部已经有将近一年的历史了。他勤谨地工作着，每天按着规定时间上下办公厅，从不曾差过一分钟，并尽可能找机会在公事上盖上他的私章，使长官知道某一件公事是他做的。至于每一次在路上突然遇到长官，他总是老远用立正的姿势站得笔直的，不但要举手敬礼，还要用雄亮的声调喊出：

"敬礼！"

直到长官老远老远地走过去了，他才放下手，并用整齐的步伐走开。他嘴唇微笑着，并以无限的感动回味着刚刚做过的那几个动作，心想："这一次长官总该注意到我了。"

他对军队感觉最不满意的几件事是，不能越级呈报，及在开什么会时总是"少校以上官佐一律出席参加"，他认为这办法是校官以上的人想出来的"阴谋"，以图埋没这些校官以下的人才，使他们永远见不到天日。为什么呢？因为上司根本见不到他们，人都不认得，还看得出什么成绩！一个明显的例子是，他已有了一年以上的工作历史，勤谨地工作并守时间，还是二十四元一名准尉，而人家只来八个月，照他的统计还有十三次迟到、五次早退，只不过受了一点点伤就连升两级。

"这有点岂有此理，"他叹息着，眼中溢着成泡的酸泪，"上司对不起我。"

他准备怠工并迟到。在那一周果真迟到了两次，每一次是一分半钟。在纪念周的时候，主任发表了一次关于整饬军风纪的训话，当他说到："……在我们的职员中还有故意迟到的，……"他的面突然发白，两脚哆嗦着。要不是主任在一阵沉痛的训示之后，跟着就来一个"完结"，他已经支持不住，已经昏倒了。

下纪念周后，我们这位章司书认为主任的话都是针对他说的，心里恐怖异常，便找到一个老公事，请他喝了一顿茶，然后提出来请教一番：

"比方说迟到两次，每一次一分半钟会不会记过，而致影响到将来的功名？"

照那位老公事的看法：也许不至于。他才安下心去，从此他再也不敢作怠工或迟到的想头了。

广州五月大轰炸的时候，有一颗五十磅的炸弹，正落在中山公园前我们这位章司书的隔壁，房子震撼得很厉害。章司书这时正抱着他的第二个孩子，听见丝丝的声音从天而降，他赶快把孩子丢在床上用棉被高高地堆着，自己则爬到床下躲起来。等爆炸声停了，飞机声没有了，而警报跟着也解除了，他才从床底下爬出来，拍拍身上的灰尘，蛮以为这时残命已经保存了，谁知道翻开被窝一看，天啊！宝贝的眼睛已经吊白，摸摸胸口也没有脉搏在跳动，小裤裆流出了许多青黄色的粪汁。章司书抱着这个僵冷的小尸体尽摇，直到他的老婆推进门来，他才啊的一声哭出来。

"什么事？"

"小宝宝胆破了！"

第二天，章司书准时来办公，但是他见人便哭丧着面说："我的第二个孩子破胆死了！"他需要人家的安慰，但是大家还是照样对他冷冷的，他们告诉他："死的人多得很，满街满巷都是。"

从此他便不再提起，而胆子却特别变得小。有时当他正很起劲地抄写着一件要紧文件，忽然初次警报起了，他便吃惊地抬起头，并迅速地放下笔，连声大叫："警报！警报！"站起身来一直冲到衣架旁边，一手忙去拿衣服，一手乱抓着放在柜里的钢盔，也没等到衣服穿好，朝避难室就直奔了去。在空洞的水泥钢板的避难室内，他找到最稳固，最深入的一个位子内蹲着，用两手掩住耳朵，直到这时他才安心。

"章司书你到哪儿?"等他"跑警报"回来，有人故意跟他开玩笑说。

"我跑警报去。"他毫不在乎地回说。

"还只放第一次警报哩，就这样急急地走开。"

"我不知道，"他堵着嘴回答，用很不痛快的声调，"我不是那样怕死的人!"

"但你却没等警报放完就走。"

"这有什么稀奇的，"他理直气壮地说，"我不过为避免无谓的牺牲而已。"

章司书工作的这一组直属长官，也不以他这样害怕飞机的态度为然，于是，他便把他叫去重重地劝诫一番。但是章司书还是一样的害怕，一样的没等警报放完就走，这位组长给他弄得没办法，于是有人就去献计，所以第二回警报再起，章司书刚刚站起，组长就叫住他：

"章司书!"

章司书笔直地站着，眼睛还不时偷偷地望到衣架上去。

"这件公事马上要，限你在警报解除前交给我。"

"报告组长……"

"我知道。"组长把手一摆，公事已递将过来，章司书伸过手去接将过来，但却哆嗦得很厉害，两腿也十分软弱。这时他失望地重新坐下，拿起笔来并且开始抄录了。录得很潦草，而且常常掉字。在第二次紧急警报还来不及发出的时候，他已经用突击精神完了工，并连外衣也不穿就朝避难室奔去。

组长把那抄录好的公事看着，并把错处用红笔勾出，摇头叹息着说："这样的人，真没办法!"

警报解除后，章司书再严正地坐在他的位子上，这次和他开玩笑的不是别的同事，而是组长自己了。他把那用红笔勾过的公事拿着，大声地说道：

"章司书，你这个公事抄错了没有?"

章司书回答说：

"报告组长，公事没有抄错，抄完了我还自己对过。"

"要不是我们中国文字也变了，"组长生气地说，"就是我的眼睛瞎了!"他把公事递给大家看，于是乎一个出于人们意料之外的哄笑声突然爆炸出来了，有人自告奋勇地大声读着：

"查各级'敌机十六架'人员多敷衍塞责，以致士兵在作战时，情绪未能高度'轰炸'……"

章司书面部泛白，气息短促，频频地叹息着。最后他两眼汪着泪，呜咽着说：

"我……我……"

终于，他哇地哭了。

我们奉命退出广州市的前两天，有一个当卫兵队副的亲戚劝章司书辞职："你今年也将近四十了，身体又不好，怎能随军出发！"

他突然气愤愤地斥责他道：

"你讲什么话？你们可救国我就要独留在敌人后方当奴隶？！"

为了回答这个亲戚的"侮辱"，他反而想起了安家的事了，于是他向经理室借了一个半月薪俸，把二十五元交给他的太太做安家费，又买了半斤黄酒，几毛钱叉烧、肥鹅拿回去。

他对他的贤妻说："我走了你们用不着担心，这次出去是为着抗日，抗日是光荣的！不幸死了，当然没有话说，要是不死重新回来，当不致还是一名司书，叫你们这样受苦。"

他举起酒杯，并接连地喝了几口。

"我章某人潦倒了半生，这一回总要好好地振作一下了，大丈夫能屈能伸……"

当他喝得有几分醉了，才辞别了家中的老幼，背着包袱，回转部来。在这时，他比谁都要奋发一点，他忙着搜集要带走的文件，有时还要劝解那些舍不得离开的人：

"有什么舍不得的，走开就是了，这时还顾得到这许多！"接着他说到自己的老婆，八岁大的孩子，还有那个吓破胆子死的，他最心爱的二孩子。

"我什么都看破了，"他说，"一生有多少日子过？"接着，他深深叹了一声。

我们退出广州市的那一天，虽然炮火和爆炸还在交响着，但是章司书却特别现得镇定，他不但要保管着两担公文，有时还抽空去勉励勉励那些胆小的女同志：

"我有一大家人在后头，是有负担有拖累的人，都要跟随大家去革命，打日本，你们只有一个人怕什么！日本仔是没有什么可怕的！"

我们沿××往北江撤退，只有几日夜的行军，就把大家累倒了大半。章司书全副武装，挂着拐杖带了两个卫兵押在两担公文担后大摇大摆地走着，但是却走得特别慢，且不时为了他致命的"香港足"要停下休息休息。因此在第二天他就和大队脱了节，并且断了给养。他的肚子饥饿着，为了怕落伍，人家告诉他常有土匪在这带出没打劫官兵，他害怕得把准尉的领章也撕下，咬着牙根死命地赶路。疲惫、忙乱、饥饿，加上沿途看见凄惨的景象，他兴奋的心沉下去了，他心想："干抗日的工作也不是一件容易的事！"

我们在一个小城外驻好营的第三天，章司书才赶到，瘦弱得怕人。但马上又遇到一次大轰炸，总部的电话通知：有敌机好像是在迎接他来似的。总值日官得到正向南飞，有向这儿进袭的趋势，二十八架。大家于是马上准备着疏散。有的已经出去找掩蔽的地方了。但章司书却还严整地坐在他的办公桌旁，两手抱着头。

"章司书，你不去躲飞机？"

他没有搭腔，摇摇头。

"这一次可不是玩的咯，危险的。"

"你以为我怕死吗？"他生气了，"你们真看不起人！"他索性把眼睛闭着了。

我们刚刚往河边疏散，并各找好掩蔽的时候，敌机就分批出现了。它们熟识得很，一临这儿的领空就撒下雨点一样的炸弹。第一批刚刚投完弹飞走，第二批又以同样的数量出现，也同样迅速，用同样的方式把成千磅的炸弹散播下来，使十里左右的村庄都蒙上一片土黄色的浓雾，连太阳的光也变灰暗了。

警报解除以后，我们陆续地从掩蔽处出来集中到总办公厅。大家经过报到点名后都到齐了，独独见不到章司书一个人。卫队说，当敌机在这个村子上空飞旋的时候，他还咬着牙齿紧抱住头坐在这儿不动，直等炸弹丢下来了，不知怎的他突然大大地惨叫一声，朝门外飞奔出去，一下子就不见了。

听了这个报告后，大家确信他已在什么地方躲避起来了，等一下就会回来的。但是两个钟头过去了，还不见他回来，派勤务兵去河岸找，回来也说不知下落。这时大家心急起来了，于是全体同事分组出动了，还是毫无结果。将近黄昏的时候，有一个农民满头大汗地赶来报告，说有一个"长官"不知怎的在树洞内死了！听了报告后，我们有几个人就马上随他赶到树洞那儿去。大家沿河岸走去，约过二十分钟才到。在村口的一棵空心大榕树内，果然看见一只打草青色绑腿的脚露出来。看见那双一再修补过的广西布鞋，大家就认定是他无疑了。为了怎样把他从这个只有一尺左右宽的洞拖出来，颇费一番考虑，但结果还是把他拖出来。这时他还没有死，面孔已经变成铁青，手足也是冰冷的，在裤裆内还流着一种青黄色的液汁。看见这一大群人围绕着他，他只把那两只已经不甚灵活的眼珠子，艰难地动了一下，嘴唇颤动着，但谁都听不出他说的是什么，过了半天才听出这一句：

"这生活我过不下……"

他的眼皮往下一合，便断气了。

| 文学史评论 |

暴露国民党统治区内的政治腐败和社会黑暗，是司马文森创作中的一个重要内容。

……

司马文森小说的另一个重要的内容，是探索青年一代的成长道路，激励青年一代的抗战热情，展示抗战时代里年轻人的精神风貌。这类小说有长篇小说《雨季》《人的希望》，中篇小说《希望》《折翼鸟》，及小说集《蠢货》中的若干篇。

……

司马文森是抗战时期创作成果最为丰硕的小说作家之一，除以上谈到的暴露小说和青年题材小说外，他还创作有颇具浪漫情调的童话故事《菲菲岛梦游记》《渔夫和鱼》，反映大革命时期斗争生活的长篇小说《夜寒》（1943年被国民党图书检查机关列为禁书，未能印行），小说集《小城故事》《奇遇》《孤独》《一个英雄的经历》。

  ——蔡定国、杨益群、李建平：《桂林抗战文学史》，广西教育出版社，1994，
   第405—411页

  他的生平就是一个传奇故事，他正是带着传奇性的人生经历，展开丰富多彩的
艺术探索，从而展示一个颇为开阔的艺术世界的。……他是带着浑身硝烟、一腔悲
愤进入桂林文坛的，因而他的战地题材小说具有明显的纪实性，颇有一点与抗战初
期凭一腔热情去架空设想的战争小说不同的艺术滋味。

  ——杨义：《中国现代小说史（3）》，中国社会科学出版社，2007年1月版，
   第158页

▍ 创作评论 ▍

  揭露国民党军政机构的腐败，抨击封建恶势力的罪恶，针砭这一切扼杀抗日救
国的生机，是司马文森小说创作的最大优点。

  ……

  反映伟大时代人的精神面貌的变化，表现年轻一代的成长，这是司马文森小说
创作的另一特点。

  ……

  勇于探索，正确表现爱情生活，是司马文森小说创作的又一特点。

  ——杨益群：《司马文森在桂林的文学活动及成就》，《广西社会科学》1986年
   第4期

  司马文森是位卓有成就的好作家。他的所有作品都有着一种纯朴的感情。鲜明
的意识以及强烈的正义感。而且有一个最突出的特点，是他大半只写他所熟悉的。
因为熟悉，所以他经常说他写时丝毫不感到吃力；因为熟悉，有了激情，容易感动
人；因为熟悉，作品的真实达到惊人的程度，许多东西从另一角度看，都成了弥足

珍贵的史料。

　　——东瑞：《司马文森的小说》，载杨益群等编《司马文森研究资料》，北京十
　　　　月文艺出版社，1998，第329页

　　据不完全统计，在桂林短短的五六年，便创作发表了百多篇（部）作品，出版
了17部散文、报告文学、短篇小说集和中、长篇小说及童话故事，堪称他的文学生
涯中的极盛时期。司马文森是一位才华横溢的多面手，诗歌、散文、杂文、报告文
学、小说、剧本、文艺评论均有佳作，而尤以小说的成就最为卓著。他一生中共创
作6部长篇小说、10部中篇小说、5部短篇小说集和6部童话故事，而这时期便创作
了长篇小说4部、中篇小说9部、短篇小说集4部、童话故事5部。其数量之多，不
仅在其本人是空前绝后的，而且在我国现代文学史上，也是极为罕见的。

　　——魏华龄、李建平主编《抗战时期文化名人在桂林》，漓江出版社，2000，
　　　　第614页。

∣　作者自述　∣

　　一，我不该把写作作为个人感情的发泄，你碰到什么人物，遇到什么样的故事，
有了什么样的情感，就写出这样货色来！作为一个人民的作家，自己是不存在的，
应为大众的利益而存在，因而这种"有什么写什么"的态度是错的，我要主动地出
击，去探索生活，探索你作品中的典型人物，在为人民的战斗中组织情感！

　　二，我在写作时，就像在梦中组织动人的故事一样，我只注意我那梦幻似的美
丽的意境，我不甚注意人物的刻画，我想只要故事曲折动人，人物不重要。我只能
成为"传奇作家"而不能成为"小说作家"，这是因为什么？因为生活得不够深入，
待人处世，过于粗枝大叶之故。

　　——司马文森：《在苦斗中过文艺生活——一个文艺学徒的自白》，载杨益群等
　　　　编《司马文森研究资料》，北京十月文艺出版社，1998，第187页

1940年代

· 艾芜《苦闷》

· 王鲁彦《杨连副》

· 艾芜《秋收》

· 韩北屏《锤炼》

· 艾芜《信——蒲隆兴老爷家一家的纪事》

· 陈迩冬《贾阿勾》

· 司马文森《花开时节》

· 悲尔哀《红的蔷薇》

· 陆地《落伍者》

· 韩北屏《花素琴》

· 严杰人《姐姐》

· 严杰人《油瓶仔》

· 陆地《参加「八路」来了——军中记事》

· 陆地《乡间》

· 曾敏之《盐船》

· 韩北屏《邻家》

· 凤子《金银世界》

· 司马文森《渣——一个青年的手记》

· 凤子《构树夜话》

· 陆地《钱》

· 悲尔哀《荒村奇遇》

· 苗延秀《离婚》

· 黄谷柳《孤燕》

· 陆地《叶红》

· 黄勇刹《在 K 城车站》

· 凤子《画像》

· 黄谷柳《王长林》

· 苗延秀《共产党又要来了》

苦闷

艾芜

七保开小差逃回来了。一村子都是同姓的人，倒没谁来告发他。至于保甲长，也不肯多管闲事。他们认为这是人家用性命调换来的，当然不忍再去跟他为难。那么，在这样好境遇中，七保定可以好好过活了吧！可是，事实上，却又并不如此。头几天，七保还私下庆幸自己安全脱了险；随便同什么人，一谈到这次回家的事情，就禁不住脸上浮起笑来。但跟着不久，便对一向熟悉的锄头，粪草，牛牲口，渐次感到厌烦了。

他想起，伙几百个同伴，唱着军歌，走在日光照耀的原野上，那是何等地令人怀念呵！至于黑夜星空下去放步哨，路边松林内去做尖兵，真算变成了一串难忘的梦境。家乡山谷里，看见的天空，从前还不觉得怎样，如今却慢慢感到太窄，太狭小。他还想把自己的脚步，踏在那些接连不断的山峰，与无数的平原上去。

作者简介

艾芜（1904—1992），原名汤道耕，曾用笔名汤耘、荷裳、刘明、岳萌、汤爱吾、汤艾芜等，四川新繁县人。1921年秋考入省立成都第一师范学校。1927年至1931年客居南洋，1932年加入中国左翼作家联盟。1939年春由湖南抵达桂林，1944年夏离桂，在桂五年多的时间里，艾芜创作了大量作品，结集出版的有长篇小说《山野》《故乡》；小说集《秋收》《冬夜》《荒地》《黄昏》《爱》等；散文集《杂草集》《缅甸小景》等；文论《文学手册》等。新中国成立后曾任重庆市人民政府委员、重庆市文化局局长、重庆市文联筹委会副主任、重庆大学中文系主任、《人民文学》编委、全国文联委员、中国作家协会理事等。2014年四川文艺出版社出版有《艾芜全集》(19卷)。

作品信息

原载《新军》1940年1月1日第2卷第1期。收入《秋收》(读书出版社1944年5月出版)、《艾芜小说选》(湖南人民出版社1981年6月出版)、《艾芜文集·第八卷》(四川文艺出版社1989年8月出版)、《艾芜全集·第8卷》(四川文艺出版社2014年6月出版)等。

隔壁一个同堂弟兄，原是跟七保一块征去当兵的，因为分发在另一师部，半搭半年没有通消息，现在他家里，接到一个喜信，说他已经升做排长了。七保听见这话，几乎半天都不相信自己的耳朵。排长，那是好容易才当到的官哪！但别人一跟他谈到这事情的时候，脸上如果现着羡慕的神情，七保便又会轻蔑地说：

"好稀罕！要是不走的话，排老二还不容易捞到手么？何况如今，又还是天天打仗的年成！"

他顶不喜欢同人家谈论种田的事情，什么沙田要多放粪草哪，点菜子要窝落挖得稀哪，这些都太平凡，太没意思。他最爱说的话，就是你们哪里见过那样厉害的大炮，像我们这样大的村子，只消两大炮，你回头一看，啊呀，我的天，怎么房子，通通不见了。人家听得越是吃惊，他就越是高兴。

可是有时候，他也讨厌那些张起嘴巴听他讲话的人，想想吧！好可笑呵！连坦克车，装甲车，都没有见过。他在心里这么耻笑他们。随即还要说几句近乎教训的话语，就是一个人落下地来，总归该出去，见见大世面才好，老蹲在家里，会蠢下去的。

七保为了要表示与众不同，走起路来总爱挺起胸口，头笔直地伸着。同人打招呼，也不用点头，只是右手举到耳边上，行个军礼。吃烟，也不喜欢用水烟袋旱烟袋了，他要先拿一点纸来，照香烟的样式，裹成烟卷才吃。这是他在外面学来的派头！

只是有一件事情，最使他为难，便是他家里吃食不够，非替人家做零工不可。既到人家去谋食，人家就有权利拿他开玩笑，有时还故意喊他几声军官。譬如说，军官，你快去挑两担水哪，军官，你快去打扫牛栏哪，军官，怎么那堆粪草你都不刮去哪，诸如此类的叫法，使他禁不住脸红，他恼怒别人，同时也憎恨自己。蠢猪，你回来干什么呀！拿这样的话，来毒骂自己，可以说，简直不止一次两次的了。

广东方面，日本鬼子一登陆，远在湖南这边七保的村子，向来是吃广东海盐的，马上就由一元三斤，跌到两斤多了。而且是一坼一个价钱，只差六七天，七保去买的时候，一元只买到一斤十二两了。七保见了熟人，就呻吟着说：

"这样贵下去，怎么办呢？只好吃白淡无味的东西了！"

这不单是盐一门东西，洋油，洋纱，洋火以及包卷烟用的洋纸，样样都涨价了。但自己替人家做零工的工钱，可还仍旧和先前一样，一吊二一天，一点也没增长上去。合起一角六百四十文来算，这还不到两角，用来买盐，也只不过六两光景。何况盐价还要继续涨上去呢！七保晚上睡不着觉了。忧愁也来在他的额上画起淡淡的皱纹。他开始用线香点着破铜水烟袋来吸烟了。见着熟人打招呼的时候，也忘记举起手来。走路，更是闷闷地低着了脑袋。

有一晚，一个同村的本家，走来特别向他领教，说是不久就要征去当兵了，希望教他一点开小差的法子。七保只阴暗暗地吸他的烟，半晌才反问那个本家说：

"当兵有哪些不好呢？"

那位本家料不到会这样回答，便搔搔脑袋，驳斥似的问：

"那么，你又逃回来做什么呢？"

七保取开衔着的烟袋，现出恼怒的神情说：

"你不是亲眼看见吗？你看我逃出来的好处在哪里？"

那位本家看着他，慢慢地说：

"你至少没打仗的凶险呐！"

七保突然把烟袋放在桌上，大声地说：

"没有打仗的凶险？我告诉你，这样蹲在家里，成天担心这，担心那的，真比坐牢还不如哪。你看看，我这几天来，是不是老了十多岁？妈的，这就是留在家里的好处！"

那位本家勉强笑着，带着讥笑的神情说：

"看样子，你偨是去当兵好哪！"

七保没有回答，只是低下头去，懊丧地想着：

"要是军官些不随便打人，饷也多关点，谁肯回来过这倒霉的日子。"

七保没有回来的时候，他娘每天夜里要拿三根线香，到村子外去叫魂，喊着儿子的名字，要他回来。那种悲惨的呼唤声音，差不多使整个村子的人，都为之不安，睡不着觉起来。现在听见儿子又想到外边去了，便停下补破衣的针，焦急地向那同族人说道：

"他就是担心东西贵，东西贵怕什么呢？我自己偕可以去帮人呐，就那样着急！为了我一个人，要出去犯险，我倒宁愿把裤带子拉紧一点点！其实呢！他当兵挣的钱也不够养活我呐！"

七保蓦地抬起头来，抵塞他娘说：

"你老人家哪里懂得！不说油盐柴米，看这光景，就连红薯都要贵下去的，这狗噪的年辰，哪能养活得下人！"

做娘的倒反带着安慰的口气，缓悠悠地说：

"管他的，只要有红薯吃，也还算好。我有你们这么大的时候，才过些好日子哩！年成闹饥荒，哪里去找东西吃，半搭半年就只是吃草根子树皮子这些东西。……七保，你去躺躺吧，看你这样子，真是焦心！老实说，到那日子再说吧，我不肯信，就会闹到吃草根子树皮子！"

七保回过头去，气愤愤地说：

"安心过这样的日子，除非是手不能动，脚不能行的废人！"

日子在不安的环境中过去了。武汉退守以后，接着是长沙大火，县里纷纷组织农民自卫队，凡是那些免役的长子独子，都应参加进去。同时每村公举一位有军事知识的青年，来做副队长，统领村中的壮丁，并且加以训练。周家村合这资格的人，就只有七保一位。有位同堂的三叔，平素极肯看顾七保家的，便特来帮他的忙，劝他担任这样的事情。如果七保答允了，他就愿意去同村中的长老说人情。七保听见这话时，竭力忍着高兴，现着毫不动心的样子问：

"到底干些什么事呀？我怕担任不了吧！"

一面将破铜水烟袋，装上烟丝，连同点燃的线香，恭恭敬敬地双手递上。

"好说，你吃粮当过兵的，还怕做不下这些事情，连我外行都明白，那无非喊喊操，叫人掼掼足板吧了。"

"事情倒没什么了不得！只是久了，就有些生疏。"

这是七保谦虚的话，他说得很小声，脸上且现出沉静而有把握的神情。三叔原是个老好人，还寻根究底地问：

"到底答不答允？答允了，我才好说哪。免得说好了，又不干！"

七保略微迟疑一下，才回答说：

"好，那就试试吧！"

七保原是在屋前劈树茇子，那种不容易劈断的东西，自己颇以为苦。等到三叔走后，再拿斧头来劈时，不多一会工夫，便劈完了，而且觉得并没费多大气力似的。他不知怎的，他总觉得最好的职业，偕是玩枪杆子刀子之类合适些，挑屎挑尿，实在使他感到委屈。他恨不得早些脱掉泥污的破短衣，再穿上那种威武挺拔的军装。因此他心里禁不住快乐地想：

"在家乡地方，当当队长，可不比外面当排长差哪！"

他现在急于要知道的，是做队长的那一份薪水，到底和一个做排长的，是不是一样，但又不好直接问得，仿佛这一问，就会使人觉出，自己未免太看重钱了，他只好在碰着保长的时候，同保长攀谈，随便带了出来：

"办公事真麻烦呵！如今怕又要挨门挨户去派钱吧？"

"派什么钱？你哪里听来的？"

老保长对于他的逃差，老是不以为然，尤其害怕引起官司，只是不愿得罪人，就一向阴在肚皮里，没有说出口。但言语间，态度上，总是现出不大高兴的样子。七保略微红着脸说：

"听说不是要练自卫队吗？这不是要花一批钱么？"

"这花多少钱！大家空的时候操一操就是。又用不着吃公家的伙食，偕不是跟平日一样照常做自家的事情。"

保长冷冷淡淡地这么回答。

七保勉强搭讪道：

"那么，办事人呢？"

保长就激动地说：

"办事人！妈的，这又是当保长甲长的倒霉，兼呐。不过这里还用得上一个人，专任副队长，只是供他几顿饭食，贴点草鞋钱就是。"

七保同保长分手后，便怏怏地边走边盘算：

"有屁的干头哪，偕不是不能养家！"

走回家去，闷闷地坐在门槛上，竟忘记了吸烟。不一会，突然拿手拍一下膝头，他想出来了：

"既不是整天教，偕有工夫做别的事情，干又未尝不可以干一下，况且油盐柴米这么贵，有点添补也好呐。"

后来，还听村子里人讲，要是队长资格高，教得好，他们这个村子，可以格外多出点子钱。于是，他心里平静了。单望三叔走来的时候，并不讲什么话，只是把一套崭新的军服，丢跟他。还一面叮咛：

"都搞妥了，明天一早就上操！"

他天天盼望三叔走来，但总不见影子。到后，只好自动上三叔家去。三叔原是个牛贩子，时常在家调理他买来的几条牛，看见七保走来，就明白他的来意。停下刷牛的工作，连忙说：

"事情有点糟！你那名字不成哪。报上去，不但你弄不成功，就怕我们大家也会连累进去呀！"

七保脸色大变，他是很明白其中的缘由的。只是绝望地说：

"我看，偕是算了吧！这事情也没多大来头，让别人去搞好了。"

三叔刷几下牛，然后沉吟地说：

"叫别人，我是又有点不甘心的。就说找别人，你看这村子又找得出什么人来呢？你自己又并不是不挣钱使的。……妈的，不要动！"打牛一巴掌之后，又继续说下去，"我想了好久了，最好，你还是把名字改一改吧，这原是瞒上不瞒下的事情。"

七保低头沉默了一会，才嗫嚅地说：

"只要能改，就改好了，这倒没什么不可以的。"

三叔就弓下腰杆一面刷牛肚皮，一面说：

"那么，改什么，你自己想想吧。这几天牛生意，够我操心了。广东下不去，一跌就成块数地跌，这偕能再做下去么？"

七保叹口气说：

"真是啰，一切都是日本鬼子上陆上糟了的！要不然的话，哪个会吃这么贵的盐！"

三叔接嘴说：

"真的，要不然的话，你看，我这条芦毛牛，邀下广东，总有三二十块钱好赚的。如今就是邀不下广东，偏偏倒这个霉！"

七保一面听他讲，一面想着他的名字；

"周七保是断要不得的，这的确是个晦气透了的名字。今后该取一个像样的，至少也要像个军人的名字。"

可是取名字这件事情，真是费劲，比劈一筒树莞子还要费劲。等到三叔停了手后，才把他的意思，告诉了他。并请三叔站在长辈的地位，替他取个好名字。日后有了什么好处，是断不会忘记他老人家的。七保原是军队上混过日子，说这种乖巧话，倒颇有几下。三叔自然忙得很，但也喜欢奉承，便仰起头想了一阵，高兴地说道：

"好，你就叫得胜吧，你看，哪个玩枪杆子的，不想得胜呢？"

三叔之所以能想起"得胜"两字，应归功于戏的。好多打胜仗的花脸，不是唱得胜班师回朝吗？七保也中意这个名字，便心满意足地走回家去。经过村巷拐角一家杂货店门前，恰巧碰见一个相好的熟人，叫作宏三，平素喜欢一杯酒，专好打听别人隐私，而且爱造谣言，有点风便是雨的。就一把拖住他，一面快快活活地喊：

"恭喜！恭喜！"

七保红着脸说：

"你发疯了！我有什么喜事？"

宏三马上就朝他的背上打了一巴掌，说道：

"你不要装闷吃象的。难道你做村里的队长，还瞒得过我么？"

七保不好意思地说道：

"瞎讲！你听谁说的，我做队长？"

宏三红不说白不说，就把他拖进杂货店，一面向伙计招呼：

"舀一斤酒来！"

一面又向七保眨一眨眼睛说：

"老弟，你瞒得过别人，可瞒不过我呀！今天非请客不可！"

坐下之后，又对打酒来的伙计说：

"半斤花生，十个豆腐干！"

掉过头来，端起杯子，向七保说：

"老弟，我听见这消息，我真是喜欢！这里除了你，还有哪个够得上来。先喝完一杯！你看，翻过底子来了。"

七保也不知怎的，心里很是高兴，把满杯的酒，捧在嘴巴上，一喝就喝完了。跟着不久，又接着一个相好的，进来打酒。宏三立刻高声喊道：

"吉成，快来吃喜酒！喂，再拿个杯子来！"

吉成走了过来，笑着问道：

"哪个做喜事？"

宏三抓着伙计递来的杯子，满酌一杯，送给吉成，一面笑着说：

"有喜事的人，总是藏在心里，不肯讲话的。"

吉成喝完一杯，看看七保笑道：

"莫非老七哥说亲了么？恭喜！恭喜！是哪家的姑娘？"

七保带笑带恼地向吉成说：

"你不要听他的鬼话，他胡球乱扯的……妈的，你更扯得远了。"

宏三喝完了一杯，哈哈大笑起来。

"真的，我偾少一个队长太太哩！喂！再来一斤！"

这一次，他们吃得相当多，虽然店子壁上贴有"至亲戚友，赊账免言"的条子，但店主为了七保将做队长，便也格外破例，记在账上了。谁都明白队长教操的时候，是有权利随便给人耳光的。他们先前看见城里住的军官，就曾经打过手下人。所以，现在不如趁先讨些好！以后几天，七保还一连赊了一些油盐，拿走时照例要说一两句，改天再给钱的话，但回答总是和颜悦色的：

"不要紧，有再给吧！"

同时，老保长也态度转好了，在充满牛粪气味的巷子里碰见时，对七保不像先前样，待理不理的，却是现着高兴的神气，用商量的口气说：

"你看，那晒谷岭做操场，不太小吧？"

七保晓得一切都不成问题了。无论在挖土的时候，砍柴的时候，皆热心地唱着军歌，唱一些救亡的曲子。这不是借此发泄他的快乐，而是盘算着，怎么调好了节拍，准备上操的当儿，好教人歌唱。晚间，大月亮的时候，他独自一个人，到屋后去走正步，他觉得应该趁早练习练习，既然做了队长，总得要显显本事才行。假若初次大意，闹了笑话，那就未免太丢脸，往后休想在村子里出头了。

已经选好大吉大利的日子，要上操了，突然接到县政府的命令，凡乡村选出的副队长，都应齐集县中，受训一月，各人须带伙食费七元。保长急匆匆走来，把这消息告诉了七保，并恫吓似的问：

"你有没有胆量到县里去呀？"

七保正在后园浇菜，怔了半晌，说不出话来。等保长再问一句之后，才做出镇静的样子说：

"这有什么怕头！同日本鬼子，仗都打过，还有什么怕的！"

保长讥笑地打量他一下，然后警告地说：

"小伙子，这不是开玩笑的事哪。你要明白，你县里有案子，比不得别人呐！"

七保看看保长说话的神气，更加生气了，便禁不住恼怒地说：

"保长，我不会连累你的，俗话说得好，汉子做事汉子当！这回上县去，只要没人多嘴，暗里出来告我，谁也认不得我的。前回开走的时候，他们上头来了个什么欢送，我告诉你嘛，半眼偕没瞧过我哩！"

保长摇着头说：

"不是那样讲的。就说没人告你，县中兵房里的人，会认识你哪！"

七保气愤地大声说：

"他们，我更不怕了，那些班长，哪一个不暗中拿钱？你肯给他一点油头，他连开小差的法子，都会告诉你的。他们不像你老人家，公事公办，他们一向是公事私办哪。"

保长嘲笑地说：

"是倒是那样的啰。可是，你现在没有钱塞着他们的嘴巴，他们就要公事公办哪！你以为你还是在家里一样么，大门一敲，偕可以从后面翻墙走开！"

七保没言语了，只愤怒地紧闭着嘴巴。保长便带着教训的口气说：

"你要明白，你不会七十二变，你还是不去县里好。村子里有事做，我明天就要动工砍树子。"

等保长走后，七保把手上的浇水木档子一丢，气狠狠地骂道：

"娘卖麻×，老子还替你砍树子！村子里住不下，我不晓得走得远远的。我就不相信，天地间就没有好的军官！"

| 文学史评论 |

艾芜青年时期，曾流浪到云南、缅甸一带，有着自己坎坷的人生道路。所以，他解放前的作品，大都以深厚的同情，描述了底层人民的悲惨遭遇，用带着血泪的文字描绘了破碎的现实世界，强烈控诉了反动统治者给人民带来的深重灾难，同时热情歌颂了底层人民质朴、善良的性格，展示了他们丰富美好的内心世界，反映了他们强烈的求生欲望和对旧社会的抗争。由于思想的局限，作家对他们反抗的一面揭示得不够深刻、强烈。他的作品多用热情的描述，风格明朗，语言流畅。

——山东大学等二十二院校编写组《中国当代文学史（一）》，福建人民出版社，1980，第178页艾芜不是平平静静地着手描写，而是尽量抒发我的爱和恨，痛苦和悲愤的。因此他的作品散发出浪漫主义气息，在真实细致地再现客观世界本来面貌时，总是把叙事、写人和抒情结合起来，总是把揭露黑暗与憧憬光明结合起来，因此他的作品洋溢着明朗的气氛和乐观精神，给人以奋争向上的力量。

他写人物，不大喜欢纯客观的外部形态描写，而是重在人物内心世界的剖析和真情的捕捉。他也不大注重结构上的开端、发展、高潮等环节，而是信笔写来，委婉曲折，自然真率。

艾芜有着长期流浪南疆异国的不平凡的经历，他的一些作品闪现出浓郁的异国风光，异乡情调，开拓了中国现代文学反映社会现实的新领域。

——二十三省教育学院协编《中国现代文学史（上册）》，福建教育出版社，1985，第370页

艾芜在三十年代前半期的作品，以其新颖独特，带有西南边境和异国风情的题材，在文坛开拓出了一个独特的创作领域。并且由于那对人生的乐观顽强态度，富于传奇色彩的故事情节和借大自然抒发情怀的笔调，都给作品抹上了浓厚的浪漫主义色彩，和沙汀那冷静、客观的写实，形成了风格迥异的鲜明对照。

——邵伯周主编《简明中国现代文学史》，天津人民出版社，1986，第246—247页

这位以描写西南偏远地区生活而闻名的作家抗战爆发后主要写了两个方面的内容：一是抗战以前停滞不前的守旧社会，一是抗战后的生活现实。

……

作家描写战前社会生活表现了批判的态度，这当然并不排斥赞颂民众的真挚、善良、友情和奋争。作家在表现批判的主题时着笔点主要不是重大的社会政治事件，而是有强烈地方色彩的富于普遍性的现实。

——吴野、文天行主编《大后方文学史》，四川教育出版社，1993，第124页

艾芜的短篇小说，由此时开始显示了在题材、主题、人物、艺术风格上多样化的面貌。无论是歌颂性的抗战小说，还是批判性的暴露小说，以及颇具情感和色彩的乡土小说，在艾芜的笔下，都表现得真实、生动、自然且意义深刻。这，标志着作家在现实主义创作道路上的进步和成就。艾芜在中国现代小说史上的大家地位由此时的创作而奠定。

　　　　——蔡定国、杨益群、李建平:《桂林抗战文学史》，广西教育出版社，1994，

　　　　　　第398页

　　与沙汀不同的是，艾芜笔下很少写反面人物，但他也不回避劳动人民身上被苦难生活扭曲成的畸形和被统治者的思想毒化了的那一部分污垢，并没有为赞美他的人物而人为地"净化"其灵魂。

　　　　——钱理群、温儒敏、吴福辉:《中国现代文学三十年（修订本）》，北京大学出

　　　　　　版社，1998，第264页

　　艾芜虽然与沙汀同样出生于四川，在开始创作之时，同样受到鲁迅的指导，他们同样成了很有成就的作家，但是他们的艺术风格却是那样明显地不同。沙汀的格调以沉郁、凝重著称，而艾芜却以明丽、抒情见长。在艾芜的作品中，经常有一个"我"的形象，这个"我"充满着生活的激情和对人生的体悟，由于这个"我"，就把人生和自然、把叙事和抒情很自然地融合起来了。作者在描绘边地风光时，同时充盈着"我"的情感，于是形成一幅幅情景交融的艺术画面，作品呈现出自然明快的格调。艾芜的作品还写出了一种特殊的风情民俗，由于他的题材取自于"化外"的世界，在那里比较少地受到正统文化的规范和控制，保留有很多原始的色彩和意味，所以作品描摹某些奇特的原始信仰仪式，某些古老的文化形式，表现出一种神秘和古朴的意味，如巫医的习俗、端阳节"赶韩林"的习俗等。

　　　　——王文英主编《上海现代文学史》，上海人民出版社，1999，第239—240页

　　艾芜是位"漂泊作家"。他曾用"墨水瓶挂在颈子上写作的"这句话来描绘他"由四川到云南，由云南到缅甸"，随手"抒写些见闻和断想"的情景。

　　……

　　抗战以后，艾芜在艰苦的条件下仍坚持创作，取得了丰硕的成果。这时期的作品同早期作品相比，浪漫主义气息较少，笔调严峻，但视野开阔，有些作品仍具有浓郁的地方色彩。

　　　　——凌宇、颜雄、罗成琰主编《中国现代文学史（修订本）》，湖南师范大学出版社，1999，第299—302页

　　抗战爆发后，由于战争环境的严酷，艾芜消退了早年作品中的浪漫风格，明显地转向了揭示压迫与苦难。……抗战之后艾芜的作品虽然失去了他宝贵的浪漫主义精神，但其所反映现实的深度与广度则大大增强，同时，在挖掘中国人民性格的美好底蕴方面，则保持了他一贯的、不懈的追求。

　　　　——丁帆、朱晓进主编《中国现当代文学》，南京大学出版社，2000，第245—246页

　　艾芜早期小说中的漂泊、浪漫与传奇的特色，不仅开拓了现代小说反映现实的新领域，而且在左翼现实主义文学流派内，发展出一种充满着浓烈的浪漫主义情调的小说。抗战期间以及整个40年代，艾芜除继续写作短篇小说外，创作了多部中篇和长篇小说。这个时期的作品同早期创作相比，浪漫主义气息较少，逐渐转向严谨的现实主义，视野更为开阔。

　　　　——雷达、赵学勇、程金城主编《中国现当代文学通史（上册）》，甘肃人民出版社，2006，第283页

　　沙汀小说宛若山间岩石，凝重而险峻；艾芜小说多似平野流水，委婉而从

容。……就这两个作家风格形成的早晚而言，艾芜是俊才早熟，沙汀却是大器晚成。这与艾芜较早地接受家庭的文化教育和社会上的新文化思潮有关。

——杨义:《中国现代小说史（2）》，中国社会科学出版社，2007，第338页

| 创作评论 |

仅仅从他四十年代的作品就可以看出，他越来越靠近严峻的现实主义，靠近鲁迅和沙汀的道路了。这是许多中国现代作家的共同道路，既然站在同一片苦难的土地上，同怀着争取光明、改革人生的热切希望，艾芜的创作道路很自然就会逐渐接近鲁迅的方向。这当然不等于放弃自己的个性，和沙汀相比，艾芜仍然显得比较开朗，笔触也比较平和，就是揭发黑暗时的神态也不同：沙汀不动声色，他却怒形于色。但这区别却不是来源于外国文学的影响，而是自己时代的产物。不同的生活环境铸成了不同的性格，当他们还是少年的时候，沙汀就已经习惯于静静观察那些可笑的袍哥乡绅，艾芜却一心渴望得到更广大世界的亲切爱抚。

——王晓明:《艾芜和外国文学》，《中国比较文学》1984年第1期

艾芜的那段漂泊生活充满传奇色彩，如此独特异常的生活经历为他的小说创作提供了富有"异域情调"的丰富素材。在工笔描摹具有"异域情调"和"地方色彩"的风景画和风俗画时，艾芜选取了与废名、沈从文大致相同的叙事视角。艾芜认为文学是要认识人生、评论人生和描写人生的，他描写人生，常以自己的经历为参照。艾芜喜欢唐诗宋词寄情于景、以景抒情的艺术方法，认为文学不能只描写人和他的生活，还要把所见到的各种各样的自然风景写进去，要把风俗画和风景画，综合在一道，画成画卷。与沙汀的现实主义有所不同的是，艾芜在风俗画、风景画的描写中渗透着饱满的情感；与沈从文试图在"田园诗风"描写中表现原始生命力的张扬不同，艾芜在风俗画、风景画中注入的是对下层劳动者的深深的同情。这种人道主义精神与"五四"知识分子"自上而下"的人道主义情感不同的地方，就在于作者本身就经历了最下层的生活苦难，他的情感是真切而不矫饰的"原始情感"，或者

说是"原点情感"，是"自下而上"的人道主义呼号。

　　　　——丁帆：《论"社会剖析派"的乡土小说》，《福建论坛（人文社会科学版）》

　　　　2007年第1期

　　20世纪40年代艾芜的小说，多是以宁远、桂林和重庆为背景创作的（当然也有描绘川西平原的，如《春天》）。艾芜这一时期的小说创作中，"地方叙事"的痕迹较为鲜明。《纺车复活的时候》和《回家》的故事发生在湖南，《山野》和《故乡》取材于宁远的生活，《意外》以桂林为背景，《都市的忧郁》《石青嫂子》等则以重庆为背景。其中，《纺车复活的时候》《山野》《故乡》《流离》诸篇，具有较为强烈的"地方色彩"。显然，艾芜在此延续了1931年写给鲁迅的关于小说题材的通信中所提到的"对熟悉题材的书写"以及"对黑暗压迫下人们挣扎起来的悲剧的描摹"的思想。林因在评论艾芜的《乡愁》时就曾提道："他对于农村生活知道得如此熟悉，了解得如此深刻，所有的材料在他手里运用起来，真有说不出的圆熟。"而对"黑暗压迫下人们挣扎起来的悲剧"的叙述，在艾芜这一时期的小说创作中更是俯拾皆是。

　　　　——熊庆元：《"地方意识"的强化与统合——从艾芜20世纪40年代小说创作的

　　　　"回归逻辑"谈起》，《名作欣赏：评论版（中旬）》2018年第11期

杨连副

王鲁彦

一年前的一个秋天，我在湖南的一个小洲上认识了杨连副。那一天早晨，雨下得很大，我正站在门口，望着左近山头上奔腾着的云雾，起着忧郁的怀乡之感的时候，杨连副带着一个勤务兵，搬进了我的隔壁房子。我看见他胡须留得很长，脸上罩着一股阴沉灰暗的气色，眼光带着忧郁的神情，军服沾满了泥土，缓慢地拖着脚步走了进来。那样憔悴颓唐的样子，使我立刻感到了苦恼。我想，他一定是刚从前线回来的，为了拯救千千万万苦难的同胞，这位弟兄憔悴了。

几分钟后，我证明了我的推测没有错误。我和他只隔着一层薄薄的板壁，清楚地听出他们的谈话和行动。他们在整理房子，在说着埋怨的话：

"唉，这是啥房子呀！"他说的是陕西口音，"黑得好厉害！又是泥地！还不如咱们家乡的窑子！"

"可不是吗，连副！"他的勤务兵回答说，"这种鸟房子，要租十元钱呢！这还是好的呀，有床铺，有桌子！奶奶的，跑了好多地力，才找到这间房子！老百姓不知道慌的什么，全逃到这里来！哎，连副，那房东还说，要不是下雨，早就租出去了呢！"

"你介他奶奶的！"杨连副的语气有点愤怒，"有钱的人全是些汉奸！咱们在前线拼命，他们在

作品信息

原载《笔部队》1940年1月15日创刊号。收入《我们的喇叭》（烽火社1942年4月出版）。

后方捞钱，这样贵的房子，叫难民怎么过日子呀！"

"可不是吗，连副！以前这种房子鬼也不爱住的！……"

他的勤务兵是个爱说话的人，这样那样骂着，从房租说到各种各样东西的价钱，随后却像泄了愤似的，高兴地讲到前线去了。

"×，连副！想起陈小五那小子，真叫人笑破肚子呀！一听见飞机响，老是透不过气来，等到飞机飞远了，他就吹啦牛……有一天……"

"得啦，赵吉民！别再瞎扯！咱们休息一天吧，这几个月来不是太没睡得了吗？"

"可不是，连副！咱几个月没合眼啦！"

"去你的！昨晚谁在车子里，睡得猪一样的，不是你是哪个呀！"

"咱是说，连长，几个月没睡得舒服呢！老是在那样……"

"得啦，得啦！——不准再说！"

我听见杨连副发出了相当严厉的命令似的口气以后，勤务兵赵吉民就不作声了，只听见他轻轻地在收拾房子。过了不久，我听见了杨连副的呼呼的鼾声。约莫半小时光景，又听见一种更大的鼾声。我知道他们的疲劳与辛苦，觉得这是个神圣的睡眠，不想惊动他们，自己的动作也就非常轻声起来。他们有没有起来吃中饭，我不知道，因为过了不久，我到城里去了。

下午四时，当我从城里回来的时候，我发现我们的屋内发生了变故。一些邻居的妇人在走廊上低声地谈论着，脸上露着不平的神色。

"什么事呀？"我惊异地问一个熟识的女人。

"什么事吗？哼！"她用着不屑的眼光望了我隔壁的房子，"比东洋鬼子还凶呀！我们是难民，怕东洋鬼子逃出来的！到得这里，没得房子，十元钱一间破屋，老老少少挤满了一堆，没得好吃，没得好穿，那吃得当兵的不去打仗，却来欺侮我们女人孩子啦！"

"到底为的什么呢？"我问。

"为什么吗？"那妇人回答说，抬起头来望着楼上，"你上去问她们吧，天知道呀！"

我随着她的眼光，往楼上望去，看见正在我房子上面的走廊上，也挤满了一些妇人。她们的脸上都露着一股怒气，指手画脚地在谈论。

我很为愕然。我觉得从前线回来的弟兄，应该受到后方民众的热烈的尊敬和安慰的，却想不到第一天就引起了楼上楼下女人们的公愤了。这是件不幸的事情啊，我想。我苦恼地走向自己的房子，放下从城里买来的东西，正想再出去问个明白，忽然听见隔壁房子里的愤怒的声音：

"赵吉民！"

"有！"

"送条子到办事处去，叫他们立刻找房子！懂得吗？"

"是……连副……"赵吉民的声音有点颤动，像有话要说，却不敢说的样子。

"转来！"过了一刻，杨连副又愤怒地喊着说，"咱问你，赵吉民！"

"有！"

"到底是你先骂，还是她先骂，你得照实说来！"

"是……连副……我发誓，是她先骂！"

"她怎样骂的？"

"她吗？……"赵吉民停顿了一会，像在思索的样子，"咱已经报告连副，她说，你们这些王八蛋丘八！……"

"还有呢？"

"还有……她说，你们不到前线去打仗，到后方来干啥的！……不要脸的逃兵呀！……逃兵！你听见这话吗，连副？咱们是拼过命来的！到这里是有事的！……逃兵？咱忍不住火头上来啦！拍的就是一个耳光！脔你奶奶的！咱说，老子揍死你——丑婆娘！老子连日本鬼子也不怕，怕你这丑婆娘不成！你敢说老子是逃兵！……可是咱并没打到她，连副，咱让她躲开了。"

"嘿！打一个女人！拿枪杆的打一个女人！你这王八蛋！"

"是……连副……"赵吉民哭丧着声音说，"咱不该打她……可是她不该骂咱们是逃兵呀……连副，你看咱们一连一百多人，哪一个是不要脸的？哪一个偷跑过吗？……"

"去你的！总之这地方不能住啦！唉，老百姓这么不讲理，到现在还看不起咱们当兵的！"

从这些话里，我虽然没听出他们究竟为的什么吵架，但我充分地认识了他们的灵魂，尤其是杨连副那样合理的退让的措置使我想起了上午第一次所见到的他忧郁的眼光。这是我们中国人的眼光，我所见的千千万万的同胞的眼光。面对着民族的苦难，即使是一个英勇的战士，像杨连副那样，也不能例外。

"在自己同胞的面前退让！"我仿佛听见了他在这样说，所以他决定搬出去了。他有着一个什么样的灵魂啊！我想。然而，这是不幸的，若是他的这种灵魂不被大家所了解的时候。以同胞的资格，我想，我至少应该把我个人的感觉对他表白一番，给他一些温暖的同情的。这是我的责任，我对自己说，他是为了拯救我们千千万万的苦难的同胞，在前线拼命的弟兄，到了后方，我们能够给他这样的冷酷吗？我踌躇了一会，决计冒昧地到他的房里，想和他说话了。

但正当我这样决定的时候，忽听见隔壁关门的声音，接着是锁门声，脚步声，杨连副出去了。我不快地站在门口，望着他的颓唐的神情，拖着脚步，缓慢地从那寂寞的走廊上出了大门外。

他什么时候回来，我不知道，因为我这一夜不到十点就睡了。第二天天才微明，我忽然被隔壁的声音惊醒了。我听见杨连副在喃喃地骂，在搬移床铺，他的勤务兵赵吉民站在门外，用着十分愤怒的声音大骂着。

"你下来，你这丑婆娘！你干的好事，肏你奶奶的！……"

楼上似乎有人在说话，但没回答赵吉民，赵吉民愈加气，在院子里捡起石子，碰碰地丢了许多上去。楼上窗玻璃雪朗朗地响了起来，好几个孩子哭了，惊骇地叫着妈妈。接着我听见那勇敢的母亲，打开门，走到走廊上，大叫了起来：

"你要打死人吗？你打！我给你打！你们当丘八的，有的是子弹驳壳枪，你拿来打吧，我站在这里给你打！给你打！……"

"打就打！……"我听见赵吉民忽然跑进房子，像在取枪的样子，板壁和桌子响了起来，我吃了一吓，但就在这一刻，我听见杨连副喊住了他：

"不准拿出去！你昏了吗？奶奶的！"他咬着牙齿说，"只准动嘴，不准动手！咱只许你骂个痛快。她明明是有意的！"

我已经赶忙起来了，打开门一看，楼上楼下已经站满了人。楼上那一位母亲在大声地骂着。赵吉民又跑到院子里对骂着。

"息一息怒吧，弟兄，"我向赵吉民说，我看见他气得连头颈也红了，是一个年轻的人，衣服还没扣起，"什么事情呢，说给我们听吧！"

赵吉民对我瞪了一眼，像怀疑我似的说道：

"你听吗？你如果偏袒……"

"我说公道话的，弟兄，倘若楼上的人不是，应该向你赔罪的！"

"那么你听着吧！她住在楼上的，那丑婆娘！她，她往咱们头上泼下尿来啦！——听见吗？被窝全湿啦！你闻咱的衣服！"他伸出一只湿漉漉的胳膊来，那果然是有一部分湿的，"你闻一闻，是不是尿，有没有臭！"

周围有几个女人笑了，她们似乎感觉到了痛快，因为她们是同情楼上的邻居的。我对她们投出严肃的眼光，希望能够先止住她们那种轻蔑的嘲弄，然后对赵吉民解释道：

"这应该怪房东的，弟兄，楼板太薄了。我相信楼上不会有意泼尿下来的，她有好几个孩子，应该是孩子的不小心……"

"不小心！"他愤怒地说，"你怎么知道是不小心呢？"

"我已经听见她说了。"我说。

"哼！"他说，"你看吧，刚刚落在咱和连副的头上！哪有这样凑巧！昨天下午，你知道吗？咱跟她吵过架来，她今天就用这东西来报复咱们的！那很明白，不用多说啦。"

"这是误会，"我说，"大家说个明白就完了……"

"误会！"我旁边一个女人讽刺地插入说，"他跑到楼上去打人，那才是误会呀！人家是难民，一个女人家带着五个孩子逃离到这里，挤在一个小房子里，孩子们蹦跳一下，做娘的就该吃光耳呀！……"

"你说啥？"赵吉民愤怒地瞪着眼睛，往那说话的女人走了过去。

但这时杨连副把他喊住了。他站在门口，很有礼貌地对我说道：

"同志，你的话不错，这是误会，请你到咱们房子里，大家解释一下吧，咱们是邻居，不是吗？赵吉民！"

"有！"

"不准再作声！"他命令着说，"拿烟来，去弄点开水！听见吗？"

"是！"赵吉民忽然微笑起来走进了房子。他好像已经骂得够，现在有了下台的机会了。

我走进杨连副的房子，注意着他的面孔。他的胡须已经剃光了，头发短而且齐，显见得比昨天年轻了许多，估计起来不过三十岁左右光景。他的眼光也不像昨天那样完全是忧郁的神情，在忧郁中，我看见了镇定和坚决，而在这深处还跳跃着希望和快乐的生命。我不觉快乐地紧紧握住了他的手。我心中像有千万句语言要向他表白，但我竟感动得说不出一句话来，全在喉头咽塞住了。

他愉快地招待我坐下，亲自送过烟来，极诚恳地对我说道：

"没啥要紧，同志，一点小小的不快活，立刻就没有啦，咱们当兵的，有时爱使性子，这也是个不好的脾气呵，请你原谅。"

接着我们各自介绍姓名和籍贯起来。我知道他是陕西平民县人，到这里来催运东西的。我告诉他我曾经路过那里。

"真的吗，同志？"他的眼里燃烧起了快乐的光，"那在你们南方人看起来，或许是个没有啥可爱的地方吧？一片沙漠，是不是？……可是，这正是咱们顶爱的地方呢，同志！没有一个不爱自己出身的土地的，太熟习啦，从小就在那里长大……"

这话引起了我们对于故乡的沉痛，我看见的他眼光又阴暗了起来，也就低下头不敢再看他。

沉默了一刻，杨连副又忽然笑着说了：

"呵，咱忘记告诉你啦，同志，怎么发起脾气来的。一点小事情……咱们昨天太累了，不该在白天睡觉……可是请你原谅，在路上辛苦了半个多月，一向没睡得这么舒服……咱那勤务兵是个粗人，也是个顶勇敢忠实的——他给楼上的孩子们闹醒啦。他正在做一个好梦，几年不曾见到他婆娘啦，正在这时，他给闹醒啦，他动了气，跑到楼上去质问啦。这自然很不对，同志，可是咱当时也有点不快活，也正是睡得顶好的时候给闹醒来的哩。等他跑上楼去，咱已经来不及制止啦，他已经闯下祸了……楼上的女人骂咱们是逃兵，同志，这正是咱们顶厌恶的，太侮辱了咱们，并且依照咱们军法，逃兵是——"

"我都懂得啦，杨连副。"我切断他的话说。

"你的勤务兵没有什么过处的。我很了解他那好梦被打断的烦恼。"

"这是公道话，先生。"赵吉民在旁边听到现在，脸上露着笑容，止不住插进来了，"你知道咱有多少年没回家了呵……"

"可是你闯了祸，奶奶的！"杨连副回过头去说，"不准作声！"

赵吉民果然不再作声了，但他的脸上却露着得意的微笑，显然他是觉得他有了安慰，一场争吵，他得到胜利了。从他那笑容里，我看出了他的天真，鲁莽，但是忠实而且正直的性格。

我在杨连副那里坐得相当久，听他滔滔不绝地讲述打仗的故事，赵吉民有时插进来几句笑话，使我们感到愉快。随后他叫赵吉民买了一些糖果来，要求我一道到楼上去，表示道歉的意思。

"对女人和小孩，"他诚恳地说，"咱们是该格外爱护的。刚才咱们的不是。知错认错，是咱们军人应该的。"

他说着极自然地走到楼上，一点不觉得委屈似的对着女人说了几句道歉的话，随后把糖果递给了她的孩子。

"这个孩子生得不错，"他指着一个七八岁的男孩子说，"你姓什么？别生气，杨连副给你赔罪来了哩！你到楼下来玩玩吧！咱带你去玩，去买好东西给你，好不好？唔！你看他还在生气哩！哈哈，咱们都是中国人呀！咱们中国兵是枪口对外，专打日本鬼子的哪！"

他高兴地笑着，牵牵那孩子的手走了。我看见几个孩子都站在走廊上对他发着傻笑，好像对他的话感到了极大的兴趣。而孩子的母亲，虽然还装着一副严肃的面孔，一言不发，或者可以说是不知道怎样说才好，在她的口角边，我已经看见那压抑不住的激笑的痕迹了。等他走到楼梯口，我再回头望去，那些孩子们已经做出了各种各样的鬼脸，一个大的孩子挺着胸，哑声地开合着小嘴，摇摆着头在模仿他的神态。

这一天，楼上就显得特别安静了，比杨连副没搬来以前还安静，尤其是在夜里，很少听到楼板响。同院子的楼上楼下的女人都见着他改变成了和气的神色。一场颇为严重的感觉在各人心里都消失了。

第二天，我看见那个大孩子在楼下走廊里来来往往地走着，走得很轻很慢，眼光只是对着杨连副的门口。一走到那门口，他就飞快地跑了开去，仿佛很害怕的样子。但随即他又慢慢往这边转了过来，像捉蜻蜓一样。

那孩子爱上杨连副了，我想，因为他有一个纯洁的灵魂。这是幸福的，倘使谁能为一个孩子所爱。孩子爱游戏爱糖果，但在他们的心里蕴藏着世间最可宝贵的最真挚的爱情。谁要能够得到他们的爱情，他就必须有孩子心里所藏的一样的爱情。

这样的爱情，在大人的心里是不易见到的，但在杨连副的心里，我发现了。他很快地和孩子们接近起来，熟识起来，而且亲密得如同他变成他们的小兄弟一样了。他的房子里，一个两个，三个四个，孩子渐渐多了，到最后几乎全院楼上楼下的孩子们都和他来往了。没有一个孩子不喜欢他，连女人们一见到也是一脸笑容，和他谈天说地，仿佛一家人似的。

"你是来招兵的吗？"我笑着对他说，"你现在招了一队童子军了。"

"这一队童子军，同志，"他严肃地说，"他们比大人勇敢，比大人机警得多呢！只可惜没有大人的气力！你看着吧，咱正要把他们练成一支百战百胜的军队呢！"

我想，这是杨连副在说笑话，虽然他时常带着那一批孩子在小洲的沙滩上喊着一二三，喊着敬礼那些命令，教他们模仿，那不过是游戏罢了，谁会真正去信他在想把他们练成正式军队的事！

但是，有一天……我记得杨连副就在那天后二星期走的……那时是午后三时光景，我在沙滩上散步。天气很静朗，蓝色的高空只点缀着几片轻柔的白色的小烟云。江水起着明亮闪耀的光辉，有不少的船只张着帆在水上轻轻地行驶着。眼前的沙滩很平滑而且发着极强烈的刺目的光，一路望去，好像小洲的另一端给蒙上了云雾似的，这种神情景像是很平常，但我不由得昏迷混乱起来。我想到了故乡的海边，故乡的船只，故乡的秋天的天空，热诚的人物和草木和土地……我感到沉痛而又愤怒，因为接着我怀念故乡的情绪而来的是敌人的种种不可饶恕的暴行。

当我为这些情绪所围绕着，咬紧了牙齿的时候，忽然一阵紧张而激烈的啼声传到了我的耳内。我转过头去，看见在我们屋子前的沙滩上有三个孩子在争吵。倒在沙滩上啼哭着的，是杨连副楼上的那一家第三个女孩子。我关心地走了过去，只听得她那八九岁的哥哥正挺着胸握着小拳头对着另一个孩子对骂着。那孩子比他高了许多，约有十一二岁光景，生得颇为强壮，脸上有好几个疤，看过去相当倔强。这孩子，我很少看见过，他不是我们同一院子的邻居。当我还没听清楚他们骂的什么的时候，他们已经扭在一起了。他们一面互相扯住了衣襟，一面挥着小拳互殴着。力量自然是那个大孩子强，而且他高了许多，他的拳头尽落在小的头上，那小的呢，只能把拳头打在他的肩上和背上，很少落在对方的头部。我觉得我有保护那小的的必要了，他显然已经占了下风，他的妹妹还只四岁光景，只晓得在地上哭着，不能给他一点援助。于是我急忙走过去，一手握住一个小臂膀，他们扯了开来，说道：

"别动手啦！为的什么呀？"

他们都没理我，从我身边跳了开去，再向对方攻击起来了。我赶快把身子插在他们的中间，随着他们移动，把他们隔离着，一面叫着说道：

"住手！住手！听我说话！"

但他们仿佛没有听见我的话，仍不回答，两个小面孔青得可怕，气喘吁吁地睁着恶狠狠的眼睛，捏紧了拳头。正我没法排解的时候，我忽然看见对面拥来了好几个孩子，全是我所不熟识的。他们也都捏紧了拳头，在喊着打，冲向和我同一院子的孩子这边来了，在地上哭泣着那个女孩现在似乎清醒了，她本已停止了啼哭的，现在又惊骇地尖利地叫了一声，爬起身想逃了。我相信她已经迟了，来不及跑到家内就会遇到攻击，就先一手把她抱在手里，高高地举了起来。

"没有谁敢打你的！"我一面安慰她说，一面仍揽护着她的哥哥。

我看见他的哥哥现在有了主意了，他已取了守势，在我身后跳跃着，嘴里像吹口哨似的嘘嘘地响了起来。这时在我肩上的女孩子也忽然清醒了，用手指拨着小嘴也一样地吹了起来。我惊愕地明白了这是他们求援的暗号，也自然地帮着他们吹了几声口哨。

这声音才发出，几乎是同时，我听见远远地都嘘嘘响了起来，接着就有十几个孩子从我们的屋子内外向这边冲来。

"好厉害！"我想，"他们有了组织了！一定是杨连副教的！"

我看见对方退却了，他们一共只有七个，自然是敌不过这一边的。没等到这边的援兵跑到战场，他们一溜烟地跑了。这边的孩子倒也并不追击，到得我们身边停住了。他们真是预备来打仗的，一个个都已卷起了袖子，穿长袍的把下半截也扎起来了。现在他们的脸上都发着喜悦的光彩，一堆堆地在跳着叫着谈笑，颇为混乱，我简直听不清楚他们说什么，而且我也没有时间去听他们，我的注意力首先是集中在那个跟敌人肉搏过来的孩子。我看见他脸上已经有几处被抓破了，左眼角有点发青，像要立刻肿起来的模样。有两个大一点的孩子正在检验他的创伤，用手指这里那里按摩着：

"痛吗？"

"不！"那孩子带着笑容回答说。

"这里？"

"不！"

"还有？"

他没立刻回答，先摇了一摇头，然后回答说："一点点哩！"

这显然是不实在的，我看见手指所按的地方已经红肿了。

"回去吧，"我说，"去擦上一点药才好呀！"

但那孩子没回答我的话，忽然附着另一个孩子的耳边说了几句，那孩子立刻走了。一面打着口哨，那声音比第一次的长了一倍，于是许多孩子都走散了，沙滩上只留下了四五个同伴，也各自离开得相当远，蹲在地上玩沙子。

"这大约是解散的信号了，这些孩子真厉害！"我一面惊诧地想，一面抱着那个小女孩向着自己的屋前走着。

可是刚到大门口，忽然听见了沙滩上又喧闹起来了。我回头望去，敌人已经成群结队向这边而来。那是个可怕的队伍，为头的一个孩子已经有了十五六岁，跟在后面的大半是十岁以上的，比起我们这边起初出现的大了许多。我注意地望着沙滩，那里还剩着这边的两个孩子，他们已经开始向这边逃。我真为他们着急，若是他们逃得慢些，一定会吃大亏。我想赶上去，再给他们做一次掩护，但忽然一想，那边孩子这么多，已经不是我一个人的力量可以阻止，立刻退到门口，把手里的女孩子往门内一放，站在门槛上，两手攀着大门，准备让那两个孩子进来后立刻关上大门。然这不幸得很，那两个孩子好像慌了，他们却不往我这边跑来，他们从沙滩跑上土阜，绕着一棵大树，向另一方向的篱笆后而逃去了。敌人紧紧地追着，越来越近了。我不禁慌了起来，大声地向门内叫着，想叫屋内的大人们都走出来：

"你们的孩子闯下祸啦！闯下祸啦！"

这一喊，满院子就突然喧嚷起来，女人男人，都纷纷出来了。我一面对他们做着手势，自己就首先向外面跑了去，想去营救那两个孩子。但这时，两边的孩子们全不见了，他们已经隐没在一条屋弄里。许多大人都在门外焦急地奔跑着，叫喊着自己孩子的名字，想阻止他们战争。在那人丛中，我看见杨连副和他的勤务兵赵吉民从一家小铺里走了出来。

"杨连副！"我焦急而埋怨地说，"你看那些孩子们呀！"

他没作声，带着得意的神情望着我，瞟了一个眼色过来，表示要我放心。我站住了，觉得他很是可疑。为什么他今天对孩子们这样可怕的成群结队的战争，看得这种冷淡呢？无论哪方面胜利，总有几个孩子吃亏的！这是怎么的呀，像他这样喜欢孩子的人忽然变得残忍了？难道真要让他们流血吗？

突然间，我听见口哨又响了。这次又变换了声音，嘘咭嘘咭，特别短促，从屋弄的那一头传了过来，接着有见那一群大孩子三三五五地往这边冲过来了。他们的脸上显得很慌张，有几个衣服撕破了，一身泥土，一路躲到大人们身边去，求他们的保护，在后面，紧紧地追来的那是一群较小然而数目较多的这边的孩子。幸亏这边大人们多，把他们在路上拦住了。

然而战争却并没有完，嘘咭嘘咭的声音一路传了过来，在我们人丛中也响起来了。咳，那些小鬼！不晓得原先躲在哪里的，惹得一身灰土，一个个从我们的胯下钻出来了！那信号一路传过去，篱笆后，大树下，一直到沙滩上，一个接着一个，全是小东西！……要不是大人们多，无疑的今天对方的孩子必定吃个大亏！他们会被截成不晓得多少段，到处被包围！这就是那个可恶的杨连副教出来的战术！

"这个祸闯得不小呀！"我走近他身边埋怨似的说，"要不是……"

"让我来给他们调解吧"！

现在杨连副出来了。他走到那些正在惊慌的孩子们中间，一个个摸摸头牵牵手说：

"你们都是好孩子！你们有本领！哈哈！咱来做你们的官，告诉你们打仗方法！……可是从今天起，你们两边不准打啦，因为咱们都是中国人，是吗？学会了打仗的本领，是去打日本鬼子的，不是打中国人！咱们是一家人呀！……咱叫他们来同你们赔罪吧，咱请你们吃东西！……请大人们走开些，让出路来，你们的孩子个个都是了不得的，现在让他们合在一道和解一下……哈！赵吉民！买几块糖果来，咱请客。集合！"他最后命令着说。

孩子们的口哨又响了，这边的孩子很有秩序地团了拢来，打败仗的孩子们却又惊疑又恐慌地站着不敢动。杨连副做了一个手势，对这边的孩子们叫道："还不认错吗？你们怎么打起中国人来了呢！"

于是这边的孩子们的脸上全露出了古怪的笑容，有的伸舌头了仿佛恍然记起来，一个一个举起了小手到额角边，有半分钟光景。大人们哄然大笑了，连那些对方的孩子的父母也禁不住笑起来，忘记了刚才的不快。

"这个人古怪有趣呵!"我听见人在说。

打败仗的孩子们也终于禁不住咯咯地笑了……

"我看见了什么呢?"我问我自己说。

希望和光明。

我永远不能忘记杨连副。

秋收

艾芜

一

河中大嫂会洗衣，
可惜不是我哩妻！
如其是我的妻呵，
我就叫她不洗衣。

姜大嫂听见那几个伤兵，又在河边树下，这么唱起来了，便非常地恼怒。因为刚才她打树子底下走过的时候，看见他们那副笑容，早就有些忍受不住。她把几条衣裤，随便在水里摆了几摆，绞干后，就低着头，单另走一条路回家。

她在屋前，架起竹竿子来晒，看见有些袖头裤脚，还沾有点子青苔，便自言自语地咒骂："这些挨冷炮子的，挨刀刀儿的……"

二

一位叫赵廷的老总，将将关到饷，他想伤口才

作品信息

原载《抗战文艺》1940年3月30日第6卷第1期。收入《秋收》(读书出版社1944年5月出版)、《艾芜选集》(人民文学出版社1959年2月出版)、《艾芜小说选》(湖南人民出版社1981年6月出版)、《艾芜文集·第八卷》(四川文艺出版社1989年8月出版)、《艾芜全集·第8卷》(四川文艺出版社2014年6月出版)等。入选《小说五年·第2集》(建国书店1942年10月出版)、《风陵渡》(长风书店1946年1月出版)、《当代小说选》(建国书店1947年出版)、《中国现代文学作品选(第三册)》(湖南文艺出版社1986年4月出版)、《桂林文化城大全文学卷·小说分卷(第一册)》(广西师范大学出版社1991年11月出版)等。

好不久，身体很弱，应该买点鸡蛋来补一补。先到村里一家人去买，但不碰巧，大门关着，已上了锁，原来些人都下田收谷子去了。第二家的门，倒半掩半开的，可是叫人叫不应。随后，走到姜大嫂的门前，钻了进去，客客气气地问：

"大嫂，请问一声有鸡蛋卖吗？"

姜大嫂掉回头来，看见是伤兵，便黑起脸，恶声恶气地回答；

"没有！"

赵廷是个不喜欢多说话的人，马上回身就走，心里却极其恼恨：

"这些可恶的东西，我们就是为她们打日本流血哪！"

最后，在一处人家买着十个了，可是价钱，并不便宜。只说一声，怎么比城里还贵哪。卖蛋的老太婆，便现出不高兴的脸色说：

"你到城里去买好了。我不一定要卖的！"

赵廷拿开水冲鸡蛋吃的时候，还在对同事弟兄骂道：

"这杂种地方，真野蛮！"

三

"妈妈，妈妈……"

四喜哭希希的，站在稻田里，眼泪水流在脸颊上。

老幺呵呀地叫了一声，丢了镰刀，就去捉蚱蜢。蚱蜢很快地飞开，老幺一直尾着追去，一面喊道：

"捉日本鬼子飞机！"

"挨刀的，你把谷子踏坏哪！"

姜老太婆抬起头来，满额头都是细小的汗珠，恨恨地骂她的小儿子。跟着，拿手拭一拭汗，又弯下身子去割了，稻梗在镰刀底下发着嚓嚓的声音。

老幺听见妈在骂他，毫不在意，只是这么喊道：

"我捉跟四喜玩哪！"

他捉着，果然交给四喜，但这回四喜可不要了，因为她今天已经玩死了两个，感到不新鲜了。她只是哭，要她的妈妈。

老幺很想趁此耍一会儿，便拍一拍四喜的肩膀，大声地说：

"蠢东西，这么大，都不想耍么？那么，我领你回去好不好？"

姜老太婆又伸起腰来，放下割好的稻子，望着老幺骂道：

"你又在想躲懒了！由她哭哪，不快点动手，看天下雨了，怎么办？今年又不比有你哥哥在屋里。"

老幺便回嘴抵塞道：

"又在打胡乱说了！哪个想躲懒？我不过是看她哭得造孽！"

一面三步两跳地，便跑去拿镰刀，风快地割了起来，边割边说：

"我一割起来，比你快得多，只消一下子，就赶过了你！"

姜老太婆骂他：

"鬼，当心你的爪子哪！"

四

四喜听见叔叔要领她回去，本已不哭了的，现在看见叔叔又去割稻去了，便又哭了起来，而且还比先前哭得大声些。

姜老太婆割起一把稻草来，看一看她的孙女，皱紧眉头说：

"不要哭，妈妈就要来了！"

放好稻草之后，拿手背揩一揩额头，又向四喜说好话。

"喜喜，不要哭，听婆婆的话哪，等会卖丁丁糖的来，就买糖给你吃，你听，那边在叮叮当当哩敲起来了。"

四喜不听她的话，只是哭她的。

姜老太婆踮起脚尖，向庙子那面看了一会儿，生气地说：

"只不过洗点点子衣裳裤子，就这样死在屋子里……真是一窝子懒东西！"

五

姜大嫂走来时，先就赶快招呼孩子，替她揩去鼻涕口水，一面叱责地说：

"哭什么呢？不听我话，喊你不要先来，你偏要先来！"

她见她的婆婆，只是弓着腰杆割稻，对孙女简直是不理不睬，心里便不快起来：

"哼，这样让她哭么？"

姜老太婆这时抬起头来，不高兴地瞧着媳妇说：

"你真是放得下心哪……这一大半天，孩子又哭，又没人帮着做事情！"

媳妇看见家娘婆那样发气，才赶紧分辩道：

"我是打麻柳桥那边来的……"

姜老太婆恼怒地说：

"这才怪了，庙子门前，摆起的大路，你不走，你要弯到那边去……"

"妈。我走那边……"

"这样大忙的日子，无论哪一个不懂事的人，都晓得担几分心咧。"姜老太婆不听媳妇说，只是一面割一面埋怨她的，"男人不在家，我晓得，我老了，我管不到你的。"

媳妇简直插不下嘴，一直等她老人家讲完，才竭力忍着心里的酸楚说：

"就是那些挨刀的粮子哪，扎在庙子里面！要不是我走转路做什么？"

姜老太婆并不原谅，倒反而说她：

"只要你自己拿得正，哪管他和尚尼姑共板凳。我肯信，你不看他们，他们偕白做那些鬼样子做什么？"

媳妇听见这些话，难过得发抖起来。姜老太婆斜起眼睛，看她一眼，责备她说：

"不要呆了，你来做什么的？"

媳妇低下头去割的时候，忍了好一会的眼泪，便朝稻秆上滴了下去。

六

在这乡镇里疗养的兵士们，都集合在庙前榕树荫下，光着头听副官训话。大意是说，要他们身体好点的，去帮助农民收割稻子。因为村中许多壮丁，都抽到前线打日本鬼子去了，做工的人手，非常不够。若不帮忙，今年收成，就会遭到损失。

大家听了，都不开腔，只望望太阳，就觉得一切都热起来了，哪还能够再去晒太阳吃苦呢？尤其是赵廷，他心想，帮帮忙，倒是应该的，只是这村子里的人些，太可恶，太不通人情。与其晒日头吃苦，倒不如在树子底下去睡觉好些。

副官看出大家不肯帮忙，就想些容易做到的办法：第一，不限定要整天做，一天可以只做几个钟头；第二，只帮助那些妇女老幼收割，有壮丁的人家，可以用不着管；第三，凡去帮助老百姓收割的，每天至少可以添点荤吃。这样一来，好些兵士都答允了。

副官走后，有的兵士，还互相说笑：

"真糟糕！同姑娘嫂子一堆做活路，还有屁的气力哪！"

"没有力气？只消娘儿们倒杯好茶来吃，你看，天底下偕有什么事情不好做？"

"好茶！你在做梦啰，只要你喊她一声，她能答允你半句，都算你面子大！"

"妈的蛋！这地方的女人，顶不开通了！"

"不开通，我们就去开通她们！"

"哈哈哈，我们去开通她们！"

大家一路哄笑着。就这样，便开始了他们帮助农民的工作。

七

老百姓对这事情，却不敢相信。他们认为，起初说是不要工钱，恐怕做了之后，背起枪杆子来收，说不定还要得很多，那你又有什么办法不给呢？倒不如早先拒绝的好。所以当老总下田的时候，好多老百姓（连甲长也在内）都用婉言辞谢。或者硬要帮他们割的时候，他们便推说没有镰刀。一些老总只好坐在田边树荫下息气，揭下帽子来，当作扇子扇凉，不时向着田间忙忙割稻的妇女些，说着嘲笑的话。

最不开通的，怕要算姜家两婆媳了。媳妇更嘟起嘴，向家娘婆申明，要是粮子来下她们的田，她就率性一事不做，领起孩子回去。以后割稻的事，她一点都不爱管的。姜老太婆一看见老总走来，就赶忙摇手说：

"不要你们各位费心呀，我们田不多，我们自家都不够割哪。你们各位老总要是闲得很，可以去帮忙别家！"

一个兵士顺手把老幺镰刀拖来，拉着稻秆子就割，一面打趣似的说：

"你这位老太婆，真不会享福，我们一下子割了，你可以少晒几天太阳。"

他一下子就割了一大把，伸起腰杆来，笑着向姜老太婆和老幺说道：

"你们看，我一下子割多少？哪像你们牛吃草一样，切喳切喳，一点子要割一大半天。"

随即又向他的弟兄些夸耀着说：

"不是我吴子青夸口！你们去打听看，我在家里的时候，偕有哪个舅子割得赢我！"

几个来自农村的兵士，都不禁技痒起来，笑着骂道：

"妈的，你不要在我们面前夸口！拿镰刀来，我们比一比！"

一个高个子老总，卷起衣袖，首先跳下田来，不管姜老太婆肯不肯，夺过镰刀来就割。另一个麻脸的兵士，立刻拉老幺一把，大声嘱咐他：

"小鬼，快去把你嫂子手上的镰刀拿来！"

老幺两天来就觉得收割稻子又苦又没味道，正想找点事情来玩一玩。现在看见老总来到田里，弄得这么有劲，便大为高兴起来。马上跑到嫂子那里，红不说，白不说，就把镰刀夺过手。

姜老太婆见那三个兵士，割得那么快，那么整齐，也不禁看得出神起来。随后笑着喊道：

"不要疯了，看割着手哪！"

姜大嫂就索性走到田那边树荫底下，解下背上的孩子来喂奶，一面诅咒着说：

"讨厌的鬼东西！"

八

在姜老太婆田里割稻的兵士，一共十二个。三人一班地，一共分了四班。轮流比赛，倒也并不怎样费事。只是其中赵廷一人，可不愿意多割。他因一时的高兴，才去同人比赛，不然的话，他是连田也不肯下的。所以，他比一阵的时候，就丢下镰刀不干了，一面走上田埂来，一面看着老太婆那边，拭着汗说：

"出身臭汗算了。再干下去，就没意思，吃力又不讨好！"

别的兵士，见他这么说，也就减少兴致了，该班上去替换的，不去接镰刀；那些丢了镰刀的，便渐次停了下来。

姜老太婆就暗里叫老幺把镰刀捡了过来。她和老幺各用一把，动手割稻。另一把该媳妇用的，便暂时藏在稻草里面，免得老总些再来寻找，同时还小声叮嘱老幺说：

"他们老总再来抢镰刀，你就拿着跑开呀！要是你再给他们，你就要仔细你的皮，看我捶不捶呀。"

姜老太婆见老总些给她割了许多，照她们三娘母割起来，要割一天多才能割完，自然心里非常高兴，但想着要依老总们再割下去，岂不是今午要待他们吃饭，给他们工钱吗？而且，十二个人，不说工钱出不起，就是饭也待不起哪。应该只当成他们来割割玩玩才对！因此，她不愿意他们再割下去。

老总些在坡边树子底下休息了好一会，有的觉得不好意思，便勉强去田边喊姜老太婆：

"你们息一息！让我们来割稻。"

姜老太婆起初不回答，只是埋着头割她的。到后来听见又喊几声，觉得不好意思，扬一扬手里的镰刀，装着笑脸回答：

"不劳你们各位费心！我们的田快要割完了，那些都是人家的。"

老总些看见太阳大，早就不想下田了，落得这么一说，便都躺在树荫下睡觉。

姜老太婆这下安心了，觉得自己聪明，应付得好，便叫老幺去喊嫂子割稻，一面还望媳妇那边一眼，恨恨骂道：

"这个死人！她就是想方设法地躲懒呀！"

媳妇把两个孩子放在田边树子底下，走来动手割时，还看一眼坡那边的老总，不高兴地说：

"为什么那些东西还不走呀！"

姜老太婆侧起头冷冷看媳妇一下，责备地说：

"你割稻的呀，你正正经经地做事，他们敢把你怎样？"

媳妇倒抽了一口气，不敢多说什么，只忍着气再用力地割。

九

"起来，不愿做奴隶的人们……"

躺在坡边树荫下息气的老总，有两三人唱起来了。

媳妇到这个时候，才恨恨地小声骂道：

"你不理睬他，他就唱些难听的曲子来逗你哪。我今早洗衣的时候，他们就是唱。"

老幺早就停着手听了，见嫂子这么说，便立刻说道：

"你乱说，人家在唱救亡歌曲哪。学堂里的先生，就是这样教老八他们。"

接着老幺还把"中华民族到了最危险的时候……"顺口和着唱了出来。

姜老太婆恼怒地骂道：

"鬼，快割哪，人家唱歌，干你们个屁事！我们年轻的时候，耳朵从来不乱听的。"

媳妇听见家娘婆这么说，她很难过，心里真比晒着太阳，还要热辣烦躁些。

不久，老总些又唱着民间的情歌起来。

妹娇娥，

怜兄一个没怜多！

己娘没学鲤鱼子，

这河又过那条河。

媳妇每割一把草，就很生气地放下。

老幺则停下手，凝神注意地听，脸上现着喜滋滋的样子，正像一个想学歌的人，到处找不着人教，忽然碰见了老师一般。

姜老太婆就责备老幺：

"割呀！死人！一天到晚，不专心做事情，就专门竖起耳朵，闻骚打臭的！"

这时最小的孩子，在田边树荫下哭起来了，姜大嫂在平时定会去招呼他的，现在却仿佛没听见一样。老幺对她喊道：

"财财哭起来了，嫂嫂！"

姜大嫂仍旧割她的，只一面嘟起嘴说：

"由他哭死好了！"

村边庙子里，吹起了军号。

老幺叫道：

"正午了，他们粮子在吹吃饭号了。"

在坡边树荫下躺着的十二个老总，便急忙整队走了回去。

姜老太婆看了他们一眼，便叫老幺：

"你爬上坡去看看，看看人家田里的粮子，是不是也回庙子去吃饭？"

老幺巴不得有这样的吩咐，立刻丢下镰刀，一霎眼就跑上坡去，同时口里大声唱道：

"起来，不愿做奴隶的人们！……"

黄色的稻田，照着金黄色的阳光，更加显得黄了。几群灰色的小小队伍，就在这黄色的田野中，应着号声，急忙地向村庄走去。老幺看了好一会儿，还不肯走下坡来。

姜老太婆就把手板遮在额上，大声喊他：

"懒鬼！看见没有？你又去躲懒去了。你要叫我捶你的。"

随即掉回头来，又向媳妇埋怨：

"你耳朵哪里去了？孩子那样哭，你都听不见！"

老幺高声回答下来：

"你那样慌做什么？等人家走回庙子，我再告诉你。"

媳妇不言不语地，走到田边树荫下。抓起孩子来，就对着光屁股，拍了两巴掌。

姜老太婆就怒冲冲骂起来：

"死鬼些，都是不中用的！"

十

晚上，姜老太婆扇着蒲草扇，缓缓地走到隔壁去，向邻居两老夫妇闲谈。

"你们今天收割得多吗？"

老女主人首先咧开嘴笑道，

"收割得多哪！亏他们帮忙哩！"

边说还边拿手指村外庙子那面。

"他们在你家，连一顿饭都没有吃么？"

"没有。真是过意不去！我只是替他们烧点开水。我刚才偕同老头子打过商量，明天半下午的时候，煮点清稀饭给他们喝喝！"

姜老太婆扇了几下扇子，又才问道：

"你不怕他们要工钱？"

"起初，我也很担心哩！后来，听我老头子说，那边唐副官下过命令的，不吃老百姓的饭，不要老百姓的工钱。等到吃晌午的时候，果然都回庙子去了，我才一个石头落了地……这样子，我倒觉得有些过不去了。你吃烟吧，这是我女婿送来的，味道顶好吃了，烟锅巴代白灰的。"

老女主人一面说着，一面就把吧燃了的旱烟管，取出嘴巴，拿袖头子擦烟袋嘴子，就递了过来。

姜老太婆说着说着"我不要"，但手却立即伸出去接着，吧了几口后，沉吟地说：

"是倒是啰！就怕只是话说得好听，等到收成好了，条子送上门来，叫你一个工一个工地照算，那你有什么办法不出钱呢？"

不大喜欢讲话的男主人，独自坐在门边上，吧着烟的，就插嘴抵塞道：

"他们又不是婆婆大娘！男子汉大丈夫的，说一句话总算一句话的！"

大家沉默了一会儿，只是吧着烟，老女主人转环似的慢慢说道：

"我看偕是明天赶下子圩，到圩上去打听打听，总会有个着落的。"

姜老太婆取下嘴里的烟管，看着老女主人说：

"打听是该打听的，只是这样忙的时候，哪个偕有闲心去赶圩嘛！"

老女主人尖着幺指头，戳一戳自己的头发，思索地说：

"现在还有老总些帮忙，我看抽空一两个人，倒没什么来头！"

姜老太婆吧一会儿烟，轻轻摆着头说道：

"我们就没这么胆大，喊声要工钱，你拿什么去抵呀？我们先前吃粮子的亏还少么？"

老男主人也有些犹豫起来，一面在门框上扣烟斗子，一面对他的老婆子说：

"屋里，盐偕有没有？明天索性去赶一次圩也好。"

女主人突然叫道：

"呵呀，我倒把这个事情忘记了。早就该多买一点的。如今在收谷子，偕有哪个得闲去挑盐嘛。明天去试试看，一个不长你一毫子，我都不相信。这两天来，真把人忙得颠颠倒倒的。明天，千急不要忘记这件事情！"

十一

还不到明天，天就落起雨来了。别人家是上午割，下午收的，倒没什么要紧。只有姜老太婆家，因上午粮子替她割得太多，下午收的时候，没有让粮子继续帮忙，就没有收完，剩了好些稻把子在田里。这给雨淋着，不但要半天才晒得干，而且，如果下得太久了，就会发霉生芽的，比不得那些没有割倒的稻子。

姜老太婆睡不着觉了，在床上翻去覆来地，呻吟着说：

"坏事了，真是坏事！"

媳妇在隔壁床上，便诅咒地说：

"这都是那些该死的粮子搞出来的！自从他们扎进村子以来，就没一天使人安宁过！"

姜老太婆到这时才和媳妇表示同意起来：

"真是啦！这批鬼，晓得要到什么时候，才会开起走！"

睡熟的老幺，说梦话起来：

"人家在唱救亡歌曲哪。"

姜老太婆禁不住笑了，一面拿足蹬他一下，骂道：

"你这个鬼，做梦都在想着玩！"

雨不断地落。姜老太婆睡了一会，又深深叹了一口气说：

"偕是怪我自己太胆小了！要不然的话，让他们帮着收收，还有屁的事情叫人担心哪！"

十二

天亮了，雨还下着，而且接连下了一天。姜老太婆终天不安，坐也不是立也不是地，心里非常烦躁，老是责骂孩子。连老幺都害怕起来了，他便悄悄一个人，赤脚踏着泥浆，走到隔壁邻家去躲着。媳妇则无论讲到什么，都要扯到粮子身上，咒骂几句。

挨晚边的时候，雨止了。隔壁那个姓黄的老太婆，走了过来。姜老太婆来不及喊请坐，就赶紧问：

"黄老爹赶圩回来没有？"

"回来一阵了，就是忙着要磨点凉粉，来不及立刻过来……"

姜老太婆见她回答得这么镇静，便猜到了几分，就边拿旱烟管装烟，边盯着她问：

"是不是真的不要工钱？"

黄老太婆揉揉她那发红的眼睛，瞧一瞧旱烟管上装的烟支，平平静静地说：

"老头子到处都打听过了。上头下过命令的，帮老百姓做事情，不准要工钱，还有呢，就是要家里人在外面当兵，才可以得到帮忙。这样子看起来，你我不是都可以放心了吗？你家的发祥，我家的阿河，原本是上头抽去的。不帮忙我们这些人家，偕帮忙哪些人家呢？"

姜老太婆呵呵地回答着，一面递过装好的烟说：

"我这烟就比不上你的哪，不要嫌弃，将就吃吃！"

"说哪里话？"黄老太婆接过烟来，自己用袖头擦一下烟袋嘴子，然后放在嘴里，吧了几口说：

"偕好！偕好！比我女婿家的，自是差一点，比我的，可好得多哪！"

姜老太婆看看天，黯然地说：

"要今晚雨不下才好哩。"

姜大嫂从灶房走了出来，向黄老太婆招呼一声，一面寻找着小孩子掉的鞋子。黄老太婆吧着烟问：

"饭快要做好了吧？"

"煮好了，单炒一点菜了。"

"你真是做事快当！"

黄老太婆回头又向姜老太婆夸奖道：

"你媳妇倒很能干！我们那一位，就是太斯文一点，一桶猪食子，都要叫人帮她抬哩。"

姜老太婆摇着头说：

"能到能干，就是脾气太拗一点！要不是她那样恨粮子，能够从中说一句话，昨天下午，也全把谷子收回来了吗！"

黄老太婆笑着向姜大嫂说道：

"你那样恨粮子做什么？要是发祥哥回来了，你不让他上床吗？我告诉你，他如今就是和粮子一模一样打扮呢！"

姜大嫂红涨了脸，找着一只鞋子，便走进去了。黄老太婆吐一口痰，对姜老太婆说：

"你媳妇就这点好，任你怎样说她，她总不回嘴！"

姜老太婆却扁一下嘴说：

"不回嘴！她黑脸嘟嘴的样子，可比回嘴偕难受呀！我就顶不喜欢在肚皮里打官司的人！"

黄老太婆一下子笑了起来，就将拿烟袋的手，指一指姜老太婆说：

"你这个人喃，也太难将就了。其实呢，这样的媳妇，你哪里去找嘛，叫你打灯笼去找，都找不着。不多言，不多语的，人又能干，这样子，我就喜欢！要是什么事都回嘴，给你一个，三天一吵，五天一闹，看你老骨头受得住么？"

姜老太婆禁不住笑着说：

"那自然啰！要是一个做媳妇的，句句话，都敢回嘴，我早就把她赶回娘家去了！"

十三

姜大嫂晚上睡在床上，暗暗流泪，她觉得做人太难做了。家娘婆动不动就把错事情，派媳妇身上，昨天下午，她自作主张，不要粮子帮着收稻，今天却又怪人家，不替粮子说几句好话，真是怪得太没道理。她现在才觉得，粮子虽然讨厌，但你偕可以走开，不理会他。只有这位老人家，一辈子都要在你耳朵边上，刮达刮达的，简直没法子躲开。先前丈夫在的时候，她老人家就向儿子吵一阵，也能过日子了。如今没处发气似的，便终天赶着媳妇，指东责西。所以姜大嫂不讲别的，就单在这一点上，也非常地想念丈夫回来。

夜半，她迷迷糊糊地梦见丈夫回来了。穿着军衣，手腕上缠着白布，正和庙里有些养伤的老总，一模一样。她不敢迎接上去，正如在路上碰见那些粮子似的，自自然然抬不起头来。丈夫却走到她的面前，好声好气地吩咐她，要她包扎他的伤口，她包的时候，她看见她丈夫，手臂伤得很厉害，似乎骨头都现出来了。她忍不住失声叫惊起来，马上她就醒了。自从村里设立伤兵疗养院以来，她就担心着她的丈夫，会受伤的。现在幸好是一梦。可是呢，梦不就是一种兆头吗？她睡不着了，渐渐想到她的丈夫，现在也许住在远方一个村里面，正替人家收割稻子哩。

天亮的时候，太阳出来了，姜老太婆喜欢得嘴巴都合不拢起来。昨天一天的担忧，仿佛天上的阴霾一样，完全散得干干净净的了。唯独有一件事情，使她一想起来，就立刻消失了快乐。这就是今天不会有老总来帮她家的忙了！她看见别人田里，都有老总在割在打，忙个不了，叫她很是眼红。

同时，她的小孩儿财财，又生了一点子毛病，一早起不吃奶奶，只是眼泪含含地哭，一定要人家抱着，摇来摇去地走，他才能闭一闭眼睛。这弄得做媳妇的，不说不好下田去工作，竟连早上一顿饭，也几乎烧不出来。吃了早饭，姜大嫂还打算勉强去下田，但经隔壁黄老太婆一说，如果再把孩子放在大热的田野里去，定会弄出大病来的，姜老太婆也就只好让媳妇留在屋里了。她老人家一面收拾镰刀箩筐，一面哼声叹气地抱怨：

"偏偏运气低。什么倒霉的事情，都凑巧碰在一起！今年谷子，晓得要到哪天才收得回来。"

黄老太婆就安慰她说：

"你才傻喃，你可以请粮子帮忙呢！昨晚什么都讲明白了！摆着你家里有人去当兵，这点便宜都不占，偺要等待什么便宜？你一向原是那样能干的人，为什么碰着这样的事情，就手足抓不开了。"

"唉！"姜老太婆重又叹口气，一面查看箩筐有没有破烂的地方，一面懊悔地说，"你不晓得，前天对他们说过，已经割完了，不劳你们淘神，你看你叫我今天又怎好开口呢？"

"呵呀，这样的事情，有什么要紧呢？叫我老头子去讲讲就是了。"

"这倒难为他老人家哪！黄老爹忙呢！偺是不要费心的好！"

"这说哪里话？都是左邻右舍的，帮点子忙算什么呢！现在你家不比往年，发祥不在家，孙儿又在生病，再不替你帮忙，我们也过不去哪。我早上起来听见你们财财那样吵，就想过来看看的，一直忙着脱不了手。你不要着急，我就过去叫他！姜大嫂！听我告诉你，孩子大意不得呵，太阳风哪，总要忌上他一两天！"

"难为你老人家得很，我一年到头，不晓得要啰唆你老人家多少次数……听着，你不要闷起你的头，人家黄婆婆特特走来告诉你。领孩子你不向这样的老人家领教，你会吃暗亏的！……坐坐，吃袋烟，再走吧！"

"不淘神了！我偺有事情哩！"

姜老太婆见邻居走了之后，便赶紧吩咐老幺，多去找几把镰刀，几根扁担，几挑箩筐出来，她要等下子老总走来，就马上交给他们，免得临时匆忙，摸着东来，就摸不到西的。

不久，黄老太婆匆匆走回来了，一进门就说：

"哈，去迟一步了，老总都给人家请完了。了不得，他们都是些耗子精，一下子就都晓得了！"

姜老太婆正把一口生锈的镰刀，溅起水在阶沿石块上磨，听见这么说，就呆呆地停下手来。刀锋上的污水，就向旁边装水的木盆，滴落下去。

黄老太婆走到阶沿边上来，弓着身子，挨姜老太婆的耳边，小声地说：

"我老头子还把你家人手少，有人生病的事情，也讲了出来。长官，生气哪，他说，前天不是说割完了吗？我老头子就赶快替你家包涵包涵！"

161

姜老太婆现得又惶恐又很难过的，随即向蹲在木盆子侧边玩水的四喜，打了一下耳光，恶狠狠地骂：

"鬼！你真急人！你又把衣裳袖子弄湿了！"

跟着，又大声急躁地向屋里喊道：

"你去躺尸去了！孩子不来招呼招呼！有本事屙，就要有本事照管呢！一个孩子好好的，他给你带病了！这样不中用啰，什么事情，偕要我来操心！黄大妈，你看嘛，我今年就会到阎王老子那里去的。人到了这样的年纪，哪还经得起这样的磨折？"

黄老太婆连忙安慰她说：

"不要着急，不要着急！请老总的事，今晚还来得及再去讲讲。只要人手分得过，他们还会来的。"

姜老太婆望一下天空说：

"别的不要紧，就怕天下雨哪。……老幺，你这鬼东西，躲到哪里去了？快收拾好扁担箩筐，好动身哪！"

姜大嫂抱着小孩子，走出来了，一把就把四喜的耳朵拖着，咬牙切齿地说：

"死人！你一天到晚，就是这样啰唆人哪！"

黄老太婆本来打算就要走的，看见姜大嫂出来，就拉着她抱的小孩，摸了一摸。

"呵呀，发烧发得很哩！不要吹风，不要晒太阳，忌得好，不到两天，包管会好的。"

姜老太婆同黄大妈一同起身出去，姜大嫂便在后面赶着说道：

"幺弟弟，你在家里陪伴儿侄女好哪。让我同妈两个去下田。"

老幺摇着手里的镰刀说：

"哪个来带孩子！等下屙我一身粑粑，我才倒霉哩！"

姜老太婆走到门边上，又回过头来责备道：

"他会带什么？等会儿挑谷子，再来不迟。"

十四

姜老太婆上午不敢多割，她怕下午打不完，同时还要把前天剩下的谷把子，翻来覆去地晒干。她翻一阵，又伸起腰杆来，看看别人的田地，又瞧瞧头上的天色。

老幺虽是已经十四五岁了，到底还不脱孩子气。看见蚱蜢跳出来，他老是去捉。麻雀子飞过头上，偕未曾息下，他就赶先拍手，追逐它们。有时听见那边田里，老总高声唱歌，他也要息下手来，学着偷唱几句。这惹得姜老太婆，时时咒骂他。最后，还对他扬起拳头骂：

"鬼，你跟我滚回去领孩子吧！"

老幺把捉来的蚱蜢，用稻草穿了一长串，放在他脱下的衣衫上。等对他妈这么骂的时候，他就趁势说：

"好，叫我领孩子，我就领孩子好了。"

说着，就一面抱起衣衫，提起蚱蜢跑了。

姜老太婆就恶声恶气地喊道：

"鬼，你跑到哪里去？你是不是皮子在发痒了？"

老幺跑上田埂，回过头来，又像发气又像撒娇似的说：

"你说话不算数吗？叫我回去又不要我回去！"

看见他妈没有问答他，只顾躬下身子去翻稻草，就又掉头跑了，边跑边说：

"我不管了！我去掉嫂嫂来！"

他是和往年一样，急于想回家去烧蚱蜢吃，一走进门，就高声喊道：

"嫂嫂，妈叫你去帮她！叫你快些去！"

小孩子这时刚好睡下了，嫂嫂听见是家娘婆叫的，哪敢不去，就连忙拉起裤脚，一面向老幺吩咐：

"你听到哪，财财一哭，你就抱抱他，千万不要抱到门口去！"

"你放心！我不会让他吹风的！"

老幺一迭连声地答允，一面就提着蚱蜢，跑进灶房去，一面高高兴兴地喊：

163

"四喜，不要跟妈妈去，来同我烧蚱蜢吃哪！"

十五

姜大嫂匆匆忙忙走了出去，连头上应顶的蓝布帕子，都知忘记了。她怕老人家多嘴，又怪她去得慢。可是家娘婆又是这样说她：

"你偕出来做什么？"

"你老人家不是叫幺兄弟来叫我么？"

"你就这样信他的话！他都会领孩子么？"

"不要紧的，财财已经睡了。"

"睡了？病了的孩子，哪里大意得！你们年轻人，总不晓得待孩子。今天不整好，又拖到明天，后天，大后天。好了，这下子孩子缠着了，眼前这一坝谷子，都摆在我老骨头身上。"

媳妇听见这么说，心里很是难过起来，不晓得要怎样分辩才好，只是呆呆地站着。

"割呀！你来在田里，光是晒晒太阳么？"

媳妇便忍着气赶忙去割。头上晒着焦辣的太阳，汗水在脸上流着，仿佛蚂蚁子在爬一样。

大家割了好久，家娘婆便放开镰刀，把身上的身衫纽子解开，拿手板扇了好一会儿，才向媳妇说：

"不要割了，你拿眼睛看看呀！闷头闷脑割下去，割多了，今下午又打不完！"

媳妇这才伸起腰杆来，深深吐了一口气，觉得背上的衣衫，已经完全湿透了。她坐下来，拿手板拭脸，开始想念到她孩子，醒了呢，偕是睡着？该没有哭吧？她很想回去看看，但又怕家娘婆说她几句，她就索性低下头，赌气不管，由他病，由他哭好了。

家娘婆凉快一会儿之后，又赶紧扣好纽子，走向打稻的大木桶去，这是前天就抬来放在田里的，现在只消把底子翻下去，就可以打稻起来。她一面走，一面叫媳妇道：

"不要息了，我们快动手打吧！你想想看，我们今年子这样倒霉，偕不发个狠，以后有屁的东西来吃哪！"

于是，媳妇又一言不发地，足跟足走了过去，抱起稻草把子，就在木桶边上，碰统碰统地打了起来。她这时感到，只有着实下力工作，才能消去心中的痛苦。她便不顾热，不顾汗水，不顾稻毛刺人，只一味使劲打着。

家娘婆在木桶的对面打，看见她脸晒得通红，汗水又只管滴下，便有些怜悯起来，但说话的语气，还是带着责备的。

"你怎么帕子都不顶一张哪？……一定要中了暑，把大人小子，都给我摆在床上才好么？"

媳妇没有回答，只在放下打脱谷粒的稻草，再去抱另一把的时候，小声咕噜了一句：

"死就死好了。"

幸好姜老太婆没有听见，不然的话，她又会停下手来，啰啰唆唆骂个一阵的。媳妇也知道这点，所以，凡是斗气的话，总是说得很小声的。还不到正午的时候，老幺抱着财财，走到田边来了，后头跟着四喜。老幺大声抱怨地说：

"鬼东西，你这样抱，那样抱，他都哭死哭活的。"

"呵呀，鬼，你在遭凶么？这样大的太阳，你把他抱出来做什么？"

姜老太婆首先这样叫了起来。跟着媳妇也吃惊地喊道：

"你怎么把他抱出来了？"

两个人都停止了打稻，这才听见小孩子哀哀啼哭的声音，姜大嫂赶紧走去抱着，把他抱到田边树荫下去。姜老太婆跟在后面，瞧了孩子一眼，恼怒地说媳妇道：

"叫你在屋里将息他一天，你就不听我说一句！……让这个鬼，把他弄来吹风晒太阳的。"

一面就咬紧牙齿，向走在旁边的老幺，伸手打去。老幺却很伶俐，一下就跳开了。他接着就冒火地说：

"还要打我么？把人家都要烦死了。喊你们，连鬼都不答允一声。抱进屋去，哭，抱出来也哭。放在床上，他就几声哩叫起来！以后，鬼才肯去领孩子，倒找我三百钱，我都不爱干的，还要打我哩！"

姜老太婆只向老么骂一句"等我晚上再捶你哩"就责备媳妇说：

"你就拿热奶子喂他么？你怎么这样不清楚！等下子再给他吃吧！"

"他哭哪！"媳妇小声抵塞家娘婆，同时又埋怨孩子，"你在嚷丧呀，我又没有死！"

孩子正衔着奶嘴，又给拉脱了，便越发哭了起来。姜老太婆虽没听清楚媳妇抵塞的话，但从媳妇的脸色动作看来，她懂得媳妇在咕噜着什么，便也生气地说道：

"难怪你屙五个，才带起两个哪！我告诉你，这是我姜家的一条命根子，若有个一高二低，我是不答允你的！叫你在屋里好好待他一天，你偏不听我的话，你才把我说的话，当成耳边风！"

姜大嫂把孩子抱回家去，满眼含着泪水，经过张家稻田的时候，看见那些兵士，一面在割稻，一面唱歌，隐约听到这么两句：

送郎送到大桥头，
手攀栏杆望江流。

她这时到不讨厌他们唱的歌，而是不知不觉地念起了孩子的爸爸，并且忍不住埋怨起来："在外面才逍遥自在哩！落得我在屋里，左右做人难！"

一进村去，张家的媳妇在门口领着孩子息凉，就招呼她说：

"你家财财不是病了么？你怎么偕带他去下田？你们真是拿人不当人！"

"嫂嫂，这有什么法子呢？谷子收不回哪，昨天落雨，差不多急坏了人！"

姜大嫂停下足来，悲哀地诉着苦，但家庭间吵闹的事情，她却不愿意说了出来。

张家的媳妇就诧异地说：

"你家怎么不请老总帮忙呢？你们发祥哥不是给官家抽去的么？你看，我今年子能够享点福，只坐在屋里烧烧饭，就全靠沾人家老总的光哪！"

姜大嫂几乎要流出眼泪水来了，勉强说道：

"这哪里比得上你喃，你福气好，当家人在叽！"

张家嫂子大声说道：

"是倒是那样说，其实呢，他在家不在家，倒全没相干。要不是有狗儿他叔叔抽去了，管你孩子哭死哭活，偕不是要下田的！"

姜大嫂没说话了，只低着头，抱起孩子走回家去，足下非常的疲乏，几乎有些拉不动了。

张家嫂子又赶着问；

"你孩子吃药没有？"

"只熬点草药给他吃。"

"这不行！等晚上他爸爸回来了，跟你找点丸药。"

十六

姜大嫂一落屋，就用背带把孩子背在背上，息都没有息，便赶快烧起午饭来。

姜老太婆挑了一担谷子回家，气都喘不过来。她息了好一会儿，很想对媳妇说几句气话，但因看见饭这么快就烧好了，菜也摆在桌子上，便也有些高兴。只在吃饭的时候，才叹着气说：

"真老得快！去年挑一担谷子，只消息一次。这回真不晓得息了多少下！偏偏又碰着这一连串倒霉的事情！这样一年年下去，真要讨口下场哩！"

媳妇暂不先吃饭，只坐在门口，解下孩子来息凉，看见家娘婆那样衰老悲哀的样子，也觉得有几分可怜起来。同时想起她平日虽是太恶一点，但她为儿为孙那样吃苦操心，也并不是完全讨厌的。而且，更想起，要是这位老人家，真的闭着眼睛走了，丈夫又没回来，那自己一个人，又怎么能够维持家务哩。所以，她就这样说道：

"妈，下午我来挑，你在屋里息息，看看孩子好了！"

姜老太婆倒也愿意答允，只是吃了一阵饭才说：

"待小孩子这个事情，也就麻烦哪！要是财财不病，到偕要好一点。"

媳妇赶忙吃完了饭，不容家娘婆说话，就丢下孩子，挑起空箩筐，带着老幺的饭菜，就走了。她心上也沉重地感到了，现在要不是趁时候好好地回收，稻在田里，一家人真会饿饭哩。

等她挑回七八挑的时候，家娘婆就迎在门口大声抱怨地说：

"真是整我的冤枉哪！昨天才换的干净衣裳，今天就跟我屙一身。快去跟他洗一洗，一屁股一裤子都是！"

接着，就把衣衫换了，挑着空箩筐出去。媳妇一面替孩子换洗，一面喊道：

"妈，还是我去挑吧！"

姜老太婆头也不回，气恼地说；

"你偕要叫他磨我么？真要命！就是抱在手里摇着，他都要克衣克衣地哭。"

姜老太婆同老幺打谷子，够了一挑，便挑回家来。她每挑一次回家，总要坐着息好一会儿。息的时候，就一面反手过去捶腰杆，一面唉声叹气地埋怨。媳妇要代她挑，她又不肯。只愤愤地说：

"你不要管我的！你只管替我好好管孩子，要是有个一差二错，我就要问你的！"

十七

直至黄昏收工的时候，姜老太婆连腰杆都挑痛了。黄老太婆走来看她，要她同黄老爹，一块去见副官，说是这样亲自求情，比较容易见效。姜老太婆答允就去，一面站起来，一面捶着腰杆说：

"今下午真是把我累死了！从来没这样累过！"

黄老太婆笑着劝她：

"你这位老人家也是！想开点的好！偕那样苦做什么呢？俗话说得好，儿孙自有儿孙福，没与儿孙做马牛！"

姜老太婆一眼看见四喜额上叮个蚊子，立刻替她拍去，一面又叹口气说：

"黄大妈，你看嘛，得力的鬼子，又出去了，我偕不鼓个劲，看着这些孙儿孙女，也造孽咧。"

说着，就同黄老太婆走出去了。这时村巷里面，有牛群从山上赶了回来，发出一阵阵鸣叫的声音。人家烧夜饭的柴草气味，也到处可以闻着。

姜大嫂也在忙着烧饭。不一会儿，张家嫂嫂送丸药来了。一面谈到姜老太婆去见长官的事情，她就向姜大嫂说：

"他们老总些，说是说不要工钱，不要吃饭，你做主人家的，总得要烧点茶水给人家吃吧！这样大热天气，什么也不招呼，你心下也过不去哪！"

姜大嫂急忙接嘴说；

"如今只要他们肯来，就是烧一顿稀饭，都愿意的，不说舍不得什么茶水！唉，没人手，真够苦哪！孩子不病还好，偏偏又病着！"

这时孩子在床上哭，她就赶快抱了起来。张家嫂子便去摸摸孩子的额头。

"呵哟，偕这样烧哪！赶快把丸药给他吃，开水稍稍有点烫，都不要紧！吃了让他睡一会儿，就好了！"

"好，我就给他吃！……坐一下，吃一杯茶吧！"

"不，偕有事哩！我那小菊，又一刻都离不得我！"

"难为你的药哪！"

"有什么要紧？一点子药。"

张家嫂子去后，姜老太婆走回来了，事情没有请求成功，原来长官进城去了，还没回来，须待明天早上再去。

十八

明天早上，孩子没十分好，但烧已退了许多了。姜大嫂起来的时候，拿脸挨一挨孩子的额头，心里不禁感到高兴。同时，姜老太婆听见这个消息，就连忙念一声佛，说姜家祖公老子有眼睛。

姜老太婆到庙子里去见长官，媳妇打燃火，便挑起水桶到外边去挑井水，走过张家门口，看见张家嫂嫂正同一位老总讲话：

"没有哪，老总！前几天刚提到圩上去卖了。"

"难道两三个都没有么？"

老总搔着自己的手肘筋，在这么地问。

"两三个到有，只是今早上，又要弄来做菜吃。"

"呵，不晓得这哪里家偕有？"

姜大嫂暂为停一下足，向张家嫂嫂问候：

"请早。张家嫂嫂，多谢你的丸药，烧都退了许多了！"

"呵，烧退了，那好极了！这样农忙的时候，总要好得快才好！……唔，你家有鸡蛋没有？这位老总要买！"

姜大嫂连忙应道：

"有的，有的，要多少？"一面朝那老总望去，不禁脸红起来。原来站在面前的老总，正是前两天曾到她家问过蛋的那一位！

老总赵廷也认得这位女人，就是曾经无凭白故，拿恶声恶气来对待过他的，便马上板起脸子说：

"要多少钱一个？先讲清楚，贵了我可不要哪！"

姜大嫂脸更红了，不好意思地说：

"随便你老总还价好了。那天偕替我们割谷子，我们哪好意思要多的。"

随即放下水桶，引赵廷到她家去，把藏的三十多个蛋，通通提了出来。

赵廷数了一些小票给她，她看也不看，就揣进怀里去了。

赵廷揣了一衣袋蛋，又重新拿了出来，沉吟地说：

"哈，我拿不完哪！"

姜大嫂就说道：

"老总，你连篮子提去好了，得便，再还篮子来！"

"好的，好的，我一定还篮子来！"

赵廷提起蛋回到庙子里去的时候，正碰见姜老太婆走了出来，他便向一些弟兄问道：

"这个姜家老太婆来做什么？"

那些弟兄笑着说道：

"这老鬼，不晓得怎么搞起的！现在又来请我们帮忙了！"

"呵！"恍然大悟似的，立刻吐一口痰，骂道："她妈的！这些东西真混蛋！要我们的时候，她就讨起好来了！"

一面生气地把蛋篮子顿在桌子上，把蛋些掼得夸夸地发响。

一九三九年十二月八日于桂林

| 作品点评 |

这篇小说带有明快的喜剧色彩。……这确实是艺术上极其圆熟的小说，它把军民关系交织在婆媳关系、长幼关系、邻里关系之间加以展示，颇有戏剧性和人情味。它接触到旧军队以往欺压民众所留下的浓重的心理阴影。

——杨义：《中国现代小说史（2）》，中国社会科学出版社，2007，第347—348页

锤
炼

韩
北
屏

北大营干部训练班注册处里：

一个剃光头穿长袍的青年刚刚走了出去，注册课的李课员第一个叫了起来：

"老张！你看奇怪不奇怪，这个光头的青年，竟会在性别栏里填上女字？"

坐在对面桌上的张收发抬起头来，很认真地说：

"也许他是替别人代填的。"

"不是！绝对不是！"李课员坚持着，"我亲自问了她，她说她叫周柔宜，注册表上的名字正是周柔宜！"

"那倒奇怪了，为什么要冒充女性呢？"

他们两个的对话，立刻引起全注册处的兴趣。坐得较远的政治指导员以及教务处的人员都转过头来，凝听他们的对话。靠着窗口的政训科科长吴大均，抬头向窗外草坪看去，那个光头的青年，正向大门口走去，从背影看来，身体相当强壮高大，脚

作者简介

韩北屏（1914—1970），原名韩立，曾用笔名欧阳梦、宴冲等。江苏扬州人。1938年冬抵达桂林，1944年秋湘桂大撤退时离桂。韩北屏来桂前曾创办并主编《小雅》《菜花》《诗志》《抗敌日报》《抗敌周刊》等杂志。来桂后曾和胡明树、鸥外鸥、洪道等人合编《诗》杂志，先后任《广西日报》战地记者、中华全国文艺界抗敌协会桂林分会理事等。新中国成立前，著有诗集《江南草》《人民之歌》；小说集《荆棘的门槛》《没有演完的悲剧》；报告文学《桂林的撤退》；文论《诗歌的欣赏与创作》等。新中国成立后，曾任中国作家协会广东分会副主席兼秘书长，中国作家协会对外联络委员会副主任、代主任，亚非作家会议中国联络委员会副秘书长等职。著有长篇小说《高山大峒》等。1997年花城出版社出版有《韩北屏文集》(上下卷)。

作品信息

原载《抗战时代》1940年7月1日第2卷第1期。收入《荆棘的门槛》(桂林白虹书店1942年9月出版)。

步很坚定，一步一步迈向前去，身体笔直，只是衣服太宽大了一点，而且她的头向下垂，显得稍稍忧悒。吴科长目送她走出大门，才起身走到李课员桌前。

"你把姓周的那张注册表给我！"

吴科长拿了注册表，招呼总队指导员和教务处的方干事到他桌子前，低低地商量这件事。吴科长首先说："这个姓周的孩子，在前天报名的时候，我就看出有点奇怪，穿着男人的长衣，说话却是女人的声音，不过那天她戴着绒绳帽，倒看不出是一个光头。"

"我看内中总有蹊跷些，我们用点工夫去侦查一下吧！"方干事说。

"我同意方同志的意见。我们这个训练班的份子太复杂，难免没有什么人混进来。"总队指导员说。

吴科长看着注册表上写的字："周柔宜，十八岁，女，安徽凤台人……"心里盘算着，最后对他们两个人说："提高警觉性，当然是对的，不过也不要太怀疑别人。"说完他又招呼注册课的李课员，叫他不要太张扬，以免引起大家的注意，把事情弄得扩大了，反而不容易调查。

* * *

开学的那一天，从第三中队——女生队传起，不到一会，全个训练班都传遍了，每一个人都知道本班有一个剃光头的女学生。

上课的时候，同学们的视线几乎全集中于周柔宜一个人身上。教官从高高的讲台上看下来，全个讲堂坐满六百多人，女生队全是留有头发的，单单就是周柔宜一个光头，因此很容易使人发现。正像在全是光头的男生队中，要是有一个留长头发的人，那也是很容易被人发现一样。教官看到她，只是眼光一瞥，马上就收回来，因为学生们看见教官的眼睛注意她，大家仿佛互相关照过的一样，不由爆发出一阵忍不住的笑声来。周柔宜却不以为意，无论你们是笑，是惊讶，是嘲讽，她都冷冷地，一言不发地静坐着，脸上既不表现慌乱，又没有一丝羞涩。只是一张苍白的脸，一副大眼睛，深沉而镇定的大眼睛，却令人看出她必有重大的忧戚。

下课以后，周柔宜很少同别人来往，她总是拿了上课用的小凳与木板，一个人静悄悄地坐到草坪尽头的土墙边，看书，写东西。吃饭时，不发言，睡觉时，就算她无意碰到别人的身体，也只有点点头，笑一笑，作为赔礼算了。小组讨论会上，用轮流发言的方法，她才不得不说几句话。然而，这几句不得不发的说话，却使得别人对她另眼相加。因为在很多小组讨论会里，照例有很多人不发言的，她们有的是拙于辞令，有的根本是不能理解问题，遇到被迫发言时，只好随便起来说几句，因此，有很多意见不是浮浅，便是稚气天真，尤其是些刚过集体生活的女孩子们，更多红脸扭捏的表现。可是周柔宜却没有这种习气，轮到她发言时，她侃侃而谈，她的意见，往往就变成讨论会上的结论，虽小组政治指导员也并无更新的补充。

一个月后，北大营干部训练班里，从班主任到工役，没有一个不知道这位光头的女学生，而且大家皆很尊重她。可是她为什么如此忧郁，谁也无法探寻出它的根源。政训科长吴大均，向她做过几次个别谈话，也不过单晓得她是从敌人魔手下逃了出来，因为怕被敌兵蹂躏，所以剃光了头发，至于她究竟为何缄默，依旧不能明了。

有几个和她渐渐熟识的同学，乘着晚饭后到河边洗脸的机会，每每和她攀谈起来。大概因为日子既久了一点，人比较熟识，感情也就较为融洽的缘故，所以她对别人也不像以前那样冷冰冰的，答话便渐渐多了些。

"周同学，你为什么那么冷静呢？"

在谈话中间，突然会有人这样问她一句。她听了这话，开始笑了一笑，然后一面绞着手上的洗面毛巾，一面用略带抱歉小心的声音说：

"我不同意你们那样闹玩笑！"

"像你这样与同学隔离，也不见得十分正确！"

"个人可以看看书，写写文章，不同别人鬼混，对自己倒是有益的！"

"把自己和群众孤立起来，这不是革命者应有的态度！"

有人用这种大帽子来套她，她微笑起来，望着对方不声不响。假如对方是一个更和她要好的同学，譬如像方淑云吧，她一定会说：

"淑云，我们到对河去走走。"

她们两个常常绕过浅水沙滩，走过用大石头搭成的小桥，慢慢地向竹林走去。黄昏的天气非常可爱，天上像敷了一层淡蓝的薄液，小河偷偷地流过去，像怕惊动沿岸的水畜似的。竹林不言不语地静坐在山脚下，河那边一阵阵传来同学们的笑语，声音因为爬过河面，爬过坟丘，所以轻轻的，不嫌吵，而感觉这是和黄昏景色异常协和的音乐。周柔宜拉着方淑云的臂膊，踱着地面的小瓦片，让微风把她们推向前去。

"柔宜，你冷吗？"

"不！淑云，你为什么这么会体贴人？真像……"

"你又拿人开玩笑？"

"不是！"周柔宜按着方淑云举起的拳头，赶紧声辩着，"淑云！说句老实话，我常常因为你的关切而弄得要流眼泪！这世界上究竟有没有同情人的人，究竟有没有温情与爱这东西存在，我老是怀疑，可是受到你的问讯，才使我觉得世间上并不全是冷酷！"

"又是厌世论调！"方淑云大笑起来。

"淑云，你也不必自作多情，老实说，谁的家不被日本鬼打掉了，谁的亲属不被拆散了，为什么你一个人要特别忍受不住呢？"

"人总是感情的动物！……"

"做革命工作不应该存着这种个人主义的自私！"

"你不够了解我！"

周柔宜把头故意仰高，不让眼泪水流下来。

* * *

敌人由怀远分二路西犯，企图策应津浦北段的战事。一路沿公路向蒙城，一路沿公路向凤台。前一路是敌人的主力，后一路不过是作为掩护性质的进击。敌人从被破坏的怀凤公路逐节推进时，驻在公路中段刘隆集的 ×× 别动队司令部，立刻自公路旁撤退到离公路二十五里外的一个村庄中。

那天清早，敌人的飞机就飞到这条公路上空盘旋。淮北平原的三月，天气异样寒冷，当地人叫作春寒的季节正是这时。地面尚有未融的白雪，地上的泥土冻得像铁铸的一般坚硬，天空有如盖着一幅清洁的灰布，既无斑点又无皱纹。鬃着红膏药的侦察机，很放肆地低飞着，机翼往往要擦到树梢。

空中充满了马达的吼声。

公路上充满了敌人骑兵的叫嚣。

别动队司令部里也充满了面红耳赤的争执。

"我反对这种撤退，简直是畏缩，简直是逃避！"一个很愤疾的声音。

"我无论如何不同意你的意见。"另一个声音，"你要知道别动队的任务不是打正面的，我们为什么要同敌人的主力去碰？"

"总不应该没有看见敌人就逃走！"一个女性的声音。

"这也不见得是错误！"

"你们没有看到因为我们撤退而引起的坏影响。"仍旧是那愤疾的男音，"平时对民众说得那么响亮，一到敌人一来，什么动作没有就跑掉，你想人家会有什么印象？"

"我们这班人全是买膏药的！"女声。

"你们的估计是一面的，难倒我们为了一时的冲动，把我们很久才培植起来的武装全盘牺牲吗？况且这是不必要的牺牲！我们的工作是要长期的奋斗，不能逞快一时！"另一个声音。

"这是逃避工作的理论！"愤疾的男音。

互相辩论了三个钟头，结果是司令部允许派一班士兵和这一男一女到公路上去侦察，但并不是这一男一女的理论说服了司令部。

傍晚的时候，出发的人整理完毕，站在村子外面，听别动队司令训话。然后向大队举行过敬礼，静悄悄走上去公路的大道。刚才站在和他们意见相反的那个人，叫周秋华，是司令部的政治部主任，现在特地送他们走上大道。临分手时，他特又郑重而亲切地对这一男一女说：

"廖侃同志，周柔宜同志，到现在为止，我还是希望你们慎重一点，遇事不要太冲动，太鲁莽，假如侦察到敌人兵力太多时，你们不妨再回来，司令部里没有一个人会讥笑你们的。现在，分别的时候到了，祝福你们平安！"

廖侃和周柔宜他们，大踏步地走去。气概很豪壮，充满了决死的神情。走在星光下，廖侃看着周柔宜的面孔，那藏在军帽下面的面孔，很饱满，而且洋溢着少女的青春热力的面孔，心里很安慰。

"周同志！你说我们这一次去有什么结果？"

"你说呢？"

"我就不相信敌人有多厉害，我说这一次去必定胜利！"

"我也这样想！"

走上公路，他们散开了，匍匐着向前去。四围静悄悄，连犬吠都没有。不知道是公路宽敞呢，还是什么缘故，他们感觉夜色忽然亮了起来，大家提心吊胆地移动着，前面风吹草动，他们也疑惑是敌人哨兵，立刻伏在地上，把枪端好，看清楚之后再爬起来向前走。但是，等他们走到刘隆集（这是别动队旧驻的所在）时，村里村外没有一点动静，他们等了半个钟点，还是不见有什么异样。于是廖侃领头，大家保持相当的距离，溜行入刘隆集。

刘隆集街上黑洞洞，住户的大门全开着，里面幽深，好像一个怪物的大嘴，也好像里面藏着什么东西似的。他们快走完大街，仍旧没有若何动静，各人心里不免狐疑起来，是否上了敌人的当呢？

"砰！"

廖侃忍不住这种寂寞的时候，对空打了一枪，看有什么反响没有。结果依然静悄悄。于是廖侃第一个叫出声。

"各位同志，这里没有敌人，我们不要怕！"

大家站直了身体，把枪举起高高地伸了一个懒腰。在村子里大大地搜索了一番，不见有敌兵到过的痕迹，后来又退出来。在归途上，大家没有一点畏缩，高高兴兴地走着。廖侃说：

"我早就说他们胆小，敌人不会这样快来到的。回去告诉他们，不要再□'恐敌病'了。"

走着，走着……

天渐亮了。

忽然，迎面有马蹄声，廖侃他们还没有来得及分别是什么人时，对面有枪打过来。他们赶紧向公路两旁散开。敌骑冲过来，用轻机枪向两旁扫射，更有些拔出马刀追过去的……

周柔宜一个人在冻硬的田亩中间拼命奔跑。子弹在耳边呼呼地响。后来，她听见有人叫她，回头一看，廖侃被枪打中，倒了下去。她本想去救，但不远处有一个敌骑兵向她这边冲来，她转身来又拼命跑去。

她一直跑到另外一个村庄才停了脚。在那庄子里住了一晚。后来听说敌人向这村庄包围过来，她就把头发剪光，换了服装，混在难民群里逃了出来。

* * *

干部训练班毕业礼举行过后，很多同学，都搬到城里旅馆中去住。

周柔宜和方淑云两人也搬进城去。四个月的工夫，周柔宜除了头发长长之外，那一脸的忧戚还未减退。方淑云是她唯一的知己，常常在她沉默发呆时，给她安慰：

"柔宜，不要尽想他吧，在这次战争中谁能保定不死呢？而且他是尽忠于他的任务了。"

"不是！廖侃个人的死虽有些令人难过，可是并不顶伤心。顶伤心的倒是我们那些错误的见解，那次错误，变成永不能修改的错误了！"

"事情已经过去了。也不必紧追忆。"

"淑云，我这几个月来，真是没有一天快活过。起初我忏悔了，想用读书，写文章来充实自己，其实那时的缄默比什么都叫我痛苦，我用缄默来责备自己……到今天为止，训练班又结束了，以后我一个人单枪匹马地工作，不知又要怎样呢?"

"柔宜! 用工作去补偿以前的错误。"方淑云说了这一句如此严肃的话，接着又用温情的声音低低回她，"你一定不能忘情于廖侃，所以你常常忧郁?"

周柔宜低垂着头，靠着床柱，用手里的腰皮带轻轻打着桌面。自然是方淑云的话深中她的心坎，所以有如此的表情。她真的是不能忘怀于廖侃的，那热情的青年人给她的印象太深了。

方淑云看见她这样悲酸的精神，一把拉着她的手，把她拥出房门:

"走，走，出去! 今天毕业，应该快活一下，四个月不上馆子了，我今天请你吃饭!"

她们走出旅馆房门时，隔壁房间的门敞开着，床上躺着一个男人，他很注意地看着她们走出门外。

上灯以后，周柔宜方淑云两人醉醺醺地回来。开房门时，发现门上贴了一张纸条，她还以为又是同学来找的，周柔宜揭下来搓成一团，朝桌底下一丢。方淑云说:

"柔宜! 拿给我看一看，是谁留下的?"

"算了吧，找不到我们，他们还会来的!"

周柔宜向床上一倒，方淑云自己去拿了起来，就黄晕的煤油灯上一看，上面写道:

柔宜同志:

　　请恕我冒昧，我是廖侃，不知你记不记得我? 我住在你隔壁房间。

廖侃

"柔宜，廖侃的条子!"

"别开玩笑!"

"真的，你看!"方淑云送到她面前。

179

两个人开了房门，准备到隔壁房里去看一看。不料刚出房门，廖侃却站在走廊上看住她们这边。三人对面站着有几十秒钟，谁也不说一句话。后来还是方淑云先开口：

"是廖先生吗?"

"廖侃!"周柔宜叫了起来。声音带着呜咽的调子。

廖侃让她到房间坐定。周柔宜看着他，像要抱起她，也怕给人说，只是忍耐住奔放的情感。方淑云看到这种情景，就站起身来：

"你们谈谈吧，我先睡觉了。"

天快黎明了，周柔宜方才回到自己睡间里来睡。那时方淑云已睡醒了。她睡下以后，就滔滔不绝地把他们谈话情形告诉她。

原来那天廖侃被敌骑兵追击，只是大腿被枪弹打穿，后来就给其他的弟兄抢救回去。回到司令部医治了两个多月才痊愈。这期间，周秋华他们不但不责备他，而且很仔细地调治他，使他深悔自己的冲动——这冲动却牺牲了三个弟兄和一个女同志（他们以为周柔宜死了），因此他痛苦之至。他几乎不敢看见同志们，因为一看见他们，他就难受。他常常提出要离开部队，一面可以减轻精神的谴责，一面也可以多多受点教育，免得再幼稚激动。终于在别人坚留不住的时候，他们离开了，到这城市来，为了搭车到后方去。

"你怎样呢?"

"我已经说服了他，叫他和我再回到别动队司令部去。明天我请求动员委员会派我去。"

"已经答应了吗?"方淑云问得很调皮。

周柔宜看着方淑云狡猾的眼睛，腼腆地笑了。

方淑云想不到这么忧郁的孩子会有如此美丽的笑。

五月二十六日 桂林

这个时期，韩北屏的小说创作，从各种不同的侧面和角度反映了复杂污浊的人情世态，暴露了现实生活中的某些黑暗。他笔下的人物大多性格鲜明，心理描写比较细腻，结构大都完整，叙述流畅，富有一定情趣。他是个诗人，作品的字里行间还常常洋溢着诗的激情。但有些作品的叙述笔墨仍未臻圆熟，间或流露出生涩的味道。

——雷锐主编《桂林文化城大全文学卷·小说分卷（第四册）》，广西师范大学出版社，1992，第170页

韩北屏的小说创作，很注意从现实生活中选取题材和提炼主题，并且有计划地描写系列的人物形象。1942年由桂林白虹出版社出版的短篇小说集《荆棘的门槛》所收入的五篇作品，在这方面有了新的发展。这些作品是《鱼》《临崖》《遁》《锤炼》和《误会》。除去《误会》外，其他四篇分别写了林鱼、蒋临崖、叶玲、周柔宜四个"时代的孪生姐妹"的艺术形象。作者之所以把这几个艺术形象系列化，其目的是想说明，在战火燃烧到有着几千年古老历史的中国土地上时，中国妇女由于漫长的封建制度禁锢和自身性格的弱点，要迈出一步都是非常艰难的。"在他们的小天地和广大无垠的原野之间，仿佛有一道高而且阔的门槛，这门槛上面还丛生着荆棘，假如缺乏殉道的良心和无畏的勇气，是难以跨越的。"（《荆棘的门槛·后记》）作者把这四个女性刻画成"忧郁的""苍白的""病态美的""真正健康的"四种类型，从而反映了抗战时期青年女子的不同遭际和不同的生活道路。小说写得真实生动，人物形象有一定的个性，这个集子的出版，是韩北屏小说创作的艺术技巧逐步走向成熟的标志。

——魏华龄、李建平主编《抗战时期文化名人在桂林》，漓江出版社，2000，第559—560页

信

——蒲隆兴老爷家一家的纪事

艾芜

尾源村的田主蒲隆兴老爷家，今天因为有几位佃户来换租约，便提早开午饭，免得碰着吃饭的时候，不好意思不待承他们。如果佃户带有礼物做人情，又非待承不可，也可以推说过过午了，随便夹碗泡菜敷衍就是。

吃饭的时候，张嫂婆最后把汤端来，看见蒲隆兴老爷放下筷子，正拿着信在瞧，心里禁不住一怔，放好汤碗后，不立即走开，只站在屋角上，小心窥伺老爷的脸子。她在蒲隆兴老爷家，帮工做饭，已有两个年头了。她晓得老爷吃饭的时候，一有不高兴的事情发生，老爷就会在菜上头发脾气。如果站在旁边，句句应着，说淡就给他添酱油，说味道差，就给他放味精，一场风波，便可平静度去。要不然的话，拿给三姨太夺弄几句，那就麻烦了，他要你杀鸡来吃，马上现捉鸡，现烧开水，叫你忙得要命。

三姨太起初上桌子，看见老是些猪肉牛肉炒的菜，很是厌烦，但又不好抱怨。因为你一先发表了意见，说什么东西不好，就是真的不好，老爷也不会同意你的。一切你得让他先说话，然后你才去附和。他这人的脾气，是要顺着毛毛拭的。比如他说：

作品信息

原载《抗战文艺》1941年3月20日第7卷第2、3期合刊。收入《荒地》（文化供应社1942年1月出版）、《艾芜文集·第八卷》（四川文艺出版社1989年8月出版）、《艾芜全集·第8卷》（四川文艺出版社2014年6月出版）等。

"这饭像有点生呀。"

你就赶忙吐出一口饭，皱紧眉头说：

"我舀的这碗更生呀，简直嚼起来还有米。"

他说：

"这饭像有点焦呀。"

你就耸耸鼻子，装作吃惊的样子说：

"啊呀，我舀的这碗一大股火烟气味哪。"

那么，他就发起脾气来了：

"这狗鸡巴人的，煮些什么饭呀！"

蒲老爷一骂起人来，就顶喜欢使用村语的。摸得着蒲老爷脾气的女工，赶忙跑来认错，情愿把饭另外煮过，所谓另外煮过，也并不一定要实行，只要把鼎锅提进去，凡是有点生的焦的，悄悄舀开就是。那便大事化为小事，小事化为无事。倘若是个不懂事的女工，还把锅盖子提起来，替自己辩护：

"哪是生呀？……只这一点点。"

或者说：

"只有底下锅巴一点焦呀！"

那就糟了，筷子，调羹，酱油碟子，碗，就会朝你头上飞来。

三姨太今天看见菜不好，便不直说得，只拿筷子戳一戳饭，埋怨他说：

"怎么饭煮得这样硬呀？"

料得会惹起蒲老爷这么说：

"硬？这煮得正好呀！……你那嘴巴子真是，你尝口菜吧，今天味道才真有点差呀！"

于是就附和几句，将他激恼起来，结果，便会叫张嫂婆另外去做几样菜。但事不凑巧，偏生有人来打岔了：就是正在埋怨饭硬的时候，隔壁二呆子送了一封信来。三姨太倒抽了一口冷气，只好望着纸上的字想：

"这要个个字，都变成刺才好哩。"

做女工的，对这说话时候眉毛眼睛都能动的女人，自然背后没什么好话，但仍然觉得比大太太二姨太好些。因为三姨太做人很大方，譬如穿旧的袜子，她可以一双一双地撩跟你。二姨太大太太就不然，她们的东西，便是穿烂了的，也舍不得送人，她们皆要留下来，补别的地方。她们因为讨不到老爷的欢喜，连一两角钱，都不轻容易领到。她们的衣裳袜子，就是穿烂了，也偕要穿。

蒲隆兴老爷使钱总是这样的，你讨得他喜欢，他便大把大把地给你。比如人家牵匹牛或是马来卖给他，他要是不中意，便会冷冷地说：

"八十块钱，哼，我都是要八十块钱的么？真看不起人！"

人家便把原来的牛或马，毛子剪剪，该染的地方，皆酌量染一点颜色。角和蹄子都搽过油，再行牵去，索价百五十元，说是打起灯笼都找不到这样好的了。蒲隆兴老爷便高兴地骂：

"骗子，要我这么多么？给你们一百元，再多一文都不给！"

卖牲畜的人，就装起诉苦的样子说：

"老爷，天在头上，多要你一文钱，都作算做药吃。老老实实，本钱去了一百二。就作算赔了辛苦钱，不吃一杯茶，不吃一袋烟，天公地道，你老人家总要把本给够嘛。"

蒲隆兴老爷真是一口说定的人，毫不再加一点，只是把两手朝外一摆，冷冷地说：

"你不卖，你就牵去好了。"

牲畜老板知道机会不能错过了，就抱怨地说：

"老爷，同你讲生意，是没办法的！你老人家既是看得上，就作算孝敬你老人家一回，随你老人家给多少。不争差这一回把，求你老人家帮忙的时候，还很多！"

大太太最爱管闲事的，一同人家讲话，总免不了要寻人家的短处，跟人家顶嘴。这一点，就顶为蒲隆兴老爷所不喜欢。如像买牛买马的事情，她就要到村里各方面去打听，问来的时候，便要对蒲隆兴老爷，翘起大嘴巴埋怨：

"还说便宜啰！哼，人家哪个不说，还是前天邀来的那一条。开口才喊八十元，至多七十元，就买得到手——什么眼睛啊，真是走哩背时运！"

蒲隆兴老爷从来是不认错的，何况他一直认为是有眼力的呢！于是就给这多嘴的婆娘一顿臭骂。而且蒲隆兴老爷也特别不喜欢她，碰着不高兴时候，只要她一开口，就一定要骂她。今天她看见丈夫不吃饭，只是看信，越看脸色越青起来，她知道在这个时候，问他一句，就要惹他骂的，可是爱管闲事，吃了几口饭，终于忍不住问：

"县里哪个给你的信哪？"

三姨太像看见一个蠢人又做了一件错事那么似的笑了一下，蒲隆兴老爷把眼睛一轮，厉声地说：

"哪个来的信？跟你们一样的，小偷，强盗！"

小偷，强盗，这几个字眼，蒲隆兴老爷在愤怒的时候，顶爱使用的。大太太二姨太得不到一个零用，便终天想尽方法来偷。只要老爷不在场，卖针线布草的贩子，定规会在他的门口，挑起几升斗把米走的。至于铜钱角子纸票之类，要是大意了，放在什么桌上，也就会不名其妙，少了一些，而且，再也找不回来。老爷为了这些事，气得了不得。仓库门，柜子，箱子，匣子，抽桶，便都锁着，一大串钥匙，全吊在裤腰带上，走起路来，响叮响当的。人还没有看见他，只要听见声音，就晓得是蒲隆兴老爷来了。

大太太原是忍不住嘴的，兼之，又看见三姨太那家伙，还在笑她，便青着铜盆脸，翘起嘴巴说：

"你那张嘴巴子，到底怎样生起的？总是开口小偷，闭口强盗，骂我们倒算了，只怕骂惯了，骂到歪人强人身上，那时候——"

蒲隆兴老爷抓起面前的筷子，就像两把钢叉似的，给她钉了过去。

"你再说，你那张屄嘴！"

蒲隆兴老爷露出牙齿，威吓地叫，并作势还要去抓面前的调羹。

大太太额上中了一筷子，这虽然并不怎样疼，可是她懂得，若再吵下去，就还有饭碗菜碗等等，向脸上飞来。她的嘴巴，同人吵架是无比的勇敢的，唯遇对方一动手，这就失去了威风。

三姨太也不愿意吵下去，吵下去，鸡就杀不成了。她连忙劝着，叫蒲隆兴老爷趁菜热吃饭，一面还把炒的牛肉丝子，给他大大夹一夹在碗上。

张嫂婆立即恐慌起来。因为今天炒的牛肉丝，不知是粉子放少了，还是火老一点，总之不像平常一样嫩，嚼在嘴里，绵软软，一点也嚼不烂，张嫂婆早知道这绝不是酱油虾酱之类所能为力的。所以在安排碗筷的时候，就把牛肉丝放远一点，避开老爷常常坐的那个方向。然而现在三姨太偏偏给老爷夹在碗上，未免太可恶了！张嫂婆晓得又会有一顿臭骂，说不定还要临时杀鸡，便禁不住脸色灰白起来。

蒲隆兴老爷可没有应三姨太一声，只是望着大太太青着脸子走开了，才又拿着信看。接着还把信上的字，指着问他侧边坐着的儿子。儿子十五六岁了，他是二姨太生的。一向在县城一个私立中学读书，常常困懒觉，上课的时候，总是偷看江湖奇侠传这类的小说。每学期不是靠同学递条子来应付考试，便是给学校留了级。蒲隆兴老爷有时高兴了，便问些鞋子帽子英文是叫什么呀。儿子知道用"不晓得"这三个字来回答，那个勾起的胖指头，准定会在头上敲起来的。而且知道父亲是不懂英文的，问问无非好玩罢了，再不会去找别人校正。便把"头戴的"三个音，变为"偷歹体"来回答"帽子"，"足穿的"变为"教查体"来回答"鞋子"，并且做出毫不思索的神情，仿佛非常精通似的。自从敌机在县城的天空，飞过一次，家里人吓得了不得，便打发人把这命根子接了回来，如今在家已有两个多月了，终天躲在村里，跟人打小牌，掷骰子，只在吃饭的时候，才不得已和父亲见面。父亲对他的希望是很大的，要他由中学大学，且到外洋去跑一趟。因为蒲隆兴老爷一向觉得现在而今是留洋学生的天下了，一切东西，只要带个洋字就有价值，所以不管儿子能不能读出来，只消到外洋去过一次，就有办法。你看，李东诚的大儿子，为什么能做本县的县长？大家不是说，就是由于他吃洋水洋杂碎么！

儿子蒲振才看见父亲的胖指头，指着一个"犒"字，糟糕！他认不得。可是说认不得，是不行的，马上那个指着字的胖指头，就会勾了起来，朝头上一顿敲，像脾气暴躁的和尚，敲木鱼一样，他人生得尖，从来认字认半边，立即做出很有把握的样子，很确定地说：

"这个字吗，读高！"

蒲隆兴老爷大大地摇着头说：

"乱说！我读过的，大概在……"

蒲隆兴老爷，曾经在家里读过老书的，他的父亲管他很严，请个诨名叫张打铁的老师来教他，一读错了字，一背不得书，就准会勾起指头来敲他的脑袋。他如今责备儿子的方式，大约都是不知不觉，从那里学来的。虽然他在读书方面，吃过不小的苦，但到底好些字都还给老师了。所以在这"犒"字未能决定是否读"高"之前，他暂不责备儿子，只把信的上下文再念念：

"卜式……输……财，弦高……唔唔……师。"

到底念不出来，好像要找什么来掩饰似的，接着放下信，连忙拿起碗筷吃饭。牛肉丝几嚼就吞下去了，又还伸起筷子去夹别的菜。

三姨太原是拿筷子，戳着饭玩的，至此也无可如何了，只好尖起筷子朝猪肉碗里去刁选精瘦的。张嫂婆却大大放心了，一面走进去，一面松爽地舒一口气，仿佛将一块树子格兜，劈了大半天，突然一下子劈开了一样。老爷家好些柴火，都是她一个人劈的。

二姨太没有动筷子，她望望儿子，又望望老爷，脸上现出很担心的神情。她知道老爷没有点一下头的时候……准定还有下文。她对家里的事，什么都不爱管的，平日默默地做点针线活路，仿佛用锥子都刺不出声音来的一样。她只关心她的儿子。偷东西也是为的儿子。她最怕他县里读书，零用钱不够。她至今还把他看成奶仔一样，如果不放点钱在他衣袋子里面，早晚让他买花生糖果吃，做娘的人便忍不住要心疼。凡是父亲有事为难儿子，她就不能不开腔了，务必想些话来袒护儿子。

蒲隆兴老爷一面嚼饭，忽然记起什么了，大声生气地说：

"我记得这个典子，是出在古书上头，他娘的，骗我！哪里会加了个牛旁还读高？"

二姨太吓得一跳，连忙替儿子辩护：

"在古书上头，他，他怎么晓得呢？他比不得你。他如今进的新学堂，读的是新书呀！"跟着又拿手掀一下儿子，带着怜悯的神情，催促地说：

"你说嘛，是不是全读的新书？"

她害怕父亲又勾起指头，敲打儿子的脑壳。儿子也弄不清楚，是不是读过这样的书，只是满口含着饭，唔了一声。

蒲隆兴老爷顶不喜欢有人反对他的意见的，何况说这话的，又是他不高兴的二姨太呢，便恶狠狠地看她一眼，手也习惯地去抓筷子，但见她一脸惶惑可怜的神情，不像大太太青着脸子安心要同人斗嘴似的，就也软下手了，只是骂：

"胡球乱说！新学堂就不读老书！从前何主席不是提倡过读经？……你们破屁股，晓得什么？……写这封公事的，难道还住过老学堂？我告诉你，人家吃过洋水的哪！……为什么人家就写得出来。"

接着就鼓起眼睛，看着儿子说：

"这东西，就连认都认不出！"

一面将胖胖的中指头，勾了起来。

"你只晓得白吃饭呀！"

二姨太额上有点冒出汗来了，小声告哀地说：

"我的老爷，他如今人还小呀！"

蒲隆兴老爷立即把鼓起的眼睛转过来，直射着二姨太骂：

"还小！你跟他讨个婆娘嘛，连细人子都干得出来了，还小！"

儿子想，只有照向来的法子，抬出老师来，才能抵塞他的父亲，便决然毅然地说：

"这句话，老师教过我的，他就叫我读高字。"

他知道父亲断不会为了一个字一句话，就花他几块钱，特别坐轿子进城，去请教老师的，所以信口胡说的时候，心里也全没一点儿挂虑。

但蒲隆兴老爷并不会拿跟老师吓退，他读老书，是吃过苦来的，立即骂道：

"他这样教你，他就该拿来枪毙！你们的校长，也是强盗，只晓得要钱！"

儿子乐得让老师去挨骂，便大块大块地去夹精肉吃。

二姨太也稍微放心了，便伸手拭一拭额上的汗。

可是蒲隆兴老爷并没有骂了老师就算了，又立刻问儿子：

"你既是读过这句话，那么，弦高是哪朝人呀？"

儿子晓得在这个时候，越答得快越好，便马上说：

"唐朝。"

蒲隆兴老爷虽然也弄不清楚弦高是哪朝人，但可能断定这绝不是唐朝，同时又见儿子的饭上，一连叠了两三片精肉，而菜碗里都全是肥的，便顺手拿筷子在儿子头上敲了一下，大声地骂：

"入娘的，这骗我不倒哪，明明不是唐朝，你偏说是唐朝！"

儿子蒲振才就嘟起嘴巴子，哭声哭气地说：

"人家老师就这样教我的哪！"

这回法宝不灵了，蒲隆兴老爷并没有责备老师，只是点着蒲振才的鼻子骂：

"混账东西，你什么都推在老师身上！你把洋霉疮带回来，你也推在老师身上！"

接着，又用筷子敲他脑壳一下，这回打得很疼，蒲振才放下筷子，小声哭起来了。

二姨太带着哀求的声音，眼泪含糊地说：

"我的老爷，你要教他打他，你让他吃了饭才打呀……吃饭的人，雷公都不打的！你！"

三姨太胡乱吃完一顿饭，放下筷子来劝蒲隆兴老爷，替他换碗热饭。一面又凑近二姨太的耳朵恫吓地说：

"算了，少讲一句吧，不要火上加油了，你晓得那封公事里讲些什么？"

三姨太跟着就把躺在菜碗边的信封信纸，卷在手里，一面责备地说：

"让我把这个祸胎拿开吧！"

二姨太看看那信，也禁不住露出害怕的神情。只得吞声忍气，替儿子拭眼泪劝他吃饭。她自己却一点都不想吃，老是有点想打嗝。

蒲隆兴老爷到这时才又动手吃饭。他吃饭并不多，仅仅两小碗就够了。每次都要三姨太给他添饭，别个要帮他添，他不给饭碗跟人家，只是把人望着，愤怒地摇一摇头。洗脸的时候，也须三姨太给他绞帕子，涂香皂，至于扣衣纽，穿鞋着袜，更是三姨太一个人效劳。蒲隆兴老爷一起来，就只晓得张起两臂伸起两足，要人给他收拾打扮的。他很少自己穿衣脱衣。

三姨太在家里，因能专替老爷做这些事情，当然瓜子脸上的表情，常是得意的。这惹得爱管闲事爱说闲话的大太太，总常青着铜盆脸子，扁起大嘴巴，向村里人暗中咒骂：

"如今是昏君碰到狐狸精哪，还有什么的！"

三姨太碰见外面来的女客人，却又皱紧眉毛，低声诉苦：

"这是前世欠的账，今生才这样缠着我！终天苦得你马不停蹄的。"

蒲隆兴老爷家的丫头，大大小小，约有一二十个。其中有两三个十五六岁的，眉目清秀，人皆生得灵灵敏敏的。颇能帮着侍候他老人家，做些拿烟倒茶的事情。蒲隆兴老爷，对她们看过两眼之后，也就伸手接着了。但三姨太却常常把她们支使开，不高兴她们停在老爷身边。蒲隆兴老爷有时在张手让袖子套进去时，会说：

"你让她们动动手吧，你太辛苦了！"

"她们身上臭呀！你闻不出来么？……成年成月不洗澡。"

三姨太心里很恼，面上仍旧这么乖巧地回答。蒲隆兴老爷却笑嘻嘻地回答：

"还好，倒没什么的！"

三姨太便嗔怪起来了。

"你闻得出什么呀！你那鼻子，专门闻骚打臭的。"

给他披好衣服，还在他的肥肉上，捏了一把。蒲隆兴老爷便忍不住哈哈地笑了。在这些时候他是显得顶柔和的。

蒲隆兴老爷吃了饭，洗了脸，走进他的房间去，三姨太开好了门，替老爷点燃了纸烟，便坐在他的腿上，扯着他的耳朵说：

"胖子，吃饭时候，生那么大气做什么？你天天吃人参燕窝也不养人哪！……

你总不听我劝。"

蒲隆兴老爷靠椅背坐着，闭着眼睛吃烟，待理不理的。三姨太知他不会生气，就又扯下耳朵说：

"你晓得么？你这向身子不行呀，……晚上好喘气呵！为着眼屎大的事情，也犯不着生那样大的气呵！……气里食，会出毛病的。"

随即指一指刚才丢在桌上的那封信，柔和地问：

"是不是又派你的款子？"

蒲隆兴老爷搁下烟支，朝旁边吐一口稠痰，然后愤愤地说：

"派倒干脆一点！他娘的，叫我乐捐，这怎么使我乐嘛！……一张揩屁股都不要的纸。"

"叫你乐捐多少？"

"一百元！"

三姨太就用力扯下蒲隆兴老爷的耳朵，嗔怪地说：

"扯！我默倒天大一笔数啰，就气得这样子。鸿盛班的女戏子，磕两个头，喊一声干爹，你都成百地赏她！"

蒲隆兴老爷把三姨太的手掀开，烟支翘在嘴角边上，大模大样地说：

"人家叫我喜欢的……"

三姨太拿手指头点着他的鼻子，责备地说：

"傻子，你猪油蒙着心了，你放明白一点，逗你喜欢的，总不是什么好人！"

蒲隆兴老爷吐着烟圈子，嘲笑地说：

"那么，你也算是个坏人了！"

三姨太立即跳了起来，拉着他的手膀子说：

"我是你喜欢的人么？……呸，你喜欢我？你喜欢我！你就不会把我说的话，当成耳边风了。"

蒲隆兴老爷就责备说：

"什么话不听你的？"

说得很小声，生怕窗外有人听见似的。

三姨太扭一下身子，假装不高兴地说：

"多啰，这个账就算不清了！"

随即正视着蒲隆兴老爷，教训似的说：

"你要是真的喜欢我，你就从今天起，听我半句话，不要为百把块钱的事情难过。推不开的，你就捐出去，捐总是好事情，人家又是人大面大的，来的公事。"

跟着又小声地说：

"这百把块钱，损你什么嘛？不说你囤的桐油米谷，如今都涨了价，就说你埋的那些光洋，换起票子来，也就算下了大窝儿哪。"

蒲隆兴老爷放下脸子，向三姨太挥一下手说：

"你还是不管这些事情的好！"

三姨太假装生气的样子走到梳妆镜那里，边理头发边翘起嘴巴说：

"看嘛，还说什么话都听我的！"

这时丫头来叫，说是两个姓梁的佃户来了。蒲隆兴老爷暂不起身，只凝神注意地吸烟，一面心里盘算：

"前回收小小红做干女，花去三百五，这得多多少少加点在他们身上……可是，不大好开口，他们一向送的礼太多了，鸡哪鸭的，过年过节，总是送来。"

接着，他站了起来，把放在桌上的那封信，揣在怀里，决定看情形再说，便响着钥匙声音，摇摇摆摆走了出去。他租佃给人家种的田，总是一年换一次租约，或继续或停佃，或加租或减租，都是换租约这回才定。

佃户梁老大是个顶老好的汉子，就是要指责别人的坏处，也好像很难为情似的，不好一下子说出口。兄弟梁老二却大不相同，两句话不对，就会跟人家吵了起来。村里人常常笑他们：

"你们简直是两个娘生的哪！"

梁老大坐在厅上，一听见钥匙声音在里头响，便赶忙站了起来，向老二做眼色地说：

"老爷来了，快站起来！"

梁老二在动身时候，就一直同他哥哥鼓气的，他怪他哥哥不该拿这么多东西来送，他的理由是：

"人家有钱人，什么买不出来？稀罕你的黄豆花生。"

一路上又都是他挑，当然有些累了。便不管哥做什么眼色，只是坐着怨气，拿手板拭额上的汗珠。

梁老大所以主张多送，他也有他的道理；

"老爷的脾气，你还摸不到的，你先要惹得他高兴，他才会让步，这不比往年，换一下纸就算了。"

他今天是怀着很大的希望而来。一见老爷出来，就恭恭敬敬问好，随即把自己提来的野味献上去说：

"今年没什么好东西孝敬你老人家。麂子才打死一只，跟村上的人一分，只剩得这一条腿子，腌了半个月，味道还没走。这是两个野鸡，本来打死三个的，就是我那蠢女人，腌坏了一只，臭了，生了蛆，不好拿来，便填了她们的饿牢。这里是我老二挑来的花生黄豆……呀，你怎么不站起来哪……今年少了雨，地土干，花生黄豆都收得少，黄豆还起了虫，今天送你老人家的，都是重三倒四地选过，请老爷不嫌弃，收起来！"

梁老二木头似的站了起来，一句话也不说。

蒲隆兴老爷很高兴，但脸上并不表露出来，只是首先坐在椅上，然后伸出手，做一下姿势，叫他们坐下。

梁老大不住地窥看老爷的脸色，看他到底喜欢没有，接着便又站了起来，老是把自己的样子做恭敬些，稍微有点口吃地说：

"老爷，今年，岭脚，那些田，树子长大了，好些地方，晒不到太阳，出的穗子空壳子多。平田垌那几块，总放不着水，也少收了好几担。我们的，意思……我娘也说，我们种过一二十年了……大老爷在的时候，我爸爸也那个过……你老人家是蛮慈悲的……"

蒲隆兴老爷知道他要说什么，便皱一下眉头说：

"你要说什么呀？我一点都不明白！"

梁老二有些忍不住了，就代哥哥硬声硬气回答：

"我们是要求你减租，纸上少写点！"

蒲隆兴老爷在这阵的感觉，是与其听那老好人吞吞吐吐地讲，倒不如听这粗鲁人说的话，痛快些。然而，这家伙是何等的傲慢呀！既不喊老爷，又不站起，非给他一点颜色不可，马上鼓起眼睛，轻蔑地问：

"你在说什么？"

梁老大说到请求减租的事情，原是碍难出口的，听到老二一口说出之后，好像放下重担子似的舒口气。看见老爷有些生气了，便又连忙站起来，现出惶惑的神情，向老爷解释：

"我老二不会说话，他没见过什么世面，求老爷没要见怪他！"

蒲隆兴老爷不望老大，一直眼光灼灼地瞧着梁老二，威吓地说：

"减租！你才不醒事哪！如今打仗的年辰，什么都涨价了，你还要减租！你枉自活了这么大，说出这样的糊涂话来！"

梁老大赶紧哀求地说：

"老爷，我老二不会说话，求你老人家不要见怪，俗话说得好，大人肚里能撑船……下次你老爷要什么，只消吩咐一声，就跟你老人家送来……"

蒲隆兴老爷这下才望着梁老大，声音略微平和地说：

"老大，这减租的事，讲都不要讲……你明白人，你当然明白如今的世道，不说别的，你看洋油一下子涨了多少？"

梁老大有些惶恐地说：

"我动身的时候，我娘说过……"

蒲隆兴老爷挥一下手，截断梁老大的话，大声地说：

"老大，你不用讲，你那些话，我早就听厌了。我明白告诉你，什么东西都涨价了，明年我田租也不能不加一点，这是天公地道的，水涨船高。"

随即，拿眼睛瞧一下麂子干巴腌野鸡之类，略微温和地说：

"不过你们做人还好，我跟你们少加一点！"

梁老大急得眼睛发直地说：

"老爷，这我们怎么背得起嘛！"

蒲隆兴老爷看梁老大一眼，跟着就从怀里摸出一封信来，丢在桌上，略微生气地说：

"再呢，我们做粮户的，也有我们的苦处，你看嘛，人家要我捐，一开口就百把两百元，我有什么办法呢？……当然得找你们分摊一点，俗话说得好，牡丹虽好，全仗绿叶扶持咄！总之，一句话，不论哪个天王老子，我都要加租的！"

尾后几句话，说得十分严厉。这一来，梁老大仿佛给人打了一下，站起来，又恍恍惚惚坐了下去。

梁老二一直嘟着嘴的，突然大声愤愤地说：

"要加租，我们就不要种了！"

蒲隆兴老爷把这话听得清清楚楚的，但偕是鼓起眼睛，一连厉声问道：

"你说什么？……你在撒什么野？……这是什么地方？"

这回老大却没听清楚老二的话了，可是他仍然站起来，一面责备老二：

"老二，你总是多嘴，出门的时候，娘是怎样吩咐你的。"

一面又现出惶恐的样子，赶紧向蒲隆兴老爷解释：

"老爷，求你不见怪！他就是一根肠子通屁股，只晓得说直话。为人倒是蛮好的，常常记挂起老爷，为了跟老爷打这两只野鸡，跑了多少岭啰！我就是有心，我也没这本事，第一就是不会打枪……"

蒲隆兴老爷脸色比较温和些了，但说话的声调，依然极其威严。

"我不喜欢撒野的人！牛马畜生才会撒野咄……你哥哥这样的人，我就喜欢，首先他懂得道理！……老大，我看在你面上，你回去同你娘商量商量，想开了，就来换纸，想不开，就算了，我不勉强你们！"

说完话，就转身走了进去。

梁老二恶狠狠地看他哥哥一眼，咬牙切齿地说："碰到鬼了，偏还要送这么多！"

老大正要开腔，恰巧爱管闲事的大太太，从另一道门走了出来，一面叫丫头来收礼物，一面向梁老大他们，殷勤地招呼：

"老大，你们怎么不早点来呀？俗话说得好，见官莫在前，做客莫在后叫，怎么过了午才来？"

梁老大略微回答几句，就十分忧愁地问：

"大太太，今天老爷什么事这样不喜欢？"

大太太有些吃惊地说：

"呵呵，今天纸没换成吗？老大，这怪不得他的，这只怪你们运气不好，今天碰巧县里来封信，不晓得说些什么鬼话！全家都给他骂交了，你们改天再来，天保佑你们会碰着他高兴的时候！"

梁老大叫兄弟挑起腾空的箩筐，一面向大太太告辞，神情颓唐地说：

"大太太，讨你个吉兆，但愿照你老人家说的就好了！"大太太偕留他们说："老大老二，吃了饭再走吧，菜没有，泡酸萝卜到偕有吃的。"梁老大边走边说："多谢太太，我们不吃了，我们还要赶路！"

一九四一年二月八日 桂林

｜ 作品点评 ｜

作者不再在小说中直接抒情，而是冷静地叙述，一切让事实本身去说话。如讽刺小说《信——蒲隆兴老爷家一家的纪事》写蒲隆兴老爷一天的生活：他怎样吃饭，怎样管教孩子，怎样对待三个老婆，怎样把大笔大笔的钱送给戏班里的小旦，而把政府派的一点捐税转嫁到佃户头上。作者的感情全隐藏在小说的字里行间，不发表议论，一切都让读者自己去评价，从而形成朴实凝重的艺术风格。

——卢晓霞：《抗战时期艾芜在桂林的小说创作》，《桂林师范高等专科学校学报》2011年第4期

贲阿勾

陈迩冬

贲阿勾两片嘴唇就像两片饴糖，笑起来是甜的，讲起话来是甜的，唱起歌来，不，就在它不笑不讲话不唱歌的时候，它也是那么甜。芙蓉寨全寨的少年男子和一些过往的熟客哪个不为这两片饴糖做过梦？至于接吻时更甜，更像饴糖那么粘嘴，这七个人尽是男子，但除了银拉提以外，那六个的名字早就没人过问了。芙蓉寨的人只从贲阿勾的手梗上的七对银镯头晓得她曾经有过七个同年[①]。那银镯最末的一对是银拉提送的，又宽又大，把那六对挤上，那最上的一对就差不多箍到手弯了。圆嘴便宜的人总爱讲："贲阿勾，等你的镯头箍到胁子窝的时候，我再送你一对。"或者："贲阿勾，你把银拉提那对银东西拉上点，提高点，让那地方戴我的好不好？"贲阿勾却撇撇嘴唇："我才不稀罕呢。"说这话的时候，她连一个虚虚的笑脸都不肯做。

今天，隔河那两个男子又讲那些老话来逗她了。她没说话，只是唱：

你会讲来你莫问，
路边有刺我有歌；
大路长长河水浅，
刺破脚来难过河。

作品信息

原载《大公报》(桂林版)1941年4月4日、7日。收入《九纹龙》(独立出版社1947年11月出版)。

[①] 阿勾那地方的习俗，凡男女两情相悦，辄拜为"同年"。

那两个男子中的一个也应声唱起来了：

妹呀妹，你莫狼，
望见河里水茫茫，
河水茫茫过不得，
余死几多伶俐郎。

贲阿勾听见了她的对手一出马就这么衰，她好笑。她觉得男子总是"铁齿豆腐嘴"的，所以她又唱了：

劝哥莫把妹来欺，
妹是山中老画眉。
没本事的快躲起，
有本事的拿国旗。

那没唱歌的男子也笑了，提高嗓子："哎呀，啧，啧，啧，你看贲阿勾学文明了，骂我们没本事拿国旗，打日本。若是那些先前队①在这块住久点，怕你也进得先前队啦！"

真的，自从上月城里来过宣传队以后，贲阿勾的能干善歌比她的天生体面还出名了。芙蓉寨周围百里地方哪个不晓得！那些宣传队的人还把她的像画在本子上，把她的歌记在本子上。因为那时宣传队的男男女女唱"义勇军""打日本"，唱过后也要芙蓉寨的人唱，芙蓉寨的人不好意思总怕唱，大家就推了贲阿勾，她就唱了：

---

① 即"宣传队"，他们不懂得"宣传"两字的意思，就讹呼"先前"两字的别音。

我们的山歌不好听，

你们汉人忒聪明；

如今和我们一起唱，

我们总是一家人。

唱后他们尽拍手，大家尽称赞，居然讲她是芙蓉寨的刘三妹！^①

如今隔河男子讲唱歌既不是她的对手；讲"送"^②嘿，也是像口子上摆了松毛——对了路^③。又没得法，又不好意思，就只好枝枝叶叶地讲："贲阿勾你莫刁，你会唱有本事把银家人唱回来，何必去找二师公？我看你打单，到了'跳月'^④，看你……"就这么"看你""看你"地依依妖妖走远去了。

哪么又要找二师公呢！贲阿勾对这种刻薄话的人恨起来了。自从银拉提挨抽去当兵以后，原来讲定应了卯就"脚底板搽油"^⑤回来后，如今却失信了。贲阿勾请二师公帮她写信，总写过八九封，他总没复。贲阿勾默他在城里找人写信总比这边要容易八倍或者九倍，可是银拉提从没有来过一个字，有嘿，总是搭口信：不是讲逃不出，就是讲告假也不给。喊她再等等他，若是过了八月节还不回来跳月，那就随她再戴别人的镯头，接别人家的十五斤肉，十五斤酒了^⑥。实在贲阿勾自从他走后，还没"连"^⑦上第二个男人呢。她觉得自从他走了之后，寨里的男子个个都欺负她，刚才这两个就是嘛！

只有二师公不是，所以她常常找二师公，所以她此刻又要去找二师公了。

---

① 传说刘三妹是昔之善歌者。

② 用文明字眼讲，就是"追"。

③ 苗俗相传，凡汉人官兵将有事于苗疆，苗人辄以松针、杉刺、竹钉之属和毒药，念咒语，敷设路口，则官兵不能入。此种事实，现在已没有了，但这些话头，却还流传于芙蓉寨一带地方。

④ 中秋之夜，苗族中每年例行的盛会，是夜狂欢，有情的多于此时成眷属。

⑤ 谓其滑溜，隐言逃也。

⑥ 贲阿勾那地方迎娶的聘礼。

⑦ 谓恋爱也。

　　二师公，照文明词儿的讲法：他是芙蓉寨唯一的"知识分子"，也是唯一的"特殊阶级"。芙蓉寨全寨的人，除了他以外没有第二个人认识汉字，写得出来苗文；除了他没有第二个不种山挖岭，养猪插鱼。他的职业主要的是帮全寨年少男女写情书：把男的的意思编成韵文写在红底金栏的纸片上，送递，念读，讲解给女的听；再问女的有什么话，又编写，送递，念读，讲解给那男的。此外就是帮全寨的人看历本，查时辰，写点东西，当点顾问。他是贲阿勾唯一信服的人，也是全寨人唯一信服的人，或是"幸福"的人。好比讲从前来的宣传队，来讲有日本人兴兵作乱，杀人放火，若还人不齐心，挡他不住，芙蓉寨也难免遭殃，就打算他们人马打不到芙蓉寨，他们的飞机也会飞来丢炸弹。他们心毒，来了鸡犬不留，要芙蓉寨的人和外头的人，大家不分彼此，有力出力，有钱出钱，当兵修路，积草屯粮……这些话讲过之后，有人信，有人疑，还有笑汉人胆小，懦弱无能的。不过个个人都恨日本。只有二师公看法不同，他讲日本打中国是打汉人，和我们不相干，我们一边不帮，才是正理。况且千里迢迢，哪打得到芙蓉寨，就算打来，改朝换代，苗人还是照样种山挖岭，养猪插鱼。孔明已死，哪个会做"飞鸡"，来下"炸蛋"？……芙蓉镇里，哪个不讲他在行！至于贲阿勾，却不管这些是非，她看中的只是二师公能够帮她写信。

　　她揩着竹箩，闷闷地涉过河，上岭翻了界①，还没曾走到山脚，就看见刚先那两个男子又转来了，她心里一跳，就捡起了一块石头，"你们恶，我不打破你的头也要打断你的肩膊"。等她看见那两个男子背后又走来了两个女的，她才晓得她想错了，"原来这两对来放野②"。她脸一红，石头也没丢，就斜跑到岭左手那条杉树浓遮的小路上，让他们上界子。她默起一种话，一种动作，她的脸更红，她用力用力地把石头去扎那杉树皮，两个大银耳环在两边肩上只管摆动摆动。等她听到讲话不像那种话，也不止四个声音，她才转想到她的猜想莫过又错了？跑出杉树林一看：

————————————

① 两平地之间皆崇山峻岭，唯择两峰之间通一孔道，谓之"界"，或谓之"坳"。

② "放野"即野合也。

果然错了，上界来的人总有成十，并且彼此谈谈讲讲，像专门为什么来的，像等候什么来的，又像在块争驳什么。

贲阿勾自然就跑过去啰，一走近了，自然就看清楚这些人是哪些人啰，原来二师公也在里头。二师公眼利，早就看见贲阿勾了，就喊"贲阿勾你也来看飞鸡吗？我讲过孔明在世，才会做飞鸡，你们不信，你看还不是同前回一样白跑。我讲我不来，你们硬拉我来。贲阿勾你星头①的人也来了吗？"

贲阿勾才晓得行情，就问：

"晌午也打警报？"

一个女人答她："你这么野，你不听见那边岭村公所打钟！"

二师公就接嘴："那边岭是那边岭呀！古话讲'隔岭不同天'，就和我们这里不相干嘛！"

那个刚才和贲阿勾对歌的男子就大胆驳他："飞鸡是飞在天上的，天是一块，哪管你哪边岭，哪个敢包炸蛋有眼睛！"

二师公就"嗨"的一声，讲："我敢包，就准他飞鸡，也是来打汉人的。和我们无冤无仇，他犯不着。我们又不做亏心事，良心好，总有盘古保佑……"

另一个女人在旁边点头称是，她插嘴讲："真的，就是汉人良心坏，所以遭劫。你看我们种起的山，他们总想来谋……"她这话马上就得到二师公的点头回敬，并且引起了坐地的人的同情，他们就把"汉人没良心的事数落起来了"。

这个讲，"汉人总是把踩过飞②的鸡蛋和没得飞的鸡蛋一样吃的。"

那个讲，"我们修桥淋鸡血，汉人修桥要杀人来祭，用人血。"

又一个讲，"汉人是'纸笔定江山'，所以变成'人嘴两块皮，讲话没定局'。"

一个又讲，"汉人改朝换代，朝兴朝败，所以'宝贵无三代'嘛……"

---

① 谓家里也。

② "踩飞"是家禽类的交尾。照贲阿勾那方的习惯，凡没有交过尾的母鸡所生蛋可食，若一经交尾，则以后所生蛋中已有生命在，食了算是罪过。

二师公就接到，"所以，如今日本打来，其实是'先有苗，后有朝'，江山原来是我们让给汉人，搅到他们倒反欺负我们，如今，所以，这叫作一报还一报，屋檐水点点滴滴不差半分毫！"

贲阿勾无心听他们的话，只管望天，天是浅蓝的，白云在高头向城里那方向跑。贲阿勾的眼睛也朝城那方向望，心里也朝城里那方向跑，她想一个人，盘算一些事。二师公看她那样子，就笑："贲阿勾担心银拉提了，不要干着急，什么警报，你看哪回来过飞鸡？"

贲阿勾想讲一句话，话到嘴边，又缩回去了。就蹲下身，卸下竹箩，用手去扯那根在脚边的"算命草"。

那和贲阿勾对过歌的男子却在一旁自言自语："城里总比这块险点啰！"

"那自然，那自然。"二师公也转了话头，对贲阿勾讲："怎么银拉提还没回来！我看我再帮你写封信去，我们吃汉人的粮，安不上；替汉人挡炮子，犯不着……"

贲阿勾陡然想起一句宣传队的讲法："这是汉奸！"但一想二师公又不是汉人，并且本已也想银拉提回来，所以话到嘴边，又是缩回去了。那手扯着的"算命草"已连根带泥拔起，那泥凹处原来有一个小洞，显了出来，一下子就从洞里跳出一个小虫，旁边草丛里一条草龙探出半条身来，光景是想吃那小虫，但一见有人，草龙的半条身也像贲阿勾的话一样，缩回去了。贲阿勾想捉到它，好明天带去赶闹子①，卖给人家喂画眉。就拨开草去找，二师公他们讲什么她也不管。

隐隐的，远处听见有点雷声。

"噫，这样子好的天会下雨吗？"另一个人也像听见了雷。

"动干雷？"又一个诧异起来。

贲阿勾找了一顿找不到那草龙，才想起这时又不是伏天，怎么动雷？正默不正，那雷声渐渐地响得大，响得近，响得匀，响得不大像雷了。接到就是一阵大的，像劈雷，又不像，又有点像充火药开石山，大家都怪起来，到处坐，望到了：城里那

———————

① 即北方之赶集，南方之赶圩。

方向起了一片烟尘。

由岭下来了蛮多人，麻直朝界子上跑，外带喊："有飞鸡，村公所又打了警报哪！"

二师公就讲："哪有打过。又打，解息了吧！"

"不是不是。"人都上界来了，七嘴八舌地讲是，"紧急警报，当当当当当麻直乱打，解息警服是当当当三下一打，三下一打的，不对嘛！"

人越讲越喳，天空中的响声也越响越大，好像立头顶心，大家都站起来，各个的眼睛都朝搜索，又没见什么。等到响声又渐小渐远又渐像雷，大家又坐下来了。贲阿勾一坐下，又见那条草龙一溜，她又重新去找，找得好痴，她全身都趴下去。这时响声又近了，比先前近时还要大，有一个人看见了：蓝天底下有六只有翼的东西向他们飞来，越飞越矮。

"飞鸡！"有个惊喊。

"飞鸡吗？"有个质问，"你又没见过。"

"看，看，怎么是倒飞的，长颈脯反在后呢？"另一个指指点点，和别人商量。

在这界子上的男男女女没有一个见过"飞鸡"的，连二师公也在内，他正在肚子里搜索他的本子，偶然灵机一动，想出来了："这是古书上写的'六鸡'——"他提高嗓子念，"六鸡退飞，过宋都，……退飞，不祥之兆……"

卡——卡——卡——卡……

连珠响声，从天下降，界子上的人群慌张乱窜，一下子又是一阵——卡——卡——卡——卡……这界子上，就有人喊"哎哟哎哟"了。

界子上的喊声越高，那天空中的响声却越小；等到人都聚拢来看清楚有两个受伤时，天空中的飞鸡已经不见了。

伤的是二师公，伤两块——血从背上和屁股上流出来；先前和贲阿勾对歌的男子，贲阿勾还暗暗地讲过"我不打破你的头也要打断你的肩脯"，此刻果然就伤了肩脯，真是……

这回真是飞机了，真是……

隔天，贲阿勾没有去赶闹子，芙蓉寨的人也蛮久不去赶闹子。他们寨子里已出了新门堂，使他们忙碌着一些新事情。

寨子里的人临时砍了四根大竹篙做桥杠，把夹捆烟叶的竹箄□叠扎成轿床，高头铺起旧席子，底下垫牛草，把二师公和那个男子各放在一铺上睡倒。准备跟村长抬他们进城去医。

贲阿勾除了夜来已经在那个和她对歌的男子屋头陪了蛮多时辰，讲了蛮多好话之外，此刻却低到头，对二师公讲："你进城银拉提一定来看你的，你讲你要他和你报仇，你讲我不要他回去了……"

二师公眼泪巴巴地讲："我错了，我错了，我一定一定……"

等到临走时候，各人都拿出各人送给两人的东西，放在两人的轿上。有的是腌鱼，有的是熟虾，有的是醋浸蚂蚱，还有蛮多人都送油茶，油茶都当场大家喝了。贲阿勾送两人各一包饴糖，二师公接连讲："不敢当，这太贵重了，我转送给银拉提吧！"

贲阿勾就止住他，轻轻地讲："他另外有。"

那个曾和贲阿勾对歌的男子，却做出得能的样子，摸到糖尽笑，尽讲："我也有，我也有。"

花开时节

司马文森

也是在这个花开的时节，去年的某一天，有一队穿草绿色军装的青年男女被装在三辆牛车上，徐缓地向桃花村行进。

这个村庄，名字就叫桃花，我们可以想象得到它的秀丽和动人了。这村庄是建筑在山脚下，它的背靠着一座约有一千公尺高的山，这座山，铺满绿荫，是出产名茶的去处。村前三面环水，像一条腰带似的紧紧束住它的腰身。平常时，村里人没有别的陆路口道可以和外面的人交往，用渡船又太不方便了，因此便由村中的"老大"出来提倡架设浮桥，现在浮桥已架设好，而且过了将近三十年，因为是到了民国才架起这座桥，所以他们给它起了一个别致的名字："民国桥"。

通村的道路，是一条适于走牛车或其他比较原始一点交通工具的道路，路面虽然狭隘，可是却非常平坦，只要你不急、让车子缓缓地走，就是坐在牛车上也不会感受到急剧颠簸的痛苦。路旁，约有十里上下都是果园，果园里栽植着上等的樱桃和李子树，当你到了离村约三十里地的圩上，就会发现有人像野妓拉客似的向你兜揽李子酱和清甜腌桃干的生意，但是当他们知道你要去的地方是桃花村时，他们便会绝望地哑默住口，让你自由通过；因

作品信息

　　选自司马文森等著《寂寞》(文献出版社1941年8月出版)。收入《蠢货》(文化供应社1943年出版)、《南线：司马文森抗战纪实文学选》(团结出版社2011年9月出版)等。

为这东西原都是产自那个村庄，要到那儿去的客人，谁还会来稀罕你这个？

已经是春的季节了，果林里的樱桃和李子树，争妍似的茁长着油绿新叶，开放艳红和银白的花朵，人们在这花朵缤纷间行进，被那动人的景色诱惑着，禁不住都要起了心醉目眩的感觉。

这三辆牛车舒缓地走着，发出吱吱的轮转声，坐在车上的人，因为一直在太阳光下晒着，又加上不断被那醉人的景色所迷醉，反而变沉静了。除了有一部分人在低低地唱了些什么，另外几个，特别是坐在那辆走在最后面牛车上的人，差不多都不声不响地溜下地面跟在车屁股后步行。他们这样做，并不是担心会给那匹忠驯的牝牛以过分的负担，而是为了他们可以更自由些跑进果园内采摘樱花李花的方便。现在，他们已是满身都被花儿装饰着，无法再装饰下去了，于是就开始来装饰牛车和拉车的牛，以致那些牛都突然变成花鹿，摇摆着一对奇异而美丽的角，因为他们各用两束花，来装饰它的缘故。

当这三辆牛车，把这一队人运进这一个从来未看见过大兵影子的村庄后，当时的混扰情形，我们可以想象得到的：在田里做工的农夫，丢掉了工作匆匆地赶回家去，在家里的人听到讯息，就急急号召他的一家大小——有时甚至于连同牲畜也没有异样——躲避，大门上了闩不放心，还得加锁，这个平常时热闹的村庄，突然地静了，除了不时有几声凄凉的狗吠声。

这一队青年男女，被这样的"招待"弄得莫名其妙了，他们知道这村里有一所完全小学，校舍是怪庄严漂亮的，在没有到这儿来前，他们早就打了它的主意，想借用它一下，这时大家就毫不犹豫地直开到那儿去。但是，门却给一面尺把长的大锁锁得紧紧的，学校里的负责人和学生，不知道在什么时候早就躲开了。把空牛车打发走后，大家就在校门外的旷地上站着等，另外有两个人就给派着出去找村长办交涉。但是，人家不让他们进门去，只从一个小窗洞露出半边面来和他们谈话，他这样告诉他们：

"村长不在家。"

"村长不在家，到什么地方去了？"

"到圩里去。"

"什么时候回来？"

"不知道，也许十天，也许半个月。"

"那么，副村长呢？"

话没说完，那窗洞的门早已砰的一声关上了。大家急起来了，又用力地敲，但是那窗洞依然是关着的，半天，才听见这么一句：

"没有！没有……"

一切跟着沉寂了。

这两个办理外交的人，彼此对望着，苦笑了一会，便动足朝回头走。回到小学校的时候，大家已经等得不耐烦了，又听到这个泄气的报告，便一致地鼓噪起来。

"这村长不负责，混蛋，该吊起来狠狠地痛打一顿！"

"不用管他了，我们先打进去住起来再说。"

这样说着，有几个就当真做了，结果校门被打开，他们驻进去了。

这个村庄的优裕环境，加上落后的保守的习性，养成了不大愿意与外面接触和接受外来的东西，因之形成了和外界完全隔离状态。有许多青年人，到现在还把上圩去看作一件大事，在老年人中，也有一辈子从没离开村庄到圩上去的，为什么呢？因为没有这个需要。□为生活奔跑吧，单只靠那山上的茶叶，果园里的果实，他们已可以一生一世富裕地生活着，用不着到外面去奔跑了。知道了这个，也就怪不得当他们看见这一队人开进村来后认为奇迹，大家要惊慌失措了。

那一队军人打扮的青年人，自作主张地把校门开进去后，又把当时的严重性更进一步地渲染起来了，村民们间在悄悄地流传着：那一批强盗开始打家劫舍，进攻学校了。可是，还不只这个，随着又有消息来了，说他们中还有女兵，大家正在学堂里实行"公妻"，证据是，他们正不分男女混住在一道。除这个外，还有其他的许多，可是我们不想多费笔墨写出来了。

这是一个战地工作队，当大家都稍稍地休息一下之后，就开始预感到，这儿的工作前途是不甚乐观的了，因此便决定留下一两个值日的，其余都出去做家庭访问工作。但是大家的命运，似乎并不比先前那两个找村长的代表好，他们到处给挡了驾，最后又不得不重新回来。但是他们不失望，大家带了简单的道具和化妆品后就又出去。选好了一处地方宽旷、住户密集的地方，就震天价地敲起锣鼓来。有几个甚至沿着村庄，大声叫道："大家来呀！来看戏啊！"

尽由你去敲吧，尽由你去叫吧，村人们还是死守住家里不肯出来，他们想："哼！你以为可以骗得了我们！"随着又冷声地笑着，把门关得更紧了。

锣鼓已一道两道地敲过，做香姐和老头子，也早已化装好，《放下你的鞭子》准备着随时都可以演出了。但是，观众却一个也见不到，除了几条狗远远地跑来，站着，昂起头对那锣鼓声汪汪地叫吠，以资应和外，别的都在恐惧中寂静着。……

第一天，就这样过去了。

第二天，他们改变作风，没出去工作，只留在学校里唱歌，并且尽量努力避免有使人误会的动作做出来。

第三天，他们开始在校门外的旷地上，发现一个面容苍白、骨骼清瘦，着咖啡色夹长褂的青年。这是他们在三天来，第一次发现的第一个群众。

这第一个群众，背着手，装着斯文的样子，在那儿来回地徘徊着。他的年纪只有十八九岁的样子，穿着也极华丽，举止和动作都说明着他的出身是高贵的，说明他曾受过相当教育的，但他显然很软弱，未曾见过什么世面，因此他很胆怯，容易害羞。悦耳的歌声把他从老远地方，摆脱了一切荒唐的传说，吸引到这儿来，但是，保守的习性又使他提不起勇气，更进一步去和这群歌唱者接近。因此，他只能使自己老远地站着，尽量避免人家注意，把两只眼睛怯怯地注向校门内，企图能从里面瞻望到一些什么。但是，当他看见有人从里面跑了出来时，却又会面红耳赤地把头低下，并迅速地回转身，装作若无其事的样子信步地走开了。可是，不久歌声起了，他们又会在老地方发现他，背着手，眼睛看着地，悄悄地来回走着。当人们再度在他面前出现时，他却又会像第一次一样，面红耳赤地，跨大了步伐走开。

第三次，当大家仍旧在教室里练歌的时候，又有人进来报告了，他说：那个"呆子"这时又来了。当报告者在报告的时候，大家都突然地闭着嘴不唱，等到报告完了，就一齐想哄到外面去看，但是队长却在教室门口拦住他们说：

"别那么地出去，这个人来历有点古怪，我们不能去得罪他，最好能对他客气一点，找到里面来谈谈，说不定对我们还有许多用处的。"

接着，他就从人群中挑选出两个人来，低低地附在他们耳朵旁，说了些什么，又叫别的仍回里面：

"大家照刚才的样子唱歌，我们等会回来！"

说着，他们三个人就走出教室外去。原来这所小学校，是由宗祠改建的，所以有对中的正门，也有左右的侧门，他们三个人就是按着这三个出口，分三路出去，对那个来历不明的人暗暗地取了个三面包抄阵势。

当陈队长在正门突然地出现着时，他就看见那个人正低着头，站在旷地的一角，悄悄地对着歌声微笑。这歌声已使他陶醉了，忘神了，因此一点也没有发觉有什么人从里面走出来。他在校门内稍为站了一会，就跨了出去，回头向两边一看，原来从侧门出来的人，也同时出现了，他见时机已经来到，便故意大声地咳了一声，好叫对方知道，一点也不错，这一咳果然就使那个人惊慌失措起来了。他忙从囗底下抬起头，面孔是可怕的苍白的。但是，当他知道了原来是怎么回事后，遂又转成通红的了。不过他似乎也觉得这样的惊慌是不对的，便改取了镇定态度，装作偶然在这儿经过的样子，跨着步想走开。当他正想动身朝左边走，却又看见有另一个人在他面前出现了，回转头看，背后也有人，他们都是眼光灼灼的，同样踩着不缓不急的步伐，面孔微笑着，向他一步一步地迫近来。他阴冷地颤抖着，觉得绝望了。这几个人对他有什么企图？想攻击他？或者是想捕捉他？他应该怎么办呢？飞快地奔跑？大声地叫喊？或者……他完全的，完全的混乱了，手足无措了。最后，他只好把头垂得更低更低地站着，教室里的歌声，还嘹亮地在响着，但是对他已经显得太柔弱，而且都是绝望的了。

现在，三个人都从不同的角度，同时和他接近了，陈队长首先露出笑面向他打招呼，他觉得怪为难的，面红着，把眼睛更低更低地看住地下，好像一个大姑娘似的。但是，在他心中，初时的恐怖印象已逐渐地逐渐地消失了。……

他很受这队青年男女的欢迎。

当他替自己介绍了以后，大家才知道他姓方，名叫光寿，是本村内一个世家，现在赋闲着，没做什么事。其实家里人也不希望他做什么事，因为就是不用做事，家里也尽可以过得很好的。

大家听了，都连声叫着："久仰！久仰！"又把歉自己初到时不曾上门去拜访，不过现在既然已经相识了，大家就得设法来补偿过去的过失。因此陈队长便提议由弟兄们合唱一支曲子来欢迎我们的贵宾，弟兄们也同声喊着："好！"于是，一个四声部合唱的歌声跟着便起了。

方光寿面红着，一句话也说不出。实在是，他也没有什么话好说，要说的话都已说完了。因此，他只沉默着，心中有说不出的亢奋和感动。

他告辞着要走了，同志们把他簇拥着一直送到校门外很远的地方，才回来。

当天晚饭后，陈队长带着两个女同志，动身去拜访这个世家，他们在空洞的村庄道上，找了好大半天，后来才找到一所朱红大门的宅第。他们二个人，在门口站定之后，就有一位女同志上去敲门，门环刚好轻轻一响，里面就有十几条狗的吠声，同时响起来，三个人彼此对望着，露出了吃惊的神气，笑道："乖乖，好猛烈的一阵交响乐啊！"

门敲了约有十分钟，才听见里面有人声答应，于是乎狗吠的声音突然地停止了，开内门的声音也起了。不知道在里面的人一共开了几重门，只听见门闩锁链在里面尽响尽响的。最后，大朱红门旁的一个小窗洞也给打开了，有一个满面胡子的中年人，怯怯地在窗洞内露出半边面孔，用发抖的声音问道：

"找谁？"

"找方先生。"陈队长迎上一步温和地说着，又把一张名片递了进去，"费神你拿这个进去通报一声。"

那人用手接过名片，不大放心地把大家看了一眼，才又重把窗洞门关好，进去。

又过了将近十五分钟，那一个人才回来，他的神气和态度都变了，十分客气面露温驯地请这三个客人进去。他们在一所非常宽敞古老的宅第里，走过了四重门，看到不少裱画牌坊之类的东西，这些东西都是为了要说明这一户人家的身份而被张挂着的。最后，他们来到一所大厅，方光寿这时已先在那儿了，他跨着方步一直迎了出来，红着面，拱着手，接连着打拱说："失迎了！失迎了！"

"大家都是熟人用不着客气。"陈队长说。

喝过了茶后，那两位女同志按着她们原定的计划，就问老太太好吗。那方光寿莫名其妙地睁大了眼睛，他不大明白这句话的用意。于是陈队长就乘机在旁边说明道：这两位女同志想找他的母亲或什么人的谈谈。

"我母亲早已过世了，"方光寿红着面抱歉地说，"现在家下只有一个老祖母和一个表妹。"

"我们可以进去看看她们吗？"两个女同志同时问。

"可以的，可以的。"

"那么，就请方先生你带路了。"

方光寿带着那两位女同志进内室去，现在这客厅里留着的，除了那长工正从里面拿出灯火来外，就只有陈队长一个人了。他默默地观看着这个客厅里的种种布置，并想从这些富丽堂皇的布置上，来考察主人家的身份地位。

这次陈队长连同那两位女同志来的目的，主要的是在于和这村里的世家联络感情，并利用机会介绍自己所率领的工作队的性质和工作内容。最后就要说到，他们到这儿后民众对他们因缺乏了认识的关系，有许多误会，以至于工作无法开展。这个损失倒不只是他们自己的，而是国家民族的，因为他们是来为国家民族出力的。因此不久，当方光寿重新从内室出来后，陈队长没有和他说了多少客套话，就直截了当地拉到本题上去谈。方光寿红着面，睁大了眼睛沉静地听着，他觉得这些话很新鲜，从没听见过。他虽然也曾听见人家说过，现在中国正在和日本人打仗，但是为什么打？已经打得怎样了？他却一点也不知道，也从没机会知道，因为他从小就是在这个村庄里长大，未曾出过门的，平时又因生活地位关系，和人家隔绝着，这怎不叫他听了这些话后，觉得是一种奇谈呢？因此，他听了好一会，就忽然吃吃地插进了一句话问：

"那么，你们不是来拉夫子的了？"

陈队长大声地笑着，差一点他把泪水也笑出来了。他说："你看我们像那些拉夫子的大兵不像？在抗战前，我们也是和你方先生一样是一个读书人。"

"只要不拉夫。"方光寿开始松下口气来了，"只要不拉夫……"他的意思是说，在这村子里要宣传演戏是没有问题的。

那两位女同志，在一个钟头后，由一位穿着黑衣裤，结辫子的，十六七岁成长得非常结实秀丽的小姑娘，拿着灯，从内室送了出来。恰在这时，陈队长和那个姓方的，谈话也谈得差不多了，于是他就站起身来告辞。

这三个人在已经黑了的村庄的街道上走着时，陈队长就问那两位女同志工作做得怎样。她们说：情形还好，开始那个老太婆非常吃惊，怎么连女人也出来当兵了，这成了什么体统！后来经过她们详细的解释，说明日本人的进攻阴谋和我们的抗战意义，以及外面的种种抗战情形后，也就慢慢地相信了；不过，那老太婆始终还是不大赞成女人出来当兵。

"这个家族从前虽然曾显赫过一时，但是现在显然已经没落了，房子虽大，但是人少得可怜，除了那老祖母外，就只有那个叫表妹的小姑娘了，你刚刚看见的那个漂亮姑娘，我相信她就是那姓方的，从少抱在家里养大的未婚妻。"

陈队长也把他和那姓方的情形约略地说了一遍，也对自己的成绩表示满意，最后他又说：

"这个姓方的虽是一个有点近迂气的青年，十分容易面红，胆小如鼠，却是一个极为纯洁有正义感的人。他最大的坏处，是在于从来没有出过门，十余年来死守在这没落的宅第里面，既没有和外界接触，也没有人家来对他做工作结朋友，因此养成了这样书呆子样子，要是在我们未离开这儿前，能好好地给他一点教育，也未始不可能变成一个有用的人才。"

至于怎样给他一点教育，在陈队长心里一下子就想出了：他决定以后在队里如有什么活动，应该多多地请他来参加，个别教育尤其需要加强。

客人走了以后，方光寿一晚都不能好好地睡觉。他细细地回想着，人家告诉过他的话，惊奇于在自己这个世界外，还有一个更大的世界。最后，他幻觉着自己，像是一个能腾云驾雾的神仙，已经随着意之所欲，离开这个家，这个狭隘的世界，在那更大更阔的世界中，自由飞翔着了。

第二天，他起身得很早，而且一起身马上就出门到学校里去。那群青年男女这时正爬山回来，关于他的情形，昨天晚上陈队长已当面对他们报告过了，所以这时大家都觉得和他好像要比前一天更为熟习了似的。他的出现，使大家觉得高兴，他们一致热烈地接待他，愿意和他玩，请他参加他们的歌咏队，介绍书本给他读，又逐个地来找他，把自己参加抗战的经历，自己所知道的关于战地的故事，敌人的故事都介绍给他；负有特别任务的人，就成天陪着他不放，和他谈论着许多关于抗战的，关于革命工作，关于青年的学习和生活等问题。总括一句，凡是他们认为应该告诉他的，大家都会不厌其详地，有条有理地拿来告诉他，陈队长甚至于还赠了他一张日本军用票，说是从敌人身上俘到的，作为纪念。

在一天之中，能听到那么多新鲜有趣的故事，能知道那么多闻所未闻的事，怎不叫一个长久地静处在僻隅的青年人，不吃惊感奋呢？因此，当他一个人悄悄地回转家后，便像怕走重了会惊醒家里人似的，一个人悄悄地躲在书斋中，翻阅着那些抗战画报，凝视着每一幅英勇的画面（虽然这些，他已经一再地翻阅过了），作出了无数的沉思。终于，他俯在那书本上沉沉地睡熟了。在熟睡中，他做了许多奇异的梦，他梦见飞机，梦见战车，梦见大队敌人用那野蛮的步伐，在祖国的原野上，蹒跚走着；在他们手中，有的抱住了一个全身裸露的中国女人，有的用刺刀串架着出世不久的中国婴儿，有的在到处烧毁民房。……不知怎的一转眼，他又变成一个空军战士了，自己坐在飞机上，驾着战斗机，在云雾中飞翔着，到敌人的阵地上去投弹轰炸。……

慢慢的，他觉得自己所处的地方太小，所看见的世界太狭隘了，他需要像飞鸟一样的，到广阔无垠的大野去，自由地歌唱和飞翔。

由于这个青年世家的帮助，村长已不再"到圩上去"，民众也把大门打开，欢迎他们去访问了，小学校的三个教员跟在众人之后，也从躲避的地方回来；小学生甚至于还自动组织歌咏队请这队里的女大兵去教唱歌。村里正在轰动着：他们将看见一次"新剧"了。显然，这个工作队的工作，是在顺利地展开中了。

方光寿，现在差不多已成了这个工作队队员中的一个了。他们有什么工作时，他总是跟着去；吃饭时间到了，家里的用人来叫也不去，甘愿放弃好饭菜不吃，和大家一起蹲在地下吃缺乏养料的粗饭菜。除了晚上还留在家里歇夜，他的老祖母整天都看不见他的面。在这样经常的接触中，方光寿从这个青年工作队里学会了许多东西，他不仅能自己知道一套抗日救国大道理，还会复述给人家知道，也会唱两支救亡歌曲，和女同志在一起谈话时，很为老练，不再时时红着面了。他一向，在村中是被尊敬着的，因为他有知识，能知道古书上的许多道理，人家这样的认识他，尊崇他，他也自以为是这样。但是现在他已开始动摇了，不再觉得自己的尊贵了，因为他发觉人家知道的比他还要多。他们不但会唱、会做、会说、会写，还各有一个不平凡的战斗经历，这使他不得不露出又羡慕又佩服的神气，"要是我也能够这样啊！"他想，"那么，我就算是幸福了！"但是人家却告诉他说：

"这个不算什么，从前我们也和方先生一样，有些还要差，底子是一点都没有，什么事也不能干。但是一到了团体后，马上便学会了，因为团体就是一个最实际最好的学校，每一个人进来都能得到它的教育的。"

"真的是这样？"方光寿对这句话大大地吃着惊。

"我为什么要骗你！不相信，方先生也可以进来试试看。"

"像我这样也可以进去？"

"当然可以。只要你有决心。"

他沉默着，心里起了一个复杂的变化。

工作完毕，他和同志们重新回转学校去时，他忽然悄悄地拉住那位同志，怪难为情地红着面说：

"你刚刚说的话，果真是真的？"

"什么话？"那位同志已把他说过的话，完全忘记了。

"就是那——我也可以进你们的团体里去试试。……"

"当然是真的，不信你可以问她……"说着，他又拉了另一位女同志过来证明。那位女同志开始也莫名其妙，当她知道了是怎么回事后，就一口肯定地说下："是真的！"

"你们的队长肯要像我这样的人？"

"为什么不要哩，他对你的印象很好，而且在我们的队里，到现在还有三个缺空，找不到人。"

方光寿又沉默着了。不过在他的心中，这时却充满了光明和愉快。

到了深夜，家里派来的用人，用灯笼把他从学校照回家后，他一点也睡不着，一个人在书斋里背着手，走来走去。他觉得自己就要离开这个古屋了，离开这美丽的村庄了，离开那慈善的老祖母，而这些东西，在他过去十几年生活里面，又是占着多么重要的地位！但是，叫他留着，在这古老的宅第，在这死静的村庄，度过那平凡的一生，他又不愿意，他好像已经听见从战地上传来的连天的炮火，好像有一大群日本士兵，像是决堤的潮水，汹涌地压向他来，他的心跳着，热血奔腾着，他的拳头紧紧地握起，又悄悄地放在书桌上。他完全地决定了。

他把这个意思告诉了他的老祖母，但是，他瞒着她是去参加这个工作队，而是说要和他们伴随着上省城去进学校。三年前，他曾有过这样一个计划，祖母也曾答应过，但是因为少了伴随，一直没有把这计划实现，现在他又重新把这事提起了。老祖母对于这个突然提出的事情，非常吃惊，她这一个家族现在只有这个孩子了，而且她正在替他准备着，只要时机一到就可以和他表妹结婚。还有是，她已经老了，她需要有人来看顾。但是，他却反对着道：

"要是我这次走不成功，我就永远走不成功了。我的前途也要从此跟着葬丧了！而且我只不过出去走走而已，不久还是要回来。"

老祖母是一个明理人，她爱着这个古老的世族，而这世族现在只留着这一个人了，要是要希望这个在没落中的世族能够重新兴盛，她就不能不给他机会去发展。因此，她当时虽然满眼流着泪，也只好含着愁苦的微笑答应了。

"要到什么时候才能回来呢？"

"不会太迟，也不会太早，"这个勇敢的青年人说道，"大概是明年花开的时节。"

取得老祖母同意之后，他又急急地到学校里去。

陈队长接见了他。这个青年，在这短短的几天中，已经完全改变过来，成了另外一个人了。他已不像从前那样的畏怯，迂腐，摇头摆脑地充满了书生子的恶习。他勇敢而又兴奋地告诉陈队长，说明他自己的希望和决心，并且说：这事祖母已经答应了。

"你吃得来苦吗？"陈队长微笑着说，等到他肯定的答应过后才又接下，"参加团体是一点也没问题的，在这短短几天的工作中，你表现得很好，我们队里的同志，对你都有相当的好感。现在，你可以回去准备行李了，你知道，我们在两天后就要动身的，到别的地方去。不过东西不能带得太多，每个人只许带十五公斤。"

工作队在这个村庄的工作结束了之后，他们就像来时一样，把自己装在三辆牛车上被载出发。村中的壮丁，由村长率领着，拿一条大红彩布披到队长肩上之后，鞭炮声随着大作。车上的人，感动极了，一会唱歌，一会又是喊口号，有几个女同志甚至于大声地哭了。车过了浮桥，欢送的人就开始停住，要走的人继续缓缓地朝前走去。他们这样走了好一会，鞭炮声已远远地掉在后面，大家在车上坐好开始用回忆来体味这一幕热烈的情景，大家都沉入静思，谁也没心去注意他们周围的环境。但是在最后的一辆牛车上，坐着方光寿的那辆车子后面，却发现着一个银发苍苍的老太婆，一手拄着拐杖，一手扶着一位全身通黑的秀美的青年姑娘，喘着气，眼中流着泪，一高一低地紧跟着车子走。她其所以这样做，为的是可以自由地和她的孙子谈话。

"天气冷了要多穿衣服，"老太婆这样嘱咐道，"不等到转热不要脱下来。晚上不要忘记盖被头。这会伤风的。对人要特别谨慎和气，不要交坏朋友，他们会带你作坏的。也不要跟人家吵吵闹闹，这常常会伤了人家的和气，容易得罪人。……"

那面孔苍白的孩子，也流着泪答：

"您的话我通通记得了，奶奶，不要再送了，这样会使我难过的。到了省城后，我一定好好读书做事，并且要常常给您们写信。也不会失约，到明年的这个时候，我一看见桃李花开了，我就会自己回来。自己要多多地照顾身体，家里有了表妹在，和我在家时是一样的。……"

"要这样才算是懂事的好孩子……"老妇人说着，大滴大滴的眼泪又掉下来了。

"那么，你们可以回去了。"

"不！"老妇人反抗着说。"我以后要好久好久都见不到你了，为什么你这样忍心，不让我多送你两步，多看你两眼，而且我的体力还是很好的，一点也不觉得疲乏。"

这样，他们又走了一大段路，老妇人对她的孙子神气极为悲伤地把刚刚说过的话又重说了一道。

"祖母，不要再这样了，我求你，回去罢。"

"不！孩子，我的体力是很好的啊！"

这样，他们又走了很长的一段路，老妇人开始对她的孙子重复了第三遍那早已说过的话。照这样送下去，不知道要送到什么地方才完，坐在车上的人都严重地互相交换着眼光，陈队长甚至于下着命令，把车子停下。于是大家都跳下车来，帮着方光寿劝那老妇人。那老妇人见她的固执，已经得不到人家的同情了，才老泪纵横地答应不再送了，那扶着她的小姑娘，虽然一路都沉默着，但是到了这时也不得不哇的一声掩面哭将起来。大家在这儿，对这两个悲伤的人，作着隆重的告别礼，才又重新爬上牛车，开着走。那祖孙俩跟跄地跟着这急急开走的牛车走了几步，想起了自己的诺言，遂又站住，只对那在车后面扬起的尘雾，摇着手，并且用哽咽的声调叫道：

"光寿孩子，不要忘记明年这个时节啊！老祖母这儿等着你哩！"

但是，她的话已经给牛车上扬起的歌声遮断，没有人听见。

方光寿在工作队中，努力地学习和工作着，他接受了所有同志们好意的鼓励，想用自己的努力赶上他们。但是，他的身体实在太差了，吃不起苦，因此到队中后，就常常病着。有人劝他仍旧回家去，那样的环境对他这样的病体是很有好处的，但是给他严峻地拒绝了。他说："我好比一只长年给关在牢笼中的鸟儿，现在好容易才摆脱了那束缚出来，在这个宽广的世界自由地飞翔，你们应该多帮助这只羽毛未丰的鸟儿才对，为什么却要迫他再回去投进那个狭隘的牢笼呢？"以后同志们便不敢对他再提什么了。四个月后，在邻近敌人阵地只有六十五里的一个小村庄中，恶性疟疾忽然把他的生命完全摧毁了。当他快要断气的时候，他对于这个友爱的队和友爱的同志们，所提出的第一个要求不是别的，而是请把他的死绝对地严守秘密，不要给他的家庭知道。

"你们都曾看见，我在离开家乡时的情形，"他说，"我们一家三代人，现在只有我一个男丁了。要是她们知道，知道已经永远见不着我了，老祖母会马上发疯的。而我那位表妹，说不定也会投水自杀的。要是你们觉得我还可以做个知己朋友的话，那么，请看在这一点情分上，救救这两位可怜的老弱——不要告诉她们。"

说着，他的眼泪伤心地滴下了，围在他周围的同志们眼睛跟着也湿润了起来，有几位甚至于悄悄地哭了。

"方同志，我们敢对你发誓，我们大家会共同地做你所希望做的事，请放心，你的病会好起来的。"

"不，我知道得很清楚。"他说，在枯瘦的面上，开始浮着笑容，"你们已经答应了我，不把这事给她们知道——永远地不给她们知道。"

"这怎能够呢？"大家看见病人是这么地认真，不禁沉吟起来了，"这怎能够呢？"

"你们答应我过，你们非这样做不可！"病人固执着说。

"好吧，"陈队长含着泪说，"以后我可以代替了你，每个月给她们去一封信，使她们不至于怀疑，或者发生什么不幸。但是，方同志，你的身体仍旧是十分健康的，不久就会好起来的。"

"不！"病人软弱地说，"我知道，我已经无望了。"

两天后，他就死了。同志们在敌人的炮火下，还替他举行了一个简单却又隆重的葬礼。

时日挤着时日，岁月转换着岁月，旧的梦幻消逝，新的跟着来了。在方光寿死后的这一段时间中，陈队长总是按照着死者过去的习惯，顶冒他的名义，每个月给那两个不幸的老弱写着信，也不断地从她们那边接着回信。但是，有一次他因为工作过于繁忙，不知怎的竟把这件事忘记了，过了三个月还没写过一封信，当他偶尔想起了这件事，已经是春天，野地的樱桃花又再度开放了。那时，恰好他们的队伍又是奉命调回后方休息，路过了离桃花村约三十里外的那个圩场，陈队长想：在这时给她们写信，不如亲自去跑一趟，看看这两个可怜的老弱，顺便也可以给她们一点安慰。于是，他偷了个空，就动身到桃花村去了。

在和煦的春日中，他坐在从圩上雇用的牛车上，缓缓地走着，路旁的果园正是盛开时节，红绿颜色播满了枝头。他在车中，沉默着。眼看着这春光灿烂的景色，禁不住起了追忆过去的情思。在去年也是这样的一个日子，他们曾抱了怎样的一种心情到这儿来。现在他所能看见的一切情形，都没多大变化，但是，这个已经阔别了一年的故地，印入他脑中后所起的心境的变化，又是多么大的不同啊！

牛车在平舒的路上，走了约三个钟头，当太阳正挂到正中的时分，远远地已经能够望到村外的浮桥了，他很贪婪地，把它看了好一会，忽然敏锐地起了一种不同的感觉，他觉得今天所看见的浮桥那边的情形，已和当时大大的不同了。到底有什么不同呢？他一时也说不出来，可是稍为走近点就觉察出来了：原来在浮桥头的左边，已经加了一所草棚了。像这种草棚，在这一带到处都能发现，通常是做小买卖人家架设着，在路旁卖些茶水，果品，零吃，以供过往行人休息时用的。看见了那草棚，当时他心里就想起一件事："为什么不先在这草棚前停下休息休息，同时也可以顺便打听一下方家情形。"这样决定之后，他就叫车夫把车子赶快一点。

鞭子在空中呼啸了一声，牛车就更加起劲地吱吱地叫了起来，车行的速度随着也增加了。可是，当他们走到了离那草棚还有百来步远的时候，他忽然看见一个全身通黑，梳小辫子的年轻姑娘，从那草棚里匆匆地走出来，探头朝他这边望。因为太阳光强烈得刺眼的缘故，使她在探望时不得不拿右手遮在眼皮上。她对这辆吱吱叫着的牛车，十分注意地观望着，似乎想从车上侦查些什么来，但因为隔离远了一点，她的眼力又不大好，不能一时看出什么来，所以她有好一会还是采着那同一的姿态站着不动。不久，她从车上好像看出些什么来了，于是就匆匆地掉过头去，对草棚内的一个什么人招手，那个人果然也应招出来了。这个出来的人，是一个银发苍苍的老妇人，她很仓忙地走出来之后，就扶在那年轻姑娘身上，也朝着这牛车望。

"看清楚了没有？"老妇人睁着她昏花老眼看了好一会，大概是看不着了所以这样问。

"还没有，奶奶，他的头给一块白手帕包着，只有半边面露出来。"年轻的姑娘失望地回说。但是她站着的姿势却一点也不变。

"那么，你就看他那露出的半边面孔。"

"没有用，奶奶，他的面孔不是朝着正面，他的头低着，好像在想什么心思……"

"他果真是低着在想心思吗？"

"我一点也没有看错，奶奶。"

"那么，"老妇人的面孔马上开朗起来了，"一定是他了，阿筠，你想一想，一个从来没离开亲人一步过活长大的人，忽然一离开就是一年，怎不叫他想念家乡哩！可怜的孩子，当你要走的时候，我不是告诉你不要离开吗？你反对，你一定要出去跑跑，好，现在想起家来了，活该！……"这样自言自语了一番之后，她又大声地说："怎样，我的呆姑娘，到现在还没有看清楚吗？"

"没有，奶奶，你不要那样急，那样地叫，我就要看清楚，唔，……现在是看清楚了！"当她说到这最后几个字时，她的声调很低，而且带着绝望情绪。

"看清楚了，怎样？是不是你那宝贝表哥？"

"不，"年轻的姑娘失望说，"不是他，是一个不相干的人。……"说时，她的声音哆嗦得很厉害。

"那么，他还没回来？"老妇人的语调充满着悲观的情绪，但是还没完全到绝望地步。

"他还没回来。……"

"他为什么不回来呢？难道他已经忘记了家乡，老祖母和阿筠了？"说着，老妇人的眼睛开始浮出了泪光。

"不会的，奶奶。他会回来的，他说过，他要回来的。"

"但是，为什么到现在还不回来。果园里的花也快凋谢了。"

"也许给路上耽搁了。"

但是，那老妇人没有听她的话，她十分伤心，要不是那个青年姑娘这样紧紧地扶住她，她早已瘫倒在地上了，她一面绝望地自言自语着："不是他，不是他，老不是他，多可怕的话。……"一面让人家把她扶进草棚内去，在那儿，她们两个单独占了一个桌位，在桌上还放着许多食品，她是准备着在接到她这个宝贝孙儿，未曾回到自己屋子里之前，就先给他充饥的，因为她相信在经过了这几十里路后，就是曾在圩上用过饭，也一定会饿的。到了草棚内的座位后，那老妇人索性俯着桌面哽咽起来了，年轻姑娘在她旁边，拿着许多肯定的话，在低低地劝解她。

现在，牛车已经到达草棚外，并且开始停下来了，陈队长吩咐了那车夫几句话后，就从车上跳了下来。他一面解去头上遮太阳的白手帕，一面跨进草棚，在一张正对住那两个女人的桌子上坐下。他很温和地对那位老板娘，说他需要一碗甜酒之后，就仔细地对那两个悲伤的女人看着，当他看清了她们的面孔，并且知道她们是什么人后，他深深地吃惊起来了。这真是巧极了，他正要去找她们，而她们却在这儿和他碰着了。他仔细去看那位老妇人，觉得比在一年前他所看见的要苍老憔悴得多了，但是她的牙齿却还是齐全的。至于那位全身通黑的青年姑娘，比之去年他看见她时，却要更加长大好看了。但是，她们两个为什么到这儿来？为什么不时到草棚外去探望？而且悲伤地哭着呢？这时，好像有什么声音低低地附在他的耳旁说：

"在明年，花开的时节……"

在他脑里，跟着就迅速地浮现出，去年曾在这儿上演过的那一幕悲欢离合的情境，他完全地醒悟过来了……

远远的牛车铃声又起了，黑衣女郎像是受了一种什么无形力量的吸引，先皱着眉头侧耳静听，然后就站起，丢开那老妇人兀自急急忙忙走出草棚外去。那老妇人看见这情形，希望又油然地生了，她满有光彩地抬起头，向外静视，显然她是在等候人家的招呼，准备随时都可以扑进她那宝贝孙儿的怀里去。但，她的心实在是太过于急了，没等那个女郎回身来对她招手，就迫不及待地站起来，动身走出去。陈队长用充满了哀伤和感动的眼光凝视着她，一直到她在草棚外消失了，虽然一切事情，都和他所逆料的不同，但他仍决定依照原定计划做去，因此，他叫那老板娘添一碗甜酒，且又装着毫不动情的口吻，和她攀谈起来。

"老板娘，我且大胆地问你一声，刚刚走出去的那两个人，是不是方家的两祖孙？"

"是的，客人，"老板娘平板地答复着，又用眼睛把他从头看到脚，好像直到这时才开始注意到他，"你怎么认得她们？"

"在去年，我曾和她们见过一次面，"他接着又说道，"她们好像在等什么人？……"

"还不是，就是那方家大少爷害人，这个孩子从小一直在家长大，从没离过门一步，去年也是这个时候，不知道哪儿来了一队什么宣讲队，对他宣讲了一些什么，他忽然就心动起来了，吵着要上省城去读书，他已经不是小孩子了，老祖母怎么留得住他，因此也只好答应了。当他动身时，他曾答应家里说，要在明年花开的时节回来，现在时候已经到了，那两祖孙整整一年都没忘记这句话，她们当果园里的花正在含苞时就出来等，哪知道左等右等都不见回来，信也有两三个月没来一封了。……"

"初出去时，他是不是常来信？"

"当然常来，听说每个月都有的。"

陈队长沉默着，喝着他的甜酒。

"也许他在外头，事情忙着分不开身……"

"一个年纪轻轻的人，家里又不愁他来看养的，有什么事情忙着分不开身？一定是什么坏人把他带坏，把家忘记了。只可怜了那祖孙俩，为他急得吃歇都不安然。"

"我想，那方家少爷不至于这样吧，"陈队长好像是他的深知，正在替他辩护着，"我听说他是一个诚实人，诚实人是不容易给人带坏的，也许他记性不好，已经把回家这件事忘记了。"

"我也这样想，"老板娘随风转帆地说，"但是她老人家不肯相信，还有那位穿黑衣服的小姑娘，她还是他的未婚妻子，专等这次回来结婚的，也不肯相信。她们说，他不是那样人，只要一看见野地里花开了，便会回来的。"

正当他们说到这儿，草棚外便闪出了两个影子来，他抬头一看，原来却是刚刚走出去的那祖孙俩。她们这时意志消沉，情绪沮丧，那老妇人甚至于边走边摇头叹气。她们刚刚在自己的座位上坐定之后，草棚外的牛车铃声就大大地响起，跟着车子也出现，只一闪就朝浮桥那边急急地驰去。队长把那车上的坐客细看着，原来是四个学生，他们也许正从县城放了春假回来。当牛车的铃铛声已经去远了，听不见了，陈队长才重回头去看那祖孙俩，他看见那老妇人正抱头大哭，黑衣女郎见劝她不住，也呜呜咽咽地哭将起来，甚至于连那老板娘也在摇头叹气了。

陈队长原本想等她们稍稍的平静了之后，就设法和她们攀谈，好好地安慰她们一下。但是在这时，在他看见了这种极端不幸的情形之后，他的勇气就完全丧失了。他悔恨着，自己不该在当时允许那青年和大家一起出去工作，不该当他已经死了这样久了，还瞒着她们，现在，他得自己亲自来采摘这些由自己亲手栽下的错误果实了。但是，要叫他怎样开口呢？继续欺骗着她们，在她们绝望中给以新的希望，告诉她，随自己的意思编造一套，说他现在是如何如何的好，有什么样的进步，正在什么地方吗？或者就索性告诉她们，他已经死了，永远也不会回来了？不管是撒谎，或真实地给她们以打击，在他这时看来，都是可怕的，说不定她们会在他面前马上发生什么不幸的，而他又是再担心着会亲自来担负这不幸的重荷。但是，不这样做叫他怎样办呢？他为什么要到这儿来？他沉默着，疯狂地喝着甜酒，直到那老板娘对他吃惊地张大了眼睛，也许她在怀疑着他存心想喝光她所有的甜酒，并且准备着白喝不给钱的。那两个不幸者的呜咽和哀诉声，时时地扰着他，叫他心碎，现在他差不多跟着也要滴下泪来，甚而至于想扑到她们面前去，跪着，诚实地告诉一切。但是他不能这样做，他曾亲自答应那死者，他得对他的友人保守信约。这样一来，使他觉得这儿的一切，都是非常之可怕的了，他不能再待下去，就是短短的一刻也不可能，不然他会把一切秘密都暴露出来，而在暴露后，又会发生怎样可怕的后果啊！他简直不敢想象下去了！

不知道是哪来了一股勇气，使他迅速地站起来胡乱地从身上抓到一把钱丢给老板娘，就一直走出去。当他用逃遁的仓促步伐，跳上牛车后，正在打瞌睡的车夫惊醒了，他睁大了眼睛，吃惊地望着这位神色大变的客人。但是客人却不去理他，只用命令的口吻严厉地叫道：

"走！赶快走！回头走！"

车夫莫名其妙地张大了嘴巴对他望，但是却仍旧温顺地把牛车朝回头转：

当牛车已走了好一会，老板娘也正好把账算清，赶出草棚去叫客人慢点走，还有钱找。但是那个客人却连头也不回。只有暴怒地对车夫咆吼着：

"我叫你赶快一点，快一点走啊！"

在他眼中，泪水跟着转了两下，也滴下了。

老板娘在草棚外的太阳下，呆呆地站着，她相信这位奇异的客人，一定是给甜酒喝醉了，不然为什么会这样糊涂呢？

红的蔷薇

悲尔哀

"杂色花。"校里的学生都这样叫她。

这有着金色头发和薰眼的安南女郎，谁都怀疑她是黄、白两族的混血种，所以给她取上"杂色花"这名字。

"他们又侮辱我了，先生。"

被学生叫作"杂色花"的娜，第三次地来向我控诉了，我不知道又怎样安慰她，只随口问了一句："谁——呢？"

"沈弼。"

"啊！又是沈弼，他怎么样？"

"……"

她还没有说出来，喉咙便像梗住了东西般哽咽着。苹果似的脸颊顿时烧起了狼狈的羞红色，美丽的蓝眼溶成甘露般的泪珠，她急急地避开我的视线，眺望着窗外的景物。

窗外，雨淅沥沥地下着。

玻璃色的田野，袒露着丰腴的胸膛，驯性地受着雨点的揶揄。

太阳，用着它美丽的彩色，蘸着雨水，在雨天画了一条彩虹。

我又把视线落在她的脸上，她正凝视着这彩虹

作者简介

悲尔哀，生卒年不详。从《荒村奇遇》《阴雨的日子》《李涟》等作品文末留下的信息看，悲尔哀应为广西靖西人或在靖西生活之人。

作品信息

原载《大公报》(桂林版) 1942 年 1 月 12 日。

而沉思，像是在想什么……

这彩虹照耀下的大地，正是她不幸的祖国啊！

倏然，她颓然地落在桌沿的椅子上，将两手蒙住了眼睛，呜呜地哭了起来。

我知道。她又想起了她的祖国。

娜是我们学校高级部的学生。按年岁计，她已超过了小学生合格的年龄。

她是安南人，现年十八岁，是个善感而有爱国热情的女子。父亲是越南革命党的首领，他领导着越南的民众，干着复兴祖国的事业。然而，就在去年的秋天，他已被日本人捕杀了。

以前，她曾跟着父亲做过多份的工作，父亲亡后，因为不堪忍受身上双重的压迫，便跟着年老的母亲离开祖国，流浪到了靖西。

娜到我们学校来读书，只不过是这学期的事。

为的她天资的聪颖与美丽，我非常地爱她。

校里的学生，对她很不客气，甚至侮辱她，毁谤她。

"杂色花，你的国旗是什么颜色啊！"

一早升旗时，一个学生这样地揶揄她。

"杂色花的父亲是法国人，她的母亲是个野鸡。"

一次，一个学生又这样地侮辱她。

每当她受到什么屈辱时，她总是噙着眼泪，向我控诉。

"啊！没有祖国的人，到哪个地方找一片自由的土地呢？"

"娜，不要这样伤心，我是很爱你的。"

我几乎感动得流泪了。

每在课余之暇，娜便独自到我的房里，跟我寒暄，唱歌，或要我讲故事。

"娜，到过高平吗？"

一天，我这样地问她。

"嗯，在高平住了两年多呢！"

接着娜便告诉我，高平是如何的歌舞升平，花天酒地。

"既然高平是这样的热闹，为什么不住在那边呢？"我故意地问她。

"我不愿。"

"不愿意？不爱热闹吗？"

"当然，不过这热闹不是我们的呵！我们在那里只不过是一个无声无息的奴隶……"

娜又告诉我，法国人是如何地虐待和奴化越南的民众，那简直被她说成个活地狱的样子。

"并且，现在又多了可怕的日本人。"娜颤声地说。

"到球场打球，好不好？"我怕娜伤心，所以有这提议。

"我不会打——。"

"那么，跳绳吧。"

"也不会啊！"

"怎么一样都不会呢？"

"我从没有玩过这种游戏。"

"你以前进过学校吗？"

"没有。"

"怎样你又认得那么多的汉字？"

"爹爹教我的。"

"以前，"娜见我无语，又继续说，"爹爹曾在中国读过很久的书。"

"到外面溜达溜达吧。"我第三次地提议了。

"那去呢？"

"郊外。"

"去吧。"

于是我们便走出了城门。三月的郊野，是青绿抹成一片的。高地的玉蜀黍已经长大了，低田也注满了水，天空，也是蓝郁郁的，空气，带着雨后的新晴。

我们沿着田塍走去，风轻轻地拂着。娜行在我的面前，她的金发在微风中飘散着，就像一朵奇异而美丽的花。

"啊！多么美丽的蜻蜓。"娜指着一只翠绿的蜻蜓说。

"娜，你怀念着家乡吗？"

"多少要怀念点啦。"

"是谁迫你离开家乡呢？啊！娜，我们有着共同的仇恨，共同的敌人。"

一阵酸痛涌上我的咽喉。娜哀哀地唱起歌来了："每过见良辰和美景，总想起我的故乡，那里有锦绣山川，那里有美丽风光。最难忘春来去游钓，柳荫轻浮古池塘，于今独在客途里，路遥山远天一方……"

本来下面还有的，不过一阵心酸，使我变成一个残暴的人，我阻止着娜说："娜不要唱吧！我们有仇恨，我们要杀死我们的敌人，让我们联合起来呵。"

娜默默地看着我。眼泪像泉水般的滚滚地流着。

一天，娜又到的我房里，她手里拿着一木做的小飞机。她将木机放在桌上说："先生，一架飞机，多好！"

"啊！谁做的？做得很好。"

"你说是谁做的？"

"你吧！不是吗？"

她嫣然一笑。

"假若这架小飞机真的飞上天去，并且变大了，这时候，我便飞到家乡去了。"娜天真地说。

"日本人用高射炮打你呢？"

"怕什么，我要给他们吃铁蛋。"

"好！那么你就立刻驾飞机去吧！炸死我们的敌人，收回故乡啊！"

"真的，我就去。"

小飞机昂起了头，真好像要飞去一般。

娜的生活非常的困难，每天，是靠着母亲替人家缝纫的工钱来维持生活的，因此，我常常尽量地给她一点帮助。

一天，我从街买了几本练习簿送她。

为了报答我，她赠我一束鲜艳的蔷薇。

"让这蔷薇永远绮丽地开着啊！"她含羞地对着我说。

我将蔷薇放在房里的花瓶中，看着这芳香瑰丽的蔷薇，我便感到内心的兴奋，人生的意义和价值。

然而，不到一星期，蔷薇便萎落了，我悽然地看着残了的花瓣，不自禁地感到一阵寒冷。

"啊！毕竟'花无百日红'哟！"

三月去了，西南风带来了不幸的四月。

一天，在蔚蓝的太空中，挣出了六架敌机，就在这六架机翼下，娜的母亲被炸死了。

以后，我许久没看见娜的影子。

两星期后的一晚，当我正在独自坐在房里中纳闷时，在窗外的石榴花树下，我又发现了美丽的影子，娜的金发蓬乱着，美丽的蓝眼也有点红肿，她在默默地走着。

"啊——娜！"

她昂起了头，用牙齿咬着嘴唇，眼圈全湿了。

"没有什么的。先生，你一个人在房间吗？"

差不多像秋风穿过古庙角的铃响声。

她走入房间，站在书桌旁，红肿的眼睛落在书桌上，那已萎谢了的蔷薇上。

"啊！蔷薇萎落了。"

说完，她便抽噎地哭起来了。

她的悽惨的哭声，使我的心起了一阵抖颤，酸泪夺眶而出。

"娜，不要这样的伤心吧！"

她忍住了泪说："先生，我不想在这里读书了。"

"不读书了？到什么地方去呢？"

"到安南去做工作。"

夕阳西坠了，窗外笼罩了灰黑的夜，我们离开了房间，漫步于广场的草坪上。

天空，群星在闪着懒懒的光，月儿也升上来了，大地在蒸着热气。

"娜，你去了，记得要给我写信啊！"

南方的山顶上，嵌着一颗晶莹的大星，娜正凝视这大星而沉思。

她在想她的祖国了，她这不幸的祖国，如今正捏在日本军阀的毒手里。

我感到我的心在跳，不知我要怎样做才好。

她昂起了头，两眼盯住我。说：

"我永远不会忘记你，先生。……"

"娜！去吧！像苍鹰般昂起了头，跟敌人搏斗，向自由，向光明，勇敢地飞去啊！"

对于这不幸的女孩，我不知道怎么样去安慰和鼓舞她。

这没有祖国的女孩，啊，飞向战斗去了。

四月末了，娜的信来了，信中，她告诉我她生活，她是生活得非常愉快。并且，她在信内还夹上了一片蔷薇花瓣。

落伍者

陆地

我到连队去的那一天。太阳已经快落了：随处都显得萧索、静穆，高空上偶然叫着南归的雁声，村庄浴在一种银灰色的烟霭里。可是，在靠近一条浅流的河岸上，一片绿色的菜地里，人们像秋雨将来时的蚂蚁那样忙碌着——浇水的，抬粪的……全个连队的人都卷入劳动的欢娱里了。然而，离我约莫五十米的偏角处，却有一个例外的人，使我很诧异，他孤独地蹲着：两手抱住膝盖，头伏在手腕上，像睡着了，又仿佛一只吓唬雀鸟的草人。别人在他身边叫着闹着，都不能搅扰他的安静。忙碌着的人们也没有顾及他的存在：如果他妨碍了走路，也只当着回避一堆石头，拐一个弯就算了。

"是病号吗？为什么不送到卫生队去？"我当时就有这样的猜测和疑心。

作者简介

陆地（1918—2010），壮族，原名陈克惠，曾用名陈寒梅，广西扶绥人。1935年初就读广东省立第一师范学校，1937年在广州《民国日报》发表处女作《期考的前夜》。1938年9月奔赴延安，进入抗日军政大学。1939年1月考入延安鲁迅艺术学院文学系，毕业时留校任创作员。1941年11月调延安部队艺术学校任文学教员。1943年初在延安部队生活报任特派记者、编辑。1945年6月参加八路军南下支队，离开延安，后又转赴东北，11月初进入《东北日报》编副刊。东北时期，边编报边创作，1947年出版首部短篇小说集《北方》。新中国成立后，历任广西梧州市委宣传部部长，广西省（区）委宣传部秘书长、副部长等职，是中国作家协会广西分会首届主席。其间，还先后挂全国政协第三、四届委员，全国文联第三、四届委员，中国作协第三、四届理事，第五届中国作协全委会顾问，第六、七届名誉委员等头衔。代表作有长篇小说《美丽的南方》《瀑布》和短篇小说集《故人》等。2018年12月，广西师范大学出版社出版陆地百年诞辰纪念版《陆地文集》（八卷）。

作品信息

原载《谷雨》1942年2月17日第1卷第4期。收入《陆地作品选》（漓江出版社1986年10月出版）、《陆地文集·第三卷》（广西师范大学出版社2018年12月出版）等。

然而，第二天，第三天，他还是这个样子，还是坐在原来的地方，仿佛一只吓唬雀鸟的草人。

为了消除对他的猜疑，第四天我才问起司号员。旁边一位年轻的文书员听见我问，赶紧插进来说道：

"呵，老张！"话语的音调带着很深长的意味；好像老张这个人的生活中有番一言难尽的情节。他为了尽情发挥他的议论，在我身旁坐下了。

"告诉你，教员，他真是怪人哩，有一回，检查清洁卫生，你想他怎么说？他说什么'贞节'卫生，谁的肚子没有屎！真是，我从来没见过这样的人。"

文书员用着讽刺的语气，并且拟摸着他的口吻，很得意地说着。

"可是人家有一个绝招：一行军打仗，煮饭就得靠他，不知他怎样搞的，别看他那副鸦片烟鬼的样子，煮起饭来，可是呱呱叫哩。"说到这，他看见司号员的亮晶晶的眼睛表示出对于老张的同情，他就转过来刺他一句：

"他对你很好，对不对？"

"我个卵，他对我好！"司号员被欺负了似的，涨红了小脸，气愤地走开了。走得不远，他又快快活活地投入劳作的队伍里，跟别人一样，在老张的身边叫着、闹着。

文书员用恶毒的眼光看了司号员一会，然后才转向我解说：老张确实和司号员很要好，原因是司号员和他同是山东人，而且还同一个县；再就是有一次行军，老张发疟子，背不了自己的铺盖，司号员帮他背了一天。这样，他们就好起来了。

"……他是不帮助人家的。"文书员解说他们俩的所以要好的原因之后，又述说老张的为人。"对人总是爱理不理，比如说要他今天挑八担水，那他就挑八担。别的炊事员生病了请他帮助一下，他一定不肯。总之，他分内的事做得叫人没话说，只是，脾气不好，爱骂人——谁他都敢骂，粗里粗气的……"

"那么指导员怎么不教育他、批评他呢？"

"怎么不呢？开斗争会斗争他也不中用。他从来就不把人家的话放在心里。"

文书员说完了，转回头望望稻草人似的老张。

暮色迟疑地封锁着群山，田野和森林，暗蓝色的西方，骄傲的新月发亮了，不知名的小雀在河滨的芦苇里争吵着。一头上飞着的蚊子，乌黑一般的密集起来。人们将水桶，粪箕，随便地搭在锄头上，陆续地走回营房了。

　　我的耳朵还是绕着文书员对我说的话。

　　一天，我和指导员在连部里商量关于战士的教育问题。一个炊事员进来，那奇特的模样，吸引我的注意，一顶厚重而油腻腻的棉帽子，帽花脱落了，留下一个圆圆的痕迹，帽子下边是一张冒着汗的瘦削的脸，络腮胡刚刮过不久，显得一大块青色，虽然戴着棉帽，单衣的扣子却开着，露出赤铜色的胸膛。

　　他进来不声不响，也不看我们一眼，就将米缸的石板盖揭去，弯着腰，把头钻入米缸里，一升一升将米掏出来，往筐里倒。

　　"老张。"他端米筐将要走了，指导员叫住他。

　　"什么?"他停住，以怪异的眼光，朝着指导员愣了一下，顺便也看一看我。

　　"你看你这副样子!"

　　"我这副样子，不好看是吗? 我这副样子——好歹总过了四十多岁了。"

　　他不但不服气，反而向指导员表示轻蔑，夸张自己的样子。

　　"绑腿又不打，鞋子又——"指导员用嫌恶的目光瞧着他那露在外面很脏而且破裂的脚后跟，"绑腿不打，就拿起给旁人，人家要打的反而没有。"

　　"拿来给人，你好说。我的东西，随我高兴放着就放着。我没有鞋子穿，谁给我?"

　　他一面嘟哝着，一面把米筐往肩上托着走了。指导员无可奈何地气恼茫然，默想很久。

　　"他就是每天晚上寂寞地蹲着，仿佛一只吓唬鸟雀的草人。"我的心恍悟了一下，跟随看望他那渐渐远去的背影。

　　"这个家伙顽固得要死，难怪他当了一辈子的差，都没进步!"

　　指导员谴责的话里，带着慨叹的成分，好像也为老张的命运感到悲悯。

　　随后，我才见他把绑腿打上了，打得松松散散的，像两根剥了箨而倒挺的竹笋。

打了绑腿，上衣的扣子还是没有扣，显得吊儿郎当，在他冷漠的眼光里，好像表示说："看吧，我就是这样。"叫人觉得他是故意做出来的一种反叛行为。

对于周围的生活，对于别人，要是与自己没有切身关系的，他简直是不过问，日子死水一般的平静。可是谁触犯到他了，他就会咆哮了。

那一次，我从团部开完会回来，一进门，见院子里围着一大堆人，里面有老张的声音，骂着：

"官字两个口，都是他妈的！当官的人能说话，自己做的就不算了。"

我很疑惑，以为谁又去厨房里拿一把菜刀，或是提去一只水桶，忘记告诉他了。我在人群中找到文书员问他，他说："不是这个。"是司号员在老百姓的地里摘了人家一只甜瓜，指导员把他坐禁去了。老张说，指导员和连长在前方的时候，还不是把老百姓的狗宰来吃，为什么不"自我批评"了？抓到这一点，他就理直气壮地骂起来了。

这时候，司务长来了，他对老张委婉地解释说这不是指导员他们私自干的，那是上头的命令，因为老百姓的狗妨碍了我们夜间的活动。而且那只狗是在一个被日本人烧毁、已经没有人住了的荒村抓来的，可是，老张的脸上毫无动静，执拗地，一口咬定说：

"说什么，你们这些人，我什么看不透！"

他真好，什么都看透了，含着烟斗，把头掉过一边去。挨着门口站着。左手叉在腰间，随你再说天大的道理，他也不听。

别人没趣地走散了。

后来，我和炊事员们熟悉了，一有空闲，常到厨房去，和他们聊天、下棋，或者看看他们打草鞋。那天，我进去，炊事员们刚煮完饭，很静。有的人疲乏地抽着烟，有的人摘豆角、扫地——扫着失落在灶台上的饭粒。我一进去，人和苍蝇都骚动起来。屋里顿然烦扰了一阵。他们笑着，让我坐，有的快步拿识字课本来问我。他们在古庙的废墟上捡来的石灰当作粉笔，在铺地的石板上写着字，一个又一个问识字——问我这个字有几种解释，那个字怎样简写，有时他们问得挺有趣。见他们那样热心学习，使我做教员的人，也由衷地宽慰起来。

老张从河里挑水回来，见我和他们在一起，引起他奇怪，凝视我一下，于是，傲慢地走过我的头前来。湿的脚板，把人家的字踩上，全给糟蹋了，他却没有一点抱歉的意思。他不管别人正问我的话，竟当面问我抽不抽烟，将烟斗递过来。

大家暂时不说话了，静默地看他，屋里顿时寂静起来。一只灰色的猫跳上桌子去，那聚集在带有残饭的锅铲上的苍蝇，被惊扰，满屋飞舞。我开始感到有点热闷。

"六十岁人学鼓手，来不及啦，老王！"老张噙着烟斗，悠闲地抽着，藐视那个拿着识字课本的老王。人家都不睬他，还是把字写着又抹着，抹着又写着。

老张抽完了烟，便从腰间将裤头一翻，"他姆妈的，吃得那么肥！"说着，将捉到的一只虱子放在石板上，顺便将拇指甲一压，指甲和石板都染了一点红印。

"你们南方没有这个东西吧？你离南京多远？"

我对他解释南京和广东的距离，并问他什么时候到过南京的。

"就那年说去打十九路军，到南京又回来了，没有打成。唔，你们南方不爱吃面是吧？"

这时，他的脸上总泛着一层喜悦。那属于往时的华美的踪影，在他的眼睛里发亮，犹如夜空的流星，一瞬间，他又变成忧愁了，抬起沉重的头，仰视门外浅蓝色的天上移动着的一团铅色的云彩，一会，他猛然呼叹了一声，我的心里觉感到重压暗淡。他那干辣椒样的脸面，仿佛增添好几条皱纹。

"你那时就当差了吗？"我问。

"那时，哦，可早着哩，再过半年，就足够三十年了。我当兵的时候，怕你还没出世间。"说着，两手抱住膝盖表示老资格的神气。

他说出来当兵那年，是十六岁，和现在的司号员差不多。家里虽然不算有钱，总还过得去的，只是由于一个时期的继母的虐待，经常的挨打挨骂，受不了气，就跑出来了。起初，当勤务员，后来年纪大了，才下班去当兵士，当了好几年，做了班长，而后升了排长，排长一当，就当了七年却不得升连长。不升连长也算了，有一回为了不愿听从营长的意见去没收一个面天半熟点的鸦片烟，因而给降为班长。

抗战后，在南口打了败仗，自己受了伤，没有人管，掉队了，才被八路军收容过来，自己感到年纪大了，没有从前那股气力，就甘心当起伙夫来了。

"哎，还有什么看不透呢！看着老冯和老张打了又和了，反过来又和老蒋好了，打来打去，还不是为了他们当官的人争天下。我们这些喽啰白做炮灰，得到什么好处？还是自己有个妹子还好：送给老爷大人们做姨奶奶，换个把营长、团长来摆摆威风，但是，自己什么也没有，光棍一条，性情又坏——"

"性情坏，为什么不改一改呢？"我感觉他和别的年纪大的战士，伙夫不同，他不像老王他们那样，成天都怨自己的"八字"不好，什么都是天命，人自己没有办法改变的样子。

"改？"他诧异地反问，然后又低声地说，"一个人的性情不容易改，山东人就是气粗。"

"你也不学习！"我是带着怜惜，又带着谴责地说。

"学习当个球用。老苗了，不行，什么也不敢想了——"他看望着院子里一只乌鸦啄着一段殷红的羊脊骨，"再过几年，死了喂乌鸦。"他是坦然、旷达的神情。

在他的言辞间，溢流着对人生的怀疑，悽凉和消极，他又孤独地拿起烟斗，吸起烟来。显得对什么都没有意思的样子。

"你觉得这里比从前那个部队好些吧！"我想劝劝他：跟他解说这里人与人之间的关系，根本上和别的地方不一样，人生并不如他所想的那样的悲观的。他却把烟斗一敲，堵截着我的话了：

"什么不一样，哪里的乌鸦不是黑的。"

他一定又记起指导员宰狗的那类事来了。看他还是固执，我愈想起对他解释的责任的重要。于是，我说了一些道理，一些我们已经嚼烂了的、关于认识世界的道理。然而，他毫不领情地揉着眼睛，打了一个呵欠。过了一会才说：

"你当然读过许多书，懂得不少的道理。但是，我经历的，实实在在的事情，比你书上的道理更靠得住吧？你今年几岁呢？"他回过头来，看入我的眼睛。

我沉默了一下，他又接着说了。

"我看得太多了。我过的桥比你走的路还要多。你说将来，将来谁看见呢?"

看他的口气，我的道理怎样也不能摇撼他狭隘、直觉的经验了。

我们全落入沉默里。老王没兴趣地将那块当作粉笔的石灰一丢，走了。屁股的裤上散落着一片尘埃，老张捡起那块石灰看一看，想起了什么似的，把它放进口袋里去。

我默默地凝视着他，他是那样倔强、傲慢和近乎变态的固执。但从他那冷冷的、倦怠神志的眼睛，那刻满了皱纹的脸，看得出他孤独的空虚、寂寞、悲哀和凄凉，可怕的，吞噬他，戏弄他。如同三年前读《被侮辱与被损害的》，我忍抑不住我的感情，我的眼睛流着眼泪! 你这命运的弃儿，时代的落伍者呵! 我想起那些被旧日生活斥绝过，而对于新生活丧失了信心的人……

司号员从外面冒冒失失地跑进来，问我上不上文化课。他是一个那么活泼，那么矫健，充满着生命力的小伙子，老张一见到他，那枯干的脸重添了一些光亮，一个仁慈的父亲般的，问他刚才哪儿去。

"在二连长那儿下棋。他还请我吃西瓜。"司号员夸耀地说。

"你老不听话，下棋没用，学习吧，我这里有一块粉笔。"他和蔼地从口袋里掏出那块石灰给他。

司号员接过来，在墙上画一画，满意地走了。

老张头带着含笑的眼睛，望着他走去之后，他不再理睬我，反转回身去移开压在饭锅上的煤块，把盖揭开，预备将饭盛出来。

他又回到孤独、单调、麻木的状态里。

不久，队伍过河去参加"百团大战"了。我因别的事，不得去，留在河这边。用神奇的胜利和恐怖的死亡的幻想来装饰每天的梦。

一礼拜后的一天夜里，我被悽惨的羊叫声弄醒过来，跟着还有喧闹的人声和脚步声、驴马声。邻家一只狗起初吠得很厉害，忽然停止了。

队伍回来了。

文书员和通讯员几个小鬼还没有除下身上的武装，就跑来抢着告诉我这次战斗中所遇见的那些有趣的事情。他们说得越多，我就越感到不满足。我起来亲自到各个班上，到厨房，到处都跑了一趟。大家更加健谈，更加快乐了，找不出因为行军而疲惫的痕迹。

在厨房的院子里，拴着一只白羊，咩咩地鸣叫着，叫得很沮丧，和四周欢腾的气氛异常地不调和，叫人心里难受。老王忽然对我说：

"咱们抓来一只羊，却把老张丢了！"

"老张！为什么？"我非常惊讶。

"老张掉队了！"文书员进来听见我发问，就抢着回答。

"掉队了？！"我再说不出什么话。

文书员似乎觉察我的心意，慢慢地对我说是队伍忽然得到命令，暂时开回来。老张大概不知道还去找地方煮饭。因为我们回来时，给敌人发现，把我们追赶，所以来不及顾到个别一两个人了，老张一定就跟不上队伍。当时谁也想不到他。

"唔，你行过军没有？"文书员斜着眼睛对着我，"行军可不让你个人单独行动的。你一不听命令，马上会掉队。"

"老张这个家伙，平时总爱只管自家，不理旁人，人家也就不大照顾他——活该他掉队。"老王说。

文书员那单纯的脸上，看不见因老张的掉队而显得太多的哀愁和悼惜。他太幼小了，没有老张那么多的人生的苦难的折磨，也没有我那样多的思索的习惯。他的感受和反应，都是单纯而明快的。我为什么把忧郁分给他呢？我独自沉思下来了。

司号员走到我身旁来，见我不说话，便没趣地去抱那只白羊的脖子。

"老张掉队了，你不难过吗？"我问。

他不说话，摇一摇头。

"他呀，现在发赖呢，刚才过河时，他还哭呢！"文书员笑他。

"可是他和你很好，以后你就不能见到他了。"我又对他说。

"那有什么关系。大家都干革命工作，谁不是很好？"

司号员冷静地回答，使我异常惊诧，也异常失望，好像给抢白了一顿。原来我都比不上司号员那样健康的感情呵。他的话假使老张听到，也许会难过。然而，要是老张比他一样的年龄，对这样的事，也会那样说的吧？

院子里战士们燃起了篝火，欢呼着。司号员向他们那边走去了，给许多欢笑和掌声簇拥着。一会，他就在人群中跳"凯旋舞"。文书员也丢下我跑去加入他们的一群中去了。

我回来睡下，老是睡不着，一闭起眼睛，眼前就闪现着一幅幻象——一大群快乐的人在一条大路上嚷嚷闹闹地迈着步子，前进远去。而后边踽踽独行的那位老者，坐下来了，他翘首张望人群，而那前去的人群，谁也没有回过头来盼顾他……

一九四二年一月一二日 桥儿沟

| 文学史评论 |

陆地是党培养起来的解放区作家。他四十年代的小说，体现了他自己的创作个性。他既遵循文艺为工农兵方向，又遵循文学的现实主义原则，摄取自己最熟悉而又发生兴趣的生活，按照其本来面目加以艺术的表现。他善于描写前进中的青年知识分子以及工农兵中思想状态处于中间层次的那些人们。他笔下的人物如游击队小组长、王励本、马如龙、老崔头、尹闻学、老张、金明云、叶红等，都是新世界里的新人，但又不都是高大的英雄，而多是前进中的普通人。

——王保林主编《中国少数民族现代文学》，广西人民出版社，1989，第442页

陆地的小说，具有解放区文学的新特点，同时也显示着自己鲜明的创作个性。他写的是新世界里的新人，其中有高大的英雄人物，而更多的则是叶红、金明云、崔诚思等前进中的知识青年和普通工农，通过他们的进步来显示时代的变迁。他的小说，立意新颖，主题开掘较深，善于截取生活的横截面，通过几个片段，几

个情节来揭示人物性格，表现主题。他长于用第一人称叙述故事，在故事发展和矛盾斗争中表现人物。他重视提炼群众口语，故他的语言简练生动，朴素自然，有生活气息。

———十四院校编委会编《中国现代文学史新编》，云南教育出版社，1989，第711页

陆地在东北解放区创作的短篇小说，有的人物形象独具一种艺术魅力，有的故事深蕴一种动人的力量，而他（它）们都反映出他（它）们所由发生的时代与地域的特色，反映出正在领导人民走向光辉的曙色的共产党的伟力。

……

总的来看，陆地在东北解放区的短篇小说创作，题材广泛，人物形象鲜明，具有较高的艺术水准。

———王建中、任惜时、李春林、薛勤：《东北解放区文学史》，辽宁大学出版社，1995，第189—193页

陆地是解放区成长起来的少数民族作家，他的创作和他的战斗生活经历紧紧连在一起，表现了强烈的战斗性和革命思想倾向。

———吴重阳：《中国现代少数民族文学概论》，中央民族学院出版社，1992，第148页

陆地的小说创作，走过坎坷不平的道路。他的感悟和体会是有启迪意义的。他认为：古今诗文，何止千万，说到底，无非是"真情"二字。文学艺术，人情世态的载体。世态人情，文艺品味的盐。创作小说的要求，不应满足于写到合乎逻辑的伦理世故；最重要的，要求写到引人认同共鸣的人情。也就是说，主观或虚构的情节，必须合乎客观现实必然的逻辑。创作的规律只是：必须先拥有真情实感，然后才能着手塑造人物形象；切忌为了企图宣传什么一种善良的理想，而去凭空虚构离

奇古怪不可信服的故事。小说人物之所以活,总也离不开三个要求:一是要能体现时代精神的健全头脑——思想,灵魂;二是要有与众不同的鲜明独特的个性;三是必须要有冷静、热烈、真挚的情感。他还认为:童心,诗人之舟的风帆;兴趣,登临事业殿堂的阶梯。

——周作秋、黄绍清、欧阳若修、覃德清:《壮族文学发展史(下册)》,广西人民出版社,2007,第1290—1291页

| 创作评论 |

陆地的小说,是当时社会各种类型人物的画廊。小说里有工人、农民、我军指战员、知识分子、地主、资本家、手工业者、游民、妓女、国民党军阀、官吏以及社会上三教九流的人物形象。这众多的人物形象构成了一幅幅复杂多变的生活画面,反映了壮族人民的五光十色的生活情景。在这众多的人物形象中,作家用浓墨重彩描绘的是两类人物:一是农民,一是知识分子。通过这两类人物,表现壮族地区的农村生活和知识分子走上革命道路的主题。为什么陆地的作品着重表现这两类人物呢?众多的文学现象告诉我们,作家喜欢描写什么,以什么人物作为作品的主人公,与作家的生活经历和出身是有很大关系的。

——吴隐林:《论陆地的小说创作》,载蒙书翰编《陆地研究专集》,漓江出版社,1985,第92页

陆地四十年代的小说创作,属于新民主主义文化的范畴,激荡着伟大的抗日战争的风雷,记录着八路军战士的战斗经历和英雄业绩,响彻着那个斗争年代的人民的回声。我们从中看到了那个伟大时代的风貌。陆地四十年代的小说创作,开创了壮族现代文学史小说创作崭新的艺术画廊。

——欧阳若修:《试论陆地四十年代的小说创作》,载蒙书翰编《陆地研究专集》,漓江出版社,1985,第108页

他几乎是从一开始握笔，便带着自己的特有气息的。在以后漫长的道路上，虽历尽坎坷，但他始终忠于生活，忠于人民，忠于艺术；始终如一地进行着自己的艺术追求，他的艺术特色非但没有被磨灭，相反，在打击和挫折中打磨得更加鲜亮。

  ——周鉴铭：《论陆地的创作历程》，载蒙书翰编《陆地研究专集》，漓江出版社，

   1985，第136页

Ⅰ **作品点评** Ⅰ

《落伍者》可以说是陆地创作的过渡性作品。小说通过一个从国民党反动军队俘虏过来的老兵——老张头的复杂的性格和行为，意在表现那些身在革命队伍中而却"独悲独喜的英雄们的可悲命运"，为"个人主义"唱--曲悲怜的挽歌！

  ——吴重阳：《中国现代少数民族文学概论》，中央民族学院出版社，1992，

   第151页

首次使用陆地为笔名发表的短篇小说《落伍者》，写举世闻名的"百团大战"，但不描写战争场面，不塑造正面英雄形象，而是写一位倔老头炊事员行军掉队的悲剧故事，"哀其不幸，怒其不争"，表达了对弱小者悲剧命运的怜悯，赋予人道主义的同情。

  ——温存超：《执着的追求与真情的书写——论陆地的小说创作》，《南方文坛》

   2010年第2期

Ⅰ **作者自述** Ⅰ

创作，除去在延安鲁艺当研究员的三年工夫得用全力以赴而外，其余岁月悠悠，写作只不过为消遣寂寞才做的业余玩儿。断断续续，锲而不舍，时有所作，借得声名。实际贡献稀微，不尽如人意。

回首平生实践，深知文学创作之所以取得成功，真正令人产生同感、共鸣的社会效应，秘诀在于：必须写出真挚的人情，体现入微的世故。换句话讲，就是要真

能刻画、塑造活生生的典型人物个性，淋漓尽致地渲染喜怒哀乐、悲欢离合的人世真情。

人生百态，良莠不齐。文学创作唯有择其真善美做对象，标新立异，创造出艺术典型。用心于鼓吹精神文明，着意在陶冶人们的灵魂，使之净化、升华。

遗憾的是，我这真纯的文学童心，终未能将困苦、艰难的人生表现得完善、美满、真实。

——陆地：《无悔当初——我的创作生涯的终结》，载《广西当代少数民族作家丛书·陆地卷》，漓江出版社，2001，第283页

花素琴

韩北屏

花素琴在床上翻了身，朝侧面看了看，里床是空空的；顺手把折皱了的棉被向上一拉，头又埋在木棉花的枕头里睡着了。

屋子里面暗得很，朝南的窗户有一半给厨房的墙壁遮着，一半又糊了密密的旧新闻纸，房门关得紧紧的，既没有光透进来，又把外面一切音响全隔绝了。屋顶有两块玻璃瓦，是叫作天窗的；近午的阳光，从那个天窗里爬下来，像一根倾斜的白色柱子，从房顶一直插到那些颠倒错乱的物件堆上，灰尘仿佛特别愉快，在光柱中翻腾嬉戏，使这光柱越发显得苍白。

帐子只放了一边，花素琴侧着身体，弓起背脊朝里睡着，褥单皱成一团，卷在她的身底下。红花的棉被拥在她的身上，两只脚伸在被外，并且右腿也有一半裸露在外面。她的电烫了的头发，像一摊黑丝绸似的披在油渍斑斑的枕头上。枕头旁边是她的黑色绸旗袍和粉红色的对襟小马甲。衣服旁边有一听大前门香烟，一个珐琅质的睡满烟头的烟灰缸。她睡得很安静，呼吸平匀，棉被有规律地起伏着。

厨房烧午饭，木炭烟从屋顶上，从墙缝里挤出

作品信息

原载《文化杂志》1942年2月25日第1卷第6号。收入《没有演完的悲剧》(科学书店1943年出版)；入选《二十九人自选集》(新知书店1946年4月出版)、《中国新文学大系1937—1949 第四集·短篇小说卷二》(上海文艺出版社1990年12月出版)、《桂林文化城大全文学卷·小说分卷(第四册)》(广西师范大学出版社1992年10月出版)等。

来，像汗气在一个人身上蒸腾出来一样，木炭烟挤出厨房之后，一堆向天空升去，一堆却从窗格缝里挤进花素琴的房间。这些烟雾挤进房间之后，不一会工夫便把房间塞得满满的了。

花素琴给烟雾呛醒了，愤怒地撩开帐门一看，只见房间里像放了开水之后的浴室一样，迷迷糊糊。她猛然推开身上的被子。拗起上身，朝着厨房大声地叫：

"方嫂子，方嫂子！"

没有应声，她于是更大声地叫：

"方嫂子，方嫂子！你这个死鬼做什么呀？"

"我烧饭啊！"方嫂子在厨房里答应了。声音很艰涩，大概她也给木炭烟熏得皱眉苦脸。

"烧饭！烧饭！"花素琴愤愤地重复着说。她闭紧嘴唇，咬着牙齿，朝室内看了一周，忽然狠狠地吐了一口唾沫，又睡倒下去，骂了一声："这种倒霉地方！"

花素琴睡下之后，没有再把被子盖上。她全身赤裸着，丰腴的肉体，在灰暗的光色中闪耀着动人的光彩。她伸手在枕头旁的香烟罐中，抽出一支烟卷，躺着擦了火柴，点着了烟卷。一段燃完了的火柴头，忽然从火柴梗上脱落了下来，她被烫得急叫起来：

"方嫂子，方嫂子！你来！"

方嫂子推开房门，只见在那太阳光的灰色柱子旁边，花素琴一丝不挂地站着。她两手插在腰际，胸部挺着，脸涨红，眼睛放射着令人感到灼热的光芒。

"做什么？"方嫂子看见她这副模样，立在房门口诧异地问。

"做什么？问你自己！"花素琴还是一动不动地站着，"这时候就烧饭，人家还没有睡醒！"

"啊哟！原来是这么一回事！我的姑奶奶，现在快十二点了，你说还早吗？"

"十二点怎么样？你知道我几点睡的？"

"知道！"方嫂子说着，掩上房门，走向前来。

"知道就好！为什么把人弄醒，呛都给呛死了！"

"我不敢开窗户呀！"方嫂子在床上拿了花素琴的黑绸旗袍，给她披上，"披起衣服，不要受凉！坐下来！坐下来！你瞧你这副样子，怕不要把我吃了。我不敢开窗户，怕惊醒你……"

"你的嘴真甜！"花素琴就着床沿坐下了。

方嫂子也在她旁边坐了下去。

方嫂子是三十岁左右的女人，面上虽已给岁月与辛劳，以及无节制的性欲，刻画了若干皱纹，但人工的修饰，还替她保留着几分美丽。剪短的头发，梳得非常光整，像一块黑蜡似的盖在头顶上。衣服破旧得很，敞开的衣领里面，露出没有血色的黄皮肤。两只眼睛却非常懂事，狡猾而聪慧地闪动着。她第一个丈夫是杂货店老板方志高。方志高死后，她便一个人在外面混。现在在一家戏院里管理女厕所。这个职务，使她认识了很多高贵与不高贵的女人，她便从这些女人身上挣得了日常生活的费用。她这几间破旧的房子里，经常有些穿得很华丽的男女走动。她并且也常常收留一些无处投奔，或者是刚刚脱离男人的女人居住。她自己对外说是为方志高守节，实则，出入于她这里的男人中，有些被她缠得无可奈何，或是因为要想保住自己的秘密而不得不屈服的人，有时也权且充作她的情人。至于长期和她厮混的，是一个慈善救火会的干事，那人在名义上是她的小叔，方志高的表弟，叫作熊大有。

"你抽烟吗？我替你点火！"方嫂子拿了一支烟卷，和悦地说。

花素琴犹有余愤地瞪了她一眼："不提抽烟吧，提起来气死了！"

"今天早晨不知倒了什么霉！"花素琴把下颌微微抬起，"你瞧！"

"烫了？怪不得发了那么大的脾气！"方嫂子伸手在伤痕上摸了一下，"真可怜！这样又白又嫩的地方，哪里经得住烫！"

"谁要你可怜！"花素琴一巴掌打开她的手。但是看她那涎皮笑脸的样子，不禁笑了。

方嫂子替花素琴整理床铺。花素琴一边穿衣服，一边走到桌子面前，在乱堆着的物件中，找出一面镜子。灰白的阳光映着黑头发，分外光泽。她看看自己圆而有致的面孔，还是那样润泽。红嘴唇上的胭脂却褪去了。她记起昨夜那个男人的贪欲，她有些好笑起来。但是镜子里那对长眉毛下的眼睛，嘲弄地闪动着，她有点不好意思。

"方嫂子，他什么时候走的?"

"哪个'他'?"

"呸! 你装鬼!"

"哦! 他是早晨八点钟走的。"

"丢了几个钱?"

"五十块。在我这儿!"方嫂子伸手到衣袋里去掏钱。

"我不要!"花素琴止住她，"留在你那儿，算我的饭食钱吧!"

花素琴打开房门，饱和着暖而香的阳光，热烈地迎接着她。

——"好天气!"她深深吸了一口气，仿佛吞了一个热的汤团，"方嫂子，打盆洗脸水来好不好?"

她站在从屋檐下照进来的阳光中间。两手插在乱蓬蓬的头发里搔了一会，又从前额到脑后地梳了几下，烫曲了的头发，仿佛给断了齿的梳子梳理过似的，有些平伏了，有些却还倔强地直立着，她那满沾了头油的双手，又在脸上一抹，然后环抱在胸前，仰头看对面屋顶上的小草，在阳光下招展。这时，她心里宁静得很。同时，又好像给一个什么东西吸引着似的，忽然喜爱蓝天，喜爱白云，喜爱阳光，喜爱小草，喜爱冒着木炭烟的小屋子，甚至也更喜爱起自己来。

"他妈的! 活着总比死掉强!"

镜子里又现出她的面孔来，比刚才更润泽了。皮肤发着本色的亮光，虽说眼睛底下有着黑圈，但全部的印象还是健康的。好似贵妇人的一样的鼻子，端正地安排在脸的中部。嘴唇两角微微翘起，时时呈现着诱惑的笑意。她洗了脸，小心地修饰着眉毛，肥而厚的手指，慎重地运用着眉镊。嘴里一边哼着小调，赤着的右足轻轻地打着拍子。当她打扮好了，正要换衣服的时候，忽然门外有一个轻手轻脚的影子晃了一下，然后又贴在门框上，仿佛向后面窥探似的。

"什么人?"花素琴诧异地问。

应声而入的，是一个瘦削而猥琐的男人，他便是熊大有，方嫂子的情夫。

"是我！"

在花素琴健硕而光鲜的肉体面前，熊大有显得极其肮脏琐碎，他似乎有些羞涩，现出局促不安的样子，但是那双像饿瘦了的青蛙的眼睛，发出绿光，偷偷地在花素琴身上扫来扫去。

"大有，什么事情？"

"这个……"熊大有嗫嚅着，又频频吐唾沫。

"你又没有黑饭钱了，是不是？"花素琴一面扣着衣纽，一面对他说，"说呀！要多少？我借给你！"

"不是的！嘻——"熊大有笑得像鹭鸶叫似的，"我来告诉你一件事：那边……"

"什么那边？"

"那边，咳！三爷那边今天有人来找你，咳，怕你不在家，叫我，咳，先告诉你一下，等他们一等！"

"什么时候？"

"下午两点。"

"好，叫他们那些王八蛋来吧，老娘等他们就是！"花素琴点上一支烟卷。

"那么，我走了"

熊大有说着，却并未移动他的脚步，还是弯着腰，低着头，两只瘦得像鸭掌似的手，不断地搓着。

"怎么样？坐坐好吗？"

"咳，是！不是！我走了。"

熊大有很快地转过身，用细碎而敏捷的脚步走向房门口；不过，当他的手刚刚碰到房门，他忽然停住身，先慢慢转过头，又慢慢转过右边的肩头，这样扭曲着身躯说：

"我想跟你商量一件事，咳，我想借一块钱。"

"大有，你也会说借，几时还？"

"还当然是要还的，我熊大有是一个男子汉，咳，借钱还……"

"得了，得了，熊大爷!"花素琴丢了一张纸币给他，"拿去吧，以后多替我送这种喜信，我才谢谢你哩!"

"三奶奶，不是我要讨这个瘟差事，那边，咳，那边叫我来，我敢不来?"

"请吧! 有一块钱，可以有半天舒服了。"

"嘻嘻!"熊大有开了房门，只跨出一步，又回过身来，"三奶奶，我很久没有尝过大前门的味道了，赏一支，好吗?"

"鬼! 拿去!"花素琴把已经抽了半截的烟卷，从嘴上摘下来，随手掷给他。

他在地上拾起烟卷，狠狠地吸了一口:"真好味道!"叼着烟卷像猴子一样跃出去了。

熊大有钻进方嫂子的房间，看见方嫂子正躺在那儿烧大烟，便很熟悉地在她对面躺了下去。方嫂子正待把烟枪送进口里时，却给他一把抢了过去:

"好嫂子，让我先抽一口!"

他抽过了烟，精神忽然抖擞起来，顺手在茶盘里端起茶杯，呷了一口，便对方嫂子说:

"我看呀，花素琴这样使强是不行的，凭三爷这副场面，要对付个把女人，那又费什么力气?!"

"你先别吹了!"

"我吹? 三爷从前是地方上混事的，现在是日本人面前的红人，哪有办不到的事? 嫂子，我看你还是劝劝花素琴吧，这叫作'经人屋檐下，哪能不低头'!"

"我偏不低头! 叫他拿颜色过来看!"

花素琴突然出现在房间里，使得熊大有和方嫂子都显得十分狼狈。花素琴的眼睛直瞪着熊大有，仿佛把他当作敌人似的。她上嘴唇用力盖着下嘴唇，两边的嘴角被牵动稍稍向上，不复是以前那样的和善了。

"三奶奶，我是好心，你别，你别……"熊大有慌张地站了起来。

"大有，你放心，自然不会冤枉好人的。我花素琴站起一直，睡下来一横，来

249

得清去得明，绝不怕事，叫他英雄好汉都来！我都领教！"

"好好，我走了！"熊大有看事情太严重，急急地逃出房门。

花素琴在烟灯的一边躺下。烟灯的火头，像一粒豌豆似的，不停地颤动着。灯芯旁边，堆积了不少烟灰尘垢，油腻腻的。花素琴看着烟灯，想到在另一盏烟灯旁边，她曾经受过一个人的爱抚。当时那个人把她当作宝贝似的，她生活在恭维和赞誉的空气中，她学会了怎样撒娇，怎样引逗对方的情趣，她很欣喜自己遇到了他。在乡下，她本有一个丈夫，那是一个靠忠诚靠劳动生活的人，供养老婆的物件，除一片好心之外，只是三餐粗茶淡饭，四季不冻不破的布衣服而已。花素琴——当初还没有取得这个名字时，似乎对于丈夫也并无奢望。然而，另一些人，专门以别人身体做买卖的一些人，花言巧语地骗得她来到城里，使她接触到与前迥不相同的生活，使得她失去一切可宝贵的性格，染上了一身和花柳病同样可怕的无耻和大胆。到最后，却又使她受到被抛弃的痛苦。她恨那个人，倒并不是恨他抛弃了她，自己以为有这样漂亮的身体，那就好比有了"本钱"，没有不能生活的理由。她恨的是他抛弃了她，而又不许她自求生路。

"你们越是逼我，我越要干！"

在烟灯的油烟中，花素琴伸手摸摸自己的脸，又摸摸圆滑而结实的手臂，似乎有一股极有热力的气流通过她的全身，她自信可以对付袭来的不幸，而且自信可以夺得好生活。

果然在下午两点钟，三爷那边派来的人准时到了。

来人是花素琴早就认识了的。当她还是三爷的宠妾时，这些人整日在她面前逢迎奔走。他们在生活中锻炼成一张伶俐而善于撒谎的嘴，可以骗你，但也会恐吓你，总之会用一切手段使你就范。但是他们对于花素琴，因为先前一点点尊卑关系的影子尚未消除，同时花素琴强烈的性格也使他们施展不出手段。他们来了几次，结果都是碰了壁。

花素琴从自己房里走出来，脸上挂着轻蔑的微笑，走路的姿态很轻飘，显得极其安详宁静。

"三奶奶!"

当花素琴走进方嫂子的房间，来人一起站了起来，他们是三个人，两个短装，都是长过腰的对襟小褂，胸前密密地钉着一排纽扣。衣领敞着。一个是着黑长衫的，袖子与下摆都很长，襟里的白小褂的袖子卷了一半，嘴上叼了一支烟卷，耳朵上又夹了一支，他们站起来以后，咧开嘴装成一副笑脸，预谋似的互相瞟了一眼。

"各位大爷请坐!"

花素琴对他们摆摆手，叫他们都坐下，她和方嫂子并排坐在床边上。来的三个人也坐下了。大家怀着心事，没有人发言。方嫂子看见这场面太冷，于是站了起来：

"你们坐一会，我去泡茶来。"

方嫂子出去之后，那个穿黑长衫的把烟头扔下地，用白底黑缎帮的鞋子蹁熄了它，谦卑地问：

"三奶奶，用过饭了?"

"吃过了!"花素琴冷冷地回答。

"三奶奶住在外边，近来好?"一个穿短装的带着笑说。

花素琴伸手掠了掠头发，顺便解开衣领上的纽扣，两臂交抱在胸前。她凝视着来的三个人，早已洞悉他们的来意，见他们扭扭捏捏，绕着圈儿讲话，就说：

"喂，大家都是世面上的人，打开天窗说亮话吧!"

"是，是! 三奶奶说得对，我们就不必客套了!"

"刘四，你说吧!"花素琴对穿黑长衫的说，还是不动声色。

"我们的来意，您大概知道?"

"知道!"

"知道就好商量! 三爷托我们问候您……"

"刘四，你又来'果子狸'了!"花素琴截断他的说话，"三爷怎么样，我不敢要他问候!"

"三爷说，还是那句老话，请您替他顾点脸!"刘四说到这里停了一停，看花素琴有什么表示，花素琴依然不开口，他接着说，"三奶奶，我们也，我们也说，三爷是场面上的人，面子总不能不顾！您说……"

"三爷是那句老话，我也是那句老话：不行！"花素琴猛然放开交抱着的两臂，站起身来。

"你别走！我们谈……"

"谁说走？有话尽管说！"

"三爷还说，如果您肯另找码头，以前的事一概不提！"

"一概不提？好一个一概不提！他提什么？他有什么好提？以前是他骗了我，后来是他摔了我，现在是他逼着我，他要脸，我要活！他要我走有这么容易？我不同他提，他倒来同我提？"

"三奶奶！……"

"请你们以后少叫'三奶奶'！"花素琴眉毛一扬，上眼皮叠了起来，冷峻地说，"我花素琴有名有姓，干吗要跟着别人叫！"

"您别生气！"

"三爷，场面上的人？他妈的以前一个码头上的混子，现在跟着日本人跑，当了个把侦缉队长，也就抖起来了，告诉你们，我花素琴不怕他！"

"自己人好商量，不必动火！三……"

"动火？我才不哩！我花素琴卖身糊口，谁有钱，谁就可以同我睡觉，为什么要受别人管？别人要管我，也不必到今天，以前看着我挨冻受饿，理都不理，现在要他来管我？"

花素琴愤愤地来回走着，那张上过胭脂的嘴唇，紧紧地闭着，大概因兴奋过度，时时咽着唾沫，在敞开的衣领处，看到她的咽喉翕动着。高胀的胸部也不停地喘息着。刘四他们三人，在她这样坚决的表示下，自然不好插一句嘴，呆呆地，互相望着。他们在想，这样一个看起来很漂亮的很温柔的小女人，发起脾气来竟如此之凶。方嫂子走到天井中，本想踏进屋来，可是她听屋里没有声息，再看都僵着，又急忙退了回去。

"诸位还有什么话说？要是没有，少陪了！"

晚上，花素琴从戏院回来，愤愤地踢开房门，一倒身仰卧在床上，眼睛直瞪着帐顶。方嫂子像懂事的猫似的，尾随着走了进来，她一下，就猜到了八九分。自从花素琴寄居在方嫂子家里，她是没有积蓄，没有固定收入，也没有人经常津贴她，她日常生活的费用，全靠自己去挣。每天，除去有些熟客来宿之外，她总在晚上打扮得整整齐齐，装作十分正经，而又故意卖弄着风情，在几家戏院走动，借此招引顾客。用她自己骄傲的说法，她只要在戏院或是街头随便一走动，她的房间里便不愁没有新主人的。但是今晚，她却是一个人冷清清地回来。

"素琴，没有人没有关系，自己也该休息休息的！"

"有鬼！一定有鬼！"花素琴坐下来，用右脚尖把左脚的高跟鞋弄脱，再摔脱右脚的一只，两腿盘了上去，趺坐在床上。"今天晚上，本来可以有一两笔生意的，他妈的，我身边团团转全围上些不三不四的贼胚，吓就把生意吓跑了！"

"是些什么人？"

"还不是那些吃南天喝北地长大的家伙！他妈的！我一到戏院，就给他们钉上了，叫你动不得！我心里有数，马上换一家院子，谁知又是一样。有鬼！一定有鬼！准是张三那个东西安排好的，他想断了我的门路！"

花素琴解开旗袍，又顺手褪下长袜，光着脚板跳下床来，一面脱衣服，一面喃喃地说：

"狗打急了跳，你们逼，你们逼我没有路走，我总要叫你们知道花素琴不是怕事的。大家来一个不好看，大家下不得台！"

"素琴！我看不必这样做了，大家好了好散，何必硬拼到底呢？"方嫂子乘势来劝她。

"他们太叫我过不去了。一个人谁不要个面子，他张三坑了我第一步，摔了不算，一个钱不给，还叫我走了让他？好，就算面子不要，难道我能这样饿死不成？"

她在衣架上拣了一件布的旗袍，正预备穿上时，外面有打门的声音。

"方嫂子，你去开门！如果是客人，你请他在你房里坐一下，我洗个脸就来！"

当花素琴梳洗完毕，连高跟鞋都重新擦了一遍，带着矫饰的微笑，走进方嫂子的房间；一掀起门帘，看见正对房门口坐着一个日本军官，她慌得放下门帘，打算转身退走。只听见那日本军官用不纯粹的中国话说："好的！好的！"又听见一个男人说："进来！跑什么？"于是她的肩头和右臂给一个人拉住拖了进来。灯光下才看清了拉她的那个人，正是白天和刘四一起来的一个家伙，她马上意识到这又是张三搅的鬼。她本想一掌打上那家伙的脸，但是她忍耐住了，装成若无其事的样子。

"原来是您，请坐啊！"

"我说是嘛！大名鼎鼎的花素琴，还怕事吗？来！来！我来替你介绍一个东洋主顾！"那家伙用充满讥笑的神情声调说，说完又低低对那个日本军官叽咕着。

"好的！很好！"

"告诉你：日本老爷今晚在这儿住，你要小心侍候！"

"在这儿住？"方嫂子为难地看着花素琴。

花素琴先不答复，在桌上拿起瓜子碟，抓了一把瓜子到日本军官面前，又抓了一把送给那家伙。又拿了两支烟卷，一支送给那家伙，并且替他点了洋火。另外一支自己点着了，吸了几口，才送给日本军官，日本军官不去接她的烟卷，却贪欲地缠着她的手，就着手吸了一口。她挣脱了手，就在那日本军官旁边坐下了。

"怎么样？花素琴！"那家伙又逼着问。

"可以不可以，不必这样忙！坐坐再谈！"

"不行！时候不早了，可以就可以，不可以还有……"那家伙大声叫着，但是最后一句话没有说完：

"还有什么？"花素琴沉下脸问。

"你去问东洋老爷！"

"我就要问你！"花素琴跳到那家伙面前，离他只有一两寸远，面对着面，她圆睁着眼睛，像吼似的对他叫。

"做什么？"那家伙惧怕地退后几步。

"滚！你替我滚！"

"滚？"那家伙愣了一下，但是后来他嗤嗤地冷笑了："滚？这么容易？你知道这是谁的天下？瞧！瞧那边东洋老爷！"

"放你妈的屁！你认识东洋人，老娘可不买账！不要脸的王八蛋！东洋人操了你的妈，你还要叫他：老子！"

"你骂人！"

"骂你怎么样？"

那家伙向日本军官噘噘嘴，日本军官走了上来，正预备伸手按到她肩上，花素琴把两手向前一推。用最大的声音叫着：

"你也滚，一起滚！"

日本军官向后一栽，倒在房门框上，半晌不开口。那家伙也向房门口移动了一些。

"快走！"

花素琴双手叉在腰间，一步一步地逼了上来。他们两个人也慢慢地向后退，等他们退出房门时，那家伙猛一转身，拉着那日本军官就走，嘴里说：

"花素琴，你记住，总叫你知道厉害！"

他们走后，花素琴两手慢慢放下来，衰弱地靠在门框上。一绺乱头发披到颊上，她咬着那乱头发的发尖。

"素琴，你闯祸了！"

"怕什么？"她又复振作起来。

"和他们闹，又何必带到东洋人！"

"你以为他真是东洋人？我看得清清楚楚，他们在东洋人面前像小鬼似的，这一个包你又是'和平军'的！"

花素琴听着街上卖馄饨的担子敲着破锣过去，她知道已经很夜深了。但是她睡在床上始终睡不着，起初感到全身发热，她把被子一起踢到脚底，还是烦躁不安。这时，她想起宁静的过去，她下意识地想到要过宁静的生活。乡下朴素然而安稳的日子，便很有力地在她面前晃动起来。她那个安分的丈夫的影子，也清晰地显现：一张真诚的脸子，一对无邪的眼睛，加上惊愕地张着的一张嘴，像对她抱歉似的不安地动着。她羞愧得红了脸，仿佛出于报答似的，她生出要回到乡下的念头。……

但是，当她睡着之后，这些退缩的思想，像偶然掠过窗前的阳光下乌鸦的影子，一去杳无踪影。在睡梦中，她做了一件极其称心的快举：她把张三推下了江，而把那些做爪牙的每人打了一顿……

┃ 作品点评 ┃

《花素琴》是一篇描述妓女悲惨命运的短篇小说。花素琴原来是个漂亮的农村妇女，有一个忠诚老实的丈夫。后来，她被别人花言巧语哄骗卖到城里当妓女，做了汉奸张三爷的姘头。张三爷玩腻了，便把她甩掉，她不得不到方嫂住处继续以卖淫为生。张三爷又故意搞鬼，断了她的"生意"，逼得她走投无路。恼怒之下，她一反常态，连找上门来的东洋主顾也不接待了。小说揭露了娼妓生活的糜烂丑恶，鞭挞了日寇及其走狗任意践踏中国妇女的罪恶。作品还表现被蹂躏的中国妇女的愤慨与抗争。当花素琴走投无路时，她想起了乡下朴素、安稳的日子，想起了丈夫安分、真诚的面容，从而"生出回到乡下去的念头"。她在梦中敢于把汉奸、淫棍张三爷推下江水，把张三爷的爪牙每人打了一顿的壮举，虽还不能成为现实，但毕竟寄托了作者和人物的理想。小说沿着被骗——被弃——被逼——抗争的思路来写，故事颇为引人入胜。对花素琴这个人物的肖像、言论、行动、心态的描写相当细致而且有特点，使其性格比较鲜明突出。

    ——魏华龄、李建平主编《抗战时期文化名人在桂林》，漓江出版社，2000，

    第560页

姐姐

严杰人

对于那曾经把他的爱、同情、怜悯、温热给予我们的人，我们是一定也得把同量的爱、同情、怜悯、温热偿还给他的。谁曾爱过我们，我们一定也要爱他；谁曾同情过我们，我们一定也要同情他；谁曾怜悯过我们，我们一定也要怜悯他。在感情的出纳上，每个人都不免是负债过的，但是很少积欠不还或竟赖账的吧？

我的母亲因为难产的痛苦，把我送到人世来，立刻就撇下我而去了。她到另外一个星球去，永远地不复回来了。听说母亲是一个极其善良的妇人，对于儿女有着过分的溺爱，对于人们也一律接待以温和，我们族里一些贫苦穷困的人，常常可以得到她的无条件的帮助。所有她的这些美德，是族里的人一致称赞不置，而且是那些曾经领受过她的恩惠的人，至今还确凿说得出来的。可悲叹的是我的命太苦，没有得到这样一个慈爱的母亲的温抚。

母亲以她的死难换取我的初生，这在算命先生看来，我是生命中克母的了。父亲因为夫妻恩情不

作者简介

严杰人（1922—1946），原名严爱邦，笔名特克、什究、弃市等。广西宾阳人。1935年秋考入广西宾阳县初级中学，1938年9月考取广西省立桂林高中，1939年底考取《广西日报》外勤记者，1940年春加入中华全国文艺界抗敌协会桂林分会，1941年秋到南宁任教于黄花岗中学，并任《曙光报》副刊编辑，1943年秋返回桂林，仍任《广西日报》记者。1944年秋桂林疏散，离桂赴渝，任《正气日报》副刊编辑。抗战胜利后，到香港任《华商报》文艺副刊和《文艺三日刊》编辑。1946年病逝于烟台。著有诗集《南方》《伊甸园外》《今之普鲁米修士》等。

作品信息

原载《大公报》(桂林版)1942年6月14日。

到头，刻骨地怨恨我，认为我是夺去他们夫妻恩情的恶魔。哥哥们因为母爱的失去，也深恶着我，认为我是夺去他们的母爱的魔鬼。族人因为失去一个可以济助他们的人，也在暗地里嫉视我，把我看作一颗降落在他们头上的灾星，没有一个人爱我，在生命的苗床上，我没有得到一滴爱情的雨露的滋润，我生命的根须所吸收得到的尽是冷酷和邪恶。

那时我心灵上的营养是多么的贫乏，对于爱情感到异常的饥渴，而在那个时候，能够喂给我一点就许是些微的爱的，就只有我的姐姐了。她像一个婴孩的母亲般看管我，带领我，抚养我。一个母亲为她的婴孩所受的痛苦和烦恼，姐姐都为我尝过了。我是一个爱哭的孩子，常常无端地哭了起来，一哭了起来就很少会很快停下来的，在这种时候，姐姐也常常会不胜这种烦扰而一同哭了起来。

对于人类具有深澈的真爱的人，他是情愿牺牲掉自己的性命去阻止使一个孩子第一次流泪的罪行的。但是我的哥哥和邻人们却相反这种态度，他们以弄得我流眼泪为快乐，常常仅是为了娱乐，无缘无故地逗我流泪，直到我哭了起来，他们才满足地走开。遇着这种场合，姐姐常常因此和他们吵嘴起来。她一面用手袖揩干我的眼泪，一面咒骂他们的不仁。

父亲说我年幼要人带领，娶过一个继母来了，其实这只是一个借口而已，继母是从来不会看顾我的，反而百般的虐待我。她常常无缘无故地用那些最恶毒的话语来骂我，甚至连带骂到我死去了的母亲，说："有这样好的母亲，才生下这样好的儿子啊！"

继母常常寻隙打我，就许没有找到一个可抓的把柄也要殴打我的。记得一次吃饭的时候，用手指抓菜，继母狠狠地骂道："你这野种，用手抓菜，不怕一下弄脏了衣服么？"她这一骂本来是义正词严的，但是并非出自真心。只是借口打我而已。说着便摔了我几个重重的巴掌。我忍不住哭了起来，她又用手掌掩住我的嘴巴，怕我哭出声音，被邻舍听见，就会说她虐待前妻的儿子，于是，我只得吞声饮泣了，流着咸味的眼泪，拌和着饭粒咽下肚子里去。

还没有达到可以担任苦役的年龄，我便被继母派去做那些苦重的差使了。扫地、打水、烧火、煮饭、放牛、割草……没有一件不派我做，也不问问我能不能担负得起。我在默默地忍受之余，只好把眼泪倒流进肚子里去。姐姐看见我受委屈，是常常也掩脸流泪的。

那时姐姐已经到了出嫁的年龄了，她从小就凭父母之命，媒妁之言，和一个毫不相识从未见面的人订婚，像做买卖似的，到了应该出嫁的年龄，便要被当作货物一般被送到别人家里去。姐姐是不愿意嫁给一个从未相识更谈不上有什么感情的人，去和他度过长长的一生的，也不愿意抛下我在家里受继母的虐待。在临嫁的那些日子里，只是长吁短叹，自怨自艾，只是流泪，只是哭泣。

在出嫁那天，她被挤进了一座漆落的大红花轿，轿夫们便吆喝着抬走了。这天她穿上了从未穿过的最典丽的嫁衣，但也披上了从未披过的最厚重的痛苦，那些纯白的雨点似的泪珠，从她那密布着幽暗的浓云的眼睛，簌簌地落下来了，流在她那涂抹着胭脂的脸颊上。

轿子渐渐远去，终于消失在那苍穹沉没下去的地方了，茫然地伫立在村边目送着她的，我和那些与她同在一个田园里成长的姊妹们，才像失去了一些什么似的，叹息着走了回来。

她不停地跺着轿底，并且发出□冤的哭诉，而轿夫们仿佛不曾听见似的，只管颠踬地像运柩夫般走着，而吹打手们且行且奏着永远是那么悲怆的调子，听去仿佛是送葬的哀曲一般。而那一座漆落的红轿，看去才真像一口棺柩呢，只是封闭在里面的，不是一个僵死的尸骸，而是一个哀泣着自己乖舛的命运的青春的少女罢了。

姐夫是一个破落户的子弟，不务正业，只是知道花钱取乐，吹、嫖、赌、饮四大症，没有一样他没染上，因此，姐姐每次回到家里来，总是怨艾自己的命苦，嫁给这样一个不争气的丈夫。但是，因为我们的母亲早就不在人世，有苦也不能向谁投诉，只能抱着我的颈项哭泣，呜咽。

后来，姐姐养下了几个儿女，而姐夫则把那个破落的家庭弄得更形破落了。祖宗遗下的产业，所有的田塘地宅都已丧尽，一定得给人家打工才能挣到饭吃。但是，靠着替人家打工挣来的钱，也只是能够自己糊口，也还是不能喂饱几只张开嘴巴嗷嗷待哺的小雏的。于是，外甥们也在还没达到可以担任苦役的年龄，便去替人家牧牛了。

涅克拉索夫在他的一个叫作《严寒通红的鼻子》的诗篇里，说出旧俄罗斯的女人的命运，逃不出三个阶段，一个阶段要做穷人的女儿，一个阶段是和穷人结婚，一个阶段便是做穷人的母亲。我们国度里的女人和旧俄罗斯的女人其实是同一命运的，都难逃得出这个悲惨的命运的掌握。我的姐姐做了穷人的女儿，又和穷人结了婚姻，现在是处在第三个阶段，做穷人的母亲了。

姐姐性情是非常脆弱的，经不起什么重大的打击，但是，她毕竟忍受着许多接连而来的打击，度过半个人生了。这些年来，她实在不能再忍受得住饥寒交迫的打击，常常说是已经厌倦人世，要自尽了，但是，她终于又没有自尽，还活在世上，为什么呢？据说是为了我和她的几个可怜的儿女。

因为不愿寂寞地生活在那个狭窄的家庭里面，恐在那得不到阳光照射的地方会慢慢腐朽下去，恐怕在那呼吸不到新鲜空气的地方窒息而死去，我终于跑到外面来，找寻有温暖的阳光和新鲜的空气的宽阔的天地。我流浪在外面，许久没有回到故乡去，也许久没有和亲人互通音讯了。不知道姐姐现在怎么活着的，真想不到她要自尽，又仅仅是为了我们苟活着。

姐姐曾经把她的爱给过我，我也把我的爱给过她了；姐姐曾经把她的同情给过我，我也把我的同情给过她了；姐姐曾经把她的怜悯给过我，我也把我的怜悯给过她了，姐姐曾经为我流泪，我也为她流过眼泪了，所有积欠她的感情的债务，都已清偿；只有她曾经把温热给过我，我至今尚未还她。

这个重债几时才能还清呢？

| 创作评论 |

严杰人的小说创作，着眼于社会底层普通人的生活、学习和命运，运用现实主义的手法来叙述故事，描绘人生，不追求离奇的情节，按照生活的本来样子来

写，文风朴实淳厚；但有时描写过于简单，人物语言个性化不够，也影响了作品的生动性。

——雷锐主编《桂林文化城大全文学卷·小说分卷（第二册）》，广西师范大学出版社，1992，第468页

▎作品点评 ▎

《姐姐》描述了姐姐辛酸苦难的一生。母亲早逝，丈夫是一个吹、嫖、赌、饮的败家子，养了几个儿女；家竟日益破落，难以维生，儿子小小年纪就替人家放牛去。姐姐经不起苦难的折磨和打击，走了自尽的道路。这都是黑暗的旧社会造成的。作品对社会底层的劳动人民的命运充满了同情。

——雷锐主编《桂林文化城大全文学卷·小说分卷（第二册）》，广西师范大学出版社，1992，第467页

油瓶仔

严杰人

想来人生的路程是多么短啊！生命的步伐又如此迅速，瞬目之间，已走完大半的人生了。少年时的梦，仿佛昨天刚才做完，而从梦里醒来，已经临近古稀高龄了。揉一揉惺忪的睡眼，向四周望了一下，不禁使我吃惊。童年时代的伴侣，多已长眠地下了，屈指算来，就只有我和油瓶仔两个还健在人世，挣扎着没有倒了下去。

但这其实也是虽生犹死的，我们都已失去了生活在这个苹果形的行星上的意义和价值，变成一个多余冗赘的人了，我是靠着几个子孙的赡养，还不至于受到冻馁之苦的，但也自觉对于儿孙是一个苦累，有时也忽然感到不如送掉这条老命根来得干净，免得多加一条重担在儿孙的肩膀上。至于油瓶仔呢，自己膝下没有一个儿孙，孤零零的，上了这样一大把年纪，走起路来都已有些颠簸，眼睛又瞎掉一只了，还得赖依两只手来找饭吃，生的意义和价值固然是没有了，就是生的兴趣也已全无，那又何苦□延这痛苦的余生，何苦继续这渐次微弱下去即将停止了的残喘呢！

然而，人生的隐秘就在这里，一个人就在最痛苦的时候，对于人生也还有所执着，对于曾经在其间混了悠长的岁月的这个世界也还有所眷恋，不忍舍弃□跨进那开启在前面的黑暗的死之国门里去。

作品信息

原载《大公报》(桂林版)1942年6月22日。

油瓶仔的老境虽然是很凄凉的，但也还不愿就即死去，他情愿在世间多受几年痛苦的折磨。

油瓶仔是我幼年时一个是要好的伴侣，从小一起玩到大；但他却并不是我们村子里人，虽说是八爷的儿子，其实并不是的。他是八爷家里做长年活的李大哥的儿子，李大哥得病死去那年，八奶奶因为分娩难产也死去了，八爷因为没有儿子，而且是早就看上了李大嫂的，八奶奶死去还没上半年，就娶过来，他也就随着母亲的再嫁而来到我们村子里。从那以后，李大嫂被人叫作"八少奶奶"，而他呢，就被人们叫作"油瓶仔"，这个带有污蔑意思的称呼。

因为他所植根其上的土地是一块沙碛的瘠土，缺乏肥料的养育，缺乏爱的雨露的滋润，所以，他就显得非常瘦损，羸弱，愁苦，忧郁。因为在人间他所受到的接待都是冷峻残酷的，他遂对任何人都投以怀疑和恐惧的眼光，把自己关闭在孤独里了。而我也因为母爱过早的丧失，人世的苦楚过早地践踏我幼小者的灵魂，所以也躲避着一切人们给我的友情，也不问那种友情是真实的还是虚伪的，一律地拒不接受，我把自己和人们隔绝起来，完全孤独。

人的灵魂研究起来也真有点奇怪，两个相同的灵魂之间是常常能够发生深彻的默契的。我和油瓶仔两个都是孤独的人，按理是不能合拢起来的，然而因上面所说的两个相同的灵魂之间常有深彻的默契，我终于和油瓶仔取得很接近的距离，终于又达到完全融洽的地步了。在我们还没有合拢起来以前，我们都是孤独地生活着，有时走到池畔或溪边去伫立着，俯视自己瘦削而忧悒的容颜，有时对愁惨的月亮披示自己的积郁和哀伤，看见朝阳便叹息自己没有应有的热情，听见鸟类的歌声便悲悼自己缺乏应有的天真。对绿叶兴起没有青春之感，对流水感喟不可挽回地逝去的年华。自从我们合在一起以后，我们才成为两个不孤独的孤独者，虽然苦恼、忧郁、感伤，这些啃蚀着灵魂的鸟雀的尖咀，也还是那样不放松地密密啄着我们，但是我们已经能够在那些虚构的未来的梦中，预先撷到一些欢忻了。那时候我们年岁都还很小，每天一起骑牛到草野上去放牧，一起背着筐去刈草，常常随口编唱一些山歌，倾诉心中的积郁。晚上我们就在一块睡觉，常常在黑暗中谈到天明，忘记了睡眠，忘记了时间的行进。

人们都说我和油瓶仔是秤杆和秤锤，两个搭在一起不能分开。油瓶仔是没有亲戚的，又没有上城去的机会，所以从来就没有离开我们村子一步。只有在我上城去或到亲戚家里去的时候，我们才间或离开一下，在那种时候，油瓶仔是感到非常寂寞和痛苦的，我一回来的时候，他就会像一个哑巴般说不出地快乐地跑来迎接我，接着就会呜咽起来，伤心地抽噎着泣告我他受了谁个野孩子的欺侮和殴打。

当着我们在一起的时候，那些野孩子是咳嗽也不敢放的。只要一听到那句半轻蔑半嘲讽的问话：油瓶仔，你贵姓呀？

我们也不搭话，不声不响地就奔过去，把找那话的野孩子捉住，揿在地下，给他拳头吃，掸他几个巴掌，才让他怨恨地走开去了。

油瓶仔常常无端兀自哭了起来，我问他因为什么，他总说是因为想起了他的父亲，他说他父亲很爱他，吃饭总是让他先吃饱了，宁可自己挨饿，冷天看见他衣服单薄，就脱下布衫来加披在他身上，宁可自己受冷。常常都说："大人总比孩子挨得苦。"是的，李大哥真是一个世间难找的好人，对于儿子固然有着过分的厚爱，为了儿子的幸福，自己可以默默地忍受痛苦。就是对于人们，也有一种近乎愚憨的真诚，比如在八爷家里干长年活，工钱从不计较多少，干起活来总是拼掉所有的气力，一天到晚忙个不停，像一头牛似的，终年拖着箪耙，终年背着重轭，走着走着，跌倒下来，就此完结了他的生命。这样辛苦勤劳了一生，死了也不能博得人几滴哀悯的眼泪！油瓶仔有这样一个善良的父亲，也很难叫他不怀想，更难叫他想起不流眼泪。但是，当着油瓶仔想起父亲掉泪的时候，我总是这样安慰他说：

"八爷不也就是你的父亲么？他也是爱儿子的父亲，何若整天胡思乱想呢？"

其实，我也明知这些话是不能给他就许是些微的慰安的，这其实是远心悖理的话，八爷怎能比真正的父亲，他又何尝爱油瓶仔呢？

我知道八爷是很爱八少奶奶的，他们夫妻间恩爱情深，非常亲热。但是，八爷爱着八少奶奶，是不是因此也就爱及八少奶奶胎生的油瓶仔呢？因为油瓶仔不是他自己的骨血，所以他虽然爱八少奶奶，并不因此也爱油瓶仔。

八爷对待油瓶仔不像对待一个亲人，却像对待一个仆人那样，所有冷峻、残酷、咒骂、鞭笞……这些为主人而用以对待奴隶的东西，没有一样不施之于油瓶仔，没有一样不加在油瓶仔的身上。八爷让油瓶仔放牛、刈草，役使油瓶仔冲水、倒茶、装饭，给残冷的饭团让油瓶仔吃，给破烂的衫禅让油瓶仔穿，就是一个用人也不应该受到这样的待遇呢。

直到死前的一刻，八爷也不让油瓶仔叫他一声"爸爸"，我想，在那以前，八少奶奶一准是请求过八爷把他所舍给她的爱分出一些给油瓶仔的，但是不能。人的爱情为什么这样偏私，为什么不能超越一切阻止它的藩篱呢？

八爷死了之后，八少奶奶带领着油瓶仔和亚旺两个同母异父的孩子活着。一个是前夫的儿子，一个是后夫的儿子，他们出自一个母亲。八少奶奶噙着眼泪对他们说："你们都是我的孩子，都是妈妈痛苦生下来的。虽然你们有各自的父亲，但是，他们现在都躺在地下了，现在由为娘的领着你们，你们应该相亲相爱地活着。妈妈尽几十年人世的辛酸苦楚，为的也是你们，如果你们好好地活着，妈心里也好过一些。"这个苦命妇人的这一番话，确也能够深深地感动了这□□□□的心灵时他们母子三个抱头痛哭起来。

但是，人性这个潭子也真是难于测量它的深浅，亚旺和油瓶仔是一个母亲的儿子，共同爱着一个母亲，也共同为一个母亲所爱，然而亚旺是不是因为爱着生他的八少奶奶，因此也就爱及八少奶奶亲生的油瓶仔呢？事情并不是这样的。

——弟弟……油瓶仔喊亚旺道。

——谁是你的弟弟？我不是你的弟弟。出乎意料，亚旺竟这样回答他，也不等待油瓶仔说完。

八少奶奶死后，亚旺对待油瓶仔的态度完全继承父亲的遗传，他像父亲在日对待油瓶仔一样地对待油瓶仔。后来，终于把油瓶仔驱逐了出来，让开一间不能遮蔽风雨的吹打的破房子给油瓶仔住，一些什么也不分给他。亚旺还对人说，让房子给油瓶仔住，还算是额外的恩许，是看在死去了的母亲面上才施舍给他的情惠。

油瓶仔被赶了出来，栖宿在那间漏风的破房子里，性情愈更显得怪癖，愈更显得孤独了，他不跟人讲一句话，甚至碰到人也不打个最简捷的称呼。只是整天没有声地翕动着嘴唇，好像在说着一些永远说不清的话语，又好像在做一些不能告人的从私心发出的秘密的祷告，又好像在不停地诅咒着些什么，诅咒着黑暗的人间，唾骂自私和残酷的人性……

油瓶仔靠着给人家打些短工过活，他性情老实，力气很大，手脚也很勤快，所有这些都是从他父亲那里接受下来的财产。靠着这些，人们都争着来请他帮忙，他也就在点头应允之后，便默默地跟着人家走去，人家叫他动手，他就动手；人家叫他休息，他就休息；人家叫他吃饭，他就吃饭。吃过饭后，默默地含着旱烟管吸烟，这个动作就是暗示等着拿钱，直到人家给了他，才回到自己的破屋子里去，瘫软地躺在床上。在这些庄稼忙的日子里挣得来的工钱，就作为冬天里的口粮。

这时候我们都已长大成人，我娶过了女人，又有儿子了；可是油瓶仔还是孤单的独自一个，我也着实劝告过他一番，叫他省下点钱娶个老婆："一个人生在世上，也该有个老婆才算成家啊！"

然而，这个劝告着实是没有着落点的，因为问题并不是在油瓶仔不想结婚，而是在于人家不肯嫁他，为什么呢？就只因为他是一个油瓶仔，人们轻蔑他，鄙薄他，贱视他。其实，油瓶仔就不是人么？他和普通人相比有些什么缺欠？有些什么不同的地方？人们为什么不愿嫁他？但是，这个人间世毕竟是不可解的，油瓶仔就做了一世的鳏夫。

这些年来，油瓶仔渐渐衰老了，已经不复有先前那样大的气力，他的精力已经流尽了。人们再也不找他做活，而且他也不能担当得起那种过度的苦役了。痛苦染白了他的头发，眼泪又浸烂了他的左眼，这可怜的不幸者啊！

他只好每朝早早起来，提着畚箕去捡拾一些猪粪，堆积起来，卖给人家换钱。做着这个不甚吃力的工作，来支持着度过这凄凉的残年。但是，这是不能度过这米珠薪桂的日子的，一个人一天能够捡拾起来的粪便，能够换取一个人一天的口粮么？这是不可能的。因此，他只好常常在人家吃饭的时候，踱到人们家里去，默默地坐着，只要人家毫无诚意地开口请他，他便毫不客气地大嚼起来，那行径已经几乎近于乞食了。

我近来对于人生的意义日渐加深一种并非无端的怀疑，一个人走到世间来，浑浑噩噩，混过极有限度的几十年，又要离开人间而去。来时不曾给人带一些什么，去时也不会留给人们一些什么，所有古今一切生命的来去，究竟为的是什么哟？听说外国人信奉的《圣经》，上面说一个叫作该隐的人是世上第一个种地的，那么，他就算得是农民的祖先，普天下的农民也都得算是他的后裔吧？该隐的子孙，我们，走到世间来，完全为的是来担载痛苦，吞咽苦难的，不过，油瓶仔担载的痛苦比我们的特别重，他吞咽的冷酷比我们的特别多罢了。他受着那些被旧社会的道德压扁了的人性的虐待，没有爱，没有同情，没有怜悯，孤独地生活在世上，挨度着他惨淡的生涯。

不知他几时继会告别这个比地狱还要黑暗还要痛苦的世界，走进那个比人世还要光明还要幸福的地狱去。他比我先去还是后去呢？这是无法预知的。如果他早我死去，还有我可以替他流洒几滴悼亡的泪水，要不，他死去的时候，就没有谁能够慷慨地哭他几声了。

| 作品点评 |

《油瓶仔》也是写当时社会底层的一个小人物。他还在母腹中的时候，为财主八爷当长工的亲生父亲病逝了，母亲改嫁给八爷；他在八爷家出生以后，便被人叫为"油瓶仔"，受尽了侮辱、咒骂和鞭笞；最后甚至被同母异父的弟弟亚旺赶出家门。油瓶仔靠乞食为生，一直到双鬓斑白。没有同情，没有怜悯，过着孤独、惨淡的生活。小说诅咒了黑暗的人间，唾骂了自私和残酷的人性，主题思想是有积极意义的。

——雷锐主编《桂林文化城大全文学卷·小说分卷（第二册）》，广西师范大学
　　出版社，1992，第467页

参加『八路』来了
——军中记事

陆地

为了检查连队的教育工作，我就从旅部下到驻在黄河西岸的某团去。刚到两天，那个团就参加"百团大战"去了。在没有月亮，也没有星光的夜里，我随着队伍，被送上马□一样的木船，渡过波涛汹涌的黄河。

过河后，我们就用我们的脚尖去改变敌人的足迹。我们的宣传员就在敌人写过标语的墙上，画着石灰，然后写下血红的"武装保卫秋收"。我们就在每天的午夜或拂晓，捣毁敌人的交通线和碉堡。

这样，半个月过去了，我们才在离敌人稍远的村庄休息下来。可是，我的检查工作，却在这时候才能开始。因而，休息对于我依然是一种想望，我依然在山的波浪里浮沉。每天，翻两三架大山，走二三十里路，往往是把路走错了，或是队伍又移动了，很少能在预想的路程的终点得到休息的。就如这一回，没有走错路，连队也没有移动，偏又是他们都到山沟里洗衣服去了。连队里只有一个文书员闷声闷气地伏在桌上填写《人员伤亡登记表》，此外，再没有谁来招呼我了。

我只得孤独地到村子附近去巡逻，观望。

一个人走着，走着，终究是有点无聊。刚巧，

作品信息

原载《解放日报》1942年6月22日，收入《故人·小说选》（广西人民出版社1979年10月出版）、《陆地文集·第四卷》（广西师范大学出版社2018年12月出版）；入选《延安文艺丛书 第二卷·小说卷（上）》（湖南人民出版社1984年10月出版）、《中国解放区文学书系·小说编 二》（重庆出版社1992年3月出版）、《中国抗日战争短篇精粹》（作家出版社1995年10月出版）等。

在村子的东面有一个关公庙，旁边围绕着几棵枣树，我就在树底坐下。

枣子已打完了，树根铺满了黄叶、枝条和稀疏的影子。间或在石头下，草丛里发现一两颗小指头大的枣子。山野是寂静的，蝉声随着清风传播着单调的歌声。

突然，在高粱的浓荫里走出两个雄赳赳的人，叫我骇了一跳。但，他们和善、质朴的面貌，很快又使我放心了。

他俩，一个是穿的蓝色军衣，揣着一支土造的盒子枪，枪柄还系着一条红缨，打着裹腿，高个子，人是长得粗壮、结实、魁梧；另一个，带的是两颗"晋造"的木柄手榴弹，看那神情有点像睡不够的样子。

他们毫不迟疑地在我旁边坐下了。

"抽烟吧。"穿军衣的人把烟斗递给我，我谢却了，才自己吸起来。

这样，我们就开始拉起闲话了。他们是游击队小组，穿军衣的是组长，他们是从敌人附近侦察回来的。

"敌人可真骇坏了。这一下子，给咱们搞得白天也不敢走出他的乌龟壳了。"

穿军衣的人，得意地对我讲。他说，这次"百团大战"鬼子们怎样的狼狈，他们游击小组怎样的配合作战，这样那样的，说得活灵活现。

"今天晚上我们打算再去搞他一家伙。"最后，他敲一敲烟袋，放回口袋里去。

他那瘦长的脸上，堆积着一层尘埃，两只眼角处都有一泡眼屎。我审视他一会，正想问问他的游击小组的情形，他却站起来，说是要到村公所开会去。我只有怀着不满足的情绪，贪婪地望着后影，直到它没入枣园的绿叶里去了。然而，他那盒子枪的红缨，那结实、魁梧的躯体，却在我的脑子里留着一个很别致的印象。

夜间，听到有人来报讯，说是附近三十里，敌人的碉堡给烧掉了，不知是哪一个部分的队伍……

"谁呢？"我有点诧异。

"还不是我们的游击队搞的。"

连长不经意地说了一句，才打发报讯人走了，马上又打起呼噜。我却怀着奇异的心思，想着。脑子里闪现着盒子枪的红缨和那粗壮、结实的身躯……

第二天早晨，我到一个小学校去玩。学校的教员在校门口贴一张"百团大战"的捷报。我也走近去看。蓦地，我的肩上被打了一下，转回头一看，原来就是昨天见到的那位游击队小组长。他的头上包着一块白巾，还挂着盒子枪，裹腿打得结结实实的，只是多沾了些泥土。

"到我家去。去！"

他的院子里和凡是被敌人蹂躏过的院子差不多，那些破水缸，那些烧坏了的木器，那些羊骨头，乱七八糟地搁置着。屋檐下堆积着很多鸽子的粪屎。

"那天夜里，我们又烧了敌人一个'乌龟壳'！"

他让我走进房子，招呼我坐好了，然后，对我讲他的英雄的行为，一边拿着一支陶器的碗，盛着满满的一碗鲜枣。用强迫似的口气对我叫：

"吃啊，别客气嘛，咱们都是一家人。"

他发现桌子上凌乱得不像样，忙着去将一只金色的南瓜放过缸上去，把散乱的筷子和碗收在一起，将那面倒下的镜子挂上墙壁的木钉去，再用口吹着桌面上的尘埃。

"我很少在家，婆姨嘛，也是天天开会，家里什么事都顾不上。呃，吃嘛。"他也拿了一只枣子吃起来。

"你家里有几口子？"

"就只有我跟婆姨两个，有孩子可麻烦了。"

他好像避免我再问他的身世，就不停断地对我诉述他昨晚去烧敌人的情形。

"你没有打过游击吧？那才好玩呢，只要你两条腿走得动；嗯，你的鞋——"他察视我的腿，发现我穿的鞋子上脚小趾已露出来了。于是，把话头一转，说道："你们的鞋子快有办法了，妇救会现在正为这个事忙着"。

我们谈着谈着，渐渐地沉默起来。

"今天是什么日子？"过一会，他猛然问到。

我机械地告诉他。他又说：

"糟了！队长要我今天上午到抗救会去商量慰劳你们的队伍的事情。"

我也站起来，要走了。他索性把那碗枣子往我的口袋里倒，说：

"带回去吃，别客气呵！"

我们走到大门口，碰见一个穿青色衣裳的妇人。发髻剪掉了，短短的头发，油得发亮，圆圆的脸。手里拿着一只没有纳完的鞋底。

她对他微微地笑。

"会开完了吗？回去把南瓜煮上。真饿坏了。"

他向她说。她呢，只用眼睛瞅他，不说话。

"是你的婆姨吧？"我问。

"你说美不美？"他带着满意的、矜夸的神气反问我。

"不坏。"

我是为了她，要不，我也早该是'八路'了！"

"为什么？"我又问他。

他没有回答，只笑一笑。

此后，我在那个连队的几天时间里，时常见到他。由于他的性格的开朗、豪爽和憨直，使我对他发生了一种友爱。他说他不能算是一个农民的：十几年前，他因为弄死了一个地主的牲口，于是逃跑了。跑到军队去当过勤务兵，后来又转到太原兵工厂去当工人，直到敌人打来了，才又跑回老家来的。他说他会拿着别人的"良民证"，假装买卖人到城里去探听敌人的消息；有时，甚至混进大同或太原去购买手枪……

"我的故事可多哩，明天再说吧。"最后他打着呵欠，这样说。

就在第二天下午，我忽然得到命令返回团部去了。当时，我曾经为着离开他而有点依恋；以为再也不会见到他了的。

谁知道，隔了一个礼拜，我又遇见他了，那是在离火线五里地的一个村庄。

那天晚上，我和一位副官，照着团政委的指示，到那儿去动员民夫，同时，负责照顾从火线下来的伤员。然而，那个村子只有三户人家，一个老头子正在为我们拉风箱煮稀饭，另外一个孩子帮我们招呼琐碎的事情，剩下的就是老太婆了。

"年轻人都当'八路'去啦。婆姨，哪能住得下这儿呀。鬼子三天五天来一趟，哎!"老头子这样回答了我们。

"那怎么办?"我对我们的任务，感到惶惑了，因为我们带来的民夫只有十几个人，这和需要的数量还差得远。

"有什么办法，那只好怪民运科的人，事先没有调查好。现在已经快一点半了，两点钟就得结束战斗。你说怎么办?"副官看一看日本表。脸上显得发愁，怨怒。

枪声，手榴弹的爆炸声，在宁静的夜空激荡着。屋里很静，仿佛什么魔鬼统治住。人们全落入茫然的期待里。远处，传来狗吠的声音；鸡，催人似的，开始鸣叫了。

猛然，屋檐下一只狗，惊觉地叫了一声，跳到院中心去，附和着邻家的狗叫起来。叫成那样的尖锐，逼人。一会，便是众多的脚步声、语声越来越近。

老头子停止拉风箱，沉着气在谛听。

"出去看看，谁?"副官对小孩说。把盒子枪上好了子弹。

"你们干啥来的?"小孩子问。

"干啥来的? 来担架嘛。"

副官立即惊喜地走出去。

"什么? 你们来担架? 介绍信呢?"副官大声地问。

"咱们是自动来的，没有介绍信。"

我觉得声音很熟，可是又辨别不出是谁。

"那么，先派一个人进来再说。"副官说。

于是，大门"呀"地响了一声，小孩子叱责狗的狂吠。

"你是哪个村子的?"他们走到门口时，副官这样地问着。

进来的人，个子很魁梧。在稀饭的水蒸气迷蒙地笼罩着的灯光里，我还未分辨出他的脸是怎样，他反而认出我了。他先未回答副官的话，就狂喜地抢过来，抓紧我的臂膀，眼睛睁着，露出惊讶、喜悦。

"陈干事，你，也在这⋯⋯"他是几近于喊叫起来。

我约略端量他，也亲热地拉他的手，像乍见一个阔别几年的朋友似的。

"他是 × 村的游击队小组长，我认得。"我把他给副官介绍了，并问他带来多少人。

"四十三名!"他痛快地回答。

"叫他们都进来吧!"我提醒那位已经乐得手足无措的副官。

他和副官出去招呼民夫们都进来，安置在隔壁的窑洞住下了，才又转回来。这时，屋子里充溢着欢笑，副官竟会哼起小调儿来了。

"你的枪呢?"我见他没有那支红缨的盒子枪，只有一个挂包。

"你还是外行呵，来担架可不要它了。放在家给婆姨带着。呃，你别小看婆姨哩，现在她们也会打枪呢。"

他把蒙在头上当作信号的白头巾揭开，随即把它往胸间抹着。

"怕赶不上你们，我们都拼命地猛跑，流了一身汗。"

副官给他一支纸烟。他把它看了一下，才珍惜地噙在嘴里，凑近灯光燃去。

人们都被他的动作、话语和神情吸住了，无形中沉默下来。

外面，枪声稀疏了，下弦月洒下朦胧的寒光。鸡又啼第二遍了。

"可以去了吧?"副官看一看表，问我。

"去了吗? 我要吃东西才成。你们吃不吃? 我有馍馍。真饿坏了。"

他从挂包掏出好几个小米粉做的黄馍馍，分给我们。

"我晚饭来不及吃，听说你们打仗去啦，我就从这跑到那儿，找人，找绳子，找门板；在路上又是猛跑。哪里来得及吃东西。呃，你们真的不饿?"他又开始吃第三个馍馍了。三天没有吃的这样子似的。

老头子给他端来一碗烫热的稀饭。临近他面前时，他们互相疑惑地对看了一会。老头子仿佛做梦似的，迷惘地、嗫嚅地问他：

"你? 是……"

"是，是，我是——我从前和你的树春……不过，好像不是这房子吧? 唔，树春现在当'八路'可好哩，捎信来没有?"

老头子告诉他说：前个月接到他的儿子树春一封信。说是一面学习，一边也下地受苦——生产。首长和弟兄们可是一家人一样，日子过得好……

"好。'八路'可真是好。呱呱叫。"

他吃完了第七个馍馍，喝干了那碗稀饭，赞赏地说着。接着，拿起白巾蒙上头去。对副官说一声："走！"就跳下炕来，大步地跨出门槛去。

我听见他在院子里对着民夫们讲话，好像一个惯于率领队伍的干部，当然，他说话有些粗糙，却是有条理，简要，有力。

"他有能耐，我们这儿谁不认识他'高粱秆'呵！他可真天不怕，地不怕。有一天，也是这个时候了，他跑来把我的树春从被窝拉起来，两个人就去割了敌人十几斤电线。真是，人也一代比一代强了。"

他们都到火线下抬伤兵或者运胜利品去了。老头子和我就说起这位游击小组长的故事。

这回，仗打得好，伤员不多。高粱秆只背了一支刚从敌人手里夺过来，枪口还上着一把发亮的刺刀的三八式步枪。他轻松地追赶到我的身边来，和我一块儿走。

天色快明了。当我们走了十多里路，那路边的村庄就出现一些天真活泼的孩子，良善的老太婆，提着一桶一桶，或者一罐一罐的开水、稀饭，在路边请我们喝。"辛苦啦，老乡。"他们都给我们如此的亲切、真诚的慰问。我们也将胜利的消息传告给他们。每个人都展开着笑脸。

"当'八路'确是乐呵！"

高粱秆带着羡慕的口气，自语似的对我讲。

"你也来吧？"我试探地问他。

"唔，来！就是？——可是，你们什么时候回去呢？"

为着严守军事上的秘密，不能，并且实在也不知道什么时候退回河西来的，因此，我只得含糊地回答他。

"当'八路'不准带婆姨，是吧？"沉默了好久，他问了。

我将军队里带家属不方便，以及八路军的规矩告诉他。他迟疑了一会，但马上高声地对我笑道：

"那么，你也还没有婆姨吗？没有的事，哈哈。"

一个月又过了，我们完成了"保卫秋收"的任务，终于把队伍开回来。那是已下着很重的霜的秋夜，月光或明或暗，几颗寒星，在稀薄的云里闪烁。黄河的涛声不停地、勇敢地呼啸。鸡叫了，我们团部的人员才最后一批上好船。正在船夫们要开始摇橹、吆喝的时候，突然，岸上有人大声地呼喊，一阵风似的奔来。

"喂！慢点，我来了！"

声音像是从发生火灾的房子里走出来求救似的。立即，岸边就出现一个高个子的人，头上蒙着白布，两只手焦急地招摇：

"我要参加'八路'来了！我要……陈干事……陈——"

他好像要大声地压倒黄河的涛声，但他的话总被涛声打断。

大家都愕然，静听着他。同时，也戒备着。

"他是×村的游击小组长！"

我完全认出是高粱秆了。于是我对政委说。同时问可不可以让他来。

"让他来。"政委点点头，马上，制止了船夫们的动作。

而岸上的人——高粱秆，已经脱光了身，涉进水里准备游到船上来了。

船上的人都欢呼起来……

一九四二年五月二十六日雨夜改写 桥儿沟

| 作品点评 |

《参加"八路"来了》这篇约七千字的小说，写的是一个游击小组长参加八路军的故事。小说一开始，写"我"下连队的情况，花了七百多字，很不经济。这段文字与情节发展关系不大，用几句话交代就可以了。写到小组长时，作家给了他几个镜头，一个是从庄稼地钻到"我"的跟前；一个是拉"我"到家里去；一是抬担

架；一是秋收后参军。这几个镜头写得过于简略，在读者眼前，一晃而过。整篇显得内容不够充实，作家过分着重于小组长参军的事件的叙述，没有很好地挖掘人物性格，尽管也有些动人的场面（如"我"和小组长到家后的谈话等），但是，给人的印象仍然是不够深刻的。缺乏一个动人的故事，缺乏一两个活生生的有血有肉的人物形象，使得陆地的一些作品未能获得广大的读者。

  ——吴隐林：《论陆地的小说创作》，载蒙书翰编《陆地研究专集》，漓江出版社，

   1985，第104—105页

  《参加"八路"来了》，发表于1942年6月22日延安的《解放日报》上。这篇七千多字的小说描述了宋家庄游击小组长领导游击小组和农民兄弟配合八路军向敌人作战的故事以及他参加八路军的思想历程。这个小组长身材魁梧、结实，背着红缨盒子枪，性格憨直、开朗、豪爽；他又很勇敢机智，常神出鬼没地放火烧掉敌人的碉堡，还常闹得敌人"白天也不敢露出他的乌龟壳"。他自动组织担架连夜拼命跑到八路军那里，配合八路军打击敌人。他心里神往"带劲"的"八路"，可又有点舍不得心爱的婆娘，思想甚为矛盾。当"我"向他讲明了八路军的规矩后，他先是迟疑了一阵，接着认识到"八路"不兴带婆娘的意义，思想豁然开朗；为了消灭鬼子，毅然"参加'八路'来了"，参加到为民族解放和祖国自由而战斗的行列，走上了抗日救国的道路。这个形象，概括了一代农民经过抗日风暴和民族斗争的激荡和洗礼思想觉醒的真实过程，他们视民族利益高于一切，是有代表性和典型意义的，当时的许多农民都是这样觉醒而成为坚强的抗日战士和民族解放卫士的。

  ——周作秋、黄绍清、欧阳若修、覃德清：《壮族文学发展史（下册）》，广西人

   民出版社，2007，第1292页

乡间

陆地

在这里，只有石头才不会饮泣！

——涅克拉索夫

三八年初夏，我从省政府被派到各个县去推行信用合作社的工作。到县政府住了一个礼拜，把下乡的手续办妥了，在一个晴朗的夏早，我乘着乡村汽车向着号称"模范乡"的双桥乡去。

"此后要在乡间过日子了，也许是怪有趣的。不，我是为着调节农村金融，改善农民生活而来的，我的工作多么有意义呵。而且我可以看到五年来新建设的模范省的乡村了。"

当时的心情盈满这样好奇、喜悦和新鲜的憧憬。

汽车在夏日的南方猛烈的太阳下，喘着气似的突奔着。乡间，那翠绿的色调，那清丽的溪水，那清脆的布谷鸟的啼唤，和我的愉悦的心境融成一片了。"乡村多么美呀！"我不禁由衷地唤起美妙的感触。

半点钟后，汽车在一个圩场停下来了。问问卖糖水、凉粉的小贩，才知道前面那簇新辉煌的建筑物，就是双桥乡乡公所。

作品信息

原载《大公报》(桂林版)1942年11月6日。收入《好样的人》(群益出版社1950年6月出版)、《故人·小说选》(广西人民出版社1979年10月出版)、《陆地作品选》(漓江出版社1986年10月出版)、《广西当代少数民族作家丛书·陆地卷》(漓江出版社2001年9月出版)、《陆地文集·第四卷》(广西师范大学出版社2018年12月出版)等。

公所是很静，显得空洞，客厅里的长方桌子上放着几张破破烂烂的《××日报》，旁边的长条凳子印满了小孩的泥脚印，墙上挂着好几张二十五年度（三六年）的"人口统计表""各村物产产量比较表""村甲村长一览表"……日历几天不撕了，要不是我刚从县府来，也许会把日子弄错的。

当我一个人正陷入怅惘、踌躇之际，忽然，有一个青年人进来。他穿着乡下里少见的服装：一件白亮的长袖线衣，一条黑色的印度绸，长到踝上的裤子，拖着一双漆皮拖鞋，头发梳得比那双拖鞋要发亮。一句话，他十足地像城市里的店员那样。面貌也挺秀气。他一见了我，就马上停住脚，对我端量了一下，问道：

"你找谁？"

他是充满了诧异、轻蔑和傲慢的，大概看我没有佩带襟章，标明是政府里的公务员的缘故。

"找王乡长。"我回答也简短，随即递给他一张名片。

"呵！是省府来的指导员吗？乡长下乡去了。"他颓然地，变得卑顺了，还做着不自然的笑脸。

"那么，副乡长呢？"

"也去了，晚上才能回来。"

我觉得没有什么可消遣的东西，去图书室看了一看。可是，也没有什么可看。摆在桌上的几十本书全都给尘埃封满了，要是你不把它吹去，书面上的字就无法看得出来。桌子和凳子，东歪西倒的，好像搬走后，剩下不要了的东西似的。

由新的环境给人新的刺激，我是有着满怀的兴奋，总想找人谈些什么，或者听人讲些什么。独居和默想，现在对我是不合适的。

我到圩场去了。

今天不是市集，圩场有点冷落，只聚集一些因为天旱不能下种而空闲着的农民。他们懒散地在那儿，乘凉、聊天和下棋。

"难道天要收人吗？又是打仗，又是天旱。"

一个老头子唏嘘了一阵，再将长长的烟斗放进覆满了须子的嘴里去。

"现在怎么又不征兵了呢？妈的，我宁愿被征出去，好得家里免工免税。"说话的人是个小伙子，衣襟敞开着，胸膛赤铜似的发亮。

"别发梦啰，你不见覃外村的肇基吗？他还不是去年八月第一批给征出去的，现在他的家得免了什么没有？倒还是像大年的好。"这是一个在旁边看人下棋、患沙眼的人说。一只苍蝇在他的脸上飞旋着，他一挥手，苍蝇飞了尺来长远，马上又在耳边落下了。他一面挥动手，一面继续说："是的，像大年那样，现在来侍候乡长，既不当兵，又能免工免税，多好！"

"可是，人家先作底子呢。"另一个带着讥讽的口气说。

"哎！真是世界越变越新奇，从前人家用钱买官做。"老头子又叹了一声。

"他妈妈的，说什么'有钱出钱'，见鬼。"

一个原是直挺挺地躺在一张桌子上的大汉子，猛烈翻起身来，要揍人的样子，瞪着眼，瞅视那庄严的乡公所……

乡公所的客厅，有一架帆布躺椅，使得我可以在上面躺着休息了。我回味着在圩场的农民们所讲的话，我恍悟刚才那位乡丁所以这样傲慢的原因了。

"嘘……嘘，到了！乡长在吗？"

气呼呼的声音在屏风外面响，跟着便是一个老婆婆扶着一根手杖进来，她那多皱纹的额角，流泛着汗水。她见了我，半惊半喜地站稳了。干瘪的嘴唇嗫嚅了好久才说道：

"乡长，你是乡长吧？"

"你有什么事？"我站起来，郑重地问她。

"我，我走来，来求你乡长施施恩呵。我是卢家村的，姓卢，是英才的母亲。我的英才去年不是征兵去了吗？他到山东还有一封信来过呢。你看吧，这不是？"她用颤抖的手由怀里掏出一封快要破烂了的信，"哎，当时我就是听说有儿子去征兵，家里就受优待，说是每年公家给三担谷子；还说免捐免税什么的。这样，我才叫我的英才去呀，要不，我这个过继来的孩子，哪里该征到他呢。"

"现在村长不给你谷子，免你的捐税吗？"我有点怪异了。

"就是呀，你看，乡长，你……哎，村长说我的英才在前方逃跑了。三担谷子他早就按家照户地摊派得来了。可是他不让我去领。他拿去借给旁人收利息。不给谷子还不算，公家派什么捐啰，税啰，样样都叫我照样地出。我家的媳妇常常被叫去说是修路呀，搭桥呀，这样、那样的。四天三天都不回来了。哎，真是！……乡长，你替我做做好事吧。我的英才实在是到前方去了呀，昨天我到庙里去卜了个卦，神明还说他正在当十长（班长）哪。要是他真的逃跑，怎么不见回来？即算他不怀念我这个老人了，他的老婆去年才娶，两口子平时好好的，难道他能……"

"阿婆，你不要难过，村长不能那样乱来的。"

"乡长，你能替我说说公道就好了！吓，我们村那个村长可是太狠了。他说他是干部学校毕业回来的，谁敢碰他一根毫毛，县长还让他几分哪。真的吗？"她抹一抹脸上的汗水，望着我。

"不管他什么干部毕业不毕业，也得照公事办才行的。你放心吧，等一下乡长就回来了。你随便坐着歇歇吧。"

"呵！那么，你不是乡长？"她惊愕了，立时很失望的样子，重新仔细地审视着我。

终于，她在门角里坐下来。靠在一块长约三尺、宽约五寸、上面写着"军棍无情"的木片上。

"哎！"她寂寞地叹了一声。

三点半钟了。太阳从西边的窗棂射进它的光芒，蝉声叫得那样的哀怨。没有一点风，天井里的几盆凤仙花的叶子，萎垂下来，屋里完全寂静了。

很久以后，蓦然，屏风外面传来音响，脚踏车的铃声，轮子声，逐渐逼近，接着便是听到这样的对话：

"刚才你看到哪一个最漂亮？"

"我看那个还留长头发带银镯子的，可够得下八十分。你知不知道是哪个村子的？"

"你还不知道？是卢覃村的。"

"有主了吧？"这句声音特别低些。

"还不是覃村长包办了！"

"是不是'不落夫家'的家伙？"

"哪里，是卢英才，前年才娶。"

"呵，卢英才？……他不是去年被征兵去了吗？"

这时候，快要睡着了的老婆婆，突然睁开眼睛，探视从外面进来的人们，带着满心欢喜地叫道：

"是呀，我的英才是去年征兵出去的。"

进来的是两个二十五六岁模样的人，都穿的整齐的公务员的制服，而且挂佩着乡长衔头的襟章，他们料不到有这样的人突如其来地冒犯着他们。如同给狗咬了一口似的，表示异常的厌恶与恼怒，其中一个高个子的就恶狠狠地凶她一句：

"什么，你到这里来干什么？"

"我……我，唔……乡长！我是英才的母亲。我来……来……请……唔，请乡长做做公道……"老婆婆颤抖着，急得额上又冒出汗珠子来了。

"什么事？"

另一个瘦个子吼了一声，走到茶几那边倒茶去了。高个子坐下，开始脱他那沾满了泥尘的裤子，安闲地，顺便搔着脚趾间的痒处。这老婆婆在他们看来，只是一只饥饿的猫，让她再叫、再说，他们也不在意。连我这个陌生的宾客，不知他们是顾不到来招呼，还是也如那位乡丁，见我没有标明官职的襟章而不屑于理睬。看见他们的疲劳烦躁，以及被老婆婆增加的不快意，我也就不愿马上去对他们作自我介绍，只得冷静地不作声，坐着。

"你们刚才不是也说英才去年征兵去了吗？现在我们覃村长又要我的媳妇去修铁路，派我出钱什么的。乡长，行行好吧，我是穷人家，没有人做工……"

"你有一个漂亮的媳妇就够啦……"

那个瘦个子喝完了开水，转回望望老婆婆，表示可怜又可厌的样子，皱着他那粗浓的眉毛。挥着手，说道：

"回去，回去，听村长的话做就不错。你难道说，村长不公道吗？人家是干部学校受过训练来的，什么事办不公道？可比从前土豪劣绅好得多了吧？吓。"他随即走进"乡长室"去了。

老婆婆急了，茫然地看着我，眼睛含着乞怜的光，却淌不出眼泪。

"行行好吧！哎！行行……"

"不要在这里唠叨！村长的话你不听，你来这里干什么，出去！"

高个子把脱下的裤子，打着尘土，一面挥着手，指着门，驱逐她。……

"老百姓就是这样可恶，天天都是拿这样的事来麻烦你。其实，我们这一批年轻的乡村长，哪一个不都是很公正，大公无私地为他们服务？"

过后，乡长这样对我说，好像是被人冤枉了，受了委屈似的。

一九四二年七月

| 作品点评 |

《乡间》是作家走上文坛的第一篇小说。在这开篇之作里，作家一开始就把他尖利的笔锋刺向国民党反动派的黑暗统治。作家以一个壮族乡村的见闻为题材，只用短短几笔的速写，就把抗战初期反动统治者鱼肉人民的罪恶勾勒了出来。篇首引用的涅克拉索夫的话："这里，只有石头才不会饮泣！"形象、深刻地点出了小说的主题。篇末，乡长那"大公无私地为老乡们服务"的厚颜无耻的话语，更是对反动统治者的辛辣讽刺。《乡间》表现了作家写作上的才华，尽管小说中人物形象不是很丰满，笔法比较简单，粗线条，但它仍以清新、婉曲的笔调赢得了文艺界前辈的重视。

——吴隐林：《论陆地的小说创作》，载蒙书翰编《陆地研究专集》，漓江出版社，1985，第90页

《乡间》是陆地"到延安后，在鲁迅艺术文学院学习中的第一篇习作"，也是他

"头一遭向文学创作学步的尝试"，是他的小说的处女作，由何其芳、严文井推荐，在1942年桂林版的《大公报》上发表。小说以一个省合作指导员"我"的口吻，叙写了"模范省"的"模范乡"的黑暗现实。"我"怀着美好的愿望，为农民向银行贷款，为改善农村经济的社会事业来到这个"模范乡"。眼前看到这个"模范乡"的却是令人不寒而栗的情景：二层洋楼的乡公所内寂寞萧索，有几张破烂的《民国日报》，几本尘封的图书，日历已经"几天不撕"，有"来头"、有"家伙作底子"（用钱买来的）青年乡丁带有"几分轻蔑和傲慢"，"屋里的桌子和凳子东歪西倒"，圩场上的庄稼人冲天咒骂："他妈妈的，说什么'抗战抗战，有钱出钱，有力出力'，见鬼去吧！"……村长独吞"优待"给壮丁家属的三担谷子，还霸占了从征士兵的妻子，他们任意盘剥欺压乡民，这样的赃官却连县长也不敢惹！这些都是"模范乡"的"模范壮举"。推而想之，非模范乡的情景又将如何呢？作者从这个"反动统治鱼肉乡的阴暗角落"里深刻地揭露了"这里，只有石头才不饮泣！"（涅克拉索夫）的严酷的社会现实。

尽管这篇处女作比较稚嫩，颇像速写，还谈不上刻画人物的鲜明个性，不过，它对人物的服饰、言语和神态的勾勒与白描，已经显示出年轻的陆地驾驭语言的能力和创作小说的才华。

——周作秋、黄绍清、欧阳若修、覃德清：《壮族文学发展史（下册）》，广西人民出版社，2007，第1291—1292页

盐船

曾敏之

一

船刚上老堡滩，天色就渐渐黑下来了，昏黄的薄暮的凝块，涂在两岸，浮动着，慢慢伸展开去。

正是深秋的时候，瑟瑟的江风吹打着被岁月风雨剥蚀得朽坏了的船篷，沙沙地响。两岸生长着许多蕨树，在夜色模糊中颤抖着，羽状的复叶片片地飘落下来，飘在像野兽蹲踞似的岩石旁边，或浪花飞溅的滩水上。荒山水涯之间，剩下了空旷而凝滞的冷漠，尤其是从两岸丛林传出那枭鸟的怪啼，更使得这样迷蒙的江面增加一种不安的情调。

在一帮赶着水程的几只苗船中，为了天色快黑，都在拼力地向滩上拖曳；好几只船已上滩了，只有甫田的落了后。他拼出一身的汗水，汗水从他那多毛的胳膊上淌着，他在焦急的情绪下不断地发出怨怼的咒骂声：

作者简介

曾敏之（1917—2015），笔名敏之、寒流、望云、省身、丁淙等。广西罗城人。1939年考入广西地方建设干部学校，1940年任《柳州日报》采访部主任，创编《草原》副刊，1942年与易巩、于逢、严杰人等组织文学研究组，筹办文学杂志《现实》，随后转入《文艺杂志》（王鲁彦主编）任助理编辑，同年任《大公报》文教记者，并加入中华全国文艺界抗敌协会桂林分会。抗战胜利后任《大公报》采访部主任。1948年任香港《大公报》华南版主编。1950年奉调广州，任中国新闻社驻广州联合办事处主任。1960—1970年代先后任教于暨南大学、华南师大中文系。1978年底奉调香港，任《文汇报》副总编、文汇出版社总编辑等。1988年后历任香港作家联会会长、中国世界华文文学联会会长、《香港作家》杂志社社长等。被称为内地台港文学研究的拓荒者和引路人。著有《拾荒集》《望云集》《观海录》《听涛集》《西海环游》《曾敏之文选》《文林漫步》等。

作品信息

原载《大公报》（桂林版）1943年6月4日、6日、8日、10日。

"弄他妈的朝天拜斗吧，省掉这样吃力累赘！喂，癞头鬼，用劲呀！"

他的助手癞四正在船尾一手掌着舵，一手撑着篙，显得异常吃力，这长长的老堡滩弄得他吃娘奶的力量都差不多用完了，因此听了甫田的话也动了火，瞪了甫田一眼，不答他，却掉头把一腔气愤向吴雨卿发泄，押运员吴雨卿正舒舒服服地躺在头舱里。

"妈的，押什么鸟？难道要我们抬你上西天去不成，不来帮帮手？"

猪□一般的吴雨卿，蜷卧在舱中盘算着自己的心事，给癞四这么一嚷，他的自尊心助他发起脾气来了，扭着光秃的脑袋，霎霎眼睛，向癞四叱道：

"笑话！轮到你来干涉我吗？你们知道我是徐老爷什么人？别扯你妈的屁吧！"

甫田原打算由癞四跟吴雨卿闹的，现在见吴雨卿这般叱骂，似乎有点指桑骂槐伤了自己，忍不住要出声了，一来要泄沿途受吴雨卿欺压的气，二来呢，到了老堡滩（这是他们的皇界）也要逞逞威风给吴雨卿看了。于是甫田把手里的竹篙掉过来，向船篷一拍，接着冷笑地说道：

"哼，扯你妈的屁？向我们摆架子吧！你尝过溶江河的水？徐老爷是你的宗祖？祖宗来到这儿，我们也要扯掉他的胡须，他敢怎么办？懂事点儿吧，这个滩是常常换土地的！"

甫田的威力可真把吴雨卿压下去了，他不敢有半句答复，他像意识到随时可能发生不测的惊惧，在他的记忆上似乎听别人说的船夫们杀人越货的故事太多了，他不得不慑疑地，默默地看着甫田跟癞四带着愤怒的神色把船撑上了滩。

上滩之后，老堡寨在灰暗朦胧中隐约可见了。几只同帮的船刚在那儿泊定，桅杆还未卸下来，不大匀整地撑着狭长而凝重的晚空，老堡寨上有蚯蚓一样的炊烟在飘荡着。这炊烟引起船夫的饥饿的感觉，泊定的船只就燃起炉火弄晚饭，于是江上也浮起炊烟。

甫田还未把船湾好，他太愤怒了，眉头在皱着。在过去的时候，把船泊在老堡寨度夜在他是异常愉快的，当他把船撑上滩看得见为他所熟悉的老堡寨时，他就会嘻嘻地笑起来，用一种骄傲而示意的口吻向癞四打招呼："喂，酒筒响啦，俾红在等着我们哩!"

癞四往往能理解他这话的意思，更能使劲地，把在粗毛手里所握着的篙桨摇响起来，借以证明接受了甫田的提示。今天，听不到甫田往日那种惯常的声调了，知道甫田对这次装载的货物感到厌恶，所有的高兴，早给厌恶冲淡或占据了。

癞四默默地把手里的双桨划开了江水，发出哗哗的响声，当拢岸时，他撕着破锣似的嗓子征求甫田的同意!

"湾在下面吧?"

"嗯，离开同帮的远一些。"甫田用手指着一丛水杨柳正在被晚风摇曳的岸边，"喂，那儿好呀!"

船泊定后，舱里的吴雨卿攒出来了，矮小的身材衬着他那不大相称的脑袋，显得极其猥琐的样子，他伸一伸手臂，拍拍睡绉了的上衣，向甫田命令似的说:

"湾到同帮那儿去! 徐老爷的话你们当作耳边风吗?"

甫田却不理睬，用蔑视的眼色溜他:

"这里不是老虎滩难道怕吃了你?"接着他叫癞四:"喂，伙计，弄好饭到俾红那儿找我，我去买酒去，妈的，今晚上让我们喝个烂醉!"

癞四满含笑意从船篷上取了竹制的酒筒扔给甫田，同时带着很重的醋味向他开玩笑:

"哼，不要先喝醉呀! 请你告诉俾红，癞头鬼有好东西送给她，可要孝敬我一杯喜酒!"

甫田得意地接过酒筒，跳上沙滩，他对癞四的嘲笑却感到一种满足，他兴奋微笑地站着，圆粒的细沙滚上了他的脚趾，粗黑的双眉扬了起来，一边举起右手答癞四:"谁稀罕你的东西呀!"于是挺着硕大的身子，敞开衣襟，嘴里吹着口哨，酒筒一甩一甩地向老堡寨走了。

蹲在船头的吴雨卿愣了一下，心里充满了怀疑。

"他到什么地方去呢?"

"用不着你问! 你问他干什么?"癞四却粗声粗气地答。

吴雨卿弄得不敢出声，只好瞪着癞四忙乱地弄饭，一边盯着甫田的背影。

从泊船的滩边到老堡寨是五里路，这条路是从一片黄沙中走出来了。黄昏越来越浓了，烟霭从山峰上逐渐移动凝聚起来，形成了一张蒙糊网罟，江上，沙滩给笼罩了。远远的老堡寨，被簇簇的灌木树遮着，树梢正低飞着几只乌鸦，哑哑的叫声冲破这□昏空间的沉寂，它们的黑翅凌空招展，预示夜幕就快从它们的翅膀洒下来了。

甫田低着头走，无心理会这些景物，这几里路在他平常的经验来说，是不难在二十分钟赶到的，而这个时候，他却以趔趄的姿态行进了，因为他为了一种难以忍受的欺侮懊恼着，这问题老是在他的脑里萦绕，他一边走，一边喃喃自语："吸我们的血汗，还假装慈悲哩！"跟着吐了口唾沫，在他的心理上，这口唾沫仿佛是溅在一个光脑壳，留着两撇八字须，露着阴险的笑容，摆动着肥硕身躯的徐老爷身上似的。他嘻嘻地笑了，敲着酒筒，同时浮上了跟徐老爷争执时候的影像。

他记得很清楚，这一次未曾下货开船之前，他和王老七、甫美几个同帮伙计，给徐老爷叫去谈话。在一间杂货行的接待室里徐老爷接见了他们。徐老爷是 × 镇商会的主席，拥有足可操纵这市场的资本，借着特殊势力，他把在是溶江河停在 × 镇的苗船都封锁用了。今年对盐生意做得特别起劲热闹。徐老爷对盐生意的做法似乎很秘密，在谈话中他向甫田他们说：

"沿途的 × × 已经弄好了，你们小心水面上的功夫。押船上去的吴雨卿是我的亲戚，他的话就是我的话，不准风言浪语……"

"徐老爷，我们的船脚呢？"甫田插口发问了，他知道除了自己敢于开口之外，是不会有第二个了。

"船脚？ × × × 封用的，船上的旗号不都插了么？"

"嘿！"甫田冷冷地说，"我们要吃饭，要卖力呀！"

徐老爷圆睁着眼睛，气冲冲地，把八字须翘了起来：

"回来就少了你们的？"

大家给这一喝，都怔住了。只有甫田红着眼珠子啃着下唇，愤怒地跟着他们到盐仓里去看下货。行里的盐仓庞大，潮湿的地板发出呕人的霉气，几个伙计正在用大铁铲掺拌一大堆铜绿色带有沙质的东西。甫田眼看着这些掺拌沙质的盐货被码头夫运上他的船，吴雨卿又派在他的船上押货，他气愤极了，心里咒骂道："妈的，你这狗□子，老堡滩可难上哩！"

从×镇解缆起程，□老堡寨□五百里。老堡寨是一个荒凉的地方，人烟稀少，溶江河滩险以老堡滩为第二。这儿的山连着山，深邃的丛林藏有不少的蛇蝎猛兽，也藏有许多盗匪。当老堡滩的浪涛激起喧哗的声响，风刮到岸上来的时候，跟猿啼狼嗥的声调往往缠在一起，合奏出一种使人惊心动魄的音乐，这音乐，□□使陌生的过客战栗不已，也使寨上的人家当夜色弥漫时就早早关门，做必要的戒备。在这儿能够在夜间来去自如丝毫无恐惧的只有两种人——粗犷的船夫和绿林的好汉。像这样荒瘠的土地，人们要从这儿取到人世的温暖是很困难的，有的是寂寞单调和惊悸，可是甫田却不同，自从俾红的家搬到这儿开设酒店后，他却对老堡寨楼下温情希望□种□了。

俾红的父亲——金老板是一个善良慈祥的老人，在这儿开酒店，专做在溶江河来往的船夫的生意，跟甫田他们一伙已有了将近一年的交情了。金老板是黔南天柱人，过去为了一件事避免滥用淫威的官吏的迫害，带着俾红和她的母亲搬到这地方来。住不到半年，俾红的母亲不幸病死了，就只剩下他两人相依为命地过活。熬酒是一种异常辛苦的操作，而金老板已经五十多岁了，做起活来十分吃力，俾红就成了唯一助手。她很能干，二十岁的姑娘，会一点写算，在一个正直的父亲教养之下，年龄渐长，带有苗山女子剽悍而又豪爽的性格，遇什么事，她绝不会吞吞吐吐或转弯抹角，一天老是蹦蹦跳跳，双颊红润地常常挂着富有魅力的微笑，一对黑溜溜的眼珠，一双粗阔的手臂，小小的辫发甩在肩上，当船夫们上岸来光顾的时候，她很活泼天真地打着招呼：

"辛苦啦，多喝两杯消散吧！"跟着就手快脚快打□了他们，往往忙到金老板擎上油灯准备吃晚饭时才罢手。

甫田爱喝酒，一到老堡寨停泊，就提起酒筒到俾红那儿去。日子过得久了，跟俾红渐渐混熟了，他曾经有一次问俾红：

"喂，俾红，有喜酒卖么?"

俾红带着深意地笑骂他：

"酒鬼，下次打破船，龙王招你去，驸马才请你喝喜酒哩!"

轻松而俏皮的调笑，使他们取得□□接近的机会；甫田的心不宁静了，觉得是在爱了。俾红呢，也为甫田的爽直，粗野，丝毫不带做作的真情感动了，在心的深处，一个魁伟结实的身影常常闪露着。甫田每次从下河把货运来，她都异常关怀地询问他沿途的经过，同时清算他的用费，劝他存储一些钱，准备意外的用途。甫田是个畸零人，他还躺在母亲怀里的时候，就变成无父孤儿了，他母亲用了十五年青春守□的耐性，在溶江荒瘠的土地上把他抚养成人，当他能用宽阔的胸脯，坚强的体力，在溶江河上取到可以供养她的生活资料的时候，她都因辛劳过度染下河痢死去了。多少年来，甫田只好以船为家，以溶江河做生活的道路，一个人无羁，而又孤零地走来走去。有时，他也感到空虚，这空虚需要什么来填补。俾红温存的体贴，像一只粘有慈爱的手，触摸到他空虚的内心了，他愿意把心交了出来。因此无论什么事他都毫不隐饰地告诉俾红，在过去，俾红也确实给过他许多帮助。

今天，在甫田的心里潜伏着的烦恼无法消除，他的脚步踌躇了，他觉得应该把这件事和俾红商量，但他又觉得这次应付俾红的追问也不是一件容易的事："干吗还帮徐老爷运货呢? 都是自己不争气! "他自问着，更显得烦躁了，把脚拐起，踢起沙滩上的细沙，用手掠过扎在头上的头巾啐了一口：

"管他妈的! 不做亏心事，总不会怪我呀!"

于是，换了飞速的脚步，把外衣解下来，迎着飔飔的晚风一股劲儿跑上了老堡寨。

天完全黑了，他掉头回望沙滩，船上的星火正向他闪烁着，江面弥漫了神秘，寂寞，无尽的迷蒙的夜的气氛，枭鸟仍在"么么"地啼叫。

二

一间低矮的，木架的板屋躺在老堡寨的西南角，褪了色泽的一张红纸贴在不十分高的门楣上，写着"金利源酒店"五个大字，长不到五尺的柜台上，有一盏小油灯，黄黄的光闪闪的。戴着眼镜低垂着几丝银发的金老板正在查点账目，俾红在一旁弄针黹，一边跟金老板说笑。甫田粗莽地敲着酒筒，吹着口哨撞了进来，使他们父女吃了一惊，赶快放下手里的东西起身迎接。

"噢，半个月了，为什么这样久才上来呀？"金老板亲热地问。

"有什么拉住了腿吧？手头松，用到空，不松是不会上来的！"俾红向他瞟了一眼，清脆地笑着。

甫田心里很难过，交织一种为他自己无法解开的懊悔，眨着眼，默不出声。

"什么？生气吧？"俾红似乎觉到他的不安了，马上转口向父亲：

"爸爸，我们不是向甫田讨账哩！我一说，他的脸白得像一张纸，哪，话也说不出了。"

这俏皮话逗得金老板和甫田都笑起来。俾红赶过去接甫田的酒筒，要他坐下：

"很饿吧？让我拿东西给你先吃着。"

"嗯，饿得很！癞四等一下到。"

俾红手脚伶俐很快捷地，到厨房捧了一盘糯米制成的粑粑，递给甫田时低声地说：

"留给你的，再不来就霉坏了！哎，今天为什么这样一副难看的脸色？"

"等着，到外面再告诉你。"

俾红会意，指着酒筒向金老板道：

"爸爸，我跟甫田出去一会儿，你查罢数，请把酒替他装好。癞头儿来了，叫他等我们。"

金老板微笑地点点头，用手摸摸架在鼻子上的眼镜，看着他俩走出去。

门外靠右边另有一条通到沙滩去的路，走这条路必须经过一个菜园，园内的菜畦很匀齐整修长地伸展着，映入眼帘的是一片朦胧的绿色，一株芭蕉树被风吹得嚓嚓作响，他们走到芭蕉树脚坐下了。

"怎样？李队长从溶江上面又有信来了，钨矿运输队等着人用呢！"俾红睁着热情充沛的眼睛直望甫田。

夜空今晚似乎特别蓝，北极星像海天中几盏渔灯挂在那里，逗人起一种远航的冥想。没有□色，秋露落在苍翠的蕉叶上，似乎有嗯嗯的声音。墙砌间有唧唧的虫声，夜静极了。甫田脸上已消失不安的神色，他不畏露冷，仍然袒露着胸脯。

"看事情如何再打算。"甫田迟疑地答道，"妈的，我这次迫着替徐老爷运盐上贵州，要是真的去恐怕一个月才能回头哩！"

"运盐？"俾红很诧异地问他，"官府禁的呀！徐老爷怎么能做这行生意？"

"大官撑腰，什么爬灰事不做得出来呀！"

跟着他把和徐老爷冲突的事详细地说了，说话的时候，眉头紧皱起来，表示自己不愿干这受剥削而又昧天良的事。

"你懊悔么？徐老爷的手段可毒辣哩！"俾红瞅着他。

甫田怔了一阵，他是知道徐老爷的手段是十分厉害的，利用不到手，加一个罪名，嗾使××的爪牙捉了去。同帮的兄弟甫盛就是在躲避征兵这套花样下坐了监牢。这种仇恨的僭藏同帮的伙伴都是愤怒而又戒惧着的。甫田想到这里，焦躁起来了，仿佛有一条虫在啮着他那跳动着的心，他垂着头不语。

"懊悔的事谁都不愿意呀！"俾红很柔和地打破这种沉默的局面了，"徐老爷的手段是毒辣得很，可也不见得无路可走，昧良心替人赚绝子绝孙的钱，哼，是我就不干！"

"不干成么？"

俾红很温柔地靠近他的身边，用手攀折一块蕉叶，把蕉叶慢慢撕成碎片。一种憧憬着未来的理想促她看清应该走的道路了，她镇静地说：

"怎么不成呢！李队长不是要你去么？爸爸年纪也老了，他近来常常说要回老家，我们可以送他回去哩！"

"吴雨卿那狗种不放松我们呀！"甫田记起那讨厌的家伙了。

"不放手？溶江河是我们的世界不是？"

俾红的反诘使甫田的记忆复活了，多年前那种恐怖的现象浮现了起来：许多旅客的尸骸被抛到丛林里给野鸟啄食，许多货船被覆没在老堡滩上。那是剽悍的船夫或绿林朋友做的。自从抗战后，绿林好汉接受政府招抚了，溶江河才得平静来下。甫田虽然剽悍，同时在过去也认识不少的绿林好汉。但他不干坏事。今天给俾红一提，倒把他弄呆了。

蕉树仍在嚓嚓细语。菜畦的泥土被日间的阳光蒸晒，倾溢着混浊的，带着秕糠味的气息。他俩在沉默着。俾红想到要是能如意地过生活，该是多好，不禁两颊泛起红晕来，斜视甫田，托着下颚出神。

这时候，突然一种熟悉的破锣似的歌声扬起来了，透过心凉的气流飘到他们的耳膜来：

有钱……呀……打酒酒筒响……哟

无钱……哪……打酒酒筒空……啊

甫田……咧……叫妹……妹答应……呀

癞哥……呀……叫妹……装耳聋……啊

"妈的，癞头鬼来了。"甫田站起身向俾红说，"大家商量着，要干大家干，做了鳅鱼还怕吃泥么？王老七他们买过酒了没有？"

"还没有来过呢。"

当甫田俾红从菜园里走回来的时候，店里已经站满顾客了，王老七，甫美，癞四等一伙儿都来了，癞四手上拈着一包花线，是预备送给俾红的，他正在狂放地摇头摆脑，跟金老板调笑：

"甫田跟俾红是十月的芥菜上了心哩。喝喜酒可不能忘记我！"

"妈的，喝尿去！"甫田跨进门槛就抓住癞四的衣领笑骂地一拉，癞四猝不及防栽了一跤，爬起来大嚷：

"哎，你还没喝酒就装醉打人呀！俾红，你这骚货灌了什么进他的狗嘴了？"

大家看了癞四一副滑稽相，都不禁嘻哈地笑起来，小店里充满了笑骂的声浪。俾红鼓起两腮，一手叉着腰，平常黑溜溜水盈盈的眼珠圆睁起来了，叉起两手站在门槛上，盯住癞四，弄得癞四只好作揖哀求地说：

"俾红姑娘，发脾气了么？菩萨救救我呀！"

"菩萨未下凡哩！"俾红扑哧地笑了，跳过去夺过他手上的花线。在他的癞头上狠狠敲了一下。

"癞头鬼，那狗种呢？"甫田问他。

"那是一条猪，还躺着哩，我上岸的时候，他盯我一眼。"

甫田向大家宣布，说是有一件事需要商议，最好是到楼上去谈一下。于是大家走上后楼。

酒店的楼上很狭小，横七竖八地堆满了什物，微弱的光绕圈照着一群高矮不同的身影，室外，黑暗正浓。

三

正当甫田他们在楼上商谈的时候，吴雨卿出动了。他像幽灵一样，踽踽地扑过沙滩，走向笑声起伏的夜里。

不熟悉，摸不惯夜路，他的脸色显得沮丧而又紧张，阴暗的眼睛溜转着，猫头鹰似的。他一时察看身后，一时察看前面，一种恐惧的感觉从他的脊梁上冰冷地涌了上来，他在衣袋里掏出手枪警戒了。手枪像他的保镖，它会在任何意外变化的情势下效忠于他一样。手枪增加了他的勇气，他暗忖着："这帮鬼蛋可坏透了，一定搅什么鬼，要是给探出线索，哼，徐老爷可会瞧得起我了。"

他想着，一股热劲使他渐渐变得兴奋，他的步伐快起来了，当他跨上寨门的时候，他又愕然了一下，他后悔自己犯了错误，为什么刚才不随癞四之后，以减少寻找的麻烦呢！现在，他不得不凭借他那狗一样的闪灼的小眼睛，去探询映入他意识里的事物了，他要分辨出他所要嗅到的对象来。

摸索着，朦胧的小巷中传来了断续的犬吠声，这小寨深夜的严寒像喟叹着迟暮的老人一样在抚摩着他，使他紧握手枪的手战栗了。

菜园的蕉树下，正蹲着癞四，他被指定在放着哨，守望外面的动静。沙滩，江面，寨门……都在他瞭望的范围内。但癞四倦极了，一块粑粑塞不饱他的肚子，他倚着芭蕉树很写意地打起盹来，吴雨卿几时摸进来，他一点不知道。

金利源的小楼上，粗野的，愤怒的声音混在一起。有的说把船弄翻了，到李队长那儿去，有的主张连带货物运上贵州，大家分一笔横财，甫田则坚持要先干掉吴雨卿然后决定。后来是金老板压下了他们的争论，采取了两个步骤：先干掉押运员，然后把盐货一并运走。

在他们争执得最热烈的当儿，吴雨卿已摸进窗沿了，听了他们的话，他震颤得几乎站不住脚，手中扳着驳壳枪的大机不自觉地给手哆嗦了一下，"砰"的一声走火了，火星飞向夜空，撕裂一匹绸布似的，楼上的人给枪声引起骚动，立刻在屏风后面消失了。

王老七到厨房持了一把犀利的柴刀，从另一条绕到寨门的小路赶了出去。

俾红急忙收拾细软物件，甫田分派甫美甫蓝去分截这个放枪的家伙，他自己先回船上去打点开走的事情。

风在微微地摇撼着灌木树，夜虫在寨前的野草里低吟，江上的星火在闪烁着。沙滩上，王老七气吁吁地追逐着一个幽灵似的人影，看看越追越近了，吴雨卿瘫软地渐渐支持不住，企图蹲下去扳响枪机射击追来的人。可是扳不响，王老七用跳跃的劲儿赶上了，持着柴刀，咬紧牙齿根向吴雨卿劈了过去。

"唉哟！"吴雨卿的肩上挨了两刀。鲜血直冒出来，手枪抛在沙滩上，晕厥去了。

王老七拾了手枪，用脚胡乱地扒聚许多细砂掩了尸体，然后跑向江边的船上。

寨上的犬声更紧了，天空的星星在眨着惺忪的倦眼凝视这一幕，鹞声啼了三次，大家才齐集船上，于是分别动手解缆开船。癞四被甫美抓了回来。大家看他那副傻气的样子又都笑了。

　　船入贵州界的石碑，太阳才浴着朝雾伸出脸来，石碑是一个大滩，浪花像笑窝一个涌着一个抛向江岸，巨大的礁石被江水搏击，发出嘀嘀的响声，四只向上驶的盐船张满了帆，那风帆似孕妇以倔健的身体担负了相当的重量，走向一条迢遥的水程，船上 ×× 部的旗号飘飓着，船夫嬉笑地以山歌对骂，迎接这晴朗的早晨。

　　癞头鬼……呀……

　　打瞌睡……呢……

　　歌声回荡在这静寂的江上，清脆的篙声，哗唰的桨声，两岸丛林里的鸟啼声，癞四回骂，破锣声混成一片，合奏出一种人性真正的欢愉。

　　癞四摆着脑袋向王老七说："吴狗子够彩数，碰着我癞四，他的脑壳要开花哩！"

　　"吹牛！睡觉去罢，你这瞌睡鬼！"俾红一边摇着桨，一边用手舀起江水向癞四泼过去，引得王老七欢呼起来。

　　秋天的阳光怪温暖的，这些船夫袒开衣襟，用铁一样的筋力把握他们的水路。远远的山脚下有一个女子在摘蕨菜，癞四的歌喉又痒起来了，他响着怪难听的破锣声：

　　妹莫……愁呀

　　情哥撑船……上贵州……哟

　　有钱替你买戒指啊……

　　还加一对呀……玉镯头……哟……

　　那摘蕨菜的女子默不作声。掉头瞥了癞四一眼，跑上山去了。

　　江上散播着轻松的情调，竹篙桨橹的响声又繁了起来。

一九四二年 柳州

邻家

韩北屏

报馆编辑刘君采看完了大样，走出报馆门口。天色还很朦胧，街道上宁静安详的景色和空气中睡眠充足了似的饱满气息，使一个在编辑部和排字房工作了一夜的人，顿感一阵清新的滢润，委顿的精神不禁振作起来。

报馆门口是有名的风景路。珊湖在晓风中做着晨操，微波荡漾。湖滨的法国梧桐和白杨，伸着高高的枝干，想从洋楼的顶上，探视东方的天色。风景路一天到晚都是纷忙的，只有清早才是静寂：一条平坦而宽长的柏油路，在街道树的拱盖下，路面有着一厝油似的薄薄的露水的痕迹，没有一个行人；除去鸟声之外，也没有其他嘈杂的声音。刘君采站在一棵枝叶特别茂盛的白杨底下，高举起两臂，对着宽阔的珊湖做深呼吸。

"早晨的美景，不是都市人所能领略的！太好了！"

刘君采抚着白杨树干，转头看看临街的人家，大门紧闭着，窗户紧闭着，有些窗户里还有着昏黄的电灯光，大概人们还沉醉在他们夜生活的梦寐中。报馆大门已经打开，二楼编辑部的电灯还有一盏在燃着，只是从窗口看进去，里面是空洞洞的了。刘君采从第二个窗户，看到里面墙壁上悬挂着的世界地图，在地图上端的那一大片土地，老远地

作品信息

原载《艺丛》1943年7月第1卷第2期。收入《没有演完的悲剧》（科学书店1943年出版）。

吸引了他。他刚才编发了关于那片土地上进行着的战争的消息，在顿河，在伏尔加河，在高加索……那些由梭罗霍夫等作家们用真情所描绘的土地与人民，在刘君采是相当熟悉的。当刘君采接到由各方拍来的电讯时，他总是十分兴奋地阅读和编发着。那片土地上的战争，已经和东方大陆上的战争，融和成为一片，同为刘君采他们所关心的了。两小时之前，刘君采曾在新闻稿纸下写了两行大标题：

塞夫苏军大反攻
歼灭四万五千人

现在，当他又从窗口看到那片土地的图形时，刚才兴奋的心情，不禁又重复显现。

于是，他离开湖滨，朝回家的方向走去。

刘君采轻快地走着。四围寂寥而且清新，人走在人行道上，仿佛游泳在澄清而凉爽的水中一样，有一种说不出的快感。刘君采盘算着，他预备好了回家对妻所说的第一句话，他准备说他昨天夜晚精神特别好，他准备告诉她在顿河伏尔加河之间的人民，用鲜血写下了壮美的史诗；他又准备告诉她在东方大陆上，我们的人民又怎样击退了在东南沿海进犯的敌人。最后，他将握着她的手：

"胜利毫无疑问是属于我们的！你瞧，最快活的一天已经开始向我们走来了。"

这最后几句话，本来是他想好回家说的，但是，他走着，竟不意地说了出来。他向身旁看了一看，幸亏没是行人，只是远远地有一个警察立在十字路口，向他瞧着，他假装着咳嗽，掩饰着走过去了。

走过东门江上大桥时，东方的云彩像孔雀屏似的辉煌灿烂，并且在庄严之中有极多的变化；那光辉的红日，仪态万方地从云海中涌将上来。刘君采对朝阳喝了一声彩，又迅速地走下大桥的斜坡了。这时，离他的家已不远。他看到隐在淡淡的山边烟雾后面的一丛新建的木板屋，他的心突然感到一阵重压。

刘君采是两个孩子的父亲，第一个孩子还不满两岁，第二个孩子在三个礼拜之前又出世了。他对这两个孩子的降生，有着一般青年人对于幼小者共有的态度：是关心，然而也有着漠然；很喜欢他们的来到，然而也嫌他们来得太早了一点。就在这样矛盾的心情下，刘君采想起了孩子的时候，便有一半是喜悦，另一半却带点儿忧郁。这忧郁的生出并不是因为孩子的讨厌，而是因为自己不能使孩子们生活得较好。喜悦与忧郁在刘君采心上常常平行地划过，像两根灰白的线。可是，在刘君采太太的心上，却显出了相当的重量。她时常为目前拮据的生活感到烦恼，而对于未来的生活又感到隐忧。但是在刘君采面前，一面因为她的掩饰，一面因为刘君采的乐观的感染，她似乎愉快活些。独自的时候，她就有太多的思虑了。

昨天晚上，刘君采来到报馆之前，曾在家里帮助他太太替孩子洗过澡穿过衣服，然后又喂大孩子吃了药——大孩子在他母亲生产时，患了肠胃病与疟疾——当他离家时，大孩子似乎安静了些，伏在母亲的肩头，不哭也不闹，而且也不怎样疲乏。于是，他照例地向他的太太道了晚安，带着轻快的神情进城去报馆工作。

此刻，他又看到在晨光中的家屋了。

忧郁的重压，只是像载重的货车驶过短桥似的，一刹间便过去了。刘君采仍旧乐观地想着：大孩子的病大概比昨天更好些了；第二个小孩子好像洋娃娃似的裹在衣包里，眯着小眼睛看她新来到的世界。他假如把战争获胜的消息告诉了太太，她一定会很快乐的。于是，刘君采踏着郊外碎石铺成的小路，带有几分跳跃地向前走去。

他从后门进来，经过厨房走上楼梯时，故意放轻了脚步，像发现了目的物的猫似的，小心走上去。他以为他的太太或许还没有睡醒，那么他将轻轻地推开房门，出其不意地推醒她拥抱她……果然，房门关着，房里没有声响，他走到窗下，伏在窗槛上，隔着纱布窗帘向里看去，里面不太光亮，一股隔宿的温热的气味，很浓烈地冲过来；他定神看时，只见帐门挂起，他的太太坐在床沿上，轻轻地拍着闭住眼睛躺着的大孩子。当她发觉刘君采走到窗下时，她对着他摇摇手，叫他不要作声。

刘君采怀着不安的心情走进房来。他的太太皱紧眉头，对他苦笑了一笑，然后用手指指看大孩子，十分低声地说：

"阿环昨天夜里又发烧!"

他看见阿环闭住眼睛,微微张开口,脸色青白,两颊与嘴唇显得特别红艳,大概是热度还没有退。

"他睡着了?"

"没有!"

阿环听见他们说话的声音,无力地张开眼睛,朝刘君采瞟了瞟,又向他的母亲看了一看,最后看住映在纱布窗帘上的曙色不动了。在平时,他见到刘君采回家,总要老远地就嚷着要他抱,甚至听到他的声音时,也会叫爸爸的。今天是真的衰弱了,十分可怜的样子。

"阿环,爸爸回来了,叫爸爸!"

"爸——爸!"

阿环躺住不动,张开口低低叫了一声。只见他胸部起伏得很厉害,显然是很用了力气的。

"环,可怜的孩子!"刘君采弯腰拉住阿环的手,"爸爸疼你!"

"采,你靠住他坐一下,我去买菜去!"

刘君采的太太让了位置给他,自己走下地去。

阿环的眼珠跟着母亲的身影转动了一下,又轻轻地合上了。小嘴像鱼呷水似的开合了几遍,呷唾沫很少,响起一阵粘腻的声音。

"梅,倒杯水来,阿环口渴!"

刘君采把阿环扶着半坐了起来,将茶杯就到他的嘴边,他一口气喝了半杯,似乎感谢的样子朝刘君采望了一眼,无力支持地又躺了下去,呼吸很急。

刘君采的太太——梅健出去之后,刘君采靠住床柱,拍拍阿环,阿环又合上眼睛了。第二个孩子阿珠,裹在毛巾被中,呼吸很均匀地睡着。

城市在晓风与曙色的催动下苏醒过来。市声在远远的江那边,慢慢地加强,静坐在郊外的房子里,也可以辨别出声音的方向了。屋子周围是菜园,买菜的挑着菜担的沉重的脚步,间断地从楼下经过。他们的屋内部毫无声息。

刘君采的屋子是一座用木板搭成的楼房，像这城市一切新建的房屋一样，草率简单。这屋子一共有八个房间，分成两部分，每部分楼上楼下各有两间房。刘君采是住在东边楼上临街的一间。楼下两间，一间住着三个青年学生，一清早就到学校去了。另一间住着一对在戏院当案□的夫妇，他们这时方才入睡。楼上后面一间，便是和刘君采隔着一层木板壁的一间，也住有一对夫妇，男的在某机关当庶务，据说和那机关的首长有亲戚关系。他是将近四十岁的胖子，从他脑后臃肿重叠的颈肉，以及鼓胀的双颊和细长的小眼睛，可以看出他是属于爱财而且鄙吝的一类人。他在机关中的职位虽属卑微，但是他利用他的地位和权限，他像久干的土地吸收流过的水一样，几乎没有一笔经手的钱他不从中捞摸。而且，他利用公款与捞摸来的钱，兼营生意，跑沦陷区，走私，所以他现在是更肥了。和他恰恰相反的是他的老婆，她是瘦而长的，照她目前的生活说，她应该像她的丈夫那样日渐其胖才对，然而她依然是保持她贫困时的瘦瘠。她的相貌与实际年龄是不相符合的，二十四五岁的人却像三十以上的人差不多。她企图以脂粉与服装来掩盖她的丑陋，然而她是暴发户，似乎连化妆与修饰的教养也很缺乏，因而她的服饰，脂粉的调敷，甚至头发的式样等等，都因为是随意的堆砌而显出极大的冲突。可是，她不以为意的，她以她这种失败的模仿为成功，她现在甚至连说话的声音语调也在模仿那些斯文的女人了，实际在她矫作的声音中时时流露出本来的粗鲁，结果是令人难堪的一种声音。这对夫妇的相爱，正如他们的形容一样，是非常强烈的对照，因此，经常的日子中，仿佛车轮碾过不平的沙石路面，不断地会有着争吵之事发生。

可是，此刻是安静的。刘君采倾听隔壁有何动静，除去小耗子啃啮墙根的碎纸声之外。真是一点声响也没有。

"这对贤夫妇怎会这样安静？"刘君采对着那薄薄的木板，自言自语地说。

阿环突然又烦躁起来。开始是不停地翻身转动，然后是喘息和断续的呻吟。刘君采用手掌试了他的体温，额头和手心都很烫人，他发高热了。刘君采抱起阿环，在室内来回地走着。

"环，乖乖！妈妈一会儿就回来了，不要闹，不要闹……你要喝水吗？爸爸倒给你！……哎哟，真是太热了，有点烫手了！……乖乖，你有点难过？好，等一等，爸爸抱你去看医生。……"

等梅健由菜场回家时。阿环又伏在刘君采的肩上睡着了。梅健蹑手蹑足走进房来，刘君迎上去说：

"阿环刚才又烦躁了，看样子大概心里难过得很，恐怕他的病是不轻的！梅，昨天夜里他就是发热?"

"后来也出了汗，不过很少，闹了一夜……"

刘君采看看梅健，她秀丽的脸有点消瘦，肤色也有些黄；两只大眼睛的周围笼罩着一圈阴影，眼睛像一池清水蒙上一阵薄薄的灰尘，显得不十分明亮，她的发髻盘在脑后，有些乱蓬蓬的，更衬出她的憔悴。刘君采陡然记起他们结婚的时候，梅健是那样的洋溢着青春的活力，短短的三年，生了两个孩子，过了几百个不十分宽裕的日子，竟使一只鹰燕一样的人变得衰老了。他抱愧地说：

"梅，我真对不起你，你现在还没有'满月'，不但没有休息补养，并且还要熬夜受苦！我心里真不安得很。昨天夜里你是一定又睡得不好……"

"下半夜阿环才开始闹的。"

"梅，你怨我吗?"

刘君采走近了她，一只手抱着阿环，一只手按着她的肩头，用赔罪的眼光凝视着她。

"梅，你说，你怨我吗?"

"我为什么要怨你呢?"

"因为我使得你们生活得不好!"

"不要说废话！"梅健后肩上拿开他的手，"快点预备饭吃，吃过饭抱阿环去看病！哦，采，你瞧，我买了两条鱼，是你顶喜欢吃的，价钱也便宜，从乡下人手上买的，不像鱼贩敲竹杠。"

刘君采目送梅健拿了炊具下楼到厨房去，他靠在窗口，低下头，其实什么也看不进地看住地板，他陷入深思。他们的爱情，是在战地工作中种下了种子的。那时，抗战刚刚开始，他们为伟大的战争所召唤，放弃了自己在战前的生活和梦想，以快乐的脚步踏上战争的岗位。刘君采和梅健，像无数青年工作者一样，忘记了一切地热狂地工作着，陶醉在工作中，陶醉在胜利的信心中，而且也陶醉在同志爱的真诚亲切的氛围中。也正像许多男女工作同志一样，他们由工作的媒妁而结合了。两年前，因为梅健怀孕的关系，他们才出战地回到后方来，刘君采重操了他的新闻记者的旧业，这样便占了都市的一角，他们定居下来。

"生活是多残酷！两年前还是一个生龙活虎的人物，现在竟被驯服成这个样子了。"刘君采沉默了一会，"生活，什么时候才能跳出生活为我们所设下的陷阱呢？让一个人的精力完全耗费在烧饭带孩子上面，是多么可惜！"

楼下有劈柴的声音。刘君采把阿环放在床上睡了，自己跑下楼去。

"梅，要我帮助吗？"

"谢谢你，不要！阿环睡了？你也去睡一会儿吧！等会去抱孩子看病，今天上午你又没有时间睡觉了。"

"不要紧，少睡几个钟头没有关系！"刘君采接过劈柴刀，蹲在地上工作起来，"梅，要是此地有托儿所就好！"

"你又想起送孩子去？"

"你不想吗？你甘心这样？"

刘君采说完了第二句话，立刻有点懊悔，他深怕她会因误会而生气。但是，他看她并没有激动的表情，只才放心。

"我何尝不这样想，孩子有地方托了，我也可以分开身做点更有意义的事。然而，事实不是如理想的。"

"妥协的论调！"刘君采心里这样说，但是并没有说出口。他不赞成她这种应付生活的方法。

"梅，我们对生活就只有应付而没有还击吗？"

"你说吧，怎样还击呢？"

"自然一时也说不出具体的话来，只是，我们应谈抱定一个态度，就是和生活作战，笑嘻嘻地和生活作战，决不能给生活屈服，甚至要打倒了它！"

"算了吧，你别发议论吧！"梅健对刘君采这种认真得近于迂呆的说话，忍不住笑了起来，"采，你说我不是笑嘻嘻地作战？要是我没有这个信心，我为什么不叫你改行去做生意呢？发了财，不是舒服得多了吗？"

"这才是'不给生活打倒'的态度！哎哟！"

刘君采的手指给劈柴刀砍破了一小块皮，血流出来了。

"你瞧，生活打倒你来了！"

在他们两人笑着的时候，外面突然有人吵叫。

"……我叫你不要太贪心，你死不肯听！好，到手的三千块钱奉送了不算，还要倒贴一千五百块，这到底是哪一家的算盘？"一个女人泼辣的声音。从她的声音，可以想到这是一个怎样的女人。她这时一定边走路边大声说话，将她矫作的斯文完全忘掉了地粗野地说话。说着话时，必定是赶上前一步，侧过身体来拦住对方责问。

"少说一句好不好？"男人的粗粝的声音。

"谁？"刘君采问梅健。

"那对贤夫妇回来了！"梅健低低地回答。说到"贤夫妇"这三个字，她抿住嘴笑了。这个绝妙的称呼，是她和刘君采特为他们而起的。

"昨天晚上他们没有回来？怪不得刚才那样安静！"

"你不听他们在说吗？一定又是赌钱赌输了！"

"……少说两句？你能输钱，我说都不能说？天都翻了，老娘偏要说！……"女的先推开后门，跨了进来，"哦，刘太太早呀！……刘先生，你还没有睡？……你听，一进一出是三四千，你有多少钱？就是金山银窖也不能这样搅呀！……"

女的还待往下说时，男的早踏上楼梯，往楼上去了，这种无言的抗辩，使得女的更加气愤，于是将旗袍的前后下摆都掀了起来，气冲冲地赶上去，嘴里还不住地诅咒：

"死鬼男人！死鬼男人！"

"采，快点上去，这对贤夫妇吵起来，孩子一定要被吵醒的。"梅健少停了一会，又笑着说，"还有，你那块和生活作战的创痕也得包一包！"

楼上的冲突又起了。

"你说，到底我说的话你听不听？"充满威胁的火药气味的女人的声音。

"不听！"男人的声音。斩钉截铁的态度。

"好，小李！"女人意外地软和下来，"闲话都不必说，单问你，输了钱肉疼不肉疼？"

"笑话！男子汉大丈夫，这几个生不带来死不带去的身外之物算得什么？肉疼？"

"乖乖！你现在忘了本啦！半年前他妈的还是一个穷光蛋，现在变得多阔？"

"我忘了本，你现了原形！"

"我看不惯！"

"看不惯请滚！"

"滚？！"女的咆哮起来，手在桌上一拍，"你叫我滚？要滚你替我滚！妈的！一个小小庶务，要不是老娘替你找本钱出主意，你他妈的有今天？说得好一点，大家在一起，糊得好看。不然的话，惹得老娘掀开你的屁股，看你到底扒了多少钱！"

在女人的猛烈的攻击下，男人似乎受到极大的压力，一时显得十分狼狈，无力反攻，只好往床上一躺不声不响了。

在隔壁战况沉寂的一瞬，刘君采轻轻走到床面前，看到阿环阿珠两个孩子都很安静地睡着，他伸手探了探阿环的额头，热像是没有退，但是，似乎出了汗，皮肤上有些湿湿的。然后他走到窗下桌前坐下了。

"不行！你不作声就算了？"隔壁女人的声音又响了起来，"你现在是大阔佬，用钱不在乎。你能用我也能用，快点，拿五千块钱来！老娘也阔给你看一下！"

沉默。

"快点！死鬼你听见没有？"

接着是两个人纠扭的声音。床铺被骚扰得发出叫喊，楼板受震动，连刘君采这边也感到摇晃。阿环被吵醒了，哇地哭了起来。刘君采抱起了他，走来走去地哄着他。

"你给不给？给不给？"

"我身上没有这么多现钱！"

"没有钱？大话倒会说？不行，你藏了现钱去赌嫖，去养小老婆？不行，拿钱来，快点！"

等到梅健拿了饭菜上楼时，隔壁房里还有着断续的战事。刘君采苦着脸对梅健摇了摇头，似乎是说他站在火线的边缘，受到流弹的袭击了。

"采，吃饭吧！"梅健故意放大声音说，然后又低低地问，"隔壁怎么样？"

"一场无休止的战争！"

"真奇怪，五个月前，这对贤夫妇还……阿环给我抱……这对贤夫妇还相安无事的，女人也算可以吃苦的，为什么一发了财就变得这种样子呢？"

"这就是因为他们发了财的关系！"

"你把钞票藏在帽子里，好！总算是给老娘找到了！"隔壁突然而起的女人的叫声，带着快乐而且惊诧的调子，"……十三、十四、十五，一共一千五百块，差一点，算了，饶了你，明天再问你要！……什么？照片？女人的照片？……你好，你藏了女人的照片？……哎哎……"

本来是快乐得不得事的女的忽然抽咽了起来。

"一场无休止的战争！"

"而且也是一出不闭幕的喜剧！"

刘君采和梅健都笑了。

金银世界

凤
子

"先生，太太还没有回来，我也想不出法子，今天只好吃辣锅菜了。"

李嫂理直气壮地跑到被唤作先生的男人面前，两手湿淋淋地悬搁在空中，似乎捧着一箩筐鸡蛋。那被圈点满了的麻脸上挂着一粒粒汗珠子，煤灰代替了胭脂涂在额头上，颇像卡通中人物，引人发笑。自然被唤作先生的男人此刻可真笑不出来，他正愣着想问一句：

"啥子叫辣锅菜?"

可是李嫂已经扭起不太细的腰杆跑回厨房里去了。嘴里照例地咕噜着，主人也照例地装着听不见，以求得这片刻的安静。

渴想求得片刻的安静是这个被唤作先生的男人最高的一点奢望，然而，本来还勉强算作安静的心情同环境，被李嫂那一连声的嚷却给搅得恢复不了原状。他素来不懂炊事，可是近年来他却懂得了一样，厨房是个无底的坑，多少钱也填不满。固然自

作者简介

凤子（1912—1996），原名封季壬，笔名禾子、封禾子等，广西容县人。1936年毕业于复旦大学。早年在上海、重庆、桂林、香港等地从事戏剧活动。曾任《女子月刊》主编，桂林《人世间》编辑，上海《人世间》主编，《说说唱唱》《北京文艺》编委，《剧本》主编。著有长篇小说《无声的歌女》，中篇小说集《鹦鹉之恋》，中篇小说《沉渣》等；散文集《废墟上的花朵》《舞台漫步》《旅途的宿站》《人间海市》等；散文小说集《八年》《画像——凤子散文小说选集》；评论集《台上·台下》等。

作品信息

原载《文艺先锋》1943年11月20日第3卷第5期。收入《八年：散文·小说集》（万叶书店1945年12月出版）、《画像——凤子散文小说选集》（北京出版社1982年12月出版）、《凤子：在舞台上 在人世间》（中国文史出版社2007年9月出版）等。

己也没有赚得来多少钱，他是一个没有固定收入的画家。被唤作太太的她呢，却是B城里一个话剧团的演员，也等于是没有固定收入的一种职业。然而她的精神，她的时间，甚至她的健康都在那微弱的收入中零沽了。太太没有固定在家的时间，而先生却替代了太太的职位，整天守在家里。说是家吧，只有一间屋子，自然，屋子里有床，有凳，有桌子，再呢就是一堆旧木框子，有的钉着布，布上糊些泥，在李嫂眼中看来那些泥巴涂的东西猫不像猫，狗不像狗，还不如拆了把木框子当柴烧的好。曾经有过一次，因为没有炭，木框子便成了代替品，这事是太太和先生都睡在梦里李嫂就做了主的，她觉得没有错呀！结果挨了一顿骂，李嫂赌气要走，还是太太偷偷地好言把她留下来。为了妹妹，一个刚会说话的女孩子，做母亲的不能不想到没有女佣的麻烦。一切气彼此都忍受下来，暂时又相安无事。

"都是那个书呆子！"李嫂同邻居女用人们谈起来还是忿忿然，"书呆子什么都不懂，脾气倒来得大，他叫我滚，好！老子就走！这年头帮工还怕没饭吃吗！谁也不高兴赖在这里吃这碗无盐无油的饭！"

"太太好就算了！"隔壁张妈究竟年纪大点，总是息事宁人的口气。

"啥子太太吗，家也不会管，娃娃也不会弄。只看见她把头发东一扎西一绺的，怪样！"

对太太也不满了。

"她那个总不在家哇？"

"唱戏的！"李嫂不屑地从鼻子里哼出来。

"哪个班子的？前天我还看了金翠凤的《武家坡》。哦！她恐怕是唱京戏的！好听呀！改天我们也去听听她的戏看。"

"唱的是话戏！"李嫂颇为内行地介绍着。

"话戏，什么是话戏呀！"张妈也闷着不响了。

"李嫂，李嫂，我喝茶！"妹妹跑来厨房了，她是一个伶俐的女孩子，李嫂怕她听了话去夹舌头，便没有好气地咒道：

"又喝！又喝！尿多屎多，再来尿不给你洗被窝了。"

妹妹受了气，便回屋里告状去了。

做先生的自然不懂得打理孩子，一切还得依赖女用人。因之在李嫂眼光中的书呆子，同三岁孩子一样没有用。太太不在家，要商量也不同先生商量，没有太太就是她做主，这个家似乎是替她开了一庄店，她管先生叫萝卜，太太叫红辣椒，中看不中吃，妹妹叫胡椒，样样都有她的份，讨厌！这家店还不是完全由她张罗，她爱怎么过日子就怎么过。可是有一样她不愿当的，就是想要什么没什么。厨房的工具永远没有齐全过。一个瓦钵子就得做四样用场，洗米，洗菜，洗碗盏茶杯，末了还得抹家私。"我看洗脸洗脚都得用这只瓦钵哩！"这是她的讽刺，寓意却很幽默。她是乡下人，乡下人穷是穷，可是一样东西有一样用处，就是说人得分个上下里外，她提议过要买若干若干用具，但"没有钱"，她帮人的人难道还贴老本。"把我的家搬来还比这阔呢！"她心里不乐意，也听不进太太向她申诉的理由，什么"这是抗战呵，一切将就着就好了"，"抗战也得过日子呀"，她心里不平，却又拗不过事实。

晚饭搬到桌上来了，一共两味菜，一碗辣椒烧白菜，一碗白煮豆芽。先生本来就在这张桌子上打一张画的草稿，灯光太暗，草稿涂改又涂改，眼睛都花了，于是挪开纸笔，闻到饭香，才感到真有点饿了！可是白菜、豆芽，在他近视眼睛看起来同草稿一般的模糊。妹妹早就爬上桌子嚷着："饭饭！妹妹吃饭了，爸爸吃饭饭，妈妈……"像唱歌一样一句连一句。做爸爸的只好坐下来举筷了。

"你妈妈不回来了，你快点吃吧！"李嫂拿一个小碗拌了一只鸡蛋搁在妹妹面前，算是尽了她的责任。

白菜，豆芽，真的是白菜豆芽么？先生有点怀疑了，嚼了两口，同嚼草没有两样。不禁皱起眉，终于停下筷。

"李嫂，这是啥子菜？"

李嫂进来了，显然不满意先生的责问，冷冷地：

"白菜！"

"我知道是白菜。啥子烧的？"

"辣子烧的。"

"白菜从来没有见你用过辣子烧呀！'

"有什么法子呢，先生，这是辣锅菜呀！"

"什么叫作辣锅菜？"

显然先生已经忍受不住这种玩笑了。

"先生，没有油！"油字拖得又长又重，"没有油，我有啥子办法！"

"没有油！"先生吟味着这个油字，然而他问不出为什么没有油这句话来。油这个问题比什么都严重。这书呆子也慢慢学着懂了。为了保持做主人的尊严，他不得不继续发作下去：

"为什么不早点告诉太太去想办法呢？"

"想法子？"李嫂可有点不平了，"我们还没有想过法子吗？这一家人只有三个身份证，每月只能买三斤菜油，三斤菜油够啥子用呀！我早说过买点猪油吧，太太嫌贵，老说等用完了菜油再说。现在果不其然，菜油完啦，猪油，天知道上哪里去买！以前四十五元嫌贵，这阵子呀，八十元我也没得法子买了！"

"可是，可是……"可是，先生也就无话可说了。

豆芽白菜冷冷地放在桌上。书呆子愣着不言语，妹妹拿匙子一匙一匙掏着饭玩，看着爸爸生气，玩玩也感到没意思，放下碗溜到厨房里去了。

碗筷搬走了，又恢复成了工作桌子，可是工作已经没法继续了。男主人立起来在屋子里踱方步。心里横着一些无法解决的问题，没有钱似乎并不是问题的中心，那么，他想下去，却想不出一个解答。

夜了，厨房里声音已渐渐静下去，知道孩子已经被李嫂哄着带着睡了。听着小巷里偶然传来叫卖的吆喝声，却引不起他的食欲。敲梆敲过了，大概九点钟吧！想迎出去接她回来，可是一想，常常因了生活细故口角，这次别又弄得大家不愉快。他因是耐着性子，静数着踏在石板上的脚音，等着，等着……等到眼睛倦了，忽然李嫂又急又快又响亮的声音刺耳地传来：

"太太，这怪不了我，先生发脾气怪我不买油，哪里去买，你说吧，太太……"

太太回来了，排戏排到深夜显然很疲倦，然而太太有太太的能耐，李嫂马上便不声响了。门推开，一张迎人的笑脸，像久雨微霁的天空，屋子里马上温暖起来。

"微，听说你没有吃饭！"

"碧！"

被唤作微的男人不禁忸怩起来，唤着她的名字，他一句话也说不下去。女人永远懂得体贴男人，这一次，又是他输了。为什么想得那么多，为什么不去接她去呢？明明是等的，为什么竟睡着了呢？他在心里责备着自己，一责备自己，就更转不过弯来了，明明要从心里笑出来，却故意绷着脸，心里明白绷着脸会惹对方生气，往往是等对方生气了以后才赔不是，心情是这么纠纷复杂，然而何尝不是由于自己的别扭性情制造出来的这些复杂的纠纷呢？

夜真静呵，静得可以听到对方脉搏跳动的声音。夜是无边的海，两人都像是漂在大海里的木船，找不到一个可以依傍的边。沉默是无止境的永恒！两人守望着那可见不可及的灯塔，灯塔的微光不就闪耀在那墨黑的大海里么？他们彼此摸索着，但是四只眼睛却故意闪避着，谁也不愿先低头，事实是谁也不敢，不忍让对方看到自己由于委屈（种种情绪压抑不住了的委屈），由于歉疚而将溢出的眼泪来。

终于，还是女人懂得体贴（否则是没有更好的解释的），碧把微征服了！

"我陪你去吃点什么去！"

"我不饿。"

真的，他不饿。

"是我不好，我忘了早一天想办法。"女的比较乐观，这会儿竟笑了！

"你累了吧，排了一天的戏！"

"不。"

倔强也是她的性格，是这性格支持她走上这样一条不计毁誉，不计得失的路。世界上自有这么一群人，爱着他们的理想，把自己的一身也就献给了这个理想的事业。工作无论干得多么艰难，多么苦，回到家却忘了艰难与苦，仅有的是由于工作而获得的精神上的安慰，这安慰似乎也就解决了饥寒与饱暖的问题，从来不打算打算明天的日子怎么过。

笑语把这屋子漆上一层光亮，两人互相夸耀自己这一天工作的成绩。男的把画板竖起来，拉着妻子一道鉴赏。画是静的写生，几色水果，还没有完成呢，女的笑说：

"怪不得你得饿肚子，还吃不成呢！"

男的承认这惩罚，也说：

"画成了，也可以换一笔钱了。"

提到钱，两人眉头就都皱起来了。画画究竟抵不上一个工匠，眼前这样简单的生活，如果是一个工匠，每月可以挣个四千五千，就可以把妻子供放在家里，但一幅画……他不敢想下去了！

生活是一笔无法躲赖的债，为了偿付这笔债两人什么痛苦都忍受了。可是想到明天，想到那个毫不宽贷的债主，心里便压上一堆乌云，笑不出，也说不出。即便拿这晚上的辣锅菜来说吧，李嫂没有错呀！碧记得曾经为了食油问题，问过查户口的警察，"没办法，一人一斤，规定了的"。事实是没办法。然而猪油，天知道这哪买得到。而且黑市更欺人，你说不买吧，别人抢都抢不到手。碧心里盘算着，盘算着明天亟待解决的这个问题，也是任何一个做主妇的人必须负责解决的问题。

明天终于到来了。

碧担着心事一宿未睡好，天一亮更失去了睡意，悄悄地起来，预备找李嫂商量解决这个严重化了的问题。意外地李嫂坐在床上收拾包袱，并没有打算去菜市买菜的意思。

"李嫂，今天一百块钱够了吧，还要买油！"

"我不知道，太太！"

"那么你去看看，快一点去。"

"太太，今天你去吧！"

"为什么？"

碧急了。固然她也上过菜市，可是，买油的问题不是她的能力可以解决的。

"钱不够吗？"

"不是的，太太！"

"怕钱不够，你垫着，回来我还。"

"太太！不是的……"

"那么，你？"

"我？我说我不去市场就不去市场了，太太！"

碧不禁有点生气。

"怎么，昨天先生说了你两句，今天你就……"

"不是这个，太太，我，我要回家……"

"你回家？你不干了？"

碧瞪着对大眼睛，眼睛里投射出一串串的问号。本地人别扭，可也没有遇到这种牛性子，然而她还忍耐着，多方解释着：

"买不着油也怪不了你呀！就是贵也更怪不了你呀！今天你非得去一趟，你就是要走也得做完这个月，我没有亏待你，你不应该……"

妹妹睡在李嫂床上，这会儿睡得更甜，忽然翻了一个身。望到孩子，更感到李嫂的威胁的严重性。

不过……

"这地方我做不下去，样样难，没有说吃肉吃油这么难的。太太，让我歇了工吧，我去做生意去。"

李嫂的语气是诚恳的。

碧的眼睛在发酸，从那张看惯了的黄脸上观察不出她是赌气呢还是说谎。软劝硬骂似乎都失了效力，她心想应该回到屋里去求助了，虽然丈夫也帮不了忙，可是商量一下也可以缓和缓和这样的空气。她正想转身，李嫂从床前站起来，女高音似的发表她的理论了：

"让我走，我说走就走，把工钱算给我，我有戒指，去当去。我只凑个二千块钱，我去贩肉卖，隔壁的王嫂辞了工做生意，千打千块本钱，一趟一个对本，现在已经上万数。我不是跟你生气，太太！这日子大家都过不下去，我每日拿二百元也不够用，还要天天着急……"

这一片嚷可把酣睡中的妹妹嚷醒了。她不明白是什么事，看到母亲在旁边，便哇的一声哭出来。碧马上去抱孩子，嘴里怨着：

"你看，把妹妹丢下来，谁管？我又不能够留在家里，你一定要走，也要先找个替工才行呵！"

李嫂马上笑眯眯的了：

"我早找好了替工了，太太！"

"什么？"

"张妈。她的东家不用人了，辞她的工，昨晚我已经跟她说好了，妹妹跟她也不会认生的。"

李嫂的坚决，李嫂的布置，一切看来都已无法再挽回，碧只好默然退步，回到屋里。

李嫂走了快三个月，日子过得跟从前一样，碧似乎更忙点，晚上演戏，白天还要赶另一个新戏。张妈代替了李嫂，究竟年纪大了，一切都比较迟缓，比较马虎，屋子里显得更清静。微呢，虽然照常吃无油无盐的小菜饭，但，彼此都习惯了这日子，互相也就不做无谓的争执。恬静是难买的幸福，微颇感满足，固然满足的心情下并没有产生出多少杰作来。画固然是固定工作，而完成的并不多，就是画成了也得不到交易市场，妹妹成了这些画的唯一欣赏者，每天认方块字一般地念着："苹果，香蕉，橘子！爸爸吃，妈妈吃，妹妹……"唱歌似的一句连一句，做爸爸的却欣赏着孩子的天真和聪明。有时把孩子举起来，应许孩子从飞机运来这些吃食，骗得孩子笑了，借此聊以自慰而已。

由于碧的关系，知道剧团为了赶戏需要更多的人帮忙，微于是担任了第二个戏的布景工作。两人都忙乱起来，家里更是堆得乱七八糟，桌上，床上，地上遍是碎纸破片，微终日埋头布景模型。妹妹唱得更兴致，爸爸不要的破东西，都是她的宝贝，有时爸爸需要的用具也被藏起来，小手心挨了打，哭了，爸爸却没有以前那么疼她，任她去哭去。

布景工作忙得差不多了，微又被拉着担任作广告画，这幅画颇费了不少心血，画竖立在十字路口，来往行人没有不被这幅画摄去了注意，画是一座山，山是金银砌成的，山的四面满是骷髅和豺狼，画的寓意是讽刺做发财梦的人，也就是碧参加演出的这出五幕十二景的新戏《金银世界》，特别宣传，以广招徕的宣传画。

戏忙上台了，碧和微从心里吐出一口气，碧更是一脑袋幻想，会打如意算盘，同她所属的剧团里的人一样，会做梦，以为这个《金银世界》会给他们带来一世界的金银，固然他们所向往的世界并不大，那山也不高。只要卖座好，演一个月，剧团可以还出旧欠，团员们也可以领到三个月的津贴，可以过一个快活的新年。就这个愿望能说是奢望么？

戏果如所料的卖座好，支持这个卖座的固然多数靠了那班被讽刺的暴发户，也因了这个戏抓住了时代的表征，受到普遍的欢迎。观众席里塞满了各阶层的人，学生，知识分子自然从心里笑出来，而被骂的商贾们和根本不懂意义的市侩们也扯起嗓子来喝彩。

碧是深夜才回家，微呢，比较早一点回到家来跟孩子睡觉，自从李嫂去了，妹妹跟不惯张妈睡，夫妇俩又多添了一件工作。这时候，不免要念起李嫂的好处来。

一天，碧正在好睡，忽然被一声女高音嗓子给喊醒了。

"太太，还没有起来，却该吃午饭了呢！"

朦胧中睁开眼，面前站着一个全身新衣裯的女人，仔细一认，从那扯得额头像刀切过一样的平整，面上敷上一层白粉也填不满的麻点的脸上，才认出是李嫂来。

"啊呀！李嫂，是你呀！"

"太太，你好呀？先生好？妹妹乖不乖？今天我给妹妹带了大鸡蛋来了……"

"啊！你还客气做什么？"

"没有好吃的，太太！这里有两斤猪油，一斤五花肉，是我送给太太过年的……"

李嫂一边说，一边提起一串半肥瘦的肉和一串晶莹得令人垂涎的猪油。妹妹早已兴奋地围着李嫂唱着她自己编的歌。

"妹妹真乖，怎么瘦了点？"

碧在谈话中也就起了床，一边梳洗，一边跟李嫂谈话。这三个月，李嫂可真发了点小财，她絮絮地谈她的经验，贩肉卖真赚钱，她说，但是要人机灵，能吃苦，也算不了大苦。上一趟涪州，运一百斤肉，一次就可以赚千打千块。有时卖一个猪，还有猪下水带着卖。在船上睡一个晚上，连来回三天，人也不怎么劳累。但是，碧却听得糊涂了，哪有那么些个人买肉，因为这也可以说是违法的呀！原来此中自有道理，李嫂的哥哥本来就是屠户，一只活猪走过，他就估得出有多少斤重，一刀砍下去，他说一斤绝不会有一斤一两。李嫂跟哥哥嫂子住过，跟猪贩子都混得熟了。也认识一些行家，现在自己做生意也方便。

这番生意经谈得使人颇心服，碧心里虽然怄气她的辞工，但对眼前这张笑眯眯的脸，虽然因了生意好，而不免染上了一些骄奢的气氛——是她这样一种身份上不该有的骄奢！例如金的耳环和戒指，新布褂裤，尤其是由于身体扭动而播送出来的一股脂粉香，这一切使得碧不由得多打量了两眼，可是，从她兴奋的神情，激昂的语调和闪射着这种本分人而特有的诚朴的目光，这目光把碧征服了。有什么可怨可追悔的呢，人都有他自己的路子，无论智愚，何况李嫂在用人中还算是个杰出的人才，她的果敢和决断性，引她走向她要走的路，她会生活，她是个成功的人。碧渐渐忘掉了本已淡忘了的嫌隙，话也就谈开了。

正当妹妹学唱着"妹妹吃肉肉，妈妈吃肉肉，爸爸……"的时候，微正推门进来，孩子拉着爸爸的手，要爸爸看李嫂送来的肉肉，微正惑然不解，碧已经笑出声来：

"唉，李嫂送的，还有两斤猪油呢！"

"李嫂？"微似乎不记得李嫂是谁了。

这时，李嫂已经满院子应酬完了，回到屋子来，"太太，我走了，今晚我还要看戏去呢！"

"看戏？"

"看你演的什么金什么银呀。"

微这时才恍然。不禁笑问：

"你也要看太太演的戏？"

"当然啰，都说好，我姐夫他们昨晚去看了来，我才晓得太太这次又做戏了。"

"你姐夫，干什么的？"

"裁缝。东门口有他的铺子。"

"他喜欢看戏？"微无意地把李嫂当客人来敷衍了。

"当然喜欢，都说一个戴眼镜的人演得好，那个人发了财，大家打他，故事是这样的吧？"

碧早忍不住笑起来。用手止住微不要再谈下去。碧说：

"够了，她是我们的好观众，你别宣传了。"

夫妇俩笑着送走了李嫂，却对着那一斤猪肉发着愣。他们没有时间完成一个好的烹调，碧是不到天黑就得吃饭，为了赶到剧场去化妆。如是差事交给了微。

当微把一碗热腾腾的红烧猪肉放到桌上时，妹妹助兴地唱着歌。这时候，剧场早已开了幕，碧专心地演她的角色，这是一出喜剧，惹人发笑的地方很多，观众池子人挤人，李嫂也挤在人群里，仰起脖子，张开口，不时指点给她的同伴看，哪一个演员她熟识。她很兴奋，也非常快乐。脸上放着光，显然进入忘神的境界。

I **文学史评论** I

凤子短篇小说艺术上故事性强，可视性画面多，对话里蕴涵心理动作，颇有戏剧性。但叙事胜于人物性格的刻画，影响了思想深度。

——盛英主编《二十世纪中国女性文学史（上册）》，天津人民出版社，1995，

第446页

创作评论

　　因为她的演艺声誉突出，常常让人忽视她在散文小说创作方面的成就。其实，凤子堪称民国时期广西白话小说创作的先驱和广西女性文学的领军人物。

　　凤子的不少小说描述了在抗日战争影响下不同层次不同职业的人物，歌颂爱国正义，鞭挞邪恶黑暗。

——雷达:《民国广西首位演艺明星》,《文史春秋》2015年第2期

作者自述

　　解放前十年，生活在国民党统治区，经历了抗日战争和解放战争，当时正是一名热血沸腾的青年，却偏处西南，远离烽火。在奇山异峰的桂林，在四季如春的昆明和常年笼罩在雾中的山城重庆，面对如画的景色，我失去欣赏的心情与兴致；多次遭受敌机的狂轰滥炸，我惭愧自己不是一名持枪保卫国土的战士；对国民党、蒋介石的"攘外必先安内"反动政策造成的民族的和人民的苦难，我压抑不住心底的愤怒。那些年里，为了抒发我内心的积郁，寄托我对生于乱世、死于乱世，甚至于被害于乱世的我身边的一些普通人，包括我的几位师友们怀念和哀思，剪影一般留下一幅幅乱世生活的侧记和画像，从这些剪影和画像中多少可以看出当时人民生活在什么样的一个时代。

　　——凤子:《画像——凤子散文小说选集·前言》，载《画像——凤子散文小说选集》，北京出版社，1982，第1页

渣——
一个青年的手记

司马文森

多日来担心着的事，终于不可避免地来了；我不得不和朋友，工作和生活了两年多的地区告别了！

我顺利地到达这个城市。临行时同志们问了我的去向，是否就在这儿，我还不敢十分肯定，而结果，我却不自禁地在这个城市出现了！

在这个号称有八十万人口的后方大城，我并没有熟人。我到这儿来，没有想到投靠什么人，也不敢企望获得任何工作机会。实在是，离开工作两年的地方之后，我这个好像羽毛已经退化了的鸟，在决定另一个去向之前，就不知道该到什么地方去歇息一下。我到这个城市是偶然的，实际上除了它，我已经不知道还有第二个什么地方好去。……

我在一个小客栈落足。我给住在另一个城市的俊发出一封电报，我告诉他：我已离开从前工作的地方，我要到他那儿去。我得在这儿暂时住下，等他回电再来决定行止！

这儿一切开销，似乎都惊人的不经济，我住的那间又狭窄、又阴暗的小房间，每天的礼金就要三十五元，小账除外；出门吃顿客饭，听说社会服务处最便宜，每餐也得二十元，饭量有限制，对一个消化力特别强的人，简直无法满足；理一个发要二十元，上澡堂洗一个澡也要四五十，真不是穷光

作品信息

原载《当代文艺》1944年2月1日第1卷第2期。

蛋住的地方，从清早张开眼起，到夜晚闭下眼止，一直看见钱在那儿打转，看一眼要钱，摸一下也要钱，到处的□□在那儿挤打哭喊，特别紧张忙碌的样子，无非都为着一个字：钱！想起了两年前，我们十几个人，每人身上只有十来元，顺利地走了二千多里路程，没有一个感到钱的威胁，拿当时情形和现在比较起来真是天渊之别了！

我检查过我的钱包，谢谢天，在路上用去了那样一大笔路费，这时乖乖地躺在荷包里的，还有二千多元，仅够我在这儿节省地住一个月了。摸着那些崭新的百元票子，使我禁不住又惭愧又难过，这不是我一个人血汗赚来的，这是同志们节食俭用，三十五十凑得来，为着帮助一个在困难中的同志，他们献出了他们仅有的一点血汗积蓄。

我得节省，我得使自己生活得更有意义一点，才不至于辜负那些朋友！

我开始在这个大都会，过着第三个早晨了！

这儿的早晨和黄昏，都是很叫人留恋的。我喜欢独自一个到江岸去散步，呼吸新鲜空气，或观赏夕景。然而，我却很孤独，成天找不到一个可以谈得上两句话的对象，要不是回转客栈后，偷着机会和茶房搭讪几句，我真要闷得发慌！

茶房老顺，就是在这种情况底下成了我的好朋友，这两天来，他已不再对我排着无表情的公事面孔，他有说有笑了，特别喜欢在我面前问七问八。昨天晚上，当我们在谈话时，他竟大胆地问到我的来历。我说：我是从很远的，发生着战争的地方来的。

"为了公事吗?"

"不，"我摇着头，说，"不为什么。"

"那是回家，或者找朋友?"

"也许可以这样说。"

他对这答复表示满意，他走开了。

今天早上，他到我房里来打扫地板，忽又问着说：

"陈先生，在这儿一定有很多朋友?"

我摇着头，说："你恰恰猜差了，在这儿我没有一个朋友。"

"不见得吧？"

"一点也不假。"

他神迹突然活现起来："怪不得你不大出门。"

我把头点着："就是为这个原因。"

"你一个人不寂寞吗？"

"寂寞自然是寂寞，可是有什么办法。"

"为什么不找一个人来谈谈？"

"找人，找什么人，我在这儿没有朋友。"

"不是这个，我说的是姑娘们。"

这个，我倒是第一次听到的。我睁大了眼睛，被好奇心抓住了。

"这儿也有姑娘找吗？"

"多的是，要是陈先生你有意，第八号那个还不错吧，我替你叫来。"

"第八号？"我呆住了。不错，每当我要出门或是从外面回来，就必须经过第八号房。那儿住着一位二十来岁，打扮入时的独身女郎，"她干这个，不像吧？"

那老顺连忙解释道："她原来也是好人家，从前也是规矩客户，从老远地方来找亲人，人没找着，钱却吃光了，没办法，迫得做这件事。接客还是最近的事，干净的，你先生可以放心。"

我突然打起冷战来，一个女人，在无办法时候，可以出卖最后的法宝，如果是一个男人呢？……

我逐渐地不耐烦起来了。那客栈里的小房间和牢房一样，使我看了就难过。为了消解这种情绪，我突然改变了方针，我游起街来了。

说也可恰，这城市虽号称住了八十万人口，街道却只有那么几条，经不起一阵子跑就完了，图书馆没有一个，民众阅报室倒有几家。我在街上走走，在阅报室坐坐之后，又只好到江岸去散步，或回客栈睡觉了。

虽然经我一再严拒，老顺似乎还没有放弃他的企图，他还一心一意地想把第八号介绍给我。

"年纪轻轻的人,不及时行乐,机会过了就回不来。"

"不要再提了,老顺。"

"你怕花钱吗?五百打八折,人家只要你四百,过一夜这算是便宜的了,跑破铁鞋无处寻。"

"我警告你,老顺,再这样说,我们就不是朋友了。"

老顺狡猾地微笑着,走开去。

老顺给我打了洗面水来,忽然改换着鬼祟神气,低低地对我说道:"隔壁那位吴先生。……"

"什么事?"

"把第八号的叫了,只有半夜时间,三百五。"

这使我毛骨悚然了!一点不错,在我隔壁,三天前就住进一位上海口音的商人打扮的高大汉子,他似乎很不安分,成日看见他在走廊里,特别是第八号房前走来走去。就是这个人把第八号叫了。

老顺走后,我打开表一看,正是夜饭时间,我考虑起来了,是否应该用什么方法到外面去消耗这半夜时间,我不愿意听到隔壁有什么恼人声音!

我面前放好一份当天日报,无意中打开一看,却看见那电影广告栏里,有一家正在演着五彩的《浪漫夫人》,这名字倒新鲜,它很吸引着我。我决心去看八点的那一场,出了戏院再到什么地方去周旋周旋。到十一二点钟回来,也许就不至于遇到什么不愉快的事了!

我出去,吃完饭,时间还早得很,我又在街上游荡起来,在一家钟表店对过表,我知道时间已经差不多了,去迟了怕买不到票。这样,我又仓仓忙忙地赶回头到戏院去。我的猜测一点也不错,戏院生意果然很不错,当我走到时,在售票处已经长蛇阵似的站满着人,我在最后加进队伍里去,等轮到自己的份数。在我面前,十分钟后,有一个人匆匆地赶进戏院来,是一个打扮入时,青年的贵妇人,身上穿着一件银灰色的皮大衣,半高跟反皮皮鞋,为了礼貌关系,我不便去看她的面孔。她一进来，看见这样多人站着等买票，似乎有点失望，她一定想买一张票，却又不愿意跟人家一样站队，只好就在那队伍前走来走去，自言自语地说着："站队买票，真糟糕！"她那焦急，厌烦样子，看了真叫人心中难过，我看见没有一个理她，想起了在上海公共汽车里曾有让位给妇女孩子的规矩，灵机一动，等到她踱到我面前来。忽然自行开出口来：

"太太，想要一张票吧，我可以帮你买……"

她突然抬起头来看我，我也看着她，我们面面相对了，有一会时间，我们都禁不住吃惊地叫起来：

"你！"

"你！"

我急忙从队伍中站出来，她仓仓地脱下她的鸡皮手套，让她温暖的小手给我拉着！

"真巧，不意在这儿碰到你。"她说。

"时间不短，三年了啊！"

"我们得谈谈。"

"这儿方便吗？"

"我带你到一个地方去。"

"你不是来看电影？"

"看到你比看电影还使我高兴。"

"你一个人来的？"

"我一向就是一个人来来去去的。"

"那么？……"

"走！"

我们走了！让售票处前的几百对眼光在我们背后追踪着。

冬夜的街景是凄清的。偶尔有汽车驰过，不见得就给这冷落的街景添加了若干闹意。

"把手递给我。"她低声说。

我觉得有点不好意思："又来这么旧玩意了。"这是她旧习惯，当我们在一起工作的时候，一出门，不管是一个对象或同时有两三个对象，她都要我们把手递给她，由她勾着走。我迟疑着，却也终于把右手递给她。她把它扣着，然后抬起头来看我。

"你还和三年前一样，怕和女人在一起走。"

我觉得我的面孔有点发烧，但是习惯使我又自然地镇定下去。我也说：

"你也和三年前没有两样，你喜欢拖住男人的膊子走。"

"是这样吗？"

我把头点着："你在这儿住？"

"我自然是在这儿住，而且已经不止两年了。"

"一个人？"

"现在是一个人。"

"从前呢？"

她不说，却严厉地瞪了我一眼。

"你知道的。……"她接着又低声地说。

自然，我是知道的。对于慧，我所知道的，实在太多了。大概是在五年前吧，我们在汉口同时参加了工作队。有两年时间我们生活在一个集团里，呼吸着同一样空气，为同一目标斗争。她和别的女同志一样勇敢，一样能够吃苦，两条小辫子，黄色衬衫，深蓝工人裤，不同的是人家穿草鞋，她却要穿跑鞋，喜欢吃糖，喜欢流泪。武汉失守时，我们一起奉令突围，走到中途她忽然打起摆子来，病一起不是发冷就是发热，冷热过去了，又是虚弱过度，走不动。同志们都以为我的体力壮大，够得上顾到自己还去照顾别人，因此便派我负责担当照顾她的差事，我扶着她，走在队伍最后面，遇到她实在疲劳过度走不动了，便由我背着跟大队走，到了江西境界，她的病逐渐好起来，为了表示她内心的感激，有一天，这位多情的湖南姑娘，便约我到我们驻地附近的树林里去散步。走到半路，她忽然告诉我说：这几天来，她有一个可怕的决定，她决意爱我，不管我是否同意！这种坦白的道白使我愕然到不知所措了！

她在旁边静静地观察着，微笑着说：

"你听了一定很吃惊，是吗？"

我承认我对她的决定十分吃惊。

"其实这是很自然的，你帮了我的忙，我自然要酬答你。"

"拿爱情来酬答我？"

她点了点头。

"假如别的同志同样也帮你的忙，你也拿爱情去酬答他吗？"

"也许是这样，不过，我说不出。"

她这个古怪逻辑，使我当时的热情受了轻微损伤。然而，我毕竟是无条件地爱上了她！

我们彼此爱着，队里同志有多少人羡慕，也有多少人吃醋！可是，我们不管这许多，我们爱我们自己的，只要对工作没有坏影响，这一点点自由，我们相信同志们是不会干涉的！我们在那一年多，走过许多地区，相爱着，从没受过任何人干涉！我们相信我们的爱情是坚贞的！然而，她在不知不觉间已经有点厌倦了！她说她对什么都感不到兴趣，都疲劳了，她想休息！这论调使同志们深为不满，他们公推我去和她那有害的思想作斗争，我也当真地去和她做着正面斗争！斗争结果是把我们关系弄坏，而她的倾向依然不见有好转希望。就在这时，她和另外几位同志奉派到一个师部去主持中山室。一个月后，别的同志们都回来了，只有她没有回来，她托同志们带一封信给我，她这样写道：

"请原谅我，我实在太疲劳了，我脑里有病，我得休息。"

她就这样一个人到后方"休息"去了。后来听说她做了太太。

"他还住在这儿？"

"他在一年前就不在了。"

"常常回来？"

她把头摇着："不许告假。"

"那么你怎样生活下去？"

"房子是自己的，挺舒服，家里有用人，吃用不愁，没人管束，还不好！"

"这大概就叫作休息了。"

她瞪了我一眼，却没有说什么。

"有孩子？"

"有过一个，但是已经死了。"

我们转到一条比较僻静的马路，她把我带进一间从玻璃窗内透出绿光的咖啡座去，侍者告诉她后面有单房空着，她便又把我带进单房去。

"你要什么？"坐定之后，她熟练地问我。

"一盅牛奶咖啡。"我说。

"而我，觉得有点冷，却想用点酒来暖一暖心。"

"一盅牛奶咖啡，一小杯酒。"她回头对侍者说。

"怎么你什么时候也学会喝酒？"等侍者走后，我惊奇地对她问着。

"在这个地方什么不是很快就学会，不要说酒，烟我现在也是挺会抽的。"

"这就和你原意——想休息，不同。"

"生活过得平淡了，自然就想找刺激。"

"可是，你却忘记我们是从什么圈子里出来的，我们工作者的革命传统。"

"算了，在这个地方谁会来听你这套高调。"

"你是说我的话是唱高调？"

"我不是说你，我是说大家都这样看。"

"可是你不能也和大家一样地看。"

"我还不是人？"

"你是人，可是不是他们那种人！"

她笑了起来，侍者用盘子捧着咖啡和酒来，她把牛奶咖啡放到我面前，自己就举起杯来，放到唇边去。

我沉闷地用小锑匙啜着咖啡。

"不要再谈那些话了，"她神气活现地说，"我们应该为这一次偶然的聚会高兴，这机会难得。"

"我自己当然很高兴，"我说，"可是，我害怕看你用这副面容对我，你知道你自己从前不是这样的。"

"假如你不急于离开这儿，"她冷静地说，"不久你就会知道，被你认为看不惯的女人，将不止我一个。"

"也许是，但是你决不能和她们一样！"

"我说你还固执得和孩子一样，来吧，我要为祝福你干杯了。"

她真的就把那一杯酒一口气喝干，又回过头对门外侍者打招呼，叫他送一瓶外国酒来。

"你也要喝一点，为了庆祝我们的再度相见。"

我有点不愿意，可是我却不过她。我把第一杯喝了，她又给我添上第二杯。我说：我酒量不好。她说：你是大丈夫吗，对一个女人说这样的话。我又喝了，她再添上第三杯，我已忘记我是在什么地方，对什么人说话了，我疯狂地把酒倾到喉里去，不用任何人来劝。有一种情绪压迫着我，使我老想放声哭起来。

我已记不起，我是在什么时候离开她的，我在昏天黑地的时候，只听见她问到我客栈的地址，我也含含糊糊地告诉她。她便把我扶起来，带我出咖啡座，叫了两辆黄包车，把我直送回客栈。……

今天我起得很迟。昨晚上睡得很熟，差不多是这几年来没有过的。可是早晨起来，头脑却十分沉重，像病了一场刚好起来。也许是昨晚上酒喝得太多，有点伤脑！

我在床上呆呆地坐着，想起昨晚上那一场奇遇，该是梦吧？在这个城市会和久别的慧相遇，那简直是不可能的！虽然有充足的材料可以使我相信不是梦，不过，我还是极力肯定着那一定是一个梦！

当我起身在房里走动着时，我看见桌上留了一张字条，我的自欺欺人的梦又破毁了，那字条这样写道：

想不到你会这样不行，半斤还不到就醉倒了。可是，我仍旧很兴奋，因为我又遇到了你。

你在这儿打算做些什么？不会马上走吧？如果我的招请不太妨碍你的时间的话，我愿意在今天下午二时在我家里招待你。请一定来，为了我们过去的友情。

我的地址是：逢元路七十八号

慧

我觉得我是面对着一个怎样巧妙的现实，我无法欺诬自己了！我把那字条一道两道地读着，我认识那笔迹，也曾听见她这样亲热地低语过。她来过，她留下这样一张字条，又邀我到她那儿去。

可是，我该去吗？这一次偶然的邂逅，也许会在我的朴实的心中，留下永恒的污点，然而她那样恳切而动人的姿容，实在使我无法拒绝！在经过那样长一段热恋时间之后，要我把她完全忘记，是很困难的，说不定那死去了的灰烬，会在这一阵风暴之后，爆出了火星！我有点不安，可是我不能拒绝这诱惑，我藏好信，决心到她那儿去了。

我以为我在一夜中，完全变了另一个人，对着镜子我虽然还认得那一副面孔，那是我自己。可是我已无法认清自己那复什的心情了，我不再是安心地等待着那远地朋友的电报，在我平淡生活中，完全出人意外的，突然地横出一件比那封朋友的电报更有力、更能蛊惑人的东西，那就是——我必须去会见她！

老顺到我房里来打扫地板，我觉得他的眼光似乎也带着讽刺意味，他尽在对我暗笑。我多想找机会拿点颜色给他看看，我严肃地说：

"你尽在那儿发笑，有什么好笑的？"

"陈先生你不老实，你说你在这儿没有朋友，倒陪着那样花枝儿似的人儿去喝酒。"

我觉得我的面孔有点发烧，但是，我还是不去理他。他从地底下抬起面来，狡猾地向我看了一眼，始又说道：

"是爱人吧？"

我对他瞪着，我说："老顺你这个人真无聊，尽问七问八的做什么！"

"如果是爱人什么的，"老顺厚着面皮说，"我倒希望你成功，在这山城，那简直就是标准货。"

说着，他收拾好东西要出去，临走时又回过头来神秘地说道：

"昨晚上，她把你扶进来，那亲热的样子，我一眼就知道和你关系不浅！"

我想对他挥手，或送上两个耳光，但是他已经走开了。

当房间里面只剩下我一个人的时候，我细细咀嚼着老顺的话，对于是否到她那儿去，又动摇起来了。我平生不做亏心事，就是现在也未曾做过亏心事，但是经人家这样煞有介事地提起来，却居然像是有点什么那个的样子！

在馆子里吃饭，心境同样是在不安中，今天开出来的饭菜，特别有味，然而，我对它并没有特别观念，我嘴里咀嚼着东西，脑子却在想着别的什么！

周围的人，似乎都把眼光注荡到我身上来，他们又不时俯着头低低私语，难道我的事，只一晚时间都给他们知道了？于是，他们就到处在谈论我？

一和这些眼光相触，我的心就会禁不住狂暴地跳起来；一听见他们在那儿窃窃私语，我就会面红。

匆匆吃完饭，逃难也似的，我离开那间饭店，我暗暗地下着决心：我永不再到那儿去了。

我又在江边出现了，一切情境依旧，然而，纵游者已经不再是那样悠闲的心境了，同样的旧问题又在骚扰着我，那就是，我该不该到她那儿去。

我漫无目的地，来回地走着，已经有好些时间了，然而，我尚不能把问题考虑周到。我打开表一看，已经一点三十分了，离开约定时间只有三十分钟，而她住的地方到底有多远，我还无法知道。我觉得我这时的情绪非常紧张，有两个力量，两种主张在我心中互相格开。一面明知去了会失望的，只昨晚这样短短一段时间的聚会，她的改变已使我非常吃惊了！如果我有更长时间，更好的机会去了解她，我的吃惊和失望程度也许将不止如此。然而，我又摆脱不开她的羁绳，过去我们会那么炽烈地相爱过，不要说别的，光以同志的资格，别离了这两三年，偶有机会碰头，也该去看看才对。互相关心，互相帮助，应该是我们这一代年轻工作者的传统精神之一。而更重要的是，我在这儿，根本无所事事，我空闲着，没有工作，没有朋友，寂寞苦恼着我。为什么，在逗留的这一段时间中，我不该有一个朋友？不该有一个地方去谈一谈心？不，我得去，如约地到她那儿去！我坚决地向城中心走去。

我把地址通知黄包车夫。他似乎也知道我要到什么人的地方去似的，有意要敲我一笔竹杠。我根本不知道那条路有多远，也只好忍痛地给他了！

我马上就找到那一号门牌。这儿哪算是街道，不过徒有街道的名称罢了。原本是野地，因为躲飞机方便，就开辟起马路来，有钱人家更不甘落后地，在这儿盖上别墅洋房。

有一个穿白围裙的年青女佣，出来给我开门，我问：这儿是否住有一位什么太太？她说，一点也不错，某某太太就住在这儿。我走进门去，是一个小小的花园，走过花园，是一幢精巧的小洋房。我朝那洋房的进口走去，还没走上石阶，一阵高跟鞋声早迎出来了。我抬起头看，是她，漂亮的慧，她含笑和我握手。

"我以为你不来。"

我说："凡是你所要我做的，我都愿意从命。"

"果真如此？"她咬着下唇，笑着。

"大概是这样吧。"

"那么，把手递给我。"

我把手递给她，她也就很自然地把她勾在他的臂弯上，好像没有人和她连结在一起，她根本就走不动似的，把我带进里面去。

我们在一间布置华贵的小客厅坐着，她和我同坐在一只沙发上，比上一晚更亲热更和气地说：

"你的酒量真不行，怎么只有几杯就醉倒了。"

我红着面说："你知道，我一向不来这一套。"

"我自然知道，可是，我们从前不是也不来这一套吗？"

"所以，我很吃惊，我们的朋友，没一个像你……"

"得了！你又来那一套，这几年来，我还不听够吗？"

"不是听不听够的问题，你得认清自己。"

"我一向是把自己看得很清的。"

"那么，你就不该这样做。"

"我没有做错。"

"你醉酒，你腐化，你朝堕落的路走，你还说你没有做错。"

"可是，我不这样，叫我怎能过下去呢？假如你也和我同样地生活在这么一个圈子里。"

"我不会在这圈子里过的。"

"所以，你永远不会明白一个在这圈子里生活的人的心情。"

"我不相信，即使是在这种圈子里生活，就非堕落下去不可，这是你自己的逻辑。"

"也许是这样吧。不过，假如你是一个女人，是一个曾经是飞过的鸟，在一时的过失之后，你失去你最宝贵的东西，过后又发觉你是被骗了，人家把你当玩具一样圈养，人家给你确定一个难堪的名义——三姨太，你会怎样？你是否也要喝酒，也要找刺激？这是一个百分之百的现实问题，不是理论，不是公式。因此我要求人来批评我，要先看清我的环境，不要凭一己私见。……"说着，她的声音喑哑起来，眼眶逐渐地红了。然而，她却故意别开，不给我看到。"就是这个，我要声明的话，全在这几句里面。"过了片刻之后，她的心境似乎略为好点了，始又改换着口气说，"可是，我们为什么要谈这些呢？不能谈些使人愉快的事情吗？"

我说："我很同情你，然而，我不会愉快，今天一天都不会愉快的。"

"不，你应该愉快，你还单纯，还年轻，应该有愉快。"

我摇着头。

"不，我马上就要使你愉快过来！"

说着，她先站起身，一边拉着我的手说：

"走，我给你介绍两位朋友。"

我不知道她要给我介绍的，是什么样的两个朋友，只惘然地跟着她，离开客厅走向另一个房间去。一走进一个空敞而设备时髦的卧室，在我面前就出现了两个女性。一个三十来岁的女人，高高的个子，纤长身材，梳着港式的夫人髻，坐在床上打羊毛冷衫，另一个短小却十分结实，皮肤有点点黑，头发烫成波浪状的，直披到肩上来。年纪也在廿七八，坐在长沙发椅上，架着腿，正在翻一本《西风》。当我们走进门去，她们两个好像早就知道了，彼此望了一眼，就同时站起来，慧指着那高个子的女人说：

"敏。"

又指着那短小的说：

"娴。"

然后指着我对她们两个：

"陈六沛。"

她们两个同时把头点了点，又复坐下。慧把我按在沙发娴的旁边坐下。自己却到敏那儿去，和她咬着耳根，不知在说什么。只见敏涨红着面，用手去捶她，而她却大声笑着，往后仰倒在床上。娴装得很正经，以□姿势看她的《西风》。我枯坐着，觉得这儿的空气很闷人，慧在大笑之后，便站起身来。

"陈先生今天晚上在我这儿吃饭，请你们两位作陪。"

她们两位不作声，我正想站起来提出相反意见，但是，她已经嘟嘟地朝房门外走出。临出门又回转头来向我们看了一眼："你们谈谈。"

现在，房里只剩下我们三个了。敏不时斜过眼来看娴，娴也频频和她交换着眼光，可是，大家却都没有开口说话。开始，我感到把自己介在这两个陌生女子中间，有点尴尬，后来也就逐渐地镇静下去。我已不再对这两位客人表示自己虚伪的客套，我把她们逐个地观赏起来。首先，我把敏作了我的研究对象，她的年纪虽然略显得大点，面皮已经有了皱纹，然而，她是长得很轻盈窈窕的，皮肤也白皙，少奶奶气派十足。其次，我把眼光又回到娴身上去，她虽比敏要短上半个头，却长得很均整，因此也不难看。野猫型的面孔，圆而大的眼睛，黑色的眼圈。敏是冷静的象征，而娴则代表着热情。至于慧，我则以为是能有两者的特点，然而，也不特别明显，在她们两个人中她显得十分平凡。

我们三个人黯然相对，一时都想不出拿什么话来说，除了她们还不时在那儿频交目语之外，在室中一切是静止。没有声息的。我觉得这气氛有一种压力，把我压得十分难受，我准备站起来离开她们了。敏迅速地看了娴一眼，娴明白了我的心意，便也着急起来，她突然对我开口说道：

"陈先生在这儿工作？"

她的进攻，实在太出我的意料，因此使我一时地惶惑起来。

"不，"我急口答说，"我是过路的，我就要离开。"

"这儿从前没有来过？"敏接着问，她手中工作并没有停下。

"是第一次。"我说。

"印象怎样？"

"连我自己也说不出。"

"可以多住些时候再走。"

"没有那样打算。"

"他们是从前方来的，自然住不惯。"娴对敏说。

"也不是这样说，"我说，"我的最终目标不在这儿。"

又是片刻的沉默。敏打着羊毛冷衣，娴翻着《西风》。

"我听慧说过，"敏开口说，"你们是老朋友？"

我面红着，说："我们曾在一起工作过。"

"什么时候？"

"几年前，武汉刚要□□。"

"那时慧不知道打扮成什么怪模样，要是我们在这时看到，那才有意思。"是娴对敏说的话。可是这话却使我起了反感，我说：

"可是在后方小姐太太们的打扮，在前方也往往给人看成鬼怪模样。"

"是的吗?"娴吃惊地说。

我把头点着。

"那才真是冤枉。"

"一点也不冤枉，我初初到这儿也实在有点看不惯。这，也许因为我是乡下人的缘故吧。"

"慧不也是这样打扮吗?"

"连她在内。"

她们对望着，却忽然放声地笑了。

"我讲错了吧?"我望着她们说。

"不，你没有说错。"敏说。

"那么，为什么你们要笑?"

"我们只觉得陈先生你很有意思。"

"乡下人在城里人看来往往是好笑的。"我说。

炒豆似的，她们紧接着又爆发了一阵笑声。刚好在这时，慧满面春风地进来了。

"你们在笑些什么?"她说。

"没有什么，"娴笑得更响了，"慧，你的陈先生真有意思。"

"你说了什么笑话吧?"慧对着我说。

我没有答什么。娴早已站起来，把慧按在我身边的沙发上，走到敏面前去，和她交换了一会目语，她也站了起来，她们两个便拉拉扯扯地笑着走向房外去。

"你说了什么话逗她们笑?"当房里只剩下我们两个的时候，慧才问我。

"没有，"我说，"她们把我当乡下人。"

"你自己是否也觉得有点乡下气?"

"我宁可以做乡下人，像你们这种城里人我才不愿看。"

"可是，你现在是生活在城里啊!"

我微笑着:"所以我什么都看不惯。"

"不用着急，"她安慰我说，"慢慢会习惯。"

沉默了一会，我说：

"这是两个什么样人物，她们似乎很知道你我从前的关系似的。"

"她们是我的好朋友，也是住在这一带的。"

"那个叫敏的，做什么？"

"还不是和我一样做太太，她的丈夫很有几个钱，从前跑缅甸，现在跑加里各答，一年难得留在家里几天。听说生意做得蛮大，家里已经有三个孩子了。读过高中。"

"娴呢？"

"她是他的同事的太太，大学一年级生，现在也不在这儿。没有这两个朋友，我真是更加不知道怎样过下去了。"

"怪不得你们这样亲热，原来是一丘之貉！"

"不要这样说，谁都会有知心朋友的。"

"我不是说你不该有朋友，我是说你们三个人生活、脑筋，差不多都是一个模子印出来的！"

"也许是这样吧。可是，你不觉得吗，我们三个人也都是一样，生活得很不幸。"

"有了钱，也就可以把这许多都补偿过了。"

"不见得，"她说，"对，我又忘了，为什么我们还在谈这些呢？这机会难得，谈点别的吧。"

吃晚饭的时候，她们弄来一瓶酒，她们都想利用它来暖一暖身，也劝我多少喝点，又说是这机会难得。

我和前一天晚上一样，开始有点不愿意，后来也情不自禁地把酒一杯一杯地喝下。她们三个人轮流劝我，我也就轮流和她们干了杯。我原本酒量就不好，加上她们又劝得勤，也就糊里糊涂地喝了许多。这时我已记不清楚了，到底是由于兴奋，或者由于伤感，我在席间说了许多傻话。我先从我被动离开那工作队的牢骚发起，慢慢地就牵连到我跟慧从前的关系。

“我们那时相爱，”我醉眼蒙眬地说，“是因为我们都感到有那样需要。可是，后来这个需要起了变化，她需要休息、安静、金钱和地位，而我，老样子，需要工作，于是我们分了手，有两年多历史了，一旦分手自然使人难过，即使现在，我还是难过的，除了她，我到现在一直没有爱过第二个女人，可是，这个有什么办法呢？道不合。自然是不相为谋。”

“这是很使人兴奋的，”娴说，“在这个时代，有陈先生这种男子真是难得。可是，我们为什么不干一杯呢，为你们两位过去的爱情干一杯！”说完，她首先把一整杯红酒吞下。她的面早已发了红，这一杯酒下去，更使她两只野猫眼，比以前闪灼更有精神更加明亮。

我们追随着，也把杯子举起。

“怀旧是难过的，可是，有什么办法，因每那都是事实，比如慧爱过我是事实，后来又丢开我去嫁人是事实，现在她因为苦闷想把自己弄成堕落分子也是事实，这些都是事实，事实总是事实，忘不了的！”

“六沛，我不同意你这样说法！”慧对我的话突然抗议了，“我和另一个不被我爱的人结婚是事实，然而说我抛弃你却不是事实。我并不是那种寡情的女人，我爱你始终如一。即使是现在……”

“我相信慧说的话是出自真诚。”始终沉默着的敏，突然开口说话了，在这几个人中，我相信只有她酒喝得最少，脑筋最冷静，“陈先生你这样说是太不公平了，慧是爱你，我们相处了一年多了，她总是提到她从前的爱人。”

“不合理也罢，合理也罢，总之那都已过去……”

“不！绝对不是过去！”慧又抗议着了。

“我们现在已经是越拉越远了，不多，大概一万八千里总有。你是太太，别墅住起，有吃有用的；而我，穷光蛋一个，用血汗争来的准尉待遇的工作还拿不□。实实在在一句话，我已经配不上爱你了！”

“这是因为我的过失，我决心补偿。”

“算了吧，我还是走我自己的路比较的妥当些。”

"他们两口子要吵起来了，"我听见敏在旁边对娴说，"我们把谈话转一转吧。"

"旧账放起，有机会再算，我们为陈先生的健康干一杯！"

大家喝过。我忽然又举起杯来，我说：

"我也还敬大家一杯。"

于是乎又干了！

我已有八分酒意了，我相信大家也一定半醉。

慧把我扶进房里去，在路上她低声地对我说：

"今晚别走，她们也不走，我们过一个狂欢的夜吧。"

我说："这个办不到。"

"不要再固执，我已经吩咐用人准备，我们的做法是很高尚的，烤烤火，吃吃东西，大家轮流讲自己过去的情史，那不是很有意思？"

"这个，等我想想再说。"

"不用想，"她说，"我已把这个决定了。"

我们进了房间。在房中间一盆炽热的炭火已经升了起来，暖气使整个房间变了气氛，我脑袋昏昏沉沉的，坐在沙发上，面对着那盆火。不知怎的，我突然看见在那赤红的火光中有一群人在跳舞。她们赤裸着，疯狂也似的在火中且歌且舞，忽然一转那群女人不见了，却换来一个骷髅模型，也是在那儿且歌且舞，而火焰也不再是赤红的了，它成了绿色可怖的了。

慧把房门掩上，大家便退到隔壁更衣室里去，等到再出来时都已换上睡装，慧说房里太热，叫我也把衣服宽一宽。那长沙发就是我的天地，她们要横睡在床上，把头朝着我，而我躺在沙发上，便可以讲故事给她们听，或听她们的故事了。她们就是这样安排着，要来度过这个"狂欢"的冬夜。

我什么时候，宽下衣服，给包在一条毛毯里，讲过什么故事，这时都忘记了。我只记得，当我从沉醉中□醒过来时，钟已经打了一下。我睁开眼睛，看见房里已经没有灯光，只有房中的炭火，还在那儿熊熊地燃着。我对着有光的地方望去，我看见火盆旁边正坐着一个人，她半裸着，两手支住下额对着火光痴痴地在想什么。

她不是别人，正是娴。

我看着她那包裹在粉红色薄纱中结实的身体，看见她直披到肩上的头发，忽然想起了刚刚看见的，在火中跳舞的那群骷髅，我大大地恐怖了。她也许不是娴，而是骷髅。我再把面孔转向床上去，慧和敏还没有入睡，她们正在低低地商量着什么，朦胧中似乎听见敏推慧动手，慧不肯，说敏更有经验。我想起了前些时，报上曾报导过在这个山城，曾有在黑房谋害人的新闻，难道她们也是那种人，正设法要来谋害我不成？没有想完，我早已毛骨悚然了。我想：时机是紧迫了，她们先派一个人起来看守我，其他两个就秘密商量如何下手。这猜测还不可靠吗？敏叫慧下手，而慧却推任说敏更有经验。我越想着越发觉得可怕。终于我容忍不下去了，我要挣扎，要斗争了！我出人不意地，从沙发上爬起来，随手拿起放在旁边的衣服打开门朝外就走。

离开了那座"着魔的房子"，我急急地奔向市中心去，一直进了客栈，坐在自己房里才稍稍地安下心。

老顺睡眼蒙眬地推进房来。

"什么事？"我以为他又要和我谈第八号或那个"爱人"的事了。可是，他却严肃地说：

"有电报！"

我把它打开一看。正是俊打来的。

"该怎么办呢？"我向着自己。另一个声音却替我回答着："走！"不错，我得走了，这个地方不是我的去处，我得到俊那儿去！

老顺打了洗面水来，又准备着退出去，却给我叫住了。

"给我把账结一结，明天一早，我就走！"

他答声是，便走开。

我在房里背着手走来走去，意味着当我到了朋友那儿后，就可以真正地不再孤独了！

一九四三年十二月廿八日

Ⅰ 作品点评 Ⅰ

女性生活的描写，时常是作家笔下很好的题材。司马文森的《渣》，也是以抗战期间，女性生活的急剧的转变为描写对象的一篇。

这小说的题目叫作《渣》，据我推测，作者是企图用显目所标的意义，当作他自己对于这小说中女主人的严正的批判的。这小说中的女主人，原来是一个在前线工作，且工作勇敢、能够吃苦的同志。她活泼，她天真，她和我们的男主人，完全是在工作中认识，工作中结合的。但是，到了后来，"她在不知不觉间，已经有些厌倦了"，说是"我脑里有病，我得休息"，就一个人到了后方去休息，并且做了别人的太太。但是，做了别人的太太，情节还不算稀奇。最稀奇的是，做了别人的太太之后，却是非常的浪漫与腐化。这正如这男主人所批评的："你醉酒，你腐化，你朝堕落的路上走。"也正如她自己所辩白的："不过，假如你是一个女人，是一个曾经飞过的鸟，在一时的过失之后，你失去你最宝贵的东西，过后又觉得你是被骗了，人家把你当玩具一样的圈养，人家给你确定一个难堪的名义——三姨太，你会怎样？你是否也要喝酒，也要找刺激？这是一个百分之百的现实问题，不是理论，不是公式……"总之，这一个原来在前方工作得很起劲的女同志，一到了后方来休息之后，可完全变成两个样式的人了。因此，我们的作者，便在题目中轻轻地透露出这严正的批判的意思，说这一种生活，这一种女人的生活，是生活的渣滓，是社会的渣滓。

……

自然，这一种转变，不仅在男子，就是在女人，她自己也会觉得这是一种生命的悲剧，她并非不晓得自己的转变，与自己的堕落；她也并不不承认自己的转变与自己的堕落，她并不强辩，说自己没有罪过，没有错误；她只要求别人批评她时，先了解她的环境，了解社会对于她的待遇。可是，这一种生命的悲剧，灵魂的嚼伤的苦痛，在男子们，是照例不管的，以为一切的罪恶，都是由她自己造成，也就得由她自己承当。这难道不是太过分的批判吗？

——许杰：《现代小说过眼录》，立达书店，1945，第53—56页

构树夜话

凤
子

今年由春到夏气候变得不平常，不用说多少天刮大风，多少天下着闷人的阴雨，雨打到人的心里都发了霉；多少天忽然在天空响着炸雷，闪电，据说还电死了许多过路的人；多少天又是不可忍耐的奇热。在我借寓的这间潮湿的幸而还轩敞的屋子，整整三个月，我分不出时令，一会着夹衣，一会睡到半夜也还在淌汗水。阴晴不定的日子，像一个有虐待狂脾气的爱人，她爱你的时候，同时也鞭挞你，折磨你，幸福与苦痛是分不开的孪生子，人们只有忍耐地受着这个时令赐给的一切非分的享受。

然而，在躲藏于蓝天绒幕里偷偷闪着眼睛的星光的夜晚，我有点喜爱门前这一方院子。院子里有三棵瘦长的树，树叶稀少，在某几次刮大风的时候被打落了一地的黄叶，扫着黄叶，心里像是在过秋天。而抬头望星星仿佛透过秃头去偷望秃头后面的朱颜少女，感觉上欠缺了些什么，又说不明白。于是，开始幻想了：要是一棵黄桷树多好，不，如果种紫藤或葡萄，此刻岂不绿荫如盖了吗？早知道不会，就搭个凉篷，凉篷作用在于遮太阳，而晚上居然也想到这个问题，人的联想真有点不可思议。

自然没有种下葡萄和紫藤。树是构子树（这是

作品信息

写于1944年6月，选自《八年：散文·小说集》（万叶书店1945年12月出版）。收入《画像——凤子散文小说选集》（北京出版社1982年12月出版）、《凤子：在舞台上 在人世间》（中国文史出版社2007年9月出版）等。

老妈子，一个本地的乡下人说的，这树的叶子可以饲猪，具有这种功用的树，乡下人是不会含糊的），更没有搭凉篷，院子里在晚间仍然坐满了邻居（仅有的一家邻居）。邻人客多，我默默插坐其间，静听邻人的谈话以消磨入睡前这一段时间。

　　邻家是一对来自远方的青年夫妇，五六年的流离生活，脸上像被雕刻家琢磨过似的，划上一道道不是青年人应该有的皱纹。女的有点忧郁，这忧郁似乎不是她的年龄所能担负的，常常在不自觉中叹声气，也常在不是说话的机会中露出埋怨的言辞。然而她爱她的丈夫，他们是有过美丽的恋爱日子，即使在回忆中，也重温一下世界只是他们两个人的这种美梦。然而做丈夫的却永远保持着沉默，沉默得有点令人觉得可怕，我甚至怀疑假如是他们两个人的时候，他们自己会不会谈话？"他简直像个中年人！"我这样品看他。而丈夫的过于沉默，使得做妻的也吞下像长江的水似的永流不尽的牢骚。我很少机会和他们接近，除了这样一个夏天的晚上。我的生活是那样的机械，八小时以上的办公厅生活，两只手在二十六个字母的打字机上跳动到僵硬了，对着一副机器，人的脑子也变成机器的附属，什么也不会想，不愿想，不能想了。时令气候折磨得人加倍的疲困，因之，到了星光满布的晚间，我珍惜这片刻休息的光阴。我可以充分地想，充分地看，充分地听，不过习惯了的孤独，在人前我是讷讷的。对邻家这对夫妇，除了早晚见面时点头一笑外，我想不出我们曾经攀谈过多少句话。

　　奇怪的是这对年轻夫妇非常好客，每个晚间，客人不断地来去，自然这些客人对我都非常陌生。这院子附近少有灯光，这一带地区到了黄昏以后颇有荒野之感，不知从哪里随风送来的军营里的熄灯号，无力地从天空飘过，仿佛城市离得很远；因之倍感空寂，冷漠。原因是这一带地区相当低洼，要爬几十步石级才到达大街，市声远在"虚无缥缈"间，加之，这一带街灯电力不足，而我借住的这所小小院落的房子又没有电灯设备的。黑暗本身就充满了空寂和冷漠的气氛。

　　然而在空寂、冷漠气氛中却常常充满了生动活泼的谈话与笑闹，客人那么多，多到分不出谁是谁。当客人来到的时候，仿佛也变了一个世界。这个世界是属于另外的一群人。他们有公务员，有中学教员，有新兴的小本经营人（这种人是由于生活而改业的），还有一位小个子音乐家，音乐家会得吹一口很好的口哨，他本人就像是一具乐器似的，当他停止了吹口哨，他的谈话便滔滔不绝了。

这些人谈话的内容是相当广泛的，不过，在不同的谈话内容里却有一个共同的范围，也就是活在这个时代中的人所共同遭受到的苦难，大家都是诉苦，都在怨生活难。可是，如果遇到小个子音乐家来后，就不同了。不仅因为他会吹口哨，会聊天，他并且会讲故事，许多动人的故事。故事也许是他凭聪明而瞎编的，不过，骗得人都相信，都为故事的主人翁的命运啼笑，故事也就有了它的真价值了。

有许多天这个小个子音乐家不来了。院子里仿佛空落落的，耗子就在人的脚跟前来往赛跑。客人仍不断地来去，青年夫妇仍然是沉默地坐在他们的阶前矮凳上。那只是两团黑影，主人的身份在这个环境里是可以不存在的。客人都为了贪图这方院子有乘凉的方便，并且像是一个露天的茶座，也可以会到自己想会的朋友，甚至有人故意约了朋友来到这地方谈判一件事情。一切都可以与主人不生关联，主人也无那份热心过问客人的事。主人的义务就是供给一壶茶水，茶水是早就预备好了的，搁在固定的地方，客人可以自由地取用。男主人经常地咳声嗽，女主人习惯地叹叹气，是这个空间唯一的点缀。

照例地喝茶，抽烟，聊天，每一个人都打呵欠，还勉强地撑着发酸的眼睛，不知谁实在撑不住了说声走吧，大家才懒懒地站起来，惜惜地拖着步子，慢慢地散去。客人走了主人也并不马上立起身来，院子显得更空落，这时候我也许在躺椅上做梦了。

终于有一天小个子音乐家来了，他仿佛生过一场病，暗夜看不出脸色，但感觉得他的精神非常消颓，第一他不像习惯地那么爱吹口哨，也没有说话的兴致。不知是谁耐不住地问了：

"音乐家怎么啦?"

回答这声问话的却是一声长叹。

这晚大家散得非常早，似乎都感染上一片忧郁，甚至是我，一个与这圈子里任谁都没有关联的人，也不禁呼吸到一种与往昔不同的空气，心里闷闷的。然而单调而繁重的工作，已经使得我神经麻木，我已经失去过问别人私事的兴趣，也可以说习惯了懒，懒到同人家打招呼问好都不会了。

"小李怎么啦?"

"他，他失恋了!"

女的不禁叹口气，听到丈夫咳嗽，便问:

"你又着凉了吧?"

女的声音那么温柔，显然是同情到一个不幸的朋友，在同情的秤上，称出自己享有的幸福，为了报偿这幸福，下意识地感到要更体贴地爱她的丈夫。

虽然是这么几句简单的对话，他们真挚的情感颇为感动我。同时"小李失恋了!"像一块铅压在我心里，也许是本能的好奇心，刺激我想探究故事的真相。这好奇心对我是痛苦的，我得耐心地等待，等待别人谈话中偶然来到一个机会，我知道晚间来座谈的人都是小李的朋友，也都有点碎嘴子，他们彼此之间不会放弃这么好的一个谈话的材料的。

有一个天边挂着半弯的月亮的晚上，意外地音乐家比谁都来得早，他那素来蓬乱得像荒草的头发却意外地修饰得很整齐，月光打到脸上，不免显得苍白，他又复恢复了约有半个月以前的兴致，吹着口哨，口哨吹得那么有节拍，有韵律，不过，除吹口哨以外他就紧闭着嘴，别人的谈话也不参加，似乎连听也没有用心去听似的。

男女主人蹲在石阶上就是两个固定的黑点。他们的思想与身体的活动能力同范围也就如同两个固定的黑点一般地凝固在那个犄角上，他们是否存在在那个地方，往来的客人也不曾加以过分的注意。

我有点不耐烦，我努力想克服我的孤僻，想冲出一句闲话来，终于过分的腼腆把冲到喉头的话吞了下去。马上我开始责备自己，我这是好奇心吗? 还是同情心呢? 假如这个人遭遇到一件不幸的事，我岂不变成了恶意地刺伤别人的隐痛? 沉默是最好的做人的堡垒，固然沉默也容易做成人同人之间的隔膜。沉默是我的本性，在一件冲动性的事件面前，人是比较易于服从本性的。

不知是谁抱有大家同样的好奇心，从每一个人想象的幕布上开了个窗子，让每一个人都呼吸到一口从压抑中争取到的空气。

"音乐家，你怎么啦！"

"我？没什么呀！"

声调是故意修饰过的，听起来好像漠不经心似的。

"我离开了这儿几天。"

"真的？我们还以为你病了吧？"

音乐家笑了笑，他显然说谎，从笑里看出了话里并没有几分诚意。

"上什么地方去来？"

"滨州。"

这是大家熟悉的一个游览胜区，滨州城外有个天马峰，天马峰上有三座道士观，有建筑雄伟的庙宇，有古迹，有树木，是避暑最好的地方，提到这个地名，感情上似乎会晤到一位故人，虽然所谓故人在我还不过是新交。年前偶然一个机会我搭乘友人的便车上滨州去玩了一趟，去滨州的人都是以游天马峰为目的地，然而我并不大喜欢那个地方，交通不便，躲在深山丛岭，对着暮鼓晨钟，在老子及其信徒面前，人变成嘲讽的对象，据说在某一座观宇里住着一位隐士，隐士本来是某大学的教授，极有学问，不知为了什么一种因缘以苦行度他的余生。我只住了两晚，一晚看"神灯"，又起一个绝早等"日出"。燐火传绘了一些神怪传说，传说对于在现实中生活的人了无兴趣。

"滨州是一个好地方！"

不知是谁吐出这句话，于是就有人引申下去。"你们相信吗？还是青年爱人度蜜月的理想地方呢！"

大家都笑了，笑声显然冲着音乐家而发的。坐在破藤椅里的音乐家不安地扭动着躯体，藤椅也似乎负荷不了主人的忧愁而发出吱吱的叹息。

"小李这趟旅行的印象怎么样？"

"环境是随心情变的，在小李眼光中自然是天堂胜境了。"

不等音乐家开口，又有人义务地做了注释。

"你们是在讥讽我！"

谁也不作声了。

"你们想听故事吗？"小李自动地打破了沉默，下面叙述了一个动人的故事：

"小芳离婚了！这次我被他们拉上滨州做证人，旅行离婚应该是一件创举吧！"

"小芳是我的第一个爱人，我可以告诉你们！她在音乐方面的天才是朋友中少有的，可是她因为自己聪明，就任凭自己任性，她放弃了钢琴，放弃了声乐训练，同一个诗人跑到没人知道的地方。不知怎么个缘故她又离开了诗人，她又爱了不少的男孩子，最后认识了我的朋友鲁平，我们以为她这回可真的回到音乐事业中来了，都热诚地欢迎她，她真是聪明，多年荒疏而并没有埋没掉她的音乐天才，她和鲁平生活非常美满，也相安地共同生活了五年了。"

"那怎么又会离婚的啊？"

"鲁平嫉妒她的过去！"他停了一会儿，"因为愈爱就愈嫉妒！把一对爱人弄成疯子，小芳受不了这种痛苦，就在生活方面报复了那个可怜的男人！"

"故事就是这样的吗？"

"我知道你们谁也不同情她，可是她是真的值得人同情的，我明白她，她并不爱鲁平，在她精神上闪耀着一道憧憬，而她摸索不到一条到达她的理想的路，她一直痛苦着，可是她是聪明人，她不能任自己糜烂下去，有人以为她这么做是毁鲁平，毁鲁平比毁她自己更残酷，事实上，天知道！鲁平在精神上像个狂人，我们可以在小芳的胳膊上看到一条条指痕印！"

"她居然挨打？"

"这简直是变态的性生活！"

"我不信，梁小姐那么漂亮，能干，不像是一个受欺负的女人。"

"这是事实，不论你们信不信。"

"鲁平呢？"

"他，他还留在上清观！"

"陪道士吗？"

"他说，他要养息身体。"

"那么，小芳呢?"

"走了!"

"什么地方去了?"

"我不知道。"

大家都觉得这是不可能的事情。

于是有一个人忍耐不住了:

"你不是爱她吗?"

"那是很早很早以前的事!"

"她这次婚姻的变化不是因为你吗?"

"因为我?"音乐家猛然从椅子上跳起来。

"你们哪里听到的谣言?"

"这是我们的猜想。"

"猜想? 对了，可能的。我告诉你们我是她的第一个爱人，似乎这种猜想颇近人情。"他顿了顿说，"没有人了解她，没有人了解她的!"

"不过，你也不应该让她一个人就这样跑掉，朋友也有责任劝告的。"

"但是我没有权力阻止一个决定了的意志。"

语调是意想不到的严肃，使想开玩笑的人也都噤住不响。

我徒然鼓起一番热心，想多知道一点故事的内容，而我知道的却这么少。鲁平是谁? 小芳又是谁? 小芳这名字似乎挺熟悉，但一时又想不起来，问问音乐家吧，马上又意识到有点冒昧。

这晚自己同自己思量着，一直带个歉疚的心到梦里。

几天后的一个星期天，多日阴雨，人都闷得发霉了。将近黄昏时更感无聊，我正踌躇想去看看电影解解闷儿，忽然那位邻居太太带着微笑来到我屋里，并且问到我吃过晚饭没有。我说"还没有哩"，她便笑靥迎人地向我说道:

"那正好，我是来请你一块用一顿便饭的。"意外地我窘住了。她怕我辞谢，接着又说：

"没有外人，只有一两位朋友，而且天天晚上都见面的。"

天知道天天晚上都见面的究竟谁是谁，我从来没有弄清楚，我还在迟疑，她又补足了一句：

"那么，说定了，等会儿就借你这间屋子开饭了，凳子不够，回头我到屋里去搬了来。"

这才说明了真正的来意。

现在不容我说一句客气话，而且屋子借给人，自己更不能走开，虽然心里不大愿意。望着那笑眯眯满含希望的脸，知是无法挽回了。单身人能吃一顿家庭小宴的酒菜已是不易，想想就这么自己安慰了自己一下。

利用我那作为书桌的竹制方桌，摆了八副筷子同盏碟。终于我这个素性腼腆的人也自动卷起衣袖跑上隔壁屋子去拿凳子，似乎第一次走进邻居的房，第一次才看出这屋子是这样的狭窄，根本就没有桌子。屋子里有几位客人，我只看清楚一位是音乐家，就仍旧快步走回自己的房里来。

一小时后，大家都有点酒醉饭饱的懒散样子，席间说了些什么，同桌的是些什么人，我都莫名其妙，至于他们为什么请这桌客，我更是连问明一下的冲动的心都没有。

对着杯盘狼藉的桌子都有点坐不住了，于是主人邀客人过他们自己屋子里去喝茶。我也在被邀之列。在主客茶话的时候，我才有仔细浏览一个小公务员家庭的布置的机会。一切都是因陋就简，一切都是代用品，就这样，我仍奇怪为什么屋子要给挤得没有插足的余地，这屋子满可以搁一张方桌的，如果把不必要的东西减少一点的话。

在墙的一端悬挂着一个没有玻璃的镜框子，上面用糨糊粘了三张相片。一张是主人夫妇的合影，那应当是最美满幸福的时候照的，男人的嘴也咧开了牙齿挂着笑容，女的小鸟迎人似的歪着头倚在男人的胸前。另一张是一位中年以上的老妇人半身像，是他们中谁的母亲吧，还有一张，好面熟的一张女人的半身像，长长的头发垂到肩际，两道眉毛真像是新出的两弯月牙，大大的眼睛，端正的鼻子和一张像画出了轮廓来的嘴，那幅像是没有表情的，连笑容都没有。然而那幅像却有一股魔力，叫人不由得多看她两眼，她是谁，为什么会感到面熟，我也不加深究了。

雨天，天黑得快，客人们已将陆续散去，待小音乐家起身告辞的时候，主人说了两句"顺风，一路平安"之类的祝词，我才明白这桌饭是为了同小个子音乐家饯行而举行的。为了想学学应酬，我勉强压制住心跳问了两句：

"你上哪儿去呀！"

"滨州。"

我以为自己听错了，又以为回答我的人说错了地名。但两个人那么生疏，又不宜于开任何玩笑。因之更不宜深究他去滨州的目的了。

客人完全散了。邻居夫妇双双上我屋子来道歉，问屋子给弄脏了没有。我留他们坐下，同时有一股好奇心催促我想打听音乐家去滨州是为了什么。

先从天气谈起，天雨路滑哪能上路呢？而且他不是刚从滨州回来的吗？

"因为鲁平！"女的究竟嘴快，禁不住说了，"鲁平想留在山上做道士，出家了，我们朋友们觉得为了一个女人毁了一个人太可惜，所以要音乐家再去一趟，劝他下山来。"

"这女人魔力可不小呵！"我忽然幽默了一句。

"你看到我屋里那张相片没有，那就是小芳……"

那就是小芳！原来引我注意的半身女人像，就是小芳！何以那么面熟呢？我不禁狐疑起来。

"喏，说起来有半年了。小芳还在你这屋里住过呢。那时候你刚要搬来，说定了你搬来的日子，头一天她才走的。"

"原来就是她呀！我来看房子时是看见过这么一个女孩子，那时她只一个人呀！半年时间竟添出这么多的纠纷吗？"

"是因为我要住这屋子她才走的吗？"

我也不明白自己说这句话的用意，而他们夫妇都笑了。那男的明白我有点抱歉的意思，于是便解释道：

"事实是她要走，我们才把房子让给你的呢。"

"她要去找鲁平，更想不到找到鲁平竟是这样一个下场。多惨！"女的在惋惜了。

也许是两杯酒的力量。这一对夫妇不但是破例地在我屋里坐了很久，而且更可感的是满足了我的好奇欲，我所最悬念的这么一个女人的故事也讲给我听了，可惜他们也只知道这么一点点。

那女人姓梁，名庆芳，大伙都叫她作小芳。从沦陷区跑出来，参加了某个临时组织的艺术宣传队。经历了许多危险才达到后方，她聪明活泼，个个都喜欢她，她本是一个无知的小女孩，年岁大了，生活经验仍然有限，非常任性。宣传工作不免把钢琴荒疏，于是想到内地入学校，希望暂时得到一个安定的生活，她还年轻，有天才，前途是有希望的。

她在无知而任性的时候她爱上了许多人，不过无论同哪一个男孩子在一起，她都是快乐的，即使同任何一个爱过的男孩子分了手，仍然是好朋友，大家把她当天使，天使是有权主宰一切的。眼前那个音乐家是好例子，固然他们在事业上又多一层联系，一种易于永远维持友谊的联系。

不料天使有一天曾锁进了笼子，她遇到了鲁平。一个比她大二十岁的男子，具有中年人的自私与冷酷，爱她有音乐天才，而不让她有发展的机会。爱她年轻，爱她貌美，而嫉妒她有过一个年轻而美丽的青春。把她锁在自己的身近，当作玩偶，当作点心，当作一个猫，也当作一只小鸟，小鸟会唱歌，歌也就装点了他的梦。梦里的天堂。小鸟第一次从天上飞到人间，第一次尝到了人生中的某种苦味。这精神的折磨是要多么大的耐性才能担当啊！她经历了多少出生入死的事件，然而人至多死一次，死在炮火中，炸弹下，做鬼也记得谁是敌人，到了也会算这笔账的。可是，眼前这一个人，自己的爱人，是教育自己做一个"人"的人，可是他为什么会这么暴戾，这么虐待人呢？她又不懂了。

她究竟是一个能够唱歌的鸟，她的痛苦刺动了不少的人，谁都愿做勇士，于是关于她又有不少传说，谁都不明白真相，传说到了鲁平耳朵里，嫉妒是一把火，烧热了他整个身体。当他一看到小芳某天脸上有了笑容，他会在她脸上留上一道伤痕；如果小芳有一天穿了一件比较漂亮的衣服，他借故不工作，留在家里看着她一天；如果某个客人来了，小芳多说点话，于是当着客人他可以侮辱小芳为娼妇。小芳究竟已不是孩子了，她受不了这样的"爱"。她留着脸上，身上，手臂上的伤，她决心走。鲁平说有人带她走，但没有人认识那是怎么样一个人。

小芳走了，走得很干净，他们分手前还有一次旅行，是鲁平提议的，拉音乐家做证人，创了一次旅行离婚的喜剧。

说是喜剧吧，实在是一出悲剧。鲁平却因了小芳的走留在天马峰里不下来，预备就此不做凡人了。似乎他爱小芳是无可比拟的，这故事到末了，人都不禁同情这个怪物了。

"知识分子最后的精神出路——遁世。抗战到今天还有这个现象，真叫人无限感慨呵！"男的重重地叹了声气，似乎一切纠纷都由于精神不得解脱似的，他好像原谅了那个男人，也好像一切归罪于那个男人。

"好了，别牢骚了，太夜了。你身体不好，常常咳一夜嗽，吵得隔壁的人都睡不了觉呢。"

女的马上止住了男的再说下去，一边向我客气一番，同男的一块回到他们自己的屋子里去了。

我却久久未能入寐，心里说不出的烦闷，天气不太热，却不干爽，处处都是湿腻腻的，从头发衣服一直湿到心里。

我走到院子里来，雨不知什么时候止住了，天漆黑。好久未上院子乘凉，我忽然发现头上树叶新长了不少，由屋子射出的灯光，映出一片翠绿。我不禁大大诧异起来，这真是怪地方，夏末秋初的季节会又来一个春天吗？

树虽不美，我却爱它这么一种异常的生长力量。经过了骄阳的曝晒，风暴的袭击，已经是叶落树枯的样子，会在人不注意之中长满了新绿。我深深呼吸了一下曾经这些密密新生的绿色叶片呼吸过的空气，从心底里感到一片新鲜。那笔直的树干似乎在讲着严肃的道理："我们要顽强地干下去，自然是属于我们所有的。"

现在已是秋天。

院子里却是绿荫如盖。

每天清晨，我自动做勤务，拿把大竹扫帚扫着方院子，借以活动体力。

邻家夫妇的生活也改了样，女的也出去工作了，家里客人甚少。

我偶然想起那位小个子音乐家，想起那个留在山上陪老道的中年男人和那位富有不尽的生命力的小芳，她究竟上哪里去了呢？将永远是个谜。不过，她有顽强的性格，她会活得坚强。

我又想，想到人生，想到一点哲学，可是，我的手已把落下来的叶子扫成一个堆，这堆垃圾每天会有个小孩来扫了出去的。

一九四三年十月十三日初稿

一九四四年六月八日改作

钱

陆
地

一

王励本从银行回到队上来的时候，什么声音也没有，静极了。他疑惑地把这个窑洞那个窑洞的门全都给开开，铺盖，挂包，草帽和茶盅都不见了，屋里空空洞洞。他想："人都到哪儿去了？难道已经出发了吗？"可是仔细一看：牙刷和手巾还在窗台边上安安静静地放着，好像平时一样。老程准备行军用的棒子木棍子，依旧靠在屋角；门外晒衣服的绳子上还挂有几件半湿的褂子。

"对了，一定是临时有什么报告，大伙都听去了！"

王励本这才同做完了一场噩梦，松了口气，顺手抹一抹额上沁出来的汗。他额角上满布了皱纹，稀疏的鬓角隐约地显出几根白发。人总是那样精瘦，眼睛又大又深，脖子显得那样细长，打后边看，可是有点像白鹤的后脑瓜。这几天天气热了，他就爱穿齐到膝盖的短裤跟布条打的草鞋；虽说是热，他的皮腰带照例是要扎的，后面还挂上一条手巾。

他现在心静下来了。一个人坐在炕上，缝着肠一样的带子。带子缝好了，他就把刚从银行换来的

作品信息

写于1946年6月，选自《北方》（光华书店1947年12月出版）。收入《好样的人》（群益出版社1950年6月出版）、《故人·小说选》（广西人民出版社1979年10月出版）、《陆地作品选》（漓江出版社1986年10月出版）、《陆地文集·第四卷》（广西师范大学出版社2018年12月出版）等。

七块银洋装进去；为了防备银洋在里边互相摩擦，又在带子外边把银洋一个一个隔开，缝了一道圈圈，然后把带子捆在腰上。

"这个又怎么放呢？"他又从小布包里拿出一只韭菜边的金戒指，套上无名指去，然后将手指都并齐比了比，觉得黄澄澄的，发闪得耀眼。"咱这只粗手不要这个玩意！"他带点厌恶的感情把它取下来，可是往哪儿放呢？想来想去，最后，才用缝衣服的白线一道一道把它缠起来，一下子金戒指变成一个白圈，这样不再惹眼了，他才把它套到右手的无名指上。他也知道旁人戴金戒指都套在左手，他却以为右手灵便，有力，容易照顾。另外，他还有一打绿色的国民党中央银行的关金券，一打太岳解放区的钞票，八百元晋西北的农钞，他都用一块小小的黄色油布包得牢牢实实地放在口袋里，扣了扣子还怕掉了，再别上一个别针。

好了，他什么都准备齐全了。现在就等待命令出发了。

傍晚。

队上的人从飞机场听完报告回来了。人们像一窝蜂，有的解开沾满了泥尘的裹腿，有的匆匆忙忙解开衣领，将手巾塞进脖子和胸膛去抹着汗，有的用嘴吹着茶盅的热开水，有的却忘了口渴，兴奋地议论刚听到的报告，有的把草帽往地上一放，坐在帽边上，掏出旱烟叶来卷成了烟卷，慢吞吞地呼出氤氲，留意听旁人的发言，好像要等一个机会，自己也插进这场欢喜的谈话。

王励本听得心动了，从窑里蹦了出来。睁着迷惑的目光看望每个兴奋的脸面。

"王老汉，你今天到哪儿去啦？听报告你怎的不去？"谁在人群那边远远地叫过来。

王励本说不出来话，好像有过错的人，叫旁人给点破，显得很拘束。后来他实在忍耐不住了，向着坐在土磴上的老程问：

"老程，倒是听了谁的报告啦？"

"毛主席！"老程停止了吹气，喝了一口开水以后才骄矜地回答。好像打了一场胜仗的神气。

"真的？"

"那可不，你怎的不去？"

"哎，谁知道。"王励本跺了跺脚，表现无限遗憾的样子，"为什么早上不通知呢？"

"你为什么不在家，到哪儿去了？"

"我去银行换钱嘛。哎，要知道是毛主席报告，我……我不要这些钱也甘愿！"王励本也蹲下来，靠在老程旁边。

"那，拿钱给我，我把毛主席的话传达一遍。"

"好，你说吧，老弟，你可不是毛主席。"

"那有什么关系，反正把他的意思告诉了你就行了呗。"

"好，你讲吧。"王励本稍稍想了一下，说。

"拿钱来。"

"哎，你这个人，可是那样爱钱。"

"嗨哟，老汉，你不爱钱？为了这几个宝贝钱，报告也不去听了，还说漂亮话：不——爱——钱！"老程把最后三个字拖得挺长，带着嘲讽的意味。

王励本好像受了一肚子冤枉，哑巴一样说不出话。

老程停了一会，带着半开玩笑的口气问："王老汉，我问你，你倒是哪儿弄来这些钱？"

"哪儿来的钱？还不是革命给的。"

王励本说他自从三四年前在腊子口最后打那一仗，左胳膊挂了彩，以后一年就领四次三等残废金，另外还有保健费；加上他个人这两年种了两三亩麻和山药蛋，得些钱，他都把它放进合作社去入了股，慢慢就成了大数目了。

"你怎么不把它用掉呢？"老程问。

老程是工人出身，有着直爽的性情，爱痛快。有钱就花，自己花，给朋友花，满不在乎。

王励本和老程可是两样：自从他把地主的犁耙放下，参加了红军，这十七八年来，他都保持农民勤俭的习性，钱不到该花的时候，他决不轻易浪费的，不管是公家的开支或私人的使用。他说：

"做什么用呢？有吃有穿，这两年又赶上'丰衣足食'，公家给的都用不完，自己还有什么好用场呀！"

老程马上接着说："那，你走的时候把钱交给公家算了，还带它干啥？"

"这又不同啦，到前方去不能像在延安一样啦，比如说，要经过敌占区，经过国民党区，就是经过旁的解放区吧，怕也不能跟延安一个样啦。比方说，买点茶水什么的，不得花点零钱吗？"

"你想得倒是周到。"老程回了一句。

"唔……不过，我没有听到毛主席的报告，可是比掉了钱还难过！你想吧，咱们这回到前方去，什么时候能再听到毛主席报告呀！他今天倒是讲了什么呢？你给我传达一下好吗？"

"好吧，我传达，你给多少钱做慰劳？"老程掉过头来盯着他。

"你讲吧，反正你真是需要钱的时候，我保险给你！"

"好，你听着，第一，毛主席告诉咱们说：时时刻刻记住……"

"唔，记住什么？"王励本插了一句，异常专心地听。

老程接着说："毛主席讲，要记住咱们是为老百姓当勤务员去的；不是去当官。一定记住自己是老百姓的子弟兵，不能是旁的什么人，一定记住把军民关系搞好！"

老程讲到这就顿住了，掏出烟叶来卷纸烟。王励本却急着问：

"第二呢？"

"没有第二了！"老程一边吸着烟，一边回答。

"只说一条就完了吗！"

"对啰，毛主席说：大家都把这一条军民关系做好了，其余的第二、第三、第四条都能办好了。"

"唔……有理，有理！"王励本点点头。

当天晚上，大家都快要睡觉了，队部的小鬼来说：

"哪一位是王励本同志？队长请去一趟。"

王励本问："什么事？"

"谁知道，你去就明白啦。"小鬼说完回头就走了。

王励本一边走，一边嘀咕着："怎么回事呢？……就是今天没去听毛主席报告吧？要挨批评了！该倒霉，革命那么多年还真没挨批评哩，这回可……哎，早知道，那些钱……不过，这不能怪我，有报告为什么不先通知呢？我出去时候是跟班长请过假的。"王励本想到这，已经走到队部门口了。他鼓起勇气喊了一声："报告"。他小心地走进队部去。队长正在审阅着一堆"鉴定表"，人进来了他才抬起头，细细打量进来的人。

王励本站得直直的，膝盖要发抖的样子，心里想："糟糕了！"

队长问："你就是王励本同志吗？"

"是。"

"好！你抽烟吧？啊，你请坐嘛。"队长亲切地说。嘴上噙着一支吴满有牌的纸烟，凑到灯火去点燃。

王励本坐在队长左边的凳子上，心里还是狐疑地猜想："怎么回事？"

队长喷出一口烟雾，带着微笑说："你还是个模范工作者哩！"

王励本的脸发了一阵热，嘴唇颤了一下。

队长说："这样吧，咱们这个干部队的同志都是从各个不同的工作岗位调来的，人都不熟。你嘛，在原来机关是搞总务工作的，我们的意见，想在行军时期请你来做管理员；把咱们的伙食闹好一点，叫大伙能吃饱，走得动路，是不是？"

"是的，是的。有理，有理！"王励本点点头。

队长把烟头捻灭了，才两只手抱住膝盖想了一会，又说："励本同志，这是比较艰苦的工作啊，不过，大家的事情，反正总得有人出来做，对不对？"

王励本这时候才把疑虑消散了，人变得活泼起来，看了看队长才说："那不对怎的。我老汉不懂的多也懂的少，歌子不是唱过吗？'一人为大家，大家为一人'。我旁的记不住，这两句歌子倒是忘不了。咱们革命可不就是这个道理吗？"

队长听着，高兴地笑了。

但，过一会，王励本忽然迟疑起来，想要说什么，可是又不敢说。队长问："你还有什么意见吧?"

"没有。"王励本机械地答了一句。

队长沉了脸，默想又抽出第二根纸烟来点燃，慢慢地吸着。

"不过，队长，我得有个声明。"王励本突然地说了。

"可以的，什么事呢?"

"我个人身上现在有七块银洋，一只一钱半的金箍子，六千元国民党关金票，还有一千三百元太岳票，八百元晋西北农钞。都是我的残废金、保健费和生产积下来的钱。"

"那当然是你个人的东西。"

"唔，不过也得先讲明，日后咱管伙食，人多，大伙又不熟，摸不透咱这个人心的好赖，怕别人多心，有什么闲话就不好了。"

"不会的。老乡说话说的：'立得正不怕影儿歪'，是不是?"

"那倒是。那么，没旁的事我回去了。"

"回去吧，明天你就上任呵!"队长笑了笑，站起身来送他出了门口。

<h2 style="text-align:center">二</h2>

队伍出发了。

这是三伏的天气，行军很容易疲劳。每天一到宿营地，人们就忙着去请求房东准许下门板架床，或者找没烧火的炕头，急急忙忙安置铺盖休息。有的就去远地找小河滩或涧水洗澡。只有王老汉走马灯似的转来转去，不是从区公所抱着柴草走来，就是在太阳下举起瘦棱棱的手，拿着斧子，劈着木柴。他的眼角近来常常有一泡白眼屎，眼眶加大加深了。然而，他一点也不憔悴，仍旧挺带劲。

要开饭了，他就跟保姆一样，到每个班的住屋去摇醒睡得太熟了的人，亲切地喊：

"吃饭啦，等一下就要洗锅还老乡啦!"

队长一见他就说：

"王老汉，你也该休息休息了，有些事情可以让炊事员他们做，用不着你亲自动手嘛！"

他当时虽然点点头，表示同意。可是事情一来，他又亲自动手做去了。好像旁人干的活，他放心不了似的。

有一次开饭时候，有人吵嚷起来，你一句我一句地追问："怎么回事呀？伙夫打瞌睡吧？菜不搁盐怎么吃？"

炊事员受了委屈，气虎虎地说："盐才有那么些，叫我们怎么搁？爱吃咸的自各去买去吧。"

"王老汉！"有人光火大了，大声吼起来。

"什么？"王励本不慌不忙地应了一声。

"盐也不给够，怎么吃？"

"少吃点算了吧，路还长呢。这地方缺盐，一斤盐顶得上买一斤猪肉了。"

"哈哈！王老汉，盐也节省？真是成了'悭吝人'了。"好几个声音都这样叫起来。

"节省将来还不是归大伙。又不归我个人。"王励本这下可有点生气，嘟哝了半天，走开了。

现在，王励本他们住宿在黄河西岸的一个小镇上，人们大半都已睡了。这时王励本才开始脱下他的草鞋，坐在用门板在屋檐下架起来的床铺上，只是想：

这几天来，在陕甘宁解放区一路上都有老乡们慰劳，用不着什么钱，明天要到晋西北新地区去了。可不能一样了吧？路上买点茶水，米汤，总得花些零用钱吧？得拿出一部分晋西北农钞出来预备。……

王励本把别针解开，从口袋掏出油布包来，轻轻地解开外边的小绳子，然后再翻开油布，油布里边还有一层鸡皮纸，最后才是票子。票子压得实实的，比早先扁多了，他放心不过，数了一下，才安了心。最后拿出了三百元，其余又把它包扎好，放进口袋去，又用别针别好。临到要睡的时候，照例地摸一摸腰带上的七块银洋，摸一摸右手无名指上的"疙瘩"。

为着避免白天行军疲劳，夜里，鸡才叫第一遍，队伍就起来，在半明半暗的灯光下，匆匆忙忙吃了冷硬的馍馍，准备出发了。锅少，开水来不及预备。大家的水壶空空的，挂在腰上直晃荡。一路上大伙都嚷着口干。过了黄河以后，王励本就报告队长，说是他先走一步，到前面该休息的村庄去烧几锅开水让大家喝。队长答应了，并且叫他顺便熬些米汤。

一路上他走得急，也真渴得难受。他想："这回见到鸡子什么的，一定也得买一些了，只要有稀粥米汤，管它多少钱我要喝它两碗再说。"三伏天的太阳可真厉害，刚刚露上地面，晒到你背上就发烫。露水很快就不见了。蜜蜂在金黄的瓜花上闹哄哄地饮着花汁。

前面就是索达干了，这是濒临黄河的大村庄。街道打扫得怪干净。一进村头，就见到在一间小屋门口的石板矮桌上面摆着的罐子，里面装着小米熬的米汤，旁边堆着大大小小的碗。几个穿白粗布衫的庄稼人守候在那儿。他们一见到这位穿军衣的八路，马上热烈地招呼说：

"同志，辛苦啦，坐下喝碗米汤吧！"

"好，我喝。"王励本坐下，捡了一只大海碗，一咕噜喝完了，接着又舀了第二碗，第三碗，完了，才打了个饱嗝，掏出昨天夜晚拿出来准备零用的三百元农钞，问：

"老乡，多少钱？"

"我们不要钱。"

王励本急忙问："不要钱要啥？"

老乡说："咱们这是为同志们过路准备的，不要钱。"

"啊，啊……"王励本眼睁得圆圆的，说不出话来。他摸摸票子想给一点，可是看样子人家的确不是买卖的饭铺。迟疑了一会他又记起什么来似的说：

"我们后面还来队伍哩，要好多开水才够。老乡，你再去烧两大锅来吧，我们给钱！"

老乡问："你们倒是来多少队伍呀？"

王励本说："多了，千把来人吧，光是咱们一个队就一百多。"

"那不愁。这一路上家家户户都准备上了，就等同志们来啦！"

"你们怎么知道我们来啦？"

"咋不知道，前两天就听说有队伍过，要到鬼子的屁股后面去解放老百姓。"

"啊，啊！"王励本连声啊啊的，拿起草帽，向老乡说一句"谢谢"就往前面街上走去了。

大街上的每条小胡同口，果然是摆着一张桌子，放上装米汤和开水的罐子，同样也有垒起尺来高的粗细不一样的碗。有的还搁着一碟咸菜。米汤的表面，凝成一条薄薄的发皱的饭皮，有的落下一两只苍蝇。人们都注意望着村口来了八路没有，顾不上赶苍蝇了。老乡们一见到王励本就包围过来，你一句我一句亲切地说：

"同志辛苦了，才一个人吗？"

"喝水呵……"

"抽烟吧！"一个老头拿着一盒吴满有牌纸烟抽出一根来，凑到王老汉的跟前。闹得他挺窘，直摇手说不会抽烟给挡回去了。

"八路同志，给你熟鸡子！"一个小孩从小篮里掏出两只染红的熟鸡蛋使劲地往王励本的胸前伸。

王励本连声说："不要，不要。我不吃鸡蛋。"说完急忙拔开腿就走。可是前面同样的人又包围过来了。另外一个小孩追到他背后，敏捷地把鸡蛋往他的挂包塞。好像赛球，把球投进了篮似的，喜笑着跑回来，骄傲地对他的小同伴夸说：

"我给八路同志两只了。"

"糟糕！"王励本摸了摸挂包里的鸡蛋，回头去看看小孩，小孩已经走远了。等他回转头来时，另外一个小孩端着一碗开水堵住了他，说：

"同志，请喝水。"

"谢谢你，我喝饱了。"

"不，不行，得喝一碗。"小孩固执地咬着嘴要哭的样子。

王励本被逼得毫无办法了。突然，身上的水壶和茶盅碰着发响，他才想到，水壶还空着哩，正好把它灌满。他停了脚，接过小孩的水碗往水壶倒。他太兴奋也过于急促，倒着倒着，水壶一下子满了，水溢了出来，把衣襟湿了一大片，孩子们哈哈地笑着，满足地走开了。

王励本出了一身汗才走出索达干的村口来。他现在可以安静地坐在一棵白杨树下边，抹拭他额前的汗粒，用草帽当作扇子扇着。他想：开水不用烧了，任务算完成了，觉得一阵轻松。但，他摸到挂包的鸡蛋，心上头仿佛长个疙瘩，浑身发痒。他想："'三大纪律八项注意'不是说不拿老百姓一针一线吗？我为什么白拿人家的鸡蛋呢？这不是违犯了纪律吗？糟了糕！不行，得还回去。"他取两颗鸡蛋出来，看了看。鸡蛋挺大。有一个是特别圆，说不定是双黄呢，糟了糕，说不定会孵出两只鸡娃哪！……王励本越想越发不安，忽然站起来，自己对自己说："还回去。"

当他刚走到村口，队伍已经涌到街上来了。老乡们的声音就同赶集一样喧闹起来：

"同志辛苦了，喝水，抽烟！"

"辛苦了同志，抽烟，喝水！"

王励本拿着两颗红鸡蛋在人群里穿来穿去。小孩那么多，认不出谁是这两颗鸡蛋的主人了。

"王老汉，咱们烧的开水在哪儿？"老程一把捉住他的衣袖问。

"米汤开水到处都是，你还要什么样的开水？"王励本不在意地回答了一句。

夜里，王励本想：我这三百元农钞又没啥用场，该把它包回去，免得弄丢了。不过，才刚队长说，前面五十里地就是离汾公路，那是敌人的封锁线。咱们在这休息两天然后在夜里过。夜里过封锁线得准备些干粮？怕要每个人自己花钱买的了，钱还是别忙包回去。

两天过了。早晨，队长告诉王励本说：下午要出发，提早开晚饭。王励本把这意思交代炊事班长完了，自己就到街上去想买几个烙饼做干粮，他走了好几家铺子，拿起烙饼掂了掂分量，问一问价钱，都嫌贵了一点，要买不买地迟疑起来……蓦然，他想起忘了告诉炊事班长一件什么事了，急急地跑回来。刚一进院门，大家一个一个都拿着一条干粮袋等着领干粮。有人一见到王励本就喊：

"王老汉到哪儿去啦？找你好半天不见。人家老乡送来干粮等开条子哩。"

"啊，啊，现在呢？老乡在哪儿？"王励本环视着周围的人众。

"队长代开了，你快点帮着分吧。"

王励本马上解开腰带上的茶盅，问炊事班长一个人发多少，然后照着一茶盅一茶盅地给大家发。

这是掺着麦的炒面，咖啡一样颜色。每人拿到手都尝了一口，说：

"甜，甜。嗨，好吃！"

"先别吃呵！"王励本喊着，流了一脸的汗水。

给大家发完了，王励本把自己的也装进猪大肠一般的米袋子去。他一边想：

"太好了，样样都给想得那样周到，我的钱得包回去了。"

三

通过了离汾公路以后，部队深入到吕梁山脉。这儿是日寇"三光"政策的"屠宰场"。走了两天了，经过好些个村镇，再也看不到一片完整的瓦，看不到烟囱的烟火，井口被填平了，艾草占满了整个村庄的房院。山头的松树和白杨绿得那样凄凉。

队伍凭着干粮、溪水解救着饥渴，凭着树枝和叶子架成了 A 字形的草棚。人们就在这样的草棚度过他们的夜晚，山沟变成了长长的街道。他们在这儿等待着通过同蒲路的敌人封锁线，通过汾河——这条难渡的天险。

那是带着露水的早晨，支队司令员对着一千多人的队伍讲话了，说是从这儿再往东走五十里山地就是平坝子了。队伍要赶在天黑时候出山，继续走八十里平地才到汾河。过了汾河再走十五里就是同蒲路了，过完了同蒲路还得走四十里才到达我们太岳区山地。这一共有一百九十里地，要在下午三点到明天天亮以前赶完。这一路上敌人碉堡特别多，而且是敌人的占领区了。号召大家发扬革命友爱，体力强些的帮助体力弱的同志。……情况是艰苦而紧张的，说不定要跟敌人开火呢。不过，最后，司令员却用镇定、果敢、带着轻快的语气说：

"同志们！我们有信心克服困难。大家把草鞋带检查一下，准备走路！"

随着这个声音之后，全队的人都动起来了。有的重新认真地检查鞋子，有的检查干粮袋，有的给水壶装满开水，有的精简多余的行李，同暴雨要来以前的蚂蚁一样，紧张而纷忙。

王励本也忙起来了，他忙着叫炊事员准备饭菜，开水，忙着动员炊事班让大家互相帮助。直到晌午，他才坐回棚里来，将腰上的银洋带子解开来看了看，白带子已变成黑污了，显出七个黑圆圈。他先用小刀将缝在银洋周围的线头割断，再从帽檐上取下一根针，闷声闷气地把线脚一针一针挑开。挑了两道圈圈，他就把针别回帽檐上去，从带子里挤出一块袁头和一块墨西哥鹰洋。完了才把带子又缠回腰上去。

他拿这两块银洋在人群里找来找去，找了好半天才在半山腰的松树下边见到了老程。老程可是不在乎地躺在一张油布上睡觉。一只小蚱蜢在他的胸脯上跳着。王励本坐到他左近去，摇了摇他。老程醒过来了，揉揉眼皮，看了一下，冷淡地问：

"什么事？"

"你怎么还睡觉？"

"不睡觉干吗？"

王励本焦急地说："要出发啦！"

老程却不慌不忙地答道："就是为了要出发才睡觉嘛！"老程讲完了话又想倒头去睡，王励本却拉住他说：

"老程，队长叫我先到前面去买干粮给大伙做补充。我先走了！"

"什么？你先走？一个人？"老程这才关心地，睁着眼睛看王励本。

王励本平静地说："不，不止我一个人，有向导。"

"嗯。不过，得小心啊，敌占区可不是好玩的。"

"老程！"王励本说，"我这两块银洋给你吧。说不定跟不上队伍什么的。一百八十里路哩，谁能保险一定……反正有几个钱在身上预防是好的。上一回你给我传达毛主席的报告，我不是说给你钱做慰劳吗？这回怕要用钱了，你拿着吧，我先走了。"

王励本把钱塞进老程的口袋里去，站起来要走了，老程跟着站起来，心里一阵难过，半天才说：

"好！——你把我这条棍子带着吧！"老程顺手将他那根榛子木的棍子给了他。

"你自个儿不用？"王励本问。

"咱们人多，走不动时候准有人搀，你拿着吧！"

王励本想了一下，点点头说：

"唔，有理，有理！"

老程看王励本走远了，才又坐下来，掏出两块银洋细细地看。他对这个肥头大脑的袁世凯头像啐了一口，喃喃地咒骂：

"死顽固，老独裁，卖国贼！"

当夜，队伍进行英雄的跋涉了。他们巨流般穿过平原，穿过密布如棋子的敌人据点。当中，向导在网一般的道上迷失了预定的休息的地点，临近汾河边时，启明星已发亮，鸡声从四近的村庄啼叫起来，东边升起一片橘色的云彩。支队司令部传来一道紧急命令：说是马上渡河，迅速通过同蒲路，不休息了。立即，队伍作了最后的振奋，有如山洪，急急奔泻，最终跨越过最难渡的汾河和严森的同蒲路。

当队伍进入太岳山地，休息下来时候，干部队的人发觉王励本不见了。人们如同孩子失去母亲，或者是旅行者失去了伴侣。一谈起来，大家都用担忧和惋惜的心情来想念他们这位和善而勤劳的管理员：

"王老汉怕走差了道？叫敌人俘虏去可糟了！"

"真可惜，那么大年纪了！"

"这两天没了'管家婆婆'饮食弄不好了！"

……

老程比旁人有着更多的怀念，然而比谁都缺少着语言。这两天他老把那两块银洋拿出来细细地鉴赏，鉴赏得无可如何了，又照例地，对袁世凯的头像憎恨地咒骂：

"老顽固，卖国贼！"

好像王励本的不幸也是这位独裁者嫁给似的。

一天傍黑的时候，炊事班的院里拥挤着一大堆人。有的人看清楚是什么回事了以后，立刻往门外直喊：

"王老汉回来啦，咱们的管家婆婆回来啦！"

老程一听，急得帽子也忘了戴，连跑带跳地往人堆里直挤。他一把捉住穿一路农民衣裳的王励本，哑巴一样，呆看了半天。一下了见到王励本左手拿的棍子，才喊道：

"啊呀，棍子，你还拿着哩！"

王励本倒是平静地带着微笑说："你当是我丢了吧？我什么也没丢。你怎样？好吧？两块银洋花完了没有？"

"没有。你的呢？怕花完了？"

"哪里话，我一个钱也没花。"

王励本说，他当初怕敌占区是人家鬼子的世界，以为要用到钱。想不到敌占区的老乡也跟解放区一个样，只要你把两只手指头比个八字，就保管你会同在亲戚家一样。

"我这几天可是享福了：走了几天亲戚，有吃有喝的，夜里还睡得安稳。哈哈！"王励本小孩样天真地笑起来。

大伙也哈哈地跟着一阵笑。

晚上，老程到王励本的炕上来，把两块银洋还给他。说是没有用上，叫他存在一起吧。

"你为什么不用呢？"王励本严肃地反问着老程。

"用什么呢？那天一直都没停过脚。再说，一路上老乡也都是又是茶又是水的，往你跟前送，有钱也没处花。"老程说。

"那，这两天休息，买些鸡子喝喝补一下嘛！"

"嗨，炊事班长还没有告诉你吧？这两天太岳军区尽是送来猪肉豆腐，大伙都吃得饱了肚，你还说……"

"明天还得有两顿吃哪!"旁边一个炊事员插了一句。

"那你留着以后用。"王励本说。

"不，还是你带着吧，我带不惯钱，有了就想花，带着真别扭。没有了倒痛快。"

最后，老程把银洋丢在炕上走了。王励本只好把它捡起来，又装进袋子里去，却没有照原来的圆道道缝起来。

四

不久，日本无条件投降了。

干部队行动的路线跟着有了更改，原先是要到美丽的南方去的，现在却要到冰雪的东北来。

天气一天一天变凉了。躲寒去的雁群像部队一样，飞过明净的高空。绿叶落尽了，庄稼收完了，留下这片华北的平原宛如海样的辽阔。早起，地上染着了一层白霜。

王励本到底是年岁大了，这两天夜里常被冻醒过来。"光盖被单不行，得棉花絮了。"他自己嘀咕着。队伍到新镇时候，队部来了个通知，说是明天不出发了，叫大家好好休息。

第二天早上，队上又来一个通知说：叫每个班派两个人到部队集合；其他人员在家休息，任何人不准上街。这可把王励本急坏了。他早上还盘算好了的，要买多少棉花絮被子，完了还买一绺线；被面盖五六年了，要是布料便宜，也顺便换一床花的，抗战胜利了，换一床花被面不能算腐化吧？再说，早上凉飕飕的，能有毛衣也买一件。一个金箍子总够了。现在却来了这样通知，多憋气! 他想去请假，又怕碰钉子……

王励本一个人正在呆着发闷，老程来了，一见他就嚷：

"老汉，今天喝两杯吧?"

· 365 ·

王励本满不高兴说："你请客吧？"

"嗨，你那么多钱还不请客，留着干啥？再过十来八天就出关了，听说一出关就坐上火车。你的钱……哎，留着干啥？"

"你讲得倒轻巧。就说快到了，也不能胡花钱呀，这一路来吃的还不够好吗？"

"那倒是。不过，今天不能上街玩，就在家喝两杯，大伙乐和乐和。"

"不能上街，你那里去买酒？"王励本问。

"叫房东的小孩去买呗。"

"能吗？"王励本又问，"我今天倒也想上街买棉花絮被子，又怕不准请假，真恼火！"

老程听他这么一讲才笑着说："老汉，你别操心絮被子了，今晚上保管你当新郎，盖新被子。"

"你也别骚情了，那里来的新被子？"

"你不信，咱俩打赌吧？"

"赌吧！"

"好，找证人来咱们打赌：要是今天晚上有被子盖你就请客——请喝酒？"

"行。要是没有呢？"

突然，门外嚷闹起来了，谁大声喊：

"王老汉，到队部去！"

王励本去了。老程在他后面追着说：

"老汉，记住请客呀！"

王励本赶到队部去一看，啊，炕上全是崭新的棉被、棉袄、鞋袜，一大堆。把王励本的眼睛都给照花了。人们一个跟一个地拿到一床米色细布套的被子，一身铁灰色的棉袄，一双青色的布鞋和一双白布袜子。

王励本满满地抱了一大堆回来，一样样地过细鉴赏了一番。最后，拿起袜子来反复地看看，接连着说：

"这袜子可结实了，够穿两三年吧？冀中的娘们真有耐性，一针一线纳得那样细密；被子也……"他又掇起被子爱抚地摸了又摸，脸色充满着说不尽的欢欣。

王励本藏不住他的欢欣，马上找老程去了。他一边走，一边想："这回请老程喝酒吧！"但是老程不知又到哪儿串门去了，王励本东找西找也找不见个影儿来。"找不到可不能怪我。"王励本这么一想，心又平静了，他又急急忙忙回来，把棉袄、鞋袜、铺盖一样样过细鉴赏一番。最后把棉袄穿上试试，还问炊事员拿来一面银洋一般大的小镜子，照了照衣领。

炊事员说："管理员年轻了！"

"管他年轻年老哩，能管暖就行了。"

五

王励本他们终于出关，到沈阳来了。

现在，他们住在招待所，上级规定暂时不准上街。王励本每天就在屋里待着。有时就到门外去观望那些树林样的烟囱、电杆和电线，有时谛听远远近近的机器的鸣声和火车的吼叫，有时对着屋里挂着乳白的灯泡出神。

"咱们革了十多年命，算盼到头了！"他满足地，嘴边常常浮上微笑。他把个人什么事都忘了，忘了盘算一下，自己要接受什么样的新工作，忘了原先决定回老家的欢喜，连腰带上的银洋，手指上的金戒指，口袋里的钞票，他也都忘了。

他完全沉溺在满足的快乐里，为着幸福、美满的预感所激荡。

一天，招待所请他们去洗澡。王励本到了澡堂，找到座位，也同旁人一样，脱下衣服什么的。蓦地，他发觉腰带上的银洋，跟着，记起了手指上的戒指和口袋里的钞票。"这些往哪儿搁呢？"他迟疑起来了，他想，"这种地方人多手杂的，自己人等会都进池子里去了，放下谁管呢？"他又把衣服穿起来了，痴痴呆呆地坐着。屋里一股闷热气把他弄得冒汗了。旁边一个同志从池子出来，见到他就奇怪地问：

"老汉，怎么还不脱衣服进去洗？"

"我……我不……"王励本害臊似的，摸了摸额前的汗。

他到底没有洗澡就回来了。他一路回来一路想：觉得留着钱是没啥用场，带在身边反而累赘。

晚上，公家又招待大家看电影玩去了，王励本没有去。他又想：看电影看戏也不用花钱，留着钱是没啥用场。他一个人把装银洋的带子解出来，又用小刀把线头弄断，然后一个一个圆圈把它挑开，将七块银洋都挤了出来。接着把金戒指外面的线也割开，这金色的光泽在电灯光下特别耀眼。王励本看了看才把它搁在银洋上。另外，包在油布的关金券，晋西北农钞，太岳区票子和一路来公家津贴的伙食补助金，零用费什么的，都掏了出来，他数了一下，然后又包在一起，一声不响地拿到队部去。

队长和政委也没空去看电影。他们正在商量：在大家未分配工作以前，把路上节省下来的伙食费核算，分给大家。队长一见王励本来了，迎头就说：

"老汉来了！正好，我们正要找你呢。"

"什么？"王励本愣了一下，站着，直瞅着队长。

政委对他说："你请坐下谈吧！"

王励本坐下。摸不清什么回事，咽一口唾沫。嗫嚅着说："队长，政委，你们让我先说，我一开头打延安出发时候，不是有不少钱吗？——"

队长惊讶起来，打断他的话，问：

"唔，我知道。怎样，现在丢了？"

"不。银钱这东西得来不容易，哪能随便丢了。"

"花了不少了吧？"政委愉快地抽着烟，问。

"没有。一个也没有花。倒是多了一千七百块晋察冀票。"王励本回答。

"那，你现在——"

队长想说，现在该花的就把它用了吧。王励本却接过来说：

"现在我把它全拿来了，统统交给公家吧！"

队长和政委都诧异地，同时说：

"那为什么？不行，不行！"

王励本平静地说：

"什么也不为。就是觉得吃穿什么也不用自各发愁，觉得钱拿在手上没啥用。"

王励本把七块银洋，一个金戒指和一包油布包的钞票，都放在队长面前，好像一个虔诚的香客献上了供品，完却一番心愿似的，立即转身走了。

政委说：

"那不成，还给他！"

队长拿着钱，追出门去叫："老汉，王励本同志请回来！"

一九四六年儿童节 哈尔滨

Ⅰ 作品点评 Ⅰ

《钱》写于1946年6月，也是陆地这时期创作的一篇优秀作品。它描述的是八路军老战士王励本在部队里十七八年如一日，始终保持勤俭节约的良好习惯，存下一笔相当可观的"私款"的故事。老汉王励本原来是个长工，后来放下地主的犁耙，参加了红军，历经十余年，从不乱花钱，不管是公家的开支还是个人的费用，"不到该花的时候，他决不轻易花"。长征时，他在腊子口参加打最后一仗，左胳膊受了伤，成为三等残废。每年发下的残废金、保健费和生产积下来的钱，他都一一存下来，目的是留着到最紧要的时刻才使用。如行军途中口渴，需要钱买点茶水喝；进军东北前，他考虑到东北太冷，要多准备些御寒衣物。但后来这些东西都由部队解决了，用不着自己掏钱，他就毫不犹豫地把身带的"私款"全部交了党费。队长和政委问他那是为什么，他说"什么也不为"，一句话突出地表现了他忠于党组织，忠于人民，忠于革命，憨厚朴实，克己奉公，勤俭节约的崇高思想品德和精神境界。

——周作秋、黄绍清、欧阳若修、覃德清：《壮族文学发展史（下册）》，广西人

民出版社，2007，第1292—1293页

荒村奇遇

悲尔哀

在这里，只有石头才不会啜泣

——涅克拉索夫

一

唉！这是多么荒凉的山村啊！四周是荒乱的山，山上除开丛生些蒿棘□茸之外，再没有其他的树木了。石头也是如此的笨拙粗陋，沉默地睡在那里。山也许是古老了吧，瘦嶙嶙地伛偻着背脊，没精打采地互相依偎着。

我到这个蛮荒的山村来，业已半个多月了，但是兴奋一点都不觉得，日子仿佛不曾移动似的。虽然我每天都眼巴巴地看着焦红的太阳打从东边升起，又疲惫地往西山沉没下去。但此地究竟缺乏了季节的色彩，风的消息，泥土的消息，这里的鸟也好像不大会唱歌似的——不，我是说错了，这里并没有什么鸟，除开夜间的猫头鹰和飞虎在山上呜呜地悲鸣以外，再听不见别的声音了。

如果山上山下再没有那些散乱的低矮的茅舍，你准不敢相信这地方是会有人住的。而这些茅舍也显得如此的可怜，歪歪斜斜地睡在那里，风如果高兴的话，尽可以把他们卷到半空去，怎么谈得上去遮拦什么风雨呢！

作品信息

原载《广西日报》1946年6月13日。

"先生，你感觉很寂寞吧！"这是我的房东，一个善良的老太婆，每次看见我纳闷时，总是这样关切地问。

的确的，这单调的生活着实使我感到无限的苦恼，我每天除开咽下两碗没油没盐的南瓜饭以外，再找不出别的可以寄托心灵的东西了，过分的寂寞侵袭着我，每天我只有东张张，西望望地打开这一长串枯燥的□日。有时跑到山上去坐着沉思，有时跑到溪边去看流水，而更多的时间则只是眺望着天边飘浮的白云了。……

这一天，习惯的寂寞又驱使着我往村前的小溪边走去，因为毕竟是热天了，我也竟然听见了一两声空洞的知了鸣唧。许是在荒草间，因为溪是从山上流下来的，雨□□□□□□□□□□，这些小昆虫就是躲藏在草丛里叫的。

溪并不大，对面是一大片乱七八糟的田亩。田间狼藉着些瓜藤杂草之类，此刻太阳晒得正热，田间静悄悄地没看一个人影。

"火……火！……"突然一种干燥的声音在我的耳边爆发起来，我吃惊地向对面的田间望去，一个奇异的景象使我呆住了。

一个四十岁左右的老妇人出现在我的面前，头发蓬乱，脸孔焦黑，两排牙齿激烈地咀嚼着一棵杂草，衣服褴烂，连大腿也露出外面来了，可是还有几个孩子紧跟着她，用手去拖她的衣衫，有些更用石子泥块向她抛掷。

"火！火！……飞要火！"老妇人仍跄跄踉踉地向前奔跑着，猛然间一骨碌跌倒了，孩子们都哈哈大笑起来，手忙脚乱地把石子和泥块向她掷去。她挣扎了一会之后，又摇晃着站起来了。

"哈，哈！阿宝嫂，你的阿宝回来了哩！"一个塌鼻子的孩子揶揄地逗弄她道。

"你的阿宝再不回来了，他已经被打死了。"另一个恶作剧的孩子向她狞笑着。

"火！火！……"老妇人仍固执地叫着。呆滞的眼睛射出奇异的光芒。

"火，你不怕乡长再绑你起来打吗？"塌鼻子的孩子严重地向她做出恐怖的神情。

猛然，她的眼睛鼓大起来了，而且射出灼人的光芒。她像发现什么珍宝似的，硬朗地笑将起来，迅速地涉过溪水，如老虎擒羊般，疯狂地向前扑过来。

"阿宝！阿宝！……"

她绝望地叫着，因为我已经从她怀抱里挣脱出去了。

"阿宝！阿宝！……"她疯狂地紧追着我，惨厉地叫着。

<h1 style="text-align:center">二</h1>

夜，很快的来了。

白天的奇遇扰得我的心海起了巨大的波浪，我感觉十分的不安，和着那加浓下去的夜色，我更加沉重起来。

"哈！怕什么！她是疯子呵！"我的房东，这个善良的老太婆温柔地笑着说。

"她怎么疯了的呢？"我沉重地问。

"怎么还不疯呀！唉！命运把一个人逼到了这地步。"她深深叹息着，从她的叹息里，我知道一个悲剧将从她的嘴里吐了出来。

我的心更加的沉重了，窗外的夜仍不断地进行着，而且，我似乎更听到猫头鹰低低的哀吟了。

老太婆用低沉的调子为我叙述了关于这疯子的悲惨的遭遇。这疯子原来也是一个善良的人。廿五岁时丈夫便死了，只抛下两个孩子给她，此外没有别的遗产了。

坚强的求生欲和崇高的母爱燃烧起她英勇地去和残酷的生活搏斗的热忱，经过了极端惨痛的岁月和不可想象的磨难，她终于把这两个孩子抚养成人了。

孩子大起来，他们也像母亲一样的纯朴善良，经过他们不断的辛勤的劳作，家计是一天一天地富裕起来了。

大儿子已经在三年前结了婚，婚后的家庭更笼罩着和详的喜气。

但是前天战争却把她的大儿子卷走了，不久次儿子又被乡长强迫征去，大媳妇也被乡长活活夺去了。

"唉！一个人到这步田地怎么还不疯呀！"老太婆的脸孔更加阴沉起来，眼睛也开始湿润了，"真所谓天高皇帝远啊！啊弥陀佛……"

我沉默着，怜悯之更外感觉到愤怒了。

"这疯子说出来也可怜啊！"老太婆又感喟地说，"她天天期盼望着她的次子阿宝回来，因为听说现在仗已经不再打了——不是吗？先生。"

"……"我仍然说不出话来。

"她就是这样的，天天在田野寻呀等的，差不多遇见一个陌生的男人就当是她的阿宝！"

"呵！"我恍然大悟她说，我已经明白今天的奇遇到底是怎么一回事了。我除开后悔不该给她如此难堪的失望外，同时更我憎恨这几个恶作剧的孩子。"生活已经给一个人完全绝望了，为什么旁边的人还向她抛石头呢？"我愤愤地说。

老太婆不懂我说话的意思，只沉重地勾着头。

窗外的夜色更加浓了，天空黑沉沉的，看不见一点东西，整个的山村在死的静寂里。

"而且，"我说，"她还说什么火！火……"

"那也是疯话呀！"老太婆说，"她恨乡长透了就乱说要火来烧乡长的独子——真所谓祸从口出呀！前日乡长已把她打了一顿！然而她仍然疯疯癫癫地乱讲。"

这时候屋外突然刮起大风来，而且越刮越紧了，风尖锐地呼啸着，活像海里的巨浪汹涌，又似万马奔腾，山岳如受伤的野兽般疯狂地咆哮起来了，风声愤怒地震撼着这间茅屋，似乎连人带屋都得吹走。

"好大的风，"我说，"恐怕要下大雨啦！"

"下雨就好了。"老太婆欣喜地说，"不然我们真要旱死！"

"当！当！当当！当！……"

猛然里村头敲起响亮的锣声，四面八方的狗跟着叫了起来，有人哑着喉咙喊！

"救火！救火！……大家来救火呀！……"

我们都惊得站了起来，慌忙地走到门外去，大风仍不停地刮着，整个的山村都骚动了。

远远的一排茅屋后面，火舌游龙似的袅袅地升到天空，而且还向临近的房子蔓延开去，在火光中，无数的人影□动着。

助恶的大风，把火舌卷到救火者的身上，他们看见火焰卷来，狂喊着躲避开了。

"啊呀！啊呀！哪里来的大火！"我的房东股栗欲堕地喊着。

风声、火声、人声混成一艘巨流。风威助着火势，骇人的红光冲破了黑暗的夜。……

三

火被救熄了以后，天明已经绽放了。

我的房东喘着气从外面跑进来，上气不接下气地说：

"真……了得……真了得！……这疯子……真的放起火……火来了"

"啊呀！这火是她放的！"我简直不敢相信自己的耳朵。

"是她呀！是她放火的呀！乡长的房子统统烧光了。"

"痛快呀！"我狂喜叫了起来。

"可是，她被乡长捉着了！"老太婆接着阴沉地说，"听说，明天就要把她杀死来泄恨。"

我凄然了。

此刻天已大亮，勤奋的太阳痛苦地从云层里挣扎着出来，把它的光洒遍了大地，被黑夜欺压着的小草都欣欣然地抬起头来了。

"天真的亮了，"我心里想，"那些家伙有一天会给人民活活恨死的！"

远远地传来雄鸡高亢的歌唱……

一九四六年六月二日于靖西宝山寺

离婚

苗延秀

1945年12月，我们从延安到张家口，山海关失守。

1946年春节前，去东北之路没有通，我们鲁艺这一群人，奉华北局的指示，下新解放区支援建政工作。我和梁珠等几位同学，要到一个区妇联会帮助工作。我是男的，不愿意，组织对我说："新解放区，情况复杂，配给你一支手枪，明当工作队长，暗当警卫员。这几位女同学的性命，在你手里。你当过兵，只有你才能担当这个角色。"真是令我难为情，男人要当妇联工作队队长，实在感到面上无光。

我左推右辞，领导同志还是说："组织已决定，不能改。情况特殊，你可以当整顿妇联的工作队长。在抗日战争时期，武工队男同志，也有当妇救会长的。"

我同班的同学梁珠，比我小几岁，北平人。她也做我的思想工作，说："我们俩，以兄妹相称，哥哥有责任保护妹妹，莫再推辞了。当妇联工作队

作者简介

苗延秀（1918—1997），原名伍延秀，侗族，广西龙胜人。1942年奔赴延安，先入抗日军政大学，后进鲁迅艺术学院文学系。1946年后历任《晋察冀日报》《东北日报》《文学战线》编辑。解放后曾任广西三江县副县长兼独立支队政委，《广西壮族文学史》编辑室主任，《红水河》杂志主编，广西文联副主席，广西作家协会副主席等。著有《大苗山交响曲》《南下归来》《元宵夜曲》《带刺的玫瑰》等。其中《大苗山交响曲》获广西三十年民族文学创作一等奖。

作品信息

原载《晋察冀日报》1946年7月31日。收入《广西当代少数民族作家丛书·苗延秀卷》（漓江出版社2001年9月出版）；入选《广西侗族文学史料》（漓江出版社1991年8月出版）等。

队长，我们女同志会尊重你，这是光荣的，不是耻辱。别再用大男子主义思想来看问题。再说，你的名字叫伍延秀，也有点女性的味道，当我们的队长，正合适。"

就这样，我当了队长，身上背着一支快慢机驳壳手枪，锃亮锃亮的，带着梁珠等同志，去张家口郊区的一个妇联会帮助工作。

我们这一群人，都穿着清一色的新军装，背着背包，一路有说有笑。梁珠这俏皮妹，带着蛮浓的孩子气和傲气说：

"这一回，搞妇联工作，我们女同志是内行，你是外行。外行领导内行，该叫你什么呢？"

"叫队长。你们要服从我的领导，树立我的威信。不然，工作不好开展。什么外行不能领导内行？梅兰芳是男的，专演女角，比女演员还演得好。"

我越说，越走了嘴：

"我了解妇女，我从十五六岁起，在家乡行歌坐月，妇女可看得多了……"

我话未讲完，梁珠一伙，就反驳道：

"此去不是谈情说爱，你那一套行不得也哥哥！我们要整顿妇联，把领导权落实到劳动人民积极分子手里，是一场复杂的阶级斗争。敌伪残余势力，不会甘心失败，可能有你死我活的一台戏唱。"

我承认错误，但还是笑笑说：

"什么哥哥？应该喊队长，下不为例。如果哪个再喊我哥哥，我这当官的就不客气。"

梁珠跟我很随便，说：

"官僚，官僚。芝麻绿豆官，就那么臭！妇联工作，没有我们，你打不开局面。"

"你们妇女也别骄傲！世界是由男女构成的。什么工作都要男女配合才行，历来如此。'好'，就是男女配合嘛。文字学家，总结了历史的经验，我们也不例外。"

梁珠说："你说话酸溜溜的，不像队长。你再说，我们就罢你的官，自选队长。再不然，我们就拿牛粪来塞你的嘴。"

"那，阿弥陀佛，我回去了。"

说着，我回身就走。

梁珠一把拉着我道：

"别走！这是我个人意见，她们没同意，不算数。妹子还小，千万莫怪！"

说着，笑着，不久我们走到目的地，住在一座四合院的平房里。

我们刚到那天，行李还没有来得及安排，一个女人披着一头散发，哭着走进来，投在妇联主任的怀里，说：

"我要离婚！"

她穿一身红绸破棉袄，两个脚后跟，从破鞋子里露出来，她那贫弱和淡红的脸上，流着明晃晃的眼泪。看样子，她的年纪不过是18岁，长得还秀气。

妇联主任认得她是同村的温塔的媳妇，名叫明姑。妇联主任吃惊地问道：

"你要离婚吗？为啥？"

明姑哭哭啼啼地说：

"婆婆打我，骂我，赶我出去，不让我跟男人住在一块。他们一天给我半斤小米，叫我住在牛棚里，寒冬腊月，我没穿的，受冻熬不过夜，吃不饱，饿不死，好像一只没家的狗。我活不了，主任，你救救我——他们要卖我。我不想被卖，要离婚！"

妇联主任望着我们，征求我们对这件事的意见。我们商量了一下，对妇联主任说，今天留她住在这里，明天，我们和她一块到村上去，把情况弄清楚，然后再说。于是，妇联主任就写了一封信给村长，说延安来的工作队，明天要到村上去调解温塔夫妇的离婚案件。

第二天上午，我们就和妇联主任、明姑一起，到村上去了。

村子离区公所12里多路，坐落在黄土色的平川里。村旁边有一条公路，路上撒着稀稀拉拉的煤屑，穿过严冬的旷野伸向矿山的那边去。村道旁边，高粱秆从庄户的墙院里，零零落落地掉了出来。我们还没走到村口，就远远地看见一大群人，站在村头的空地上向我们眺望。当我们快要走近他们的时候，我们听到一阵"来了，来了"的低低的紧张的喊声，接着他们就凌乱地散开，站在村道两旁，用奇异的眼光，悄悄地盯着我们这几个穿着军装的妇联工作队，并且一个个把手插在衣袖里，装着没事似的站着。一个老太婆在我们背后嘀咕说：

"怎么多是女娃娃，尽穿当兵的衣服，不男不女，不马不驴，行吗？"

"哈哈哈！"人们发出一阵笑声，就像潮水般拥向前来，拥拥挤挤地跟着我们走进村里。

到了村公所，我们边派人去向邻舍调查，边趁着群众的那股兴奋的热劲，由村长召开群众大会。于是，青年、娃娃、老汉、婆婆，都挤进院里来。

村长看看人到得差不多了，大会就开始了。

妇联主任坐在人群中间，她把垂在脸上的那股头发，向后边撩，问着明姑：

"你为什么跑到我们那里去告状呢？"

明姑照着昨天讲过的话说道：

"婆婆打我，骂我，不给我吃，不给我穿，他们还要卖我。我不是牛，不能给他们卖，我要离婚！"

"对对，你们都有理，就是我这死老婆婆不好。"一个婆婆站在旁边，埋怨我们来管她的事，溅着口沫抢着说完，扑通一声，就坐在地上，不想再说话。

我是男的，群众有重男轻女思想，我以工作队队长身份，劝她说：

"老太太，我们是讲道理的，有男有女，不偏不倚，专讲公道话，你不要怕，心里有啥说啥嘛。你若有道理，就是包公再世也不怕。"

梁珠望着我眯眯笑。

老乡们也脸有喜色。

我转过脸来，面对群众说：

"老乡们，八路军打日本鬼，除暴安民，打抱不平，平反冤屈，为民除害，公公正正。我们是八路军派来的工作队，和八路军一样，不要怕，有什么话都可以讲。你们说对不对？"

"对！"老乡们大声地一齐回答。

婆婆说："八路工作队说的，都是对的，就是我这死老婆婆不好。"

婆婆气得没办法，不敢和我们顶撞，但她停了一会，却又伸直两只粗壮的手，替自己辩护道：

"你们看，像我这样庄稼人家，怎么能做出像明姑讲的那样没有良心的事情呢？"

她话还没有说完，突然从人群中挤进来一个矮胖的庄稼汉，脸上冒着汗珠，慌慌张张地跑到明姑的跟前，拉着她的手说：

"哎呀！昨天没见你，我到处找，怎么也找不着，害得我一夜也睡不好觉。你，你昨天到哪里去了？"

"你不要我，我当尼姑去。"明姑气愤地甩脱了他的手说。

温塔不知道该怎么办，脸上一阵红，一阵白，呆呆地站在那里。

我们看出，这两口子不是没有感情的。这时，梁珠说话了：

"明姑，你说他要卖你，你看他对你多好，打着灯笼没处找，为什么要离婚呢？要是我，愿跟他白头到老。"

我心里暗自骂道："幼稚，幼稚，三八货！你怎么愿跟他白头到老？八路军工作队员，能说这样的话吗？"

我正想着，明姑说道：

"不，是婆婆要卖我。"

"卖给谁？"梁珠问。

"就是卖给他。"明姑挤开人群，气愤地指着蹲在一角的白胖子说。

那白胖子却狡猾而又毒辣地笑着说：

"简直是开玩笑嘛，我家有比她长得更漂亮的媳妇，我还要她这个人不像人鬼不像鬼的丑货？"

有人气愤地喊：

"你胖子凭什么乱骂人？"

一石激起千层浪，不少老乡喊叫起来："狗嘴里长不出象牙。打他，打他的嘴巴！"

有人正想动手，我背着驳壳枪站了起来，严严正正地像个军人，说道：

"八路军有三大纪律，八项注意，其中一项是不打人，不骂人，不调戏妇女。

这位先生骂人，不对，我们记下他一笔账。老乡们有气，愤不平，我们理解，但莫打人，有理慢慢说嘛！又打，又骂，乱成一锅粥，有理说不清。"

我这队长，凭借八路军的军威发挥了作用。婆婆看了，怕得发慌，赶快偷偷地推着温塔，叫他说今天早上已商量好了的话。温塔结结巴巴地说：

"她——什么也——也不会干，光会吃，现在还欠人家1000元饼钱。"

"你不给我吃，我怎么不欠账？"明姑嘴快地说。

婆婆撒野，蹦起来说：

"吃人家的心软，你跟人家一定睡过觉，不然，一个卖烧饼的，能赊那么多的东西给你吃吗？"

问题涉及敏感领域，这类事是不能当众谈论的，我没有想到婆婆有这一绝招，与会群众沉静无声。

明姑有理说不清，好比跳进黄河洗不清，痛心地哭着说：

"没有，没有，一次也没有。不信，请工作队调查！"

聪明的明姑，一语提醒了我。我又站起来说：

"八路军公公正正，不冤枉一个好人，也不姑息一个坏人。这个问题，由工作队和妇联的同志做调查，谁也不准乱说，包括婆婆在内。如果查清了，明姑清白，婆婆要负诬陷儿媳的罪，要按法律处理。"

婆婆不胆怯，又说：

"你们看，她穿的是绸子，我们穿的是土布。像我们这样种别人的地过活的穷人家，怎么能养得起她？"

明姑气愤地说："这是我出嫁时从娘家带来的嫁衣，现在穿烂了，你还不给我做新的，难道连旧的也不给我穿吗？"

婆婆哑了嘴，撞着温塔。温塔糊里糊涂地指着露出了脚指头的破鞋子，对我说：

"你看，我穿的鞋子比她穿的还要烂得多，像老鼠窝露出五只老鼠崽崽来，我还舍不得丢哩。我家穷，养不起贪吃好穿的媳妇。"

"你刚才把新鞋换了。那对鞋，还是我一针针、一线线纳着做给你的。你怎么这样没有良心?"明姑气得像要胀破肚子,红着脸说。

我们看出婆婆有点避重就轻,搞诡计转移话题,就由我问她道:

"大娘,你是不是真的要卖你的儿媳妇?"

婆婆做着鬼脸,指着白胖子说:

"你们问他,你们问他!我是不是要卖儿媳妇给他?凭他的良心说话。我一没写过卖契,二没要过他的钱,诬赖人,可不行。"

白胖子又想诡辩,但是一个黑胡子老汉,从人群中挤出来,把手指到他的脸上说:

"是他要买明姑,叫我借烧饼给她吃,他就暗里给我饼钱,叫我不要告诉明姑,他才好使她的婆婆打她,卖她。现在,这些黑心钱,我也不要了,看你同志怎么办?"说着,他就气冲冲地将一沓钞票掷在地上,然后,他把胡子一抹,又说:

"婆婆讲的那件事,我清白,明姑清白,老叫驴贴不到身。不要冤枉明姑!"

一群老乡,拥向前去,揪住白胖子脖子就打,会场马上乱起来。恰巧正在此刻,出去调查的同志回来了,我们好不容易才把会场弄安静下来。

我们问了调查的情况,知道这家婆有些厉害,两个儿媳都给她闹得和她分开住。而她的小儿子温塔,又是个没有主见的庄稼汉,由他妈怎么说便怎么好。明姑自己呢,年纪小,不太能干,婆婆不大喜欢她。所以,当温塔长疖的时候,婆婆借口说要忌,于是就把明姑分到牛栏去住,每天给她半斤小米,什么也不管。后来婆婆碰上了白胖子,他说他愿意买她,婆婆才起了卖她的念头。

案情已经大白,并当众指出这些事实之后,白胖子没话可辩了。我们根据群众的意见,罚白胖子几千元,当作赔偿明姑这几个月的损失。那一沓掷在地上的钞票,仍归卖烧饼的老汉。之后,婆婆也没话可辩,承认了错误,并且后悔地说:

"过去的事,都是我死老婆婆糊涂,以后,我再也不这样。如果我反悔,天打五雷轰,凭你同志怎么办都行。"

我们看案子弄得差不多了,和妇联主任、村长商量了一下,由我问温塔道:

"这媳妇你还要不要?"

温塔望了他妈妈一眼，见妈妈脸上没有拒绝的神色，他才说道：

"当然要，只要她不再跑。"

明姑怪不好意思，红着脸，羞答答地站着。我问她：

"明姑，你愿不愿意回去？"

她说："如果婆婆和男人给我吃，给我穿，我愿意回去。"

趁这机会，我向老乡们说：

"妇女解放，男女平等。女同志和男同志一样可以给老百姓办事。我们工作队有男有女，就是榜样。解放了，公婆不能打骂媳妇，媳妇也不能打骂公婆。但媳妇要能干，要努力干活，才不会给人家小看。做公婆的要帮助媳妇，教她们学会做活，因为她们年轻，懂得少。"

老乡们笑逐颜开，赞扬我讲得有道理。我对婆婆说：

"婆婆，你儿媳不能干，这是她的不是。你老人家也有些不是的地方，要不，你家里两个儿媳妇为什么都和你分开呢？俗话说，养儿防老，你老人家老到不能动弹的时候，没有儿媳妇，儿子要做工，他们能给你老人家弄饭、做菜、洗衣服吗？儿媳妇是个宝，家家少不了。"

她点头认错。

我又对温塔说：

"你也有些不对。你妈妈错了，你为什么也跟妈妈一样？她回去，你若再叫她住牛棚，下次我们再来，怪不得我们判她和你离婚的啵！"

温塔好像一个小孩子，跺着脚说：

"我不愿意明姑离开，我妈硬要我这样干，我何曾睡得好觉！"

老乡们忍不住笑起来。

我们看看事情已经弄得可以结束，商议由妇联主任作总结。她轻轻地拍着明姑的肩膀说：

"婆婆年纪大啦，好好服侍啊！八路军来了，减租减息，日子就快要过得美啦。你好好地努力干活，婆婆一定爱你。去！到婆婆面前去喊一声婆婆。"

明姑好像有些不大愿意，老乡们推着她说：

"快去叫，快去叫！"

于是，明姑走过去，叫了一声"婆婆"，婆媳俩就互相抱头痛哭起来。

不久，母子三人，高高兴兴地回家了。老乡们带着轻松愉快的心情，向我们告别走了。我们看看天快摸黑，几个女同志到妇联主任家里打联铺住宿，我留在村公所。

晚上九点，我到妇联主任家里，见明姑带着一双鞋底，也到这里来玩，手里不断地拉着针线。妇联主任看了很高兴，送给她一件夹袄，一双新的黑绒鞋，叫她好好地穿着过个快乐的新年。但是，第二天早上，当我们临别前去看他们一家的时候，那双黑绒鞋却穿在温塔的脚上。我们心里明白，当作不留意，只有梁珠这俏皮鬼，笑着悄悄问明姑道：

"明姑，昨天晚上，温塔穿错了你的鞋子吧？"

明姑脸红得像朵怒放的山花，嘻嘻地笑着从家里跑出去，送我们走了好远才回。

……

春节到了，我们回张家口。路上，梁珠等几位同学，笑着对我说：

"你这妇联工作队队长，当得不错，下次再来，我们还要你当队长。不过，我们对你也有点意见：女同志结婚，难道就是为婆婆养老，给她弄饭、洗衣服吗？"

我无理以答，但不甘拜下风，这是我的性格所致。于是，我笑笑说：

"不为婆婆养老，那你们敢冒天下之大不韪，把她杀掉好了。不过，下次再来，轮不到我了，你们的新婚丈夫，是你们妇联工作队队长的最好人选，他们对诸位会起更好的保护作用。"

梁珠背着背包，走在我前面，转过红彤彤的脸来站住，挡着我的去路，三里三八的像个傻姑娘对我说：

"那好，我这妹妹，舍不得你这哥哥。我和你演一台贾宝玉与林黛玉的戏，好不好？"

我笑眯眯地说："林黛玉死，贾宝玉出家去当和尚。这个我不干。我在苗山老家已有结发之妻，我不喜欢你。猪八戒招亲，你嫁给他吧！"

她朝我胸脯轻轻打两拳，说：

"你坏，你坏！"

大家笑着。有几位同学是戏剧音乐系的，她们边走边唱起陕北民歌：

北瓜蔓长紧连根，

哥闹革命参了军；

你当红军天下走，

妹打游击进山林；

虽然没有同凳坐，

两颗红心心挨心。

棉花地里带芝麻，

世事太平了再整一搭；

不想你眉脸不想你人，

单盼你捎回来胜利信。

我们在愉快、和睦的气氛中行军，向晋察冀边区首府张家口前进！

丨 **文学史评论** 丨

综观苗延秀这个时期的小说和报告文学创作，其特色首先表现在他善于通过刻画人物的外在表现，如肖像、表情、动作、语言等，反映人物丰富的内在生活，以达到比较完美地塑造人物性格的目的。其次还表现在他善于从自己熟悉和接触的生活实际里，寻求题材，真实地反映现实生活，塑造革命战争年代和社会主义建设时期的英雄模范人物和先进生产者的光辉形象，反映各个历史时期的生活面貌，给读者以鼓舞。

——王保林等编《中国少数民族现代文学》，广西人民出版社，1989，第405页

总的看来，苗延秀的早期作品行文流畅，语言朴实，没有陈铺华丽的辞藻，像讲故事一样娓娓动听。这与作者那种严肃的创作态度有关。而这种严肃的创作态度，又产生于实事求是的延安精神。所以，延安精神的抚育，为苗延秀后来的创作道路奠定了基础。

——《侗族文学史》编写组编《侗族文学史》，贵州民族出版社，1988，
    第351页

▎ 创作评论 ▎

苗延秀非常熟悉侗族和苗族的生活与环境，并注意把它们撷取到自己的创作中来。所以，他的作品有如一幅幅五彩缤纷、场景广阔的民俗和地方风物的画卷。

读着他的作品，就仿佛在听一位苗族或侗族老人"摆古"，那一个个在民间世代流传的古老传说，令人神往；读着他的作品，又如同置身于侗乡苗岭，领略着那里的秀丽风光。我们仿佛看到了侗乡用油杉做的黄灿灿的木瓦房，高高地卷起镶有石灰的瓦角的巨大鼓楼，依山傍水的古城墙。而侗家那"走寨""坐妹"的纯朴民风，更让人觉得新奇有味……

——陆晓源：《试论苗延秀创作的民族特色》，载蒙书翰、白润生、郭辉编《苗延
    秀、包玉堂、肖甘牛研究合集》，广西人民出版社，1986，第53—54页

就小说和报告文学而言，苗延秀的创作大致可以建国前后为界限，分为前后两个阶段。他从1942年进入鲁艺学习到1949年建国前夕，在写作生活中，除了一些评论和译文外，主要是从事短篇小说和报告文学的创作。这些作品尽管数量不算太丰，但在当时就受到人们的注意和好评。

……

苗延秀的创作实践，同解放区文艺工作者的步伐是合拍的。他的作品，有的是表现反抗民族压迫和阶级压迫的主题（如《红色的布包》《共产党又要来了》）；有的是反映农村中的反封建的斗争（如《离婚》）；有的描写城市来的女知识青年在向劳动人民学习过程中思想感情的转变（如《农家姑娘》）；有的则深情讴歌了我军战士在血与火的考验中那种崇高的英雄品质和对革命事业的耿耿忠心（如《南征北战的英雄》和《南下归来》）。这就说明：苗延秀的作品，在选材上注意了新的历史条件下社会的变化，在提炼主题时注意了反映时代的特征，因而能够显示时代前进方向，从而也就使它具有一定的社会意义。

……

他的这些作品在艺术成就上不是很一致的，有的篇章语言上比较平淡，不够精练，笔法上不够灵活，缺少一点变化，从而也就或多或少地削弱了作品的感染力。

——卢斯飞:《论苗延秀的小说和报告文学创作》，载张泽忠编《理性的曙光——
当代侗族文学评论》，广西民族出版社，2002，第49—53页

Ⅰ **作品点评** Ⅰ

《离婚》写一个年轻媳妇因为不会当家引起婆婆的不满，加之坏人趁机挑唆，致使婆婆强迫儿子和媳妇离婚，但儿子媳妇都不愿意。后经妇联主任和政府干部的调解，终于使婆婆明白了真相，于是，矛盾消除，一家和睦团圆。作者以轻松的笔调，表现了新政权对普通群众家庭生活的关怀，用事实证明新政权确实是为人民服务的，提高了人民政府在群众中的威望。

——王保林等编《中国少数民族现代文学》，广西人民出版社，1989，第402—
403页

Ⅰ **作者自述** Ⅰ

我从事文学创作的根基，主要是向民间文学学习。……如果要讲点经验的话，

那就是：我从创作实践中深深感到，作为一个少数民族文学作者，既要深入民族生活，又要努力向民间文学学习，才能使自己的作品具有时代精神和民族特色。

——苗延秀:《向民间文学学习》，载蒙书翰、白润生、郭辉编《苗延秀、包玉堂、肖甘牛研究合集》，广西人民出版社，1986，第30—33页

孤燕

黄谷柳

游普全今天喝了两杯酒，有点兴奋，他滔滔不绝地对坐在正对面卡位的导游女银仔诉说他的经历。他把他九年的经历讲得有声有色，一边讲，一边喝酒，一边劝银仔吃菜，话没讲完，时钟已打了十二下，午夜了。

银仔听了他九年来的传奇式的经历，在她的脑海里印象并不怎样深刻，这大概是因为她本身的经历比他所述说的还更传奇的缘故。不过她还是鼓励他继续说下去，他挨的时间越长，他要付给她的导游费就越多，而且，她还可以毫无顾忌地吃下去。

"后来呢？"这是她的惯用的问话，眼睛并不看他。

"后来，"游普全又呷了一口酒，接着说，"后来，胜利了，昆明烧了三天爆仗，我把我的汽车驶进车厂，把车匙交给管理员张良，告诉他，我不干了。为了抗战我才进来服务，现在烧了爆仗，我要

作者简介

黄谷柳（1908—1977），原籍广西防城港，出生于越南海防市。原名黄显襄、黄襄。曾用笔名黄谷柳、海星、冬青、丁冬等。1927年客居香港，1931年到广东参军。1941年离开军队后，辗转于湖南、重庆等地，后于1946年重返香港。1947年黄谷柳的长篇小说《虾球传》第一部《春风秋雨》在香港《华商报》连载。1948年《虾球传》第二部《白云珠海》、第三部《山长水远》相继在《华商报》连载完毕。同年2月和5月，香港新民主出版社分别出版了《虾球传》的第一部、第二部的单行本，风靡一时。新中国成立后任《南方日报》记者、中国作家协会理事、广东作家协会常务理事等。曾两次赴朝慰问和采访。著有《碧海丹心》《虾球传》《战友的爱》《接班人》等。

作品信息

作于1946年7月，选自《干妈》（花城出版社1990年5月出版）。收入《香港当代作家作品选集·黄谷柳卷》（天地图书有限公司 2014年12月出版）。

回家了，罪受够了，受够了，老子不再做傻瓜了！”

"什么？你做了傻瓜？"银仔问。

"怎么不是？近两年来我的车子并不是运兵到前线去，我是运福兴公司的桐油到广州湾附近去，卖给日本鬼的经纪人，早知道是这样，我就不回国来了。"

"广州湾地方不错呀，我也到过。"

银仔显然对他所感愤慨的事情不感兴趣，她乘机扭转了话头：

"那里有几个私家舞场，很不错呢！你跳过舞吗？"

"跳舞？我不大会。你教我？"

"笑话。"

"真的，我不会。"

"骗人！"

"你今晚带我去试一次，就会晓得我不是骗你！"

"我带你去？你不晓得门路？"

"我早告诉过你，我在这里等船回新加坡，香港情形不大熟悉。"

"所以你就叫导游女帮忙你去玩？"

"对啦！"

银仔禁不住笑起来了。

"昆明有没有导游？"

"没有。"

"重庆有没有？"

"也没有。"

"娼妓有没有？"

"娼妓？怎么会没有？多得算不清！"

"你嫖过？"

"自然。"

"生过花柳病没有？"

"上帝保佑，还算好。"

"你们司机老爷常常作践女人。"

"哪里话。爱玩倒是真的。她们要钱，我们要快活，公平交易，各得其所，谁也不作践谁。"

"你有姐妹没有？"

"有好几个。"

"在哪里？"

"现在不晓得。多年不通信了。"

"你的家在南洋的什么地方？"

"日里。"

"父母亲呢"

"听说父亲死了，母亲也许还活着吧？上帝保佑她还活着。"

"先生，请问你贵姓名？"银仔抬起头来望着他的眼睛，她有了一个可怕的同时也是可喜的发现。

"不是早告诉过你了吗？"

"我没听清楚，你再说一次。"

"游普全。游水的'游'，普通的'普'，安全的'全'。"

银仔不再问下去了。她盯着游普全那副渐渐熟悉的面孔，那是她的大哥！亲的大哥！风尘满面的大哥！她的眼睛迸出了眼泪，她的咽喉在作哽，她极力压制她要发出的狂热的呼叫，她极力要遮掩自己不让她哥哥看出一点破绽来。

"游先生！斟一杯酒给我！"她递出她手上的酒杯，游倒上半杯，她的手还停在半空，"斟满一杯！"

"好酒量！你真了不起！"游自己也斟上一杯，其实他已经半醉了。

银仔和游碰杯：

"来，游先生，干杯！"

银仔望着她那不敢相认的大哥，一直望入他的眼瞳，等到她自己的一串泪珠忍不住要流到脸颊上时，她放酒杯到她的唇边，把酒和泪呷下去。

"游先生，再来一杯!"

"要得!"游的酒樽已经空了，"伙计，再来一樽!"

银仔用手帕揩拭了她的眼泪，装着一副笑脸，贪婪地望着她八年不曾见过面的大哥。

"银姑娘，你真好酒量!"他睁开昏花的眼睛望着她。

银仔依然笑着。

"你听过京戏吗？没有菜，我唱京戏给你送酒。好不好?"

"不，不要唱——好，你唱吧!"银仔一点主意也没有。

于是，游普全就用手指一边在桌上打拍子，一边胡乱地唱："我好比，笼中鸟，有翅难展……"

"游先生，你错了，你不是笼中鸟，你四海为家，到处都可以飞，我才是笼中鸟呀!"

他接过了另一樽酒，一边摇晃着头，一边又唱：

"……我好比，南来雁，失群，孤单!"

"游先生，不要再唱了!"银仔恳求他。

半醉的游还在继续哼着：

"我好比……"

银仔忍不住满腔的悲酸，伏在桌面上哭起来了。

游吃了一惊。迷糊中以为她是醉了。

"银姑娘，不要紧，大丈夫不醉不归，醉了我送你回去。"游叫伙计，"伙计，拿热手巾来!"

两人揩了脸，银仔又要喝酒。于是游又替她斟一杯。

"银姑娘，你喝多少，我奉陪多少，来，干杯!"

他两人又碰杯，又干杯;又碰杯，又干杯。把第二樽酒喝完的时候，游已经完全醉了。

银仔也已经半醉，但她还清醒。她叫伙计开了单来，自己会了账，到外边叫了一辆三轮车，然后把游扶出去。

游一摇一摆，两脚轻浮，好容易才给银仔扶上去坐好了。三轮车慢慢移动。夜是静的，三三两两的夜莺，还徘徊在冷寂的街上。挑担的小贩敲着他的竹片，"独——的——独——的"的单调的声音似乎是送这辆三轮车的归去。银仔的心"卜卜"地跳着，她的神志很昏迷，一方面因为她喝了过量的酒，一方面又在考虑着不知道怎样处置这一别八年而又醉了的哥哥。

三轮车到了门口，银仔飞快地跑上楼去，把同伴英英叫下来，两人合力挟扶着游普全上楼去。

游给她们搬上银仔的床，又给脱了外衣，脱了皮鞋、袜子。英英把银仔的毛巾放在漱口盅内，把暖壶的水倒在毛巾上面，要替游揩脸，让他好快点清醒。银仔阻止英英这样做，她不想弄醒他，倒愿意他一觉睡到天亮。她问英英：

"你今晚有没有客？"

"小陈不肯在这里过夜，他说他不惯打开房门睡觉。一早就走了。"

"那很好。今晚我陪你。"

"为什么？"英英做了一个怪脸说，"你真奇怪。"

"有什么奇怪？我们到这里来做生意才奇怪！"

英英把毛巾递给银仔，说：

"银仔，你醉了。"

"我难道说错了话吗？"银仔揩了她的脸，望着英英说，"我没有醉。"

"没有醉就好好伴你的客人睡觉吧。"

"我不！"银仔坚决地说。她替游普全盖好了毡子，然后走进英英的房间去，解衣躺了下来。

她哪里睡得着呢？她眼瞪瞪地直躺到天亮，过去三年的生活，又一幕一幕地回到她的脑际。

她的经历比她的哥哥还富于传奇的色调。十六岁她就离开了已经破碎的家，父亲的葬费要她卖身来偿还，她坚决抗议这个安排给她的命运，等到父亲安葬后，就逃走出来。

她用她的劳力，她的姿容，有时也用她的诡计生活在巡捕、咖啡店老板、洗衣店老板、汽车司机、日本宪兵队员、游击队通讯员、走私客……各种各样人的中间，一年之后，她到了印度的加尔各答。在那里，她第一次嫁给了一个做皮革生意的广东商人，跟着这个商人，她沿着滇缅路坐汽车回来。在保山，她的丈夫给日本飞机炸死了。在滇缅路上，她遇到一个军队通讯连的排长，他供给她的伙食，她晚上伴他睡觉，这就算是她的第二个丈夫。到了昆明，这位排长把她卖给了另外一个开赌窟的老板，算是这位老板的姘头了。这是她的第三个男人。不久，她有了一点钱，她又抗议她做赌棍姘头的命运，逃走了。她到了泸州，因为四处调查她大哥的踪迹，她结识了不少司机，其中有一个把她带到了滇黔路上的一个小县城安顿，住了下来，这就是她的第四个男人。他们做些走私生意，生活也还算安定；可是这家伙整月在外边跑车，每一个重要的站头都有他的"太太"，把挣来的钱在女人身上花光了。她不能这样活下去，她要自食其力，她到贵阳某大酒家去当女招待，从此拒绝了一切男子的追逐。

日本鬼又来了，贵阳大疏散，她跟大众沿川黔公路走到了息烽，与人合伙摆地摊度日。在息烽这个小圩镇住了不上一星期，她就给人看上了，那是一个什么训练班里的教官，这位好心的先生要介绍她进训练班去"读书"，她现在老练起来了，她四处去打听这个训练班是怎样的玩意儿，人家告诉她，一进去就不能出来，一世都要听人调动，而且毕业后，永远会有一个人暗地里监视你，而你也要暗地里去监视另一个人，监视的结果，都得写报告密报顶头上司，听他的调动。

她觉得这样的"书"不读也罢，就一口拒绝那位教官了。教官发脾气了，他说：

"你不进来受训，你就休想走得出息烽，所有检查站都是我们自己人，你插翼也飞不出去！"

这简直是天罗地网，把她骇慌了。她思量过后，觉得不自由，毋宁死，这地狱无论如何不进去。她坚决地抗议要她投进地狱去的命运。有一天，一辆开赴柳州去的美军吉普车经过，她向他们招手，用简单的英语表示她要去柳州，美军军官就让她上去，不要她半个钱，一路还供给她的饮食。她胜利地到达胜利后的柳州。虽然四顾茫茫，始终找不到她的哥哥，凭着一股生活的傻劲，她从不感觉到会因饥饿而倒毙。在柳州，她找到了做香烟纸盒的散工，一直到日本宣布投降，柳州烧爆竹的时候为止。

胜利后，她怀着没有希望的希望离开了柳州，到了梧州、广州，最后到了香港，她疲倦了，胜利给了她的就是疲倦。她不愿意随便嫁人，因为她"嫁"得太多了。她找不到工作，有人劝她到广州湾做舞女，她也无所谓，去了几个月，厌倦了跳舞的生活，又跑回香港来。三年来身心的疲倦使她不愿意去做劳力的工作，她放纵自己，既然不愿为某一个男人而活，那么就让男人们为我而活吧！她在舞女和导游女之间选择了后者，客人上门来，只要照规矩出钱，就把想得到的东西拿去。在她，谁都是一样，无所爱憎。她才二十岁，已经老于世途，饱经沧桑了。

她在这样的场合碰到她十一岁时就离别了的哥哥，她的心灵受了严重的打击。过去，她一向把哥哥看作是灯塔，照耀着她的前路。她多年以来就以她有一个哥哥参加祖国的抗战为荣。她第一次抗议她的命运，可以说是她哥哥的灯塔在呼召她。她排除了万难终于踏上祖国的土地了。她还记得，当她跟那皮革商人坐车进了云南的边境时，她曾经流过眼泪欢呼："我回到中国了！"可是，时间是多么可怕哟，才不过两三年光景，我竟会堕落到做了变相的私娼，而还不觉得是羞耻！——我怎么有面目来见自己的哥哥呵。我怎么敢在他的面前招认是他的妹妹呵。……

她回忆她过去的生活，感到深深的羞耻。她又想到她童年时候，她哥哥待她的友爱，哥哥临走时她才十一岁，她记得哥哥如何地和她计划隐瞒父母亲不让双亲知道他出走的计划，又如何地偷偷到照相馆去拍了纪念的照片，如何地祝福大家的平安和努力。……这一切，虽然事隔八年，就好像还在眼前。……呵，难道这个苍老的，黑炭似的青年就是我的热情和蔼的哥哥吗？这会是事实吗？……她昏沉沉地好像是在做梦。然而事情又是这样的逼真，他的确是游普全，他的眼睛告诉她，他的确是她的哥哥。她想，多么幸运呵，他不再认识我了。……她决心不让他知道：他有这样一个可羞耻的妹妹。

　　但是，等到第二次鸡啼的时候，她又改变她的决心了。她还有一个仁慈的老母亲在南洋，还有一个弟弟一个妹妹在母亲的身边，她日夜发梦都渴望跟他们团聚。几个月来剩不下一点钱可以做路费，交通又那么困难，要回去也不容易，现在不是最好的机会吗？我要把我这几年来的遭遇和盘托出讲给哥哥听，他是见过世面的人，他一定能够原谅我今天堕落的苦衷，一定会安慰我，宽恕我，把我带回家去的。一定的！他一定会宽恕我的！我很快就可以看见妈妈和弟弟妹妹了。

　　她翻了一个身，喃喃自语地说："我一定告诉他！我一定告诉他！"

　　英英醒了。她侧过身来望着银仔，问她：

　　"什么？你说什么？"

　　银仔高兴得把英英拥抱在怀里，兴奋地说：

　　"我一定告诉他！我一定告诉他！"

　　"什么？你告诉他什么？"

　　"哦，英英，你不晓得，这是我的秘密。"

　　"你的秘密？银仔，可以告诉我吗？"

　　"我的小姐呀，这个对于你已经不算是秘密了，可是对于别人，却是一个最大的秘密。"

　　英英莫名其妙。她嘴里喃喃着："真是见鬼！"翻一个身，她又睡着了。

　　银仔下了决心要向她的哥哥忏悔她的过失时，她的心情宁静了。她仿佛觉得她的哥哥已经宽恕了她似的，脸上浮着一丝微笑，甜甜地入睡了。

　　她醒来得很早。盥洗完毕，游还没有醒，她趁他还没起床之前换过了她的衣服。她厌恶那些平日姊妹最称赞的华服，那些艳丽的色调与她此时的心情是不相称的。她在皮箱底找出了一件纯白色的软缎旗袍，贴在身上望照身镜瞄一眼，再看看她哥哥的那副晒黑了的面孔，她又把旗袍放进箱子里去。最后，她抽出一件白衬衣，一条去年在梧州买的工人裤，马上更换起来。穿好衣裤，在镜子面前自己笑了。她又检点她的皮包，那是她的八宝箱，里面什么东西都装得有。她选出大小两条手帕，塞进裤袋里；短梳一把，放进左边的胸袋；钞票，放在右边的胸袋；小镜一面，跟小梳放在一起。最后她摸到了几支口红，选了一支预备放到右胸袋去，结果还是扔在梳妆桌的抽屉里，手袋也塞进底下的大抽屉里。她习惯地在脸上抹了一点香油，又把它拭干；最后，小心理她的鬓发，对着镜感到骄傲而且满足，她觉得从这个时候起，就要跟她过去的那种供人笑乐赏玩的生活告别了。

她坐在床沿默默无言地看着她的哥哥，等他睡醒。她有一种要吻她哥哥额角的欲望，但她又不敢，她记得小时候，她是常常吻她的哥哥的。每当她要她哥哥抱出马路上玩耍时，她哥哥就要挟她"亲这边，亲那边，亲鼻子"来做报酬，她就常常柔顺地给哥哥完全的满足，有时候假装不肯吻，其实心里是吻了的。现在，她胆怯得很，她不敢吻他的额角，虽然她的心已经在吻了。

她决心忏悔，她等待忏悔的机会，她已经不觉得痛苦了。毋宁说，她现在是幸福的。她以一个妹妹的身份和心情坐在哥哥的身边等待他的睡醒。

游果真是醒了。他的醒，搅乱了她的心潮的平静。当他用感激的眼光望着她，致谢她昨夜的服务，并且伸出手想抚摸她的肩膀时，她跳起来，远远站在卧室中心。他诧异她的庄重的态度、迥然不同的朴素的服装。他微笑着望着她，他好像觉得是寄宿在一个老朋友的家里。朋友的妹妹来催他起床那样的情景。而她呢，也用温和的微笑对着他说：

"快起床啦！时候不早了。"

"银姑娘，真是见笑得很，我醉得太厉害了，好在还没有吐。"他坐了起来，继续说，"现在头还有点晕，真是九年来第一次大醉。"

银仔到英英隔壁去弄了一个柠檬来，给他冲了一杯柠檬茶，递给他说：

"喝下去就好了。快起来洗脸吃早点，今天我们到外面痛快玩一天。"

"你真是想尽导游的责任吗？昨天你又说过你们导游不过是一块招牌，一块挂羊头卖狗肉的招牌。"

她的心乱了。她担心他胡说八道，不晓得怎样应付他才好。

"我今天带你到九龙城的钻石山去玩，那里有游泳场，有咖啡店，你说过你最爱游泳最爱喝咖啡的。是不是？"

游点点头。

"好，那么我把门掩好，你在里面换衣服，十分钟后我来请你。"她说着走了出去，顺手掩上门。

游在室内嚷：

"你昨晚把我的衣服放到哪里去了呢？衣服是你替我脱的，还是请你替我穿上吧！"

银仔背靠着门不答他。她咬着她的嘴唇，心里很难过。双眉皱锁着，眼眶渐渐潮湿了。她决心早点把他带到马路上去，免得他在室内七嘴八舌令她难过。

她走过隔壁叫醒了英英，告诉她不要等她回来吃饭。又要她转告七姑，她今天有了特别的约会，不管哪里的电话都一律回绝，也不必给她预约时间。她打算跟这几个月来的新知旧识一概绝交，但她没有把这个意思说出来。

游普全穿好了衣服，银仔给他在洗盥间弄好了水，请了他出房间来，带引他到洗盥间去，替他掩了门，顺手在外边扣上门，然后走回自己的房间来收拾床铺。她找出了一个小手提藤箧，把她那件红色的游泳衣跟大毛巾放进藤箧里面去。她准备好了旅行要应用的东西后，就靠坐在床边的椅子上，闭上她的眼睛，整理她的思想。

没头没尾地，她也不知道想了一些什么，可以说什么都不曾想到过；她像是在做梦似的，而又不知道是梦什么。

盥洗间里传来游的声音：

"喂，银姑娘！你把我锁在厕所里面干什么？快点开门呀！"

她跳起来，一手提着藤箧，轻快地跳出去。开门后她问他：

"你还有什么东西在房间里面吗？"

"没有了。"

"那么我们就出去。早晨游泳是最快活不过的。"

"我没有游泳衣。"

"放心，有得租。"

他给她催促着下了楼，一到了马路上，她的那种紧张的防御人身侵犯的恐惧心情马上宽弛了。她依挨在他的身边，爱娇地对着他笑，还顽皮地把手提藤篋交给他提，显得非常厮熟。游不时侧过脸来打量她的装扮，心里头有一种异样的感觉，但他不能说出来。后来当他两人转出海边，给一阵清晨的海风吹拂时，他忽然想到了，他很自得地告诉她：

"银姑娘，你猜我现在心里想着什么？"

"你猜我的心里想着什么？"

"你先猜我的！"

"你想着你的母亲、你的妹妹……"

游喜欢得叫起来！

"你猜中了！我正是想着我的妹妹。"

"母亲跟弟弟呢？不也想他们吗？"

"不！我就光想起我的妹妹，我觉得，我今天就好像跟我的妹妹做星期天的旅行似的。"

她的心跳了起来，不假思索地应他；

"可不是！我不就是你的妹妹！"她有点慌乱了。

"笑话！"

"一点也不笑话。你说我不配做你的妹妹吗？"

"不是不配。你不要见怪，我说笑话并没有恶意。"

"我明白了，你的意思是说你不会有一个当导游的妹妹。是不是？"

他坦白承认了，语气带点骄傲：

"是的。你说对了。我的妹妹不会当导游的。我的妹妹是一个好孩子。"

她默然不知道该怎样说了。

她的内心的感觉是矛盾的：她感到受了难堪的侮辱，她自卑她自己今天的身世，仅仅一句"笑话"，就把她的自尊心刺伤了，这个伤痕是深刻的，一直痛到了她的灵魂的深处；但是另一方面，她又感到慰藉和骄傲。她在她的哥哥的心中依然是那么圣洁，那么可爱，依然还具有一个少女应具有的无瑕的人格。她满足于她的哥哥对她的毫不动摇的信心。她笑了，虽然在笑脸上挂着一滴晶莹的泪珠。

两人依傍着踏上了尖沙咀过海轮渡。

海景是美的。水鸟的剪水的姿态美，渔船的风帆影在晨光里美，湛蓝的海水美，战舰上裸露上体的士兵美……而银仔的心中也在建筑着一个美好的梦；她打算改变她的决定，她想隐藏她自己，不向她的哥哥忏悔。她要让自己美好的印象，永久保留在她哥哥的心里，她反复问她自己：我这样做对不对呢？对不对呢？……她在船上侧过脸来望着游：他的脸容是健康的，眼睛是愉快的，嘴角露出一丝可爱的笑意，额上棕色的皮肤，刻记着多年风霜的痕迹，如像怜悯自己一样怜悯他了。……他受过了多少苦呵，她望着他，她的心里在迟疑着：我对不对呢？隐瞒他，不让他知道有了一个做娼妓的妹妹，不要叫他失望，这样做对不对呢？对不对呢？……

船到了半海，游从袋里掏出他的钱包来。对她说：

"昨晚你替我会了账，我还钱给你。"他抽出两张钞票来，她把手按着他的手说：

"不，我不要！"

"为什么？"

"算我请你不行么？"

"不，这不成话。"他硬把他的钞票塞在她的手里。她看着钞票，淘气地笑着说：

"太少了，还不够。"

"还差多少？"他也笑了。

"你把钱包给我，我自己拿。不多拿一块钱，也不少拿一块钱。"她望着他，"肯不肯？"

他想了一想，爽快地说：

"好，你拿去。"

她接过了钱包，把两张钞票塞回去。钱包下面的方格玻璃纸内有一张照片，她仔细一看，惊叫起来：

"相片！我也有。"

那是一张九年前游跟她在日里合照的相片，那是瞒了父母亲偷偷照来用作别离的纪念的，她现在还保存着一张在箱子里，想不到游的身边也有一张。她给这张相片激动着，对于哥哥这样小心翼翼保藏这张相片，天天带在身边，这种真挚的情谊，深深感动她了。

"那是九年前我跟我妹妹合照的相片，说起来又是一段很长很好听的故事呢。"他一边介绍着这张相片的历史，一边问她，"你也有？你也有这类值得纪念的照片吗？"

"有呢！我也有呢！"她兴奋地说。

"给我看？可以看吗？"

"不在身边。"

"那么，今晚给我看？"

"不，不能给你看的。"

"为什么呢？"

"说来话长呢。我的那张照片也有一段很长很好听的故事呢！"

"可以讲给我听吗？"

"你先讲你的呀！"

"好呀，我慢慢会告诉你的。"

她把玩着他的钱包不忍放手，一直到轮渡靠了岸，她才交还他。

乘客一窝蜂快步走上岸去。他牵着她的手挤出了人丛，踏上了去九龙城的第一路交通汽车。他们找到了不相贴近的座位，斜斜相对，目语着，笑着，汽车转进了弥敦道，乘客陆续挤上来，把他们的视线遮挡着了。汽车在太子道的终站停下来，九龙城到了。

下了车，彼此都感到有点饿了：原来他们一早到现在还没有吃东西。

到钻石山去的接客车向人们兜生意；他们决定吃了东西再进去。他们到双龙咖啡店里，游选了一个靠近自动留声机的座位坐下来，叫了咖啡、多士、荷包蛋。

游掏出香烟，递一根给她，她笑谢了，撒谎说："我不会。"即刻，脸就泛红了，她昨天下午曾经抽了不止一包。他强要她抽，她也就接了下来。

音乐片响了。爵士的急速旋律刺激着他们的心神，很显然，两人的感受是不同的。游是快活而又兴奋；银也快活，但掺夹了另一种淡淡的哀伤的味道。她又记起那张相片，叫他再拿出来。他抽出来给她。

"我爱你这张相片，肯不肯送给我？"

他摇摇头。

"肯不肯？"她又逼问。

他找到了推搪的话：

"你拿去没有用。"

"怎么会没有用？我爱你的妹妹。"

"你爱她是假的。你不会爱她。"

"那么你很爱她了？"

"那自然。"

"你算是爱她？你八年来没有照顾过她。"

"这不完全是我的罪过。但是我还是非常惭愧，非常抱歉，我今后要好好照顾她，补我的过失。"

"你真是好哥哥！做你的妹妹真是幸福！"

她感激之情充塞着她心胸。半晌，她又问他：

"那么，你回到日里见到了你的妹妹，你怎么帮助她呢？"

"我马上叫她去上学读书。"

"你有很多的钱？"

"我没有多少钱，但是我可以找工做。"

"你以为你的妹妹还是十一二岁吗？你以为她还可以上学吗？"

这个他倒不曾想到，他当真还以为他的妹妹老是像相片上那样的小姑娘。经她一提，他这才醒悟。

"哎呀，我真是粗心，从没有想到这点，我看，她今年已经二十岁了！"

她也感慨万分地应着他："二十岁了！多少风霜都经历过了！"

"自然，这几年她们一定很苦。"他的脸色显得严肃起来，"也许，父亲死后，她已经嫁了。我听说，母亲欠了人家一笔债，也许会嫁出妹妹来填数。"

"你傻，你妹妹一定不肯随便嫁一个人，她不会逃走吗？"

"是的，她很有志气，她十一二岁也懂得鼓励我回国工作，她参加我的秘密出走计划，一点风声也不泄漏出来。她是了不起的一个孩子，从小就可以看出来。"

他非常骄傲地称赞他的妹妹。

"你相信她会逃走出来吗？"

"难说。"

"我说，她一定逃走出来，设法回国找她的哥哥。"

"说不定会的。"

"她走了出来，举目无亲，迫得去找工做。"

"她是会做工的。在家里帮忙家务，没有听她怨过辛苦的。"

"有人想侵犯她，她打了人，她失业了，又去找别的工做，一路做，一路走回国内来。她嫁了人，人家会给饭她吃。"

"你编得好像是真的似的，她嫁了人也不稀奇。"

"自然不稀奇，稀奇的是她的丈夫死了，她又再嫁过。"

游睁大了他的眼睛，他有点不高兴她编这样的一个故事。但是她还是继续说下去：

"她一嫁二嫁三嫁都不如意，她受尽了人们的骗。"

"你说什么？"游不高兴了。

银仔声音有点发抖，她压制她的情感的激动，放小声说：

"我说她可能受尽了人们的欺骗。"

游不响。他不反对她的故事中的那个"可能"，可能的事情是多得很的，他经历过的也不少了。

银仔鼓起了最大的勇气，对着相片说完她的故事：

"最后，她走到了绝路，她——她——她堕落了，她走上了青楼当私娼！"

"放屁！"游真的给激怒了，一手抢回了他的相片，气狠狠地说："闭你的嘴！我的妹妹饿死也不会去当私娼的！"

银仔低垂下头，好久好久不曾抬起来。留声片响着轻快的快狐步的调子，一个女的高音快乐地唱着，这音乐，这歌声，跟游和银仔的心情多么不配合！

沉默继续着。终于游觉得自己太认真，不该把对方"编"出来的故事当作真事来责骂人，心里觉得很抱歉，而银仔也懊悔自己太放纵了，不应该去捣碎她哥哥的美梦，这有点近于残忍了，她觉得今天应该给他一点快乐，她自己也需要快乐。

当他们的眼睛再接触时，他们和好了，彼此的眼光都宽恕了对方。

走出双龙咖啡店，他们攀上了接客的汽车，经过飞机场旁边，直往钻石山驶去。十分钟不到，他们跟着一群男女青年下了车，走进了那著名的陈七花园，游泳池就筑在这花园里面。

一个游乐场展开在他们的跟前：游泳池、溜冰场、花园、咖啡馆、音乐亭，到处都挤满了人，洋溢着笑声。赤膊的男子、小孩，穿艳丽泳衣的女士，他们都是那样的快乐，看他们纵身跳水的姿态，看他们在水上追逐，看他们旋转在溜冰场上……这些，都使他们忘怀了一切。

他不禁要欢呼出来了，他说：

"溜冰！溜冰！我要溜冰！"

"好呀！我跟你一道溜！快点换衣服吧，先溜冰再游泳。"她也快活地应着。

十分钟后，他先从男更衣室出来，绑扎好租来的冰鞋，一个人滑进了溜冰场。他几乎忘记这种玩意了。在南洋，是从小玩到大的。他试一试单脚侧进，转内圈，再倒转来，双脚交叉前进，打小回旋，退步……觉得还很如意，往日的技术，又可以把握回来了。他不觉察银仔已经出来站着看他溜，当他快速地转大圆周时，只觉得有一个穿红色泳衣的小姐站着欣赏他的溜冰术，他非常得意地卖弄他的技巧，用倒步滑到她的身边，突然翻过身来看她，当他转身的时候，红衣小姐伸出左手来给他，他叫了：

"原来是你呀!"

他们一道并肩滑出去，他说：

"我还以为是哪一位小姐哩!"

他们转着外圈，避开了同溜的人。他又说了：

"漂亮得很哩!"

她笑着答：

"有人在羡慕吗？"

"嘿，难说!"他松了手，对她说，"我们倒退!"

她改握了他另一只手，倒溜着穿进了内圈。他们不断地更换着各种姿势，他惊赞她的溜冰术：

"不错呀! 你的姿势很好呢!"

"从小就溜到现在了呀。"

她接受着称赞，她的姿势更美妙更自然了。他们一会儿分开来溜，一会儿又合转来，在游泳池边的许多人，都给吸引过来看他们的溜冰的姿势。当银仔发觉时，她停住了。

在高级泳池这一边，他们试着各种样式的泳法。他走上那个穹桥上面跳下来，她也跟着。有时，他倦游了站在池边休息，她就乘他不留心一下把他推下去，他也找机会报复着。他们忘形地玩着，洗清了往日的烦恼。他们口渴了，就穿着浴衣跑去喝咖啡，喝完就到处走，欣赏着别人的服装、仪容和姿势。后来，他们给山谷边的歌声所引诱，原来那里有一道溪流，从山涧的错列的石头中间泻流下来，那上面的溪水，也就是游泳池的水源。他提议上去寻源，她也赞成，两人就追踪着一群男女青年的歌声跑上去了。

他们跨跳过不知多少奇形怪状的石头，在半山的一堆给冲击得圆滑的大石头中间，他们找到了一个丈来宽的自然的蓄水池，水是清澈的，水底全是细沙，她跳下去了，红色的泳衣影在水里非常艳丽。他坐在一座大石块上远望鲤鱼门缓缓进口的轮船，他招呼她来看，并且告诉她，去南洋的轮船就从那个方向出口。他又指着浮在海面上的那些白色的水上飞机，可以把客人载到新加坡去，商办的航空，很快就有了。银仔屈膝坐在石头上，两手抱着膝盖，俯览下边的飞机场，默默听他说话。

"我回到了南洋，"他说出他的愿望，"先开一间小小的汽车修理厂，慢慢地积一点钱，然后开一间运输商行，然后就经营出入口生意，然后……"

他还没有想到要做什么，他觉得她在笑了。

"你笑我在发梦是不是？嘿，陈嘉庚先生可以做的事业，我们年轻人也可以学他的样做。"

"我笑你舍近图远。为什么香港不能做？国内不能做？一定要回到南洋去？"

"啊，你不晓得。国内地方不靖，一切都乱糟糟，人命财产没一点保障，香港情形又不熟。"

"住久了就熟了。"

"话是不错。我也想过，我可以定做几辆三轮车，在香港谋生，立下一个根基，然后慢慢做别的生意。"

"好呀！"她高兴地应他。

他望着天际的云影说：

"但是我非常想家，我非回去不行。我常常发梦我回到家里，刚才我们在溜冰场的时候……"他回过头来看她。

"在溜冰场上做梦？"

"就好像做梦一样。"

"梦见什么？"

"梦见我跟我的妹妹在家里溜冰。"

银仔不愿意再听下去，止住他说：

"算了吧，又是你的妹妹！你不要再提起她好不好？"

"你们女孩子真是心胸狭窄。好，我不提了。"

她又纵身跳进水里去，她本能地需要体力的劳动，这是保持她的快活的唯一方法，因为一静下来思索，她就烦恼了。

　　她提议下山游泳去。到了游泳池，他们一圈又一圈地游着，一直到四肢十分疲倦的时候，才上来休息。

　　他们走进隔邻一间私人别墅的还没放水的游泳池边，在那里躺下来休息。太阳给厚云遮蔽着，热风从海边吹上来，使人疲倦欲睡，不多久，游果真是呼呼入睡了。

　　坐在他的身边，银仔感到了无边的寂寞。半天的快乐时光已经过去了，永远永远地过去了。她咀嚼着，回味着半天的游乐，三年来最快慰的游乐，她满足了。

　　游发出了鼻鼾声，他睡得很甜。她贪婪地望着他。她轻轻地，用只有她自己才可以听见的声音唤他：

　　"哥哥！你的二妹伴着你呢，我告诉你，她找寻你三年了呢。可是，当她无意中找到了你时，却不敢认你！……"

　　她的声音是凄哽的，她不去拭她的眼泪，因为没有人看见她在哭。

　　"哥哥！我不能希望你宽恕我了。我晓得你是痛恨卖淫的女人的。在你的眼中，她们没有人格。她们不过是男人的玩具，当男人需要解闷和刺激时，就用钱买她们来发泄。……

　　"她们是下贱的人。把你的妹妹跟她们并排在一起，你是不容许的。你骂我'放屁！''闭你的嘴！'，哥哥，我感激你！从你的愤怒里，我知道你多么宝爱你的妹妹啊！……

　　"可是，千千万万堕落了的女人，她们也有父母和兄妹的，谁叫她们堕落的呢？别人我不说，我自己是不甘愿堕落的呵！

　　"你能明白，这不完全是我自己的过错吗？"

　　回答她的是虎虎的风声。她激动了，对着山谷大声喊：

　　"这是我的过错吗？"

　　山谷那边响应着：

　　"这是我的过错吗？"

　　游普全醒了。

　　"什么？你喊什么？"他擦擦眼睛问，"我睡着了。你喊什么？"

她站了起来，背转身说：

"我说，我们该回去了。"

"是的，该回去了。我下午还要去问船期。"

他们在尖沙咀的云雀餐室用了中饭，约定了再会的时间，就在那里分手了。

银仔不回导游社去。她在半岛一个人徜徉在马路上，无目的地走着，走倦了，就随便进一间冰室坐着，坐厌了又走出来，一直到万家灯火照耀市面的时候，她才醒悟夜已经到来了。

她坐上了尖沙咀轮渡，但她并不准备回导游社去。那里是一个炼狱，在无形中把女人的青春、生命榨干、毁灭。她憎恶那个地方。她不跟乘客们上岸上，在原船上看着乘客走了一批又上来一批，走了一批又上来一批。

她走近船栏边，俯视着闪光的海水，灯影像发光的蛇似的蠕动、漂游。她感到人生的虚幻，生活的没有意思。

"死!"她的脑筋闪着这个念头。她想："如果我翻身跳下去，人世的痛苦不是跟人一齐死去么? 死，真是太好了……"

一个管理踏板的船员站在她的身边，留意着她的举动。他等着，他要等她跨上铁栏杆，他自信他还来得及把她抓回来。等了许久，银仔始终没有跨上栏杆去，船员感到有点失望。职务不容许他老监视着她，当船将靠岸时，他轻轻拍了拍她的肩膀说：

"小姐，这回可以上岸去了。海水是咸的，味道不好尝。"

银仔在迷惘中醒转来，她茫然地跟众人踏上岸，叫黄包车拉回导游社。

夜深人静的时候，她原原本本把她的遭遇告诉了跟她最谈得来的英英，并找出她兄妹俩的那张纪念照片给她看。她指着照片上那个十七岁的少年对英英说：

"他就是我的哥哥，唯一的哥哥。我今天就是跟他玩了半天。"

"他就是昨晚上那个醉酒鬼吗?"

"一点也不错。"

"难怪他不认得你了。他不像他自己，你也不十分像你自己，要留心看才看得出来。"

"可不是，人是多容易老哟。"银仔十分感慨，"我完全没有主意了。我不知道怎样好。昨晚我本来打算今天向他告白的，真是鬼夺了我的魂魄，我始终不曾告诉他。"

英英不假思索地说：

"要告诉他，一定要告诉他，怎么不告诉他呢？要是我，我昨晚就对他说明白了。"

银仔叹了一口气说：

"唉，你不知道。事不亲历不知难。"

英英想了一想，以为她是不敢开口，于是就自告奋勇地说：

"你不要愁！你不敢告诉他，我给你说。他那里是几号电话？叫他来，我告诉他。"

银仔摇摇头。

"不是敢不敢的问题。问题不在这里。"

"你怕他骂你？"

"骂我？杀我我也甘心，只要我是该杀。"

"那么你怕什么呢？我不懂。"

"是的，你不懂，因为你比我年纪轻。"

"那么，随便你叫我做吧，只要能帮你的忙。"

银仔思索了许久，她想出了一个主意，她预备把这张照片夹在玻璃相夹里，摆在床侧的小木柜上面，那是最当眼的地方，等明天游来时，让这张照片去说明一切，以后的事就听天由命吧。她把这主意告诉英英，英英拍手称赞说是好主意。银仔又恐怕明天他又会喝醉了酒，或者是仅有七八分醉意，不理会这张照片时，又怎样办呢？她望着英英许久，终于对她说：

"英英，我求你一件事，你能答允我吗？"

"只要我做得到，什么都行。"

"他要求过我……"她没有再说下去，脸红了。英英很快就明白：

"我懂了。"

"我只怕他喝酒喝醉了，不好应付。"

"我会应付他，你放心。"

她们又商量着各种各样的准备，一直谈到快天亮时才蒙眬入睡。

到新加坡去的轮船"海鸥"号第二天早晨就要开航了。游普全跑了一整天办理好了各样手续，一直到晚上八点钟才有工夫打电话告诉银仔。

银仔手握着听筒脸色发青。她听着游的告别话：

"银仔，我今天半夜就要上船了。"

银仔非常着急地问：

"你——你不再来了吗？"

"将来的事谁说得定呢？"

"我是问你——我是请你来我这里坐一坐，你来吧！我等着你。"

"我请你吃晚饭，我现在在建国等你。"

"不！我请你！你先上我这里来！"

对方迟疑了半晌，终于答允了。银仔松了一口气，把听筒放下来，就去找英英。英英出去还没回来。

银仔在房里忙乱了一阵，也不知道自己是在做什么。她最初把那张置在柜面上的照片面向着房门口，觉得不大好，又转动它，对着门角衣架的方向，转去转来总不满意。她身上穿了一身浅蓝色布旗袍，那还是在贵阳走难时卖剩的一件衣服。她又去抹了她脸上的脂粉，嘴唇上的口红，然后坐下来幻想着她哥哥看到照片时可能的反应。他责备她，憎恨她，或者是同情她呢？……他狠狠地走开，或者是留下来究问她的苦难的经历呢？……他打她，或者是抚慰她呢？……对于这一切反应，都可能会有的，不管是怎样，她都准备接受了。

门铃响了。她跳起来，心怦怦地急跳，正要出去，七姑已开了楼门，她听见游正跟七姑应答着。她退回来了，向柜面上的照片瞥一眼，准备着迎接他。

游出现在房门口了。他的眼睛和嘴唇在笑着，嘴唇笑得并不怎样自然。他热情地唤她：

"银仔！"跟着就走进来，银仔伸出了右手，预备跟他握手，他却猛不提防地用铁钳似的双臂，把银仔拥抱了。银仔毫无防备毫无抵抗地给他在额上脸颊上乱吻着，当他索吻嘴唇时，她拼力反抗着，但也没有用，还是给他吻了。当他按她倒在床上的时候，她出其不意地用右手掌重打他的左颊，"劈"的一声巨响，制止了他的其他动作，然后她挣扎把他推开。

他摸着疼痛的脸颊，望着羞惭、抱歉、而又像愤怒的银仔，好久说不出话来。最后，他终于开口了：

"银仔，我今晚特来向你辞行。我没有什么对你不住，你不要打我。"

银仔坐在床沿，惘然望着他，没有答他，也找不出话来答他。

他又继续说：

"银仔，我今晚半夜就要上船，在香港还有三几个钟头。如果你留我，我和你还有三小时的缘分；你不留我，我们就此分手。"

她的泪珠已经挂在脸上。他莫名其妙地摇摇头。他自己走到床头边的椅子坐下，他的身边就是那个摆有照片的小柜，他目不转视地向着她说：

"我等着你的吩咐，小姐叫我走就走，叫我留就留。"

他把手肘按在柜面上，他碰倒了照片玻璃座架在柜面上，他捡起摆正它。

银仔像触电似的跳起来，扑过去把照片座架抢回她的手中，他诧异她的怪异的行动，调侃她说：

"就算是情人的照片，也犯不着这样紧张，我又不抢你的。"

她紧握着照片，一分钟就好像度过了一年那样长久。一个主意在她的脑海里一闪，她只要把照片交给他，而自己背转身，不消五分钟，一切问题都解决了，可是另一个念头又阻止她：不！今天这样的身世不能给哥哥知道，这太伤他的心了，太残忍了。

游仍然在等待着她的答复。她闭着嘴不响。他有点不高兴了，大声问她：

"你直白说呀！三小时的缘分，你要多少钱？说呀！你要多少钱？"

她伤心极了！最后，鼓了最大的勇气说：

"游先生，我跟你没有缘分，我不留你，也不能送你了。祝你旅途平安，替我问候老人家跟弟弟、妹妹……"她说不下去了。

游给她气得霍地站起来，大踏步走出去。她听见他的重重的关门声，下楼梯的脚步声，她的心碎了。照片架从她的手中掉下来，也碎了。

当第二天"海鸥"号轮船开航的时候，游普全站在船边的栏杆上，望着向后移动的香港的城市建筑物和蚂蚁似的慢慢走动的行人，这一切，他都不觉得有什么惜别的意思，唯独对那位跟他痛快玩过了两天而又拒绝了他的要求的导游女非常系念。他在想，我能有再见她的机会吗？这，谁能答复他呢？……

1946.7.31

❘ 文学史评论 ❘

在华南作家中，黄谷柳是最富有民间性的一人，他的作品渗透着丰富多彩的人生阅历，展示了坎坷曲折的人物命运。

——杨义:《中国现代小说史（下）》，人民出版社，1998，第243页

黄谷柳（1908—1977），生于越南一个华侨家庭，幼年回国，是40年代后期在文坛驰名的作家。他也擅作通俗小说，但其创作与张恨水、秦瘦鸥的言情小说风格截然不同，是借用通俗小说的手法表现全新的革命内容。

——王嘉良、颜敏主编《中国现当代文学史（上）》，上海教育出版社，2004，

第220页

如果在《虾球传》的基础上继续前进，黄谷柳也许会有更好的文学成就。然而，新中国的成立、蒋政权的败亡，使这个来自底层、半生坎坷的作家焕发了政治热情，他加入了中国共产党，而且再次离港回国并参加了中国人民解放军。他两度赴朝鲜作战，并在著名的上甘岭战役中立了军功。然而，正当他兴致勃勃撰写以抗美援朝为题材的长篇《和平哨兵》时，审干、"反右"、"文革"，一次次的政治运动光临到了他的头上，他的那些"历史问题"成了他永远"交待"不完的"罪行"。这样一位"飞蛾投火"般的革命作家，完全被阶级斗争扩大化的"烈火""邪火"烧化了！"四人帮"粉碎后，当他想重新拿起彩笔时，病魔却夺去了他的生命。黄谷柳的创作才华在血泪传奇生活中未能得到充分发挥，除了《虾球传》外，他只写了几个独幕剧，且都是"赶任务"赶出来的应时应景之作。建国后写得不多的小说、戏剧和散文作品，也都没有达到《虾球传》的水平。

——袁良骏：《香港小说史（第一卷）》，海天出版社，1999，第116—117页

▎ 创作评论 ▎

在近代中国文学史上，黄谷柳同志是一位很有个性，很有特色的作家，他的一生是始终和劳动人民紧密联系的一生。他为人正直，不阿谀从俗，不隐讳自己的观点；在生活上他不避艰险，敢于走别人不敢走的最困难的道路；在创作上敢于创新，又善于吸取传统和外国的经验。茅盾同志曾评价过他的作品，说他的作品能"从城市市民生活的表现中激发了读者的不满、反抗与追求新的前途的情绪"，而在风格上"打破了'五四'传统形式的限制而力求向民族形式与大众化的方向发展"。我认为这是很恰当的。

——夏衍：《忆谷柳——重印〈虾球传〉代序》，《新文学史料》1979年第3期

如果说20世纪40年代的新文学著名代表作家赵树理，以其"为中国老百姓所喜闻乐见的中国作风和中国气派"的通俗文艺，发展了新文学并使之进入一个新的

发展阶段，那么，我们则认为，黄谷柳对于香港文学的借鉴，也为新文学的发展开辟了一条新路。赵树理是解放区文学的代表，他将"登大雅之堂"的文学还归到其植根的土壤——人民大众中。他汲取的是内地民间文艺的养料，培植的是充满乡土气的形象和语言，走的是民族化、群众化的道路。黄谷柳则是国统区新文学流变的代表，他打破新文学的内地界限和严肃高雅的专门性特质，还文学以"寓教于悦"的本性。他借鉴的是香港文学的娱乐方式，使文学更贴近市民群众，走的也是民族化、群众化的道路。应该说，他们虽然选择的途径不一，却殊途同归，都使自己的作品具备了通俗化的特色。无怪乎人们曾把赵树理与黄谷柳相提并论，他们的确是20世纪40年代我国文学领域实践"文艺为工农兵"方向的突出代表。

——魏洪丘：《中国现当代文学"经典"论》，重庆出版社，2007，第215页

Ⅰ 作品点评 Ⅰ

他本来也是非常善于描写心灵的细微颤动的，他重返香港初期于1946年7月31日至8月19日连载于《工商日报》上的短篇小说《孤燕》，就是以哀感缠绵的心理描写，去反省抗战期间一个南洋华侨家庭的悲欢离合的。……作家以曲折微妙的笔墨，透视了一个被罪恶的社会百般催磨、又在特殊的境遇中与亲人相逢的女子的痛苦心灵，她忏悔着自己的堕落，却又不能不反问这是谁的过错；她把兄长视为灵魂的"灯塔"，因而把苦难留给自己，而为他维持了一个浸泡在污泥水中美好的梦。忏悔与反问，侮辱与慰藉，期待与幻灭，作品就是在心灵颤抖中发出人性的呼唤，体现了作家对人的命运和灵魂的深挚的人道主义关注。

——杨义：《中国现代小说史（下）》，人民出版社，1998，第251—253页

叶红

陆地

一

一九三七年春天，广州市的青年为着要把祖国唤醒，他们继承"一二·九"之后组织了"救亡歌咏队"。其时，我也参加了。我们这群年轻人，一谈，就谈起怎样去认知世界，怎样去把现实改造过来，建起一个美好的新社会。我们都渴望着雀鸟样的自由，把未来描绘得春天一样的佳美。这当中有一个女的叫林凤鸣，不论是集会里还是平日，她的言谈和举动比起一般男的来，表现得更加直爽和果决，不管是谁，只要跟她有所交谈，总会感到有一股力量在支持着你，好像她就是一团火，很快地点燃你对人类社会的热诚。当她从你身边走了，你会带着惊叹的心情看望她的后影，不自禁地对自己说：

"真是一个新女性，是谁家的小姐呀？"

她是已故的林将军的千金，母亲在青春的年岁里也曾有过非凡的抱负和高远的理想。然而，时代的藩篱是这样森严，她的理想和抱负到底不是垫脚石，让她超越过时代的限制。年岁过去了，但，希望和抱负并没有失掉，只是把它让与她的女儿了。

作品信息

原载《东北日报》1946年9月25日、26日。收入《北方》(光华书店1947年12月出版)、《好样的人》(群益出版社1950年6月出版，收入《好样的人》时改名《变化》)、《故人·小说选》(广西人民出版社1979年10月出版)、《陆地作品选》(漓江出版社1986年10月出版)、《陆地文集·第三卷》(广西师范大学出版社2018年12月出版)等。

我同凤鸣的表弟是同学，而且我们都是要好的朋友，因而我跟凤鸣也就很熟。

有一天，凤鸣给我看一张照片：是一个年轻姑娘，有一双明亮的大眼睛，一副光洁的蛋形脸面，一个稍为隆起的鼻梁，加上因微笑而露出的整齐的牙齿，加上天生成微曲的头发，这些都构成一个匀称而和谐的美人。

"这是你三年前照的吧?"我看了好一阵才抬起头来看着凤鸣。

"不。"凤鸣摇摇头。

紧接着，凤鸣告诉我：这是她的妹妹。两年前为着在学校闹反对会考，给开除了，也没有回家就跑了。到一九三五年冬天，"一二·九"发生，从报道这个运动的通讯，才知道她参加了这个运动，给警察的大刀砍伤了臂膊，才晓得她是北平市立二中的学生，才晓得她被开除后，得到一个同学的帮助，跑到北平去的。那儿虽然有一个姑妈，可是她不肯去"依靠"。她常说："要自己能独立奋斗下去，就独立奋斗下去。不依靠人!"

凤鸣说她有点像探春；不像凤鸣自己那样重感情。她是理智的，精明和坚定。

"她可是一个新时代的女儿呵!"凤鸣赞赏地说。

经她一说，我又拿起照片重新看了看。

"等她今年暑假回来，我介绍你们认识吧!"凤鸣看入我的眼睛，意味深长地说。

二

但是我和她认识却是到第二年冬天，在延安鲁迅艺术学院的时候了。

那是落第一场雪的一天下午。天气微暖，我依在窑洞门口眺望着我生平未见过的雪景。此时，山野、河流、树梢和屋顶都铺上了棉絮似的，大地弥漫着耀眼的银色。整个宇宙笼罩着庄严、静穆。我呆呆地直望着。蓦然，城门外出现着一个人影在移动，慢慢地扩大。不一会就走到我们学校的山脚来，不一会，居然出现在我们这一排窑洞门前的广场上了。

是一个女子，穿着绿色的马裤军装，披一件女装的青色呢大衣，高领子和枣红色皮帽把脸和脖子都裹得紧紧的，只露出一双乌黑的大眼睛。她的脚步□然地踌躇了，睁着迷惑的眼光探窥着每个深闭着的门。

我细看了看她：这又大眼睛，这个隆起的鼻梁，好像在什么地方看到过？一下子却想不起来。

"同志，这儿有个秦寒同志吧？"她走到我跟前端庄地问。

"找他有什么事？"我反问她，极力镇定心的悸动。

"这里有一封信给他。"她说，掏出一封纯白的西式信封。

"给我！"我不自禁地伸手去接信。

"唔，就是你吗？"她稍为一怔，终于把信给了我。

信是凤鸣写来的。她说：给我这封信的，是她的妹妹，就是一年前她常常谈起的凤飞。现在到延安来学习。比起她来，延安对我总是熟悉一些的，希望我多关照她。凤鸣自己的情形由凤飞告诉我。

看完了信，凤飞微笑着伸出手来，我们就紧紧地握了手。随着，我请她到窑洞来。她一进门就敏捷地除下大衣和围巾，跟手套一起，往坑上一撩，把皮帽耳翻回去。腮边一片皙白的皮肤，衬着颊上的艳红，如果她的脸型是圆的，□可是像早晨刚摘下的苹果了。

她大大方方地在我们的木炭火盆旁边坐下了。先是她静静地听我介绍延安的学习生活，完了才是她用流利的普通话回答着我问她的这一年来的经历：

"七七"的第二天，七月八日，她离开了北平到济南去，参加了什么宣传队。后来又到长沙，然后又上武汉加入平津流亡学生组织的救亡团体。武汉撤退了，她就到了重庆。在重庆遇见了凤鸣。凤鸣参加的是广州青年会组织的随军服务团，从南昌撤退，一直跑到了重庆。凤飞走时，她也感到重庆的"雾"太浓，太闷气，准备回桂林去了。

她说她自己曾经当过演员，当过难民，当过十三天的伤兵医院的看护。也曾在火线上整天整夜地奔走过。她讲着讲着，自己就陶醉于花般的回想里了，越讲越起劲，屋里的同学们手上的《战争与和平》《浮士德》或者钢笔都停止了作用。倘若她的话忽然停顿，那屋里马上陷入静寂。

第二天，我依着她的约定，一早就请了假到招待所去看她。招待所人多，房子小，太挤了。她看了看屋里凌乱的东西，眉头一皱，随手将咖啡色围巾往脖上一缠，对着我说：

"咱们到外边找宽敞的地方去！"

外边，下过一场雪，尘埃都给盖住了，空气格外清新，只是风一吹，寒气就那样凛冽，太阳把积雪反映得闪耀。

我们一直走向河边去，雪在脚下哗哗地发响。

"你给我出个主意吧，你看我到哪里去好？"凤飞要我对她的学习问题提些意见。

"到陕北公学去吧，反正都是一样的。"

"不。"

"那就到'鲁艺'来好啰，你不是当过演员吗？"

"鲁艺？来你们学校？我才不乐意哪！"她顽皮地抿了抿嘴唇。

我们都不作声了，雪在我们脚下哗哗地发响。

"不是说在华北敌人后方有女的游击队，女的当什么政治干部吗？人家说，女的也有当军事指挥员呢！"她梦寐似的说。

我重新端量着她的风姿：不错，她长得结实、矫健，像女战士——她是将军的女儿呵！

"那么，你是不是想进'抗大'？"我问她。

她先瞟我一眼，意思好像说是："你说不行吗？"但她却说：

"你说呢？"

我当然只能说她乐意学什么就学什么好了，这儿不会有人限制那一个人对于学习的选择的。

"我想，我的名宁也得改一改。凤飞？过时了，叫起来怪别扭，今天早晨我在床上想了半天，忽然灵机一动，想了两个字，我想就叫作'林一柏'，意思是要同松柏一样坚贞，你说好不好？"

"好!"我应了一句。

过了几天。我才吃完了晚饭，她带着满怀的欢欣来看我。她说前天搬到"抗日军政大学"去了。服装也都换了：换了一身铁灰色的棉军装，打了裹腿，腰间系着一条新硬的皮带，衣领上别着"抗大"两片红领章。头发不知剪短了还是拢进棉军帽里去，两只耳朵给冷风吹得通红。

她快乐得什么似的，向我诉说小组会、晚会怎样的新鲜，集体学习怎样的有趣，小米饭又是怎样的香甜。总之，一切都称心如意。

往后，大家学习都很紧张，我们并不常见面。不过，关于她的消息，我们常听到的。说是在她的那个队上，她成为一个基准，一个榜样。同学们都倾向于她，向她看齐，她是被荣耀与赞美包围着。但没有继续得很久，因她担任了各个学校联合公演话剧"一二·九"的主角，导演人发现她有演技的天才。为着使她的才能得到适当的发挥，组织上将她调到"鲁艺"戏剧系来学习了。

三

她到"鲁艺"来，把名字改为"叶红"。

她的聪敏和灵活的天性可以让她有着多方面发展的，一若雕塑家手里的石胶，能够塑制各种样式的艺术品一样。

"我从前不是说，不愿意弄戏剧了吗？现在想起来，戏剧还是有用，是宣传的好武器！"

有一回，她好像一个中学生想通一个几何习题，愉快地对我说。我默默地看她，不作声。过一会她又说：

"不过，我讨厌做资产阶级社会那样的明星，我要做，一定要努力成一个革命的女演员；到部队，到农村去演给战士和农民看。你说呢？不好吗？你为什么老不讲活？讨厌！"

我原来想要讲的意见并不怎样成熟，给她这样一逼，只有说了。我说一个人的个性对于事业，正和植物对于土壤，如果选择不恰当，不会结成好花果的。至于工作本身，倒是不管哪一样对于革命都是重要的环节。

"我反对你这种陈旧的看法。"她郑重地批驳着我，"不是有人讲过吗？'人在改造现实的过程中，他本身也同时被改造'！"

经她这纠正，我当然没有话讲了。我想，她到底是"一二·九"运动的宠儿，是新启蒙运动的最先承受者呵！

她看我低着头不作声，给我一个微笑。好像是为了胜利的喜悦，也好像是给我一种抚慰。

"秦寒，我觉得你……"她欲言又止，直望着我。

"什么呀？"我有点莫名其妙地看着她。

"不讲了，讨厌你！"

在这样的闲谈里，她老是爱这样顽皮地说。她老是这样乐天地生活、学习、发展和长大。

不久，她在"鲁艺"的声名，逐渐引起旁人注意了。学生会、墙板报委员、妇女会，还有什么学习组的工作，总之，许多会议都有她的足迹和声音。临到像"三八"节这种纪念日要选举模范妇女、模范青年、模范学习者什么的，全校同学和教员都因她的名字而举起手来。你如果新到"鲁艺"去的，可能先不知道各系的主任是谁，然而你一定知道或者看到一个永远都带着微笑的女同志，手里拿着纸夹子，学起轻健的步调，在你面前出现。看到她遇见了人，常常就要停下来，带着笑意对着人说：

"今天我们那个会改明天开吧，今晚上我还有另外一个会。"

同学们有的用"带露水的蔷薇"去形容她的美丽，有的用《前夜》里的伊林娜来比她的性格，有的也说她像探春。有的呢，居然说：假如她是男子，那一定跟武松一样可爱。另外有的人口里不讲，心里却"偷偷地"爱着她。学美术的要求画她的画像。

她又□被荣誉与赞美包围着。

四

记得是过了热闹的"五四"不几天，是一个美好的月夜，我一个人在学校里的槐树下走着。正在思索一个写作的题材。也许是由"五四"激起的灵感吧，我忽然想写一个年轻人在这大时代里，怎样蜕变——从幻想变成实际，从个人走向集体……

突然，叶红找我来了。

"到河边去！"她那样急促地，有如沉重的东西坠挂在她心上。我以为是她家里来的什么急人的消息了。然而又不好唐突地问，只依着她，往校外边走去。

河边现在是被月光笼罩成恬静而幽美的境界了，清脆而低吟的水声，练声乐的同学有时候从远处的水滨送来轻盈的歌唱，飞机场那边传来迂缓悠扬的驼铃。

我们默默地沉浸于这醉人的夜了。叶红也不哼气。我们只管走着，直到该转回头的地方了，她才从衣袋里拿出一封信往我面前一送。我愣了一下，不敢去接，她直看入我的眼里。

"什么回事？"我窘惑地问。

"给你！"

我是把信接过来了，即令月光如水也是看不清的。我还是莫名其妙地，呆呆地望她。

"你为什么不看？"

"谁的信？凤鸣来的，还是家里来的？"

"什么是凤鸣来的，你老是惦记着凤鸣？是人家的情书！"

又走了一截路，叶红才说是高文给她写的求爱信。

"你看不见，我给你念吧。"她从我手上把信拿回去。也不看，"其实，不是什么信，他只是从什么书上抄下来一段话。你听吧，我给你念。"

说完了，她又走了好几步，想了一下才念：

"爱神这个残忍的孩子，她把我的心绪当着摇篮，现在她在那儿慢慢地长大了。"

"说得美，是不是？"念完了，叶红带着讽刺的口气说，"你们这些'诗人'真会咬文嚼字！"

我依然不想讲什么话，都沉默了。此时，蛙声同擂鼓一样击敲着夜的寂寞。水声越来越响了。驼铃却不知什么时候消失了去。凉风不时送来轻柔的抚摸。

"不过，我不愿叫他受刺激，最好你帮我在他跟前做个暗示：说是叶红自己有着她心爱的人了，叫他不要傻想，浪费精神。真的，我自己有我心爱的人。我想，一对夫妻应该是志同道合，是一对朋友，双方保持独立性，互相帮助，互相发展。比方周恩来和邓颖超是最理想、最美满的夫妻啰，你说是不是？"

"唔！"我的声音很低，自己也听不清。

"什么？你老是这样慢吞吞的！"她生气地从我身边走开了两步。

我还是放不下我要想写的题材，一直都在思索，对她的事情和问话，实在是不大注意。

"你是不是讨厌我？"她又把脚步放慢，等我走近了才凑过来问。声音也变得温柔多了。

"讨厌！"我严正地回答了她。

从月色中，我看她因我的话立即敛住了笑容，显得很懊丧的样子了。

"我也讨厌你！"过了一阵沉默，她掉转头来瞅我一眼，说。

随着，她说我老是慢吞吞的，想得太多了，对什么事也不敢表示态度，不大胆，不勇敢……

"幸福对于怯弱的人永远都是吝啬的！"最后她加重了语气讲这句话。

我们走得有点累了，回学校去也还早。别人也都还在那儿过着这个难有的月夜。我们终于在浅流的水边，在那些露出水面的大石头上找到了座位。

月色在水面反映，镜一般的明朗，蛙声随着夜风掠过恬静的山野，桃林里不时响着鸟儿们的啼叫。

"你说吧，我不会生气，你说你讨厌我什么？"她两手抱着膝盖，把两只脚吊起来，一点一点地摇动。

其实，我对她的意见，也正和旁人所觉得的：以为她幻想太多，不实际。她的抱负比她的才能早熟，因之力不称心，变成了空议论。

"要知道，革命不光是用口讲，不是用飞跃和跨越去达到的，而是脚踏实地、一步一步走去！"我说。

叶红不作声了。话声一停，水声就活泼地在石头下边私语着，欢愉地流去。原来散落的几片白云，一下子飞走了，天上是一片海蓝。星星亮得透明。风已经带来了沁凉……

终于，我们毕业了。而且我决定到华北敌后去。叶红却在这个时候患着流行感冒，在医院里。临走的前一天，我去看她。当我告诉她要到敌后去的时候，她表现着很矛盾：高兴过后却是惋惜和懊恼。

"我要和你谈一回话，一直都还没有谈呢！"

她侧着身躺着。把脸背着我，两只手绞动一条方格子手绢。

"我们总会再见到面的。"

"唉，偏偏我这个时候病，该倒霉吧！要不，我也……"

"你不要把前方想得太舒服了！"

"什么我想得舒服？你老是这样看人！虽然我过去的确有点好高骛远，但自从那天给你教训了一顿，我自己也做了一次检讨。人家现在正要到实际斗争环境去锻炼，你又说人家想舒服！"叶红感到无比的委屈似的，生气地将手绢把脸盖上。

屋里立即静了，风将破纸窗吹得嗦嗦地响。

"我知道你一下子是不能相信我会改变的。走着瞧吧，时间将会是我的证人。"叶红又不服气地揭开手绢，眼睛也不看我，只是独语似的说。

五

五年过去了。

一九四六年的春天，我随着冀热辽解放区的子弟兵，从长城的边沿进入东北广大的平原。正当路过平梅线的终点——梅河口时候，汽车坏了。我们就在一个老乡家找到了宿处。第二天晌午，房东的小孩带着说不出的欢喜跑到跟前，说是在"道德会"的院套里开大会，家家户户的人都去了，把院子挤都挤不动。民主联军来的那位女同志可是了不得：几千人闹哄哄的，叫她几句话一说，大伙都静了，都静静地听她讲，连咳嗽也没有。

"妈你去听吧，等会儿谁先被那个坏区长害过的，都要上台去讲话，可热闹了！"小孩一边说，一边拉着母亲的袖子往外走。

房东太太见了我也说，她活了五十来岁了，没见过民主联军那样的媳妇：道理懂得多，口齿伶俐讲得人心服，来了才不几天，把大伙的心都说得开了花了。

"那位女同志叫作什么名字呀？"我问她。

"小棒子，"房东太太对着她的孩子问，"那位女同志叫啥名？唔，你也不记得。名是想不起来了，大伙都叫她林同志，林同志。人长得利利洒洒，比男的强呢，秦先生，你去看看吧，'道德会'就在这条街的东头，小棒子带秦先生去吧。"房东太太殷勤地说。

几年来在敌后解放区的对敌斗争，把成千上万的儿女都锻炼成钢铁样的人了，像房东太太所说的女同志，对我已经不很新奇。不过，这位林同志的林字，仿佛跟我有什么关系，即算我不去猜想她就是叶红，可是，五年前那位爱幻想、喜欢美丽的女孩子，却引出我的怀想。

记得我们要离开时候，她曾经发过誓言：说是要到实际中去锻炼，要修正过去的空想了。今天究竟变成怎么样了呢？时间是否将她锻炼成了坚强？现实生活是否代替了她的幻想？假如我真有一天遇到她？假如她真是实践了她的誓言：变成实际了？假如她问我：对她讨不讨厌？那……

黄昏，我正在做这样遐想的时候。小棒子从院门外边欢天喜地引来一个客人。房东太太一听到声音就连声嚷着，把门帘揭起，欢迎客人进来。

是一个戴着关东军皮帽子的年轻女子，一身青色的棉袄，棉裤。一看就知道是在敌后乡村经常和老乡们在一起的妇女干部。看样子是二十六七岁的人了，脸庞却保留着秀美的轮廓。她审视了我一阵，完了，迅速地伸出手来紧紧地拉我的手，半天说不出话来。

"还记得她吧？"过一会，她直盯着我疑惑的眼睛。

是叶红呵，五年来，时光给她明净的前额增添了皱纹，只是那深沉的眸子却依旧燃烧着火样的光焰。

"没有忘过'她'！"我也激动地、由衷地回答了她。

"我倒愿意你把从前的'她'忘了！"

"你怎的做起群众工作来了呢？不准备弄戏剧了吗？"

"谁说不弄戏剧？人家目前做群众工作正是为了将来弄戏剧呢！"

时间的确是把她改变了，一如找到了航线的船，从此，她会脚踏实地，一步一步驶向最终的目标，不再是凭着幻想的翅膀翱翔了吧！想到展现在她面前是平坦无限的大道，光明而美丽的远景，我突然想起另外一个人来了。

"凤鸣有消息没有？"我问。

"嗳！"叶红忽然叹了口气，"她可够苦啦，做了人家的姨太太！去年九月，快离开延安时候，接到她一封信，说是她嫉妒我，说是她很后悔没有到延安来。对啰，她还问到你，问你有了爱人没有。"叶红转过眼来，注视我的表情。

我说，这些年来都忙于对敌斗争，哪里顾得上结婚呢？而且也没有合适的人。

"你不要太理想了吧，理想和现实什么时候都有距离的。"叶红变成老大姊似的，反而教训我来了。

"太理想当然要不得的。不过，你的现实究竟怎样？请教！"我半开玩笑地说。

"不告诉你！"

谈到这里，各人都好像有着什么东西梗塞了胸口，不能舒畅地呼吸。屋里立即静下来，静得听到口袋里的怀表唧唧地发响。叶红两只手无意识地将帽带子解开又捆上，捆了又解开……结果，她再压抑不住，颤着声音说：

"从前我喜欢幻想，不实际，你讨厌。现在你是不是还……"

"小棒子，林同志在吗？林同志来吧，等你开会哪！"

院门外边突然叫嚷着。叶红梦样地醒过来，看了我一眼，往外处走，我也不自禁地跟着她走。我们默默地走了好长一截路，走到一个僻静的地方时候，我说：

"我明天大概可以走了！"

"我以后也会到那边去的。你等着我吧?"叶红羞怯地低着头，说。

"等着——我一定等着你。"我由衷地回答了她。

叶红转过身来，信任地、深切地凝视着我……

一九四六年八月九日 哈尔滨

| 作品点评 |

曾在20世纪40年代的东北地区引起较大反响的短篇《叶红》塑造了一位新时代女性叶红。叶红革命之初带有年轻人特有的浪漫想象，有点好高骛远，后在实际斗争中受到了极大教育，最终实现了从幻想走向实际，从个人走向集体的转变。作品肯定了革命实践对于人的教育和感化的伟大力量，小说发表后感动教育了一代知识青年。

——黄秀生:《陆地小说中的知识分子书写》,《南方文坛》2018年第6期

在K城车站

黄勇刹

不明朗的初冬早晨，这边是漫腾腾的白雾，那边也是漫腾腾的白雾。

渡口，又咿咿呀呀地骚叫了。撑渡者忙着划渡，过渡者在相争我先你后。

性急的黄东，好费气地得过渡了，便匆忙地朝着K城车站走去。他怕迟了来不及搭车，又要误一天的功课。

到了车站，站役在缩手缩脚地扫地，冷冰冰的候车上，没有一个人影。黄东便从自己手袋里抽出一本《荒地》，打开来便默读着它的序。即刻他则则地朗诵起来："在刺藤里面看要长不起来的残弱果树，在茅草里面看见受不着阳光的稻粱，在荆棘里面看见婉转可怜的小花，我就不能不十分慨愤。"读至此，他又则则地自言自语："怎样你写得这样好呢？艾芜先生！你写了我想写而写不出的心声啦！"莫名其妙的站役，出奇地给他投着"你痴了么？"的问号眼睛后，仍继续工作着。

作者简介

黄勇刹（1929—1984），原名黄玉琛，笔名洞眼、南风、新浪等。壮族，广西田阳人。新中国成立后曾任广西高级法院人事干事，柳州市人民法院审判员，柳州铁路法院审判组长，柳州市检察院检察员，柳州市文联秘书长，柳州市桂剧团、彩调团副团长，广西民间文学研究会理论组组长，广西文学艺术界联合会创作员，广西民间文学研究会秘书长等职。系中国文联第四届委员，中国作协第三届理事，中国少数民族民间文学学会理事。1945年开始发表作品。1979年加入中国作家协会。著有歌剧《刘三姐》（主要执笔人之一），民歌集《大寨良种撒壮乡》（合作），戏剧剧本《韦拔群》、《指天椒》、《三女争夫》（执笔），论著《歌海漫记》《壮族歌谣概论》《采风的脚印》等。

作品信息

原载《广西日报》1946年11月27日。

"叮叮叮……"忙着扫地的站役，大声应了声"有"，便迅步地从黄东身边溜过去，黄东抬起头来，看见张站长和王办事员等已坐在办公桌上，欣然地便过去登记。

车站门外，树梢屋顶，开始挂上旭辉，雾渐渐消失了。水果粉粥的摊主们，静静地等候着顾客，许多搭客们，先先后后地拥入候车处来了。每一个的面孔都现着希望车能快到的神情。

但望来望去，一个上午过去了，还是没有车到，黄东焦急得很。看看钟又过点把了，好厌气地质问站长，一次又一次，站长素是官气重的人，心里很不舒服。于是便气愤地对着王办事员说："好俏皮的无名小卒！！"眼皮一□，两个黑溜溜的眼珠不转动得厉害地瞪着王办事员，"想找老子的火分！哼！几多凶恶的军佬，我都如此的犄下也！况你……"一扭转身，便自言自语地步向他的卧室去了。一个年轻而头发卷浪的女人，看来一定是他的太太！正倚在室门：多情地给他一瞬，又妩媚地笑了。

拥挤的搭客们正在浊浊杂杂地吵着，埋怨着怎样还没有车来。

正当这时，一个卖粥店的老太婆，满面笑容地跑进来，气喘喘打着手势："你们哪个肚饿快食粥去啦！车就要到了。"从远处正送到连续的乌乌叫的汽车声，搭客们相争地跑出门去，果然驰来了一部新新的绿色的客车。跟着一阵搭客们喜悦的叫嚣，李站长也慢吞吞地，疲倦似的走出房门来了。

从远搭来的客很少，车里松松的，起码搭得二十人。

但经车司和站长办事们接谈顷刻后，王办事员便出来当众地说："这车有毛病，不能搭够十人。"

"不要紧嘛！多几个还的，王办事员帮我们的忙嘛！"搭客们争抢地哀求着。

"这是站长的事！不关我！"王办事员仍坚持着。很有暗示地眼睛扫一扫搭客们后，便走进站长房去，三十上下年纪的一个搭客，聪明地跟着进去！

过些时刻，那搭客出来了。二十几个熟识他的搭客们，便匆忙地搬物上车，相视而笑的他们上车之后，黄东莫名其妙地质问着站长：

"我登记第一名反不得搭呀！岂有此理！快点给我割车票来。"他手里拿着二千几元国币，怒气冲冲的。

"这不关我事，和车司问明去！"

你食□□□这句可使站长怒□□□，他高叱地推着黄东："等你干涉么？小鬼——你试嚣！看我做你世界！看清我是什么人先！"他自指着自己的面孔。

"我知道你的当卵长！"黄东顽强地挺住口，一个同样搭不得车的陌生的老人家，见势也许会不利，于是过去排解，把黄东拉开一边后，便会求地向站长叨叨。

"来嘛！碰一下老子的钉！妈的！"话完，使给车司一个"走啦"的手势，乌乌的汽车又向前奔去，把许多心里充满愉快的搭客们带去，也把许多失望的搭客们遗弃着。

一九四六年初冬在那东村

画像

凤子

一

"你为什么老是这么忧郁地望着？可是，你的眼神从来也不肯扫视一下我！你向往着什么呢？薇！为什么不让一个老朋友来分担一下你那过重的愁虑呢？"

对着壁上这幅五尺长三尺宽的半身画像，钟煜国不止一次地这么自语着。这位青年少妇，家常打扮，颊上正闪耀着青春的光。许是画家着笔时失去了把握，那碎花布旗袍裹着一个过于纤细的身体，那本是晶莹的眼睛，却漾溢着一层雾似的忧郁。她凝神地望着不可知的远方，从来也没有扫视一下借这幅画来陪伴自己孤寂晚景的老朋友，从来也没有扫视一下赞美这幅画，也赞美着被画的人，许多发自心底的热情称颂。她似乎漠视了许多人的存在，甚至也漠视了她自己。犹之她活着，活在许多人心里，可是，她却似乎担负不了这过多的友情，意外而偶然地竟从人海里消逝了。她并没有死，可是，她现在在什么地方呢？没有人知道她，而这是谁也急于想知道的一个谜。

面对着这幅年轻少妇的画像，钟煜国也似乎

作品信息

写于1947年4月，选自《无题集》(上海晨光出版公司1947年10月出版)。收入《画像——凤子散文小说选集》(北京出版社1982年12月出版)、《凤子：在舞台上 在人世间》(中国文史出版社2007年9月出版)等；入选《皇家饭店——现代女作家小说散文集》(湖南文艺出版社1989年10月出版)等。

忘记了自己，忘记了自己已是两鬓霜白的老人，仿佛自己还活在十五年前，正是少壮有为的时日里。刚从国外留学归来，踌躇满志地想有所作为。谁知离国太久的人，一切想法、看法、做法，都有点不合国情。一次再次的打击，他禁不住地也消沉下来。就在这时候，很偶然的一个机会，他认识了她，一个十几岁的女孩子李紫薇。年轻，活泼，一对充满了幻想的眼睛，开始投向这新奇的世界。她什么也不懂，是他教给她懂得许多属于人世间的社会的问题。人生是什么呢？她开始想着他所想的。他一天给她一封长信，那些信丰富了她的精神和知识方面的生活。是那些信在教育着她，甚至她渐渐地知道了他爱着她，而她也应该以爱来报答这么一个一切都似乎为了她而活着的人。可是，爱是什么呢？爱是两个人精神生活走向一致的开始，爱的结果，必然是两个不同生活范畴的人，走向一个共同生活的藩篱去。

恋爱、结婚，一个不到二十岁的女孩子，人生刚刚开始的女孩子，就该这么早地结束她那充满了生命阳光有活力的一段生活吗？紫薇禁不住自己独立运用她的思索能力，来解答这个她困惑的难题。

她的眼神开始有点忧郁了。

"你太年轻了，你不了解我。"

"不了解你？"

"不，你不了解这世界，你懂的太少了。"

"……"

"你既然也爱我，你不该怕着我。"

"……"

"你害怕结婚，可是，人总是要结婚的呀！"

"我，我觉得我太年轻，假如你真是爱我，你为什么不同意我的提议，再等十年呢？"

她真是孩子，他想。一个过了三十的人，会为一个十几岁的女孩子等个十年才结婚吗？对于这个提议，他禁不住纵声大笑了。唯其对方是个孩子，他相信可以说服她，甚至，可以用行动来占有她。可是，一年苦恋的结果，哪怕一天一封情书，那比讲义还要耗费心思的情书，换来的仍然是无尽期的等待。一个饱经沧桑的人已无法理解沉迷在初恋中的少女的心。她爱他，几乎是盲目的，他的情书是她唯一的精神食粮，假如有一天邮差脱了班，她会茫然若有所失，她沉溺在幻想里，无论是上课、睡觉，或是吃饭，任何时候，她都想着他，可是，她却坚持着自己的意见，她避免同他常见面，就是假日，她也躲起来，独自到郊外散步。她愿意对着蓝天白云自语，因为，她没有勇气告诉每一个人，她是在爱着，她的被爱着的幸福。她幻想着，可能五年以后，自己大学结束了，独立生活了，她会要求父母给她选择婚姻的自由，不用说，他，就是她的结婚的对象。她幻想着五年后的生活，幸福像一杯斟满的酒，她未饮却已脸红了。她一会儿沉默，一会儿欢喜，一会儿在人前欢笑着，一会儿影踪也找寻不到。不太接近的同学，都说她变了，只有少数知道她隐秘的好朋友，不禁偷偷为她担份心事。年龄悬殊太多的恋爱，未必会有幸福。何况她太重感情，太爱幻想，现实绝不会有幻想那么美。可是，谁又忍心，谁又有这力量将她从幻梦中唤醒过来呢？

一年的时间不短，而回想起来，这苦恋的一年比梦境还要模糊。眼前这画像已经找不回一分少女时的风韵，只有那凝望着不可知的远方的眼睛，似乎还找得回一线旧日的神韵，就这眼神也充满一层猜不透的心事，这无声的言语已经遮盖上了一层迷茫的雾似的光影。

"你为什么老是这么忧郁地望着？你向往着什么呢？你也许在怨我、恨我，怨我没有等你，恨我没有遵守你的诺言。是的，我结了婚，可是，我又离了婚了。今天，我仍然一个人。十年前当我找到了你，你已经是别人的妻子，你有一个美满的家庭。可是，你为什么又突然地一个人离家远走了呢？慕诗是个好丈夫，他现在还在等着你，而你不回来。你的老朋友，一个最能同你倾谈一切的老朋友，也在等着你，而你似乎忘了这世界上还有他存在。没有人了解你，可是，却有这么多的人在等待着你，在爱着你。只要你肯回来，而你，你连眼神从来也不肯扫视一下我，谁能相信你会变得这么冷酷？！"

假如自语可以排遣寂寞，难怪煜国爱借自语来重温他往日的一段旧梦。他珍视这幅画像，他展览这幅画像，谁也知道他有过这么一个爱人，为了不能遵守那个近于可笑的诺言，他们彼此都另外结了婚。她呢，现实教育了她，她早已不是一个爱幻想的女孩子，早已不是仅仅读情书的女孩子，美丽的情书满足不了她，少女时候的恋爱在她是荒诞可笑的回忆。不，她根本就不再回忆过去。她承认，是他，教给她懂得了恋爱，而现实却教给她懂得生活。他们的思想正如他们的年龄一样悬殊。他不懂得她，她呢，也许从记忆里就已勾掉了他的名字。寂寞晚年的回忆是苦涩的，这青年少妇的画像在钟煜国的书斋里无异是主人翁晚景的点缀，对照着主人翁的心境，不啻是一个有力的讽刺。"人为什么要活在回忆里呢？"

而回忆几乎是钟煜国的全部生活。

二

战争改变了每一个人的生活。炮火在毁坏着许多城市，而由于炮火，许多偏僻的城镇也改了旧观。当人们意识到这民族自卫战争，必须长期抵抗才能争取到最后的胜利时，在这一个神圣的国策号召下，无论个人、家庭，都放弃了侥幸和等待的心理，压抑着过度兴奋的情绪，重新做一番较为远久的安排。既然不能持枪上前线，就打点着在自己能力之内，替国家、为战争默默地尽一份自己的力量。于是西南一隅，陡然地增加了数十倍人口。

在一座古朴的小城，石板路朝夕有载重的驴马悠然地漫步着的一座小城，由于战争带来了意外的繁荣。这古城的民风是那样的纯朴，当地人不善于言语，可是他们善良的心胸同当地的天色一样的开阔。客居的人们很快地就爱着这地方，爱着这些可亲的"地主"，更爱着这地方的自然山水和那一方永远碧蓝照耀着温暖的阳光的天空。

四季是春天，遍野都开着花。人民的语言没有咒骂的词句，彩色的鹦哥多过麻雀，随时飞来窗棂，伴你读书。像神话一样的传说，早已在人们心里织下了一幅美丽的憧憬。无论是从哪一条路走来，拔海千尺以上的高地，确乎具有人间桃园的胜景。自然景物，人情民俗，在在都引人留恋。

在城的西北角，一条竹林幽静的小路引伸过去，有一所朱漆黑门的四合院房子。东向一排三间的厢房里，住着一对年轻夫妇，李紫薇和她的丈夫尤慕诗。

他们的小家庭似乎饱和了青春同幸福。他们的生活像一杯酒，像一首抒情的小诗。慕诗不是诗人，却是一个比诗人还要睿智的哲学家。他爱这所避风雨，更宜读书的小屋子，假如多两三个朋友，对斟两杯酒，用不着握管，这生活就是一首美丽小诗的记录。这屋子早晚都是春天，庭院里遍开着花。生活宁静得连言语都是多余的音响，用不着借想象来寻觅彩色的鹦鹉，欢唱得像鸟一样的紫薇虽然也懂得了沉默，可是这小屋借了她却添了不少生气。客厅里不少有风趣的笑语，这小屋逐渐变成了一些单身友人休息时的家。有诗人，有画家，有学者，有教授。慕诗在朋友们的羡慕里满足已得的幸福。过多的幸福也会伴来烦恼，百十步外就是学校，为了不妨碍自己的研究环境，他在学校里辟了一间研究室，给自己规定下办公时间，甚至是假日，除了吃饭睡眠，这幸福的家庭里却很少找到他的踪迹。他的彩色的鹦鹉呢？有着鹦鹉一样彩色的李紫薇，却喑哑着，整日不言语。人们称赞她是一位贤惠的太太，她尽了女人应尽的本分，会管家，会做厨房里的杂事。陪着客人，茶余饭后饱听着健谈的人们的议论。上至世界国家，小至牛奶咖啡的烧法，深至哲学，广至文学与人生。她忍受着精神上的"疲劳轰炸"，她想从许多不同的论点里去了解她所不知道的种种问题。欣赏过三月里红得如火的茶花，她游览过避暑胜地西山。秋夜的滇池她放过舟，而应该围炉的冬天，却盼望不到一滴雨水，更别说银样的雪花了。四季的春天令人慵懒，她不禁开始怅念怒吼着北风的远方。

她的眼神开始漾溢着忧愁的雾光。

这眼神被画家陈意扬捉到他的笔下，一个月的时间，他给许多羡慕着这个小家庭的朋友们，留下了一幅五尺长三尺宽的画像。

人们欣赏着这幅画像，欣赏着画中的少妇。人们也批评着这幅画像，也议论着画中的主人。很多人知道紫薇的过去，知道紫薇曾经有过爱人钟煜国，在他们的小客厅里钟煜国甚至被接待过，于是人们传说着紫薇更多的浪漫故事。因此不禁奇怪紫薇何以会安静得像头猫，竟日蜷伏在家里。于是抱杞人之忧的也就变成了聪明的先知者，私下预言着这安静的小家庭即将会到来一阵暴风雨。可不是吗？瞧那眼神吧，那眼神就是谜，叫人瞧不透。于是，好事者开始注意起紫薇来，可不是吗？紫薇的眼神的确罩上了一层雾。她整日地凝神地望着，望着不可知的远方。那眼神是深不可测的湖，尽管湖面是平静的，这湖却象征着紫薇同一切人之间的距离，甚至她的丈夫尤慕诗。最亲近的人也最容易忽略对方的心境。最亲近的人却不是最了解相知的伴侣。恋爱是两个人精神生活走向一致的开端，可是，恋爱的结果，并不能将两个生活不同的人范围在一个共同的藩篱里。这是一个基本的矛盾，一个爱思索的人，这时经不住自己运用思索的能力了。

执着于某一问题的思考，不同于幻想。尽管爱幻想的人遭受不了现实的破灭。可是追求于精神生活的人会更不满于现实。虽然，也是现实在鼓舞着追求的热情同欲望。

紫薇开始在彷徨。

她的旧日的同伴们散布在四方，这些曾经一块工作过的青年人，仍然在默默地尽着他们的本分。这些人牺牲了他们本身应享的幸福，而为了更多人的幸福熬受着一切苦难。许多人工作能力并不如她，可是，现实把他们教育得更成熟。他们同她们向她伸出手，向她呼唤出热忱的召唤。紫薇困惑地想着，可是意识是朦胧的。她望不清自己应该举步的方向，满园的芬芳使她迷醉，温暖的春天使她慵懒。她向往于一个新的精神生活，她向往着冰雪的北方，向往着严寒的冬日。她向往着听闻到前线的炮火，她向往自己在这个大时代的熔炉中能够被陶焙成一件器皿。她没有隐讳她的向往，她天真地要求着丈夫，一块从这个安静的小屋子冲出去，而她的天真，她的热情，成了丈夫同朋友们饭后的谈资："瞧！我们的女战士！"她的自尊心受了伤折，鸟是飞不出笼的，而她却梦想着飞！

"太多的幻想害了你！你应该做点事情，用工作来排遣时间，要不，多看看书。可是，别让故事骗了你，现实人生就是平凡的，小说里的故事都是人编出来的。"

慕诗眼中的紫薇，不过是个爱幻想的女孩子，他以为她生活得太寂寞，他忽略了她精神方面的空虚。他邀请朋友们来，家庭里增添了不少热闹，在这人为的热闹陪衬之下，紫薇的心情却愈迷茫。

关在笼子里的鸟是不会飞的，因为天地太广阔了。紫薇整日地思索着这问题，凝神思索着。思想像阻挡不住的狂澜，从心底鼓舞起一股力量。她想着："不管他天地再广阔，我要过一过真实的人的生活。

"我怀疑爱情、家庭是不是人生的全部，在爱情、家庭之外，似乎还应该有点什么。既然你不能同意我的做法，你不可能同我一块跳出这旧的生活，希望你能原谅我的单独行动。假如，你认为我遗弃了家就是遗弃了你，我无须多辩白，实在爱情同家庭都填补不了我的空虚。我万未料到我的共同生活的人，精神上却距离得这么远！实在我安静不下来，似乎有很多声音在呼唤着，我无法具体说出我的感想，我只有用行动来证实我所要追求的现实……"

一个清晨，当慕诗从梦中醒来，他的彩色的鹦鹉已经破笼飞远了！这就是紫薇走前留下的一封信。紫薇真的离他远去了，这是不可相信的事，一个富于幻想的女孩子，她的行动比幻想更荒唐。她厌恶他们共同的生活，她不爱他！为了什么？为了什么呢？

阳光照样温暖如春，蓝天照样清澄如海，可是，这三间厢房不再是一首醉人的小诗！失掉了紫薇，似乎失掉了一切，慕诗这才清楚地意识到自己不是做梦，而幸福的往日却已梦一样地无法追寻了。

慕诗回想到他们的恋爱，回想到他们的结婚，仅仅短短不够两年的日子，他满以为一个倦于生活的紫薇，应该像一艘躲避风雨的小舟，永远停泊在他这个港口里，谁知她却冒着更大的风雨，不顾一切地航向远方。"是的，我们精神生活距离这么远！"他第一次才明白自己的确不了解她的为人，她的性格。痛苦的是，他爱她，他不能失去她，他更痛苦无法追上她走的路。他决心以苦行一般的生活，静等有一天她会回来。他相信女人的命运同笼里的鸟是差不了多少的，无论飞得多远，总有一天她受不了风雨的磨折，总有一天需要休息，需要一个家。

日子是流逝的江水，不再回来。慕诗冷静地忍受着精神上的痛苦，这毅力是惊人的。整日埋在书堆里，心情愈其怪癖。人们惋惜着慕诗，惋惜着紫薇。紫薇的消息沉寂。慕诗躲着朋友，躲着朋友们善意的同情，因此绝口不谈过去，他似乎做到真的忘记了过去，而那唯一的纪念物紫薇的画像不知什么时候从壁上卸下来，再也不见挂上。画像到哪儿去了呢？有人说在一个展览会上看到过这幅画像，有人推测画像是谁买了去，了解画家意扬的人认为这推测是侮辱。当然，意扬不会出卖这幅画，自然更不会是慕诗了。人们不便去问慕诗，至于意扬也不知道何以这幅画像会被送去展览。他决心要调查关于画像失踪的原委，他更决心要调查出一个水落石出来。

<h1 style="text-align:center">三</h1>

当画像同李紫薇这个人在人们记忆中渐渐褪了色的时候，偶然的一个机会，意扬旅行到另一个多雾的山城，更偶然地在钟煜国的客厅里发现了这张失踪了多年的画像。这被镶在一架金边雕花的框子里，装饰得是那样豪华，他几乎认不出是自己的作品，可是，那眼睛，那凝视着而又隐含着无限愁虑的眼神，复活了所有的记忆，那是紫薇呀！意扬几乎惊喜得叫出声来。突然发现的惊喜敌不过酝酿了多年的隐忧，未必紫薇追求的生活就在这里么？他直觉地不喜欢钟煜国，这是一个言行不一致，而说话多过于行动的老年人。利用由于年龄积蓄而得的经验同地位，探取青年人的信心。可是他给了青年人什么呢？犹如他追求过许多女人，而他并未真正爱过一个。甚至他的太太，也终于离了婚了。至于紫薇，说是爱过，却未得到过的，因此还似乎保持着友谊关系，就这友谊，对紫薇，某些人看来是名誉上的损失，尽管紫薇不讳言过去，也不顾忌人们的批评，但结婚以后的紫薇，谈起过去这么一个朋友时，似乎也没有什么太好的印象。紫薇失踪以后，人们曾经流言过，因为钟煜国刚离婚，可能是钟煜国暗中追求的惨剧。意扬对这些流言不容情地加以反驳。意扬自觉了解紫薇，一个向上的女性决不会走上堕落的歧途。但，这会是事实吗！这幅画像，何以落到煜国手里？意扬愈想愈其不安了，不拟等主人见面就要从这客厅

逃走。他害怕流言竟是事实，他不愿见到画像真的复活，他害怕紫薇也就是这客厅的女主人。然而，不知什么力量把他吸引住了，他两脚怎样也移动不了。他呆望着，望着画像，他考虑怎样从这客厅将这幅画像拿走。"这是我的作品，我有这权力。"他反复地说着，似乎已面对着主人。他预备讲演稿似的，而主人不等他熟读腹稿就出现在客厅里了。

从晌午到黄昏，从黄昏挨磨到深夜，几两酒，再加上一壶咖啡，是画像的故事，也是被画的人的故事，感动了说话人与听话人。这一番长谈消释了意扬种种疑虑，对于面前这个两鬓微霜的老人，下意识地几乎被感动得有点同情他的遭遇了。事实证明煜国的确会说话，尤其是情感方面的把握使故事本身增加了不少美的成分。当他清楚地知道了煜国同紫薇的过去，他也不禁为他们神圣的友谊祝福了。终于叹息道：

"也好，你就保存一个时期吧。她是你的老朋友，你可能再见到她。将来仍然希望物归原主，希望在慕诗的客厅里再看到我画的这幅画。可惜我画出来的只是她的外形，我无法理解她的为人。"

"谁又真的理解她呢?"煜国也深深地叹息了。

真的，不仅意扬、煜国不理解她，就是慕诗，她的最亲的人也从未懂得过她。她看起来似乎爱着她的丈夫，也喜欢着这些朋友，可是，她的精神却仿佛生活在另一个范畴里。她同慕诗生活在一间屋子里，她同他们的朋友们，经常在一块儿吃茶、聊天。她给人第一个印象是活泼的，易于接近的，但，人们真心想接近她时，更多的沉默把她隔膜在另一个天地里。那多雾的眼神说尽了她的忧愁，却说不尽她所忧愁思索着的是些什么。

"我没法理解她，她变得太多，也太怪了!"煜国半是回忆地说，"两年前的一个冬天，她突然地出现在我这个客厅里，我同我的太太接待她，也接受了她送来的这件礼物——画像。"

"请你们替我保存一个时候吧，为了我还要走许多路，带着不方便。"

"你上哪儿去? 你一个人?"我问她。

她笑了，"自然是一个人。否则我也不带这幅画出来了。"

"那么，慕诗呢？"

"他，也就是为了他，怕他更痛苦，我才决心，'卷逃'了这幅画。"她又笑了，笑得很勉强。

"这究竟是怎么回事呢？"

"多少人和事没法用常理推测的。所以你要问的问题恐怕我也没法回答。"

"她的神态那样飘忽，她的语气那样神秘，可是有一样，她的眼神却不同于这幅画上的。她的眼神是那样明朗，坚定。那不是她的眼睛，我认识她那么多年了，从她做女孩子起，就看清楚了她那对眼睛。"煜国不禁夸耀起过去那一段恋爱史，也禁不住兴奋起来，"可是，那不是她的眼睛，那像是在一本什么书的插图里看到的，而不是紫薇应该有的。唉！我形容不出来，总之，她是变了。"

"从此，我再也见不到她。又是几年了，她的消息一点也没有。这几年人事变化也真大，即如我自己……"煜国叹息地不说下去。他离婚的故事不用叙述，意扬早就知道的了。

"你看这战局，谁知道要打到哪一天？我不消极，也不悲观。然而一切没办法地拖，拖的结果，不过是老百姓们家破人亡，妻离子散而已。我不是士兵，我本没有资格说这些话。如果不是为了战争，我这个家也不会变得不成个家，而慕诗呢，也不会放走紫薇，你说是不是？"

"你是说慕诗放走紫薇吗？"

"为什么不是呢？一切事实都是由环境决定的。当然，我并不是责备慕诗，主要的是他们的性格，决定了他们的环境，决定了他们的生活。这是个人的悲剧，社会的悲剧，也是时代的悲剧。

"自然，他们都还年轻，都还可能恋爱，可是，紫薇追求的是一个生活内容，而不是一个生活的形式。她可能不再结婚，但，她不会缺少感情上的刺激。人们传说她同某某等人恋爱，可是，某某等人还在这个城市里，她却早已找不到踪迹。一个有家庭的男人的顾虑，比一个有勇气离开丈夫的女人多得多。她的性格是那样地强，她不会为了感情生活毁掉她自己的前途的。"

"可是，她这样下去不也是在毁她自己吗?"意扬担心地反问道。

"自然，任她这样下去是危险的，爱她的人都有这责任关心到她的前途。"

是的，爱她的人都有这责任关心到她的前途。怎样负起这责任呢? 现在，她在什么地方? 她的存在，她的安危，没有一个人知道。面对着这幅半身画像，主客都禁不住沉默了。

经过画家陈意扬的同意，画像终于安全地留在煜国的客厅里。画像成了煜国的伴侣，甚至在他旅行的时候，他也忘不了携带着、展览着，无论旅行到什么地方。自然地他习惯了对着画像自语。渐渐地鉴赏着画像的人不再知道这幅画像具有的故事，更不知道失去了画像的主人尤慕诗，将步入中年了，还在那儿寂寞地等着，等着这只彩色的鹦鹉突然飞了回去。

四

意外的，这幅画像终于从煜国的客厅里失踪了。偷画像的雅贼却留下了一张字条:

"原谅我，没有得到你允许就要求你将这幅画像还给我。……人海里找不到她的影子，但我决心要追踪出她的下落。现在，我要开始一个艰苦的行程，我希望带着这画像，借这画像，我相信知道她的人会告诉我她是否仍然活着。"

"是慕诗! 会是慕诗吗?"煜国不禁惊诧起来。读着留条，他不相信一个多年关在书房里的人，会突然跑了出来，而且热情得像个青年，还准备带着画像跑向天涯，去寻访紫薇的下落。这可能吗? 煜国自语着，莫名的嫉妒像虫子一样爬食着他的神经，失去了画像，也就失去了他的精神生活的主宰。确实，他不能没有这幅画像，因为他不能不借回忆来满足自己空虚的心灵。他按照客人留下的地址，马上去找慕诗，要去找回这幅画像。在慕诗的客寓里，他发现这青年人已是超过年龄的衰老。客人有点控制不住似的兴奋，他坚持着他的要求。

"这是意扬答应了的，我得保存这幅画像，我要遵守我的诺言。"

"什么诺言？"

"这是秘密。"

"难道你，你同紫薇之间还有秘密？……"

"不。你误会了。我说秘密是关于你的。"

"我？"

"对了，意扬要我替你们保存，他相信有一天这画像仍然会挂在你的客厅里。"

"你们有意讽刺我？"主人禁不住神经质地大笑了起来，立即又阴沉地问道。

"这不是讽刺，你也别激动。"显然煜国要考虑如何说服对方，故意调转话题。

"因为你太激动，你可能在控制不住的时候毁掉她。意扬重视这幅画，因为紫薇爱这幅画。自然，你有资格保存它，可是，你更有资格重新建立你旧日的家，既然你决心找紫薇。我决不食言，在你们重建一个家的时候我一定送还你这幅画。"

煜国用尽心机想骗慕诗，事实他是在骗自己。为了要骗回这幅画。他禁不住声音都有点颤抖了。他恨慕诗，恨慕诗的残酷，慕诗一次再次撕毁了他的幻景，慕诗占有过紫薇这个人，如今，又要来占有紫薇的影子，凭了什么，凭了什么呢？如果紫薇应该属于你的，为什么竟又放走她呢？紫薇走了，你得不到她，如今，竟来折磨我，用强盗手法来偷这本应属于我的画，为了顾全礼貌，他咽下许多刻毒的令人伤心的咒骂，可是，说尽了好听言语，也挽回不了慕诗的心。像已被藏了起来，他甚至再望一眼的机会也没有了。

回到空洞的客厅，失去了画像的客厅竟显得如此地空漠、阴森，他似乎第一次才发现这客厅光线如此暗。即或在夜晚，电灯也显得不够火力。他害怕留在客厅里，可是他改不了面壁静坐的习惯。现在只有面壁了，面对着那一方曾经挂着画像的壁，他更改不了自语的习惯，尽管眼前已经没有画。他突然地衰老起来，他似乎受不住这打击，失恋，离婚，至多影响到他的生活，远不及这幅画的失去，竟影响到他的精神同心情。他诅咒着所有的人，像一个精神病患者。他发誓要设法撕毁这幅画，既然自己得不着，就不应该留存在这世界上。可是，他已找不见慕诗，他从哪儿找回这幅画呢？

若干年后。

传说着慕诗已经漂流到海外，也许仍然带着那幅偷回的画吧。而煜国愈近晚年，愈其摆脱不掉失去了画像的痛苦。他不死心，他等着，他幻想着，有一天画像会复活，早晚默祷一般地面壁自语，他相信他的忠诚会感动紫薇，紫薇会有一天天外飞来般地陪他消磨余年。

终于有这么一天，画家陈意扬为了同情煜国，借回忆而支持自己精神才能活下去的老朋友，他决心找一个同紫薇轮廓相仿佛的女人重临一张画送给煜国。

他委托许多朋友去物色模特儿。许久日子，忽然接到一封隐名的来信，读完来信，他不禁惊叫了起来：

"会是紫薇吗，她居然还活着，而且就在这世界上！"

信是潦草的几个字。

"听说您要为一个过去的朋友画像，你要征求一个画型相仿佛的人。我很愿意见见你，也许你从我的面形上还找得出旧友的影子，不过，你别诧异她已不再年轻，假如再抓到你的笔下，你已不可能再找回失去了的青春。也许，你可能获得一点新的什么，如果你还承认她是你的一个朋友，你也许会为今天的她祝福、欢喜吧。"

可不就是紫薇吗，当意扬如约访见到她，他几乎禁不住像遇到久别的爱人一样同她拥抱起来。意扬从来也没有意识到他自己也在爱着她。可是，眼前的她，像春天的阳光，那样的活跃，那样的富于生命力。是的，她已不再年轻，在她身上已找不回旧日的影子。可是娇艳的青春敌不过久经磨炼的智力，她的眼神是那样的明朗、坚定。她是变了，至少，她的心情却更年轻了。她那样坦白，那样热情，从别后的生活谈到对现实的认识，每句话都有力地吸引着意扬，当她听到意扬要重画一张画的目的时，她大笑了，她说：

"对于一个生活在回忆里的人，值得费那么大的事吗？"

"你为什么这样冷酷呢？"

"我知道每个人都要责备我冷酷。我也不愿辩白。可是活在今天，要做的，该做的事太多了，要捉着一个年轻的女人的影子并不难。为了珍视你的笔，我希望你能画一些有意义的作品。"

"难道说给你画像就没有意义吗？"

"不要画我，我是一个平凡不过的人。我的生活也是平凡不过的生活。不同于过去的是，我不再在情感的小圈子里游泳，我有我的工作，说得好听一点，我有我的事业。我愿意为更多的人做点事，如此而已。并没有什么神秘。你想，给我留张画像有什么用呢？这张像能够影响谁个呢？像煜国整日对着画像自语，精神生活囚在过去的圈子里，你说你同情他，你骂我冷酷。对于这么一个固执而又自私的人，不冷酷又将怎样呢？我真奇怪在我年轻时会爱过他。一个年轻女孩子的思想真是不可思议，一个年轻女孩子的感情现在想起来是可笑的。"

"可是，一个人最可宝贵的还是年轻时的感情。"

"你也那么想吗？"

"我甚至嫉妒煜国，因为你初恋的爱人是他而不是我。"

"意扬！"

紫薇沉默了。显然她很能应付这类僵局。固然谈话已经无从继续。她干脆拒绝了意扬的要求，她拒绝意扬再为她画一幅画像。从过去的一幅画像所发生的种种故事，使她明白了由于她而造成的几桩悲剧。她鄙视活在回忆里的人，眼看这画家也要走上煜国、慕诗走过的路。无须警惕，她早就决定了。她也并不懊悔这次的突然的见面，虽然意扬并不如她所想的，会为今天的她而祝福。

这是关于画像的最后一个插曲。这以后，意扬再也见不到紫薇了，而人海里似乎不再有紫薇的踪迹，人海里再也找不回紫薇少妇时代的影子，人海里再也见不到那一双漾溢着雾光的眼睛。而在意扬最新的记忆中，那眼睛却是烈日一样的明澈、坚定。是那眼睛引着她走向意扬不可知的地方，而这最后一个印象却永远保留在画家的记忆里。他曾经希冀过借记忆临出这个可宝贵的印象来，可是，他却无法把这印象复活在他的笔底！

一九四七年四月一日愚人节完稿

| 作品点评 |

《画像》在结构上也较过去的小说来得巧妙而紧凑。它以一幅画像的遭遇来联系全篇。从对画像的欣赏，画像的来历，画像的被"卷逃"，画像的被盗失踪和再画不成，逐一交代了主人公紫薇和3个男人之间的关系，描绘了她的命运的转变。较之以往的小说，显得成熟和高明多了。

——史承钧：《凤子的小说》，《上海师范大学学报（哲学社会科学版）》2009年
第1期

当时代发展到20世纪40年代的时候，凤子的代表作《画像》对于"娜拉走后怎样"的命题的解答有了新的选项。《画像》中的紫薇想实现的已不再局限于婚姻家庭了，"我怀疑爱情、家庭是不是人生的全部，在爱情、家庭之外，似乎还应该有点什么"。当她像花一样被供养在家的时候，"她的眼神开始漾溢着忧愁的雾光"。紫薇走出家庭后命运会怎样呢？凤子对久别后紫薇的形象变化的描述便是回答："眼前的她，像春天的阳光，那样的活跃，那样的富于生命力。是的，她已不再年轻，在她的身上已找到不回旧日的影子。可是娇艳的青春敌不过久经磨炼的智力，她的眼神是那样的明朗、坚定。"其实，凤子本人就是现实版的紫薇。

——陈彩林：《大后方女性的乱世剪影——论凤子小说对新文学史链的衔接》，
《名作欣赏》2016年第2期

王长林

黄谷柳

一

在一条泥泞的公路上，土红色的泥浆像溃烂的脓血似的缓缓流泄。小路中心的嶙石裸露着。路旁人行小径变成了稀烂泥糊，小径两旁的野草浸满了积水，一千几百双壮丁的赤脚，踏着野草，在积水中渍渍地走着。

公路的荒凉景象，使这一千几百人的大队行进也感到无比的寂寞。抗日战争遗留下来的破汽车的骨骼仰躺在路旁，长年给风雨吹打，烈日蒸晒，像死人的骷髅似的无人理会。壮丁们偶或看到了一两个倒毙在路旁的人，虽明知道是同道中人，竟疲累得对死尸引不起一点怜悯。活着的壮丁，在这条荒凉死寂的公路上行进着，大家默默无声，比送葬的行列还要寂静。有一只公髻郎站在树丫上高声啁叫着，它侧着头看着这一长列人的队伍，好像是在诧异他们为什么这样闷闷不乐，没有一个人开腔唱歌或谈话。

这一队无声的似乎是去赴死的行列，是从监狱里、马路上、农村中抓来送上前方补充正规部队作战的损失和逃亡的缺额的。为了预防他们逃走，暂时编成行军序列，分成若干个中队，每一个中队有

作品信息

　　写于1948年8月，选自《干妈》(花城出版社1990年5月出版)。收入《香港当代作家作品选集·黄谷柳卷》(天地图书有限公司2014年12月出版)等。

八九个班，每一班约莫十个人。有一根粗绳把他们每一个人的右臂捆绑着而又相连起来。每一班的前后都有武装士兵押着，士兵的步枪子弹是上了膛的，他们奉命可以自由射杀逃走的壮丁。今天在这样淫雨的天时，这样泥泞的湿路上，在这样紧的捆绑和枪尖的威胁下，既饥饿又疲累的壮丁，他们还有什么话好说呢？他们哪还有劲儿唱歌呢？

公髻郎依然侧着头在啁叫着，它永远想不通人间的这些怪事。

一声声的哨子声响过山谷，行列停止了，壮丁们习惯地站定，解开裤头一齐小便，小便完毕，一长一短的哨子声传过来，他们又默默地继续前进。

二

王长林是第九班中排列最末的壮丁。在三天的行军当中，他没有说过一句话。他用眼睛观察他这一班的同伴，判断他们的出身和经历。他是老行伍，班长也当过几年，他看惯了一切，也看懂了一切。他在装傻，不愿暴露自己的身份。他没有一刻不在准备逃走，在他过去的开小差纪录中，没有一次是失败过的。他有充分的自信，无论在任何情况下，他都可以逃脱。

王长林这时用他的那双细眼睛盯着他前面的同伴。这位麻脸的跟他同宿同走了三天的同伴，他连姓名也没有请教过他。现在，他忽然用肯定的口气问他：

"喂，你几时离开九三七团的？"

那位麻脸同伴回过头来望了王长林一眼，问道：

"你怎么晓得？"

王长林笑了：

"我果然判断得不错！喂，你试判断我是哪一师的？"

麻子又望了一眼王长林，应道：

"我判断不出来。"

"哈哈，这要讲功夫的呢！"

倒数第三名的新壮丁，对于这两个同伴口中的"判断"这两句军中惯用语，感到很新鲜。他是一名商店店员，上街收账给人在马路上抓来，他从没有在军队中混过，他张开口望着他们谈话。王长林告诉他的同伴，他认得九三七团许多官兵，却不曾在九三七团干过。他说九三七团出来的人的立正姿势都是一模一样的，两手不是自然垂直、中指贴在裤缝，而是手肘曲折，手臂跟身体的距离足足放得下三个拳头，这是九三七团弟兄特别的姿势，不晓得是给哪一个教官教坏了的。这个麻脸同伴不相信这样的观察法，认为不可靠，可是他的确是从九三七团逃出来的，他不能不佩服王长林的眼力，他们算是朋友了。

队伍在松林中一间破庙休息，大家坐下来，每一班放松了一个人，由士兵押进村里替大家弄开水，王长林看见有一只破碗覆在泥土里，距离他的坐处约五六尺，他躺下来伸出脚去还差一尺多，他用手肘碰碰麻子，小声说：

"你看！那边那只破碗……"

麻子明白他的意思。他移开一个屁股位，王长林也移开一个屁股位，伸伸脚，到了。然后，麻子监视着那个抱枪坐在一边抽熟烟的士兵，王长林把那只破碗弄到手了。跟着，他们就背靠着背，王长林用一块石头悄悄地敲碎那半边破碗，裂开四五小块，他和麻子两人每人分一半，藏在裤头上。麻子很是老练，关于这几片破瓷片的用途怎样，什么时候使用，分给哪些人使用，他一句话也不问王长林。王长林心里乐开了，他高兴得了一个好帮手。

一个集体逃走的阴谋在麻子和王长林两人的心头酝酿着，王长林有过无数次的逃走经验，麻子显然也不是生手。在王长林的回忆里，几乎没有一次逃走方式是相同的。成功的逃走也跟成功的战斗一样，是要看各种的情况来决定的，王长林很明白这个道理。现在他已把这次的行军的各种可能有的情况都估计到了，他定了好几个逃走的方案，其中一个是最冒险、最大胆、最艰难，但如能好好执行就会是伤亡最少的逃走计划。这计划的要点是大集团逃走，人数越动员得多，成功的公算也越大。他预备先从本班开始着手，组织一个突击的小组，慢慢跟别班取得联络，约好暗号，择最有利的时机发动，火头烧得越多，带队官兵就越发手忙脚乱，应付不了了。

王长林断定他的一班中有两个最坚定的分子：一个是站头排的高佬，一个就是麻子。高佬底下是一个黄肿鬼，行动迟钝；再下一个是湖南佬，他跟排长攀同乡，特别谈得来，可能会做奸细，得特别留神他；麻子前面是一个新丁，特别怕死；再前一个是土里土气的耕田佬，蛮有力气，大有可为……王长林逐个观察了一番，在心里打了个底了！他打算叫高佬说动他底下的黄肿鬼；叫麻子说动他前头的新丁和耕田佬，暂时把湖南佬孤立起来，到临发动时才告诉他，免得给他破坏。半夜，王长林跟麻子交换了两人的意见，麻子告诉他，他捡得一块曹连长弃掉的须刨片，已交给高佬，高佬折断成两边，把半边送给第八班去了。王长林非常高兴，他悄悄地把几项任务交托给麻子，并依照军队的惯例，叫他"复诵"一遍，没有错，才放心。他问麻子：

"高佬识字吗?"

"你不听他念过'财源茂盛达三江'的对联吗？他是识得几个字的。干什么?"

"我要向他下达命令，叫他跟第七第八各班取得联络，后天就到旅部了，分发到部队去后就不好了。"

"那么你准备好，明早大便时交给他。"

王长林就从神台底下撕下了一块红纸，用铅笔伏卧在禾草上草草写下几项要点：

一、后天到旅部，良机莫失。

二、快快通知第七第八班转知各班，注意内奸。

三、行动时间临时发暗号通知。

四、暗号：打呵欠——预备令；打喷嚏——取消预备令；咳嗽——断绳索；契弟——即刻开动。

写好，在神台脚下翻了一个身，藏好命令，不久就呼呼发起鼾声来了。

三

天刚亮，他们就给赶起来了。第一件事就是强迫一律解大便。他们这一班在老百姓的菜地上围成一个圆圈，蹲下来就是一阵皮皮扑扑的声音。十个有九个拉肚子，痢疾迅速传染开来，在到达火线之前，他们有千百种可以死的机会，高佬也是泻肚子，他手里捏着一根折来的竹篱片，正预备揩屁股。王长林碰了他一下，向他使个眼色，说道：

"你疴痢，我给张纸你吧！"

说罢就递那张命令过去，高佬接过来，望一眼监视的士兵，依然用他的竹片揩屁股。他们站起来时，高佬碰了王长林一下，交换一个眼色，意思是说：我收到你的命令了，一切遵办，放心吧！

吃早饭后，队伍开始行进，不巧得很，在集合出发的时候，王长林发觉新调来押送他们的一个班长原来是旧日一六〇师的旧家伙，他在连下当中士班长时，那家伙是他的属下弟兄，今天这家伙当了班长，背了两支七九跟在他的后面，他们几乎是同时彼此发觉这个巧遇。王长林假装不认得，一声不响；但他觉得有一双眼睛老盯着他的后脑，他怪不舒服地回过头来，他看见那双眼睛含着笑意，王长林无可奈何地咧开嘴勉强向那家伙笑笑，他自己晓得，他今天的地位是难堪而又非常尴尬。他等别人先开口。

"三班长，你在这里！"

"唔！"

"我今天才看到你。"

"唔。……"

"我有香烟，你抽一根！"

"唔，多谢。"

王长林向后边伸出他那只自由的左手，接过一根已经替他点着了的香烟。一根香烟的友谊表示，解除了他对于这位从前是旧友而今天却是监视人的敌意。

班长对王长林说：

"明天就到旅部了。"

"我晓得。这条路我走过不止一次。"

"三班长，我还以为你上岸了呢。"

"上什么岸？还不是死路一条。"

"你顶名来的？"

"唔。你好吧？"

"好什么！看外表我比你神气，其实，算了吧，不说你也明白。"

"怎么？你背两支枪？班上又缺了额？"

"可不是！第七班两点到四点逃掉一个，现在一班只有六个人，真是见鬼！"

王长林笑起来，他扭转身对他的旧伙伴说：

"你把子弹退出来，我替你背一支。"

班长松下一支七九，笑着递给他：

"你背！我信得过你。"

"别开玩笑，我当真会杀人的。"

王长林打开了枪盖，用手指探进枪膛，的确没有子弹，他先扣了扳机，然后熟练地上好枪盖，避免了撞针撞出的响声。他用左手做了"枪上肩"的姿势，把枪挂在左肩上，回头向旧日的部下今天的班长做了一个鬼脸。

前后两个班长，一边走着，一边作着断断续续的对答。他们完全浸在回忆里。一六〇师，这个在京沪线上南浔线上曾跟日本鬼打过剧仗的广东部队，今天已经人事沧桑，不像是旧日的面目了。部队在内战战场上给歼灭不止一次、几次，剩下一个招牌，退下来招兵买马，从事补充整训。逃逃补补，补补逃逃，师给整编为旅，官兵全无斗志，士气异常颓丧，给人称做"输送队"。两个班长谈起旧事，免不了有一番感慨。

"三班长，你不找些活路干？"

"怎么不找？做了几次小贩，赔了本！后来又跟人走私，也失败了。乡下征兵征得紧，我只好拣上这条便当的活路了。"

"顶了多少钱?"

"时价早晚不同。没有出息，别提了。"

王长林觉得自己是一个堂堂汉子，找不到一样正当的行业，竟来做顶名卖身的勾当，他惭愧起来。他不晓得怨谁好，只好怨他的命苦了。

谈着谈着，不知不觉竟走了三十多里路。大休息的哨声响了，班长解脱王长林的绳索，取回那支步枪交给另一武装士兵，带王长林到村子里去弄开水，黄肿鬼托他买济众水，高佬托他买熟烟。高佬的钞票上面，有"黄昏"两个字，王长林望一眼高佬，点点头，就跟班长进村去。

这天不是圩日，村里非常冷落。有一家熟食档摆在圩口，上面挂着的卤肉显然是几天前的陈货，成群的苍蝇沾在猪头肉上面。手一挥它们就飞了开去，打一个转，即刻又飞回来沾在猪头肉上。王长林的肚子响起来，他望望班长，班长说:

"你有钱随便吃东西。三班长，本来我是应该请你的，可是我没有钱。"

王长林听见这话很难过。旧日的弟兄还尊敬他，而他自己直到此刻还是一个逃兵，而且还计划着带领别的壮丁逃跑。不知是由于感激还是惭愧，或者两样心情都有，他觉得应该在此刻请旧日的弟兄今日的班长喝一碗酒，叙叙旧情，也算作话别，说不定今夜或明夜，他们又得分手，天南地北各自东西了。

"我请! 来，我们碣一碗酒!"

他们就蹲在熟食档前的长凳上，叫了一碟猪耳，一碟卤肉，两碗双蒸。两人端起了酒对望一眼，一口就呷了大半碗。他们有任务在身，没工夫慢慢对酌，迅速吃完喝完，王长林解开他的裤头带，取出两张关金会了钞。当他站起来时，两块破碗片从他的裤腰掉下来，他迅速俯首捡起来，抬头正碰着班长的监督的视线。他们默默地对望了一眼，班长还没决定怎样办时，王长林的思想比他快一步，他觉得再留下这两块瓷片会误大家的事。小眼睛露出渴求原谅的笑意，将身子一弯，手一扬，就把瓷片扔出去了。班长还呆呆地站着，不晓得转什么念头。王长林说:

"他们渴死了，我们快弄开水回去吧!"

班长好像没有听见。好一会，他的脸色显得严肃认真起来。他的嘴唇紧闭着，牙关咬着。突然，他用命令的口气小声在王长林耳边说：

"三班长，我背转身，你即刻跑步跑过这几块田，跳过那边的水沟，你跑上松山我就开枪。你放心，我不会打死你的。快点!"

说罢他即背转身，装着不留心王长林的样子。

这一个放生王长林的命令，是王长林发梦也想不到的；班长的那副认真而又诚恳的脸色，叫他感激得说不出话来。当班长背转身时，他就毫不考虑地冲出去，飞快地跑过那几块田垄。

班长等了相当的时间，猜测他已跳过水沟去了。他就放下他的步枪，取出一支尖头弹，塞在枪槽内，丢了弹夹上了膛，然后转过身来预备表演追逐逃兵的射击。班长的眼睛向田野一扫，却看见王长林一个人在一百米达外，垂着头一步一步踱回来。他想不透这是什么玩意。

王长林走回到班长的跟前，说道：

"班长，我不走。这何苦来！连长打你二十军棍，我可受不了!"

班长的义侠行为受到了挫折，他向王长林发牢骚道：

"打军棍！就是枪毙我也不怕！今天死掉比活下来还快活!"

他们又回到队伍里来，两个人都有点失望。王长林依旧替班长背那支七九步枪，继续踏上泥泞的道路。

四

队伍走到一道炸毁了的公路桥梁，天快黑了。王长林疲倦得要死，他渴望能躺在桥底那块光滑的大石头上睡一觉。麻子回头对王长林说道：

"快了，看见烟火了！再走四里就到宿营地了。"

"我走累了，谁让我在下面那块石头上睡一觉，睡醒我愿给他打二十军棍!"

这句话说得班长也笑了。

前站的人已经替他们找好宿营地煮好饭在等他们。先到的一个中队已经吃了饭躺下来睡觉了。

黄昏时分，王长林的一队到达宿营地了。当他们吃饭的时候，高佬对王长林说：

"明天特别警戒，做了'契弟'都没有机会。"

"你想今晚做'契弟'？"

"你肯做我怕什么？"

王长林又对麻子说；

"麻子，我伤风咳嗽怎么好？"

"你咳你的，管你死人！"

他留心观看各人的脸色，知道大家都有了行动的决心和准备了。

饭快吃完，天色也暗下来。王长林悄悄告诉麻子道：

"在刚才经过的桥下等我！"

麻子点点头。王长林已经吃饱了，他还塞了满满的一口盅饭，跟着就打了一个长长的奇怪的呵欠。没有一个同伴敢望一眼他，空气立刻紧张起来。那个新丁伙伴慌张地伸手到裤腰上去摸他的破瓷片，弄得把半盅饭泼泻在地上。王长林狠狠地望他一眼。

王长林刚要咳嗽，街头一声步枪声"咯吱——呜！"横空而过，接着又是一枪，又是一枪。大家给吓呆住了。王长林跟高佬交换一下眼色，他们同样确信，别个中队已经发动了。

又是一阵排枪声，显然是不同方向的捕捉者的射击。街上有骚乱的脚步声，喝叫声，哨子声。

王长林咳嗽起来……

每一个人的心脏都在收缩。麻子前头的新丁急出了屎，大家弄断绳索的动作很慌乱，每一个人都觉得一分钟比一年还长。班长"立正！"的口令跟王长林"契弟！"的口令一齐发出来，王长林望着大家向四面八方奔跑。黄肿鬼走得比兔还快；麻子和高佬的影子一闪就不见了！王长林望着他们都走脱了，他也拔脚逃跑。当他狂奔时，听见到处是子弹上膛的声音，四方八面的枪声和奔跑声混成一片。

五

曹连长一夜没睡。他等搜索的、追击的人回来报告。午前三时，各班的报告都集齐了。结果是：他这一连负责押送的壮丁走脱了二百七十多个，打死了五个，打伤捉回了三个，其中的一个就是王长林。有一个搜索班始终没回来，连长气得暴跳如雷，他在"日日命令"纸上挥了几行手令交给朱排长，然后把桌面的东西一扫而光，跟着一脚把桌子踢倒，眼巴巴躺回床上去跟自己发脾气。

那张手令是这样写的：

着将逃兵王长林、陈胜、吴志雄于出发前枪毙示众。

右令

朱排长

连长曹受培

朱排长把七班长叫来，交手令给他看，要他执行这个任务。七班长脸色发青，请求道：

"排长，我请求你改派第九班吧！"

"还说第九班，第九班到现在还没回来！"

"那么请你派第八班吧！"

"第八班今晚有夜勤。"

"为什么不派第五班第六班，偏派我？我不做枪手！"

"不用你亲自动手。"

七班长急了，他恳求排长免了他这任务，他又央求道：

"排长，我不指挥我的弟兄枪毙逃兵！"

"为什么呢？"

"哦，排长，告诉你吧！逃兵王长林是我在一六〇师时的班长，你免了我吧！"

朱排长有点生气了，说道：

"命令是命令，就是你的老子，要你枪毙他，你就得枪毙他。回去，别噜苏了！"

懊丧异常的七班长退出来，走到街上，无目的地独自徘徊。他仰望黑夜的天空，星星在上面闪耀。有一颗陨星横空飞逝，他记起有人说过这是"将星"掉落，应着一位将军的寿数。王长林班长不是将军，但他的寿数却注定是完了。他在暗想：三班长呀，你的运气多么不好！放脱你你不走，你今天却失手被擒了，你多么倒霉，我，也陪你一齐倒霉！天一亮，我就要执行上头的命令枪毙你了，你在阎王爷面前别怨恨我呵！……他在寂静的黑夜中深深叹了一口气。他想起王长林往日待他的许多好处，他想：我能替他做些什么事呢？他有什么遗言遗物要我交代呢？想到这里，他赶忙走到拘押王长林的地方去看他。

王长林望着自己手脚给紧紧捆绑的情形，想到事情的严重。他预感到他已经没有希望了，班长的午夜来访，更证实了他的判断。

班长默默对着他，许久许久才找出一句话来：

"三班长，你肩头的伤口痛不痛？"

"不要紧，天一亮就什么都不痛了。"

七班长独自叹了一口气。王长林说：

"我白天辜负了你的好心，但我到死都感激你。班长，我不愿自己一个人逃生，还是现在这样好。你看，会有两三百人逃掉了吧？死我一个人有什么关系！我早晚都是要死的了！你说死掉比活着快活，但愿这话是真的。……"

七班长难受极了。他真想倒在王长林的脚下痛哭一场，忏悔他自己也曾向逃兵们开过枪，说不定王长林还是给他的子弹射中的。他说道：

"三班长，我很难过，我也向你们开了枪。"

彼此又默然了。半晌，班长又问：

"你有什么话吗？我替你转告你家里。"

"亲人都死光了！"

"有什么东西也可以替你送……"

"送东西？送给谁？……"

"不管送谁，我包给你送到！我赌咒！"

王长林父母早故，也没有妻儿。他有一些关金票塞在裤带里，送给谁好呢？他想起了他班中的麻子，那个连姓名也不晓得的壮丁，他记得自己曾约他到桥下等他。

"好吧，这件事就拜托你了。请你替我解下我的裤头带，我的手动不得。"

班长解下他的布制的空心裤带，握在手里，王长林接着说：

"有一个麻子，他也是我们的弟兄；他逃脱了，但他一个钱也没有。你就替我交这条裤带给他，说王长林送给他做路费。"

"他在哪里？"

"在西边四里外的公路木桥下，你叫他不必等我了，自己上自己的路吧！小心别给人抓到。"

七班长接受了王长林的付托，默默待了一会，然后说：

"三班长，我走啦！"

王长林沉默地目送他，他向王长林敬一个礼。在这个世界上，这是王长林所接受的最诚挚的、也是最后的一个敬礼。他在这世界上活了三十年，经历过几次军阀的内战、一次抗日国战，战后又给征去参加一次新的大内战，在半途他组织了一次集体逃跑，失手被擒，正等着挨枪毙。就是这么一回事。他的历史是这样的平凡，在临死的前夕，没有一句话留在这世界上。他只有一点点心事，交托七班长带给那个连名字也不晓得的伙伴麻子。

六

七班长离开王长林回到了自己的营舍。排长已经熟睡了，他的驳壳枪放在床头。他走近去，略一迟疑就把枪握在手上，把枪盖揭开来，抽出枪身插在木壳的尖端，顺手捡了几梭子弹，放在口袋里。再到门背去看看今晚的口令，然后巡视一遍本班的宿舍，望一眼几个熟悉的弟兄的面孔，就昂首走出门口。

卫兵是他本班的弟兄，他向夜行的班长敬个礼。

"张得标，我床头有香烟，你拿去抽吧！"

他友爱地望一眼张得标，然后向黑暗中走去。

多黑的夜！星星也躲开了。黎明之前，他走到了那座被炸毁了的木桥，他在桥边向下面喊道：

"麻子！你听我说话：我是王长林的朋友，他托我送东西给你，他叫你别等他，自己上自己的路，小心别给人抓到！麻子，你听到吗？"

在黑暗中的麻子不敢回答。等一下，班长又向黑暗中喊：

"麻子，你究竟在下面还是走掉了？你不回我的话，我就走啦！"

麻子急了起来，赶忙说：

"喂，我在这里！"

七班长摸索下桥，好容易才找到他们一班人的掩蔽部。高佬、麻子、湖南佬、新丁、耕田佬都躲在一起，他们决定掩蔽到大队伍出发之后才上自己的路。七班长交妥了王长林的遗物后，高佬就禁止他们说话。

天亮了，他们听到了起床号音。不久，又听见附近的公路上吹起大队紧急集合的号音。高佬问：

"大队紧急集合，干什么？又是枪毙逃兵？"

七班长不响。他闭着眼睛，他想到他班上的弟兄，现在一定正提出王长林带到队伍的面前，等候枪毙他的命令吧？

麻子两手握着王长林的布裤带，掏出了几十张关金票来，几个人望着这些钱，又望望七班长的哀伤的神色，大家都明白了。湖南佬问：

"班长，王长林真给抓了吗？"

七班长不答。高佬说：

"他发了命令自己还不走，动作太慢了！"

麻子问：

"除了这些钱，王长林还有什么话吩咐我们吗?"

七班长答:

"他只说一句话——叫小心上路，别给人碰到!"

大家都默然了。大家知道王长林一定会挨枪毙，但谁都不敢说出口来。七班长不说，他们也不问。逃兵捉回枪毙，他们亲眼见得多了。

远远传来几声低哑的步枪声。这不是凌空的射出，而是打进了人的后脑再射进泥土去的枪声。

大家一怔。麻子抬起头来，他的泪眼正对着七班长的泪眼。高佬失声叫起来:

"王长林! 王长林! ……"

1948.8

| 作品点评 |

　　发表在1948年8月《小说》月刊第1卷第2期的短篇《王长林》，艺术风格就变得非常质朴和沉实了。他不是通过内在的心理的颤动去透视社会的阴影，而是通过外在的言谈举止来呈露人物带理性的思考，因而在表现方式上是把新文学的艺术经验融合在大众读者的趣味之中的……这是相当典型的写实主义作品，它已经卸尽了《孤燕》中那种浪漫的和抒情的气息，也跳出了《刘半仙遇险记》那类编织传奇故事的套数。他以人物实实在在的行动和性命，称颂了英雄主义或侠义心肠，而且这种英雄主义和侠义心肠是带社会性和群体性的。不同于《孤燕》中的银子把苦难留给自己，而把虚幻的美梦留给兄长，王长林是把壮烈的死亡留给自己，而把实实在在的生路留给患难与共的众人。作品不作大幅度的正面心理描写，而通过他的一番对话去阐释他的行动、他的心理以及他的生死观。由此可知，作家在茅盾主编的《小说》月刊上，向茅盾的社会剖析的创作风格靠拢了。

　　——杨义:《中国现代小说史(下)》，人民出版社，1998年11月版，第253—
　　255页

共产党又要来了

苗延秀

一

唐伯妈的儿子岗宁，被县上抓去"剿共"以后，家里只剩下她，过着孤苦的日子。因为这样，寨岜庄的娘家，三番五次，要接唐伯妈回家，但是唐伯妈一来要等儿子的消息，二来要给岗宁爸烧烧香，三来她觉得在娘家总不如在自己家里自由，于是，她宁愿留在自己家里，仍旧给城里担担柴，缝缝针线糊口。

然而，年纪毕竟是老了。担一次柴，身体总觉得有些酸痛，有时肚子饿了，还会累得两条腿常常发抖，浑身出着冷汗。眼睛也比不上从前，缝针线粗细不匀，还常常扎手；工资虽然低到只要吃饭，不取工钱的地步，城里也没有人雇她。她自己呢，也觉得她是老了。她常常拿着用松树科挖成的笨重的脸盆，装着水，低着头，望着自己倒映在盆底的相貌，看见自己的灰白的长头发，血红的眼睛和一次比一次更黄瘦更多皱纹的脸，她就担心自己恐怕不能够等到儿子回来而永别人世，于是泪珠就一颗颗地掉下来。

县里，要钱的花样越来越多，今天问她要户口

作品信息

原载《文学战线》1949年7月第2卷第5期。收入《南下归来》（四川民族出版社1982年1月出版）、《广西当代少数民族作家丛书·苗延秀卷》（漓江出版社2001年9月出版），入选《广西侗族文学史料》（漓江出版社1991年8月出版）等。

捐；明天问她要牲畜捐；后天又问她要房屋税；……要是没有钱，催款的警士，看见什么就拿走什么。这样，唐伯妈原来养的一只小母猪，几只鸡，都没有了。

日子一天比一天难过起来。

一天，太阳已照过屋顶，阳光从霉烂了的、深红色的松树皮的裂缝里，斜斜地一条线一条线地乱射在屋地上。唐伯妈急忙地从火炉里扒出两个烧焦了的红薯，吃了以后，绕上三四尺长的黑布头巾，在"本家唐氏祖宗之神位"的坛前，合着手掌，边深深地作揖，边用侗话祈祷着道：

"公仆啊！保佑辣尧信赖，保佑辣尧悔骂崖。"（祖宗啊！你要保佑我的儿子身体健康，保佑我的儿子早日回家。）说完，她就背上套在小木夹里的柴刀，走向门背后去拿扁担，她刚刚走了两步，一个十四岁的小孩，光着一双又粗又黑的脚，连跑带跳地冲进来。他的小红脸上，一对乌黑的小眼睛，锐利地发光，头上绕着一道青黄色的有着很多细线条的狮子藤，身上穿着一套有些破烂的蓝色土布衣，腰上，学着军官的样子，扎着一副用桐油树皮做的银灰色的武装带，背着一张竹做的弓箭。他的后面，有一只黑狗，脖子上也绕着一大圈青黄色的狮子藤，翘着尾巴，跟着他一跑一跳地冲进来。

"姑妈！我爸爸说，明天是九月九啦！爸爸又叫我今天来接你回家哩！"他用侗话说着，高兴地抱住唐伯妈的脖子。那只黑狗，蹲在唐伯妈的后边，也高兴地举起两只脚，爬到她的背上，摇着尾巴，"哼哼"地叫着。

唐伯妈欢喜地弯下腰，咬着牙齿，想把他抱起来；但是他太重了，她又把他放下。边甩脱了那只狗，边说：

"好天龙儿哩！告诉爸啊！姑妈住在这里好。"

天龙把身体一扭，跺着脚说：

"不，我爸爸说，姑妈没吃、没穿，还受衙门里的气哩。姑妈！那一次，我送红薯给你，我还看见他们……"

唐伯妈不愿意依靠别人过活，她原想瞒住自己的苦痛；但是天龙却说到她心痛的地方。她的眼眶儿又涨红了，她紧抱着他，打断他的话说：

"姑妈得罪他们啦，好天龙儿哩！回去告诉爸啊，姑妈住在这里好。"唐伯妈虽然还是这样顽强地说，但自己同时也感到有些辛酸，禁不住想掉下泪来。

"不，得罪他们，讲道理吗！怎么打烂了碗，还拿走我送给你的红薯呢？姑妈！我爸爸说，他受不了衙门里的气，他不爱进城，要我来接你回家。"说着，他就拉着她的手。

唐伯妈紧紧地抱着他，在他的脖子上亲了一个嘴说：

"赖辣贯尧哩（我的心肝儿）！告诉爸爸啊，姑妈说，你们家里也不大好。姑妈一个人活得下去，不连累你们。"

"我爸爸说，家里不好，苞谷总有得吃哩！"说着，他又拉着她的手。

唐伯妈怪心疼的，同时却又无可奈何地用力摇着他的肩膀说：

"狗崽儿，真不懂事……"

"不懂、不懂，姑妈不肯到我们家里，怕我们要你的东西，我回去告诉爸去！"说着，他气得转身就跑。那只黑狗，也跟着跑了出去。

唐伯妈着了慌，大声地喊着追到门口。天龙笑嘻嘻地走回来。唐伯妈才知道她上了天龙乖巧的当，她又好气，又好笑地等他走到门口，一抓就把他的两颊拧起来，哈哈笑着说：

"你还回去告诉你爸爸不？说我怕你们要我的东西。"

天龙被她拧住两颊，他既不好笑，又不好说话，只好扁着嘴巴含糊地说个"不"字，于是，母子两人才又笑着走进屋里。

二

依照侗人的习惯，一个出嫁了的姑娘，当丈夫死后，不管老少，都可以自由回到娘家。何况唐伯妈现在又是孤零零的一个人呢？然而，唐伯妈不愿回家，不仅是为着要等住儿子；不仅是为着要对死去的苦命的丈夫守寡；而且，由于她对于艰苦的生活的领会，她觉得一个人，如果依赖别人过活，如果想要从别人那里取得一些怜悯而得到安慰，那是一种懦弱，是一种没有出息的人。所以，这一次，她又拒绝了娘家的好意，仍旧一个人生活下来。

这样，唐伯妈又靠着自己的两只手，仍旧在森林里砍砍柴，捡捡蘑菇，摘些野果松穗之类，总算熬到年关。

这时候，天气冷了，北风阵阵地吹着，唐伯妈的那间歪斜的小房子，被吹得"格格"地作响；长在城壁石缝中的野藤，已经枯干；房前的草地，草儿灰白地零乱地倒在地上。晚上，为了冷的缘故，唐伯妈烧起大火，边烤着边迷迷糊糊地睡着坐到天亮。但在刮风的晚上，山上的树叶，"唰唰"地响着飞到屋顶，对面的沿着山脚流的河水，也被风刮得发出低低的"哗啦哗啦"的响声。屋里，风"飕飕"地从壁缝中吹进来，不能生火，她就在房子的一角，铺些草，盖上一床稀融八烂的棉被，陪着这凄凉的夜，哆嗦着熬到天亮。

这种夜的凄凉，对于唐伯妈已不算是顶难堪的事。只是越近年关，唐伯妈的生计便越感到困难。因为一到大年初一，城里便没有人做生意。因此，她就不得不在年前的几天，拼命地多砍些柴去卖，每天几乎都弄到头晕眼花。

除夕日子到了，这天下午，唐伯妈还在山上砍柴，一直弄到傍晚，她才担柴回家。当她刚要走近门口的时候，一个粗暴的声音喊道：

"蛮婆！快！老子等你半天了。"

唐伯妈抬起头来一看，往日来催房屋税的警士，今天照旧穿着黄色的军服，满脸横肉，噘着嘴站在门阶上。唐伯妈低着头，仍旧边慢慢地走着，边喘着气用生硬的汉语说道：

"老总！年纪大啦！不中用。过年的东西还没有买，哪有那样多钱纳税？二十元……二十元……"

"我 × 你妈的，啰里啰唆，老子又不是问你要钱。快些！"警士不耐烦地大声说，用力拉了唐伯妈一下，唐伯妈跌着冲在门上，门"咣——"的一声开了，唐伯妈接着又倒在地上，柴压着她，半天也爬不起来。

"你妈的，老都老了，送给我也不要，还要什么娇？起来！"警士淫荡地说，狠

461

狠地用力踢着柴捆，柴捆滚过一边，一根钩柴，把唐伯妈的棉衣，从肩头刮着裂到背上，一条血的痕迹，立刻肿了起来。

"假雅（侗语，其语意带着无限的愤怒和仇恨），你们不把我当人，你们抓走了我的孩子，又来糟蹋我，我跟你们拼！"唐伯妈这样想着，两脚一蹦，就跳了起来，向警士扑去，两只手指，把警士的眼睛挖了一下，接着，又把他的脸抓破，画出几道红的痕迹。

警士没有提防，痛得他挤出了眼泪，但由于生存的本能，他很快地抓住了唐伯妈的手，一边和她挣扎，一边说：

"你，你怎么发气啦？我是给你送信来的。你的儿子……"

唐伯妈听到"儿子"两个字，心里马上软下来，眼睛顿时发光，又惊又喜地叫起来：

"我的孩子，在——在哪里？"

"你的孩子在牛犁山被'共匪'活埋啦！公事在这里，给你。"

唐伯妈信以为真，眼前一阵昏黑，大叫一声，就倒在地上。警士把通知书塞进她的手里以后，在屋里到处走了一趟。看看没有什么东西可拿，就想走出来。忽然，他看见唐伯妈的耳朵上，吊着两个杯口大的银耳环，他就两只手一边抓住一个，猛地一下，把它扯下来，血马上就迸出来，唐伯妈痛得在地上打滚，"哎哟哟"地直叫起来。警士恨恨地望她一眼，骂几声"穷鬼！"就走了。

唐伯妈哭着躺在地上。

三

唐伯妈的儿子，被抓去"剿共"已经一年了，在这一年以前的十几个年头里，她辛辛苦苦地把孩子养大，期待着孩子来度过她的老年，度过她这人生的苦痛的末程。然而当孩子刚刚十八岁的时候，他就被县里抓去"剿共"，这十几年来含辛吃苦的唐伯妈，怎能不痛哭过一个很长的时候呢？

但是，当红军长征过了这里以后，她从山谷里回来，看见她那间快要倒塌的小房子，已经被红军用树干撑起来，并且，她又在柴堆里收到一个红色的布包，这个布包，她曾经给一个流浪的侗族小孩看过，她才知道红军是工农自己的武装，是少数民族的真正兄弟，是主张抗日、打倒土豪劣绅的队伍。于是，她以为红军不会杀她的儿子，以为她的孩子好像还在什么地方，以为她的儿子总会有回来的一天。现在，她接到儿子被"'共匪'活埋"的这个通知，她以为她一切都完了，以为再也没有什么能使她活着。于是，她躺在地上伤心地哭着：

　　"孩子！你妈活得苦，我，我不难过，我死——死也要等着你。如今，你在哪里呢？儿啊！你死了，你叫妈怎样活？……"

　　天全黑了，城里，敬神的灯光到处亮起来，爆竹的声音也到处在空中爆响；唐伯妈的家里还是一团黑，她还是躺在地上哭得死去活来。后来她一直哭到叫不出声音，才慢慢爬起来。她边流着泪，边点着松香，哆哆嗦嗦地想找几根香给她的儿子烧烧；但是，她找了很久，一根也没有找到。因为这几天她忙于砍柴，没有来得及准备这些东西。这时候，被警士扯破了的耳朵，还在一阵阵地辣痛，刚才被儿子死了的消息所压倒的其他苦痛，又涌上心来。她沉重地叹着气嚷道："闷底啊！甲溜行列行括大？！"（天呀！你为什么这样没有眼睛？！）于是她就和着衣，昏昏沉沉地躺在地铺上，流着泪，糊里糊涂地想着：

　　"我总以为他们（指红军）是好人，他们给我撑房子，给我留下柴草钱，留下红布包。我天天指望他们回来，谁知道他们这样坏——他们活埋了我的孩子……"想到这里，她恨不得把藏在怀中的那个红布包扔到屋外去；但是，当她的手刚刚摸到那个东西的时候，她又这样想：

　　"孩子是衙门里抓去的，母猪、鸡、扒锅、大水桶、耳环……也是被衙门里的人抢走的。他们不叫我活呀！他们要吃人，他们难道不会骗我吗？"想到这里，她一边恨着县里，一边又觉得她的孩子好像还在什么地方，心里才又稍为轻松了一些。于是，她长长地叹了一口气，又把那个红布包好好地藏在怀中，慢慢地睡去。

　　原来，在几天以前，这个山城换了一个姓黄的县长，据说，这个县长在军队里当过团长，和省主席是亲戚，和"剿共"的某将军同过事。他上任不到两天，就带着一班警兵，在城内外到处巡视了一趟，当他走到唐伯妈这个地方的时候，他站在城墙上，指手画脚地不知道和警兵说了些什么，于是，第二天中午，他就派了这个老行的警士，送这张"剿共救国伤亡将士"通知书给唐伯妈。同日中午，有一个哨兵，站在唐伯妈这个地方的城墙上，用怀疑的眼光凝视着河那边的旷野。

四

第二天，是大年初一，城里，新年的爆竹声又到处爆响，敬神的肉酒的香气，充满了全城。唐伯妈这里，却是毫无烟气。她还没有起来。这时候，一个警士，提着一只篮子，冲门走了进来。篮里放一块半斤重的肥猪肉，几个圆圆的白糯米粑，几根蜡烛，两把香和一些纸钱。他把篮子放在床边，用手轻轻地摇醒了唐伯妈，唐伯妈睁开眼睛一看，原来是昨天来过的那个警察。她不理他，又闭上眼睛。但警士知道她醒了，滑稽地在她的耳边和和气气地说了一句"新年好"以后，又说：

"县长叫我来给你老人家拜年啦！"说着，他就磕了一个头。

唐伯妈知道她的苦根；她恨县长、恨县里所有的人。她翻过身，把脸背着他，好像讽刺而又气愤地说道：

"不要，不要，我没这个福气。"

警士明白唐伯妈的底细，特别和气地说：

"嗨！客气个什么？老人家！这个县长不是原来的啦，这个是新的，姓黄，他前几天刚上任。县长说，你老人家没儿、没女，怪可怜啦！他叫我送些肉，送些年粑给你老人家哩！"说着，他把东西从篮子里拿了出来，在唐伯妈的脸旁边提了一下。

"哼！骗我，哪只毒蛇不咬人！"唐伯妈这样想，一股劲就坐起来。她瞪着眼，指着门说：

"拿出去！拿出去！狗东西，谁要你的。"说着，唐伯妈又背过身去，不想再理他。

但是，警士还站在唐伯妈的身边，苦苦地哀求她说，如果她不收，那他要被新县长如何如何地打骂。于是唐伯妈觉得他好像有些诚意。而且，她这样想："也许，这县长是好的吧？"她才肯把东西收下。

警士看见唐伯妈肯收他的东西，又说：

"县长说，你老人家儿子死了，他很难过哩！他叫我送些蜡烛、送些香、送些纸钱让你老人家给他烧一烧。"说着，他又把东西从篮子里拿出来，递给唐伯妈。

唐伯妈听了，又伤心地掉着泪，她不想再收他的东西。但是她以为这是好县长，她不应该辜负"父母官"的好意。她就一边接过东西，一边说道：

"好娃娃！你给我对县长说啊，我谢谢他老人家。"

"不要客气。县长还叫我对你老人家说，大后天，县上、城里、山里的人，都要来给你的儿子开追悼会哩！"

唐伯妈不懂得什么是追悼会，问他：

"好娃娃！你告诉我，什么叫个吹倒会？"

"县上、城里、山里的人，都来给你老人家的儿子烧香、磕头；连县长也一样哩！老人家，你儿子出了名，你也出了名，你们俩人都出了名啦！"说完，警士背过脸，暗暗地笑了一笑，就跑出去。

警士走了。唐伯妈还怪着急地在他后边喊，叫他记住谢谢县长。之后，她走到窗户的旁边，把手搭在窗槛上，从破烂的窗棂中眺望着旷野的深处，觉得她的儿子好像的确已经死了；觉得她十多年来的对于儿子的期望，觉得她一年来的对于儿子的苦痛的等待，已经完全破灭。因为她这样想："要不，这样好的县长，怎么能给我下公事说儿子死了呢？他怎么能够给我的儿子磕头呢？……"于是，她又痛心地哭起来。

五

追悼会的日子到了，开会的时间本来准备在上午，因为早上下了些雨，改在下午。

祭台扎在离城不远的小广场。场的入口，蹲着一对发黑的石狮子；场的那端，有一间木台，台前面挂一块写着"侗民剿共英雄追悼大会"的白布，台柱上贴着一副白纸挽联；台中间的桌子上，放一升糯米、一个猪头、几把香、几个花圈。猪头的鼻孔上，插一对画着彩龙的大蜡烛。台的后面，有一棵雷劈的空心白杨树，白杨树上有一个空着的鸟巢，白杨树的后面，有一条小河，远远地在山崴里无声无息地流着。这里，原来是枪毙犯人和"蛮子"的地方，而现在却成了追悼"英雄"的会场。

午后，天气还有些阴沉，但会场四周附近的山路上，到处都已布好哨兵，县府的队伍首先入了会场，城里的老乡们接到县长的命令，也慢吞吞地零零星星地来到。他们三五成群，乱站在队伍的后边，交头接耳地吱吱喳喳在说话。一个孩子，头上绕着一道厚厚的紫色布巾，布巾上发出一种植物染料的气味。身上，穿着半新旧的紫色紧身短棉衣，他急急忙忙地溜进老乡们的中间，常常尖起脚向台上看望。

这时候，有两个警兵，一步一推地把唐伯妈推到台上，会场马上沉静下来。

唐伯妈这几天哭得眼睛深陷下去，面色憔瘦；她穿着一件玄色的破棉衣，棉衣上有几朵棉花吊到膝盖下；灰白的长头发，披在肩上，头发上绕着一条乌黑的头巾，懒懒散散地几乎要掉下来。她不知是冷，或者是过分悲哀的缘故，流着泪，缩手缩脚、战战兢兢地走向台的右边。老乡们望着她禁不住可怜地叹气。

一切都准备好了，祭仪还迟迟地没有举行，北风开始带着傍晚的寒气，渐渐地吹起来，几朵黑云，飘在空中。县长站在台上，把手插在黑呢短大衣的口袋里，板着铁的面孔，焦急地盯着入口。台下，队伍里有人伸着懒腰，打着漫长的哈欠。老乡们不顾警察的干涉，不耐烦地喧嚷起来。一个年老的穿得破旧的老乡，叹着气，悄悄地对着身旁的一个老太婆说道：

"唉！这个天下，不知怎搞？像外族唐老太婆这样穷苦的人家，县里还把她的儿子抓去；如今，又要开什么追悼会，不知怎么下台？"

那老太婆点点头小声地说：

"是的吗！我也这样想，穷人到处吃亏。听说，共产党可不这样，他们对穷人好，分田分地给穷人。前年，他们过这里时，可惜我们给县里的老爷吓跑了，都没有在家，不知道这些人长得是个什么样。如今，世道也变了，大家都怕省里县里的人哩。你听说吧？隔壁陈老伯伯的孙女，给省里来的军队磨坏（强奸）了，他们还说是自己人不要紧哩。"

总之，时候已经不早，一群群的乌鸦，"嗷嗷"地叫着飞向宿处，乌云渐渐堆起来，人们到处都在背后悄悄地埋怨：

"天都快黑了，等他娘的什么鬼还不开会。"

县长仍旧站在台上，看看入口，看看群众的吵闹，气得没有办法，对着穿灰制服的一个胖子，耳语了一些话之后，那胖子走到台中间，大声喊道：

"老乡们！请静一些！等一会，就开会啦……"

他的话还没有说完，突然轰隆一声雷响，"呼——"地刮起一阵狂风，吹掉了半张白纸挽联；写着"剿共英雄……"的那块白布，有半一截被吹吊下来，发出"噗噜噗噜"的飘拍声。黑压压的乌云，一大块一大块地推来，遮住了天空，顷刻，雨就噼噼啪啪地下起来。老乡们高兴地一哄而散，祭台没有棚，雨点把花圈、蜡烛、挽联打得凌乱地撒在地上。县长看看没有办法，也就跟着队伍，像一群乌鸦似的争先恐后地跑回去。于是，这个会就算不宣而散。

人们都走了。唐伯妈一个人，坐在台柱的旁边，把脸靠在膝盖上，哭哭啼啼。另外，在台后面的老白杨树下，有一个小孩，一动也不动地蹲着，低低地发出哭声。他的旁边，一只黑狗，好像是感受着悲哀似的，撑着前脚，面对着他默默地坐在地上。不久，他终于站起来，向祭台走去。这时候，有两个警兵，戴着黄色的雨帽，从会场的对面走来。后面的那个，是高个子，他默默地向他摇手，好像叫他停步，于是他又走回原来的地方。

不一会，他看见那两个警察，拉着唐伯妈向县政府的方向走去，那个高个子，又向他挥手，好像叫他走开。于是他好像感到绝望似的，张着小嘴巴，小声地叹了一口气，带着狗，冒着雨，慢慢地离开了那里。

六

天黑了，雨停了，唐伯妈家里又是漆黑一团。周围没有一点语声，只有森林里的阔叶树上，雨水还在淅沥淅沥地滴着。对面的河水，也低低地发出"哗啦哗啦"的响声，初春的入夜的寒风，轻轻地"咻咻"地吹着。这一切啊！好像是有意地陪着唐伯妈这间凄凉的小房子，使人看了感到无限的辛酸。

夜深了，世界好像死一样睡去。一个高个子的警兵，带着唐伯妈，悄悄地走出县府的后门，在路旁的山坡上，和她说了一些话之后，他又走回去。唐伯妈一个人，一脚高，一脚低，慌慌张张地走回来。

街上，早已没有灯光，城门到处都已关了。这个小小的山城，静静地淹没在黑暗里，只有夜半的寒风，还在"呼呼"地啸着，只有睡得入梦的人们，不时发出甜蜜的鼾声。唐伯妈冷得弯着腰，牙齿"哒哒"地打着战，悄悄地走过高低不平的街道，转个弯，溜进靠近城墙旁边的小巷。突然，"嚓——"的一声，一个东西，从黑暗中跳到路上。唐伯妈吓了一跳，向后退了几步，但是，当她仔细一看，原来是一只猫，她就急忙地一边轻轻地拍着胸口，一边急速地低声念道："骂棍尧！骂棍尧！（招魂词：我的灵魂回来！我的灵魂回来！）"之后，她"哧——"的一声，那只猫又跳进路旁的茅草里。唐伯妈悄悄地走过小巷。

唐伯妈边悄悄地走着，边想起刚才那个高个子警兵告诉她的话，她越想越痛恨起来，几乎忘掉了这夜的寒气，忘掉了周围的一切；但是，当她将要走近自己的房子的那个地方的时候，她记起那个高个子警兵曾告诉她说：今夜，那个警士守住她那地方。她有些害怕起来，就轻轻地扑在地上。地上的草，还带着雨水，冰冷地洒在她的脸上。她"扑通扑通"地心跳起，问着自己："如果他真的在这里，那我怎样办呢？"但是，她终于抬起头来，向城墙上一望，一个像人的黑团，透露在城墙的上方，她仔细地又一看，一个白晃晃的小东西，闪露在小黑柱的上面。她马上明白，这是枪尾上的刺刀，不由得有些胆寒起来。突然，她听到一声咳嗽，她就赶快把头扑在地上，一动也不动地听着：一阵北风，"呼呼"地从她身上刮过，接着，听到

"调他妈的，好冷啊！"的叹息声。她从这声音里，知道这个送通知书给她的那个警士，真的守在这里。她又惊又喜地紧张起来，一动也不动地躺着，等候一刹那的机会。

时间，慢慢地一秒钟一秒钟地拖过去，过年时侥幸留下的雄鸡，开始在唐伯妈身后的黑暗里"呜呜"的一阵啼叫，好像是向着这黑暗的世界表示还有不可摧毁的力量。鸡叫过后，这黑夜又恢复了沉静。这时候，一阵微弱的鼾声，从警士那里传过来，不久，这鼾声越来越大，她的心也就渐渐安静下来。

风停了，只有警士的那贪婪的鼾声，搅扰着旷野的沉静。唐伯妈匍在地上，开始用肘爬向那警士去，她的心又"扑通扑通"地紧张地跳起来。她小心地一声也不响，当爬到那警士的后边，看见他坐着把头缩在膝盖上打鼾，她就悄悄地摸着一块石头，咬紧牙关，用力地提着举起来，朝着他的头上打下去，顷刻，"砰——"的一声，那警士骨碌地倒在城墙上。他一声也没有叫，唐伯妈以为他还活着，赶快摸着捡起摔在警士身旁的那支枪，朝着他的肚子乱刺下去。后来，她用手挡在他的鼻孔前面，知道他已断了气，她才在他的脸上狠狠地撒了一泡尿，伸直一下腰，轻松地透了一口气，拿着枪，跳到她的屋顶上，然后又从屋顶上爬下来。

七

夜已不早了，鸡叫已过二遍，唐伯妈才回到房里。她一进房里，马上跪在祖宗的神台前，磕着头，流着泪说道：

"公仆啊！甲之棍拟尧顿，保佑辣尧信赖，保佑辣尧悔骂崖！（祖宗啊！你的神灵跟我来，保佑我的孩子身体健康，保佑我的孩子早日回家！）"说完，她就搬出香坛，一床烂棉被，一个漏了两个洞的小扒锅，一个缺了嘴的小沙罐，一把柴刀，一根扁担，一个背篓，放在门外的草地上。然后抱出几把干柴，堆在板壁旁边，急急忙忙地点着火把，就想烧起房子来；当她刚要将火把伸进柴堆里去的时候，突然有两只手从她的背后伸过来，紧紧地抱住她说道：

"姑妈！你怎么这样搞?"

唐伯妈一听是天龙的声音，回过头来，着急地说道：

"衙门里到处骗我们，抢我们，叫我们不——不要活啦。好孩子，你放手！房子不是我们的啦。"说着，她就拿着两个东西塞在他的手里，又急急忙忙地把火把伸进柴堆里去，不一会，火焰就沿着板壁冲向天空，噼噼啪啪地爆裂起来。

天龙接过东西，在火光下一看，原来是一支带着血红的刺刀的枪和一个捏皱了的小纸团，他又惊奇又欢喜地起来；但是，这个小纸团是个什么鬼东西呢？这个纸团和这支枪又有什么关系呢？而那刺刀上的血是从哪里来呢？这些，天龙是完全不知道，于是他赶快打开小纸团一看，上面写着汉字：

立卖房屋契约字人唐岗宁妈，今欠到县长黄超人大人阁下追悼儿子会费五千元，因无法偿还，自愿将房屋及全部地基作卖抵偿，恐口无凭，特立契约两张，各执一纸为证，此契。

天龙看了，只认得："……人……唐……五千元……"几个字，他还是不懂，问他姑妈究竟是怎样一回事。唐伯妈本来想详细地告诉他，但是当她回忆起这些事情的时候，她哭了。她被痛苦和仇恨哽住了喉咙，半天也说不清楚她所要说的话。天龙从她断断续续的话里，知道拉她到县里去的那个高个子警兵，告诉她说，县里捏造说她的儿子被"共匪"活埋，要利用追悼会来抓一批侗族壮丁去挖城防工事和补充做"剿共"的炮灰；因为侗人没有来开会，县长气得就借着追悼会花钱的理由，强迫唐伯妈出卖房子，他好在这里建筑一座别墅。之后，唐伯妈又告诉天龙关于枪的来由。他听了，想起会场上的情形，想起小路上和会场周围的哨兵，想起祭仪为什么迟迟地不举行，不由得有些心寒起来。他抱住唐伯妈说道：

"姑妈！爸爸几次叫我来接你回家，你总……"

唐伯妈听了，感到一阵辛酸，流着泪，紧紧地抱住天龙，打断他的话说：

"不——不要讲啦！你姑妈错了。现在，姑妈明白啦！好孩子！你要记住：只有像我们这些吃红薯的，吃苞谷长大的人，才是真爱我们啦！那些衙门里的老爷，一世子（一辈子）是骗子，是强盗，是我们的仇人！"

天龙听了点点头。于是母子两人，就背着东西，拿着枪，在火焰照红了的旷野，朝着往寨峁庄的山路走去，那只黑狗，好像知道已经了结一件什么苦难的事情似的，伸直腰抖了几下，张着嘴"哈——"地透了一口气，又翘着尾巴跟着走在他们的后边。

八

夜，更深更恬静了。唐伯妈在路上又想起藏在她怀里的红布包，想起她的孩子，她又觉得他们（红军）是好人，觉得她的孩子好像还在什么地方，而且，说不定和江西仔（共产党人）在一块哩。他们总会回来的。想到这里，她禁不住想笑起来。忽然，"轰——"的一声，震撼着山野。这是唐伯妈曾经住过几十年的、和她一同受过难的小房子倒在地上的吼声。这又引起唐伯妈的苦痛，引起唐伯妈想起她过去的苦难的生活，引起她想起追悼会前后的情形。这一切，好像在她的心里打上了永远不可磨灭的苦痛的烙印；这一切，在她的心中燃起了永远不会磨灭的仇恨的火焰。只是有一件事，她觉得不好意思的是，当她被骗说儿子死了的时候，她曾希望有个亲人来看她。然而，她失望了，她埋怨娘家没有心肠，她因此曾对自己这样说：

"我死了，变个鬼，也不回娘家！"

现在，她很后悔，她恨不得想抱住天龙痛哭起来。但是她又想到：她不应该给这个小心肝难过，她不应该使他悲哀。于是当他们坐在路旁的山坡上休息的时候，她半真半假地笑着对他说：

"傻孩子！假使你表哥真的死了，你也不来看你姑妈吗？要是你姑妈……"

唐伯妈不知不觉地顺口想这样说："要是你姑妈死了，你也不来看吗？"但是当她刚刚想说到"死"这个字的时候，她很后悔，赶快把嘴巴闭住，嘻嘻地笑着不说话。

但是天龙已经明白她的意思，他跪着爬进唐伯妈的两腿中间，抱住她的脖子说：

"姑妈！我——我听说岗宁哥死了，我哭啦！今天开会，我还在大树下哭哩。姑妈！前天我爸爸告诉我说：'你表哥不会死，不要哭，不要相信衙门里老爷们的话。'我还不信呢。我爸爸还对我妈说：'如果岗宁娃真的死了，我们也不去和衙门里的那些狗东西开会哩。'"说到这里，天龙紧紧地抱着唐伯妈的脖子，跺着脚说：

"姑妈！你不——不会死。我——我要你活！"

唐伯妈兴奋得说不出话。

夜，快要过去了，东山头上的古树林的后边，已露出一些曙光，不久，太阳就要出来了。唐伯妈和天龙又背上东西赶路，在路上，她又问天龙怎样来到城里。他告诉她说，他爸爸叫他今天来看她，因为看见她那地方的城墙上有哨兵，他就不到她家里。他并且把他怎样混进会场，怎样在老白杨树下看见警察拖她进衙门里，以后，他又怎样躲在草地上等她，都详详细细地说了。唐伯妈听了，又兴奋地掉下泪来；而当天龙问她那个高个子警兵的情形的时候，她却仿佛记得那个警兵曾告诉她，他是在什么村里当过长工，一年前，也因为政府要"剿共"，被地主抓住送给县里……

九

第二天，县里传出这样一个消息："昨天晚上，有来势不明的'共匪'前来劫城，本府因早有防范，故除警士一名遇难，城外'蛮子'一家被焚外，全城幸免于难。"但是，城里的和山里的老乡们，却一传十，十传百，百传千，千传万……都纷纷高兴地互相传告道：

"共产党又要来了！"

一九四五年十月十七日 延安

　　苗延秀本时期创作的主要特点和贡献，在于形象地反映了侗族人民的苦难、反抗和理想，正如《中国大百科全书·中国文学》卷所说，是"在中国现代文学史上第一次反映了侗族人民的生活和斗争"。这里主要是指苗延秀的短篇小说《红色的布包》和《共产党又要来了》而言。尽管历史上少数民族身受的压迫和剥削格外沉重，但在过去，他们水深火热的生活状况往往只能在口头流传的民间文学中得到一些反映。因此，这两篇小说在侗族文学史上更显得弥足珍贵，具有开拓的意义。……这两篇小说的成功，在于塑造了……这样一个勤劳、善良的侗族劳动人民的形象。这位老人在敌人的迫害中始而是胆小恐惧，继而是受骗、怀疑，最后终于觉醒抗争。她的典型经历清楚告诉人们：无论任何地方，任何一个民族，那里受压迫的群众都会由于实际生活的感受而和国民党反动政权展开斗争，向往共产党。这个主题无疑是具有普遍意义的。……这两篇作品不仅比较真实具体地描写了少数民族在暗无天日的环境中悲惨的命运，而且写出了他们对共产党的感情，为他们指出了理想和奋斗之路。从表现上来说，小说切入的角度也是新颖的。

　　——卢斯飞:《论苗延秀的小说和报告文学创作》，载张泽忠编《理性的曙光——
　　　　当代侗族文学评论》，广西民族出版社，2002，第50—51页。